W0386526

Quand **Cinda Williams Chima** était petite, elle adorait faire parler les animaux en leur donnant des voix différentes, mais c'est au collège qu'elle a écrit son premier roman. À présent ses livres figurent dans la liste des best-sellers. Elle vit en Ohio (États-Unis) avec sa famille. *La Reine exilée* est le deuxième tome d'une trilogie de Fantasy palpitante.

La Reine exilée

Du même auteur, chez Castelmore :

Les Sept Royaumes :
1. *Le Roi Démon*
2. *La Reine exilée*

www.castelmore.fr

Cinda Williams Chima

LA REINE EXILÉE

Les Sept Royaumes – tome 2

Traduit de l'anglais (États-Unis)
par Emmanuelle Casse-Castric

CASTELMORE

Titre original : *The Exiled Queen*
Copyright © 2010 by Cinda Williams Chima

© Bragelonne 2011, pour la présente traduction

Loi n° 49-956 du 16 juillet 1949 sur les publications destinées à la jeunesse

Illustration de couverture : Paolo Barbieri

Dépôt légal : juin 2011

ISBN : 978-2-36231-021-8

CASTELMORE
60-62, rue d'Hauteville – 75010 Paris
E-mail : info@castelmore.fr
Site Internet : www.castelmore.fr

Pour Linda et Mike, avec qui j'ai partagé
un univers de fantaisie et de Barbies intrépides.
Merci d'avoir supporté tous ces animaux doués de parole.

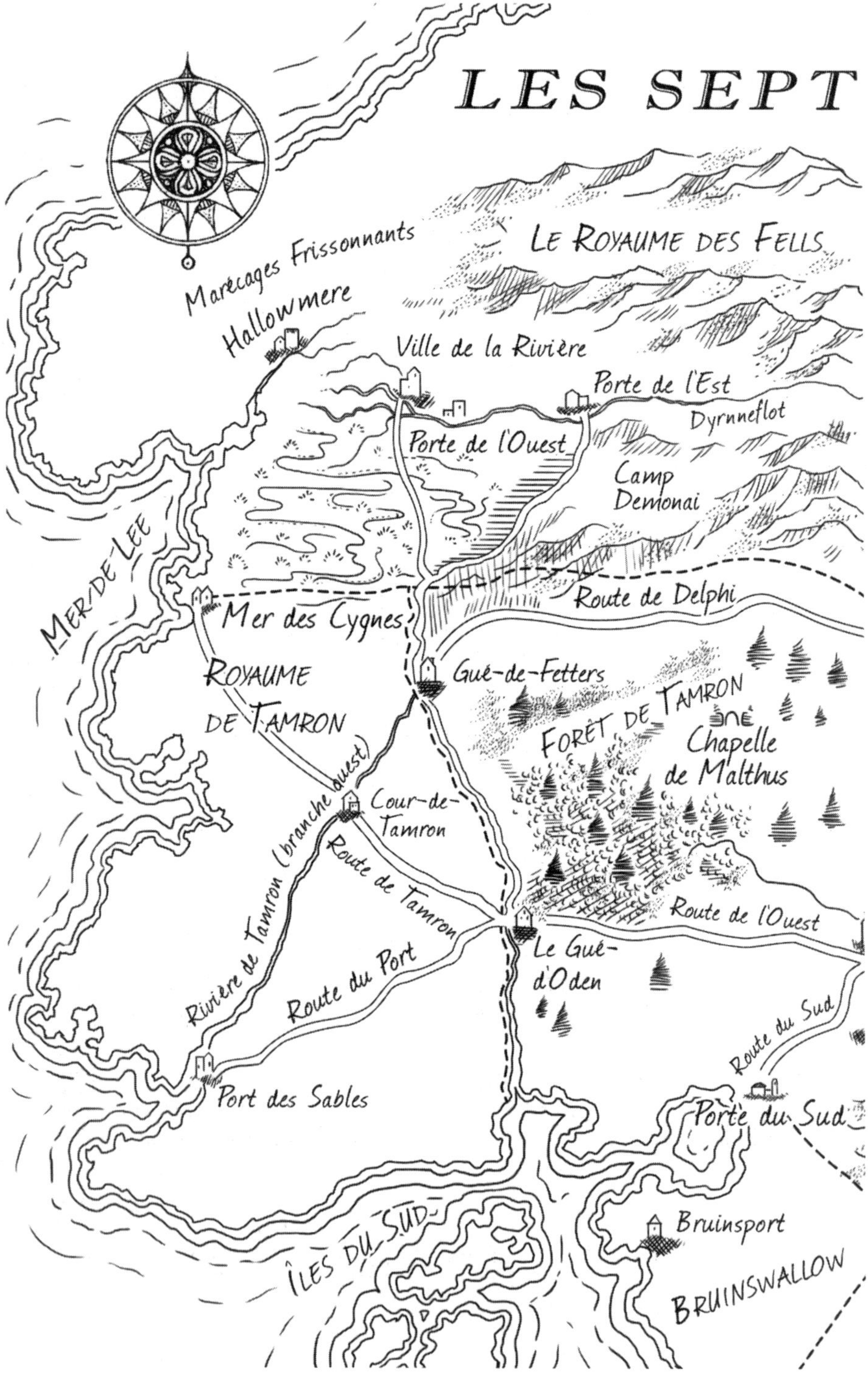
LES SEPT
Le Royaume des Fells
Marécages Frissonnants
Hallowmere
Ville de la Rivière
Porte de l'Est
Dyrnneflot
Porte de l'Ouest
Camp Demonai
Mer de Lee
Route de Delphi
Mer des Cygnes
Royaume de Tamron
Gué-de-Fetters
Forêt de Tamron
Chapelle de Malthus
Cour-de-Tamron
Rivière de Tamron (branche ouest)
Route de Tamron
Route de l'Ouest
Le Gué-d'Oden
Route du Port
Route du Sud
Port des Sables
Porte du Sud
Bruinsport
Îles du Sud
Bruinswallow

ROYAUMES

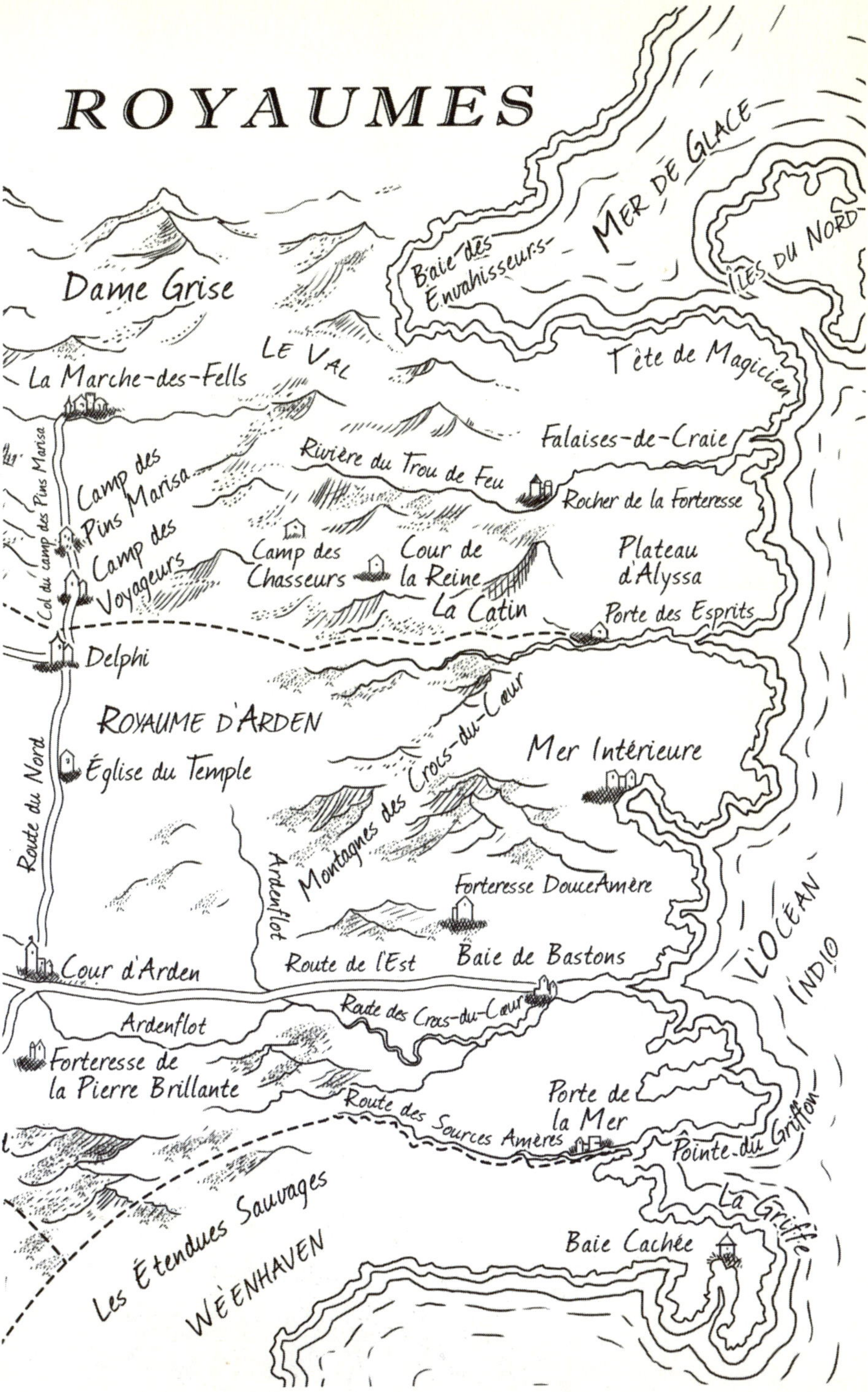
MER DE GLACE
ÎLES DU NORD
Baie des Envahisseurs
Dame Grise
LE VAL
La Marche-des-Fells
Tête de Magicien
Falaises-de-Craie
Rivière du Trou de Feu
Rocher de la Forteresse
Col du camp des Pins Marisa
Camp des Pins Marisa
Camp des Voyageurs
Camp des Chasseurs
Cour de la Reine
Plateau d'Alyssa
La Catin
Porte des Esprits
Delphi
ROYAUME D'ARDEN
Montagnes des Crocs-du-Cœur
Mer Intérieure
Route du Nord
Église du Temple
Ardenflot
Forteresse DouceAmère
L'OCÉAN INDIO
Cour d'Arden
Route de l'Est
Baie de Bastons
Route des Crocs-du-Cœur
Ardenflot
Forteresse de la Pierre Brillante
Route des Sources Amères
Porte de la Mer
Pointe-du Griffon
La Griffe
Les Étendues Sauvages
Baie Cachée
WÈENHAVEN

1

Le mur de l'Ouest

Mac Gillen, lieutenant dans la Garde de la reine des Fells, courba les épaules sous les bourrasques infernales qui mugissaient en direction du nord et de l'est depuis les terres désertiques et glacées. Il enroula les rênes autour du pommeau de sa selle et laissa son cheval, Maraudeur, trouver sa route sur le dernier kilomètre de descente qui les séparait de la garnison de la porte de l'Ouest.

Gillen aurait mérité un meilleur poste que celui qu'il occupait dans ce misérable coin reculé du royaume des Fells. Patrouiller le long des frontières, c'était une tâche qui convenait à l'armée régulière, aux mercenaires étrangers, les Rayés, ou à la garde volontaire des Montagnards, certainement pas à un membre de la Garde d'élite de la reine.

Cela faisait seulement un mois qu'il avait quitté la ville, mais le quartier crapuleux du Pont-Sud lui manquait déjà. Là-bas, il avait toujours de quoi se distraire lors de ses rondes de nuit : les tavernes, les maisons de jeu et les filles de joie. Il entretenait dans la capitale tout un réseau de relations avec les gros bonnets pleins aux as, qui lui proposaient souvent des petits boulots pour gonfler sa bourse.

Et puis tout était allé de travers. Une émeute de prisonniers avait éclaté au poste de garde du Pont-Sud, et une bonne à rien de Chiffonnière nommée Rebecca lui avait écrasé une torche enflammée contre la figure. Il avait perdu un œil, et la peau de son visage restait rouge, brillante et boursouflée de cicatrices.

À la fin de l'été, accompagné de Magot, Sloat et quelques autres, il était parti du côté du Marché-des-Chiffonniers pour retrouver une amulette volée. Il avait accompli cette mission discrètement, pour le compte du seigneur Bayar, Haut Magicien et conseiller de la reine. Ils avaient fouillé de fond en comble une écurie délabrée, allant jusqu'à creuser dans la cour. Malgré leurs efforts, ils n'avaient trouvé ni le porte-poisse, ni Gourmettes Alister, le voleur des rues qui s'en était emparé.

Quand ils avaient interrogé les parasites qui vivaient là, la femme et sa môme avaient juré leurs grands dieux n'avoir jamais entendu parler de Gourmettes Alister, et tout ignorer de cette amulette. Pour finir, Gillen avait incendié le bâtiment, et ses occupantes avec – une mise en garde destinée à tous les voleurs et menteurs des alentours.

Maraudeur, sentant l'esprit de son maître vagabonder, prit le mors aux dents et partit dans un galop désordonné. Gillen tira sur les rênes et recouvra le contrôle de sa monture après quelques ruades fort remarquées. D'un regard, le lieutenant fit disparaître le sourire sur le visage de ses hommes.

Il ne manquerait plus que ça : qu'il fasse une chute et se brise le cou dans cette course éperdue vers l'échec.

Certains pourraient considérer son affectation au mur de l'Ouest comme une promotion. On lui avait donné un insigne de lieutenant et confié la responsabilité d'une forteresse imposante et sinistre, d'une centaine d'autres exilés faisant partie de l'armée régulière, ainsi que de son propre escadron de Vestes Bleues. Il avait davantage d'hommes sous son commandement qu'auparavant, au poste de garde du Pont-Sud.

Comme s'il allait se féliciter de régner sur un tas de fumier.

La forteresse de la porte de l'Ouest gardait le mur de l'Ouest et le petit village miteux attenant. Le mur séparait la région montagneuse des Fells des Marécages Frissonnants. Étendue inondée de marais et de fange dépourvue de sentiers, les Marécages n'étaient praticables qu'à pied tant qu'ils n'étaient pas gelés, ce qui survenait après le solstice.

En bref, la forteresse de la porte de l'Ouest offrait peu de perspectives pour un homme d'ambition comme Mac Gillen. Il ne se méprenait pas sur sa nouvelle affectation : c'était un blâme pour ne pas avoir trouvé ce que le seigneur Bayar voulait récupérer.

Il pouvait déjà s'estimer heureux d'avoir survécu à la déception du Haut Magicien.

Gillen et son triple de soldats traversèrent le village en éclaboussant les pavés sur leur passage et mirent pied à terre dans la cour devant les écuries de la forteresse.

Alors que Gillen menait Maraudeur dans sa stalle, son officier de service, Robbie Sloat, s'essuya le front du revers de la main – ce qu'il faisait passer pour un salut.

— Il y a trois visiteurs pour vous, monsieur, lui annonça Sloat. Ils viennent de la Marche-des-Fells. Ils vous attendent à l'intérieur.

L'espoir se ralluma dans le cœur de Gillen. Enfin, de nouveaux ordres de la capitale ! Peut-être la fin de cet exil qu'il ne méritait pas…

— Ont-ils donné leur nom ?

Gillen jeta ses gants et sa cape trempée à Sloat et se passa la main dans les cheveux pour les arranger.

— Ils ont dit qu'ils ne s'adresseraient qu'à vous, répondit Sloat. (Il hésita.) Ce sont des gamins sang-bleu. De jeunes garçons.

L'espoir de Gillen s'éteignit. Il s'agissait sûrement d'arrogants rejetons de la noblesse en chemin vers les académies du Gué-d'Oden. C'était bien la dernière chose dont il avait besoin.

— Ils ont demandé à être logés dans les quartiers des officiers, poursuivit Sloat, confirmant les craintes de Gillen.

— Il y a de ces sang-bleu qui s'imaginent que nous tenons une auberge pour leur progéniture, grogna Gillen. Où sont-ils ?

Sloat haussa les épaules.

— Dans la salle des officiers, monsieur.

Gillen s'ébroua pour se débarrasser des gouttes de pluie et pénétra à grands pas dans la forteresse. Avant même d'avoir traversé la cour intérieure, il entendit la musique. Une *basilka* et une flûte à bec.

D'un coup d'épaule, Gillen ouvrit la porte de la salle des officiers. Il y découvrit trois jeunes garçons, à peine en âge d'avoir reçu leur nom d'adulte, alignés autour de l'âtre. Le tonnelet de bière sur le buffet avait été mis en perce, et une chope vide était posée devant chacun d'eux. Ils avaient l'air abruti et rassasié de ceux qui ont festoyé en abondance. Les reliefs de ce qui avait été un repas de roi jonchaient la table, y compris le reste dépecé d'un beau jambon que Gillen avait mis de côté pour son propre usage.

Dans un angle de la pièce se tenaient les musiciens : une jolie fille à la flûte, et un homme – son père, sans doute – à la *basilka*. Il se souvint les avoir déjà repérés dans le village, jouant pour quelques piécettes au coin des rues.

Lorsque Gillen entra, la mélodie se tut, et les musiciens s'immobilisèrent, les yeux écarquillés et le visage blême, comme des animaux acculés sur le point d'être abattus. Le père attira à lui sa fille tremblante et caressa sa chevelure blonde en lui glissant des mots rassurants à l'oreille.

Sans prêter la moindre attention à son arrivée, les garçons applaudirent avec indolence.

— Pas terrible, mais c'est mieux que rien, dit l'un d'eux avec un rictus méprisant. Comme les chambres.

— Je suis Gillen, dit le lieutenant d'une voix forte.

Il était désormais convaincu qu'il n'y aurait aucun profit à tirer de cette visite.

Le plus grand des trois se leva avec grâce et repoussa en arrière une crinière de cheveux noirs. Quand il remarqua le visage cousu de cicatrices de Gillen, ses traits altiers frémirent de dégoût.

Gillen serra les dents.

— Le caporal Sloat m'a fait savoir que vous vouliez me voir.

— Oui, lieutenant Gillen. Je me présente : Micah Bayar, et voici mes cousins, Arkeda et Miphis Mander. (Il désigna ses compagnons, roux tous les deux : l'un maigre, l'autre trapu.) Nous sommes en route pour l'académie du Gué-d'Oden, mais, puisque nous devions passer par ici, j'ai été chargé de vous porter un message de la Marche-des-Fells. (Il coula un regard vers une salle de garde inoccupée.) Peut-être pouvons-nous parler à côté ?

Le cœur battant, Gillen regarda de plus près l'étole ornée de faucons plongeants dans laquelle étaient drapées les épaules du jeune homme. Les armes de la famille Bayar.

Oui, à présent il voyait la ressemblance – quelque chose dans la forme des yeux et le visage aux traits anguleux. Les cheveux noirs du jeune Bayar étaient striés du rouge des magiciens.

Les deux autres portaient aussi une étole, mais les armes étaient différentes. Des féligres. Il s'agissait donc de trois apprentis magiciens. Dont l'un était le fils du Haut Magicien.

Gillen s'éclaircit la voix, les nerfs à fleur de peau.

— Mais très certainement, votre seigneurie. J'espère que vous avez trouvé la nourriture et la boisson à votre convenance.

— C'était… *consistant*, lieutenant, répondit le jeune Bayar. Mais maintenant, ça a du mal à passer, poursuivit-il en se tapotant l'estomac.

Les deux autres ricanèrent.

Vite, changer de sujet, pensa Gillen.

— Vous ressemblez beaucoup à votre père. Au premier coup d'œil j'ai compris que vous étiez son fils.

Bayar fronça les sourcils et regarda les musiciens avant de reporter son attention sur Gillen. Il ouvrit la bouche pour parler, mais Gillen le prit de vitesse, déterminé à placer ce qu'il avait à dire :

— Ce n'était pas ma faute, pour cette amulette. Ce Gourmettes Alister est un sauvage qui connaît toutes les combines de la rue. Mais votre père a fait appel à la bonne personne pour régler ça.

Si quelqu'un peut retrouver ce voleur, c'est bien moi. Et je rapporterai le porte-poisse aussi. Il suffit que je sois de retour en ville.

Le jeune homme s'immobilisa, regardant fixement Gillen de ses yeux étrécis. Sa bouche, désapprobatrice, s'était crispée en une fine ligne. Il secoua la tête et s'adressa à ses cousins :

— Miphis. Arkeda. Restez ici. Reprenez de la bière si vous pouvez encore avaler quelque chose. (Il désigna les musiciens d'un geste de la main.) Faites en sorte que ces deux-là ne s'éloignent pas. Ne les laissez pas partir. Vous. (Du doigt, il fit signe à Gillen.) Suivez-moi.

Et, sans se retourner pour voir si le lieutenant obéissait, il entra d'un pas vif dans la pièce attenante.

Dérouté, Gillen lui emboîta le pas. Bayar se tenait devant la fenêtre qui surplombait la cour des écuries. Il regardait dehors, ses mains posées sur le rebord en pierre. Il attendit que Gillen ferme la porte pour lui faire face.

— Sombre… crétin, assena le garçon. (Son visage était blême et son regard dur étincelait comme du charbon de Delphi.) Je n'arrive pas à croire que mon père ait engagé pareil imbécile. Personne ne doit savoir que vous êtes à son service ! Est-ce bien clair ? Si un mot de tout ceci parvenait aux oreilles du commandant Byrne, les conséquences seraient désastreuses. Mon père pourrait être accusé de trahison.

La bouche soudain sèche, Gillen se mit à balbutier :

— C'est juste. Bien sûr. Je… J'ai… supposé que les autres apprentis magiciens étaient avec vous et…

— On ne vous paie pas pour faire des suppositions, lieutenant Gillen, l'interrompit Bayar.

Il s'avança, le dos parfaitement droit, son étole voletant dans la brise qui entrait par la fenêtre. À mesure qu'il s'approchait, Gillen reculait, jusqu'à heurter la table.

— Quand je dis « personne », je veux bien dire *personne*, dit Bayar en tripotant un pendentif à l'allure maléfique qui se balançait à son cou.

Il s'agissait d'un faucon sculpté dans une pierre rouge chatoyante. Un porte-poisse, comme celui que Gillen n'avait pas réussi à retrouver dans le Marché-des-Chiffonniers.

—À qui d'autre en avez-vous parlé ? l'interrogea Bayar.

—À personne, je le jure sur le sang du démon. J'en ai parlé à personne d'autre, murmura Gillen qui sentait la panique lui nouer les entrailles.

Il était fermement campé sur ses jambes, les pieds légèrement écartés, prêt à bondir sur le côté si l'apprenti magicien lui lançait des flammes.

—Je souhaitais simplement faire savoir à sa seigneurie que j'avais fait de mon mieux pour récupérer son bien, mais qu'il était introuvable, ajouta-t-il.

Une ombre de dégoût passa sur le visage du garçon, comme s'il s'agissait d'un sujet sur lequel il préférait ne pas s'appesantir.

—Saviez-vous que pendant que vous cherchiez l'amulette dans le Marché-des-Chiffonniers, Alister a attaqué mon père et manqué de le tuer ?

Par le sang et les os ! pensa Gillen, parcouru d'un long frisson. Alister, seigneur des rues de la bande des Chiffonniers depuis longtemps, était réputé pour sa témérité, sa violence et son cœur de pierre. Apparemment, le garçon était devenu suicidaire, par-dessus le marché.

—Est-ce que... le seigneur Bayar va bien ?

Et Alister, est-il mort ?

Le jeune Bayar répondit aux deux questions :

—Mon père s'est remis. Malheureusement, Alister a pu s'échapper. Mon père pardonne difficilement l'incompétence. Peu importe qui s'en rend coupable.

L'amertume dans la voix du garçon désarçonna Gillen, qui prit la parole pour plaider sa cause :

—En effet. C'est du gâchis de me laisser ici, mon seigneur. Renvoyez-moi à la ville et je le trouverai. Je le jure. Je connais la rue, je connais les bandes qui font la loi. Tôt ou tard, Alister réapparaîtra dans le Marché-des-Chiffonniers, même si sa mère et sa sœur ont prétendu qu'il n'y avait pas mis les pieds depuis des semaines.

Le regard du jeune homme se fit perçant et il se pencha vers Gillen, les poings serrés.

— « Sa mère et sa sœur » ? Alister a une mère et une sœur ? Sont-elles encore à la Marche-des-Fells ?

Gillen sourit.

— Elles y sont… en cendres, je dois dire. On a incendié la masure après les avoir enfermées à l'intérieur.

— Vous les avez tuées ? demanda Bayar, les yeux rivés sur lui. Elles sont *mortes* ?

Gillen s'humecta les lèvres, se demandant à quel moment il avait fait un faux pas.

— Eh bien, je me suis dit que c'était un bon moyen de faire comprendre à tout le monde que lorsque Mac Gillen pose des questions, il vaut mieux répondre.

— Vous êtes un parfait idiot ! dit Bayar en secouant la tête avec lenteur, sans le quitter du regard. Nous aurions pu les utiliser pour faire sortir Alister de sa cachette. Nous aurions pu proposer un échange pour récupérer l'amulette. (Sa main se referma sur le vide.) Nous l'aurions *eu*.

Par les os, pensa Gillen, *impossible de dire ce qu'il faut à un magicien.*

— C'est ce que vous croyez, mais faites-moi confiance, un baron des rues comme Alister a un cœur de pierre, froid comme les eaux de la Dyrnneflot. Pensez-vous qu'il se préoccupe de ce qui arrive à sa vieille et à sa sœur ? Absolument pas. Il ne s'intéresse à personne d'autre qu'à lui-même.

Le jeune homme balaya ses affirmations de la main.

— Ça, on ne le saura jamais, n'est-ce pas ? Quoi qu'il en soit, mon père n'a aucun besoin de vos services pour retrouver Alister.

D'autres ont été chargés de cette tâche. Ils ont réussi à nettoyer les rues de leurs bandes, mais impossible de mettre la main sur Alister. Nous avons tout lieu de penser qu'il a quitté la Marche-des-Fells.

Bayar se frotta le front de la paume, comme s'il était en proie à une migraine.

— Malgré tout, si vous deviez un jour croiser le chemin d'Alister, que ce soit ou non par hasard, mon père souhaite qu'on le lui remette vivant, indemne, et avec l'amulette. Si vous y parveniez, vous seriez richement récompensé, bien entendu.

Le jeune Bayar feignait l'indifférence, mais ses yeux crispés trahissaient d'autres sentiments.

Ce garçon hait Alister, comprit Gillen. *Parce que ce voleur a attenté à la vie de son père ?* De toute façon, Gillen sentait bien qu'il était inutile d'insister davantage au sujet de son retour à la Marche-des-Fells.

— Très bien, dans ce cas, dit le lieutenant en faisant son possible pour dissimuler sa déception. Alors, qu'est-ce qui vous amène à la porte de l'Ouest ? Vous m'avez parlé d'un message ?

— Une affaire délicate, lieutenant. Qui demande la plus grande discrétion.

Il ne cachait pas ses doutes sur la capacité de Gillen à être discret. Quelle que soit la mission.

— Tout à fait, mon seigneur, vous pouvez compter sur moi, répondit Gillen avec empressement.

— Savez-vous que la princesse Raisa a disparu ? demanda Bayar avec une certaine brusquerie.

Gillen tâcha de garder un visage neutre. Compétent. Respirant la discrétion.

— Disparu ? Non, mon seigneur, je n'étais pas au courant. Peu de nouvelles parviennent jusqu'ici. Ont-ils la moindre idée… ?

— Nous pensons qu'elle risque d'essayer de quitter le pays.

Oh non ! elle s'est donc enfuie. Une querelle avec sa mère ? Une idylle avec un mauvais garçon ? Peut-être même un roturier ?

Les princesses du Loup Gris étaient connues pour leur caractère entêté et aventureux.

Il n'avait vu la princesse Raisa de près qu'en une seule occasion. Elle était petite, mais bien tournée, et un homme pouvait enserrer sa taille de ses mains. Elle l'avait examiné rapidement de son regard vert de sorcière avant de chuchoter quelques mots à la dame qui se tenait à ses côtés.

C'était *avant.* À présent, les femmes détournaient le visage quand il proposait de leur offrir un verre.

Avant, la princesse aurait pu être séduite par un homme comme lui – un militaire expérimenté. Lui-même avait songé à ce que cela pourrait être de…

La voix de Bayar interrompit sa rêverie.

— Vous m'écoutez, lieutenant ?

À regret, Gillen reporta son attention sur la conversation.

— Oui, mon seigneur, bien sûr. Euh… vous pouvez répéter votre dernière phrase ?

— J'ai dit : nous pensons qu'elle a pu se réfugier dans la famille de son père, chez les rouquins du camp Demonai ou du camp des Pins Marisa. (Bayar haussa les épaules.) Ils *prétendent* qu'elle n'est pas parmi eux, qu'elle a dû partir vers le sud, en dehors du royaume. Mais cette frontière-là est bien gardée. Elle pourrait donc tenter de passer par la porte de l'Ouest.

— Mais… où irait-elle ? La guerre est partout.

— Elle n'a peut-être pas tous ses esprits, expliqua Bayar, dont le visage pâlissait. Voilà pourquoi il est indispensable que nous l'interceptions. La princesse héritière pourrait se mettre en danger. Elle pourrait aller là où nous ne serions plus en mesure de l'atteindre. Ce serait… un désastre.

Le garçon ferma les yeux, tripotant ses manches. Quand il les rouvrit et surprit Gillen qui le dévisageait, il fit volte-face et se replongea dans la contemplation du paysage à la fenêtre.

Eh bien, soit ce garçon est bon acteur, soit il est réellement inquiet.

— Nous devons donc guetter son passage ici, à la porte de l'Ouest, conclut Gillen. C'est ce que vous voulez dire ?

Sans le regarder, Bayar hocha la tête.

— Nous nous sommes efforcés de garder cette affaire secrète, mais la rumeur de sa fuite se répand. Si les ennemis de la reine la trouvent avant nous... Vous m'avez compris.

— Bien sûr, dit Gillen. Et... croit-on qu'elle soit... accompagnée ?

Voilà. C'était une façon subtile de formuler la question pour découvrir si elle s'était ou non enfuie avec quelqu'un.

— Nous l'ignorons. Il se peut qu'elle soit seule, ou avec les rouquins.

— Qu'est-ce que le seigneur Bayar attend de moi exactement ? demanda Gillen en se rengorgeant un peu.

Le garçon se tourna alors vers lui.

— Deux choses. Nous voulons que vous organisiez une surveillance à la frontière pour intercepter la princesse Raisa si elle essaie de passer par la porte de l'Ouest. Et nous avons besoin qu'un détachement d'hommes de confiance chevauche jusqu'au camp Demonai pour s'assurer qu'elle n'y est pas.

— Le camp Demonai ! s'écria Gillen, avec déjà moins d'enthousiasme. Mais vous ne... vous ne nous demandez quand même pas de nous attaquer aux guerriers demonai ?

— Bien sûr que non, dit Bayar, comme si Gillen était faible d'esprit. La reine a prévenu les Demonai que sa Garde visiterait prochainement les camps des hauts plateaux pour interroger les sauvages. Ils peuvent difficilement refuser. Bien sûr, comme ils seront avertis de votre venue, il vous faudra creuser un peu pour découvrir si la princesse se cache là, ou si elle y est passée.

— Vous êtes sûr qu'ils nous attendent ? demanda Gillen.

Les Marcheurs d'Eau, c'était une chose – ils n'utilisaient même pas d'armes métalliques. Mais les Demonai... Il n'était pas pressé de s'y frotter.

— Je ne tiens pas à finir truffé de flèches de rouquins. Ces Demonai ont des poisons qui font virer un homme au noir…

— Ne vous faites pas de souci, lieutenant Gillen, l'interrompit sèchement Bayar. Vous ne risquez absolument rien. Sauf si on vous surprend en train de fouiner, bien entendu.

Il enverrait Magot et Sloat. Ils étaient taillés pour la mission. Il était préférable que lui reste en arrière pour guetter la princesse. Il faudrait garder la tête froide et mener l'affaire avec tact. Et discrétion.

— J'imagine que vous aurez besoin d'au moins un salvo de soldats pour effectuer une fouille approfondie, poursuivit l'apprenti magicien.

— Un salvo ! Je n'ai qu'une centaine de soldats en tout, plus un escadron de gardes, dit Gillen. Je ne fais confiance ni aux mercenaires rayés, ni aux Montagnards. Un escadron devra faire l'affaire, c'est tout ce que je peux me permettre.

Bayar haussa les épaules. Ce n'était pas à lui de résoudre le problème du lieutenant.

— Va pour un escadron, alors. J'irais bien moi-même mais, en tant que magicien, il m'est interdit de m'aventurer dans les montagnes des Esprits. (Bayar caressait le bijou ostentatoire qu'il portait au cou.) Et ma présence ne manquerait pas de soulever des questions délicates.

Et comment ! pensa Gillen. *Pourquoi donc un apprenti magicien s'occuperait-il d'affaires militaires ?* Protéger les reines du Loup Gris était le devoir de la Garde de la reine et de l'armée.

— Nous aimerions que vous agissiez sans tarder, dit Bayar. Que votre escadron soit prêt à partir dès demain.

Gillen ouvrit la bouche afin de lui donner toutes les raisons pour lesquelles c'était impossible, mais le jeune Bayar l'en empêcha d'un geste de la main.

— Très bien. Mes compagnons et moi-même resterons ici jusqu'à votre retour.

— Vous restez ici ? balbutia Gillen, qui n'avait vraiment pas besoin de ça. Écoutez, si la reine nous demande d'aller dans les montagnes des Esprits à la recherche de la princesse, elle devrait envoyer des renforts. Je ne peux pas laisser le mur de l'Ouest sans défense pendant que...

— Si vous retrouvez la princesse, vous devrez nous la confier, poursuivit Bayar sans prêter attention à ses protestations. Mes cousins et moi l'escorterons jusqu'à la reine.

Pris d'un soupçon, Gillen observa le garçon. Était-ce une sorte de piège ? Pourquoi confierait-il la princesse à ces apprentis magiciens ? Pourquoi ne pas plutôt l'escorter lui-même jusqu'à la Marche-des-Fells pour récolter toute la gloire (et sans doute une récompense) ?

Parfois, quand il était envoyé en mission par le Haut Magicien, il ne savait pas bien s'il travaillait pour le compte de la reine ou de son conseiller. Mais ce coup-ci était énorme. Il espérait bien en tirer davantage que la reconnaissance éternelle de la famille Bayar.

Comme s'il lisait dans ses pensées, le jeune homme prit la parole :

— Si vous trouvez la princesse et nous la ramenez, nous vous remettrons une prime de 5 000 couronnes et nous prendrons les mesures nécessaires pour qu'un poste vous soit de nouveau attribué à la Marche-des-Fells.

Gillen s'efforça de ne pas ouvrir grande la bouche. Cinq mille fillettes ? C'était une fortune ! Il ne s'attendait pas à ce que les Bayar soient prêts à payer autant pour s'attribuer la gloire de ramener la princesse au bercail. Il y avait anguille sous roche. Quelque chose qu'il n'avait pas besoin de savoir, au cas où il se ferait interroger.

Il devenait d'autant plus tentant d'envoyer Sloat et Magot au-devant des périls dans les montagnes des Esprits pendant qu'il surveillait étroitement la frontière.

— Je serai fier d'apporter toute mon aide pour ramener la princesse à sa mère notre reine, dit Gillen. Vous pouvez compter sur moi.

—Je n'en doute pas, commenta froidement Bayar. Trouvez des hommes qui savent la boucler, et ne leur en dites pas plus que nécessaire à leur mission. Ils n'ont pas besoin de connaître les détails de notre arrangement.

Il mit la main dans une bourse pendue à sa taille et en sortit un petit cadre. Il le tendit à Gillen.

Il s'agissait d'un portrait en buste de la princesse Raisa, vêtue d'une robe décolletée dévoilant une belle portion de peau dorée comme le miel. Ses cheveux sombres ondulaient autour de son visage et elle était coiffée d'une petite couronne sertie de pierres précieuses. Sa tête était inclinée et un demi-sourire se dessinait sur ses lèvres entrouvertes, comme si elle s'apprêtait à lui dire ce qu'il voulait entendre. Elle avait même écrit quelques mots : « Pour Micah, avec toute mon affection. R. »

Mais un détail chez elle attira son attention, quelque chose de familier qu'il…

La main de Bayar se referma comme un étau sur le bras de Gillen. Ce dernier ressentit une vive brûlure à travers la laine de sa tunique d'officier et manqua de lâcher le portrait.

—Ne *bavez* pas dessus, lieutenant Gillen, cracha Bayar comme s'il avait un mauvais goût dans la bouche. Assurez-vous que vos hommes sachent à quoi ressemble la princesse. Et attendez-vous à ce qu'elle soit déguisée.

—Je m'en occupe immédiatement, mon seigneur, dit Gillen.

Il recula en s'inclinant devant Bayar avant que le jeune homme change d'avis. Ou lui reprenne le bras.

—Installez-vous à votre aise, avec vos amis. Je vais dire au cuisinier de vous préparer tout ce que vous voudrez.

Cinq mille couronnes donnaient le droit d'être bien reçu par Mac Gillen.

—Qu'allez-vous faire, pour les musiciens ? demanda brusquement Bayar.

Gillen cligna des yeux.

— Comment ça ? demanda-t-il. Vous souhaitez qu'ils restent ? Ils peuvent vous aider à passer le temps, surtout que c'est un beau brin de fille.

Le jeune Bayar secoua lentement la tête.

— Ils en ont trop entendu. Comme je l'ai précisé, personne ne doit faire le lien entre mon père et vous, ni savoir que vous travaillez pour lui.

Devant l'expression perplexe de Gillen, il ajouta :

— C'est votre faute, lieutenant, pas la mienne. Je me charge de mes cousins, mais débrouillez-vous avec les musiciens.

— Si je comprends bien… vous pensez que je devrais les renvoyer ?

— Non, dit Bayar, qui rajustait son étole de magicien en évitant de croiser son regard. Je pense que vous devriez les tuer.

2

AUX CONFINS DU ROYAUME

Arrivé au point culminant du col du camp des Pins Marisa, Han Alister fit ralentir son poney. Il promena son regard sur les contours dentelés des Reines de l'autre côté desquels se cachaient les plaines d'Arden, tout au sud. Il connaissait mal ces montagnes, qui étaient la demeure de reines mortes depuis longtemps, dont il n'avait jamais entendu le nom. Les plus hauts sommets – formés d'une pierre froide dépourvue de végétation – perçaient les nuages. Le bas des pentes resplendissait, illuminé par le feuillage d'automne des trembles.

La température avait chuté à mesure qu'ils grimpaient, et Han avait progressivement enfilé de nouvelles couches de vêtements. Son chapeau en laine des hauts plateaux était à présent bien enfoncé sur ses oreilles et l'air glacé lui piquait le nez.

Hayden Danseur de Feu mena son poney à côté de Han pour profiter lui aussi de la vue.

Ils avaient quitté le camp Marisa deux jours plus tôt. Le camp du clan était situé de manière stratégique, à l'extrémité nord du col, qui constituait le principal passage à travers les montagnes des Esprits du Sud pour se rendre à la ville de Delphi et, au-delà, vers les plaines d'Arden. Cette voie qui débutait par la route des Reines à la Marche-des-Fells, la capitale, se réduisait à une large piste au plus haut du col.

C'était le meilleur moment de l'année pour voyager, mais ils avaient rencontré peu de commerçants en chemin. Rien que des réfugiés au regard vide fuyant la guerre civile d'Arden.

Danseur désigna le paysage en direction de la pente sud.

—Le seigneur Demonai dit qu'avant la guerre les chariots défilaient du matin au soir pendant la saison, transportant les marchandises depuis les plaines. Surtout de la nourriture – du grain, du bétail, des fruits, des légumes.

Danseur était déjà passé par le col des Pins Marisa, au cours d'expéditions commerciales, en compagnie d'Averill PiedLéger, maître marchand et Patriarche du camp Demonai.

—Aujourd'hui, tout est englouti par les armées, poursuivit Danseur. En plus, une grande partie des terres cultivées ne donnent plus rien parce qu'elles ont été brûlées et saccagées.

Encore un hiver de famine dans les Fells, pensa Han. La guerre civile d'Arden faisait rage d'aussi loin qu'il se souvienne. Son père y avait péri, mercenaire pour le compte d'un des cinq princes Montaigne. Cinq frères sanglants, tous prétendants au trône.

Le poney de Han souffla, la respiration difficile après la longue montée depuis le camp Marisa. À cette altitude, l'air se raréfiait. Han passa les doigts entre les poils emmêlés de la crinière de sa monture et la gratta derrière les oreilles.

—Tout doux, Guenille, murmura-t-il. Prends ton temps.

L'animal montra les dents en guise de réponse, ce qui fit rire Han.

Il éprouvait une fierté de propriétaire concernant son poney caractériel – le premier qu'il ait jamais possédé. Il montait avec aisance les chevaux d'emprunt. Chaque été, il avait été accueilli dans les pavillons des hauts plateaux. C'était sa mère qui l'envoyait loin de la ville, convaincue qu'il était sous le coup d'une malédiction.

À présent, tout avait changé. Les clans lui avaient fourni cheval, vêtements, armes et nourriture pour le voyage, ainsi que de quoi payer ses études à l'école du Gué-d'Oden. Non par charité, mais parce qu'ils espéraient que Han Alister le maudit serait une arme redoutable à opposer au pouvoir grandissant du Conseil des Magiciens.

Han avait accepté leur offre. Accusé de meurtre, rendu orphelin par ses ennemis, poursuivi par la Garde de la reine et le puissant Haut Magicien Gavan Bayar… il n'avait pas eu le choix. Le poids des tragédies passées le poussait à avancer. Il éprouvait le désir d'aller quelque part où il n'avait encore jamais été, et le besoin de fuir tout ce qui lui rappelait les deuils subis.

Il ressentait aussi une brûlante soif de vengeance.

Han glissa la main sous sa chemise et toucha d'un geste machinal l'amulette au serpent qui crépitait contre la peau de sa poitrine. Le pouvoir se répandit dans le porte-poisse, le libérant de la tension magique qui s'était accumulée en lui toute la journée.

C'était devenu une habitude pour lui d'évacuer le pouvoir qui risquait sinon d'exploser, hors de tout contrôle. Il avait sans cesse besoin de s'assurer que l'amulette était bien là. Depuis qu'il l'avait volée à Micah Bayar, Han s'y était étrangement attaché.

Le bijou brasillant avait autrefois appartenu à son ancêtre, Alger Waterlow, plus communément connu sous le nom de Roi Démon. Pendant ce temps, l'amulette du Chasseur Solitaire, qu'avait fabriquée pour lui Elena Demonai, la Matriarche du clan, restait dans sa sacoche, inutilisée.

Il aurait dû haïr l'amulette de Waterlow. Il l'avait payée de la vie de Mam et de Mari. Pour certains, il s'agissait d'un instrument de magie noire, qui ne faisait rien d'autre que le mal. Mais c'était tout ce qu'il possédait de ses dix-sept années d'existence. Ça, le livre d'histoires calciné de Mari et le médaillon en or de sa mère. C'était tout ce qui restait de cette saison de désastre.

À présent, son ami Danseur et lui voyageaient en direction de la Maison Mystwerk, l'académie des magiciens du Gué-d'Oden, où ils allaient entamer une formation financée par les clans.

— Tout va bien ? demanda Danseur en se penchant vers lui, son visage cuivré marqué par l'inquiétude, tandis que ses cheveux se tordaient dans le vent comme des serpents ornés de perles. On dirait que tu as été pétrifié par une sorcière.

— Ça va, dit Han. Mais j'aimerais me mettre à l'abri du vent.

Même par beau temps, des bourrasques mugissaient constamment dans le col. Et désormais, alors que l'été touchait à sa fin, la morsure de l'hiver se faisait sentir.

— Nous approchons de la frontière, dit Danseur, ses paroles emportées par les rafales. Une fois que nous l'aurons passée, nous ne serons plus très loin de Delphi. Peut-être que ce soir nous pourrons dormir sous un toit.

Han et Danseur voyageaient sous l'apparence de marchands des clans, accompagnés de poneys chargés de biens divers. Leur tenue leur procurait une certaine protection. Tout comme les arcs droits qu'ils portaient en bandoulière. La plupart des voleurs avaient la sagesse de ne pas affronter les membres des clans des Esprits sur leur propre territoire. Le voyage deviendrait plus risqué une fois arrivés en Arden.

Tandis qu'ils descendaient vers la frontière, les saisons paraissaient défiler en sens inverse : de l'hiver, ils repassaient à l'automne. Quand ils franchirent la lisière d'arbres, ils furent d'abord entourés de pins chétifs, puis une véritable forêt de trembles se referma sur eux, les abritant un peu du vent. La pente s'adoucit et le sol se fit plus meuble. Ils commencèrent à voir ici et là de petites exploitations, chaumières douillettes entourées de prairies où s'étaient dispersés de robustes mouflons aux longues cornes enroulées.

Un peu plus loin, les traces de la guerre qui couvait au sud apparurent. À moitié dissimulés par les mauvaises herbes qui poussaient de part et d'autre de la route, des objets hétéroclites avaient été abandonnés : sacoches vides, éléments d'uniformes de soldats en fuite et trésors domestiques qui s'étaient révélés trop encombrants en abordant la montée.

Han remarqua une poupée de chiffon enfoncée dans la boue du fossé. Il serra les rênes, avec l'idée de descendre pour la récupérer.

Il pourrait la laver avant de l'offrir à sa petite sœur. Alors, il se souvint que Mari était morte et qu'elle n'avait plus besoin de poupées.

Tel était le chagrin du deuil. Il se résorbait peu à peu en une douleur sourde, jusqu'à ce qu'un détail, un bruit ou une odeur frappent Han comme un coup de marteau.

Ils dépassèrent plusieurs fermes incendiées. Les cheminées en pierre encore debout se dressaient, semblables aux stèles de tombes profanées. Puis vint tout un village calciné dans lequel s'élevaient les charpentes squelettiques du temple et de la maison du conseil.

Han consulta Danseur du regard.

— Ce sont les gens des plaines qui ont fait ça ?

Danseur hocha la tête.

— Eux, ou des mercenaires en vadrouille. Il y a une forteresse à la frontière, mais les soldats ne surveillent pas très bien cette route. Et les guerriers demonai ne peuvent pas être partout. Le Conseil des Magiciens affirme qu'eux-mêmes pourraient redresser la situation, mais qu'ils n'en ont pas le droit et ne disposent pas des outils adéquats, alors la faute revient aux clans. (Il leva les yeux au ciel.) Comme si des magiciens allaient traîner ici dans la cambrousse, même s'ils en avaient le droit.

— Eh ! attends, dit Han. Surveille ce que tu dis : *nous* sommes des magiciens dans la cambrousse.

La blague les fit rire tous les deux. Ils en étaient venus à partager une sorte d'humour noir au sujet de leur pénible situation. Il était difficile de perdre l'habitude de se moquer de l'arrogance des magiciens – le genre de plaisanteries que les plus démunis faisaient aux dépens des puissants.

Ils arrivèrent à une fourche où les chemins venant de l'est et de l'ouest se rejoignaient avant le passage du col. La circulation se fit plus dense et ralentit, comme de la crème qui épaissit. Le flot des réfugiés s'écoulait lentement, en sens inverse, vers les Pins Marisa et sans doute la Marche-des-Fells. Hommes, femmes, enfants, familles ou voyageurs solitaires, groupes formés au hasard ou volontairement, pour se protéger.

Chargés de sacs et de ballots, les réfugiés avaient les yeux caves et gardaient le silence, même les enfants, comme si le fait de continuer de mettre un pied devant l'autre requérait toute leur énergie. Les adultes et les jeunes étaient munis de gourdins, de bâtons et d'autres armes de fortune. Quelques-uns étaient blessés, des chiffons ensanglantés leur entourant la tête ou les membres. Beaucoup portaient des vêtements des plaines légers, et certains allaient nu-pieds.

Ils avaient dû quitter Delphi à l'aube. S'il leur avait fallu si longtemps pour arriver à cet endroit, ils n'atteindraient jamais le col avant la tombée de la nuit. Ensuite, il y avait encore deux jours de marche pour parvenir aux Pins Marisa.

— Ils vont geler, là-haut, s'inquiéta Han. Leurs pieds seront déchiquetés par les rochers. Comment les *lytlings* vont-ils réussir à grimper ? Mais à quoi pensent-ils ?

Un petit garçon d'environ quatre ans pleurait, debout au milieu du chemin, les poings serrés, le visage tordu par la souffrance.

— Maman ! criait-il en langue des plaines. Maman ! J'ai faim !

Sa maman ne semblait pas être dans les parages.

Saisi d'un sentiment de culpabilité, Han fouilla dans sa besace et en sortit une pomme. Il se pencha pour la tendre à l'enfant.

— Tiens, dit-il avec un sourire. Essaie ça.

Le petit garçon recula en trébuchant et leva les bras pour se protéger.

— Noon ! hurla-t-il, paniqué. Va-t'en !

Il tomba sur les fesses sans cesser de crier comme un goret qu'on égorge.

Une fille d'un âge indéfini au visage émacié arracha la pomme des mains de Han et s'enfuit comme si elle avait des démons aux trousses. Han la suivit du regard, impuissant.

— Laisse donc, Chasse-Seul, lui dit Danseur en se servant de son nom de clan. Je suppose qu'ils ont eu une mauvaise expérience avec des cavaliers. Tu ne peux pas sauver tout le monde, tu sais.

Je ne peux sauver personne, pensa Han.

Au détour d'une courbe, les fortifications de la frontière apparurent dans le paysage en contrebas : un édifice miteux et un mur de pierre irrégulier, dont les failles les plus importantes avaient été comblées par des piques de fer et des barbelés, faute de réparation plus adaptée. Le mur s'étendait sur toute la largeur du col, écrasé entre les sommets de chaque côté, et, au milieu, un corps de garde massif surplombait la route. Une courte procession de commerçants, avec chariots et ballots, ainsi que des marcheurs allant vers le sud entraient au compte-gouttes, tandis que, vers le nord, les voyageurs circulaient librement.

Une sorte de village avait poussé autour de la forteresse comme des champignons après une pluie d'été : des appentis sommaires, des huttes délabrées, des tentes et des chariots bâchés. Un enclos rudimentaire retenait quelques chevaux malades et vaches faméliques.

Des taches d'un bleu vif se massaient autour de la porte comme une poignée d'asters d'automne. Des Vestes Bleues. La Garde de la reine. Han sentit l'appréhension lui caresser le dos comme un doigt de glace.

Que pouvaient-ils bien faire à la frontière ?

— Qu'ils contrôlent les réfugiés qui entrent, je peux le comprendre, raisonna-t-il, l'air soucieux. Ils tiennent à refouler les espions et les renégats. Mais pourquoi filtrer ceux qui *quittent* le royaume ?

Danseur regarda Han de haut en bas, en se mordillant la lèvre inférieure.

— Eh bien, visiblement, ils cherchent quelqu'un. (Il marqua un temps d'arrêt.) Est-ce que la Garde de la reine se donnerait tant de mal pour t'attraper, *toi* ?

Han haussa les épaules, voulant écarter cette hypothèse. S'ils le trouvaient si dangereux, ne préféraient-ils pas qu'il soit hors du royaume plutôt qu'à l'intérieur ?

— Je vois mal Sa Majesté toute-puissante remuer ciel et terre parce que quelques Sudistes sont morts, dit-il. D'autant plus que les tueries ont cessé.

— Tu as quand même enfoncé un couteau dans le gras du Haut Magicien, rappela Danseur. Il y est peut-être resté.

Exact. Il y avait ça aussi. Même si Han ne croyait pas vraiment à la mort du seigneur Bayar. D'après son expérience, le mal survivait tandis que les innocents mouraient. Les Bayar pouvaient malgré tout avoir convaincu la reine qu'il valait la peine qu'on s'échine à le mettre aux fers.

Mais les Bayar tenaient à leur amulette. Prendraient-ils le risque de la voir tomber aux mains des gardes de la reine ? Sous la torture, l'histoire du bijou risquait de sortir au grand jour.

Et puis, n'était-il pas supposé être du côté de la reine ? Il se remémora les paroles prononcées par Elena *Cennestre* le jour où elle lui avait révélé la vérité : *« Quand tu auras terminé tes études, tu reviendras ici et tu mettras tes capacités au service des clans et de la lignée véritable des reines de sang. »*

Sans doute personne n'en avait-il soufflé mot à la reine Marianna. Ils devaient rester discrets à ce sujet.

— Nous savons au moins qu'ils ne sont pas à ta recherche, dit Han en détournant les yeux. Séparons-nous, au cas où. Va en avant. Je te suis.

Cela empêcherait toute action d'éclat de la part de Danseur si Han se faisait prendre.

Danseur accueillit cette suggestion d'un grognement moqueur.

— C'est ça ! Même en dissimulant tes cheveux, impossible de te faire passer pour un membre des clans à partir du moment où tu ouvres la bouche. Laisse-moi parler. Les marchands sont nombreux à emprunter cette route. Il ne nous arrivera rien.

Pourtant, Han remarqua que Danseur ajustait la corde de son arc et glissait sa dague de ceinture à portée de main.

Han prépara lui aussi ses armes, et fit rentrer quelques mèches de cheveux clairs sous son chapeau. Il aurait dû prendre le temps de les teindre de nouveau en brun, afin d'être moins reconnaissable. Jusqu'à présent, ils n'avaient guère eu besoin de s'inquiéter de leur survie. Il glissa une main sous sa chemise pour toucher l'amulette. Pour la millième fois, il regretta de ne pas en savoir davantage sur son utilisation. En cas de pépin, un petit coup de magie n'aurait pas été de trop.

Non, peut-être pas. Il valait mieux que personne ne sache que Gourmettes Alister, voleur des rues accusé de meurtre, était soudain devenu magicien.

Avec une lenteur atroce, ils s'approchèrent de la frontière. La Garde semblait faire un travail minutieux.

Quand ils arrivèrent en tête de file, deux soldats s'avancèrent pour saisir la bride de leurs poneys et les arrêter. Un garde à cheval, qui portait un foulard de sergent, plaça sa monture en travers de leur route. Il les examina d'un air sévère.

— Noms ?

— Danseur de Feu et Chasse-Seul, répondit Danseur dans la langue commune. Nous sommes des marchands des clans en provenance des Pins Marisa, et nous nous rendons à la Cour d'Arden.

— Marchands ? Ou espions ? cracha le garde.

— Nous ne sommes pas des espions, dit Danseur en calmant son poney qui secouait la tête et roulait des yeux, effarouché par le ton de l'homme. Les marchands ne se mêlent pas de politique. C'est mauvais pour les affaires.

— Vous profitez de la guerre, tout le monde sait ça, grogna le Veste Bleue, qui faisait preuve de l'habituelle hostilité des Valiens envers les clans. Que transportez-vous ?

— Du savon, des parfums, de la soie, des articles en cuir et des remèdes, énuméra Danseur en posant une main de commerçant assuré sur ses bagages.

Cette partie-là au moins était vraie. Ils prévoyaient de livrer ces biens à un acheteur à la Cour d'Arden, pour contribuer à payer leurs études et leur pension.

— Voyons voir ça.

Le garde défit les sangles des sacoches du premier poney et fouilla à l'intérieur. Des odeurs de bois de santal et de pin s'en échappèrent.

— Des armes, des amulettes ? demanda-t-il. Des objets magiques ?

Danseur leva un sourcil.

— Il n'y a pas de marché pour les produits magiques en Arden. L'Église de Malthus les interdit. Et nous ne faisons pas commerce d'armes, c'est trop dangereux.

Le militaire observa leurs visages, une lueur d'incertitude dans le regard. Han regardait fixement le sol.

— Je ne sais pas trop, dit le garde. Vous avez les yeux bleus tous les deux. À mon avis, vous ne ressemblez pas aux gens des clans.

— Nous sommes de sang mêlé. Adoptés par les clans alors que nous étions bébés.

— Ou volés, plutôt, fit le sergent. Tout comme la princesse héritière. Que la Créatrice ait pitié d'elle.

— La princesse ? s'étonna Danseur. Que lui est-il arrivé ? Nous ne sommes pas au courant.

— Elle a disparu, leur apprit-il. (Il semblait être ce genre de personne qui n'aime rien plus qu'annoncer les mauvaises nouvelles.) Certains prétendent qu'elle a fui. Moi je dis qu'elle n'a pas pu partir de son plein gré.

C'est donc ça ! pensa Han, le cœur soudain plus léger. Cette surveillance accrue à la frontière ne les concernait en rien.

Mais le Veste Bleue n'en avait pas fini avec eux. Il regarda autour de lui, comme pour s'assurer qu'il disposait de renforts.

— On dit qu'elle a été enlevée par les vôtres. Par les rouquins.

— C'est insensé, répliqua Danseur. De par son héritage paternel, le sang des clans coule dans les veines de la princesse Raisa, et elle a été éduquée au camp Demonai pendant trois ans.

Le Veste Bleue grogna.

— Eh bien, elle n'est plus dans la capitale, ils en sont sûrs. Peut-être qu'elle viendra par ici, voilà pourquoi on passe tout le monde en revue. La reine offre une grosse récompense à qui la retrouvera.

— À quoi ressemble-t-elle ? l'interrogea Danseur, comme s'il était intéressé par la prime.

— Elle est de sang mêlé, elle aussi, mais j'ai entendu dire qu'elle était mignonne malgré tout. Elle est petite, avec de longs cheveux noirs et des yeux verts.

Le souvenir des yeux verts de Rebecca Morley surgit par surprise dans l'esprit de Han. Elle était entrée dans le poste de garde du Pont-Sud et avait arraché trois Chiffonniers des griffes de Mac Gillen. La description correspondait à Rebecca. Et à un millier d'autres filles.

Depuis que sa vie avait volé en morceaux, il n'avait pas pensé à Rebecca. Pas beaucoup.

Le Veste Bleue décida enfin qu'il les avait retenus assez longtemps.

— Très bien, allez-y. Prenez garde à vous quand vous serez au sud de Delphi. Les combats sont rudes, là-bas.

— Merci, sergent.

Une voix tranchante comme la lame d'un couteau interrompit alors la conversation :

— Que se passe-t-il, sergent ? Qu'est-ce qui prend tant de temps ?

Han leva la tête et vit une fille de son âge qui forçait son cheval à avancer à travers la foule de voyageurs à pied rassemblée autour de la porte, comme si elle ne se souciait pas d'en écraser un ou deux.

Il ne put s'empêcher de la dévisager. Elle ne ressemblait à aucune des filles qu'il avait vues auparavant. Sa chevelure d'un blond platine était rassemblée en une simple tresse qui lui descendait jusqu'à la taille, soulignée par une mèche rouge qui courait sur toute sa longueur. Ses cils et sourcils avaient la couleur des graines floconneuses des peupliers, et ses yeux étaient d'un bleu porcelaine très pâle, pareils à un ciel lavé par la pluie. Elle était entourée d'un halo de lumière, preuve que le pouvoir qui émanait d'elle n'était pas encore canalisé.

Elle chevauchait un étalon des plaines gris aussi racé qu'elle. Parfaitement droite sur sa selle, elle paraissait vouloir exagérer encore sa taille déjà considérable. Ses traits anguleux lui étaient familiers. Son visage n'était pas beau, mais assurément marquant. Surtout quand elle fronçait les sourcils. Comme dans le cas présent.

Sa courte veste et sa jupe d'équitation fendue étaient coupées dans des étoffes de qualité, et bordées de cuir. L'étole de magicienne dans laquelle étaient drapées ses épaules portait l'emblème du Faucon Plongeant, un rapace tenant un oiseau chanteur entre ses serres, et une amulette brillante pendait à son cou, au bout d'une lourde chaîne dorée.

Han fut pris d'un frisson, son corps réagissant plus rapidement que son esprit laborieux. Le Faucon Plongeant. Cet emblème appartenait aux…

— Je… Veuillez m'excuser, dame Bayar, balbutia le sergent, des gouttes de sueur perlant sur son front malgré l'air froid. Je questionnais ces marchands. Par précaution, madame.

Bayar. Cette fille lui rappelait Micah Bayar. Il n'avait vu le fils du Haut Magicien qu'une fois, le jour où il avait volé l'amulette qui avait changé sa vie pour toujours. Quel lien de parenté y avait-il entre eux deux ? Elle semblait être du même âge. Sœur ? Cousine ?

— Touche l'amulette, murmura Danseur à Han, en glissant lui-même la main sous sa veste en peau de daim. Pour drainer le pouvoir… et peut-être ne remarqueront-ils pas ton aura.

Avec un hochement de tête, Han saisit le serpent sous sa chemise.

— Nous cherchons une *fille*, espèce d'idiot, lança dame Bayar dont les yeux passèrent sans s'arrêter sur Han et Danseur.

Une brune presque naine. Pourquoi perdre du temps avec ces rouquins ?

Elle avait utilisé le mot valien pour désigner les membres des clans. Les gardes qui retenaient les poneys les relâchèrent aussitôt.

— Fiona. Faites attention à ce que vous dites.

Un autre magicien monté à cheval arrivait derrière dame Bayar, un garçon plus âgé, aux cheveux couleur de paille, et dont le corps s'alourdissait déjà sous le poids des excès. Son étole portait l'emblème du Chardon.

— Quoi ? demanda dame Bayar.

Sous son regard impérieux, il se tortilla comme un chiot.

Soit il la craint, soit elle lui plaît, pensa Han. *Peut-être les deux.*

— Je vous en prie, Fiona, dit le jeune magicien en s'éclaircissant la voix. Je ne décrirais pas la princesse Raisa comme « presque naine ». En fait, elle est plutôt…

— Pas naine ? Quoi alors ? l'interrompit Fiona. Courtaude ? Rabougrie ? Courte sur pattes ?

— Eh bien, je…

— Et elle est brune, non ? Plutôt basanée, même, à cause de ses origines mêlées. Admettez-le, Wil.

Apparemment, Fiona n'appréciait pas trop de se faire reprendre.

Han s'efforça de masquer sa surprise. Il ne portait pas franchement dans son cœur la reine et sa descendance, mais il n'aurait jamais pensé entendre de telles paroles dans la bouche d'un Bayar.

Fiona leva les yeux au ciel.

— Je ne sais pas ce que mon frère lui trouve. Manifestement, vous êtes meilleur juge en matière de femmes.

Elle adressa un sourire à Wil, révélant son charme ravageur, et Han comprit pourquoi l'apprenti magicien était subjugué.

Wil vira au rose soutenu.

— Je pense simplement que nous lui devons un certain respect, murmura-t-il en se penchant pour que le sergent n'entende pas. Elle est l'héritière du trône du Loup Gris.

Danseur fit discrètement avancer son poney, espérant s'éclipser tandis que les porte-poisse étaient occupés à leur dispute. Han pressa les flancs de Guenille et suivit son compagnon, gardant le visage baissé, tourné de l'autre côté. Ils avaient dépassé les magiciens et s'engageaient sous la porte, ils y étaient presque, lorsque…

— Hé ! toi, là-bas ! Attends.

C'était Fiona Bayar. Han jura en silence, arbora son visage des rues et se retourna sur sa selle. Elle avait les yeux rivés sur lui.

— Regarde-moi, garçon ! ordonna-t-elle.

Han leva la tête et plongea son regard dans les iris bleu porcelaine. Entre ses doigts, l'amulette grésillait, et une sorte d'esprit démoniaque le poussa à lever le menton en répondant :

— Je ne suis pas un garçon, dame Bayar. Plus maintenant.

Fiona s'immobilisa, le dévisageant, les rênes serrées dans sa main. Sa longue gorge se contracta quand elle déglutit.

— Non, dit-elle en passant la langue sur ses lèvres. Tu n'es pas un garçon. Et tu ne parles pas non plus comme un rouquin.

Wil tendit la main pour lui toucher le bras, comme s'il essayait d'attirer de nouveau son attention.

— Vous connaissez ce… *marchand*, Fiona ? demanda-t-il, d'une voix où perçait le mépris.

Mais elle ne quitta pas Han des yeux.

— Tu es vêtu à la manière d'un marchand, murmura-t-elle comme pour elle-même. Tes vêtements sont ceux d'un rouquin, mais tu as une aura. (Elle posa les yeux sur ses propres mains irradiantes, puis le regarda de nouveau.) Par le sang et les os ! tu as une *aura*.

Han baissa les yeux et vit, horrifié, que la magie qui brûlait en lui était affreusement apparente, même dans la lumière de l'après-midi. Il était plus brillant que d'habitude, le pouvoir scintillant sous sa peau comme le soleil sur l'eau.

Mais l'amulette était censée l'étancher, le stocker. Peut-être produisait-il plus de magie en situation périlleuse que le bijou ne pouvait en absorber ?

— Ce n'est rien, intervint rapidement Danseur. À force de manipuler des objets magiques sur les marchés des clans, ça déteint un peu, parfois. Ça ne dure pas.

Impressionné, Han regarda son ami en clignant des yeux. Danseur avait développé un talent pour « amuser la loi », comme on disait au Marché-des-Chiffonniers.

Danseur attrapa la bride de Guenille, et essaya de le tirer en avant.

— Nous adorerions rester et répondre aux questions des porte-poisse, mais il nous faut avancer si nous ne voulons pas dormir dans les bois ce soir.

Fiona ne lui prêta aucune attention. Elle continuait à regarder Han de ses yeux étrécis, la tête penchée sur le côté. Elle prit une inspiration et se tint encore plus droite.

— Retirez votre chapeau.

— Nous répondons à la reine, porte-poisse. Pas à vous. Viens donc, Chasse-Seul, grogna Danseur.

La main sur l'amulette, Han gardait les yeux rivés sur Fiona. Sa peau le picotait sous l'effet de la magie, et un sentiment de défi brûlait en lui comme de l'eau-de-vie. Avec une lenteur délibérée, il attrapa son chapeau de sa main libre, le souleva et secoua ses cheveux. Le vent qui soufflait depuis le col du camp Marisa l'ébouriffa, soulevant les mèches de son front.

— Portez un message au seigneur Bayar, dit Han. Restez à l'écart de mon chemin, ou toute votre famille tombera.

Fiona le regardait fixement. Pendant un moment, elle ne put dire un mot.

— Alister, coassa-t-elle finalement. Gourmettes Alister. Mais… un magicien – ce n'est pas possible.

— Surprise, dit Han.

Dressé sur ses étriers, il serra son amulette d'une main et tendit l'autre. Ses doigts se tordirent pour lancer un sort, comme s'ils étaient animés d'une volonté propre, et les mots magiques jaillirent spontanément de sa bouche.

La route se boursoufla et se déforma alors qu'une haie d'épines émergeait du sol, érigeant un mur hérissé de piquants entre les magiciens et eux. En quelques secondes, l'obstacle arriva à hauteur du poitrail des chevaux.

Déconcerté, Han lâcha l'amulette et s'essuya la main contre ses jambières, comme s'il pouvait se débarrasser des traces de magie. La tête lui tourna, puis il recouvra ses esprits. Il jeta un coup d'œil à Danseur, qui le fusillait du regard, n'en croyant ni ses yeux ni ses oreilles.

Fiona retrouva enfin l'usage de sa langue :

— C'est lui ! hurla-t-elle. C'est Gourmettes Alister ! Il a essayé d'assassiner le Haut Magicien ! Attrapez-le !

Personne n'esquissa le moindre geste. Le mur d'épines continua à croître, étendant des branches acérées vers le ciel. Les Vestes Bleues restaient bouche bée devant ce marchand qui s'était changé en meurtrier potentiel et faisait sortir des haies d'épines de nulle part.

D'un bras, Danseur décrivit un grand arc, qui envoya des flammèches dans toutes les directions. La haie fuma, puis s'enflamma. Guenille se cabra, essayant de jeter Han à terre. Les gardes se plaquèrent au sol, les mains sur la tête, gémissant de terreur.

Han enfonça les talons dans les flancs de Guenille, et le poney surpris s'élança pour franchir la porte, suivi de près par Danseur, couché sur son poney, les cheveux au vent. Devant eux, les voyageurs s'écartèrent et se jetèrent dans les fossés de part et d'autre de la route. Derrière eux, Han entendit crier des ordres tandis que les trompettes retentissaient.

Les arbalètes vibrèrent sous les carreaux envoyés à l'aveuglette par-dessus la porte. Han pressa la tête contre l'encolure de Guenille pour constituer une cible plus petite.

— Prenez-le vivant, bande d'idiots ! cria Fiona. Mon père le veut vivant !

Les arbalètes se turent alors, et ils pouvaient s'en estimer heureux, car la route vers Delphi était large et en pente douce : une fois que leurs poursuivants auraient passé la barrière dressée par Han, Danseur et lui seraient faciles à atteindre.

Han jeta un coup d'œil en arrière au moment où Fiona faisait exploser une portion de la haie en flammes, formant un trou aux contours irréguliers. Les deux magiciens surgirent par l'ouverture, suivis par trois gardes à cheval montrant peu d'enthousiasme. Les Vestes Bleues n'avaient sûrement pas envie d'engager les hostilités contre des gens capables de lancer des flammes ou de faire pousser des ronces.

— Les voilà qui arrivent, lança Han en pressant Guenille pour qu'il galope plus vite.

— On dirait qu'ils ont décidé de se mettre en travers de ta route, lui cria Danseur en retour.

Han savait que son compagnon aurait beaucoup à dire, plus tard. S'il y avait un « plus tard ».

Déjà, les magiciens gagnaient du terrain et grignotaient leur avance à vue d'œil. Ils allaient fatalement les rejoindre, favorisés par la large route et leurs chevaux des plaines aux longues jambes qui leur donnaient l'avantage de la vitesse. Pas moyen pour Han et Danseur de vaincre deux magiciens plus expérimentés. Sans compter le triple de Vestes Bleues.

Qu'est-ce qui t'a pris, Alister? se demanda Han. On pouvait lui trouver de nombreux défauts, mais la stupidité n'en faisait pas partie. Si tentant que cela puisse être de défier Fiona Bayar, il n'aurait jamais entraîné Danseur dans un affrontement motivé par la rancune et perdu d'avance.

Il pensa à la manière dont la magie avait circulé en lui, comme un alcool fort, et à la sensation d'ivresse qui lui avait fait perdre la tête. Sûrement parce qu'il ne se rendait pas compte de ce qu'il faisait. Il serra les doigts sur les rênes pour résister à l'envie de toucher l'amulette de nouveau.

— Il faut quitter cette route, cria-t-il, la bouche pleine de poussière. Il y a un endroit où on peut tourner?

— Et comment je le saurais ? (Danseur scruta le paysage en plissant les yeux pour se protéger du soleil qui baissait dans le ciel.) Ça remonte à loin.

Ils poursuivirent à bride abattue sur un demi-kilomètre, puis Danseur reprit :

— Il y a bien un endroit où on pourrait les perdre.

La route de Delphi suivait un ruisseau à truites limpide. Le cours d'eau avait creusé la vallée à travers les derniers massifs des Esprits qui s'étendaient vers le sud, et la partageait en deux. Danseur regardait vers la gauche, à la recherche d'un repère. Han chevauchait à son côté, essayant de maintenir leur folle allure.

— Pas loin d'ici, le ruisseau Kanwa dévie vers l'ouest tandis que la route continue plein sud. Nous pouvons tourner pour le suivre et essayer de les semer. C'est un canyon étroit, rocheux et escarpé. Idéal pour des poneys, mais pas pour des chevaux des plaines. Cherche un roc en forme d'ours endormi.

La bifurcation serait la bienvenue. Comme le bruit de la poursuite s'intensifiait, Han jeta un coup d'œil par-dessus son épaule : les deux magiciens n'étaient plus qu'à trois ou quatre longueurs de poney. En voyant Han la regarder, Fiona se dressa sur ses étriers et lâcha les rênes. Elle tendit un bras tout en tâtonnant d'une main à la base de son cou.

Une pluie de feu s'abattit sur Danseur. Si Fiona n'avait pas été à cheval, le coup aurait bien pu atteindre sa cible. En l'occurrence, il brûla l'échine de Vicieux. Le poney hennit de douleur et vira sur la gauche, entra en collision avec Guenille et manqua de les faire tous sortir de la route.

Han empêcha à grand-peine son poney de dévaler dans le fossé, tandis que Danseur forçait Vicieux à garder la tête droite.

Le message était clair : Fiona voulait capturer Han vivant, mais Danseur n'était qu'une proie.

Han dégaina sa lame, car il s'attendait à trouver leurs attaquants sur leurs talons. Mais en jetant de nouveau un coup d'œil en arrière, il fut surpris de constater que Fiona et Wil avaient perdu du terrain et se démenaient pour maîtriser leurs chevaux, qui lançaient des ruades et se cabraient. Derrière eux, les Vestes Bleues s'entassaient, essayant de ne pas entrer en collision avec les magiciens. Ces chevaux racés n'avaient visiblement pas été habitués à ce que leurs cavaliers lancent des boules de feu.

— C'est là ! s'écria Danseur en désignant un énorme rocher de granit qui dépassait sur la route, du côté gauche.

Il ressemblait, il est vrai, à un ours endormi, la tête posée sur deux pattes massives. Comme s'il reconnaissait la voie du salut, Vicieux fit un bond en avant, suivi de près par Guenille.

Les Vestes Bleues et les magiciens avaient dû réussir à démêler la situation, car une cavalcade faisait de nouveau trembler le sol.

Han et Danseur tournèrent derrière le promontoire rocheux, pour un instant dissimulés aux yeux de leurs poursuivants. De l'autre côté, le sol s'inclinait vers des terrasses de roche vertigineuses. Le ruisseau Kanwa dévalait la pente en une série de cascades s'élançant d'un à-pic à un autre, jusqu'à perte de vue. Le grondement des chutes d'eau était amplifié par l'écho dans le canyon.

— Tu comptes descendre par là ? demanda Han.

Il regarda autour de lui pour essayer de repérer un autre passage. Guenille était sa première monture ; il ne tenait pas à l'estropier dès la première semaine, voire pis : un faux pas suffirait à les envoyer tous deux se casser le cou dans l'abîme.

Danseur pressa Vicieux à s'engager dans la pente tapissée de cailloux.

— Je suis déjà passé par ici. Je préfère risquer le canyon de Kanwa que me retrouver face à dame Bayar.

— Bon, d'accord, soupira Han. Passe le premier, puisque tu es plus rapide. Je te rattraperai.

Il se disait que Fiona oserait moins lancer des attaques s'il était à l'arrière.

L'avantage, c'était que personne ne passerait par cet endroit à moins d'y être obligé. Surtout avec des chevaux des plaines.

Danseur et Vicieux disparurent dans un virage de la descente. Ils avançaient à une vitesse imprudente. Tous deux se côtoyaient depuis deux ans. Han laissa Guenille trouver son chemin derrière Vicieux, à son propre rythme, se retenant de l'inciter à aller plus vite. Han tenait à être hors de vue avant que les magiciens apparaissent derrière le rocher de l'ours endormi et commencent à leur jeter des flammes de là-haut.

D'un pas sûr, Guenille négociait la descente dans le canyon abrupt, envoyant de petits cailloux au fond du gouffre. Le poney se serrait tellement contre la paroi que la jambe droite de Han frottait contre la pierre. Sa jambière fut bientôt déchirée, et sa peau éraflée.

En arrivant à hauteur de la rivière, le poney trouva son chemin entre une série de cascades, puis s'élança résolument dans le courant peu profond à la suite de Vicieux en projetant des gerbes d'eau, décidé à doubler son rival.

Han regarda en amont. Loin au-dessus de leurs têtes, deux cavaliers se tenaient au sommet de la gorge, leur aura de magicien se détachant nettement sur le ciel dégagé. Ils se disputaient, et leurs voix fortes résonnaient dans le canyon.

Han devina que Fiona insistait pour qu'ils continuent la poursuite dans le canyon, tandis que Wil s'y opposait.

Bon courage, Wil, pensa Han, qui pressa les flancs de sa monture.

Ils descendirent d'autres gorges à pic, empruntant des corniches si étroites que Han avait l'impression d'avancer dans le vide. *Surtout, ne pas regarder en bas*, se disait-il. Il gardait les yeux rivés sur le chemin devant lui. Leur progression était d'une lenteur exaspérante en comparaison de l'allure à laquelle ils auraient pu aller sur la route.

Han se retourna à maintes reprises, mais il ne perçut aucun signe de leurs poursuivants. Des heures plus tard, ils s'arrêtèrent dans une prairie herbeuse pour abreuver les chevaux épuisés. Derrière les hauts sommets, le soleil avait disparu et l'obscurité s'épaississait sous les arbres. Et malgré la faible altitude, le froid se faisait de nouveau sentir. Han n'avait aucune envie de suivre cette piste dans le noir.

Peu importait. Ils avaient franchi la frontière et, pour l'instant, ils semblaient avoir semé leurs poursuivants.

Han se laissa tomber à plat ventre et but l'eau du ruisseau dans le creux de ses mains. Elle était claire et glaciale.

— Qu'est-ce qui t'a pris, là-bas ? demanda Danseur qui remplissait sa gourde, accroupi près de lui. On était presque tirés d'affaire, et il a fallu que tu fiches tout en l'air. Passer la frontière sans se faire reconnaître, ce n'était pas assez excitant pour toi ?

Han s'essuya la bouche sur sa manche et se mit sur ses talons.

— Je ne sais pas pourquoi j'ai fait ça. Je ne me l'explique pas.

— Ton chapeau te démangeait ?

Danseur reboucha sa gourde et s'aspergea le visage pour le laver de la poussière du chemin.

— On aurait dit que le pouvoir refluait de l'amulette, décrivit Han. Je ne sais pas s'il y a quelque chose qui cloche avec la magie que j'y ai accumulée, ou si c'est parce que je ne sais pas m'en servir.

« Maudit par le démon », comme sa mère disait. C'était peut-être vrai.

Danseur, d'habitude si conciliant, ne le lâcha pas si facilement. En fait, il commençait seulement à s'échauffer.

— Tu ne pouvais pas la fermer ? Je vais t'appeler Chevelure-d'Or à partir de maintenant. Ou Moulin-à-Paroles.

— Désolé.

Il n'avait rien d'autre à dire. Il ne pouvait pas en vouloir à Danseur d'être fâché contre lui. Il s'était comporté comme un imbécile imprudent, sans aucune raison. Danseur ne connaissait pas cette facette de sa personnalité. Han avait l'impression de revenir à l'époque où il était le suicidaire seigneur des Chiffonniers.

— Où as-tu appris à jeter des sorts ? insista Danseur. Tu disais tout ignorer de la magie. Il y a quelques semaines, tu ne savais même pas que tu étais magicien. Moi j'ai essayé de te montrer le peu que je maîtrise, et voilà que tu fais pousser une haie d'épines. C'est toi qui devrais me donner des leçons.

— Je ne sais pas comment j'ai fait, répondit Han. C'est arrivé, c'est tout.

Danseur devait penser qu'il lui avait caché des choses, qu'il ne voulait pas partager ses connaissances. Devant le silence de son ami, Han ajouta :

— Je ne me doutais pas que *toi* tu savais jeter des flammes.

— Je ne sais pas faire ça, dit Danseur d'une voix blessée. Ça sort tout seul quand je suis mort de peur.

Il se leva et se tapa sur les cuisses pour en chasser la poussière. Puis il partit s'occuper des chevaux.

Han tira son amulette de son col et la retourna entre ses mains. Il cherchait des indices. Il fallait qu'il arrive à contrôler cette chose. Sinon, rien n'empêcherait ce genre d'incident de se reproduire.

Désormais, les Bayar savaient qu'il était magicien, et qu'il se dirigeait vers le sud. Au moins, ils ignoraient ses projets et l'endroit exact où il se rendait. Han aimait assez l'idée que les Bayar se demandent où il apparaîtrait la prochaine fois, et s'inquiètent de ce qu'il ferait alors.

3

Dans les frimas de l'automne

Raisa frissonna et resserra sa cape de laine autour de ses épaules. Imbibé de pluie et givré, le vêtement pesait sans doute plus lourd qu'elle. Raisa se rapprocha du feu en tendant ses mains gelées. De la vapeur s'éleva du tissu détrempé.

Peut-être qu'en s'asseyant *au milieu* des flammes, elle réussirait à se réchauffer. Elle sentait déjà comme un mouton mouillé grillé à la broche.

Il leur avait fallu une semaine pour traverser les terres hautes entre le camp Demonai et le mur de l'Ouest. Une semaine de climat glacial et de neiges de début d'automne, une semaine à se serrer sous les tentes alors que le vent hurlait dehors. Sottement, Raisa avait cru que le temps s'améliorerait en descendant vers la mer de Lee, l'océan de l'Ouest qu'elle n'avait encore jamais vu.

Elle s'était trompée. Les neiges précoces des hauteurs laissèrent la place à la neige fondue et aux pluies glacées. Des tempêtes continuelles rendaient les sentiers dangereux. Depuis une semaine, ils étaient immobilisés au milieu de nulle part. Ils avaient planté les tentes dans un canyon encaissé qui les protégeait un peu du vent, dans l'attente de conditions climatiques plus favorables.

Il aurait été plus aisé de suivre la vallée de la Dyrnneflot. La rivière coulait par une brèche dans les Esprits entre la Marche-des-Fells et le mur de l'Ouest. Mais sur la route praticable, le risque d'être interceptés était trop grand.

— Dame Rebecca ?

Raisa mit un temps à comprendre que l'on s'adressait à elle. Elle releva la tête et découvrit la cadette Hallie Talbot au-dessus d'elle, qui lui tendait une tasse de thé fumant.

— Appelez-moi Morley, dit-elle sans y penser.

Elle accepta la tasse et avala une gorgée du liquide brûlant. Elle n'aurait pas dû laisser Hallie la servir, mais elle n'avait pas eu la force de refuser.

Rebecca Morley était son nom d'emprunt, et devait la protéger de ceux qui pourchassaient la princesse des Fells en fuite. Les autres Loups Gris pensaient qu'elle était la fille d'un noble de second rang, et que ses parents avaient réussi à la faire entrer à l'école du Gué-d'Oden à l'aide de pots-de-vin. Tous ignoraient sa véritable identité, à part son ami Amon Byrne.

Au début du périple, Raisa avait demandé à Hallie de lui couper les cheveux, pour modifier son apparence. La cadette s'était pliée à sa demande, et avait utilisé le couteau qu'elle portait à la ceinture. Les talents de coiffeuse de Hallie étaient limités… Le résultat était un casque de cheveux qui lui arrivait au lobe de l'oreille d'un côté, et au menton de l'autre.

Sa chevelure avait toujours été sa fierté – longue, épaisse, une masse ondulée qui lui descendait jusqu'aux reins. C'était son plus grand atout physique. Elle ferma les yeux et renversa la tête en arrière, se remémorant la façon dont Magret la coiffait, à l'aide d'une brosse en poils de sanglier…

— Vous seriez plus au chaud et plus au sec sous votre tente, da… Morley, lui dit Hallie, interrompant de nouveau sa rêverie. Vous risquez d'attraper la mort, ici.

Raisa réprima une repartie cinglante. Dans le campement, ils étaient sans cesse les uns sur les autres. La chose la plus anodine était difficile à exécuter, allumer un feu comme utiliser les lieux d'aisances. L'ennui et la promiscuité les rendaient tous irritables.

Ou du moins la rendaient, *elle*, irritable. Les autres acceptaient la situation sans broncher.

— Si je dois passer une seconde de plus à contempler quatre pans de jute, je vais devenir folle, grommela Raisa.

Au début, elle partageait une tente avec Amon, Mick Bricker et Talia Abbott. Il y avait trois personnes par tente ; Raisa était la quatrième puisqu'elle s'était jointe à eux, ce qui était normal dans un triple de neuf plus une. Ils étaient à l'étroit, mais bien au chaud.

Puis, une nuit, elle s'était réveillée pelotonnée contre Amon, un bras passé en travers de sa poitrine, le nez enfoui dans son tricot de corps en laine. Enfants, ils avaient dormi ainsi des centaines de fois.

Cette nuit-là, ç'avait été différent. Raisa avait soudain pris conscience de ce qui se passait, de l'odeur familière d'Amon, des battements de son cœur sous son bras, de son corps tendu. Il était allongé sur le dos, immobile, comme si elle était une vipère prête à mordre au moindre tressaillement. Il était tassé contre la paroi de la tente, yeux grands ouverts, poings serrés. La sueur perlait sur son front. Sa respiration était saccadée, comme s'il était en proie à la douleur.

En la voyant réveillée, il s'était dégagé pour sortir en trombe.

Par la suite, il avait remplacé Mick par Hallie, et lui-même avait rejoint une autre tente, laissant les trois femmes ensemble.

Elle n'avait pas fait exprès de rouler sur lui. Ce n'était pas comme si elle l'avait *attaqué*.

Il était incohérent. La moitié du temps, il tenait à ce qu'elle se comporte comme n'importe quel autre soldat. L'autre moitié, il érigeait des règles qui ne s'appliquaient qu'à elle. Elle ne partait jamais en reconnaissance, et ne montait jamais la garde seule. Il avait expliqué aux autres que c'était parce qu'elle était une cadette de première année, moins expérimentée qu'eux. Il était devenu un tyran de la pire espèce.

Ils avaient suffisamment de vivres, mais la nourriture était mauvaise : biscuits secs, viande séchée d'origine indéterminée, fromage qui moisissait dans l'humidité. Les noix et autres fruits secs allaient encore, mais ils finissaient par lui donner la nausée. Si elle ne terminait pas sa ration de midi, Amon la harcelait jusqu'à ce qu'elle avale tout.

« Vous perdez du poids, Morley. À cette altitude, vous avez besoin de vous protéger du froid. Et quand nous partirons, vous devrez tenir le rythme. Je ne veux pas que vous tombiez d'inanition. Personne ne va vous porter, même si vous n'avez que la peau sur les os. »

Et ainsi de suite.

Elle perdait du poids… et alors ? Étant donné la situation, n'importe qui en perdrait.

Tous les matins, ils s'entraînaient. Ils marchaient sur des kilomètres autour du camp, qu'il pleuve, qu'il vente ou qu'il neige. Chaque jour, Amon désignait quelqu'un pour croiser le fer avec Raisa, pour travailler sa posture, son endurance et sa condition physique. Ils y passèrent tous – sauf Amon Byrne, qui savait sans doute que l'affrontement serait par trop inégal.

Malgré tout, ces combats étaient humiliants. Et épuisants. Tous dans la Meute disposaient d'une meilleure allonge qu'elle. Ils pouvaient reculer hors de sa portée, la frapper à loisir et l'attaquer du plat de la lame, tandis qu'elle devait rester constamment en mouvement. Elle avait l'impression d'être harcelée par huit grands frères et sœurs.

« Si vous voulez devenir cadette, lui répétait Amon, vous devrez vous mesurer à des gens qui font de l'escrime depuis qu'ils sont en âge de tenir un bâton. »

Des gens comme Amon, qui avait toujours su qu'il serait soldat, à l'image de son père.

Peut-être son intention était-elle de la malmener jusqu'à ce qu'elle abandonne l'idée de se mêler aux cadets de la Maison Wien.

D'après lui, il valait mieux qu'elle reste dans l'enceinte du temple voisin, cloîtrée parmi les Consacrés, et qu'elle s'occupe à jardiner, lire, broder et apprendre l'art de la guérison en compagnie des orateurs.

Là, elle serait moins susceptible d'être reconnue par des élèves de la Marche-des-Fells. Peu de Fellsiens allaient étudier au temple du Gué-d'Oden. Il existait de bonnes écoles plus proches de chez eux.

Raisa savait bien qu'il était périlleux de se mêler aux autres étudiants, mais c'était un risque qu'elle acceptait de courir. Trop longtemps déjà elle était restée cloîtrée. Elle voulait découvrir le monde réel.

Elle posa sa tasse sur un rocher, passa ses bras autour de ses jambes et posa la tête sur ses genoux, sentant le tissu de son pantalon contre son menton. Par la douce Hanalea enchaînée, elle en avait assez de tout ça !

Hallie était de garde au camp. Talia Abbott patrouillait, traquant les ennuis potentiels dans un rayon de cinq kilomètres. Le reste de la Meute était pelotonné sous les deux autres tentes. Sauf Amon, qui était introuvable, comme toujours.

Amon se servait du nom « Morley » comme d'un bâton pour la tenir à distance… pour enterrer les souvenirs d'une enfance commune, passée à finir les phrases de l'autre, à utiliser les avantages et les talents de chacun pour se soutenir et se défendre mutuellement.

Le jeune Amon lui avait appris à se débrouiller dans le monde rude et mouvementé qui s'étendait hors de la cour. Il lui avait enseigné toutes les disciplines que sa mère avait négligées : l'équitation à cru, le tir à l'arc, et une dangereuse variante d'un jeu de balle qui se pratiquait à cheval. Il l'avait initiée aux jeux des tavernes : osselets, fléchettes, cartes, dés.

Amon avait transmis à Raisa les compétences acquises auprès de son père et de ses cousins plus âgés, et en fréquentant les rues de la Marche-des-Fells. Ils s'étaient entraînés avec des épées en bois.

Il lui avait montré comment lancer un couteau et aiguiser correctement une lame. Quand Raisa avait eu douze ans, il lui avait appris à mettre un attaquant hors d'état de nuire au cours d'une bagarre, dès que lui-même avait maîtrisé la technique.

Raisa disposait elle aussi de talents qui lui avaient permis de contribuer à leurs entreprises enfantines. Les gens s'en remettaient naturellement à son lignage pour lui conférer une autorité qu'elle n'avait pas forcément. Avec Raisa en première ligne, ils se tiraient toujours d'affaire.

« Évidemment que nous avons le droit de sortir seuls à cheval, avait-elle affirmé au valet d'écurie avec une belle assurance. Sellez Fils du Diable et Cœur de Tonnerre. Oui, ces deux-là. Oui, la reine est d'accord. Voulez-vous vraiment la déranger ? »

« Bien sûr, Amon est invité à la fête/a le droit de se servir dans le garde-manger/est autorisé à choisir des armes dans l'armurerie royale/peut monter le cheval de son choix. »

Ils pouvaient s'estimer heureux d'avoir survécu jusqu'à leur fête de jour de naissance. Mais ils s'étaient bien amusés.

Puis Amon avait eu treize ans, âge auquel les guerriers cadets recevaient leur nom d'adulte et étaient envoyés à la Maison Wien, l'académie militaire du Gué-d'Oden. Raisa avait rejoint le camp Demonai pour être élevée dans la famille de son père. Ils avaient été séparés pendant plus de trois ans.

À dix-sept ans, Amon était rentré à la Marche-des-Fells. Il était devenu grand, mince, beau – un curieux mélange entre un soldat expérimenté et un ami familier. À présent, Raisa voulait qu'il lui apprenne d'autres choses, ou qu'ils s'instruisent ensemble, mais il s'était montré peu coopératif. Quelques baisers très alléchants, et rien de plus. Au départ, il avait eu l'air intéressé, mais désormais…

Entre eux, nulle perspective de mariage n'était envisageable. Sa mère n'avait pas caché qu'elle voyait d'un mauvais œil son badinage avec un officier de la Garde. Était-ce la raison qui poussait Raisa à s'obstiner ? Ou était-ce simplement qu'elle avait l'habitude d'obtenir ce qu'elle voulait ?

Impossible. Elle avait été poussée à l'exil par la menace d'un mariage forcé avec un magicien. Cette union aurait violé le Naéming, l'accord qui avait mis fin aux guerres entre les magiciens et les clans. Certains jours, il lui semblait que personne ne devait faire plus de concessions sur ses propres désirs que la princesse héritière des Fells.

Cependant, le cœur de Raisa battait plus fort chaque fois qu'elle était proche d'Amon Byrne. Elle notait le moindre détail le concernant : ses mouvements, sa manière de se tenir en selle, la façon dont il penchait la tête en se mordillant la lèvre inférieure quand il avait un problème à résoudre, son menton hérissé de barbe qu'il frottait à la fin de la journée.

Lorsqu'il posait ses beaux yeux gris sur elle, son sang coulait plus vite dans ses veines, la réchauffant de toutes parts… quand elle ne se disputait pas avec lui. Ces derniers temps, cela leur arrivait souvent. Parfois, elle avait l'impression qu'il faisait exprès de la provoquer.

Et voilà qu'il l'évitait. Elle en était persuadée. Presque tous les jours, il quittait le campement pendant des heures. Elle n'avait aucune idée de l'endroit où il se rendait, mais elle ne pouvait s'empêcher de penser qu'elle était la cause de ces absences. L'inaction lui devenait insupportable, elle était fatiguée de rester assise, transie de froid.

À la cour, il lui semblait qu'elle n'avait jamais le temps de réfléchir. Au campement, c'était l'inverse. Elle ruminait comme un chien ronge une lanière de cuir.

Peut-être te considère-t-il comme une amie, raisonnait-elle. *Il ne veut pas risquer de perdre ce lien en allant plus loin.*

Eh bien, vous êtes amis, mais ces temps-ci, il te parle à peine.

Ou alors, il est intéressé, mais te juge inaccessible. Il a peur de voir ses avances repoussées, ou d'être humilié.

Ou c'est ce fichu sens de l'honneur des Byrne qui le bloque. Il te trouve attirante, mais il sait que votre histoire n'a aucun avenir, alors il ne veut pas s'engager.

Il ne sait pas comment exprimer ce qu'il ressent. La parole n'a jamais été son point fort.

Raisa avait l'habitude de parler dans sa tête. Elle n'avait rien d'une volage Missy Hakkam qui se pâmait devant le moindre uniforme, et rêvait d'un mariage avec un noble dandy au palais immense et à la cervelle creuse.

Je vais aller le trouver, décida Raisa. *Nous aurons une franche discussion – sans larmes, ni drame – pour mettre les choses au clair.* Mais d'abord, elle devait trouver le moyen de s'éloigner en douce.

— Je pense que je vais finalement aller me reposer sous la tente un moment, dit-elle à Talbot.

Hallie émit un grognement d'approbation en ajoutant une bûche dans le feu.

Laissant sa tasse vide où elle l'avait posée, Raisa rampa sous sa tente. L'air y était à peine moins froid que dehors. Elle trouva son baudrier et l'enfila. Elle s'accroupit au fond de l'abri et passa son épée sous le pan de toile. Puis, allongée sur le dos, elle se glissa à l'extérieur, sous la pluie.

Une fois debout, elle passa son épée dans son baudrier. Prenant soin de rester hors de vue, elle marcha vers l'entrée du canyon jusqu'à la tente d'aisances, la plus isolée. Elle attendit que Hallie soit occupée à empiler du bois pour le feu et franchit alors la ligne d'arbres qui marquait la fin du canyon.

Raisa avait appris comment suivre une piste avec les guerriers demonai. Elle scruta le sol jusqu'à repérer une trace de botte au milieu des amas de feuilles mortes. Et là, encore une autre, où une flaque s'était formée et avait à demi gelé. Elle trouva un sentier imprimé dans le sol meuble par les allées et venues quotidiennes d'Amon.

Raisa suivit cette piste sur un kilomètre environ. Elle devait essuyer son visage mouillé de pluie et battre des paupières pour chasser la glace de ses cils. Le sentier longea d'abord un ruisseau à l'eau cristalline et gelée par endroits. Tout à coup, il vira vers l'ouest, à l'ascension d'une forêt de trembles à laquelle succéda une prairie herbeuse. Raisa s'arrêta à la lisière des arbres et scruta les environs.

Amon se tenait au milieu de la clairière, en braies et tricot de corps. Son épée et le reste de son équipement étaient soigneusement empilés en bordure du champ.

Il tenait un long bâton à deux mains, et était en perpétuel mouvement : il se penchait, tournait, enchaînait les torsions, et le bâton, réduit à une forme indistincte, fendait l'air en sifflant tandis qu'il le faisait tournoyer au-dessus de sa tête, qu'il le plongeait en avant puis l'élevait vers le ciel ou en balayait le sol. C'était une chorégraphie complexe, qu'il répétait visiblement depuis un moment. Son visage luisait de sueur et ses cheveux sombres, mouillés, lui collaient au front. Son corps dégageait de la vapeur dans l'air glacé.

Raisa l'observa. Les muscles saillants de sa poitrine, ses bras vigoureux… Ses bonnes intentions s'envolèrent. Il était magnifique, et se comportait avec un tel naturel qu'il en était terriblement irrésistible. Amon se donnait tout entier à son exercice, comme s'il désirait s'épuiser. Il ne semblait pas y prendre plaisir. On aurait dit qu'il se punissait. Depuis son abri, Raisa entendait son souffle rauque.

Par la sainte dame ! comment peut-il se passer de manteau ? Le temps était glacial. Raisa frissonnait, car à présent qu'elle avait cessé de marcher, le froid s'insinuait en elle.

Pendant un long moment, elle resta figée (presque au sens propre), et son courage la quitta. Elle n'avait pas le droit de l'espionner ainsi. Elle ignorait ce qu'il était en train de faire, mais il voulait être seul. Elle trouverait une autre occasion de s'ouvrir à lui. Elle allait retourner au camp, se faufiler sous la tente ni vu ni connu, et y rester jusqu'à son retour.

Tu n'es qu'une poule mouillée.

Mais avant qu'elle ait pu esquisser un mouvement, Amon s'immobilisa au milieu d'un geste, le bâton pointé devant lui, la tête penchée. D'un coup sec, il ramena le morceau de bois en position verticale, se retourna et regarda droit vers l'endroit où se tenait Raisa.

— Rai ? chuchota-t-il.

Par les os ! comment a-t-il deviné ? Elle s'avança timidement. Ils se dévisagèrent, séparés par l'étendue d'herbe givrée et de buissons rabougris.

— Je vous cherchais, dit-elle finalement. Je me demandais ce que vous fabriquiez.

— Vous êtes venue seule ? Où est Hallie ?

Il promenait son regard entre les arbres, comme s'il s'attendait à découvrir l'autre cadette cachée dans les broussailles.

Hallie est chargée de garder un œil sur moi, comprit Raisa. C'était ça qu'il appelait être un soldat comme les autres ?

— Je me suis éclipsée. Elle me croyait sous la tente.

— Vous n'auriez pas dû venir. Ce n'est pas prudent pour vous d'être seule ici.

— Si je ne suis pas en sécurité, vous non plus. Vous n'avez pas froid ?

— Non, répondit-il comme si cette possibilité ne l'avait pas effleuré jusque-là.

Le silence, palpable, se referma de nouveau autour d'eux.

— C'est impressionnant… ce que vous faisiez, dit-elle. Comment ça s'appelle ?

Il examina l'arme entre ses mains, comme s'il avait oublié qu'elle s'y trouvait. Il paraissait distrait, absent.

— J'ai appris cette technique avec les Marcheurs d'Eau. Ils l'appellent la *bastonnade*. Leurs bâtons sont taillés dans le bois-fer qui pousse dans les marais. Ils n'utilisent pas d'armes en métal, mais un bâton lesté est tout aussi meurtrier entre les mains d'un maître bastonnier.

Il referma la bouche comme pour stopper le flot de paroles – il en avait dit autant qu'en un mois.

—Il y avait des Marcheurs d'Eau à l'académie? demanda Raisa, surprise. C'est là-bas que vous avez appris?

Amon secoua la tête.

—Non, j'ai été accueilli dans les Marécages pendant six mois au cours d'une année de formation à la Maison Wien. J'ai été parrainé par le seigneur des marais, Cadri.

—C'est ce que vous faites tous les jours? quand vous quittez le campement?

Il hésita puis hocha la tête.

—En gros. Je... euh... Je m'entraîne de différentes façons. Ça aide à soulager la tension.

La tension? Raisa le regarda, les yeux plissés. La vie sous les tentes était pénible, assurément, à cause de la pluie, de la glace, du vent, de la mauvaise nourriture... Mais selon elle, ces conditions étaient davantage source d'ennui que de tension. Elle espérait presque qu'un événement se produirait pour rompre la monotonie.

S'inquiétait-il vraiment d'une attaque? C'était improbable, malgré ses mises en garde répétées. Ils étaient encore sur le territoire des Fells, et les guerriers du camp Demonai patrouillaient efficacement dans cette zone. De plus, qui s'aventurerait dehors par un temps pareil sans y être obligé?

Peut-être était-ce seulement la pression à l'idée que son père comptait sur lui pour assurer la sécurité de la princesse. Ou l'inquiétude de ne pas savoir ce qui se passerait quand ils arriveraient au Gué-d'Oden.

Cela faisait bien longtemps qu'ils ne s'étaient pas amusés. Raisa retira ses gants et les fourra à l'intérieur de son manteau, puis s'approcha de lui d'un pas décidé.

Amon bascula le bâton à l'horizontale, créant une barrière entre eux deux.

— Nous ferions mieux de rentrer au camp, dit-il avec un mouvement du menton dans cette direction.

Raisa s'arrêta à quelques pas de lui et le regarda.

— Amon. Vous voulez bien m'apprendre ?

— Vous apprendre quoi ? demanda-t-il, les yeux étrécis.

— Cette danse guerrière. M'apprendre à me battre avec un bâton.

Elle s'empara de l'arme, glissante de givre. Elle n'était pas capable de l'affronter à l'épée, mais elle pouvait apprendre cette discipline-là.

Ce serait comme autrefois. Amon avait été son premier maître d'armes.

Il fit « non » de la tête.

— C'est trop lourd pour vous.

— Vous pouvez soutenir le bâton. Montrez-moi seulement les mouvements. Si ça fonctionne, je pourrai toujours trouver quelque chose de plus léger.

Elle voyait déjà comment c'était possible. Sa petite taille ne serait plus un tel handicap avec un long manche qui lui donnerait plus d'allonge et augmenterait sa force de frappe. Une fois qu'elle aurait retenu les mouvements, n'importe quelle tige de bois ferait l'affaire. Avec un bâton renforcé aux extrémités, elle pourrait se mesurer à un épéiste. Le poids l'aiderait à développer les muscles de ses épaules et de ses bras.

— Vous pourriez vous blesser.

Amon s'efforçait de ne pas la regarder.

— Je ne suis pas en porcelaine, dit-elle sèchement. J'essaierai également de ne pas vous faire mal.

Il s'éclaircit la voix.

— Je suis juste… Ce n'est pas une bonne idée de nous battre.

— Ah non ? Et pourquoi donc ?

— Faites-moi confiance, d'accord ?

Amon n'avait jamais été du genre à se sentir menacé par les filles qui avaient du cran. Et il ne l'avait jamais ménagée dans les compétitions sous prétexte qu'elle était une femme. De son côté, elle ne lui faisait pas de quartier dans les domaines où elle excellait. Était-il contrarié qu'elle désire prendre part à sa vie militaire ? Peut-être avait-il ressenti leur éloignement comme un soulagement, et préférait-il vivre au Gué-d'Oden, où ceux qui l'entouraient étaient moins exigeants qu'elle.

— Je suis plus robuste que vous ne le pensez, insista Raisa. (Il fallait l'espérer, après l'entraînement intensif auquel elle se pliait.) Nous ne sommes pas obligés de nous affronter. Essayons cela.

Elle se glissa sous le bâton pour entrer dans le cercle de ses bras, entre son torse et la tige de bois. Lui tournant le dos, elle agrippa le bâton à deux mains, juste à côté de celles d'Amon.

— Laissez-moi porter une partie du poids et montrez-moi quelques mouvements.

Amon poussa un soupir de frustration. Et de résignation. Un instant plus tard, elle sentit le poids du bâton peser dans ses mains. Amon lui parla à l'oreille, et elle sentit son souffle chaud sur sa nuque.

— Tournez vers la droite, faites pivoter le bâton très haut, puis au sol. Tendez-le en avant. Tournez à gauche, rapidement. Maintenant, penchez-vous.

On aurait dit une danse étrange pendant laquelle la cavalière tournait le dos au cavalier. Ils ne pouvaient pas voir le visage l'un de l'autre, elle entendait seulement sa voix. C'était d'une grâce surprenante. Ils étaient comme reliés, unis par le poids du bâton. Amon semblait faire très attention à ne pas se retrouver plaqué contre elle. Cependant, ses bras enserraient les épaules de Raisa, et elle sentait la chaleur de son corps se communiquer à son dos, chassant le froid.

Le silence n'était troublé que par le sifflement du bâton, les craquements de l'herbe gelée sous leurs pas et le bruit de leur respiration. Raisa avait la peau qui frémissait, anticipant chaque nouveau contact entre eux deux.

Petit à petit, Amon lui abandonna plus de poids. Raisa luttait pour garder le bâton en mouvement. Sa respiration était saccadée, et elle transpirait sous ses lourds vêtements.

C'est alors que cela arriva. Elle glissa sur une plaque de glace. Comme Amon essayait de garder l'équilibre, leurs jambes s'emmêlèrent et ce fut la chute. Il tomba sur elle, mais réussit malgré tout à s'arc-bouter pour ne pas l'écraser contre le sol. Elle entendit le bruit sourd que fit le bâton en atterrissant un peu plus loin. Au moins, ils ne s'étaient pas assommés.

Raisa laissa échapper un gloussement, jusqu'à rire bientôt à gorge déployée, incapable de se redresser.

— Nous… Nous formons un dangereux tandem, Amon Byrne.

Elle posa les mains sur son torse, et remarqua que lui ne riait pas. Son regard gris débordait de frustration. Il lui glissa alors les mains sous la tête et l'embrassa, la plaquant contre le sol gelé. À son tour, elle lui passa les bras autour du cou et lui rendit son baiser.

Par la dame ! j'adore embrasser Amon Byrne, pensa Raisa.

Il s'arracha à son étreinte et s'assit.

— Par le sang du démon ! jura-t-il, le visage gris comme la cendre.

Plié en deux, il avait l'air presque malade.

— Je suis désolé, Votre Altesse. Nous ne pouvons pas.

Votre Altesse ? Raisa cligna des yeux, persuadée que c'était la meilleure chose qui lui était arrivée depuis longtemps.

Soudain, une voix inconnue les surprit :

— Écartez-vous de la princesse héritière.

Ces mots furent ponctués par le murmure métallique d'épées qu'on sortait de leur fourreau.

Raisa se retourna d'un bond et brandit sa propre lame, accroupie dans l'herbe. Une dizaine d'hommes à cheval émergeaient du bois, vêtus de la tenue d'éclaireur qui servait de camouflage à la Garde de la reine. L'un d'eux portait un foulard de caporal autour du cou. La jeune fille avait l'impression de l'avoir déjà vu quelque part.

Amon courut vers la lisière des arbres où il avait laissé son épée et ses vêtements, mais un cavalier le chargea, faisant tournoyer un gourdin dont le bout était muni d'une pique.

— Amon ! cria Raisa.

Il se jeta de côté. La massue manqua sa tête, mais s'enfonça dans son épaule, ce qui le projeta à terre.

Les autres gardes descendirent de cheval. Deux d'entre eux saisirent Amon par les bras et le relevèrent. Du sang coulait de sa blessure et éclaboussa le sol gelé de gouttelettes rouges.

Le caporal plongea la main dans sa besace et en sortit avec ostentation un petit portrait encadré. Il le compara à Raisa et hocha la tête d'un air satisfait avant de le ranger.

— La coiffure est différente, mais c'est bien vous.

— Que signifie tout cela ? demanda Raisa.

— Calmez-vous, Votre Altesse, dit le caporal. Vous êtes en sécurité maintenant.

— Je l'étais déjà, caporal, répondit Raisa en se rapprochant d'Amon et de ses assaillants.

Elle avançait épée en avant. Il était stupide de vouloir tenir tête avec une seule épée à une dizaine d'hommes armés, mais elle éprouvait le besoin de taillader quelqu'un.

— C'est maintenant que je me sens en danger. Relâchez le caporal Byrne immédiatement et expliquez-vous.

— Nous l'avons vu vous attaquer, Votre Altesse, dit l'officier en jetant un regard d'avertissement à ses camarades. Qui l'eût cru ? le fils du capitaine de la Garde royale lui-même !

— Il ne m'a pas attaquée, nous étions en plein entraînement à l'autodéfense.

— Ne vous inquiétez pas, Votre Altesse. Cela a dû être effrayant de vous faire enlever par un membre de votre propre Garde. Mais il ne pourra plus vous faire de mal. Nous allons nous en assurer.

Il lui adressa un sourire glacial, et Raisa se rappela soudain où elle l'avait déjà vu. C'était Robbie Sloat, qui était au poste de garde du Pont-Sud le jour où Amon et elle avaient délivré les Chiffonniers.

— On était en route pour le camp Demonai, à votre recherche, princesse, dit Sloat. Plus besoin de pousser jusque là-bas, maintenant.

Sloat aboya quelques ordres, et les autres soldats ramassèrent l'épée d'Amon et sa dague avant de lui attacher les mains dans le dos. Ils confisquèrent aussi l'épée de Raisa, mais ne jugèrent pas nécessaire de fouiller celle-ci ou de la ligoter.

Comment Sloat s'était-il retrouvé ici, au milieu de nulle part, dans la région du mur de l'Ouest ?

Quoi qu'il en soit, elle savait qu'ils étaient dans une terrible situation.

Sloat se tourna face à Amon, sans prêter plus d'attention à Raisa.

— Alors, caporal Byrne, je me doute que vous n'êtes pas arrivés à pied. D'où venez-vous ? Où sont les chevaux, et qui d'autre est avec vous ?

Amon ne répondit pas. Son visage était dur et fermé, son regard affreusement vide.

Sloat lui donna un coup de poing dans le ventre, et Amon se plia en deux, expulsant violemment l'air de ses poumons. Après un bon moment, il se redressa, mais ne prononça pas un mot.

— Caporal Sloat, l'interpella Raisa, qui se réjouit de le voir tressaillir en entendant prononcer son nom. Arrêtez. Je peux vous dire ce que vous voulez savoir.

— Non, Votre Altesse, dit Amon en secouant la tête. Ne lui dites rien.

— Nous avons trois salvos avec nous, des Montagnards dévoués à la lignée royale, annonça Raisa en regardant Sloat droit dans les yeux. J'attends leur arrivée d'une minute à l'autre.

Sloat éclata de rire pour garder les apparences, mais Raisa remarqua qu'il jetait malgré tout un coup d'œil aux alentours.

Elle insista :

— Lorsque ma mère apprendra ce que vous avez fait, vous comprendrez ce que le mot « vengeance » signifie pour une reine du Loup Gris.

Sous le coup de la surprise, Sloat parla franchement :

— Ah oui ? Mais nous ne vous conduisons pas à la reine, du moins, pas tout de suite.

— Comment ? (C'était au tour de Raisa d'être surprise.) Et pourquoi donc ? Qu'est-ce que cela veut dire ?

Sloat sourit.

— Ne vous tourmentez pas, Votre Altesse. Nous vous amenons au lieutenant Gillen, et il dit que la reine ne fera aucun problème.

— Gillen ? *Mac* Gillen ?

C'était le sergent de la Garde royale aux cheveux gras et aux dents proéminentes qui avait torturé les prisonniers du poste de garde du Pont-Sud, et l'avait menacée de l'attacher sur le chevalet. Et voilà que pour ces hauts faits il avait été nommé lieutenant ?

Raisa réfléchissait à toute allure. *Gillen était pourtant au Pont-Sud, non ? Que pouvait-il avoir à faire avec… ? Peu importe.* Gillen était mauvais, mais il n'était qu'un gros bras. Il y avait sûrement quelqu'un qui tirait les ficelles en coulisse. Sloat devait être convaincu qu'il n'aurait pas de comptes à rendre, sinon il ne lui en dirait pas tant.

Elle jeta un coup d'œil à Amon, en sang, solidement attaché et les bras toujours immobilisés par deux gardes renégats, qui connaissaient à n'en pas douter sa réputation de guerrier. Cependant, elle devinait à son expression concentrée qu'il essayait de trouver une idée pour sortir de cette impasse.

Sloat tira avec nervosité sur ses gants.

— Bon, partons d'ici. Vous allez chevaucher avec moi, Votre Altesse.

Il saisit Raisa par le bras et la traîna vers son cheval.

— Et lui, qu'est-ce qu'on en fait ? demanda un des soldats qui maintenaient Amon.

— Emmenez-le dans les bois et exécutez-le. Nous partons devant.

— Vous… n'oserez… pas ! cria Raisa en se débattant.

— Mais si, j'ose, Votre Altesse, dit Sloat avec un sourire.

Il sauta sur son cheval tout en la maintenant fermement par le poignet.

— Voyez-vous, le caporal Byrne, aveuglé par son désir, a kidnappé la princesse qu'il était supposé protéger, improvisa Sloat. Quand nous sommes arrivés à la rescousse, il a opposé de la résistance et s'est fait tuer. Et vous ne direz pas un mot, car vous ne tenez pas à ce que la rumeur de votre liaison avec un soldat se répande.

Apparemment satisfait de l'histoire qu'il venait d'inventer, Sloat se pencha et tendit son autre main pour la hisser devant lui sur la selle.

Quand le visage suffisant du soldat arriva au niveau du sien, Raisa déplia ses doigts et lui en planta deux dans les yeux – une technique qu'Amon lui avait enseignée des années plus tôt. Sloat hurla et la gifla avec une telle force qu'elle atterrit sur le dos, le souffle coupé.

Raisa, qui avait la lèvre fendue, cracha du sang. Le caporal sur son cheval la dominait de toute sa hauteur ; il frottait ses yeux larmoyants, le visage congestionné de rage. Soudain, il se raidit, le regard exorbité, la rage cédant place à la surprise. Il tâtonna dans son dos et tressaillit une dernière fois, avant de basculer en avant, manquant d'écraser Raisa. Il s'immobilisa enfin, la tête et les épaules au sol tandis qu'un de ses pieds restait coincé dans l'étrier. Deux flèches noires lui hérissaient le dos.

Des flèches demonai.

Puis ce fut le chaos. Les gardes coururent se mettre à couvert, y compris ceux qui retenaient Amon, l'abandonnant au milieu de la prairie. Les chevaux arrachèrent leurs longes et galopèrent jusqu'au bois. Effrayé par le corps qui pesait sur l'étrier, le cheval de Sloat hennit et rua. Raisa dut rouler d'un côté puis de l'autre pour éviter les sabots qui volaient au-dessus d'elle.

Courant en zigzag, Amon traversa la clairière et poussa le cheval d'un coup d'épaule pour l'empêcher de piétiner Raisa.

— Fuyez ! lui cria-t-il en désignant les arbres d'un mouvement de tête. Mettez-vous à l'abri !

Ainsi appuyé contre le cheval, il représentait une cible idéale. Raisa se releva et, pliée en deux, se précipita vers Amon. Elle dégaina le couteau pendu à sa ceinture et trancha les cordes qui entravaient ses mains.

— Des Demonai, souffla-t-elle à son oreille. Les archers. Ils sont de notre côté.

De nouvelles flèches demonai sifflèrent au-dessus de la prairie, et deux autres gardes tombèrent. L'un d'eux avait un projectile planté dans la gorge. L'attaque était d'autant plus terrifiante que les archers restaient silencieux et invisibles.

Amon tira Raisa sous le couvert des arbres en bordure de la forêt et la plaqua contre un tronc.

— Restez ici, grogna-t-il.

Il récupéra son bâton et retourna dans la clairière, agitant son arme en direction des renégats qui fuyaient de tous côtés.

— Amon ! s'écria Raisa. Faites attention à vous.

Elle n'était vraiment pas sûre que les Demonai feraient la différence entre Amon et les autres gardes.

En quelques minutes, tout fut fini. Amon était le seul encore debout au milieu de la prairie, haletant. Tous les soldats étaient à terre, dont quatre vaincus par Amon et son redoutable bâton.

Raisa apaisa le cheval paniqué de Sloat et libéra la botte du caporal sans vie. Des ombres se rassemblèrent en bordure du bois, puis s'avancèrent. Certains hommes traînaient les corps des gardes qui avaient essayé de s'enfuir entre les arbres. Tout à coup, une demi-douzaine de Demonai étaient dans la clairière, vêtus de leur cape de voyage qui les rendait presque invisibles.

Deux guerriers marchèrent vers Raisa. Elle reconnut l'un d'eux, un homme de grande taille aux yeux de rapace : c'était Reid Demonai, qu'on appelait MarcheNuit. Ses cheveux, qui lui arrivaient aux épaules, étaient séparés en de multiples tresses entourées de fils colorés. Raisa l'avait rencontré au camp Demonai, même s'il n'y était pas souvent. Il n'avait que deux ans de plus que Raisa, mais c'était déjà une légende vivante, une dangereuse tête brûlée, objet de toutes les convoitises pour les jeunes filles des camps.

En fait, Raisa et lui avaient vécu une brève idylle durant son séjour au camp Demonai. Mais il s'était avéré qu'une amourette avec Reid ressemblait à une suite sans fin d'escarmouches quotidiennes entre leurs *ego* respectifs.

La fille à son côté paraissait avoir l'âge de Raisa. Elle avait de longues jambes et se déplaçait avec une grâce fluide que Raisa lui envia. Sa chevelure aux boucles brunes tombait librement, dépourvue de fils colorés. Elle était habillée aux couleurs demonai et armée, mais ne portait pas l'amulette des guerriers autour du cou.

— Regarde s'il y a des survivants, lui ordonna Reid.

La fille s'exécuta aussitôt en s'accroupissant près du garde allongé le plus proche.

— Princesse Raisa, comment vous portez-vous ? demanda Reid avec calme, comme s'ils se rencontraient lors d'une fête de la moisson.

Mais ses yeux le trahissaient. Ils étaient brillants d'excitation et de joie meurtrière. Son visage comme ses vêtements étaient éclaboussés du sang des Vestes Bleues, et le guerrier demonai jubilait, exultant de cette nouvelle bataille. MarcheNuit aimait beaucoup trop les effusions de sang.

— Les Valiens vous ont-ils blessée ? lui demanda-t-il en l'examinant de haut en bas, remarquant au passage l'uniforme de cadette. J'ai vu le garde vous frapper.

Il passa délicatement le pouce à la commissure des lèvres de Raisa, puis essuya sur ses jambières le sang recueilli.

— Je n'ai rien, MarcheNuit, répondit Raisa en se suçotant un doigt et en se passant une main sur le visage. Je vous prie d'accepter mes remerciements pour être venu en aide à la lignée.

Reid inclina la tête, acceptant ce qui lui revenait. Il garda ses yeux sombres rivés sur elle, de cette manière que la plupart des filles trouvaient irrésistible.

Raisa sentit la présence d'Amon derrière elle, et se retourna. Il avait récupéré son baudrier et enfilé sa chemise. Déjà, le sang de sa blessure filtrait au travers du tissu.

— Caporal Byrne, voici Reid MarcheNuit Demonai, dit Raisa. Le caporal Byrne fait partie de ma Garde personnelle.

— Fils d'Edon Byrne ? s'enquit Reid.

Comme Amon acquiesçait, il ajouta :

— Je connais votre père. Un Valien honnête.

Il avait dit cela comme si c'était une exception.

— Avez-vous un guérisseur avec vous ? demanda Raisa. Le caporal Byrne est blessé.

— Ce n'est pas nécessaire, Votre Altesse, protesta Amon, le visage de marbre. C'est une blessure superficielle.

Le regard de Reid allait d'Amon à Raisa.

— Vous vous êtes bien battu, caporal, admit Reid. Une fois… libéré.

Son inspection finie, la jeune guerrière revint.

— Tous morts.

— Dommage, dit Reid. J'aurais aimé en garder au moins un pour l'interroger. (Il pencha la tête vers la fille.) Voici Oiseau Fouisseur, du camp des Pins Marisa. Apprentie guerrière. Ses flèches ont mis à terre trois de nos ennemis, aujourd'hui.

L'intéressée inclina la tête, rougissante.

Oiseau Fouisseur est atteinte de Reidite aiguë, pensa Raisa.

—Tu as très bien combattu, la félicita Raisa en souriant. Je suis sûre que, bientôt, tu pourras porter le nom demonai et l'amulette des guerriers.

—Merci d'être venus à notre secours, dit Amon, poussé par son intarissable honnêteté. Si vous n'étiez pas intervenus, je serais mort, et la princesse aurait été capturée.

Reid répondit d'un haussement d'épaules, comme s'il s'agissait d'une broutille.

—Ce qui soulève une question, poursuivit Amon. Que faisiez-vous par ici ?

—Nous patrouillons souvent dans ces régions. À la recherche de porte-poisse et d'intrus. La Garde n'assure pas une présence très soutenue par ici.

—Alors, vous n'étiez pas en train de nous suivre ? demanda Amon.

Reid plissa les yeux et jeta un rapide coup d'œil vers Oiseau Fouisseur.

—En fait, si.

Raisa devina qu'il aurait peut-être menti si la fille n'en avait pas été témoin.

—Nous vous aurions accueillis autour de notre feu, dit Amon.

—Notre but était de veiller sur la princesse héritière, admit Reid sans s'excuser.

—Très bien, dans ce cas. Heureusement que vous étiez là. (Amon ne souriait pas.) Nous ferions bien de regagner le campement, dit-il en regardant Raisa. Hallie aura peut-être remarqué votre absence, et nous devrions nous éloigner. Le lieutenant Gillen pourrait être dans les parages.

—Vous seriez la bienvenue au camp Demonai, Églantine, dit Reid en utilisant le nom de clan de Raisa. Nous serions honorés de vous servir d'escorte.

— Nous en venons, répondit-elle. Nous allons vers la porte de l'Ouest. Je quitte les Fells pour l'instant, jusqu'à ce que les choses… se tassent avec la reine.

— Êtes-vous sûre que c'est bien avisé ? Quitter les montagnes des Esprits ?

Reid ne cachait pas sa surprise.

Raisa se sentit de nouveau gagnée par un mauvais pressentiment.

— Ce n'est pas que je souhaite partir, expliqua-t-elle. Mais il ne me paraît pas sage de rester par les temps qui courent.

— Nous pouvons vous protéger, Votre Altesse. Personne ne vous touchera à Demonai. (Avec un sourire, il tâta l'arc qu'il portait en travers du dos.) Nul ne devrait vous forcer à renoncer aux droits que votre naissance vous confère. Je vous conseille vivement de demander la protection des clans.

Raisa réprima une réponse cinglante. Après tout, MarcheNuit venait de la sauver… de Gillen, pour commencer. Mais elle n'appréciait pas qu'on insinue qu'elle prenait la fuite.

Pourtant, n'était-ce pas précisément ce qu'elle était en train de faire ? Ne vaudrait-il pas mieux rester et tenir bon ? Quand elle serait reine, elle n'aurait pas le droit de fuir le conflit.

Encouragé par son silence, Reid insista :

— Au vu des dangers qui existent ici, la plaine peut sembler plus sûre, mais ce n'est qu'une illusion. Loin de la protection des camps, vous serez exposée aux assassins qui sévissent dans ces régions.

— Je ne suis pas inquiète pour ma propre sécurité, lança sèchement Raisa. Je n'ai pas l'intention de déclencher une guerre. Nous n'en avons pas les moyens en ce moment. Cela diviserait le pays.

— Il est temps de donner une leçon aux porte-poisse, dit Reid. Nous ne pouvons pas continuer à les ménager alors qu'ils bafouent…

— Si je voulais ménager les magiciens, je serais mariée à l'heure qu'il est, l'interrompit Raisa. Je protégerai la lignée du Loup Gris.

Mais je ne choisirai pas entre mes deux parents. J'attendrai que les esprits se calment pour que le bon sens ait une chance de prévaloir.

— Il me semble que la princesse Raisa a exprimé clairement ses intentions, intervint Amon. Si c'est tout, nous devons rentrer et lever le camp avant la tombée de la nuit.

Reid dévisagea longuement Amon. Puis il se tourna vers Raisa et inclina la tête.

— Bien sûr, Votre Altesse. Je voulais simplement vous montrer que vous aviez d'autres choix. Il va sans dire que nous serons honorés de vous accompagner jusqu'à votre campement.

Il se tourna vers Oiseau Fouisseur, qui avait été témoin de cet échange avec un vif intérêt et une surprise extrême.

Elle n'avait sans doute jamais entendu quelqu'un dire « non » à MarcheNuit auparavant, pensa Raisa.

— Rassemble les chevaux qui se sont échappés, lui ordonna Reid. Trouve des montures convenables pour la princesse Raisa et le caporal Byrne.

Une guerre ferait la joie de Reid Demonai, comprit soudain Raisa. *C'est sa raison de vivre.*

4

Delphi

Les villes de montagne sont toutes différentes, pensa Han. *Et elles sont toutes semblables.*

Dans un tel endroit, l'architecture se plie à la géographie. À Delphi, les maisons et autres bâtiments étaient pressés les uns contre les autres comme s'ils avaient glissé le long des pentes jusqu'à saturer l'espace disponible le long de la rivière.

Les maisons construites à flanc de montagne sont trompeuses : un niveau bas à l'arrière, trois hauts étages en façade. Han les comparait aux filles de joie sur le retour qui se maquillent abondamment. Elles s'enfonçaient dans la montagne, étalant leurs jupes longues jusqu'à la vallée, tandis que leurs jupons crasseux trempaient dans le caniveau. Les rues étroites s'entremêlaient, garnies de pavés de pierre – un matériau abondant et peu coûteux dans les montagnes.

Forcées de pénétrer dans le canyon de Kanwa, les rues faisaient des écarts d'ivrogne au moindre obstacle, se détournant parfois totalement de leur direction.

Il faisait nuit noire quand ils arrivèrent enfin au niveau de la ville elle-même. Un nuage de fumée encombrait l'air, et il fallait faire un effort pour respirer.

— Ça empeste encore plus qu'au Pont-Sud, dit Han en fronçant le nez.

Une puanteur différente à laquelle il n'était pas habitué, du moins.

— Ils brûlent du charbon pour le chauffage et la cuisine, ici, lui expliqua Danseur. La fumée reste prisonnière de la vallée. En hiver, c'est pire, quand les feux brûlent jour et nuit.

L'argent ne manquait pas, dans cette ville. Entre les boutiques et les habitations plus modestes se dressaient des palais ouvrant sur la rue et des rangées de demeures opulentes. Certaines occupaient un pâté de maisons entier, avec des façades revêtues de briques en terre cuite et de pierre sculptée.

— Les propriétaires miniers habitent là, commenta Danseur. Mais même les mineurs gagnent honnêtement leur vie. La guerre d'Arden assure une demande constante en fer et en charbon, et les prix sont élevés. D'après PiedLéger, l'air nauséabond ne dérange pas les Delphiens. Ils disent qu'ils respirent l'argent. Cela leur permet d'avoir leur propre armée, et de rester indépendants à la fois d'Arden et des Fells.

En approchant du centre-ville, les rues se remplirent de passants, ce qui rappela à Han la Marche-des-Fells un jour de marché.

C'était une foule hétéroclite – hommes et femmes noirs du Bruinswallow, habillés des tenues larges et rayées de ceux du Sud. Des gens à la peau sombre originaires des Îles du Sud, aux bijoux recherchés et à la chevelure noire enchevêtrée. Ceux des Îles du Nord avec leurs longues jambes, leurs cheveux blonds et leurs yeux bleus – certains entourés d'une aura. Différentes langues résonnaient dans les rues, des musiques aux accords dépaysants s'échappaient des auberges et des tavernes.

D'autres signes révélaient la prospérité des temps de guerre. Des boutiques élégantes proposaient toutes sortes de marchandises – bijouteries aux étalages brillants, marchands de plats à emporter dont les nourritures exotiques dégageaient de curieuses odeurs épicées. Le ventre de Han grogna et il se mit à saliver.

— Trouvons-nous quelque chose à manger, proposa-t-il, tout en résistant à la tentation de dérober un pain salé torsadé sur un étal.

La faim réveillait toujours ses vieilles habitudes, mais il savait qu'il n'avait pas intérêt à chaparder en territoire inconnu, sans un itinéraire de fuite tout préparé.

Tu n'as plus besoin de voler pour manger, se rappela-t-il en touchant, comme s'il s'agissait d'un talisman, la bourse rebondie qu'il avait glissée dans ses braies.

La ville avait beau être située plus au sud, elle était plus sombre que la Marche-des-Fells, car tout était recouvert d'une couche de suie qui absorbait la lumière.

— Ils n'ont pas d'allumeurs de lampes, ici ? demanda Han alors que les poneys fatigués traversaient d'un pas lourd une flaque de lumière.

La lueur se répandait par l'entrée étroite d'une église entourée d'escaliers sur trois côtés. Un clerc en robes noires ornées d'un soleil levant balayait les feuilles mortes et la poussière du seuil – et faisait pleuvoir les débris sur leurs têtes.

Danseur fit « non » de la tête.

— Pas de lampes, pas d'allumeurs de lampes.

Il tripota son amulette et fit fleurir de la lumière au bout de ses doigts, sous le regard admiratif de Han. Ce dernier toucha son propre pendentif brasillant, et la magie se répandit en crépitant le long de son bras. Elle explosa en flammes qui furent propulsées dans la rue, effrayant les passants.

Gêné, Han cacha sa main coupable sous son autre bras.

— Démons, cria quelqu'un dans la langue commune. Sorciers ! Blasphémateurs !

Han, surpris, leva les yeux pour voir le prêtre vêtu de noir dévaler les marches et foncer vers eux. Il agitait son balai au-dessus de sa tête comme une arme, le visage déformé par la rage.

Guenille fit un pas de côté, les yeux révulsés, montrant les dents au prêtre courroucé. Han enfonça ses talons dans les flancs du poney, qui bondit en avant et l'emporta à l'abri du danger. Danseur pencha la tête et força Vicieux à se décaler afin d'échapper au balai qui les frôla en sifflant.

Le prêtre continuait à les poursuivre et à vociférer :

— Abominations ! Prostitués du mal ! Ouste ! instruments maléfiques du Destructeur !

Il agita le balai dans leur direction, semblant croire qu'il les avait chassés.

— Ferme-la, espèce de vache enragée de Malthus, ou je te casse en deux ! lança un robuste mineur barbu, ce qui déclencha l'hilarité générale.

Le prêtre battit en retraite à l'intérieur de l'église sous un tumulte de quolibets et de menaces.

— C'était quoi, *ça* ? s'étonna Han, une fois qu'ils se furent suffisamment éloignés. On m'a traité de tous les noms, mais encore jamais de « prostitué du mal ».

— Tu viens de faire connaissance avec l'Église de Malthus, lui répondit Danseur en souriant. C'est l'Église officielle d'Arden. Ils ont quelques bastions à Delphi, mais j'ai l'impression qu'ils n'y sont pas très populaires.

L'orateur Jemson leur avait parlé de l'Église de Malthus à l'école du temple du Pont-Sud. Après le désastre de la Rupture, l'ancien empire des Sept Royaumes s'était effondré. Dans les Fells, la foi ancestrale avait perduré, ancrée dans les temples. Là, les orateurs transmettaient les connaissances sur la dualité entre la Créatrice et le Destructeur, et sur les montagnes des Esprits, demeure des saintes reines mortes.

En Arden, après la Rupture, apparut un orateur influent qui fit prendre une nouvelle direction à la religion, expurgée et transformée.

Saint Malthus attribuait la Rupture à la colère de la Créatrice envers les ensorceleurs qui en étaient la cause. La magie, enseigna-t-il, n'était pas un don béni, mais l'instrument du Destructeur, et les magiciens étaient des démons à son service. Séduites par eux, les reines des Fells étaient tout aussi coupables. La reine Hanalea en particulier était considérée comme une sorte de belle sorcière, une débauchée sans aucun scrupule.

Depuis lors, l'Église de Malthus s'était établie comme religion officielle d'Arden.

— Tu penses que nous aurons droit à ce genre d'accueil en Arden ? demanda Han.

Danseur eut un sourire ironique.

— Je pense que là-bas, moins nous jetterons de sorts, mieux nous nous porterons.

C'était nouveau pour Han, cette vision de la magie comme un péché. Les clans méprisaient les magiciens, mais c'était pour des raisons historiques, et à cause des abus de pouvoir. Les clans, après tout, possédaient leur propre magie.

Seul le Roi Démon, Alger Waterlow – l'ancêtre de Han –, était considéré comme mauvais, sans équivoque possible.

— Ici, ça a l'air pas mal, dit Han en montrant un bâtiment d'un étage dont la vaste terrasse était bondée de gens du cru et de soldats.

La taverne s'appelait *La Chope et le Gigot* et l'enseigne en bois à la devanture montrait un mouton hilare brandissant une chope de bière.

Han avait l'œil pour les tavernes et les auberges. Dès tout petit, il s'était senti comme chez lui dans ces endroits où la nourriture, la boisson et les chapardages faciles se trouvaient réunis. Il reconnaissait les établissements qui valaient la peine de s'arrêter rien qu'à l'odeur et à la clientèle.

Ils mirent pied à terre. Danseur resta avec les poneys tandis que Han se frayait un chemin à travers la foule pour atteindre l'intérieur bruyant de l'auberge.

Là, les clients ressemblaient à ceux de la terrasse, mis à part quelques familles attablées. Certains sortaient tout droit de la mine, leurs vêtements noirs de suie et les yeux brillants au milieu de leur visage souillé. Des soldats étaient appuyés contre les murs, formant un patchwork d'uniformes hétéroclites : il y avait le sobre brun foncé de Delphi, le rouge écarlate d'Arden, des mercenaires sans emploi et donc sans couleurs, quelques Montagnards et quelques Rayés.

On y trouvait aussi des étudiants, des marchands et des filles de joie.

Han se sépara de quelques-unes de ses précieuses fillettes pour louer une chambre, et, pour quelques pièces de plus, il réserva un bain. Delphi n'était pas bon marché, pour sûr !

Han et Danseur conduisirent leurs montures dans une ruelle derrière l'auberge, commandèrent quelques rations de grain supplémentaires et entrèrent enfin dans l'établissement par la porte de derrière.

Le dîner était compris dans le prix de la chambre, et consistait en un ragoût de porc (pas de mouton) accompagné d'un morceau de pain bis et d'une chope de bière.

Han s'installa à une table dans un coin, qui lui permettait de s'asseoir dos contre le mur tout en restant à proximité de la porte de derrière. De cette manière, il pouvait surveiller toutes les allées et venues sans se faire remarquer.

La serveuse papillonnait autour de leur table, aguicheuse. Han attribua d'abord cela à son charme personnel, avant de comprendre, avec une certaine surprise, que, malgré les journées passées sur les chemins, Danseur et lui paraissaient tout aussi riches que les autres clients dans la salle.

Han avait été flanqué à la porte de nombreuses tavernes du Marché-des-Chiffonniers et du Pont-Sud, soupçonné de voler ou de tricher aux cartes. Et aussi à cause de son incapacité chronique à payer ses dettes. Il se rendit compte qu'il préférait de loin rester assis à une table pour se remplir l'estomac en discutant avec de jolies filles sans craindre d'être chassé.

— Quelles nouvelles de la guerre dans le Sud ? demanda-t-il à la serveuse gironde aux joues rebondies comme des pommes.

Il lui toucha le bras.

— Qui gagne ?

Elle se pencha vers lui.

— Le mois dernier, il y a eu une grosse bataille en dehors de la capitale, monsieur. Les armées du prince Geoff ont gagné, donc il tient la Cour d'Arden et s'est déclaré roi.

— Et les autres frères ? Ils ont renoncé ?

Han se demandait si la guerre touchait à sa fin, et ce que cela impliquerait pour son avenir.

La fille haussa les épaules.

— Tout ce que je peux vous dire, c'est ce que j'entends en salle. Je crois que le prince Gerard et le prince Godfrey sont encore en vie, et, pour autant que je sache, ils n'ont pas lâché l'affaire.

— Pas de princesses ? demanda Han.

Elle le regarda en plissant les yeux.

— Si, une. Lisette. Mais, en Arden, les princesses ne sont que des potiches. Juste bonnes à marier.

Han jeta un coup d'œil à Danseur, qui haussa les épaules. Comment savoir si les héritiers d'un roi étaient vraiment les siens ? Les gens des plaines étaient vraiment particuliers.

Han regarda la serveuse s'éloigner, et se demanda quand elle terminait son service.

Il continua à observer les autres clients. Il ne lui fallut pas longtemps pour deviner qui était armé et comment, qui ne l'était pas, et qui portait une bourse bien garnie. Un peu plus tard, il savait qui était doué aux cartes, aux osselets, et qui trichait aux deux.

Han devait ces talents à une courte carrière en tant qu'arnaqueur aux cartes. À condition d'être exécuté avec adresse, ce genre de vol était le plus difficile à prouver. Les Vestes Bleues risquaient moins de vous jeter en prison pour avoir délesté les poches d'un autre joueur.

Mais il avait appris qu'on se retrouvait facilement acculé dans une salle emplie de mauvais perdants. Et que les joueurs énervés ne rechignaient pas à vous écraser la tête, qu'ils aient compris votre manière de tricher ou non. Surtout quand vous n'aviez que treize ans, et pas encore fini de grandir.

Danseur, nerveux, ne tint pas en place de tout le repas. Le moindre bruit soudain le faisait sursauter : casseroles entrechoquées dans le foyer, ou altercation entre deux ivrognes. Même s'il connaissait Delphi et les usages delphiens, il n'aimait pas beaucoup les villes en général, et les endroits trop peuplés en particulier. Dès qu'il eut fini de manger, il se leva.

— Je monte, déclara-t-il.

— J'ai commandé un bain. Vas-y le premier, offrit généreusement Han.

Danseur le scruta d'un air inquiet.

— Évite les ennuis, tu veux ?

— Oui, Danseur *Cennestre.*

Oui, mère. Han regarda Danseur s'éloigner avec un grand sourire. Puis il fit signe à la serveuse et demanda qu'on lui apporte du cidre. Il était décidé à garder l'esprit clair et la main loin de son amulette.

Il examina d'un œil machinal la tablée voisine. Quatre personnes jouaient à « souverains et roturiers », un jeu fellsien qu'il connaissait bien. L'homme en face de lui trichait – à la marque d'aiguille, sûrement. C'était quelqu'un de corpulent, au visage rond et vérolé, habillé à la manière des habitants des plaines d'Arden. Il ne faisait pas chaud dans la salle commune, mais il s'épongeait le visage avec un grand mouchoir. Piécettes, fillettes et promesses écrites s'accumulaient devant lui, comme autant de preuves de son succès.

Il ne fallut pas longtemps à Han pour découvrir sa méthode. Ce type remuait beaucoup pour quelqu'un de si gros : il agitait sans arrêt les mains, de manière à distraire ses adversaires. Il mettait leur inattention à profit pour se resservir, faire des donnes par en dessous et refiler des cartes. Il gagnait chaque fois qu'il donnait, et presque aussi souvent lorsque c'était un autre qui distribuait. Il perdait juste assez pour ne pas éveiller les soupçons.

Han n'était pas impressionné. Cet homme était un tricheur typique, avec un style de jeu agressif et bagarreur. Les joueurs futés ne faisaient que passer, car ils sentaient rapidement qu'ils étaient désavantagés. Mais une joueuse s'entêta, essayant vainement de regagner ce qu'elle avait perdu.

Elle était assise dos à Han, les épaules voûtées, un chapeau à large bord enfoncé sur la tête, et le col de son manteau relevé. Han devina qu'elle ne devait pas être loin de recevoir son nom d'adulte. Une fille des Îles du Sud, à voir sa peau et ses boucles sombres. Sous un manteau beaucoup trop grand, elle portait les couleurs vives appréciées des habitants de cette région-là, mais ses vêtements ne lui allaient pas, comme s'ils avaient été empruntés, récupérés ou volés.

Quelque chose en elle lui parut familier – sa façon de pencher la tête et de se trémousser sur sa chaise, balançant les jambes comme si elle avait du mal à rester assise. Han tendit le cou, mais il n'arrivait pas à bien voir son visage sous le chapeau.

Il but son cidre en tâchant d'oublier le drame qui se jouait devant lui, mais ses yeux revenaient malgré eux vers la fille et ses paris de plus en plus désespérés. Elle fut vite à court d'argent et continua avec des promesses écrites.

Elle devrait se douter de quelque chose, pensa Han. *Quelqu'un qui gagne autant triche forcément.*

Enfin, l'homme des plaines vida sa chope de bière et la posa bruyamment sur la table.

— Bon, je me retire du jeu, annonça-t-il d'une voix forte. Mace Boudreaux est assez sage pour partir tant que dame Chance lui sourit encore.

Deux joueurs à la mine renfrognée ramassèrent leur maigre mise et s'en allèrent.

Pendant un instant, la fille des Îles resta assise, immobile, puis elle se pencha vers lui.

— Non, non, continuons à jouer. Vous devez me donner une chance d'éponger mes pertes, dit-elle.

Sa voix douce et musicale avait cet accent des Îles du Sud qui lui était familier.

Han reconnut ces intonations et sentit sa peau le picoter.

— Désolé, petite, j'ai fini, répondit Mace Boudreaux. On dirait que ce n'est pas ton jour. C'est l'heure de payer.

Il ratissa l'argent qui était sur la table, et le fit disparaître dans diverses cachettes de son habit. Puis il poussa vers elle les promesses de paiement.

Elle regarda les bouts de papier étalés sous ses yeux.

Elle n'a pas l'argent, pensa Han. *Elle est perdue.*

— Je reviens avec le reste de suite, dit-elle en se levant d'un bond, déjà tournée vers la porte.

Le tricheur lui saisit brusquement le poignet et la tira à lui.

— Certainement pas, grogna-t-il. Je ne te perds pas de vue jusqu'à ce que tu paies.

La fille essaya de se libérer.

— Je ne me promène pas avec autant d'argent sur moi. Je dois aller le chercher dans ma chambre.

Boudreaux approcha son visage tout près de celui de sa malheureuse adversaire.

— Alors je viens avec toi, dit-il en s'humectant les lèvres, la déshabillant du regard avec un sourire graveleux. Si tu n'as pas l'argent, on trouvera peut-être un moyen pour que tu le gagnes.

La fille lui cracha au visage.

— Dans tes rêves, espèce de suce-morve aux tétons flasques sorti d'un caniveau…

— Et la prison, ça te dirait ? grogna Boudreaux en essuyant le crachat avant de la secouer comme un prunier.

La fille se raidit. Han remarqua les traces laissées par des cordes sur ses poignets et ses chevilles, et en déduisit qu'elle avait déjà été emprisonnée. Il devina qu'elle n'avait aucune envie de se retrouver de nouveau dans une cellule.

—Je vais appeler la garde, la menaça Boudreaux en élevant la voix. J'ai des droits.

Sans même avoir pris le temps de réfléchir une seconde, Han se retrouva debout devant leur table.

—Holà ! c'est juste un petit jeu amical, pas vrai ? Pas besoin d'impliquer la garde, si ?

Il donna une tape dans le dos du type et lui décocha un petit coup dans l'épaule avec un large sourire de bouseux qui a bu un verre de trop.

Boudreaux regarda Han d'un air mauvais, contrarié par cette intrusion inopinée.

—Ce sera amical tant que la petite paie ses dettes. J'ai des droits, moi.

—Vous pouvez trouver un arrangement.

Han se retourna pour faire face à la fille… et manqua de tomber de surprise.

Il s'agissait de Cat Tyburn, qui avait remplacé Han comme chef des Chiffonniers. Elle le dévisageait elle aussi, stupéfaite. Il ferma les yeux, les rouvrit, mais Cat était toujours devant lui. Elle avait changé, et pas dans le bon sens. Pas étonnant qu'il ne l'ait pas reconnue de dos.

Elle n'avait jamais été épaisse, mais à présent elle n'avait plus que la peau sur les os, comme tous les drogués à l'herbe-dague. Ses yeux lui mangeaient le visage, et ils étaient ternes, troubles – un effet de l'alcool et de la plante. D'habitude si fière, elle avait désormais un air de chien battu. Ses anneaux d'argent avaient laissé des trous dans ses oreilles et son nez. Ses bracelets et gourmettes n'étaient plus à ses poignets non plus. Tout était étalé devant l'escroc.

D'après son expression, Han Alister était la dernière personne qu'elle s'attendait à voir apparaître.

Han agrippa le bras de Boudreaux pour garder l'équilibre et masquer sa surprise. En même temps, il fit glisser dans sa poche une main de cartes qui se trouvait sur la table. Il réfléchissait à toute vitesse.

Que fabriquait-elle là ? Cat était née dans les Îles, mais, depuis qu'il la connaissait, elle ne s'était jamais beaucoup éloignée des quelques pâtés de maisons qui constituaient le Marché-des-Chiffonniers. Pourquoi partir alors qu'elle avait une bonne bande, un bon territoire et une bonne source de revenus ? Et, plus important : comment l'aider à sortir du pétrin où elle s'était fourrée ? Atterrir dans une prison de Delphi ne pourrait certainement pas lui faire de bien.

Han pouvait accuser Boudreaux de tricher, mais il avait appris depuis longtemps qu'il valait mieux faire profil bas dans une taverne quand on ne connaissait pas la clientèle à l'avance. Pour ce qu'il en savait, Boudreaux pouvait être entouré de ses meilleurs amis.

Cat continuait à regarder Han comme s'il était sorti d'une tombe pour lui donner un baiser glacé de cadavre.

— Viens là, petite, fit Han d'une voix pâteuse en la prenant par le coude. On va parler, tous les deux.

Elle se raidit à son contact, mais le laissa l'entraîner un peu à l'écart, où le tricheur vérolé ne pourrait pas les entendre.

Dès qu'ils furent assez loin, Han cessa de jouer les ivrognes.

— Qu'est-ce que tu fiches ici ? siffla-t-il.

— Je pourrais te poser la même question, répliqua Cat.

— J'ai demandé le premier.

Le visage de Cat se ferma.

— J'ai dû quitter le Marché.

— Mais alors qui est le chef, maintenant ? demanda Han, qui se laissa aller à parler. Et Velours ?

— Velours est mort. Comme tous les autres : morts ou disparus. Plus besoin de personne pour faire la loi dans la rue.

Elle frissonna, tripotant machinalement son manteau de ses ongles rongés.

—Ils sont venus juste après ton départ. Ils ont tué tout le monde. J'ai survécu parce que j'étais pas là.

—Qui est venu ? demanda Han, qui se sentait obligé de poser la question, même s'il savait déjà ce qui allait suivre.

—Des démons. Comme pour les Sudistes.

Elle prenait soin de ne pas croiser son regard.

Han avait la bouche aussi sèche que de la poussière.

—Est-ce qu'ils… me cherchaient ?

—Comme je l'ai déjà dit, j'étais pas là. (Ce n'était pas une réponse.) Je savais pas où tu étais parti, je pensais qu'ils t'avaient eu aussi.

Par les os ! Partout il laissait la mort dans son sillage, même quand il partait. Pas étonnant que Cat soit mal à l'aise.

—Désolé pour Velours, dit Han. Et… pour tout le reste.

Elle se contenta de poser sur lui ses grands yeux en secouant la tête.

—Allez, petite ! rugit Boudreaux. Vous allez causer toute la nuit ou quoi ? Je veux mon argent.

Han agita la main en direction de l'escroc pour le faire taire et se pencha vers Cat.

—Combien tu dois à ton ami là-bas ?

—Pourquoi ? demanda Cat, avec son charme habituel. C'est pas tes oignons, si ?

—Je ne vais pas y passer la nuit, répliqua Han. Combien ?

Elle fit le tour de la salle du regard, comme pour trouver un moyen de fuir la question.

—Vingt-sept fillettes et de la petite monnaie, répondit-elle.

Par le sang et les os d'Hanalea ! Han avait de l'argent, mais pas assez pour éponger la dette et gagner le Gué-d'Oden. Il n'allait quand même pas être réduit à la mendicité pour avoir payé un joueur de cartes véreux.

Han désigna Boudreaux de la tête.

— Il triche, tu le savais ?

— Ça, c'est ce que tu crois ! siffla Cat en jetant un coup d'œil par-dessus son épaule. Mais en fait c'est moi qui l'entourloupe.

Han se retint de sourire.

— Eh bien… (Il se frotta le menton.) Disons qu'il se débrouille mieux que toi.

Cat posa la main sur la lame qu'elle portait à la ceinture.

— Saleté de voleur, bouffeur de fumier ! J'aurais dû m'en douter. On va voir s'il fait autant le fier sans ses…

— Non. (Han posa une main sur son bras pour la calmer.) Je vais jouer à ta place pour récupérer ton argent.

Cat se dégagea d'un geste brusque.

— Laisse tomber, Gourmettes. Je veux pas de ton aide. Je me suis fourrée là-dedans toute seule, je m'en sortirai à ma façon.

— En lui coupant la gorge ? Au Marché-des-Chiffonniers, je dis pas, mais t'as pas intérêt à t'attirer des ennuis si loin de chez toi.

Elle fit « non » de la tête.

— Je veux pas te devoir quoi que ce soit.

Bon, ça, il pouvait comprendre.

— Tu me devras rien. C'est moi qui te dois quelque chose, bon sang !

Elle secoua de nouveau la tête et déglutit plusieurs fois avec difficulté.

— Laisse-moi faire ça, insista Han. S'il te plaît.

— De toute façon, les jeux sont faits, le contra-t-elle. Il veut encaisser ses gains, il l'a dit.

— Il jouera contre moi, promit Han en sortant une bourse pleine à craquer qu'il lui mit sous le nez.

Cat ouvrit les yeux grands comme des soucoupes. Elle rejeta ses cheveux en arrière, essayant de prétendre qu'elle voyait de pareilles sommes tous les jours.

— Et si tu perds ?

— Fais-moi confiance, je suis meilleur que lui, lui assura-t-il en plantant ses yeux dans les siens. (Il souhaitait qu'elle le croie, même s'il ne voyait pas pourquoi elle se fierait à lui.) Contente-toi de tenir ton rôle, d'accord ?

Tournant le dos au tricheur, il se prépara à jouer : il déplaça l'argent, empila et rangea ses cartes sous le regard attentif et méfiant de Cat.

— Prêt. Viens, dit-il.

Il la prit par le bras avec autorité et revint vers la table de Boudreaux en se pavanant comme un coq de basse-cour.

— Je règle les dettes de la petite, si vous jouez contre moi, proposa-t-il à l'homme.

— Jouer contre toi ? dit Boudreaux avec dédain. Non, non, j'ai dit que j'avais fini. Mais si tu veux payer ce qu'elle doit, vas-y. Si tu as de quoi…

— Mon père est marchand, lâcha Han en arborant un air contrarié. J'ai plein d'argent. Regardez.

Il posa sa lourde bourse sur la table, et renversa le verre de l'escroc au passage. Un fond de bière coula sur la table.

— Oh ! désolé. Je contrôle pas ma force !

Il prit le mouchoir de Boudreaux dans sa poche et épongea maladroitement le liquide.

Les yeux avides du tricheur ne quittaient plus la bourse. Cat ne possédait pas autant d'argent.

— Eh bien, dit-il en se calant de nouveau contre le dossier de sa chaise. Je peux bien rester encore un peu.

Il claqua des doigts et demanda une autre bière à la serveuse avec un sourire carnassier.

Han rendit son mouchoir trempé à Boudreaux et s'installa sur la chaise en face de lui. Tout irait comme sur des roulettes. Il n'aurait aucun mal à truquer le jeu à présent qu'il n'était plus dans le métier. Un garçon de seize ans avec un paquet de fillettes était plus crédible qu'un gamin de douze ans plein aux as. C'était ce manque de respect pour les *lytlings* qui l'avait obligé à laisser les arnaques aux cartes pour aller couper les bourses et courir les rues.

Désormais, il était mieux taillé pour l'escroquerie. Il pouvait jouer le rôle du fils de commerçant, de sortie tout seul pour la première fois. Le pigeon idéal.

— Assieds-toi là, ma petite, dit Han. Porte-moi chance.

Il tapota le siège à côté de lui en lorgnant Cat.

Elle s'installa sur le bord de la chaise, penchée sur le côté comme si elle craignait que Han lui donne la gale. Elle gardait les mains croisées sur les genoux, crispée, et son visage dur était indéchiffrable.

— À toi de distribuer, mon garçon, offrit Boudreaux d'un ton neutre.

Typique. L'arnaqueur laisse le pigeon gagner la première main, pour l'encourager à miser davantage.

Han battit les cartes et les fit même tomber, les éparpillant sur la table. *Attention,* se dit-il, *pas la peine d'en faire trop*. Il ramassa les cartes et les battit de nouveau avec la concentration intense et mal assurée du type bien éméché.

Il lui fut aisé de gagner la première partie. Boudreaux se coucha et secoua la tête d'un air navré avant que la somme sur la table soit trop importante.

— Ha ! s'exclama Han en pressant la main de Cat.

Elle tressaillit comme si une guêpe l'avait piquée. Il retira sa main.

— Tu me portes déjà chance ! se félicita-t-il.

Elle se contenta de le regarder sans un sourire.

Alister, Alister, pourquoi t'embarques-tu dans ce genre d'histoires ?

Puis ce fut au tour de Boudreaux de distribuer. Il gagna, même si Han ne le laissa pas amasser les gains trop longtemps avant de demander à étaler les cartes. Puis ils alternèrent les résultats sur quelques parties. Au final, Han menait de dix fillettes. Il poursuivait son numéro de benêt ivre, qui fêtait ses réussites à grands cris et se lamentait ostensiblement quand il perdait.

Pour l'instant, il n'avait même pas truqué le jeu. Le mouchoir n'était plus utilisable, et Han gâcha complètement le tour de passe-passe de Boudreaux en insistant pour couper le paquet avant la distribution. De plus, il était naturellement chanceux aux cartes.

Comme avait toujours dit Mam : « Chanceux aux cartes, ou dans la vie. L'un ou l'autre. Jamais les deux. »

L'enthousiasme de Boudreaux le quitta à mesure que ses victoires se faisaient plus rares. Cat se contentait d'observer la partie d'un air boudeur, comme si Han jouait avec ses deniers à elle.

Il est grand temps d'en finir, pensa-t-il. *Je vais donner une leçon à ce tricheur, filer son argent à Cat et au revoir, au lit.* Le paquet revint vers lui. Il l'attrapa fermement, et cette fois profita de ce qu'il battait les cartes pour arranger le jeu à son avantage. Boudreaux coupa, et Han remit les cartes en ordre pendant la distribution. Il guetta la réaction de son adversaire découvrant son jeu : l'escroc serra ses cartes contre son cœur. Han sut qu'il le tenait.

Ils parièrent, firent monter la mise, encore et encore. Il y eut bientôt des tas de pièces accumulées au centre de la table. L'homme demanda une carte. Han lui en donna une, la carte fatale qui allait conclure l'affaire. Il disposa les siennes en éventail, cachées derrière ses mains. Il les scruta en se mordillant la lèvre inférieure avec nervosité, et suivit l'escroc sur chaque nouvelle mise.

Le regard de Cat allait de Han aux piles de pièces sur la table. Elle avait le visage parcouru de tics, comme toujours lorsqu'elle était tendue. S'il perdait, elle passerait un bon bout de temps au trou.

Il ne perdrait pas.

À présent, plusieurs clients avaient délaissé le comptoir et s'étaient approchés pour observer la partie.

— Et ses bijoux ? demanda Han en agitant la main vers la cagnotte, alors que la mise grimpait. Mettez-les en jeu et je parie l'équivalent en fillettes.

Il adressa un grand sourire à Cat.

Boudreaux poussa les anneaux, bracelets et boucles d'oreilles au centre de la table.

— Et voilà ! annonça-t-il en étalant ses cartes devant lui. Brelan de démons, à dominante rouge.

Il regarda Han avec un sourire de loup.

C'était une bonne main. Une très bonne main. Qui pouvait presque tout battre. Sauf...

— Carré de reines. Hanalea mène le jeu.

Han montra ses cartes et s'adossa à sa chaise, pour observer la réaction du tricheur.

Pendant une longue et pesante minute, Boudreaux ne dit rien. Il avait le regard rivé sur la table, et l'air de ne pas en croire ses yeux. Il remua les cartes de son index boudiné, comme s'il espérait qu'elles révèlent quelque chose d'autre.

Le tricheur des plaines ouvrit et referma la bouche comme un poisson hors de l'eau. Il dut s'y reprendre à plusieurs fois avant d'émettre un son.

— Ce... C'est pas possible ! hurla-t-il en tapant sur la table – ce qui fit dangereusement chanceler sa deuxième bière.

D'un geste rapide, Han fourra ses gains dans sa besace qu'il jeta sur son épaule, laissant assez d'argent sur la table pour payer la dette de Cat. Dans ce genre de situation, la seule solution consistait à s'éclipser rapidement.

Les yeux porcins de Boudreaux s'étrécirent de rage. Il attrapa Han par le devant de sa chemise d'un geste brusque.

— Pas si vite, siffla-t-il.

— Laissez-moi ! dit Han en essayant de se dégager.

— Tu n'es qu'un tricheur ! lança Boudreaux. (Il sortit de son manteau un long couteau et appuya la lame recourbée contre la gorge de Han.) Un tricheur, un voleur et un imposteur.

Les spectateurs reculèrent d'un pas.

Le couteau, c'était une mauvaise surprise. La plupart des escrocs et des tricheurs aux cartes étaient en fait des lâches, raison pour laquelle ils choisissaient cette façon de voler. Mais Boudreaux faisait deux fois le poids de Han, et ce dernier savait par expérience qu'il n'existe rien de plus furieux qu'un tricheur dupé.

Han pensa à l'amulette sous sa chemise et au couteau à sa ceinture, se demandant s'il pourrait atteindre l'un ou l'autre sans se faire trancher la gorge. Le tricheur approcha son visage du sien.

—Maintenant, mon garçon, lui dit-il en lui soufflant son haleine aux relents de bière en pleine figure, tu vas me donner ce sac, et peut-être que je ne te couperai pas les oreilles.

Concentré sur la lame posée contre son cou, Han ne suivit pas très bien ce qui se passa ensuite. Boudreaux disparut avec un glapissement, et heurta le sol avec assez de force pour y laisser une marque. Son couteau vola à travers la salle, manquant de décapiter un mineur qui ronflait tranquillement à la table voisine.

Han se jeta en arrière, hors d'atteinte. Boudreaux s'agitait au sol comme s'il était pris de convulsions. Derrière lui, Cat évitait avec agilité ses tentatives pour l'attraper, serrant un garrot autour du cou de son adversaire.

Ah ! c'est vrai, se rappela Han, *en plus d'être un vrai démon avec une lame, Cat sait se servir d'un lacet.*

Le visage de l'escroc vira au rouge, puis au bleu, et ses yeux commencèrent à ressortir de manière alarmante. Cat se pencha vers Boudreaux en lui susurrant quelque chose à l'oreille, sûrement une leçon qu'elle voulait être sûre qu'il retienne.

Les gestes de Boudreaux se firent moins vigoureux, moins coordonnés.

—Cat ! cria Han, recouvrant enfin ses esprits.

Il lui posa une main sur l'épaule.

—Laisse-le. Tu ne veux pas te retrouver la corde au cou à cause de lui.

Cat leva la tête en clignant des yeux comme si elle sortait d'une transe. Elle relâcha Boudreaux et s'accroupit pour fourrer le garrot dans sa poche.

Un brouhaha à l'entrée attira l'attention de Han. Un amas d'uniformes bruns encombrait le seuil – la couleur de la Garde de Delphi. Han jura : il s'était trop attardé. Il se leva lentement et força Cat à se redresser. Tout en gardant la main de son amie dans la sienne, il commença à reculer vers la porte de derrière. Mais un mineur à la barbe hirsute et haut comme une petite montagne lui barra la route.

— Je te conseille de rester, mon gars, et d'assumer la responsabilité de tes actes.

L'homme souriait comme s'il attendait le spectacle avec impatience.

— Je n'ai rien fait, se plaignit Han.

Le refrain de sa vie. C'était bien sa chance de se retrouver impliqué dans une bagarre de taverne en terrain inconnu. Il allait être jeté au trou, et ce serait la fin prématurée de sa carrière de magicien à la solde des clans. Que lui avait dit Danseur juste avant de monter se coucher ? « Évite les ennuis. »

Han serra les doigts autour du manche de son couteau et tâcha de repérer une voie dégagée jusqu'à la sortie. Il relâcha progressivement son étreinte. Il pourrait peut-être passer la porte, mais il ne serait pas sorti d'affaire pour autant, pas avec Danseur à l'étage, et son poney à l'écurie.

Cat dégagea sa main et dégaina ses propres couteaux, qu'elle garda dissimulés le long de ses avant-bras.

— Que se passe-t-il ? demanda un des Vestes Brunes.

Il portait autour du cou un foulard d'officier arborant les couleurs des plaines auxquelles Han n'était pas habitué. Il désigna Boudreaux, toujours allongé sur le sol, qui massait son cou meurtri et inspirait à grandes goulées.

— Qu'est-ce qui lui est arrivé ? demanda l'officier.

Han ouvrit la bouche, mais le mineur fut plus rapide.

— Ce tricheur de Mace Boudreaux s'est fait battre aux cartes, pour une fois. Et il est mauvais perdant. Il a sauté sur le p'tit gars qui a gagné pour lui mettre une raclée, et on a dû le calmer.

Au grand étonnement de Han, l'histoire fut corroborée par des hochements de tête alentour.

— Et qui l'a calmé ? insista l'officier.

— On s'y est tous mis, répondit le mineur en promenant un regard menaçant sur la salle, mettant quiconque au défi de le contredire. Tout le monde s'y est mis.

Cat ne devait pas être la seule à s'être fait avoir par ce tricheur. Les clients de la taverne n'étaient pas prêts à lui apporter leur soutien.

— Où est le garçon qui l'a battu aux cartes ? interrogea le garde.

D'abord, personne ne répondit, puis le mineur poussa Han en avant.

— C'est celui-là. C'est lui qui a réussi à le battre.

Le Veste Brune examina Han de la tête aux pieds, incrédule.

— Doué aux cartes, alors ? demanda-t-il, un sourcil levé.

Han haussa les épaules.

— Je me débrouille.

Il sentit plus qu'il ne vit Cat se rapprocher de lui. Comme autrefois, quand elle couvrait ses arrières.

Le Veste Brune sourit et tendit la main.

— Alors j'aimerais t'offrir un verre, dit-il, ce qui déclencha un concert de sifflets, d'applaudissements et de battements de pied.

C'est bien ce que je pensais, se dit Han, *on ne sait jamais qui se trouve dans la salle quand on s'embarque dans une bagarre.*

Il eut beaucoup de mal à s'éclipser par la suite. Boudreaux réussit à se remettre debout et fila discrètement. Han dut décliner une dizaine d'invitations à trinquer, sans quoi il aurait fini par rouler sous la table. Cat battit en retraite dans un coin, se fondant parmi les ombres. Pourtant, chaque fois qu'il tournait la tête dans sa direction, elle avait les yeux rivés sur lui.

Elle doit vouloir son argent, se dit-il.

Enfin, presque à l'heure de la fermeture, il parvint à s'extirper de la foule amicale pour rejoindre Cat à sa table. Il sortit de sa besace une poignée de fillettes qu'il entreprit de compter.

Elle l'observa sans un mot. Il ne s'attendait pas à des effusions de reconnaissance, mais quand même. D'habitude, cette fille avait la langue bien pendue.

Il poussa les piles de pièces vers elle.

— Voilà, tu récupères tes mises, et même un peu plus.

Elle regarda l'argent, sans faire un geste pour y toucher.

— C'est quoi ton truc ? demanda-t-elle. Partout où tu vas, on s'écarte sur ton passage. Quand tu arrives tu n'es qu'un étranger, et tu finis coqueluche de la soirée.

— De quoi tu parles ? grogna Han. Je n'ai rien. Pas de famille, pas de maison, rien pour gagner ma vie.

Elle tendit la main et toucha la manche de sa veste d'un geste hésitant, comme si elle craignait de le voir partir en fumée ou s'évaporer.

— Tu as de beaux habits neufs et une bourse bien pleine. Tu as vendu un gros butin, ou quoi ?

Han se sentit aussitôt encore plus coupable. Il serra les lèvres et secoua la tête.

— Pourquoi risquer ton magot pour moi ? insista-t-elle.

— C'était pas ma bourse. Je l'avais prise à Boudreaux avant de jouer.

Il se faisait passer pour l'un de ces voleurs tiré d'un conte, qui prennent aux riches pour donner aux pauvres. Très drôle. C'était lui le pauvre, en fait.

— Si tu avais déjà son argent, pourquoi jouer contre lui ? demanda Cat.

Han haussa les épaules.

— Il méritait de se faire battre, et je savais que j'en étais capable. J'imaginais pas qu'il sortirait un couteau.

Il ne dit pas tout haut ce qu'il pensait en lui-même : quand on bat quelqu'un dans le domaine où il est le meilleur, il abandonne plus facilement la partie.

À voir la façon dont Cat le regardait, il comprit qu'elle ne croyait pas la moitié de ce qu'il racontait.

— Tu ne m'as toujours pas dit ce que tu faisais ici. Tu vas où ?

Han essaya de nouveau d'éluder la question.

— J'ai dû moi aussi quitter la Marche-des-Fells. Nous avons pensé tenter notre chance à la Cour d'Arden, mentit-il.

Il valait mieux que le moins de gens possible sachent où ils allaient.

Elle haussa un sourcil.

— Nous ?

— Je voyage avec quelqu'un, répondit Han, laissant Cat s'imaginer ce qu'elle voulait. Et toi ? Je ne savais pas que tu t'essayais à tricher aux cartes.

— J'ai encore beaucoup à apprendre, manifestement, répondit-elle d'un air boudeur.

— Hum ! tu n'arriveras pas à amasser grand-chose comme ça. Il faut d'abord que tu t'entraînes à truquer les cartes. Tu ferais mieux de trouver une autre activité d'ici là.

— J'ai cherché, dit sombrement Cat. Ça fait déjà quelques semaines que je suis ici. J'ai essayé d'entrer à la mine, mais ils ne te prennent pas si tu portes la marque des voleurs.

Elle lui montra sa main droite, marquée au fer par la loi de la reine. Au moins, ils ne la lui avaient pas coupée.

— Comment tu as atterri à Delphi ? demanda-t-il.

— Je me rendais dans un endroit qui s'appelle le Gué-d'Oden.

Han, qui avalait une gorgée de cidre, faillit s'étouffer. Toussant et crachant, il posa sa chope.

— Le Gué-d'Oden ? Pour y faire quoi ?

— C'était l'idée de l'orateur Jemson, expliqua Cat en donnant de petits coups dans les piles de pièces. Il y a des écoles là-bas, à ce qu'il paraît. Il voulait que j'aille à l'école du temple.

— Et pourquoi pas à celle du Pont-Sud ? fit Han, essayant d'évaluer les conséquences que cela aurait pour lui. Pourquoi est-ce que Jemson t'enverrait jusqu'au Gué-d'Oden ?

— Si j'étais restée au Pont-Sud, je serais morte. Comme Velours. (Cat arracha son chapeau et l'abattit brutalement sur la table.) Ils m'ont prise en chasse, les démons qui ont tué les autres. Ce n'était plus qu'une question de temps avant qu'ils m'attrapent. Alors Jemson il m'a dit : « Va au Gué-d'Oden. » Il arrête pas de me bassiner pour que j'étudie la musique et il connaît bien la responsable de l'école là-bas. Il lui a raconté tout un tas de trucs, que je sais jouer de la *basilka* comme un chœur d'anges, et il l'a convaincue de m'accepter. Il a payé pour moi – apparemment la princesse Raisa file de l'argent pour les élèves de l'école du Pont-Sud. Il m'a donné un vieux cheval, un peu d'argent, et en route.

Cat passa une main dans ses boucles emmêlées. Elle se débrouillait étonnamment bien avec une *basilka*. Au Marché-des-Chiffonniers, elle jouait pour passer le temps jusqu'à la noirceur, moment où les Chiffonniers se mettaient au travail. Parfois, Han restait simplement allongé, entre veille et sommeil, et laissait la musique l'emporter.

—Jemson dit que si j'étudie la musique et les arts, que j'apprends à lire, à écrire et à bien parler, je pourrais peut-être finir femme de chambre ou institutrice, quelque chose comme ça. (Elle ricana.) Comme s'ils allaient engager une voleuse marquée.

Han essaya d'imaginer Cat en femme de chambre. Elle leva la tête et remarqua son expression.

—Oublie ça. Je suis arrivée jusqu'ici et j'ai décidé de pas y aller. Jemson croyait m'avoir mise au pied du mur, mais pas question de prendre le voile.

—Ce n'est pas obligé pour entrer à l'école du temple, lui expliqua Han. Certains le font, mais…

—Je m'en fiche. C'est pas ma place. Ça grouille de sang-bleu là-bas. Mielleux comme le cidre des plaines par-devant, mais ils se moquent dès qu'on a le dos tourné.

Elle a peur, pensa Han. *Elle a peur qu'on se fiche d'elle. De ne pas être assez douée.* Et peut-être n'avait-elle pas tort. Que savait-il du Gué-d'Oden ? Rien.

Cat poussa l'argent vers Han et se leva.

— J'apprécie ce que tu as fait, mais je peux pas accepter ça.

Han n'esquissa pas un geste pour ramasser les pièces.

— C'est ton argent, pas le mien. Je viens de le reprendre à un voleur. Si tu le prends pas, ça fera un joli pourboire.

Têtue, elle secoua la tête et se mordit la lèvre inférieure.

— Écoute, dit Han. Voici comment je vois les choses. Je suis responsable de pas mal de trucs. J'ai une dette envers toi. Alors laisse-moi faire ça pour toi, d'accord ?

C'était vrai. Il ressentait un besoin éperdu d'alléger le fardeau de culpabilité qu'il traînait.

— Si tu tiens vraiment à m'aider, voici ce que je veux, dit brusquement Cat : laisse-moi t'accompagner.

— Quoi ?

Han la dévisagea, bouche bée. Quelle soirée riche en surprises…

— Tu sais même pas ce qu'on fait !

— Peu importe, dit-elle. La vie au temple, c'est pas pour moi, même si Jemson croit le contraire. Je te prêterai serment. Comme autrefois.

Comme au temps où Han était le seigneur des rues, et Cat son bras droit. Et bien plus encore.

Han regarda Cat avec méfiance. À présent que Velours n'était plus là, cherchait-elle à ranimer ce qu'il y avait eu entre eux auparavant ? C'était une mauvaise idée. À l'époque où ils étaient ensemble, ils se disputaient comme deux chats enfermés dans un sac. Sa vie était déjà assez mouvementée.

Comme si elle lisait dans ses pensées, Cat ajouta :

— Si tu es avec une fille, je ne vais pas m'interposer. C'est juste pour affaires.

Les pensées de Han résonnaient dans sa tête comme autant de piécettes dans un pot. Cat songeait à renouer avec son ancien seigneur des rues pour échapper à l'école. Mais lui-même s'y rendait. Il n'avait pas besoin d'une bande, et pas les moyens d'en entretenir une. Il allait dépenser de l'argent, et non en gagner. Il n'y aurait pas de butin à partager.

Il leva les yeux vers elle. Elle le fusillait du regard en tapant du pied parce qu'il mettait trop de temps à répondre. Il ne pouvait s'empêcher de se rappeler que, lorsqu'il avait voulu accompagner Oiseau au camp Demonai et qu'elle s'y était opposée, elle avait eu de bonnes raisons elle aussi.

S'il la repoussait, elle reprendrait son ancienne vie, sans aucun doute. De retour dans une bande, elle n'atteindrait pas ses vingt ans, démons ou pas. Les seigneurs des rues ne faisaient pas de vieux os.

Peut-être Jemson avait-il raison. L'école pouvait bien être ce dont elle avait besoin. Han ne récolterait jamais la moindre once de gratitude à essayer de la sauver. Mais peut-être lui restait-il une chance d'y parvenir.

— Tu peux venir, dit-il enfin. Mais nous allons aussi au Gué-d'Oden. Si tu viens avec moi, tu vas à l'école.

— Quoi ? (Immobile, Cat appuyait les deux mains contre la table, si fort que ses jointures blanchirent.) Alors ça pour un bobard, c'est un sacré bobard !

— C'est la vérité, se défendit Han. Pourquoi tu crois que… ?

— Menteur ! (Cat secoua la tête, les yeux brillants de colère.) Espèce de sale menteur enjôleur, mange-merde, baise-ruisseau ! Voilà ce que tu es, Gourmettes Alister. Tu vas pas au Gué-d'Oden, c'est pas possible !

Cat repoussa sa chaise à grand bruit et se leva, poings serrés, frémissant de rage.

— Je te jure que si, lui assura Han en se levant lentement, prenant soin de garder la table entre eux de crainte qu'elle ne retourne son couteau contre lui. Désolé, j'aurais dû te le dire, mais je pensais que…

— Ferme-la, Gourmettes. Si tu voulais pas que je vienne, t'avais qu'à le dire. (Elle ratissa les pièces et les fourra dans sa besace.)

Tu t'imagines que, parce que t'es beau garçon, toutes les filles tombent à tes pieds. T'es pas si mignon que ça, je peux très bien trouver quelqu'un d'autre.

Et elle sortit à grands pas de la taverne en laissant la porte claquer derrière elle.

Bon, au moins, elle a retrouvé un peu de mordant.

5

Au milieu des Marécages

Après l'affrontement avec les gardes renégats sur le versant ouest, Raisa craignait les ennuis qu'ils risquaient de rencontrer à la frontière. Mais quand ils arrivèrent au mur de l'Ouest au petit matin, Mac Gillen n'était nulle part en vue. Les gardes en faction appartenaient pour la plupart à l'armée régulière – Montagnards à la veste grise et mercenaires rayés.

Le sergent faisait partie de la Garde de la reine, cependant ; un certain Barlow. Lorsque Amon lui apprit qu'ils étaient des cadets en route vers le Gué-d'Oden, le sergent ricana.

—Alors vous ne voulez pas passer par Arden ? Vous autres cadets, vous avez peur de salir votre uniforme, hein ? Ce serait dommage de couvrir de sang vos belles armes toutes neuves avant d'avoir pu crâner avec à l'école.

Il faisait preuve du dédain typique que les soldats de front vouaient aux militaires formés à l'académie. Les membres de la meute se hérissèrent, mais Amon ne réagit pas. Il avait l'air préoccupé et parlait encore moins que d'habitude depuis que l'incident avec Sloat avait eu lieu et que les guerriers demonai étaient venus à leur secours.

Déçu qu'Amon ne morde pas à l'hameçon, Barlow ajouta :

—Eh bien, caporal, si vous pensez que cette route est plus sûre que de passer par Arden, vous allez bientôt déchanter.

— Que voulez-vous dire ? demanda Amon en accordant enfin toute son attention au soldat.

Le sergent cracha par terre.

— La nouvelle route a disparu. Les Marcheurs d'Eau l'ont saccagée. Ils ont amassé des tas de rochers dessus.

Amon le dévisagea.

— Quoi ? J'ai participé à la construction de cette voie. Pourquoi auraient-ils fait une chose pareille ?

— Les Marcheurs d'Eau ont mené des raids de l'autre côté de la frontière, expliqua Barlow. Ils volaient des bêtes et de la nourriture. Nous y avons mis un terme, et du coup ils ont saboté la route. Maintenant, pour aller dans les Marécages, il faut emprunter l'ancien chemin. Ce qui veut dire descendre par la falaise en se cramponnant aux rocs par les orteils. Ces chevaux n'y arriveront jamais.

— Je ne comprends toujours pas quel intérêt ils pourraient avoir eu à détruire la route. Elle a été terminée il y a un an et demi seulement. La démolir était tout à leur désavantage !

Le sergent haussa les épaules et évita son regard.

— On dirait bien qu'on n'est plus les bienvenus là-bas. N'importe comment, si vous réussissiez quand même à descendre sans vous briser les os, vous comprendriez pourquoi on les appelle les Marécages Frissonnants. Ça, pour frissonner, vous allez frissonner. Vous allez regretter de ne pas avoir pris l'autre chemin. Ces Marcheurs d'Eau vont vous faire pleurer et appeler votre mère !

— J'imagine que c'est l'expérience qui parle, monsieur ? demanda Raisa.

La remarque tira des sourires aux autres Loups, mais Amon lui jeta un regard d'avertissement.

— J'y étais il y a un peu plus d'un an, dit Amon à Barlow. Et je n'ai eu aucun problème. J'ai séjourné à Ville de la Rivière et à Hallowmere.

— Ah oui ? (Le sergent s'humecta les lèvres et déglutit.) Eh bien, il y en a, des problèmes, maintenant. Des escarmouches tout le long de la frontière. L'hostilité règne.

— C'en est vraiment à ce point ? s'étonna Raisa. Dans la capitale, nous n'en avons pas du tout entendu parler.

— Vous, la cadette, écoutez-moi bien, gronda Barlow dont les bajoues rosirent de colère. Les Marcheurs d'Eau, ils ont tout un programme pour les gens de votre espèce. Ils vous jetteront aux crocodeaux. C'est ainsi qu'ils offrent des sacrifices à leurs dieux.

— Les crocodeaux n'existent pas, monsieur, dit Raisa en levant les yeux au ciel.

Le sergent ricana.

— C'est vous qui le dites. On verra plus tard… si vous êtes encore en vie pour en parler. Ces crocodeaux, ils font jusqu'à trente mètres de long une fois adultes, avec des dents grandes comme des sabres et tout aussi tranchantes. Une fois, un homme m'a raconté qu'il en avait vu un avaler une barque entière, passagers compris.

— Nous serons prudents, monsieur, dit Amon. Merci de votre mise en garde. Maintenant avancez, Morley. Ou c'est vous qui monterez les tentes à la nuit tombée.

Comment faire ? se demanda Raisa. *Aller jusqu'au Gué-d'Oden à pied ? Si nous ne pouvons pas emmener les chevaux avec nous, nous n'aurons pas le choix.*

Le sergent leva la main.

— Un instant. Vous, les cadettes. Vos noms ?

— Pourquoi cette question ? demanda Amon en s'interposant avec son cheval entre les Loups et le sergent.

— Eh bien… (Il leva les yeux vers la caserne en fronçant les sourcils.) Il y a des apprentis magiciens, là-bas, qui veulent voir toutes les jeunes dames qui passent par cette porte.

— Et pourquoi donc ? demanda Hallie d'une voix traînante. Si vous jouez les marieuses, les porte-poisse, c'est pas mon truc, autant vous le dire tout de suite.

Les Loups Gris ricanèrent, et Barlow rougit de plus belle.

— Il paraît que la princesse héritière s'est enfuie ou a été enlevée, quelque chose de ce genre. Alors ils la guettent à la frontière. Même si ce serait de la folie de passer par ici, comme je vous le disais.

— Mais pourquoi les magiciens sont-ils aux trousses de la princesse ? demanda Amon sur le ton de la conversation. C'est plutôt votre boulot, ça.

— C'est ce que je croyais aussi. Plus moyen de savoir, ces temps-ci. Les magiciens fourrent leur nez là où ils ne devraient pas.

— Je suis surprise qu'ils viennent dans un endroit si isolé, fit remarquer Raisa en essayant de garder une voix égale. Ils sont tellement habitués à bien manger et à se faire servir.

— Ah ! pour ça, c'est bien vrai, l'approuva Barlow en regardant Raisa d'un œil plus aimable. Ils sont trois, pas plus vieux que vous. J'ai entendu dire que l'un d'eux était le fils du Haut Magicien en personne.

Micah ! Un goût métallique envahit la bouche de Raisa tandis qu'un long frisson la parcourait. Elle jeta un regard à Amon, qui restait aussi inexpressif qu'une statue de temple.

— Le lieutenant Gillen nous a ordonné de leur apporter tout ce qu'ils veulent. Mais ils ont mangé et bu ce que nous avions de meilleur. Ils restent éveillés jusqu'à pas d'heure, puis font la grasse matinée, exigent ceci, cela, et ne sont jamais satisfaits de ce qu'on leur donne.

» Au début, ils restaient ici, à la porte, mais il y a si peu de passage qu'ils ont dû penser qu'ils perdaient leur temps. Alors maintenant, ils ne s'embêtent plus à descendre eux-mêmes, mais ils nous demandent de retenir les dames qui veulent passer, le temps d'aller les chercher pour qu'ils les examinent.

Barlow se racla la gorge et cracha par terre.

— Nous sommes en effectif réduit. La moitié d'un escadron est partie pour le camp Demonai et n'est pas revenue.

Raisa leva les yeux vers la caserne, une construction massive en pierre dont les meurtrières donnaient sur la route en contrebas.

Elle se détourna rapidement, et résista à l'impulsion de se couvrir le visage. Sa nuque la picota, son cœur tressaillit. En ce moment même, Micah Bayar pouvait être en train de l'observer.

Le souvenir de la trahison du jeune magicien était toujours aussi cinglant. Il l'avait envoûtée avec ses baisers d'ensorceleur et à l'aide d'une amulette de séduction illégale. « Je pense que nous pourrions bien nous entendre, tous les deux, avait-il promis, une fois que tout ça sera terminé. » *Ça*, c'était un mariage forcé les liant l'un à l'autre.

— Eh bien, monsieur, il me semble que Talbot, Abbott et Morley sont des *soldats*, pas des dames, dit Amon.

Il avait parlé calmement, mais il serrait ses rênes si fort que ses jointures blanchissaient.

— C'est déjà assez embêtant que les magiciens s'occupent de ce qui ne les regarde pas, poursuivit-il. Vous pensez que le lieutenant Gillen apprécierait qu'ils interfèrent avec des cadets de la Garde de la reine ?

Le sergent Barlow réfléchit un moment.

— Je ne crois pas, en effet.

Il observa la tresse couleur paille de Hallie, la silhouette longiligne de Talia et la touffe de cheveux hirsutes de Raisa.

— Aucune de vous trois ne ressemble à la princesse, de toute façon.

Il jeta un coup d'œil par-dessus son épaule, vers la caserne.

— Mais vous devriez y aller avant que ces apprentis magiciens sortent du lit.

Ils ne se le firent pas dire deux fois et avancèrent, les sabots de leurs chevaux résonnant sur les pavés autour du bâtiment. Ils passèrent entre les deux immenses statues sculptées dans la pierre : la reine Hanalea et sa fille Alyssa, les fondatrices de la nouvelle lignée de souveraines. Les reines ancestrales se faisaient face, chacune d'un côté de la route, et leurs longues ombres pointaient la direction à suivre. Raisa se retint de regarder en arrière. Ils ne s'arrêtèrent pas avant d'avoir tourné derrière le replat d'une montagne et d'être hors de vue.

— On l'a échappé belle, murmura Raisa à Amon, en ramenant son cheval à hauteur du sien. Si Micah avait été à la porte...

Elle ne termina pas sa phrase. Amon hocha la tête.

— Heureusement que ce Barlow n'aimait pas les magiciens... Que la Créatrice en soit remerciée.

— Et les Marcheurs d'Eau ? Est-ce qu'il voulait juste nous faire peur ?

Amon secoua la tête.

— Aucune idée. Ce qu'il dit n'a ni queue ni tête.

Il se détourna de Raisa et héla un des cadets :

— Hé ! Garret, pars en éclaireur et vérifie l'état de la route, pour voir si ce que dit le sergent est vrai.

— Bien, caporal Byrne, dit Garret en enfonçant les talons dans les flancs de son poney.

— Dans quels cas un soldat peut-il désobéir à un ordre ? demanda Raisa.

Amon fronça les sourcils et pencha la tête pour la jauger du regard.

— Pourquoi cette question ?

— Je veux savoir à quoi m'attendre, quand j'aurai ma propre garde.

— On apprend deux règles très importantes aux soldats. Premièrement, il faut obéir aux ordres, que ça nous plaise ou non, et même si on n'est pas d'accord. Sinon, c'est de l'insubordination. L'autre règle dit qu'obéir aux ordres n'est pas une excuse pour mal agir ou pour gaspiller la vie de soldats inutilement. Un bon soldat est quelqu'un qui réfléchit.

Raisa cligna des paupières.

— Mais... n'est-ce pas contradictoire ?

Amon hocha la tête.

— C'est le dilemme du soldat. La plupart du temps, ce n'est pas compliqué. Si votre supérieur vous dit de laver les latrines, vous le faites, même si vous n'en avez pas envie. S'il vous dit de mener l'attaque avec votre salvo, vous le faites, même si vous avez peur. S'il vous dit de battre en retraite, vous quittez le champ de bataille, même si vous avez le sang en feu.

Raisa acquiesça, et amena Friponne plus près encore de la monture d'Amon.

— Quand peut-on dire « non » ?

— Pour désobéir à un ordre, mieux vaut avoir une bonne raison. Et la plupart du temps, la décision doit être prise en un clin d'œil. C'est le problème avec la Garde ces derniers temps. Trop de soldats ne savent pas différencier le bien du mal.

Raisa posa une main sur le genou d'Amon. Sous le sergé de camouflage, sa jambe était tout en muscles, et elle sentit l'habituel flux d'énergie passer entre eux.

— Vous pensez savoir distinguer le bien du mal ? demanda-t-elle.

— Oui, dit Amon en rivant ses yeux sur sa main. Mon père s'en est assuré.

Il dit cela avec une telle intensité que Raisa n'osa pas l'interroger davantage, et attendit. Après une pause, il poursuivit :

— Mais ce n'est pas suffisant de savoir distinguer le bien du mal. Encore faut-il avoir la force de faire ce qui est bien, alors même que l'on est irrésistiblement attiré par le mauvais choix.

Sur ces mots, il pressa son cheval et rompit le contact avec la main de Raisa.

Un ou deux kilomètres plus loin, Raisa commença à percevoir un son : un grondement étouffé, menaçant, qui augmentait à mesure qu'ils avançaient.

Pendant qu'ils parlaient, le reste de la troupe les avait distancés. Mick revint vers eux.

— Ce sont les cascades de la Dyrnneflot. Il faut être prudents, nous y sommes presque.

Mais on ne pouvait pas vraiment tomber dessus sans s'y attendre. Devant eux, une brume blanche et glacée obscurcissait la route. Quand ils pénétrèrent dans le nuage, la peau de Raisa se couvrit de chair de poule et ses cheveux retombèrent en lourdes mèches humides. Un filet d'eau se mit à goutter du bout de son nez. Amon remonta le col de son uniforme et repoussa ses cheveux noirs mouillés de son front.

À présent qu'ils étaient massés près de la rivière, Raisa percevait la puanteur discrète mais familière de sa cité natale. Elle fronça le nez.

Un mur bas bordait la route de chaque côté. Plus loin, le cours d'eau se divisait autour de plusieurs gros îlots rocheux et écumait dans une série de rapides violents qui menaient à l'à-pic. Friponne commença à se montrer difficile, piétinant avec nervosité tout en secouant la tête.

À cet endroit, la nouvelle route obliquait vers l'est et descendait en lacets accidentés vers la vallée. L'ancienne route, quant à elle, continuait tout droit en suivant la rivière. Ce n'était guère plus qu'un sentier caillouteux.

Garret attendait à la croisée des chemins.

— Il disait vrai, caporal : la nouvelle route est impraticable. Elle a été défoncée à un kilomètre d'ici.

Qu'allaient-ils faire, maintenant ? Retourner à la porte de l'Ouest, où se trouvait Micah Bayar ? Cette fois, ils pourraient bien ne pas avoir autant de chance.

— Je crois que nous allons devoir emprunter la vieille route, conclut Amon.

Celle où il faut se cramponner par les orteils ?

— Pied à terre ! ordonna-t-il avant de se tourner vers Raisa. Faites attention, les rochers sont glissants, même pour les poneys. S'ils prennent peur, ils vont passer par-dessus bord.

Les Loups Gris sautèrent de leur selle et, tendus, saisirent la bride de leur monture. Ils se remirent en route. Leurs bottes faisaient crisser les étranges graviers gris qui tapissaient le chemin.

Soudain, ils se retrouvèrent à la limite du monde que Raisa connaissait, surplombant une mer de brouillard. Des faucons tournoyaient au-dessus de la crête de la falaise, portés par les courants ascendants.

— Par la dame éclairée ! souffla Raisa.

Elle recula d'un pas, étourdie, comme si elle craignait d'être emportée par le mouvement incessant des eaux. Amon lui saisit le bras pour l'aider à garder l'équilibre.

La Dyrnneflot se déversait par-dessus un large surplomb, précipitant ses eaux dans la vallée avec un bruit assourdissant. La rivière était d'un vert profond au niveau du bord, puis explosait en gerbes d'écume sur les rochers. Le brouillard leur mouilla les cheveux et les vêtements, puis gela. En quelques minutes, ils ressemblèrent à un groupe d'anciens à la chevelure d'argent.

C'était un lieu sacré, marqué par l'histoire. Lors de la Guerre de Conquête des Magiciens, la reine Regina, la dernière reine libre de l'ancienne lignée, avait été acculée au sommet de l'escarpement avec une petite armée de sujets loyaux. Elle avait jeté ses filles dans le vide avant de s'y élancer elle-même, pour empêcher leur capture. Mais la rivière, refusant d'engloutir la reine et les princesses, avait amorti leur chute avant de les recracher, vivantes, sur la rive en contrebas. Un miracle de la Créatrice.

Alors, Regina avait courbé la tête malgré sa fierté, comprenant que la lignée était destinée à survivre, et que la rédemption aurait lieu dans le futur. Les reines avaient passé trois cents ans en captivité avant d'être délivrées par la Rupture.

À petits pas, Raisa avança pour regarder par-dessus bord. Elle eut l'impression de contempler une mer de lait camouflée par un manteau de brouillard. Les Marécages Frissonnants étaient un océan d'herbe et d'arbres bas. Rien ne s'élevait assez pour percer la couche de nuages bas.

Raisa frémit, glacée par l'humidité et la perspective de descendre au milieu de toute cette brume. Le royaume des Fells prétendait régner sur les Marécages, mais elle n'y était jamais venue auparavant, et, pour autant qu'elle sache, la reine Marianna non plus. Comment pouvaient-elles réclamer l'allégeance d'un peuple qu'elles connaissaient si mal ?

Raisa remarqua les traces à peine visibles d'un sentier rocheux creusé à même la paroi, le long de la rivière. Il était visiblement peu utilisé. Au sommet de la falaise se trouvait un poste de garde abandonné dont les murs en mauvais état avaient été malmenés par les périodes de gel et de dégel successives. À côté se tenait un petit sanctuaire dédié à la reine Regina. Une statue en marbre en occupait le centre, tachée et usée par les éléments : la reine intrépide serrait deux bébés contre elle. Raisa fit le signe de la Créatrice avant de s'agenouiller dans les herbes devant l'autel.

Nous devrions mieux respecter les traditions ancestrales, pensa-t-elle. *C'est mon sang, mon héritage, qui est envahi par la végétation, négligé. Il fut un temps où nous régnions sur les Sept Royaumes. À présent, nous nous en sortons à peine avec un seul.*

Une fois sa prière finie, elle se tourna et découvrit qu'Amon était venu à côté d'elle. Debout, les mains glissées sous ses bras pour les réchauffer, il examinait la paroi de la falaise tandis que le vent jouait dans ses cheveux. Il semblait décidé à descendre par là.

— C'est ça la route ? demanda-t-elle en se relevant.

Quand même pas.

— C'était la seule qui existait avant que nous construisions la nouvelle. Les Marcheurs d'Eau ne montent pas à cheval, ils n'avaient donc pas besoin d'une voie que les chevaux et les chariots puissent pratiquer.

— Et vous avez aidé à la construction de la nouvelle route ?

— Oui. Mon père a proposé d'échanger la sueur de mon front contre un séjour qui me permette d'apprendre les coutumes des Marcheurs d'Eau. (Il s'arrêta et se mordilla la lèvre inférieure.) Ils possèdent un système de dette et de paiement qu'ils nomment *gylden*. Et ils sont fiers ; ils préfèrent que quelqu'un leur soit redevable plutôt que l'inverse.

» Le seigneur Cadri est à la tête des Marcheurs d'Eau. Il y a des années, mon père lui a sauvé la vie alors qu'il se vidait de son sang après un accident de chasse. Depuis ce jour, il cherche un moyen de payer son *gylden*, et mon père s'arrange pour qu'il reste son débiteur. Pas parce qu'il convoite le paiement, mais parce que cela représente un avantage pour les Fells. Mon père a demandé au seigneur Cadri de m'accueillir le temps d'un été, ce qui aurait dû compenser une partie de la dette. Mais j'ai aidé à concevoir et construire la route. Du coup, il doit toujours un *gylden* à mon père.

— La reine Marianna est-elle au courant de tout cela? demanda Raisa.

Amon haussa les épaules.

— Je ne sais pas. Je ne crois pas. Elle n'a jamais accordé beaucoup d'attention aux Marécages, surtout avec la guerre d'Arden et les problèmes dans sa cité. Mon père fait en sorte qu'elle n'ait pas besoin de s'en préoccuper. Je n'aime pas ces histoires de troubles à la frontière.

Raisa ne put s'empêcher de se rappeler sa mère la prévenant contre tout rêve d'une union avec Amon: *« C'est un soldat, comme son père. Ils ne seront jamais que des soldats. »*

Vous n'imaginez pas quel trésor représentent les Byrne pour vous, mère, pensa Raisa.

— Comment s'y prend-on pour descendre? lui demanda-t-elle en essuyant la neige fondue qui lui glaçait le visage.

Amon s'agenouilla au bord du précipice pour examiner un dispositif métallique fixé dans la pierre.

— Nous allons utiliser des cordes pour plus de sécurité. C'est trop risqué de descendre sans s'assurer.

Il se retourna et lança des ordres au reste de la Meute. Tous sortirent des rouleaux de corde de leurs sacoches.

— Et les chevaux? demanda Raisa.

— On les descend avec les cordes aussi.

D'un coup d'épaule, Amon ouvrit la porte vermoulue du poste de garde. Raisa l'entendit farfouiller à l'intérieur. Quelques minutes plus tard, il en ressortit couvert de saleté, des toiles d'araignées plein les cheveux, mais l'air content de lui. Il portait une brassée de lanières en cuir, de mousquetons et de matériel en fer.

Raisa observa ces objets d'un œil méfiant. *Pendant combien de temps ont-ils traîné là ? À quel point ont-ils été détériorés par la pourriture et les rongeurs ?*

Friponne secoua la tête et broncha, comme si elle sentait la consternation de sa maîtresse. Raisa caressa le nez de la jument pour la rassurer.

Amon passa avec dextérité une corde par la grosse poulie fixée au surplomb rocheux, la maintint solidement avec une dégaine et y attacha un mousqueton. Puis il s'équipa d'un large harnais en cuir lui passant entre les jambes, qu'il arrima à la corde.

— Comment pouvez-vous être sûr que ça va marcher ? demanda Raisa, qui s'imaginait déjà les chevaux paniqués s'écrasant contre la paroi et se brisant les membres.

— Je l'ai déjà fait.

Amon se tourna vers Mick et Hallie.

— Je vais descendre en premier et fixer l'autre extrémité, puis examiner la situation en bas. Je tirerai trois fois sur la corde pour vous faire savoir quand me remonter.

Amon enfila une paire de gants en daim et agrippa la corde à deux mains. Puis il recula jusqu'au bord du précipice et, d'une poussée, il disparut.

Réprimant un cri de panique, Raisa se pencha pour regarder par-dessus bord. La falaise formait un surplomb important – dessous, il n'y avait que le vide béant. Amon était déjà cent pieds plus bas, laissant la corde défiler dans la poulie. Il se servait de ses jambes pour se tenir écarté de la paroi. Un instant plus tard, le brouillard l'engloutissait.

Il l'a déjà fait, se répéta Raisa. Combien d'autres secrets lui cachait-il ?

Il leur fallut presque toute la journée pour faire descendre chevaux, soldats, et tous les bagages jusqu'en bas. Les Loups Gris abattirent plusieurs gros pins et s'en servirent pour construire un palan pour les chevaux. Amon banda les yeux des bêtes avant de les descendre dans de grands harnais en cuir conçus à cet effet. Ce système maintenait les chevaux à bonne distance de la paroi ; ainsi, ils ne pouvaient se blesser et leur panique était moindre. Au grand soulagement de Raisa, les lanières en cuir tenaient le coup.

Elle descendit au moment où il y avait autant de cadets en haut qu'en bas. À part une méchante ecchymose là où son coude avait heurté la paroi, quelques brûlures causées par la corde sur ses paumes et une éraflure à la cuisse due au frottement de la lanière, elle atterrit sans mal. Elle se sentit grisée par la descente et ces grands bonds qui lui donnaient l'impression de voler. Heureusement qu'elle ne voyait pas le fond du précipice à cause du brouillard.

Amon sembla grandement soulagé de voir qu'elle était toujours entière.

— N'en parlez jamais à la reine, d'accord ? dit-il comme s'il n'y avait pas déjà toute une liste de faits que Marianna devait ignorer. Et ne dites pas à mon père que vous êtes descendue toute seule.

Quand tout le monde fut en bas, la lumière du jour commençait à décroître. Ils plantèrent les tentes au pied de la falaise et peinèrent à allumer des feux de camp dans l'humidité brumeuse. Après avoir donné à boire et à manger aux chevaux, ils avalèrent un rapide repas froid. Peu de paroles furent échangées. Le brouillard givrant semblait les assaillir de toutes parts.

— Je suis surpris qu'il n'y ait personne pour nous accueillir, dit Amon. D'habitude, les Marcheurs d'Eau surveillent étroitement les cascades. J'aurais pensé qu'ils viendraient à la rencontre de quiconque serait assez fou pour emprunter l'ancienne route. Ville de la Rivière est juste un peu au sud d'ici, sur la berge. Demain nous nous y arrêterons pour les saluer et demander la permission de passer.

Le vent se leva à la tombée de la nuit. Le brouillard tourbillonnant prenait des allures d'esprits agités. Plusieurs fois, Raisa crut apercevoir des visages livides les observant entre les arbres, avec des yeux comme des trous sombres percés dans un linceul de lin. Elle fut soulagée de ramper sous la tente, avec Talia et Hallie. Une fois le rabat fermé, le paysage étrange disparut à sa vue.

Quel effet cela ferait-il de vivre en permanence dans cet endroit, entourée de brouillard?

Les Loups Gris se réveillèrent de bonne heure le lendemain et levèrent le camp sans attendre qu'on leur en donne l'ordre. Tous semblaient impatients de reprendre la route.

La Dyrnneflot était méconnaissable. Bouillonnante et tumultueuse avant les chutes, elle se transformait ici en placide et large rivière qui s'épanchait paresseusement dans des cours d'eau affluant de tous côtés.

Le paysage paraissait sortir d'un autre monde: des étendues de hautes herbes quadrillées de voies d'eau. Impossible de savoir où se trouvait la terre ferme. Des arbres gisaient ici et là, jeu de quilles géantes éparpillées, pourrissant, couverts d'une épaisse couche de champignons blancs. Pendant la nuit, le brouillard avait gelé, et le sol craquait sous leurs pas. La glace recouvrait chaque flaque, chaque brin d'herbe, chaque brindille, et transformait le marécage en un monde irréel et sans couleurs.

—Avant, c'était plus sec, ici, fit remarquer Amon. Ils ont construit un barrage sur la rivière Tamron en aval, et l'eau reflue dans ces zones inondables. Voilà pourquoi les arbres sont morts.

Le brouillard autour d'eux devenait oppressant. L'ennemi pouvait rôder à quelques pas sans qu'ils en sachent rien. De plus, l'humidité semblait assourdir et distordre les sons, si bien que Raisa était incapable de deviner dans quelle direction et à quelle distance se trouvait la source.

Elle claquait des dents, mais pas seulement à cause du froid. Elle avait l'impression de naviguer en plein cauchemar, et qu'à n'importe quel moment un démon risquait de tendre ses doigts froids pour la saisir et la consacrer au Destructeur. Les cadets scrutaient les alentours en plissant les yeux, tout en gardant leur main à proximité de leur épée. Leur jovialité naturelle s'était dissoute dans l'humidité glacée.

Après une demi-heure de marche, ils suivirent une courbe de la Dyrnneflot, et Ville de la Rivière émergea du brouillard. Ou du moins, ce qu'il en restait.

— Par le sang du démon ! chuchota Amon. Qui a bien pu faire ça ?

Il n'y avait déjà pas grand-chose à l'origine, quelques frêles masures rassemblées autour d'un petit temple au bord de la rivière. À présent, tout n'était plus que ruines : la plupart des bâtisses étaient démolies ou réduites en cendres. Quelques bateaux échoués gisaient sur la berge comme des carapaces de crabe vides, la coque perforée ou enfoncée. Une enfilade de piliers s'éloignait de la rive – les vestiges de plusieurs petits pontons.

Les Loups Gris mirent pied à terre pour fouiller les lieux, cherchant des traces de ceux qui avaient un jour habité là. Au moins, ils ne trouvèrent pas de cadavres, mais peut-être avaient-ils été jetés dans la rivière ou emportés par les survivants.

Amon se pencha pour ramasser un casier de pêche fait de roseau et de ficelle, gagné par la pourriture. Il le tourna entre ses mains et en tâta la surface de son index.

— Eh bien, c'était Ville de la Rivière, dit-il tristement. On dirait qu'il n'y a plus personne depuis quelques mois, si ce n'est davantage.

— Vous pensez qu'ils ont été attaqués, ou qu'ils ont tout saccagé eux-mêmes avant de partir ? demanda Raisa.

Amon haussa les épaules.

— Je ne sais pas, mais j'imagine qu'ils ont subi une offensive ou qu'on les a poussés à fuir. Ces gens ne possèdent pas grand-chose. S'ils en avaient eu la possibilité, ils auraient tout emporté. (Il cilla pour chasser les gouttes de pluie, et porta son regard vers l'aval de la rivière.) Peut-être des mercenaires sans allégeance venus du sud. Mais pourquoi se donner tant de peine pour un si maigre butin ?

— Je me demande où ils ont bien pu aller, dit Raisa. Les Marcheurs d'Eau, je veux dire.

— Qui sait ?

Amon siffla pour rameuter les autres Loups Gris, qui s'étaient éparpillés dans le village.

— Je crois que nous ne pouvons rien faire si ce n'est poursuivre notre route, déclara-t-il quand ils furent rassemblés. Gardez vos armes à portée de main et restez groupés. Morley, vous venez avec moi.

Il lui sembla qu'ils chevauchaient sur des kilomètres et des kilomètres, en longeant la rivière. Puis, comme Amon l'avait annoncé, elle se dispersa en un dense réseau de ruisseaux formant un labyrinthe dépourvu de sentiers. Raisa avait espéré que le brouillard impénétrable se dissiperait, or il devenait plus compact encore. Elle était incapable de se diriger en observant le ciel. En haut, en bas, et autour d'elle, tout n'était que blancheur laiteuse.

Le froid humide lui pénétra d'abord les orteils et les doigts, puis gagna progressivement tout son être, et elle fut bientôt parcourue de frissons. Elle n'imaginait même pas pouvoir se réchauffer un jour.

Amon sortit sa boussole et les guida vers le sud. À présent qu'ils ne suivaient plus la rivière, la marche était encore plus malaisée. Ils traversaient des mares à l'eau glaciale, des taillis aux herbes coupantes qui blessaient les jambes des chevaux et entamaient la toile grossière des pantalons. Ils mirent pied à terre et menèrent les montures pour éviter qu'elles ne tombent dans quelque trou invisible et ne se fassent mal. La lumière changea à mesure que le soleil baissait sur l'horizon, mais il n'y avait aucun autre signe du passage du temps, si ce n'est la fatigue toujours plus grande que ressentait Raisa, et le creux dans son estomac qui lui rappelait qu'elle n'avait pas mangé depuis longtemps.

Mais elle s'accrochait. Elle faisait trois pas pour chaque longue enjambée d'Amon. Plusieurs fois il la rattrapa alors qu'elle trébuchait, comme s'il devinait qu'elle était sur le point de défaillir.

Enfin, le sol s'éleva un peu et devint plus ferme : ils traversaient un bosquet de broussailles dont les feuilles épaisses comme du cuir étaient laquées d'une couche de glace.

Amon grogna de soulagement.

—Voilà ce que je cherchais. C'est le point culminant à des kilomètres à la ronde. Il devrait y faire aussi sec que possible dans les Marécages, et, si le brouillard se lève, nous aurons une bonne vue des alentours. Nous pourrons nous installer pour la nuit un peu plus loin.

—Nous devons rester ici, dans cette... boue, une nuit de plus, caporal ? grommela Mick.

—On ne pourrait pas continuer ? (Garret replia ses mains protégées par des gants, puis les tapa contre ses cuisses pour essayer de les réchauffer.) Je préfère marcher plutôt que m'asseoir et me transformer en statue de glace.

—La source de la rivière est encore loin, expliqua Amon. Nous ne serons pas sortis d'ici avant quelques jours, pas en cette saison. Et puis, nous ne pouvons pas avancer dans le noir. À coup sûr on se romprait les os, à moins de finir enlisés jusqu'à la taille dans un bourbier.

—Haut les cœurs, Garret ! dit Hallie, avec son entrain habituel. Tu te sentiras mieux quand nous aurons un bon feu et le ventre plein.

—À condition de réussir à allumer quelque chose dans cette humidité, ronchonna Mick.

Raisa n'aimait pas plus que les autres l'idée de passer la nuit dans ce marais glacé, mais elle avait hâte d'être au coin du feu. Elle allongea le pas.

Ils cheminaient en file indienne et guidaient leurs chevaux. Le brouillard était si dense qu'ils distinguaient à peine la personne devant eux. Soudain, un cri à l'arrière fit s'arrêter la colonne.

— Hallie ! Où es-tu ?

Seul un grand silence répondit.

— C'est pas le moment de blaguer, Hallie !

Toujours rien.

— Que se passe-t-il, Mick ? cria Amon, qui était en tête.

— C'est… C'est Hallie, caporal. Elle a disparu.

Jusque-là, la cadette fermait la marche.

— Disparu ? Depuis quand ? l'interrogea Amon.

— Environ cinq minutes, j'imagine. Je viens de regarder en arrière, et elle n'était plus là.

Amon proféra un juron.

— Je vous avais dit de rester groupés.

— C'est ce que nous avons fait, se défendit Mick. Elle était juste derrière moi, je le jure.

— Regroupez-vous ! ordonna Amon.

Les Loups Gris se serrèrent les uns contre les autres, les mains crispées sur les rênes, le visage pâle et anxieux.

— Bon, nous la retrouverons. Elle ne doit pas être bien loin. Garret, Talia, Morley et moi allons faire un feu et installer le campement. Vous autres, formez deux équipes de trois et fouillez le chemin que nous avons emprunté. Revenez au rapport dans un quart d'heure. Soyez prudents. Encordez-vous tous ensemble si besoin. Je ne veux pas avoir à raconter à mon père comment j'ai perdu mon triple de cadets dans les Marécages.

En temps normal, ses ordres auraient été suivis de moqueries et de sifflets, mais, cette fois, personne n'était d'humeur à plaisanter. Les six cadets s'évanouirent dans le brouillard, retournant sur leurs pas.

Avec des gestes méthodiques, Raisa prépara un feu. Elle prit de l'amadou bien sec dans la pochette imperméable qui pendait à sa ceinture et sortit de sa sacoche son allume-feu fabriqué par les clans. Amon et Garret installèrent les tentes tandis que Talia montait la garde. Ils gardaient leurs armes à portée de main.

Un quart d'heure s'écoula. Puis vingt minutes, vingt-cinq… et aucun des autres Loups Gris ne revenait. Raisa réussit rapidement à faire crépiter une bonne flambée derrière un écran de roseaux gelés et de boue, à l'abri des regards indiscrets. Elle tendit une ficelle pour mettre à sécher leurs vêtements mouillés. Puis elle sortit le pain de voyage, la viande fumée et les fruits secs qui constitueraient leur repas, et mit de l'eau à chauffer pour le thé. Elle se força à agir comme si tout allait rentrer dans l'ordre.

Lorsque le temps imparti par Amon fut écoulé, l'attitude de ce dernier changea : d'impatient et agacé, il devint tendu et fermé. Le moindre son le faisait sursauter. Et les bruits ne manquaient pas dans le marais environnant : des brindilles glacées craquaient, les herbes des Marécages bruissaient comme si une main invisible les caressait. La brume se mouvait en vagues tourbillonnantes autour d'eux, créant des formes monstrueuses à la lueur du feu.

Amon se tenait debout et regardait fixement les flammes, qui illuminaient ses traits marqués d'un éclat doré. *Il n'a que dix-sept ans*, songea Raisa. *Seulement un an de plus que moi. Et pourtant, cette lourde responsabilité repose sur ses épaules. Si quelque chose nous arrive, il se sentira coupable, puisque c'est lui qui est responsable du groupe. Ce n'est pas juste.*

Perdu dans la brume, un cheval hennit. Amon courut vers l'endroit où se trouvaient les montures. Il disparut dans le brouillard, l'épée au clair.

— Hallie !

Son appel parvint à Raisa, étouffé par l'atmosphère cotonneuse.

Quelques instants plus tard, il réapparut, menant un poney sans cavalier.

— C'est celui de Hallie, dit-il brièvement en l'attachant avec les autres.

Talia et Garret ramassèrent tout ce qui pouvait brûler dans les alentours, prenant bien soin de rester en vue du campement. Amon s'occupa des chevaux, mais ne retira pas tout leur harnachement, comme s'il anticipait un départ précipité.

Où pourrions-nous aller ? se demanda Raisa. Comment savoir où se diriger dans ce labyrinthe sans chemins ? Comment savoir si une zone était plus sûre qu'une autre ? Il valait mieux rester au même endroit, là où les autres auraient une chance de les retrouver. Elle rampa sous les tentes pour installer les couchages, se disant que les cadets seraient épuisés et prêts à se coucher de bonne heure à leur retour.

Elle finissait la troisième tente quand elle entendit un cri qui s'interrompit brutalement. Puis des pas précipités, et un corps s'affalant dans le tapis de broussailles. Amon cria :

— Garret ? Talia ?

Raisa, immobile, retint son souffle. Un peu plus tard, elle sursauta lorsque Amon souleva le rabat de la tente et se glissa près d'elle.

— Ils ne sont plus là, chuchota-t-il à son oreille. Ce sont les Marcheurs d'Eau, forcément. Je ne sais pas combien ils sont, mais il y a tout lieu de croire qu'ils nous surpassent en nombre.

— Alors on essaie de prendre la fuite ? murmura Raisa.

— Si nous faisons ça, nous serons pris, nous aussi. Je vais tenter de les faire venir à moi pour découvrir ce qui se passe. Cela ne leur ressemble pas d'attaquer sans avoir été provoqués.

— Les choses ont peut-être changé depuis l'époque où vous viviez ici.

Elle regretta aussitôt ses paroles en voyant la douleur et la culpabilité se peindre sur le visage de son ami.

Il lui fourra une sacoche entre les mains.

— De la nourriture et du matériel. Je vais demander à les rencontrer. Restez ici, et tendez l'oreille. Si ça tourne mal, sortez discrètement par l'arrière et courez. Seule, vous aurez peut-être une chance de leur échapper.

Elle s'imagina entendre Amon se faire tuer, puis fuir à travers cet horrible marécage, toute seule, ses meurtriers sur les talons.

— Non, pas question. On reste ensemble, quoi qu'il arrive. S'il le faut, nous mourrons ensemble.

— Je vous en prie, Raisa, dit-il en lui serrant les mains à lui faire mal. Tout est ma faute. Nous n'aurions pas dû emprunter ce chemin. Je croyais savoir ce qui nous attendait, mais j'aurais dû écouter Barlow. Donnez-moi une chance de vous sauver, même si les autres sont perdus.

— Nous pensions tous qu'il s'agissait de la meilleure solution pour passer la frontière, le raisonna Raisa. Y compris votre père. Je n'ai pas l'intention de revenir là-dessus. Peu importe ce qui arrive, je crois qu'il est plus sûr de ne pas nous séparer. (Elle rampa vers l'entrée de la tente.) Ne tardons pas plus. Il vaut mieux aller au-devant d'eux plutôt qu'attendre qu'ils viennent nous chercher.

— Très bien.

Amon recula, et posa une main sur son épaule.

— Mais promettez-moi de rester en arrière, d'accord ? Je ne veux pas qu'ils sachent qui vous êtes. Je vais demander à parlementer.

Ils émergèrent dans un campement étrangement désert. Amon récupéra son bâton de combat sur son cheval. Le tenant en équilibre sur ses paumes ouvertes, il le leva devant lui à l'horizontale, puis le posa sur l'herbe au milieu de la clairière. Il recula de trois longues enjambées avant de lancer un appel dans une langue que Raisa devina être celle des Marcheurs d'Eau.

Encore une qu'elle ne savait pas parler. Pourquoi ne l'avait-elle jamais étudiée ?

Elle connaissait la réponse : ses précepteurs et conseillers à la Marche-des-Fells estimaient que les Marcheurs d'Eau n'étaient guère plus que des sauvages. Ils n'utilisaient ni armes ni outils en métal, ne montaient pas à cheval et vivaient modestement, dans des habitations itinérantes.

Amon attendit une réponse. Puis, comme le silence persistait, il répéta son appel. Au troisième essai, des silhouettes se matérialisèrent et sortirent de la brume, avançant dans leur direction.

Ils étaient trois : un jeune homme – un garçon même, de deux ou trois ans le cadet de Raisa – ainsi qu'un homme et une femme plus âgés. Ils avaient tous trois les mêmes sourcils épais et noirs et le même nez droit proéminent. Ils portaient un vêtement ample d'une couleur pâle qui les rendait difficiles à voir dans le brouillard glacé. Chacun tenait un bâton semblable à celui d'Amon.

Le jeune garçon se plaça face au caporal Byrne. Contrairement au bâton sobre d'Amon, le sien était décoré de nombreuses gravures : poissons, serpents, et créatures fantastiques. Il était de dimension modeste, adaptée à sa petite stature. Son vêtement était un peu plus élaboré que celui des autres, brodé de fils d'argent. Le motif stylisé représentait des rayons de soleil se reflétant sur des vagues et des écailles de poisson.

—Bonjour, Dimitri, salua Amon dans la langue commune, tandis qu'il tendait les deux mains vers le jeune homme.

—Caporal.

Dimitri ne retourna pas le geste. Il resta immobile et impassible, serrant son arme. Amon inclina la tête, étudiant le visage de son interlocuteur. Il laissa finalement retomber ses mains.

—Bonjour, Adoni et Leili, dit Amon en se tournant vers les deux autres.

Raides et inexpressifs, ces derniers tenaient leur bâton en diagonale.

Après un silence gênant, Dimitri se pencha et posa son bâton par terre à côté de celui d'Amon. Il se redressa et fit un pas en arrière.

Amon s'accroupit, visiblement soulagé.

L'homme et la femme suivirent l'exemple de Dimitri, même s'ils semblaient le faire à contrecœur. Ils encadraient le jeune garçon, un de chaque côté, un peu en retrait.

— Pouvons-nous nous exprimer dans la langue commune pour que tous comprennent ? proposa le caporal Byrne en désignant Raisa.

Dimitri interrogea ses compagnons du regard. Ils haussèrent les épaules.

— Je vous invite à partager mon feu, offrit Amon en montrant le petit foyer que Raisa avait allumé.

Les Marcheurs d'Eau se rembrunirent, comme s'ils étaient réticents à l'idée d'accepter de la part des Loups ne serait-ce que cette simple marque d'hospitalité.

Par les os ! pensa Raisa avec un frisson. *Ils vont nous tuer, c'est certain.*

Enfin, Dimitri arracha sa cape et l'étala par terre avant de s'y asseoir. Les autres l'imitèrent et s'installèrent en tailleur autour du feu.

Amon s'assit à son tour, puis Raisa.

— Voici Rebecca Morley, dit Amon en lui touchant l'épaule.

— Êtes-vous époux ? demanda brusquement Leili.

De manière surprenante, la langue commune paraissait toujours plus guindée que les autres en usage dans les Sept Royaumes.

— Non, répondit-il en secouant la tête, tandis que ses joues se coloraient. C'est une cadette. De première année.

— Un autre soldat, alors, fit remarquer Dimitri.

— Pas un soldat, une élève seulement, rectifia Amon.

— C'est quand même un soldat, répéta Dimitri en jetant un coup d'œil à ses compagnons, qui l'approuvèrent du chef.

Le sentiment de malaise qui picotait la nuque de Raisa s'intensifia. *Ce sont ses conseillers*, pensa-t-elle. *Il les écoute. Et ils nous détestent.*

— Vous êtes devenu seigneur ? demanda Amon.

— C'est juste, dit Dimitri en tripotant les revers brodés de ses manches, mal à l'aise.

— Et votre père ? demanda Amon, qui allait toujours droit au but. Où est-il ?

— Il est mort à Ville de la Rivière.

— Je suis désolé d'apprendre la mort du seigneur Cadri. Comment est-ce arrivé ?

— Pourquoi êtes-vous venus ici avec des soldats ? l'interrogea subitement Dimitri.

— Nous ne faisons que passer. Nous sommes en route pour l'académie du Gué-d'Oden. Je me suis arrêté à Ville de la Rivière pour demander la bénédiction des voyageurs, mais nous n'avons trouvé que des ruines.

— Oui. Ville de la Rivière a été détruite. Par des soldats des Fells, au milieu de l'été.

Par la douce Hanalea ! Raisa ouvrit la bouche, mais la referma aussitôt sans un mot.

— On nous a dit au mur de l'Ouest qu'il y avait eu des troubles à la frontière. Que se passe-t-il ? demanda Amon.

L'homme plus âgé parla dans la langue des Marécages. Ses mains fendaient l'air. Dimitri jeta un coup d'œil à Raisa, et traduisit rapidement.

— La reine des Fells nous envoie une Dyrnneflot aux eaux empoisonnées. C'est pire de jour en jour. Les poissons ne peuvent plus y vivre. Les plantes que nous cueillons pour nous nourrir périssent. Nos enfants tombent malades et meurent. En réponse à nos doléances, elle ne fait rien. Le problème existe depuis longtemps, mais c'est devenu dramatique.

Amon hocha gravement la tête.

— Je sais. Les réfugiés qui fuient les guerres ardenines ont envahi la Marche-des-Fells. Ils campent sur les berges de la rivière et y vident leurs pots de chambre. Voilà pourquoi la situation a empiré.

D'aussi loin que remontaient les souvenirs de Raisa, ces eaux étaient mauvaises. Le système des égouts de la Marche-des-Fells avait été construit des centaines d'années plus tôt, au cours d'une période prospère où le bien-être public était important. À présent, entre le surcoût que représentait l'entretien d'une armée permanente de mercenaires, et la baisse des recettes due au ralentissement des échanges commerciaux en ces temps de guerre, il semblait ne jamais y avoir de fonds suffisants pour entreprendre les réparations.

Les clans, qui préservaient la pureté de la rivière dans les hauteurs orientales des Esprits, n'appréciaient pas que les habitants du Val s'en servent comme lieu d'aisances.

— Puisque nous ne pouvons plus nourrir nos familles, poursuivit Dimitri, nous n'avons pas d'autre solution que de voler, et en priorité ceux qui sont responsables du problème. Alors nous avons organisé des raids de l'autre côté de la frontière, pour nous emparer de vivres dans les royaumes de Tamron et des Fells.

— Et la Garde a détruit Ville de la Rivière en représailles, devina Amon.

Dimitri hocha la tête.

— Oui. J'étais absent ce jour-là. Ils sont descendus de la forteresse au sommet de la falaise, par la route que nous avons construite ensemble. Ils ont brûlé ou démoli toutes les habitations, éventré les bateaux, saccagé les pontons, volé tous nos filets, nos outils, et les provisions de poisson séché et de céréales que nous avions stockées pour l'hiver. Tous ceux qui n'ont pas fui ont été massacrés, du vieillard au nouveau-né. Les enfants ont été jetés dans la rivière pieds et poings liés, et ils les ont regardés se noyer.

Raisa se remémora les paroles de Barlow : *« Les Marcheurs d'Eau ont mené des raids de l'autre côté de la frontière. Ils volaient des bêtes et de la nourriture. Nous y avons mis un terme. »*

— Par le sang et les os ! Je suis vraiment désolée, murmura Raisa.

Dimitri la regarda d'un air désapprobateur, puis se tourna de nouveau vers Amon.

— Ma mère est morte. Mes sœurs aussi. La plupart des hommes du village ont été tués : mon père, son père, mes frères, tous mes oncles excepté Adoni. Les rescapés se sont réfugiés à Hallowmere, au bord de la mer. (Dimitri eut un geste de désespoir.) Ceux qui sont encore en vie mourront certainement bientôt. Nous pêchons un peu, mais nos bateaux ne sont pas faits pour résister aux tempêtes hivernales sur la mer de Lee. Et nos réserves de nourriture ont été détruites.

— Dimitri, Adoni, Leili, tout cela est inadmissible, dit Amon, ses yeux gris assombris par la colère. Ça ne se passera pas comme ça ! Savez-vous qui a donné l'ordre de vous attaquer ?

— Quelle importance ? fit Leili d'une voix amère mais calme. Les soldats sont tous les mêmes. (Elle tendit ses bras vides.) Mes bébés sont morts.

— C'est moi le seigneur dorénavant, affirma Dimitri. Je succède à mon père. Mon oncle Adoni et ma cousine Leili sont mes conseillers. Nous continuons à passer la frontière pour mettre la main sur un peu de nourriture, là-haut. Nous avons saboté la nouvelle route, ce qui compliquera les choses pour faire venir des hommes, des chevaux et des armes. Mais les gens des plateaux finiront par descendre de la falaise et attaquer Hallowmere. Nous nous attendons à être poussés dans la mer. C'est une lutte à mort. Vous comprenez maintenant pourquoi nous n'accueillons pas les soldats chez nous.

— Nous ne sommes pas venus combattre. Vous le savez bien, dit Amon.

— Comment en être sûr ? répliqua Adoni, le visage dur et indéchiffrable.

— Où sont les autres cadets ? demanda Amon en regardant Dimitri dans les yeux. Sont-ils encore en vie ?

— Ils le sont.

Raisa se sentit le cœur plus léger, jusqu'à ce qu'il ajoute :

— Mais plus pour longtemps.

— Vous me connaissez, et vous connaissez mon père, dit Amon, le dos bien droit, les mains sur les genoux. Il a sauvé la vie du vôtre. Nous ne vous avons jamais menti. Nous voulons simplement nous rendre à Tamron, et vous laisser en paix.

— Il n'y a pas de paix. Plus maintenant, répondit Dimitri.

Adoni se pencha vers lui et lui souffla quelques mots dans la langue des Marécages.

— Mon oncle dit que ma dette a été payée avec la vie de mon père et de mes oncles. Les Fells nous doivent un *gylden* de centaines de vies. Votre mort en paiera une partie.

— Mon père n'a rien à voir avec la destruction de Ville de la Rivière, répliqua Amon. Jamais il ne noierait un enfant. Il n'est sans doute même pas au courant.

— Il est capitaine de la Garde de la reine, rappela Leili dans la langue commune. Il est responsable. Tout comme la reine et l'armée. La perte de son fils l'aidera peut-être à reconnaître les torts qu'il nous a causés.

— Vos compagnons et vous mourrez honorablement, promit Adoni. Parce que votre père est un homme respectable.

— Vous savez que je ne suis pas votre ennemi, plaida Amon en regardant les Marcheurs d'Eau tour à tour. Mes cadets non plus. Mon père a son mot à dire à la cour. Si vous nous laissez partir, je m'assurerai qu'il parle en votre faveur. Nous tuer ne vous aidera en rien, ça ne fera que retourner le capitaine contre vous. Vous contracterez une dette d'honneur que rien ne pourra rembourser.

Raisa savait à quoi d'autre il pensait : *« Si vous tuez la princesse héritière, toute chance de réconciliation sera anéantie. Pour toujours. »*

— Je suis navré, dit Dimitri. Nous étions amis. Peut-être dans l'au-delà le serons-nous de nouveau. Mais pas sur cette terre. Trop de morts nous séparent, à présent.

Il a perdu espoir, comprit Raisa. *Il pense que tout est fini. C'est comme s'il était déjà mort : il marche, mais attend que son souffle s'arrête. Et son peuple en paiera le prix.*

Raisa laissa son regard se perdre dans la brume. Elle battait des cils pour chasser les gouttes de pluie gelées mêlées à ses larmes de frustration. Le brouillard tourbillonnant se condensa alors et prit la forme d'une gigantesque louve gris-blanc. La bête, assise en face d'elle, passait sa langue sur des dents acérées comme des lames de rasoir. Ses yeux verts brillaient à la lueur du feu, et une fine couche de givre scintillant donnait un éclat argenté à sa fourrure.

La Louve Grise, totem de sa lignée. Elle annonçait un danger. Une occasion à saisir. Un moment décisif.

Je refuse de mourir ici, dit en pensée Raisa à la louve. *Je n'ai que seize ans. Il me reste trop de choses à accomplir.*

L'animal s'ébroua, projetant des pointes de glace dans le feu. Les flammes vacillèrent et crépitèrent, et des étincelles s'élevèrent dans les airs. La louve montra les crocs, grogna, puis lança trois jappements aigus.

Était-ce un signe ? l'indication d'une voie à suivre ?

Raisa se mit à genoux et se pencha en avant, les poings serrés.

— Si vous aviez décidé de nous tuer dès le début, pourquoi accepter de nous rencontrer ? demanda-t-elle à Dimitri.

Ils la dévisagèrent tous les trois, surpris par sa fureur soudaine.

— Vous prétendez mener votre peuple, poursuivit-elle. Si c'est le cas, votre devoir est de le sauver.

Dimitri la regarda, abasourdi.

— Vous ne comprenez pas, commença-t-il.

— Je crois que si. Ville de la Rivière a été détruite. Votre famille massacrée. C'est affreux. Vous êtes accablé de douleur. Paralysé. Comme n'importe qui dans votre situation. Mais vous ne pouvez pas vous accorder le luxe de vous complaire dans la peine et le deuil.

Amon agrippa le genou de Raisa.

— Morley, fermez-la, grogna-t-il.

— Il a besoin d'entendre ça, répliqua-t-elle. Il va nous tuer de toute façon, alors quelle importance que mes paroles le froissent ?

Elle se leva et se mit à faire les cent pas en se frappant la paume avec le poing pour accentuer son discours.

— Vous savez pertinemment que nous ne sommes pas vos ennemis. Vous savez que nous ne représentons aucun danger. Et vous savez que notre mort n'empêchera pas l'armée des Fells de pénétrer sur votre territoire. La seule raison qui vous pousse à nous tuer, c'est la vengeance. Vous estimez que la reine des Fells a une dette envers vous et vous voulez la faire payer.

Elle se retourna pour faire face à Adoni et Leili.

— C'est si facile. Vos conseillers vous y encouragent. Eux aussi sont en deuil, et, dans un premier temps, vous vous sentirez mieux. Vous aurez l'impression d'avoir agi, alors que pour l'instant vous vous sentez impuissant.

» Mais vous êtes responsable de votre peuple. Et nous tuer lui causera du tort. Les dirigeants ne peuvent pas se permettre de choisir les solutions de facilité. Vous ne pouvez pas faire tout ce que vous désirez.

Figé, Amon gardait les mains posées sur ses cuisses, comme si le moindre mouvement risquait de déclencher une explosion. Adoni et Leili observaient Raisa avec un mélange de stupeur et d'agacement.

— Tiens ta langue, petite, grogna Adoni. Nous n'avons pas besoin qu'un soldat novice descende des plateaux pour nous faire la morale et nous dire comment agir.

Dimitri leva une main pour faire taire son oncle, sans quitter Raisa des yeux.

— Vous prétendez que je n'ai pas droit à la vengeance. Alors quelles options me reste-t-il ? demanda-t-il sèchement.

— Vous pouvez prendre la décision qui est la meilleure pour les Marécages, sans tenir compte de vos propres désirs. En faisant fi des traditions. À vous de choisir ce qui est le plus avisé. Si vous nous laissez repartir, le caporal Byrne rapportera vos doléances à son père et à la reine. Il défendra votre cause. Et moi aussi.

Elle se rendit compte que cette promesse pourrait se révéler difficile à tenir étant donné le statut d'exilée qu'elle avait embrassé. Elle trouverait le moyen d'y arriver. D'une manière ou d'une autre. Si elle survivait.

Elle reprit place près du feu, et s'accroupit face à Dimitri.

— Qu'est-ce qui servira davantage les intérêts de votre peuple : nous assassiner ou nous libérer ?

— C'est une langue-de-sorcière, dit Leili à Dimitri. Pourquoi la croire ?

Dimitri joignit les mains et se tapota le menton avec ses index. Il réfléchissait.

Se doutant peut-être que la volonté de son neveu vacillait, Adoni prit la parole :

— Seigneur Dimitri, nous pourrions laisser partir le caporal. Ainsi, le capitaine Byrne vous serait redevable. Après quoi nous tuerons les autres.

Il coula un regard noir en direction de Raisa, comme si elle était la première sur la liste.

— C'est impossible, protesta Amon. Je suis responsable de mon triple. Je n'accepterai jamais de partir pendant qu'ils se font tuer. Vous croyez que mon père se réjouirait du retour d'un fils si lâche ?

— C'est votre choix, dit Leili en haussant les épaules. Restez mourir avec eux si vous y tenez.

Dimitri ne quittait pas Raisa des yeux. Il examinait son visage comme s'il espérait y trouver quelque indice. Raisa regarda derrière lui, là où la louve grise attendait, dans la forêt. Dimitri se raidit, cilla et se frotta les paupières.

La louve se leva, s'ébroua et trottina dans la brume, jusqu'à disparaître complètement.

Dimitri se redressa d'un coup, le visage blême et figé.

— Adoni, Leili, parlons en privé.

Ils s'éloignèrent un peu et se lancèrent dans un débat mouvementé.

— Partez, dit Amon à Raisa. Je vais les distraire.

— Non. Je reste. Il mérite une chance de faire le bon choix. Si je m'enfuis, ils se sentiront dupés, et ils vous tueront. Et le reste de la Meute aussi.

— Bah ! nous sommes sans doute encerclés, de toute façon, marmonna Amon en scrutant la brume. Vous êtes folle, vous savez ?

Il lui dit cela sans la regarder.

Non, pas folle, pensa Raisa. *En colère. Choquée et écœurée par ce qui a été perpétré au nom de la lignée du Loup Gris.*

Les trois Marcheurs d'Eau revinrent vers le foyer. Adoni et Leili semblaient très mécontents, ce qui donna bon espoir à Raisa.

— J'ai arrêté ma décision, annonça Dimitri. Nous vous laisserons la vie sauve, caporal Byrne, à vous et à vos cadets. Afin que vous transmettiez nos doléances à votre père et qu'il use de son influence sur la reine. Nous donnez-vous votre parole, tous les deux ? (Son regard allait de Raisa à Amon.) La langue-de-sorcière aussi ?

— Je ferai tout ce qui est en mon pouvoir pour que vos plaintes soient entendues, promit Raisa avant de se mordre la lèvre inférieure, car elle venait de prendre conscience qu'elle ne s'exprimait pas vraiment comme un soldat.

— Où trouvez-vous des cadettes de cette trempe, caporal Byrne ? demanda Dimitri, le sourcil levé.

Il se tourna vers Adoni et Leili.

— Allez chercher les autres soldats. Je resterai ici.

Devant leur hésitation, il ajouta :

— Obéissez. Ce ne sont pas nos ennemis.

Les conseillers de Dimitri quittèrent le camp en jetant quelques coups d'œil par-dessus leur épaule.

Le jeune seigneur attendit qu'ils se soient suffisamment éloignés pour reprendre la parole :

— Une de nos expéditions de ravitaillement nous a rapporté des nouvelles des plateaux. Il paraît que la princesse des Fells s'est enfuie.

Il regardait Raisa droit dans les yeux.

Amon s'avança légèrement, s'interposant entre Dimitri et elle.

—À votre avis, quelle raison aurait pu la pousser à partir ?

—Peut-être souhaite-t-elle se rendre compte par elle-même de ce qui se passe dans le monde, pour devenir une meilleure souveraine, répondit Raisa en haussant les épaules.

Amon dégageait des ondes brûlantes de désapprobation.

—On rapporte qu'elle n'en fait déjà qu'à sa tête, poursuivit Dimitri. On dit qu'elle a fondé une institution pour nourrir et instruire les pauvres de votre capitale. Le Ministère d'Églantine.

—Elle fait de son mieux, seigneur Dimitri. Églantine est le nom de clan de la princesse héritière, ainsi que son emblème. Attendez, je vais vous montrer.

Elle traversa le campement pour rejoindre l'endroit où étaient attachés les chevaux. Elle fouilla dans sa sacoche en faisant attention de se mouvoir lentement et sans hésitation. Elle en sortit une longueur de soie brodée de son motif de rose et d'épines. Elle revint vers Dimitri et la lui tendit.

—Ce foulard porte l'emblème de la princesse. Quand elle sera de retour à la Marche-des-Fells, vous pourrez l'utiliser comme un gage d'amitié. Si vous avez besoin de son aide, ou de lui faire parvenir une missive, envoyez ce foulard avec le messager. Je vous promets que vous serez entendu.

Dimitri resta immobile un long moment, le tissu drapé entre ses mains. Puis il rangea soigneusement l'étoffe sous sa tunique et inclina la tête.

—Un jour, madame, la princesse sera reine. Et elle me sera redevable d'un *gylden*, dit-il avec un sourire.

Elle lui sourit en retour.

—C'est vrai. Et un jour, peut-être apprendrez-vous la bastonnade à la princesse Raisa.

—Il me tarde. Pour l'instant, je vous confie mon propre gage à son intention. (Dimitri ramassa son bâton et le disposa sur ses deux paumes ouvertes avant de le tendre à Raisa.) Pour la future reine des Fells. De toute façon, il devient trop petit pour moi, ajouta-t-il en se grandissant tant qu'il pouvait.

Raisa accepta avec gravité, et soupesa le bâton dans ses mains.

— Je m'assurerai qu'elle le reçoive. Il me semble juste à la bonne taille.

Le seigneur Dimitri se tourna vers Amon.

— Je vais rendre leurs armes à vos soldats. Mais il me faut votre promesse qu'ils ne les retourneront pas contre nous.

Une dizaine de Marcheurs d'Eau émergèrent du brouillard, conduits par Adoni et Leili. Ils encadraient Mick, Talia, Hallie et le reste du triple. Les cadets se regroupèrent, regardant tour à tour Amon, Raisa puis leurs ravisseurs. Ils ne disaient mot.

Garret et Hallie étaient en piteux état, couverts de meurtrissures, comme s'ils s'étaient férocement défendus. Les autres semblaient avoir eu plus de peur que de mal.

— Restituez-leur leurs armes, ordonna Dimitri.

Les Marcheurs d'Eau rendirent épées, dagues, couteaux, arcs et carquois. Les habitants des marais manipulaient ces objets métalliques avec un dégoût manifeste. Raisa glissa son nouveau bâton dans son baudrier, à côté de son épée.

Dimitri dessina une carte grossière sur le sol pour leur montrer le chemin.

— Le brouillard se lèvera un peu plus au sud. Vous trouverez la source de la rivière Tamron à deux jours de marche d'ici.

Il leur offrit du pain pour la route, mais Amon déclina poliment l'offre, se préoccupant sans doute des Marcheurs d'Eau qui mouraient de faim à Hallowmere.

Les Loups Gris montèrent en selle et dirigèrent de nouveau leurs chevaux vers le sud, se fiant à la pierre d'orientation d'Amon fabriquée par les clans, ainsi qu'aux indications de Dimitri. Pas un seul ne regarda en arrière, comme si le moindre coup d'œil risquait de briser le sort mystérieux qui s'était abattu sur leurs ravisseurs.

Hallie attendit qu'ils se soient bien éloignés avant de pousser sa monture à la hauteur de celle d'Amon.

— Que s'est-il passé ? Je croyais que vous étiez morts tous les deux, et que nous allions bientôt tous y passer, et tout à coup voilà qu'ils nous détachent, nous ramènent au campement et nous traitent comme s'il y avait eu méprise.

— Morley a expliqué au seigneur Dimitri tout ce qu'il faut savoir sur les responsabilités d'un dirigeant, répondit-il.

Il étudiait Raisa de ses yeux gris avec une curiosité avide, comme s'il cherchait à comprendre le tour de magie qu'elle venait d'accomplir.

— Hein ? Qu'est-ce que ça veut dire ?

Hallie regarda Raisa, puis Amon.

— Apparemment, Morley est une « langue-de-sorcière », précisa-t-il.

Et malgré les questions répétées de Hallie, il n'ajouta rien de plus.

6

Démons des plaines

Han et Danseur quittèrent Delphi tôt le matin suivant la partie de cartes, sans revoir Cat Tyburn. Han se demanda quelle décision elle prendrait : rester à Delphi, poursuivre sa route, ou rentrer à la Marche-des-Fells ?

Le Veste Bleue de la frontière avait eu raison sur un point : au sud de Delphi, l'Arden devenait un territoire dangereux. Les deux amis chevauchaient au milieu d'un paysage ravagé par la guerre. Fermes réduites en cendres, champs piétinés par les bottes des soldats. Si le prince Geoff voulait crier victoire, comme avait dit la serveuse, il allait avoir du pain sur la planche.

Des mercenaires à l'air mauvais et des militaires armés encombraient les routes, avec ou sans uniforme. Certains portaient les emblèmes des familles en guerre, que connaissaient mal les deux voyageurs. Le Faucon Écarlate, les Aigles Siamoises, la Tour sur l'Eau et le Corbeau dans l'Arbre.

Han et Danseur les évitaient tous. Ils n'avaient pas besoin de se retrouver embrigadés dans l'armée d'un petit seigneur pour mourir dans une guerre étrangère. Ils dormaient dans les bois, en se passant souvent du confort d'un feu, de crainte d'attirer l'attention d'inconnus malintentionnés. Ces détours incessants leur faisaient perdre un temps précieux.

À mesure qu'ils cheminaient vers le sud, les collines s'aplanirent en plateaux, puis déclinèrent jusqu'à se transformer en vastes plaines et étendues boisées où le vent, l'eau et l'homme avaient modelé le paysage. Même dans les bois, Han se sentait étrangement exposé, vulnérable. Il était habitué aux reliefs rassurants des montagnes et des collines, aux murailles et aux bâtiments qui cadraient et limitaient l'horizon.

Il n'arrivait pas à se défaire de l'impression désagréable qu'ils étaient suivis et observés. Il installa des sortilèges-embûches autour du campement, mais il dut abandonner cette précaution après avoir été tenu éveillé toute la nuit par des ratons laveurs qui ne cessaient de les déclencher. Rien de plus redoutable n'essaya de les approcher. Il attribua ses inquiétudes à l'environnement inconnu et à la crainte persistante qu'on ne les poursuive depuis les Fells.

Han comprenait pourquoi l'Arden était surnommé « la Huche à Pain des Sept Royaumes ». La terre était noire, riche et profonde, moins caillouteuse que les sols arides et osseux des Fells. Il avait espéré qu'ils pourraient améliorer leur ordinaire – pain de route, saucisson et fruits secs – avec des denrées fraîches issues des fermes rencontrées en chemin. Mais ils ne trouvèrent pas grand-chose à grappiller, et encore moins à acheter. On aurait dit qu'un fléau venu de la Rupture avait balayé les plantations, emportant toute production comestible sur son passage.

En dépit des journées d'automne qui raccourcissaient et du brouillard qui couvrait à présent les champs le matin, le climat semblait mettre un point d'honneur à rester bloqué sur la fin de l'été. Ils voyageaient juste assez vite pour garder un temps d'avance sur le changement de saison.

Quand ils ne supportaient plus la puanteur qu'ils dégageaient après des jours et des jours sur la route, ou qu'ils n'en pouvaient plus du pain et du saucisson, ils s'arrêtaient dans une auberge, évitant la salle commune, sauf pour le dîner. Ils portaient chacun leur amulette cachée sous leur chemise, espérant échapper aux ennuis dans un royaume où toute magie était bannie.

Dans les auberges, ils achetaient des bougies, se retiraient dans leur chambre et étudiaient les livres de sorts qu'Elena leur avait procurés. Au campement, ils s'entraînaient à la magie, s'appuyant sur l'expérience limitée de Danseur. Pendant les longues heures passées à cheval, ils gardaient une main sur leur amulette pour emmagasiner leur pouvoir en prévision des jours suivants.

Danseur lisait aussi un livre à lui, mince et en piteux état. Les pages en papier pelure étaient écrites dans la langue des clans, illustrées de dessins au trait représentant des amulettes et des talismans. Dans son journal, il copiait des objets magiques et des signes de pouvoir.

Han comprit qu'il n'avait pas abandonné l'idée de devenir artisan-brasillant et de fabriquer des porte-poisse, quoi qu'Elena ait pu en dire.

Il avait beau être éreinté tous les soirs, Han dormait souvent mal, l'amulette au serpent blottie entre ses mains. Certaines nuits, il était hanté par des cauchemars étranges : il lui venait des images d'endroits où il n'avait jamais mis les pieds, de personnes qu'il n'avait jamais rencontrées. Il ne s'en souvenait pas avec précision, mais se réveillait fatigué, le crâne douloureux, comme s'il avait étudié jusque tard dans la nuit.

Après l'incident à la frontière, Han se méfiait des débordements magiques. Cependant, à mesure qu'il acquérait un meilleur contrôle de lui-même, les éruptions de pouvoir ne se produisaient plus. Il pouvait faire pousser une haie d'épines où il voulait. Ce sortilège était totalement inutile la plupart du temps, mais c'était le plus tape-à-l'œil qu'il connaissait.

Parfois, des craintes l'étreignaient. Si cette amulette avait autrefois appartenu au Roi Démon, s'il s'en était servi comme Han, alors elle devait être saturée de magie noire et malfaisante. Peut-être deviendrait-il faible d'esprit, comme son précédent propriétaire ?

Mais ces inquiétudes ne pouvaient rivaliser avec la séduction exercée par le médaillon, sa capacité à drainer le pouvoir avant de le restituer sous une autre forme. Les sortilèges auxquels Danseur et lui s'essayaient étaient simples et pratiques. Depuis quelque temps, ils n'avaient plus besoin de silex et d'acier pour allumer leur feu – ils pouvaient enflammer l'air. Ils étudiaient des sorts pour calmer les chevaux et appâter les poissons des rivières jusque dans leurs mains. Ils se servaient de sortilèges des voyageurs pour chasser les moustiques, faire des nœuds en un tour de main et rester secs sous la pluie.

Parfois, Han bouillait d'impatience, agacé par les semaines perdues à chevaucher. Il s'inquiétait des montagnes de choses qu'il lui faudrait apprendre à l'académie et du peu de temps qu'il aurait pour les intégrer. Combien de mois lui faudrait-il pour retenir tout ce qu'il avait besoin de savoir ? Que ferait-il ensuite ? Deviendrait-il assassin à la solde des clans, comme il l'avait promis ? Se battrait-il contre le Conseil des Magiciens pour le compte d'une reine qui l'avait trahi et qui ne voulait sans doute pas de son aide ? Ou bien trouverait-il le moyen d'utiliser la magie à ses propres fins ?

Si seulement son don avait été débridé assez tôt pour sauver sa mère et sa sœur… C'était le comble de l'ironie : un remède qui arrivait après la mort du malade.

Les aînés du clan s'en fichaient pas mal. Le seigneur Averill et Elena *Cennestre* l'avaient menotté, entravé pour étouffer la magie qui à présent coulait librement dans ses veines. Ils l'avaient regardé se débattre pour nourrir sa famille dans les rues du Marché-des-Chiffonniers, ne libérant la source de son pouvoir qu'au moment précis où cela entrait dans leurs plans. Mais alors, Mam et Mari étaient mortes.

Han accordait sa loyauté à certaines personnes, telles que Saule, la mère de Danseur et la Matriarche du camp des Pins Marisa, l'orateur Jemson du temple du Pont-Sud, l'ermite Lucius Frowsley et, enfin, Cat et Danseur. Pour le reste, il servait ses propres intérêts, guettant le moment où il pourrait prendre l'avantage. Plus question de jouer les dupes.

Alors qu'ils approchaient de la cité de la Cour d'Arden, la route devint plus fréquentée. Les soldats grouillaient, plus nombreux que les voleurs dans le Marché-des-Chiffonniers. Han et Danseur se mirent à voyager de jour. Mieux valait se fondre dans la foule en pleine lumière plutôt qu'attirer l'attention la nuit.

Aux alentours de la capitale, les fermes étaient plus grandes et semblaient sous la protection d'un puissant seigneur – le roi Geoff très certainement. Les paysans peinaient dans les champs, récoltant le blé, l'avoine, les haricots et le foin, sous la surveillance de gardes armés. Han se demanda si ces derniers avaient pour mission de protéger les fermiers, ou de s'assurer qu'ils restaient à la tâche.

Les pommiers ployaient sous le fardeau de leurs fruits – des variétés qu'il n'avait encore jamais vues, vertes, jaunes, roses et rouges. Le Faucon Écarlate d'Arden flottait aux portes des propriétés le long de la route, et tous les soldats l'arboraient. Le nouveau roi Montaigne tenait la capitale et les domaines environnants d'une main de fer, mais son influence ne semblait pas s'étendre bien loin dans les terres.

Ils voyaient plus de temples des plaines, construits dans le style austère de l'Église de Malthus. Ils croisaient des groupes de prêtres et de sœurs. Aux yeux de Han, ils ressemblaient à des vols de corbeaux noirs.

— J'ai entendu dire qu'ils n'avaient pas de prêtresses, uniquement des prêtres, dit Danseur. Étranges coutumes.

— Que font les sœurs ? demanda Han.

— Elles prient, surtout. Elles chantent et enseignent, aussi. Elles s'occupent des bonnes œuvres.

Han et Danseur prévoyaient de contourner la ville pour récupérer la route de Tamron en direction de l'ouest, mais ils se rendirent bien vite compte que cette cité était immense, étendue de manière anarchique. Pour l'éviter, il leur faudrait faire un très grand détour.

Cette nuit-là, ils firent halte dans une auberge en bordure de la ville. L'établissement attirait une foule hétéroclite : soldats, fermiers, et même un ou deux corbeaux malthusiens.

Le repas consistait en cuisses de poulet et pain noir, le tout arrosé de cidre du Sud au goût sucré écœurant. Dans les Fells, une bonne flambée aurait été la bienvenue en cette saison mais, dans ces contrées, par une douce soirée comme celle-ci, la porte restait ouverte et le foyer froid.

Une demi-douzaine d'hommes occupaient deux tables et réclamaient bruyamment à boire et à manger dès qu'ils venaient à en manquer. Ils avaient l'allure de soldats, mais ne portaient ni uniforme ni emblème. L'un d'eux, un gars massif d'à peine vingt ans à la barbe naissante, dégageait une lueur incandescente, preuve qu'il était doué de magie.

Han l'observa d'un œil curieux. Ce soldat devait avoir une amulette, peut-être dissimulée sous sa chemise, mais il ne semblait pas connaître le truc pour étancher sa magie et rendre son aura moins visible. Heureusement pour lui, seuls ceux qui avaient aussi le don pouvaient la voir.

Une sœur de Malthus voilée était assise toute seule à une table proche de l'entrée. Elle n'avait pas terminé son assiette, mais elle faisait venir la serveuse de temps à autre pour remplir sa chope.

Les servantes de Malthus apprécient leur pinte de bière, pensa Han, amusé. Depuis qu'ils avaient atteint les plaines, il en avait repéré au moins une dans chaque taverne et dans chaque salle commune.

À l'inverse, le grand prêtre malthusien filiforme niché dans un coin picorait dans son assiette, plongé dans un gros livre en papier pelure relié de cuir. Plusieurs clefs en or d'une taille démesurée pendaient à une corde qui lui servait de ceinture. C'était là le seul ornement qu'il portait, avec une paire de lunettes serties de pierreries suspendue par une chaînette autour de son cou.

Le prêtre leva soudain la tête et surprit le regard de Han. D'un air revêche, il se replongea dans le livre saint posé sur sa table. En tout cas, Han supposa que c'était de cela qu'il s'agissait. Il avait du mal à imaginer cet homme sinistre aux manches béantes captivé par un roman d'aventure ou une histoire à l'eau de rose. Bizarrement, le prêtre n'utilisait pas ses lunettes pour lire.

Han finit son repas et se renversa sur sa chaise, détendu et d'humeur sociable.

— Tu es prêt à monter ? demanda Danseur, qui avait fini bien avant lui.

Comme d'habitude, il avait hâte d'aller lire et étudier des sorts loin de la foule.

Han, en revanche, n'avait aucune envie de quitter la salle commune pour se retrouver confiné dans leur chambre sous les toits, minuscule et dépourvue de fenêtres. Il y régnerait une chaleur étouffante, et il leur faudrait rester assis dans le noir ou acheter des bougies. De plus, l'une des jolies serveuses lui avait fait un clin d'œil, et il attendait de voir quelle tournure allaient prendre les choses.

— Restons encore un peu, proposa-t-il en tartinant de beurre une tranche du pain moelleux de la taverne, qui n'avait rien à voir avec leurs biscuits de route tout durs.

Danseur haussa les épaules et hocha la tête, tout en bâillant ostensiblement pour ne laisser aucun doute sur sa position.

Le prêtre avait mis ses besicles et passait la salle en revue. Quand il posa son regard sur Han et Danseur, il se raidit et concentra toute son attention sur eux. Ses yeux agrandis par les verres lui donnaient un air de chouette.

Il baissa ses lunettes et leur jeta un regard mauvais.

— Pécheurs ! Idolâtres ! cria-t-il.

Les deux amis se figèrent un long moment.

— Tu crois qu'il parle de nous ? demanda Danseur sans bouger les lèvres.

— Comment peut-il savoir que nous sommes des pécheurs ? chuchota Han en essayant d'afficher un masque de confusion polie. C'était pour ça les lunettes ? pour repérer les pécheurs ?

Le prêtre se leva dans un bruissement d'étoffe et s'approcha d'eux à grands pas, un bras tendu, l'autre agrippé à son pendentif en forme de soleil levant – tout comme un magicien serrant son amulette.

— Repentez-vous, sorciers du Nord ! Repentez-vous et rejoignez l'Église sainte, vous serez sauvés.

Han se leva et désigna l'escalier d'un discret signe de tête. S'ils se retiraient dans leur chambre comme Danseur l'avait suggéré, cela suffirait peut-être à calmer l'homme.

— Laissez-les, père Fossnaught, intervint le soldat doué de magie. Si vous chassez les pécheurs, il n'y aura plus aucun client ici.

Deux autres soldats rassemblèrent les livres et papiers du prêtre, puis les lui tendirent.

— Rentrez chez vous et priez pour eux, d'accord ? lui dit l'un d'eux.

Le prêtre quitta les lieux en jetant des regards noirs par-dessus son épaule.

— Merci, dit Han au soldat à l'aura. Ça lui prend souvent ?

— Le père Fossnaught est inoffensif. Simplement un peu trop zélé quand il s'agit de propager la bonne parole de l'Église de Malthus. Plus de peur que de mal, j'espère.

Il avança la main et Han la saisit, se demandant si le soldat sentirait les picotements du pouvoir qui émanait de lui.

En plus de suinter de magie, la paume de l'inconnu était couverte de callosités dues au maniement des armes.

— Mon nom est Marin Karn. Je vous paie une tournée pour vous faire oublier votre mésaventure, annonça-t-il en faisant un geste vers le bar. Du cidre, c'est ça ?

Han hocha la tête, car il ne voyait pas comment s'en sortir autrement. Il aurait aimé refuser, et il savait que Danseur aussi.

S'ils étaient montés dans leur chambre, l'incident n'aurait jamais eu lieu. Pourtant, il paraissait plus prudent de ne pas froisser ceux qui étaient intervenus pour prendre leur défense. D'autant plus qu'il s'agissait de soldats. Et que Karn savait peut-être qu'ils avaient le don.

Karn alla chercher deux chopes de cidre au bar.

— Bon, il semblerait bien que vous soyez du Nord, d'après votre accent, dit Karn en approchant une chaise de leur table. Qu'est-ce qui vous amène en Arden ?

— Nous sommes marchands, répondit Han, se conformant à l'histoire établie.

Il but une gorgée du breuvage, au goût plus aigre que doux. Sans doute la lie au fond du tonneau.

— Nous avons les plus belles étoffes, perles et dentelles que vous verrez dans les Sept Royaumes. Avez-vous une bonne amie ? Nous transportons des babioles capables de ravir le cœur de n'importe quelle dame.

Karn secoua la tête.

— Non, pas de bonne amie. (Il regarda Han d'un air pensif, puis se pencha vers lui.) Vous n'auriez pas des objets magiques, par hasard ?

Han secoua la tête.

— Ce n'est pas autorisé ici, dans les plaines.

Karn éclata de rire.

— C'était juste pour savoir, mon gars. Je dois demander. Faut pas prendre offense.

— Vous et vos camarades, vous êtes des hommes du roi ? demanda Danseur.

Apparemment, il se demandait si Karn les interrogeait au sujet des objets magiques de manière officielle.

— Nous ? (Karn haussa les épaules d'un air évasif.) Nous sommes tous mercenaires, entre deux missions, si je puis dire. On attend de voir dans quel sens le vent va tourner.

Danseur bâilla de nouveau et posa son menton sur son poing, les paupières lourdes. Il avait rapidement fini son verre, probablement dans l'espoir de monter plus vite à l'étage.

Han but une autre longue gorgée de cidre. Il en était presque au fond de sa chope. Il sentit encore ce goût amer mêlé à la douceur écœurante du breuvage. Son esprit devenait confus et embrouillé.

Il jeta un coup d'œil à son ami : il s'était avachi sur la table, tête baissée, la respiration lente et profonde.

— Je crois que votre compagnon a eu son compte, dit Karn. Il a éclusé sa chope en vitesse.

C'était vrai, mais le cidre n'était pas le genre de boisson qui…

De l'algue chevelue. Han regarda Karn en papillonnant des yeux, encore plus assommé par ce qu'il venait de comprendre. C'était de l'algue chevelue, et en grande quantité, mélangée au cidre. Cette plante vous envoyait roupiller en un rien de temps.

Han agrippa le manche de son couteau et le dégagea de sa ceinture. Il essaya de se lever, mais son corps ne lui obéissait plus. Il était terrassé de fatigue, ses paupières se fermaient toutes seules.

— Allons, allons, dit Karn en lui prenant son arme. Je crois que ce cidre était un peu plus fort que prévu. On va vous aider à rentrer chez vous.

— Laissez-nous. On couche ici, grommela Han entre ses lèvres engourdies.

Karn passa ses doigts charnus sous la chemise de Han et se saisit de l'amulette au serpent.

— Aaaaaaah ! hurla-t-il en lâchant le bijou pour se taper la main contre la cuisse.

Han se recroquevilla dans l'espoir de protéger son talisman.

— Bas les pattes ! espèce de vide-gousset amateur ou je…

Il ne finit pas sa phrase, car il ne se souvenait plus de ce qu'il voulait faire.

Karn n'essaya plus de s'emparer de l'amulette. À la place, aidé d'un autre soldat, il mit Han debout. Deux autres transportèrent Danseur à l'extérieur.

Que se passe-t-il? se demanda Han, les doigts crispés sur son amulette et s'efforçant en vain de ralentir ses ravisseurs en traînant des pieds. *Que nous veulent-ils?*

Ensuite, ses pensées s'estompèrent.

Han se réveilla avec une migraine carabinée et l'estomac en vrac, signe que l'algue chevelue était de mauvaise qualité. Il n'avait jamais utilisé ce genre de substance frelatée.

Il était étendu sur un grabat de paille à même le sol de pierre, et couvert d'une couverture de laine sale. Quand sa tête cessa de tourner, il s'assit prudemment. Ce n'était pas simple : il avait les bras liés derrière le dos, et les chevilles entravées aussi. Il mit les nœuds à l'épreuve, essayant de libérer ses mains, ou d'user la corde contre la pierre. Il n'arriva à rien, si ce n'est meurtrir et écorcher ses poignets, si comprimés qu'il avait l'impression d'avoir de grosses saucisses malhabiles à la place des doigts. Il était ligoté comme un pigeon prêt à se faire détrousser le jour du temple.

À quelques pas de lui, Danseur gisait face contre terre, pareillement entravé et toujours assoupi. La pièce était sombre, faiblement éclairée par les rayons de lune qui filtraient sous la porte et à travers des fenêtres aux volets clos. L'air frais de la nuit passait par les imperfections du mur et stagnait au ras du sol. Han était glacé. Il ne sentait pas la puanteur de la ville. Les branches qui frottaient au-dessus de sa tête et les stridulations des criquets lui apprirent qu'ils se trouvaient dans la campagne.

Son porte-brasillant avait disparu. Ils avaient dû trouver le moyen de le lui voler. Il éprouvait un sentiment de perte intense, comme si on lui avait arraché le cœur. Toute la puissance emmagasinée dans l'amulette était à présent aux mains d'un autre.

Danseur remua et poussa un faible grognement. Son crâne devait être aussi douloureux que celui de Han.

Ce dernier se rapprocha de lui.

— Danseur ! appela-t-il. Réveille-toi !

Danseur ouvrit aussitôt les yeux, mais il lui fallut un moment pour réussir à se focaliser sur le visage de Han. Puis il adopta cette attitude calme et lucide dont il avait le secret.

— Que se passe-t-il ? chuchota-t-il entre ses lèvres fendillées. Mon amulette a disparu.

— Les soldats de la salle commune. Ils voulaient nos porte-brasillant. J'ignore comment, mais ils savaient que nous en possédions.

— L'un d'eux avait le don, marmonna Danseur. Ce Karn. (Il referma les yeux.) Je me sens dans un état…

— Ils nous ont drogués avec de l'algue chevelue, expliqua Han.

— S'ils n'en avaient qu'après nos amulettes, pourquoi nous garder ici ?

Danseur semblait avoir la langue pâteuse, et il articulait difficilement.

Han haussa les épaules, ce qui lui envoya une onde de douleur dans les bras.

— Tu peux nous libérer ou pas ?

Danseur éprouva la solidité de ses liens et secoua la tête. Celui qui s'était occupé d'eux savait y faire.

Han chercha des yeux un objet coupant, quelque chose qu'il pourrait utiliser pour élimer la corde. Une cheminée le long d'un des murs offrait quelques possibilités. Le foyer était froid, mais il devait y avoir une grille métallique ou des pierres rugueuses dont il pourrait se servir pour couper ses entraves.

Il avait commencé à se diriger vers l'âtre quand il entendit des pas et des voix approcher. Une clef tourna dans la serrure, la porte s'ouvrit à la volée et trois hommes entrèrent.

L'un d'eux était Marin Karn, le soldat à l'aura qui les avait drogués et enlevés. Il posa une grande lanterne sur le manteau de la cheminée. Une lumière jaune comme du beurre envahit la pièce. Il portait une sacoche de cuir à l'épaule et Han sut aussitôt que leurs amulettes se trouvaient à l'intérieur. Il jeta un coup d'œil à Danseur, qui répondit d'un signe de tête, le regard rivé sur le sac.

Le deuxième homme était mince, de taille moyenne, les cheveux châtain clair et les yeux d'un bleu délavé. Il était habillé comme un militaire sang-bleu. La broche épinglée à sa cape était décorée d'un faucon écarlate et ses vêtements étaient coupés dans des étoffes de la plus belle qualité. L'épée qui pendait à son côté, en revanche, n'était pas faite pour la parade, et semblait même avoir bien servi. Un peu plus âgé qu'eux, il se déplaçait avec la grâce menaçante d'un féligre.

Le troisième était le prêtre malthusien qui les avait pris à partie dans la salle commune. Il s'avança jusqu'à eux et les considéra comme s'ils étaient maléfiques et dangereux – deux prédateurs fascinants réduits à l'impuissance. Il rappela à Han les gens qui, au marché, donnaient la pièce pour voir un vieil ours pelé enchaîné à une souche.

De près, le prêtre puait la sueur froide et le fanatisme.

Le sang-bleu retira ses gants luxueux et les fit claquer contre sa paume en baissant les yeux sur Han et Danseur. Ses traits élégants étaient crispés par le mépris.

—Alors les voilà ? (Il poussa Han du bout de sa botte.) Ce sont les mages du Nord dont vous m'avez parlé ?

—Mages ! aboya Karn en langue commune, comme un bonimenteur qui trouve que sa ménagerie n'est pas assez spectaculaire. Prosternez-vous devant Gerard Montaigne, roi d'Arden.

Han obéit sans discuter, mais son esprit travaillait furieusement. Le « roi d'Arden » ? Il ne savait pas grand-chose à propos des nobles, mais il lui semblait pourtant que le souverain d'Arden ne dormait pas dans une ferme en ruine.

— Vous êtes bien certain que nul n'est au courant ? demanda Montaigne à Karn.

Il parlait en langue du Sud, qui était assez proche de la langue commune pour que Han puisse comprendre.

— Qu'en est-il de vos hommes ? Les soldats sont incapables de tenir leur langue.

— Ils croient que ces deux-ci sont des espions du Nord, le rassura Karn. J'ai prétendu vouloir les interroger en privé. Ils sont partis patrouiller, ils ne vous auront pas vu entrer.

— Malgré tout, cela ne me plaît pas beaucoup, fit Montaigne d'une voix cassante. J'ai bien dit que je ne voulais rien avoir à faire avec la sorcellerie. (Il tourna la tête vers le prêtre.) Connaissant la position de l'Église sur ceux qui font usage de la magie, je suis surpris de vous voir impliqué là-dedans, mon père.

Fossnaught tripota les clefs qu'il portait autour de la taille.

— J'ai fait une étude des mages et de leurs mœurs. Ce sont des créatures mauvaises et répugnantes, c'est vrai, mais je suis d'avis que, correctement maîtrisées, elles peuvent se révéler utiles.

— Nous leur donnons le choix, ajouta Karn. Ils peuvent se repentir et mettre leur sorcellerie au service de la gloire de saint Malthus, ou brûler.

La peau de Han se mit à le picoter comme si les flammes du bûcher le léchaient déjà.

— Le *principia* ne partage pas vos vues, dit Montaigne.

Fossnaught frémit.

— Certes, il existe une divergence d'opinions sur la possibilité de sauver les sorciers par d'autres moyens que le feu. Il se trouve qu'à mon avis le père Broussard manque un peu de… clairvoyance à ce sujet. (Il fit une pause et leva les yeux au ciel.) Mais Sa Sainteté pense aussi que le prince Geoff devrait être couronné à la Cour d'Arden, car, de tous les fils encore en vie de notre défunt roi, c'est le plus âgé. Le *principia* est attaché à la succession par ordre de naissance. Quant à moi, je crois que la main de la Créatrice est dans cette guerre. Si vous en sortez vainqueur, comme j'en suis persuadé, cela signifiera que c'est Sa volonté de vous voir monter sur le trône.

Montaigne se frotta le menton en hochant la tête. Han devinait que le jeune prince appréciait cette façon de penser.

— Si je prends un tel risque, je veux avoir une chance raisonnable de succès. Et vous me ramenez deux garçons débraillés. S'ils avaient réellement des pouvoirs magiques, vous n'auriez jamais pu les attraper.

Karn s'éclaircit la voix.

— C'est vrai, ils ne paient pas de mine. Mais comme vous dites, il nous serait difficile de capturer des mages entièrement formés. Ceux-là seront plus malléables. Je ne sais pas où ils en sont de leur apprentissage, mais leurs amulettes sont remplies de pouvoir.

— Et vous, comment connaissez-vous ces choses ? demanda Montaigne en dévisageant Karn, qui détourna le regard.

Ce prince d'Arden ne sait pas que son capitaine a le don, pensa Han. *Il le lui a caché. Et pour cause !*

— Si nous nous servons d'une arme que nous ne comprenons pas, elle risque de nous exploser à la figure, leur objecta Montaigne. Vous vous souvenez de ce qui s'est passé avec la poudre à feu ?

Karn ne répondit pas. Visiblement, il avait la sagesse de se taire quand il le fallait. Han se demandait ce que le capitaine savait vraiment de la magie et des « mages », comme il les appelait. Avait-il réussi à trouver quelqu'un pour le former un peu dans une contrée comme l'Arden, où la magie était interdite ?

Montaigne se mordillait la lèvre inférieure.

— Si les porte-poisse sont si puissants, est-ce qu'on ne pourrait pas s'en contenter et se débarrasser de ces deux-là ? demanda-t-il comme si Han et Danseur n'étaient que des emballages magiques qu'il pouvait mettre au rebut.

Soit le prince pensait qu'ils ne comprenaient pas la langue des plaines, soit il s'en moquait.

Fossnaught secoua la tête.

— Les mages et leur amulette fonctionnent ensemble, Votre Grâce. L'un ne vaut rien sans l'autre.

— De toute manière, ceux-là doivent avoir protégé leur médaillon pour empêcher quelqu'un d'autre de l'utiliser, ajouta Karn. Celui du garçon aux cheveux clairs m'a brûlé quand j'ai essayé de le prendre.

Il leva sa main couverte de bandages.

Han ne regarda pas en direction de son ami, mais il savait que Danseur pensait à la même chose que lui : ils n'avaient pas la moindre idée de la façon dont ils auraient pu protéger leur amulette. Il ignorait pourquoi Karn s'était brûlé en touchant la sienne, à moins que le pouvoir accumulé ne soit incompatible avec celui du capitaine.

À moins que sa magie ne soit maudite par le démon.

Tout ce qu'il savait, c'était que la perte de son amulette le laissait avec un sentiment de vide et de malaise. Il avait l'impression qu'on lui avait creusé un trou dans le corps, et la magie perdue créait un manque dévorant. Comment le lien l'unissant à cet objet avait-il pu devenir si fort en si peu de temps ? Il voulait le récupérer à tout prix.

— Ces petits mages vont se retourner contre nous à la première occasion, dit Montaigne. Nous ne pourrons jamais leur faire confiance.

Le père Fossnaught plongea le bras dans son sac et y pêcha deux paires de menottes en argent et deux jeux de clefs.

— Voici d'anciens objets magiques qu'on appelle des attrape-mages. Je les ai achetés à un marchand spécialisé dans ce type d'articles. Les rouquins en fabriquaient pendant les guerres des mages pour maîtriser les prisonniers. On passe les menottes aux poignets des mages et on garde la clef. S'ils désobéissent, celui qui détient la clef peut leur infliger des douleurs insupportables. Au bout d'un moment, ils sont conditionnés à obéir.

Le prêtre s'arrêta et posa sur Han un regard froid comme les doigts d'un boucher en hiver. Han en eut la chair de poule.

— Je peux vous faire une démonstration si vous voulez, Votre Majesté.

Tu peux toujours essayer, pensa Han, en espérant qu'il faudrait pour cela lui libérer les mains. Il avait porté des bracelets magiques toute sa vie durant, jusqu'à ce qu'Elena *Cennestre* du clan Demonai les lui retire. Il n'avait aucune intention de se laisser entraver encore une fois s'il pouvait l'empêcher.

Montaigne saisit une paire de menottes et l'examina comme on admire un nouveau jouet attrayant mais dangereux. Sans lever les yeux, il dit :

— Ce ne sera pas nécessaire. Laissez-nous, mon père, retournez en ville. Nous vous ferons savoir notre décision.

Le père Fossnaught prit une courte inspiration, comme s'il s'apprêtait à protester, pour finalement baisser la tête avec un soupir.

— Très bien, Votre Majesté. J'attendrai votre réponse dans mes appartements à la cathédrale. Vous pourrez me faire parvenir un message de la manière habituelle. (Il rangea la paire de menottes dans son sac et tendit la main.) Votre Grâce, si vous n'en avez plus besoin…

— Je vais les garder, répondit le prince d'Arden.

Le prêtre s'inclina puis partit, sans manquer de lancer à plusieurs reprises des regards par-dessus son épaule, fâché de devoir laisser ses jouets de torture derrière lui. Il aurait bien aimé être de la partie.

Montaigne continuait à examiner les menottes.

— Comment vous y prendriez-vous pour utiliser ces deux mages contre les armées de Geoff, capitaine Karn ?

En entendant cela, les yeux couleur boue du soldat s'illuminèrent d'un enthousiasme nouveau.

— Au temps des guerres des mages, les magiciens pouvaient brûler des dizaines de soldats d'un coup. Ils savaient envelopper l'ennemi d'un nuage de brouillard qui l'empêchait de voir l'abîme où il se précipitait. Ils propageaient la peur et la fatigue dans les armées adverses, jusqu'à les mettre en déroute. Ils parlaient aux oiseaux pour les utiliser comme espions et questionnaient les prisonniers avec l'aide de forces magiques. Ils mettaient fin aux sièges en passant à travers les murailles.

— Difficile à croire, dit Montaigne en tendant les menottes à Karn.

— Il existe des récits de témoins dignes de foi, dans les archives ecclésiastiques, avança Karn. Le père Fossnaught a mené une étude à ce sujet.

— Si une quelconque rumeur venait à circuler sur tout cela, les nobles les plus pieux pourraient se retourner contre nous, fit remarquer le prince.

— Mais le père Fossnaught dit que..., commença Karn.

— Cedric Fossnaught est ambitieux, l'interrompit Montaigne. Et aussi versatile qu'une femme. Il n'a pas pardonné au clergé de l'avoir dédaigné quand il a postulé pour le titre de *principia*. Il pense qu'un nouveau roi à la Cour d'Arden favoriserait son avancement.

— Quel mal y a-t-il à cela ? Nous avons besoin d'ecclésiastiques de notre côté.

— Le risque est trop grand.

— Je vous demande pardon, Votre Majesté, mais n'importe quelle entreprise comporte des risques, insista Karn en choisissant ses mots avec autant de prudence qu'un homme foulant des charbons ardents. Nous sommes en train de perdre. Duprais et Botetort sont encore avec vous, mais Matelon hésite. Geoff a pris le contrôle de la capitale et de la plus grande partie du royaume.

— À qui la faute, capitaine ? demanda Montaigne en tripotant une bague finement ouvragée qu'il portait à la main gauche. C'est *vous* mon stratège, *vous* qui dirigez mes armées. *Vous* êtes donc responsable de la situation actuelle.

Le prince avait craché chaque « vous » comme un morceau de pain rassis.

Karn leva les mains en un geste de défense contre ces accusations.

— Les nobles sont fatigués. Leurs coffres sont vides et ils ont négligé leurs terres pendant dix longues années. Ils ne souhaitent plus qu'une chose : que cette guerre prenne fin.

— La guerre sera finie quand je m'assiérai sur le trône d'Arden, pas avant, déclara Montaigne. S'ils veulent la paix, qu'ils m'accordent leur allégeance. (Il s'arrêta pour considérer Karn d'un œil glacial.) Peut-être songez-vous aussi à rejoindre Geoff ?

— Non, Votre Majesté. Je suis un soldat loyal, vous le savez bien. Et puis Geoff ne voudrait pas de moi, pas après ce qui s'est passé à la forteresse de la Pierre Brillante. (Un tic nerveux déforma ses traits.) Sa *sensibilité* a été heurtée quand j'ai ordonné le saccage de la ville et la mise à mort de tous les habitants. Il a des *principes*. Si Geoff sort vainqueur, je finirai sans tarder au bout d'une corde.

Karn a déjà essayé de rejoindre les rangs de Geoff, comprit Han. *Voilà la réponse qu'il a obtenue.*

Montaigne regarda Han et Danseur pendant une longue minute, puis secoua la tête.

— Non. C'est déjà bien assez ennuyeux de ne pas pouvoir faire confiance aux nobles. Je ne me battrai pas avec des mages dans mon dos.

— Mais, Votre Majesté, protesta Karn. Que dois-je faire de ces deux-là ?

— Tuez-les, lâcha Montaigne en tournant les talons.

— Vous voulez nous tuer sans savoir de quoi nous sommes capables ? intervint Han en langue commune. Vous manqueriez un spectacle pareil ? Rendez-nous nos amulettes et nous vous montrerons de la sorcellerie comme vous n'en avez jamais vu.

Montaigne s'arrêta sur le pas de la porte et pivota vers Han, le visage aussi dur et aussi inexpressif que les rochers de l'escarpement.

— Je n'en doute pas un instant.

Et il partit.

Pendant un long moment, Karn regarda fixement l'endroit où le prince s'était tenu un instant plus tôt. Puis il poussa un juron sonore et jeta les menottes magiques contre le mur.

Han ressentit presque de la pitié pour le capitaine. Karn essayait de gagner une guerre pour son prince, lequel n'y mettait pas beaucoup de bonne volonté.

Sa compassion envers Karn fut de courte durée. Après avoir jeté un regard noir sur les deux prisonniers comme si tout était leur faute, le soldat traversa la pièce pour aller chercher sa sacoche.

Il s'accroupit près d'eux, souleva le rabat et sortit trois gros paquets entourés de cuir qu'il déplia. Leurs trois porte-brasillant étaient là : le Serpent, le Danseur de Feu, et le Chasseur Solitaire qu'Elena avait fabriqué pour Han.

L'amulette du Roi Démon s'éclaira aussitôt, diffusant une lumière verdâtre et maladive sur le visage de Karn, comme si elle savait qu'elle se trouvait entre des mains ennemies.

Karn sortit une dague d'assassin et se pencha vers eux pour en appliquer la pointe contre la gorge de Danseur.

— Alors, petits mages, grogna-t-il. Vous allez retirer les sorts de ces porte-poisse et me dire comment les utiliser.

— C'est impossible, vous ne pourrez pas vous en servir, répondit Danseur en s'arquant pour échapper à la pression de la dague. Il faut que nous soyons vivants.

— Ah oui ? souffla Karn, qui appuya sur la lame jusqu'à faire perler le sang. Tu en es bien sûr ?

— Pourquoi devrions-nous vous révéler quoi que ce soit ? demanda Han. Vous allez nous tuer, de toute façon.

— Oui, c'est bien vrai. Mais on peut mourir de diverses manières. Lentement, ou vite. En souffrant, ou non. Je t'obligerai peut-être à me regarder découper le sauvage en morceaux. Et ensuite ce sera ton tour.

Les yeux marron de Karn brillèrent d'un éclat fiévreux. Le jeune capitaine aurait plaisir à accomplir la besogne. Han, l'esprit encore embrumé par la drogue, cherchait désespérément une idée. Il ne savait pas comment permettre à Karn de se servir de son amulette, même s'il l'avait voulu.

Inutile de crier à l'aide. Depuis son réveil, Han tendait l'oreille. Il n'avait entendu que les insectes de la nuit et le frottement des branches dans le vent.

Montaigne et Karn tenaient à garder secrètes leurs compromissions avec la magie. Ils les avaient emmenés dans un endroit perdu, loin de la capitale tombée aux mains du frère aîné de Gerard.

— Très bien, dit Han. Je vais défaire le sortilège. Mais j'ai besoin d'avoir les mains libres.

Comme Karn fronçait les sourcils, il ajouta :

— Il me faut aussi mon amulette. Je dois la tenir. Seul le mage qui a jeté le sort de protection peut le retirer.

Karn regarda Han dans les yeux un long moment, puis hocha la tête à contrecœur.

— Ça se tient. Mais si tu essaies de ruser, ton compagnon est un homme mort.

Comme si une telle menace avait un sens ! Dans moins d'une heure, ils seraient tous les deux morts si Karn parvenait à ses fins. S'il tuait Danseur rapidement, ce serait déjà ça.

Il n'était pas sûr que son ami verrait les choses de cette façon.

Karn fit tomber Han sur le ventre et trancha les cordes qui lui liaient les mains avec son couteau. Il laissa ses pieds attachés.

Han plia et déplia ses doigts douloureux, la respiration sifflante, à mesure que le sang se remettait à circuler. Il roula sur lui-même, puis s'assit et étira ses épaules. Il prenait tout son temps, afin d'être au mieux de sa forme pour ce qu'il allait tenter. Karn saisit un coin du morceau de cuir qui enveloppait l'amulette et fit glisser le tout vers Han. Puis il agrippa Danseur par les cheveux, lui tira la tête en arrière et lui mit sa dague sous le menton.

Han attrapa le porte-brasillant à deux mains. Le pouvoir crépita dans tout son corps, chassant la douleur, aussitôt remplacée par une colère sauvage qui brûlait de détruire le soldat, et qui ne prêtait aucune attention à la lame contre la gorge de Danseur. Le cœur de Han cognait contre ses côtes. Un sort frémit sur sa langue, et il écarta les lèvres pour le lancer.

C'est alors que la porte s'ouvrit d'un coup sec. Han se retourna, la main tendue vers les intrus.

Il s'agissait de Gerard Montaigne ; la pâle lumière de la lanterne éclairait ses yeux exorbités et ses lèvres bleuies. Derrière lui apparut Cat Tyburn. Elle le poussait en avant, son garrot serré autour du cou du prince d'Arden, et sa lame appuyée contre son torse.

7

De retour sur les routes

Pendant un long moment, personne ne bougea. Puis Danseur envoya un puissant coup de tête dans le menton de Karn, qui lâcha son couteau. L'arme tomba entre eux. Au lieu d'essayer de la ramasser, le soldat se jeta sur Cat et Montaigne. Tous trois atterrirent au sol dans une mêlée enragée, Karn et Montaigne criant à l'aide.

Danseur trouva le couteau de Karn, le saisit entre ses paumes et s'appuya dessus pour couper les cordes. La puissance magique irradiait de l'amulette de Han, échappant à tout contrôle. La lanterne explosa, et les éclats de verre fusèrent en même temps que l'huile enflammée. La pièce fut alors plongée dans une obscurité que seul le porte-poisse du Roi Démon repoussait. Han passa la chaînette autour de son cou et glissa l'amulette sous sa chemise. Avec un morceau de verre, il libéra ses chevilles, puis se mit à chercher à l'aveuglette les deux autres talismans sur le sol de pierre.

Cat le rejoignit à quatre pattes. Elle avait trouvé le moyen de s'extirper de la bagarre tandis que Karn traînait le prétendant au trône d'Arden vers la sortie.

— Dépêche-toi ! siffla-t-elle. On doit filer. Les bois sont truffés de soldats, et avec tout le raffut qu'on a fait, ils vont rappliquer en vitesse.

Danseur s'accroupit pour l'aider à chercher.

— Voilà la tienne, dit-il en tendant à Han l'amulette du Chasseur Solitaire tachée de sang.

Il avait dû s'entailler la main en tâtonnant parmi les éclats de verre.

Cat regarda le bijou, perplexe.

À l'extérieur, des bruits de pas approchaient. Les soldats de Montaigne étaient là.

— Votre Majesté ! cria une voix. Un problème ? Que se passe-t-il ?

— À moi ! Je suis assailli par des assassins du Nord ! hurla le prince d'Arden.

Les soldats firent irruption sur le seuil. Ils étaient faits comme des rats.

D'un geste désespéré, Han passa la main sous sa chemise pour serrer l'amulette au serpent. Le pouvoir l'envahit de nouveau. Bras tendu, il formula un sort qu'il ne connaissait pas. Karn poussa le prince sur le côté tandis que des flammes jaillissaient des doigts de Han et enveloppaient les soldats ardenins. Han sentit l'odeur de la laine brûlée et de la chair grillée. Les soldats, essayant de rebrousser chemin, s'entassaient dans l'entrée, hurlant de terreur et maudissant ceux qui bloquaient leur retraite.

Le cœur de Han cognait dans sa poitrine. Il avait déjà tué, mais toujours dans des combats de rue, lame contre lame. Jamais en utilisant la magie.

Il se força à lâcher l'amulette et se retourna. Cat le regardait, bouche bée.

— Elle doit bien être quelque part, pestait Danseur, toujours à quatre pattes.

— Laisse, dit Han en tirant son ami par le bras. Elle ne te servira à rien si t'es mort.

C'est facile à dire pour moi, pensa-t-il. *J'ai deux amulettes.*

Danseur abandonna enfin ses recherches et se leva, visiblement à regret. Il essuya sur sa chemise le sang qui maculait ses mains.

— Allons-y.

Un amas de corps fumants encombrait le passage. Han frappa la fenêtre de ses deux mains et les volets explosèrent. Il se hissa sur le rebord puis fit passer ses jambes de l'autre côté et sauta. Danseur et Cat le suivirent sans bruit.

— Ils sont là ! cria quelqu'un.

Personne ne se précipita pour autant, et on pouvait les comprendre.

Han, Danseur et Cat prirent leurs jambes à leur cou, traversèrent la cour en zigzaguant, sautèrent par-dessus des poulaillers et contournèrent des granges jusqu'à atteindre le refuge accueillant des arbres.

La peur leur donnait des ailes, et ils couraient à une vitesse que les soldats du prince d'Arden n'arrivaient pas à égaler. Après la forêt, ils débouchèrent sur des terrains cultivés. Ils franchissaient les sillons d'un bond et traversaient des champs plantés de maïs, bordés de haies et de murets. Même quand ils n'entendirent plus le moindre bruit de poursuite, ils continuèrent à courir le long d'un chemin de terre qui rejoignit une route plus large quelques kilomètres plus loin.

Enfin, ils rampèrent derrière une haute haie pour reprendre leur souffle. Tête baissée, Han était avachi sur lui-même, essayant de ralentir les battements désordonnés de son cœur. Il se sentait faible, les jambes coupées, tout son corps parcouru de picotements. Il avait l'impression d'avoir mâché de l'herbe-dague.

Danseur semblait en plus piteux état encore : pâle, tremblant, en sueur. Il soutenait sa tête à deux mains, comme si son cou n'arrivait plus à la porter.

— Comment t'as fait ça ? demanda Cat en se penchant vers le visage de Han.

Elle avait l'air de penser que c'était à lui de s'expliquer. Elle lui saisit les poignets et tourna ses mains paumes vers le haut.

— Comment t'as appris à lancer des flammes ?

— Et toi, qu'est-ce que tu fiches ici ? répliqua Han. Je croyais que tu voulais pas venir.

Il se rappela alors cette impression d'être espionné qui ne l'avait pas quitté depuis Delphi.

— Tu nous as suivis, hein ? Je pensais bien avoir entendu quelqu'un fouiner autour du campement !

— Ben heureusement, vu que j'ai sauvé ta pauvre…

Elle ne finit pas sa phrase, hypnotisée par l'amulette sur la poitrine de Han. Elle tendit la main.

— N'y touche pas, l'avertit-il en refermant sa chemise.

— Les démons, c'est ça qu'ils cherchaient, dit-elle dans un souffle. Au Marché-des-Chiffonniers. Ils n'arrêtaient pas de poser des questions à propos d'un attrape-brasillant, un vieux truc magique en forme de serpent, avec…

— Quand est-ce que tu as parlé avec des démons ? demanda Han. Et pourquoi tu… ?

— Par le sang et les os ! l'interrompit Cat qui les regardait comme si des cornes leur avaient soudain poussé. Vous êtes des fichus porte-poisse ! C'est pas possible !

— Vous vous connaissez ? demanda Danseur, les paumes pressées sur le front, l'air de souffrir le martyre.

Cat fléchit les jambes et recula, les yeux plissés, une lame dans chaque main. Elle semblait proprement terrifiée.

— Arrête, Cat, dit doucement Han. Et range tes armes. On est magiciens, c'est vrai, mais on te fera aucun mal.

Elle ne s'éloigna pas davantage, mais ne se rapprocha pas non plus. Elle se passa la langue sur les lèvres et pointa un couteau vers Danseur.

— C'est qui, lui, d'abord ? Jamais entendu parler de porte-poisse chez les rouquins.

— C'est une longue histoire, dit Han, ne sachant pas encore très bien à quelles questions il était prêt à répondre. Cat Tyburn, je te présente Hayden Danseur de Feu. C'est mon ami du camp des Pins Marisa. Cat et moi, on s'est rencontrés au Marché-des-Chiffonniers. On était tous les deux à la tête d'une bande de voleurs.

Cat et Danseur se dévisagèrent. Les deux mondes dans lesquels évoluait Han entraient en collision dans ce lieu inconnu.

— C'est un *rouquin*, dit brusquement Cat. Qu'est-ce que tu fais avec un type pareil ?

Les origines de Danseur semblaient reléguer au second plan le fait qu'ils soient magiciens.

— C'est mon *ami*, répéta Han. Dès tout petit j'ai vécu dans les clans presque chaque été.

Sauf les trois qu'il avait passés avec Cat, quand il était seigneur des rues du Marché-des-Chiffonniers.

— Comment tu nous as trouvés, là-bas ? lui demanda-t-il pour changer de sujet.

— J'ai vu ces soldats vous traîner hors de l'auberge. J'me suis dit que vous étiez dans l'embarras, expliqua Cat sans cesser de regarder Danseur d'un air mauvais. Alors je vous ai suivis. Pas croyable… Le grand Gourmettes Alister qui se fait piéger par du cidre à l'algue chevelue.

Elle poussa un grognement méprisant.

Han eut une soudaine révélation.

— C'était toi la bonne sœur de Malthus qui buvait comme un trou ! dit-il en se rappelant la Consacrée voilée de la salle commune.

De toutes les salles communes où ils s'étaient arrêtés dernièrement, maintenant qu'il y repensait.

— Au moins j'ai pas roulé sous la table comme un apprenti aviné, le railla Cat.

— Merci d'être venue à notre secours, dit Han. Tu nous as sans doute sauvé la vie.

— C'est même *certain*, renchérit Danseur en souriant à Cat. Merci. C'était bien pensé, et dans l'urgence, avec ça. Tu te débrouilles très bien avec un garrot.

— Bon, dit Cat en regardant Han, sans accorder la moindre attention à Danseur. Je crois que tu as besoin de quelqu'un pour assurer tes arrières. Il te faut mieux que ça.

Elle adressa une moue dédaigneuse à Danseur et repoussa sa masse de cheveux frisés en arrière.

— Tu comptes monter une autre bande à la Cour d'Arden ou quoi ?

Elle rassembla grossièrement sa chevelure et l'attacha avec un bout de tissu. Son foulard de Chiffonnière.

— Il devrait y avoir des bourses bien remplies et pas trop de concurrence, poursuivit-elle. Crois-moi, personne voudra se battre contre un porte-poisse pour des histoires de territoire.

Elle n'a jamais cru que nous allions au Gué-d'Oden, comprit Han. *Elle a pensé que je cherchais à reprendre la vie d'avant, sans elle.*

— Écoute. Danseur n'est pas sous mes ordres. Comme je te l'ai dit, nous allons au Gué-d'Oden, et pas pour couper les bourses. On va à *l'école.*

— Pourquoi ne pas venir avec nous ? proposa Danseur à brûle-pourpoint, alors qu'il n'était pas au courant de la proposition de Jemson. Toutes sortes de gens étudient là-bas, et on enseigne plein de disciplines. Il doit bien y avoir un sujet qui t'intéresse.

Han et Cat le dévisagèrent.

— J'ai rien à faire de ta pitié, le rouquin, lança Cat d'un ton rageur. Tu t'imagines que parce que vous êtes comme cul et chemise avec Gourmettes Alister, tu peux… ?

— Ferme-la, l'interrompit Han. Tu peux nous accompagner, mais tu devras t'entendre avec Danseur, et aller à l'école une fois là-bas. Nous crois pas ingrats après ce que tu as fait pour nous, mais c'est à prendre ou à laisser.

— C'est lui que tu choisis ? fit Cat, les yeux écarquillés, et stupéfaite.

— Ce n'est pas lui qui me demande de faire un choix.

Cat, parcourue d'un frisson, serra les bras autour de son corps frêle.

L'éclat de la lune déjà basse, qui n'éclairait qu'en partie le visage de la jeune fille, fit briller les larmes roulant sur ses joues.

Cat Tyburn pleurait ?

— Allons, ça peut pas être si terrible que ça, la consola Han.

— Je viens, dit-elle en s'essuyant les yeux avec sa manche et en reniflant. J'entrerai à l'école du temple. Je n'ai nulle part où aller. Il n'y a plus personne. Je ne peux pas rester au Marché-des-Chiffonniers, ni ailleurs dans la ville.

Han la regarda, sans voix, écrasé de culpabilité encore une fois. D'une certaine façon, il était responsable d'elle. Il était la cause de tous ses malheurs.

Pourtant, son instinct le tarabustait. Pourquoi Cat s'accrochait-elle à lui, alors qu'il était à blâmer pour tout ce qu'elle avait perdu : les Chiffonniers, son territoire, Velours – tout ce qu'elle possédait ? Elle aurait dû le haïr de toutes ses forces. Elle n'était pas du genre à pardonner.

Sauf si, comme elle disait, elle n'avait pas le choix.

— Très bien, dit-il. Alors c'est entendu. Maintenant, allons-y. Dès qu'ils arrêteront les recherches dans le coin, ils risquent de retourner à l'auberge pour nous attendre. On doit y être avant eux, récupérer les chevaux et mettre les voiles.

Il n'allait pas partir sans son poney, pas après avoir attendu toute sa vie d'en avoir un.

Danseur était resté muet pendant tout cet échange, mais quand Han eut fini, il secoua la tête.

— Allez-y tous les deux, moi je retourne là-bas. Je ne peux pas la laisser derrière moi.

— « Laisser »… ? Ah ! ton amulette.

Han posa une main sur l'épaule de son ami, qui frémit d'irritation, comme s'il savait déjà ce qu'il allait dire.

— Tu ne peux pas y retourner, dit Han. Ils te tueront.

—Je peux entrer et sortir de leur campement sans qu'ils me remarquent, insista Danseur. Je vous retrouverai à l'auberge. Si je ne reviens pas, partez sans moi.

—Tu ne crois pas qu'ils l'auront de nouveau mise en sûreté ? Tu ne crois pas qu'ils s'attendent à te voir débarquer pour la récupérer ? Nous ne savons même pas combien de soldats sont avec eux ! Tu veux te retrouver à combattre dans la guerre d'Arden ?

—Et je ferai quoi au Gué-d'Oden, sans amulette ? rappela Danseur, les mains écartées. Porter de l'eau et faire le feu ? Nettoyer les latrines ?

Han se sentit coupable d'avoir deux talismans alors que son ami n'en avait plus. *L'amulette du Chasseur Solitaire a été fabriquée pour moi*, réfléchit Han. *Je devrais donner à Danseur celle de Waterlow.*

Mais il ne voulait pas. L'amulette au serpent débordait du pouvoir qu'il avait accumulé des semaines durant. Le médaillon du Chasseur Solitaire paraissait sombre et vide en comparaison – comme un temple qui n'aurait pas encore été consacré.

Mais dans la mesure où Han ne s'était pas lié à cet objet, peut-être son ami pourrait-il plus facilement s'y attacher ?

Et puis tous ceux qui essayaient de toucher le Serpent s'y brûlaient.

Han retira l'amulette du Chasseur de son cou et la fit se balancer devant Danseur.

—Essaie celle-ci. Je ne m'en suis pas servi. La plupart des magiciens n'ont pas d'amulette réalisée spécialement pour eux. Ils s'estiment déjà heureux d'en dégotter une.

Danseur regarda le bijou qui tournoyait devant lui, les sourcils froncés, comme un marchand qui vient de trouver un faux diamant sur une monture en étain doré. Il avança un doigt prudent et toucha l'objet, qui s'illumina à son contact tandis que des ondes de puissance magique passaient de l'un à l'autre.

Avec un soupir, Danseur secoua la tête.

—Je vais devoir tout recommencer de zéro.

Mais il accepta ce présent, passa la chaînette autour de son cou et glissa le médaillon sous sa chemise. Aussitôt, son aura faiblit, à mesure que l'amulette drainait son pouvoir.

Karn serait-il en mesure d'utiliser le Danseur de Feu ? *Pourvu qu'ils ne réussissent qu'à s'incinérer*, souhaita Han.

Il monta au sommet d'un arbre pour avoir une meilleure vue des alentours. Les lumières de la Cour d'Arden faiblissaient dans la lueur du soleil levant. Il évalua qu'ils se trouvaient à quelques kilomètres à l'ouest de la ville.

— Il leur faudra un certain temps pour remettre les choses en ordre là-bas, dit-il à ses compagnons une fois redescendu. Nous pouvons être à l'auberge à l'heure du petit déjeuner. Quand nous serons en ville, ils oseront pas s'attaquer à nous en plein jour. Allons-y.

8

Au Gué-d'Oden

Il fallut plus d'une semaine aux Loups Gris pour atteindre la frontière du royaume de Tamron. Le réseau de cours d'eau qui traversaient les Marécages finit par converger pour former la rivière Tamron, large et paresseuse. Elle serpentait vers le sud, s'enroulait autour d'îlots et de bancs de sable comme si elle n'avait cure de sa destination.

Armés de perches, les Marcheurs d'Eau se déplaçaient sur des barques et des radeaux. Ils descendaient et remontaient la rivière à leur guise, car le courant était faible. Les Loups voyageaient surtout de nuit, se tenaient éloignés des rives et faisaient de grands détours pour éviter les villages des Marcheurs d'Eau. Après leur mésaventure à Ville de la Rivière, ils ignoraient de quelle manière ils seraient reçus.

Un soir, ils franchirent la frontière, après avoir attendu que le soleil se couche. Mais cette précaution était inutile. La forteresse qui projetait son ombre sévère sur la route du côté de la Tamron était abandonnée. Seuls des chats sauvages et des armées de souris l'habitaient, vivant en bon voisinage. La cour des écuries était envahie de ronces et de mauvaises herbes. Une partie des pierres de la construction avaient été volées par des pillards.

— J'imagine que Tamron a envoyé ses armées au sud et à l'est pour garder la frontière avec l'Arden, fit remarquer Amon en donnant un coup de pied dans un seau rouillé oublié dans les hautes herbes. On dirait qu'ils n'ont pas peur des Marcheurs d'Eau, par ici.

Ils passèrent cette nuit-là dans l'abri que leur procurait le château en ruine. Amon installa Raisa dans un coin de ce qui avait dû être le mess des officiers, et lui-même étendit sa couche à côté de la porte. Les autres Loups Gris trouvèrent des endroits pour dormir dans la cour.

Raisa voyait les étoiles au-dessus de sa tête, là où la toiture en bois était pourrie. C'était bon d'avoir des murs solides autour d'elle, après leurs mésaventures dans les Marécages. Et pourtant, elle se tournait et se retournait, incapable de s'assoupir. Encore une fois, elle remettait en question sa décision de quitter les Fells. Le mal du pays pesait sur son cœur comme une pierre froide.

Elle ressentait l'appel des montagnes : les voix de toutes les reines mortes dans leurs tombeaux de roche. *Raisa*, chuchotaient-elles. *Raisa* ana'*Marianna* ana'*Lissa et toutes les autres* ana'*jusqu'à Hanalea. Rentre à la maison.*

Je refuse de contribuer à ce que la lignée du Loup Gris soit de nouveau asservie, se répéta-t-elle.

Elle finit par se lever et gagna l'entrée de la pièce pour se pencher au-dessus d'Amon Byrne, qui était emmitouflé dans sa couverture. Il roula sur le dos et ouvrit les yeux.

— Que se passe-t-il ? murmura-t-il. Pourquoi êtes-vous debout ?

— Je n'arriverai donc jamais à vous surprendre ? se plaignit-elle.

Amon s'assit et se frotta les yeux avec les paumes.

— Vous devriez peut-être essayer ça de jour.

— Pfff! si je n'y arrive pas quand vous dormez à poings fermés, comment voulez-vous que j'y parvienne quand vous êtes éveillé ?

— Je voulais simplement dire que ce serait plus commode.

Il bâilla.

Oh ! Effectivement. Raisa fourra ses mains dans ses poches.

— Désolée. Je ne voulais pas vous réveiller. Mais je ne trouve pas le sommeil.

Elle baissa les yeux sur les grosses chaussettes de laine qu'elle portait, presque superflues dans l'étrange climat du Sud.

— Hmmm. (Il passa ses doigts dans ses cheveux emmêlés.) Bon, asseyez-vous.

Et il tapota un banc de pierre à côté de la porte.

Raisa s'assit. Il se glissa hors de sa couche, vêtu seulement de ses braies, et s'installa à côté d'elle.

Elle prit sa main entre les siennes et posa sa tête sur son épaule. De l'index, elle suivit le tracé des veines sur le dos de sa main, large, puissante, aux ongles mal taillés. Elle aimait ces mains.

Une voix chuchota dans sa tête : *Je m'appuierai sur Amon Byrne toute ma vie.*

Après un moment de silence, il lui dit :

— À mon humble avis, je crois que vous avez pris la bonne décision. Quitter les Fells, j'entends.

Raisa le dévisagea en clignant des yeux.

— Comment savez-vous que c'est ce qui me préoccupe ?

— Simple coup de chance, répondit Amon en haussant les épaules et en détournant le regard. Vous n'êtes pas du genre à fuir la confrontation, et vous pouvez vous défendre contre presque n'importe quel adversaire dans un combat équitable. Mais comment espérer vaincre votre mère et le Haut Magicien réunis ?

— Le problème, c'est que ma mère est la reine. Comment espérer que tous se prosternent devant moi si je me rebelle contre ma souveraine ? Pourquoi mon peuple me ferait-il confiance si je prends la fuite ?

Amon posa les yeux sur leurs mains entrelacées. Pour une fois, il ne s'écarta pas.

— Choisissez une bataille que vous pouvez remporter, choisissez votre heure et votre terrain. Ne laissez pas l'adversaire décider.

— C'est ce qu'on apprend à la Maison Wien ?

— C'est ce que dit mon père. Les Bayar n'auraient pas pris le risque de forcer ce mariage et de provoquer les clans s'ils n'étaient pas certains du résultat.

Raisa soupira. D'une certaine façon, vu d'ici dans l'ombre solitaire de cet automne singulier, ce qui s'était passé au château de la Marche-des-Fells pendant son jour de naissance ressemblait à un mélodrame joué par une autre qu'elle.

— Ils pourraient se tromper. Les Bayar.

— Oui, c'est possible, dit Amon d'une voix mesurée qui trahissait ses doutes.

— Parfois, elle s'oppose au seigneur Bayar, insista Raisa, qui se sentait obligée de défendre sa mère. C'est peut-être plus une question d'influence que de contrôle.

— Peut-être. N'empêche que si vous étiez restée, vous seriez maintenant la femme de Micah Bayar.

Micah. Raisa leva les yeux vers les étoiles et se concentra pour chasser le souvenir de son visage, de ses baisers qui l'avaient consumée comme la flamme dévore le papier.

— Parlons de ce qui va se passer en arrivant au Gué-d'Oden, dit-elle, pressée de laisser ce sujet de côté.

— J'imagine que vous n'avez pas changé d'avis en ce qui concerne l'école du temple ? demanda Amon d'une voix déjà résignée.

Raisa soupira.

— À part la période où j'ai vécu au camp Demonai, j'ai étudié l'art, la musique et les langues toute ma vie. J'ai besoin de découvrir d'autres choses.

Elle leva le visage vers lui, souhaitant de tout son être qu'il la comprenne.

— Aller au Gué-d'Oden est risqué, mais c'est une chance à saisir. Aucune reine du Loup Gris ne s'y est rendue, pas récemment en tout cas. J'y apprendrai des choses que ma mère ne peut pas m'enseigner. Le royaume est assiégé et nous manquons de temps.

Raisa prit alors conscience qu'elle serrait très fort la main d'Amon. Elle relâcha un peu son étreinte brutale.

Amon la regarda en coin.

— À cause de ce qui est arrivé avec les Bayar ?

Raisa secoua la tête.

— Pas seulement. J'ai l'impression de sentir le sable se dérober sous mes pieds. (Elle eut un rire amer.) On croirait entendre ma mère, la reine mélancolique. Mais contrairement à elle, je refuse de renoncer à ma souveraineté en échange de protection.

Elle s'arrêta avant de reprendre :

— Le problème, avec le don de prophétie, c'est qu'on ne sait jamais si c'est une vision du futur, ou juste le marasme des possibles. Le seigneur Bayar a raison sur un point : nous nous ferons attaquer par le sud dès que les Montaigne auront fini de se battre. Je ne serai jamais soldat, mais j'ai besoin d'en savoir plus sur la diplomatie, la politique et la stratégie militaire. Je dois mieux connaître mes ennemis.

— Alors vous voulez vraiment entrer à la Maison Wien ?

Elle opina du chef.

La lune se libéra d'un voile de nuages et les ruines furent inondées de lumière.

— Micah et Fiona Bayar seront en première année à la Maison Mystwerk, prévint Amon en levant un sourcil. Les Mander aussi.

— Je suppose que je vais les croiser, tôt ou tard, soupira-t-elle.

— Tard, si nous avons de la chance. (Il se frotta le nez.) L'avantage de la Maison Wien, c'est qu'elle n'est pas du même côté de la rivière quc Mystwerk. Les guerriers, les ingénieurs, les comptables – toutes les disciplines pratiques – sont rassemblés sur une rive. Les magiciens, les guérisseurs et les gens du temple sont sur l'autre. Et entre les deux, il n'y a pas beaucoup de mélange.

— Ah bon ! et pourquoi ? demanda Raisa, surprise.

Quand Amon sourit, l'éclat de ses dents blanches contrasta avec sa peau brunie par le soleil.

— Si un magicien novice en robe rouge s'aventure du côté de la Maison Wien, il risque fort de se faire jeter dans la rivière. De notre côté, il y a surtout des gens du Sud, et ils n'aiment pas trop ce qui touche à la magie.

— Et ils ne réfléchissent pas à deux fois avant de s'en prendre à un magicien ?

— On pourrait s'y attendre, mais il y a des règles très strictes sur les attaques magiques au sein de l'académie. Sur n'importe quel type d'agression, en fait. Vous avez déjà entendu parler de la Paix du Gué-d'Oden, j'imagine ?

Raisa hocha la tête.

— C'est surprenant qu'ils arrivent à la faire respecter. Et comme l'école est entre l'Arden et le Tamron, je suis surprise qu'aucun des deux n'ait essayé de mettre le grappin dessus.

— L'Arden comme le Tamron rêvent de posséder l'académie, cette concentration de richesses et de savoir, confirma Amon. L'Arden regarde Mystwerk d'un mauvais œil, parce qu'elle forme les magiciens. L'Église de Malthus souhaite la fermer, et ils ont déjà essayé d'envahir l'école. Mais les professeurs et les étudiants la défendent bien. On trouve au Gué-d'Oden les magiciens les plus puissants, et les esprits les plus brillants des Sept Royaumes dans les domaines militaires et scientifiques. Cela fait longtemps que personne ne s'est attaqué à eux.

Raisa attendit, mais Amon semblait décidé à ne donner que les grandes lignes de cette longue histoire.

— Vous pensez que j'aurai du mal à entrer à la Maison Wien ? demanda Raisa.

— Mon père a promis d'envoyer une lettre de recommandation aux maîtres de l'école du temple *et* de la Maison Wien. Il a enseigné là-bas, il a donc une certaine influence.

Amon semblait hésiter à poursuivre.

— Taim Askell, le maître de la Maison Wien, pourrait cependant poser un problème.

— Poser un problème ? Pourquoi ?

— Attendons de voir. Je ne veux pas attirer des ennuis auxquels, espérons-le, nous échapperons. (Il leva les yeux vers le ciel.) Mais promettez-moi d'aller à l'école du temple si vous n'arrivez pas à entrer à la Maison Wien.

— Attendons de voir, répondit Raisa en écho.

En son for intérieur, elle se disait : *Je serai acceptée. Pas question de perdre mon temps au Gué-d'Oden.*

— Si on vous reconnaissait, vous pourriez être amenée à tout quitter sur-le-champ, la prévint Amon en serrant sa main plus fort.

Elle hocha la tête.

— Je sais. Mais je ne vois pas où je pourrais aller pour être plus en sécurité. L'Arden est exclu. Le Tamron, sans doute, réfléchit-elle tout haut, en pensant à Liam Tomlin.

— Pourquoi pas plus au sud ? dans le Bruinswallow ou le We'enhaven ?

— C'est vous qui avez suggéré le Gué-d'Oden en premier, lui rappela Raisa. Et puis, je n'ai pas de relations dans ces royaumes-là. C'est bien mon problème. Je n'ai pas voyagé, je ne connais personne hors de mon propre royaume, à part les gens venus à ma fête de jour de naissance. Je pourrais débarquer dans un endroit où ils sacrifient les princesses étrangères à leurs dieux. (Elle s'interrompit, mais Amon ne sourit pas.) Il est hors de question que je tombe sous la coupe de quelqu'un. Et je veux rester assez proche pour pouvoir envoyer un message à ma mère.

Amon plissa les yeux.

— Vous n'êtes pas sérieuse, Rai ? C'est trop dangereux !

— Il faut qu'elle sache que je suis toujours en vie, insista Raisa. Et que je l'aime. Que je vais revenir. Je ne veux pas qu'elle doute de tout cela.

— Et comment comptez-vous lui faire parvenir un message sans que cela mène directement à vous ? Moi je m'inquiète de Micah que vous risquez de rencontrer, et vous, vous projetez de vous lever pour faire signe au seigneur Bayar en criant : « Coucou, je suis là ! »

— Je n'écrirai pas au seigneur Bayar, grogna Raisa.

— C'est tout comme, répliqua Amon. De plus, à cause de la guerre, ce n'est pas facile d'envoyer du courrier du Gué-d'Oden aux Fells.

— Je ne sais pas comment je vais m'y prendre ! dit Raisa d'une voix cassante. Comment se fait-il que tout ce que j'envisage d'entreprendre soit dangereux ? Tout ce qui est important, du moins. Il y a des risques qui valent la peine d'être pris.

Amon marmonna.

— Pardon, caporal ? demanda Raisa. Je n'ai pas bien entendu.

Amon avait les mâchoires serrées et regardait droit devant lui, ses sourcils froncés se rejoignant sur son front.

— *Pardon ?* répéta Raisa.

— J'ai dit, Votre Altesse, que la différence entre vous et moi, c'est que si vous vous faites tuer, vous n'aurez pas à vous le reprocher jusqu'à la fin de vos jours.

Le sang qui monta aux joues de Raisa lui réchauffa le visage.

— Vous croyez vraiment que quelqu'un veut me tuer ? demanda-t-elle doucement. Ne serait-il pas plus probable que, si je suis démasquée et capturée, on me ramène dans les Fells pour épouser Micah ? Dans ce cas, je me débrouillerai. (Elle haussa les épaules.) Tant que je suis en vie, je trouverai une solution. Mais je vous promets ceci : je ne serai pas une reine captive.

Amon regarda le ciel. La lumière argentée de la lune glissa sur son visage, son torse, ses bras. Il semblait hésiter à parler.

— Vous avez mentionné le don de prophétie, dit-il enfin. Je n'arrive pas à me défaire du pressentiment que vous risquez bien plus qu'un mauvais mariage. (Il se racla la gorge et fit un geste en direction du couchage de Raisa.) Il vaudrait mieux vous reposer, Votre Altesse. Nous avons une longue route à faire, demain.

Contrairement aux Fells, où les terres étaient pour la plupart trop caillouteuses et trop escarpées pour être cultivées, le Tamron tout entier semblait façonné par l'homme et l'agriculture. D'immenses vergers descendaient jusqu'à la rivière. Les branches des arbres étaient chargées de fruits : des pêches, des pommes, et des fruits orange et jaune que Raisa ne connaissait pas et qui la firent grimacer quand elle en croqua.

Des champs de blé, de haricots, de maïs, de courges et de citrouilles se succédaient. Au milieu se dressaient des manoirs, tandis que les huttes des travailleurs se trouvaient en bordure. Les maisons étaient des constructions élégantes et vastes. Avec leurs fenêtres au rez-de-chaussée, il était clair qu'elles n'avaient pas été conçues à des fins défensives. D'aussi loin qu'on s'en souvienne, le Tamron connaissait la paix.

Il était difficile de croire que la guerre faisait rage à seulement quelques centaines de kilomètres à l'est.

Amon s'était visiblement détendu depuis qu'ils avaient franchi la frontière. Il était presque devenu bavard – pour un Byrne.

Il n'y avait pas grand-chose à chasser, alors ils achetaient de quoi manger sur les marchés, dans les villages par lesquels ils passaient. Amon s'assurait toujours qu'ils payaient un prix honnête pour leurs achats.

Raisa, qui ne se faisait pas prier pour dévorer la nourriture riche et fraîche du Sud, reprit un peu de poids. Elle gagnait surtout en muscles, car les exercices quotidiens se poursuivaient. Elle s'entraînait aussi régulièrement avec son nouveau bâton, et le trouvait d'une efficacité surprenante, y compris face à un adversaire muni d'une épée. Son jeu de lame s'améliorait également, même si elle ne serait jamais une championne, à cause de sa taille.

En suivant la Tamron vers le sud, elle fut frappée de constater combien la géographie, le climat et le terrain influençaient l'économie des nations, créant des nantis et des défavorisés.

Les industries florissantes du Nord reposaient sur les matières disponibles dans ces régions : les pierres précieuses, l'or et l'argent, la laine, les fourrures et le cuir. Là-bas, le Val représentait l'unique étendue de terres arables.

Les clans étaient donc devenus maîtres marchands, achetant et vendant les biens produits par eux ou par d'autres. Mais cela rendait les Fells vulnérables en temps de guerre, quand les échanges étaient perturbés. Il devenait difficile de nourrir tous les habitants.

Quand les Sept Royaumes étaient encore unis, les biens, l'argent et les individus circulaient librement, et le tout était plus fort que les parties qui le composaient.

Alors qu'ils cheminaient à travers le Tamron, les pensées de Raisa voguèrent vers le prince Liam Tomlin, l'héritier du trône de Tamron, qui était venu à sa fête de jour de naissance. C'était seulement deux mois auparavant, mais il lui semblait qu'une vie entière s'était écoulée depuis que leur badinage dans la Grande Salle du château avait été interrompu par Micah Bayar. Que se serait-il passé si Micah ne l'avait pas arrachée à lui pour l'embarquer dans ce qui devait être un mariage clandestin ?

Liam avait affirmé qu'il cherchait une fiancée riche. Après cet aperçu de Tamron, Raisa commençait à comprendre que le prince disposait lui aussi d'une dot importante. Elle n'avait pas l'intention de renoncer à son royaume, mais elle se demandait ce que donnerait une alliance entre les intérêts respectifs des Fells et de Tamron. Avant la Rupture, ils étaient unis, comme les cinq autres royaumes sur lesquels régnaient les reines du Loup Gris.

Raisa était bien décidée à gérer elle-même son avenir matrimonial, afin d'œuvrer à ses propres plans. Il y avait une différence entre se marier pour le bien des Fells et devenir un instrument au service des intrigues des uns et des autres.

À mesure qu'ils approchaient du Gué-d'Oden, le trafic s'intensifia. La route était encombrée de charrettes transportant au marché des fruits et légumes, des céréales, et même des cochons et des poulets. Il y avait aussi des étudiants, qui offraient au regard une grande diversité : certains voyageaient dans de riches attelages, accompagnés d'une escorte d'hommes armés et de serviteurs, sans oublier les chariots de bagages.

— Des première-année, commenta Amon avec un sourire. Les nouveaux. Une grosse surprise les attend. On n'appelle pas le Gué-d'Oden « le grand égaliseur » sans raison. Tout le monde a droit à la même chose : un lit avec un tiroir dessous. Ils devront renvoyer la plus grande partie de leurs affaires chez eux, ou trouver un endroit où les stocker en dehors de l'académie.

D'autres arrivaient à cheval, seuls ou en groupes. Les montures, éclatantes de santé ou percluses de rhumatismes, allaient du pur-sang à la bête de ferme. Certains étudiants étaient à pied, les souliers éculés par une longue route, sac sur le dos. Des élèves étaient bringuebalés dans des chariots loués, serrés à l'arrière, les yeux fermés à cause de la poussière du chemin.

Les auberges qui bordaient la route affichaient complet. Quand ils trouvaient une table pour le dîner, ils étaient entourés de lettrés venus des quatre coins des Sept Royaumes, même du Bruinswallow, du We'enhaven et des Îles. Le brouhaha polyglotte incitait Raisa à tendre l'oreille pour mettre ses compétences linguistiques à l'épreuve. Mais ils parlaient bien plus vite que ses précepteurs.

Les Loups Gris rencontrèrent des amis en chemin : des cadets qui s'en retournaient à la Maison Wien. En tant que nouvelle cadette, Raisa ne passait pas inaperçue. Plusieurs garçons engagèrent la conversation. Un soldat tamrien se montra particulièrement persévérant, l'abreuvant de bière et de flatteries, jusqu'à ce que les regards noirs d'Amon le fassent fuir.

— Il avait l'air sympathique, fit remarquer Raisa en l'observant battre en retraite.

— Je le connais. Il ne l'est pas, répondit Amon abruptement.

Les magasins des petites villes et les colporteurs proposaient des articles dont les élèves pouvaient avoir besoin : papier de toutes les couleurs, plumes et buvards, épaisses encyclopédies reliées de cuir dont le marchand prétendait qu'elles contenaient toutes les connaissances du monde.

Un vendeur surveillait un étalage de lunettes de lecture pour les yeux fatigués par de longues heures d'étude. Un autre vendait des pots de pigments, des rouleaux de papier et de toile, des pinceaux de toutes tailles, des blocs de bois et de fins canifs aiguisés destinés à graver des illustrations sur du bois.

Le crépuscule approchait quand ils arrivèrent au sommet d'une petite montée d'où ils purent voir l'académie qui s'étalait à leurs pieds. À cette distance, on aurait pu la prendre pour une forteresse coupée en deux par la rivière Tamron et protégée par de hauts murs de pierre. Les flèches du temple, les dômes dorés et les toits de tuile dépassaient des murailles et brillaient sous les derniers rayons du couchant, comme un généreux glaçage sur un gâteau de pierre.

Sur la portion de route qui leur restait à parcourir, la circulation avait diminué. Les étudiants malins, arrivés avant l'heure du dîner, étaient sûrement déjà attablés. Comme en réponse à ses pensées, le ventre de Raisa gargouilla bruyamment.

Amon força sa monture à ralentir l'allure. Son cheval, Vagabond, était impatient d'aller de l'avant, savourant d'avance le dîner et l'écurie qui l'attendaient.

Raisa, quant à elle, n'était pas certaine de l'accueil que l'on ferait à une pièce rapportée. Elle rêvait d'un bon bain chaud. Friponne et elle dégageaient à peu près la même odeur. Si elle avait jamais espéré impressionner Amon Byrne par sa beauté et sa grâce nouvellement acquises, c'était raté. Il l'avait vue sous son plus mauvais jour.

Sans surprise, Amon semblait taillé pour la vie sur les routes. Les conditions difficiles lui donnaient une sorte de patine de dur à cuire mal rasé qui le rendait plus attirant encore.

— Il se fait tard, dit Raisa en pressant Friponne pour qu'elle rejoigne Vagabond. Nous devrions peut-être chercher une auberge pour la nuit et rejoindre la Maison Wien seulement demain matin.

—Nous allons devoir dormir dans les dortoirs, ce soir, dit Amon. Les auberges seront déjà pleines, car les cours débutent dans quelques jours. Nous arrivons après la tombée de la nuit à dessein : nous courons moins de risques de rencontrer des connaissances à l'entrée ou sur la rive de la Maison Mystwerk.

—Vous savez bien que je serai reconnue, tôt ou tard, dit Raisa à voix basse, pour que les autres ne l'entendent pas. Il faudra juste faire face à la situation.

—Le plus tard sera le mieux, grommela-t-il.

Il contempla la ville à leurs pieds, caressant distraitement l'encolure de son cheval.

—Tout fonctionnera à merveille tant que personne ne saura que vous êtes ici, expliqua-t-il. Mais ensuite, il sera impossible de vous protéger.

—La plupart de mes sujets ne m'ont jamais vue de près, et les autres ne me reconnaîtraient qu'avec ma tiare sur la tête, protesta Raisa avec un sourire triste.

Sans lui rendre son sourire, Amon se retourna sur sa selle pour regarder les autres.

—Attendez ici et laissez les chevaux se reposer. Je vais aller en reconnaissance pour annoncer notre arrivée.

Sans attendre de réponse, il enfonça les talons dans les flancs de Vagabond, qui s'élança vers la vallée en contrebas.

Il revint deux heures plus tard, le visage figé dans une expression morose et résignée.

—C'est bon, annonça-t-il alors que son attitude démentait ses mots. J'ai parlé à Maître Askell et nous pouvons loger dans les dortoirs cette nuit. Allons-y.

Pendant la longue descente vers la rivière, Raisa se pencha vers Amon.

—Que se passe-t-il ? Qu'a dit Maître Askell ?

—Il veut vous rencontrer, avoua Amon en se frottant la nuque.

—C'est bon signe, non ?

— Ça dépend.

Ils ne passèrent pas par la porte principale de l'académie, mais contournèrent les lieux jusqu'à la poterne du côté sud. Deux cadets les firent entrer, avant de refermer derrière eux.

Friponne suivit Vagabond sans que Raisa ait besoin de la guider. Cette dernière en profita pour regarder autour d'elle comme ils traversaient le domaine universitaire.

L'académie était grande comme une petite ville, mais avec plus d'espaces verts que dans les cités que Raisa connaissait. Des bâtiments séculaires en pierre de taille émaillaient les pelouses, reliés entre eux par des galeries couvertes pavées de briques et décorées de belles-de-nuit. Le parfum enivrant des fleurs leur parvenait, porté par l'air tiède et humide.

Les cuisines et salles à manger étaient brillamment éclairées. La plupart des étudiants dînaient encore, mais quelques-uns regagnaient déjà leur dortoir. Ils bavardaient en chemin ou hélaient des amis d'un bout à l'autre du parc, dans toutes les langues des Sept Royaumes. D'autres descendaient d'un pas nonchalant la route principale menant à la rivière, dégagés de toute obligation scolaire, puisque les cours n'avaient pas encore commencé.

— C'est quoi, ces bâtiments ? demanda Raisa, le bras tendu.

— Nous sommes sur la rive côté Mystwerk, expliqua Amon avant de lui montrer une construction en pierre d'un style recherché qui s'étendait sur plusieurs hectares de terrain. Et ça, c'est la Maison Mystwerk, la partie la plus ancienne de l'académie. On raconte que cette école fut fondée lorsqu'un magicien construisit une cabane au bord de la rivière et commença à former des apprentis.

Raisa contempla la Maison Mystwerk en penchant la tête en arrière pour prendre la mesure de son imposant beffroi.

Micah Bayar était-il là, quelque part ? Pendant combien de temps était-il resté à l'attendre au mur de l'Ouest ? Avait-il renoncé à son projet de venir au Gué-d'Oden pour continuer à la chercher ?

Ils passèrent à côté de jardins d'herbes aromatiques parfaitement tenus, parsemés de fleurs, familières ou inconnues.

—Ce sont les jardins des guérisseurs, lui indiqua Amon, qui avait remarqué son intérêt. Des gens viennent de partout pour devenir guérisseurs, et pour se faire soigner dans les dispensaires.

Devant eux, un pont s'élevait au-dessus de l'eau, bordé d'échoppes et d'étals, dont la plupart étaient fermés pour la nuit. De petits groupes d'étudiants sortaient des tavernes encore ouvertes.

—Le pont et les boutiques le long de la rue du Pont servent en quelque sorte de zone frontalière, où les étudiants des deux rives se mêlent.

Il pointa Raisa de sa main gantée.

—Donc vous devez *éviter* la rue du Pont.

Amon prit la tête du triple pour traverser. Des voix fortes s'échappèrent par la porte ouverte d'une taverne sur la droite. Deux étudiants en train de se battre sortirent. L'un était vêtu d'un uniforme brun foncé, l'autre portait la robe rouge des magiciens. D'autres gagnèrent la rue à leur tour, complétant l'arc-en-ciel des couleurs des différentes écoles.

—Sans doute un désaccord philosophique, commenta Amon en évitant soigneusement l'attroupement.

—Et la Paix, alors ? s'étonna Raisa.

Amon rit.

—Les prévôts se chargent des bagarres entre étudiants.

Il lui montra trois hommes à la mine sévère en uniforme gris terne qui avançaient à grands pas en direction des élèves bagarreurs.

—Ils ne se laissent pas attendrir par ici, surtout le soir, et si on se fait prendre, c'est direct chez le recteur. Les auteurs d'attaques graves ou répétées sont renvoyés de l'académie, sans appel possible. D'habitude, les étudiants essaient de régler les choses entre eux.

Ils atteignirent l'autre extrémité du pont et s'engagèrent dans les rues du côté de la Maison Wien. Les bâtiments étaient plus récents, mais ils dataient néanmoins de plusieurs centaines d'années, construits avec la même pierre grise qui devait provenir d'une carrière proche. Les dortoirs étaient plus sobres, d'aspect plus utilitaire. Mais l'ensemble présentait une architecture à la beauté simple et dépouillée qui plaisait à Raisa.

L'école militaire était un vaste complexe, une citadelle comprenant des terrains de manœuvre, des fonderies pour la fabrication des armes, des dortoirs, des écuries, des salles de classe et des pâturages pour les bêtes.

— Tous les étudiants laissent leur cheval à la Maison Wien, qu'ils soient dans cette école ou non.

Ils longèrent plusieurs bâtiments bas qui, d'après l'odeur, devaient être les écuries. Ils s'arrêtèrent devant l'un d'eux et mirent pied à terre. Raisa retira la selle de Friponne et son harnachement, puis la bouchonna. Un cadet les mena vers une enfilade de stalles. Les Loups Gris s'assurèrent que les montures disposaient de suffisamment d'eau et d'avoine avant de prendre leurs sacoches pour se rendre dans l'imposant édifice de pierre. Le nom « Maison Wien » était gravé sur le frontispice.

Un réceptionniste était assis à un bureau dans l'entrée, un grand registre ouvert devant lui.

— Je suis Amon Byrne, j'arrive des Fells avec ma compagnie, annonça Amon. J'ai déjà parlé à Maître Askell.

L'homme hocha la tête.

— Bienvenue, commandant. Maître Askell a dit de vous installer dans la Résidence Grindell. Vous tous.

Le réceptionniste se pencha pour chuchoter quelques mots à l'oreille d'Amon.

Commandant? Le cerveau épuisé de Raisa ne chercha pas à comprendre. Elle se contenta de lire d'un œil distrait les noms et dates gravés de part et d'autre de l'entrée : la liste des commandants de classe remontant jusqu'à la Rupture. Ayant repéré un nom familier, elle fit un effort de concentration et regarda de plus près. Le patronyme « Byrne » apparaissait à intervalles réguliers au cours du dernier millénaire. Parmi les noms les plus récents figurait celui d'Edon Byrne, le père d'Amon. Et celui d'Amon Byrne.

Un frisson entre ses omoplates lui fit prendre conscience qu'Amon se tenait derrière elle.

— Il y a beaucoup de Byrne, ici, fit-elle remarquer en montrant les inscriptions.

— C'est une sorte de tradition.

Il lui prit ses sacoches et les tendit à Mick.

— Vous autres, installez-vous à Grindell, commanda-t-il. Prenez des draps pour Morley et moi, et mettez les affaires de Morley au deuxième étage. Talbot et Abbott, vous dormirez avec elle. Une fois les lits faits et les bagages rangés, allez au réfectoire. Ne nous attendez pas.

Il se tourna vers Raisa.

— Morley, venez avec moi. Maître Askell nous attend.

Il faut vraiment aller le voir tout de suite? s'étonna Raisa. La fatigue avait eu raison de sa faim, et elle n'avait qu'une envie: s'écrouler sur un lit.

— J'espérais prendre d'abord un bain, dit-elle tout haut. Puis-je au moins me rafraîchir le visage?

— Il est préférable d'être à l'heure, répondit Amon. Il se souciera davantage de votre apparence s'il vous accepte à l'école.

Les autres Loups allèrent chercher couvertures et draps dans une petite réserve avant de sortir par la porte de derrière. Raisa et Amon gravirent un grand escalier de pierre jusqu'au deuxième étage. En haut des marches, Amon frappa à une épaisse porte de bois.

— Oui, répondit une voix profonde.

Quand ils entrèrent, Taim Askell se tenait debout devant son bureau. Il était grand, peut-être un peu plus qu'Amon, et il devait bien faire le double de son poids. Sa silhouette corpulente et musculeuse semblait occuper tout l'espace, alors que la pièce avait des proportions généreuses. Son visage était buriné par le soleil et marqué par de longues années passées à l'extérieur.

Les pattes-d'oie au coin de ses yeux prouvaient qu'il avait souri, à une lointaine époque.

Mais à présent, il ne souriait pas.

Une toge d'enseignant était pliée sur le dossier de son fauteuil. Pour le reste, la pièce était propre et sans fouillis, chaque chose à sa place, excepté un tas de papiers étalés sur le bureau.

Les murs étaient tapissés d'étagères remplies de volumes assortis reliés de cuir noir. Le dos des ouvrages portait des inscriptions dorées – des récits de campagnes militaires. Une carte des Sept Royaumes s'étalait sur le mur face à la porte, et un plan de Carthis à l'encre sépia était suspendu derrière le bureau.

— Maître Askell, commença Amon dans la langue commune tout en saluant, le poing sur le cœur. Commandant Byrne au rapport, conformément à vos ordres, avec la postulante Rebecca Morley.

Raisa imita le salut d'Amon et se demanda ce que Maître Askell savait au juste.

— Repos, commandant et… postulante Morley, dit Maître Askell avec un accent ardenin. Asseyez-vous, ajouta-t-il en désignant deux chaises à dossier droit.

C'était un ordre plutôt qu'une invitation.

Raisa s'assit sur le bord de sa chaise, droite comme un I, les mains sur les cuisses. Elle essayait de paraître plus grande et plus convaincante, davantage digne d'admission.

Askell, lui, ne s'assit pas. Au contraire, il les considéra de toute sa hauteur, comme le Destructeur au jour du Jugement. Il avait l'air de ne pouvoir leur accorder que quelques minutes.

— Ce ne sera pas long, je vous assure, dit-il, confirmant l'impression de Raisa. J'ai pour habitude de faire passer un entretien à chaque postulant qui émet le souhait d'entrer à la Maison Wien. Surtout à ceux qui réclament des privilèges.

— « Des privilèges », monsieur ? s'étonna Raisa en jetant un coup d'œil à Amon, qui regardait dans le vague, tandis qu'un muscle de sa mâchoire inférieure tressautait. Je ne suis pas sûre de comprendre, monsieur.

Raisa préférait utiliser trop de « monsieur » que pas assez.

— Qu'attendez-vous de nous exactement, Morley ? demanda Askell en croisant les bras.

Le ton hostile qu'il avait employé surprit Raisa et lui délia la langue :

— Je crois avoir des attentes similaires à celles des autres cadets, monsieur. J'espère profiter à la fois de mes études à la Maison Wien et des échanges avec des étudiants d'horizons variés.

— Ah oui ? Et en quoi votre présence bénéficierait-elle à la Maison Wien ? demanda-t-il en penchant la tête sur le côté. Et au monde en général ?

Raisa le regarda en clignant des yeux, trop fatiguée pour que la repartie fuse.

— Euh…

Askell s'empressa de poursuivre, comme s'il n'escomptait pas vraiment de réponse :

— Le commandant Byrne m'apprend que vous êtes issue de la noblesse, et que même si vous appartenez au sexe faible, vous êtes l'héritière de votre lignée, comme il est, euh… de *coutume* dans le Nord.

À son expression, Raisa devina qu'il désapprouvait ladite coutume.

— Nous attirons beaucoup de postulants d'origine noble. Bien plus que nous ne pouvons en accueillir. Certaines familles voient l'armée comme un moyen de forger le caractère ou de corriger certaines faiblesses physiques. D'autres se débarrassent ainsi de leurs fils bons à rien ou de leurs filles sans avenir.

Raisa avait beau être épuisée, elle se sentit gagnée par la colère.

— Je vous assure, Maître Askell, que mes parents ne m'envoient pas ici pour une de ces raisons, dit-elle avec raideur.

Askell leva un sourcil.

— À ce qu'il paraît. Vous arrivez sans lettre de recommandation de vos parents, ce qui est inhabituel. Peut-être vous êtes-vous enfuie pour entrer dans l'armée, alors. Peut-être est-ce pour vous une façon de vous rebeller contre eux.

— Je ne me suis pas enfuie pour entrer dans l'armée, monsieur. Je suis ici pour recevoir une éducation qui me prépare à m'acquitter des obligations qui m'incombent, à l'égard de ma famille et du royaume des Fells.

— Cependant, nous avons bien une lettre de recommandation, écrite par notre ancien élève Edon Byrne. (Askell s'interrompit, comme s'il s'attendait à un commentaire de sa part, mais elle ne dit rien.) Et votre propre commandant a demandé des dispositions particulières pour vous. Ce qui m'inspire quelque inquiétude. La plupart des postulants attendent d'être admis pour réclamer un traitement de faveur. Pensez-vous vraiment que la Maison Wien soit le bon endroit pour vous ?

— Maître Askell, peut-être ai-je… ? commença Amon, mais le maître secoua la tête.

— C'est à Morley que j'ai posé la question, commandant, rappela-t-il sans quitter Raisa des yeux. Je dois m'assurer que votre présence ici ne causera pas de distraction défavorable à l'instruction des autres cadets. Nous avons des responsabilités envers eux tout autant qu'envers vous. Nos étudiants sont répartis en unités soudées. Le favoritisme nuit à leur cohésion.

Raisa regarda Askell droit dans les yeux.

— Monsieur, je suis curieuse de savoir quelles faveurs le commandant Byrne a demandées en mon nom. Étant donné qu'il n'a pas jugé bon de m'en informer.

Askell ne répondit pas tout de suite, comme si la réponse de Raisa n'était pas celle qu'il attendait. Puis il alla vers le buffet, attrapa une bouilloire et la mit à chauffer sur le foyer.

Il se retourna et s'accouda au manteau de la cheminée.

— Le commandant Byrne a demandé que tous les cadets fellsiens de sa compagnie – vous comprise – soient logés ensemble dans la Résidence Grindell, alors que nous avons comme politique de mélanger les cadets issus des différents royaumes, dans les dortoirs comme dans les classes. Il est tout aussi inhabituel de loger des première-année comme vous avec des étudiants de quatrième année comme le commandant.

» De plus, il a sollicité un programme d'enseignement spécifiquement conçu pour vous, et qui dépasserait les compétences de cette école, pour allier à la science militaire un entraînement physique rigoureux, la géographie, l'histoire, la diplomatie et la finance. En fait, ce qu'il propose vous occuperait tout au long de vos journées et pendant une bonne partie de vos nuits.

— Quoi ? fit Raisa sans essayer de masquer sa surprise. Je n'avais pas la moindre idée, monsieur, que le commandant Byrne prenait tant à cœur mon éducation.

Elle se tourna pour regarder Amon, qui baissa les yeux. En le voyant rougir, elle comprit combien il avait dû lui en coûter d'user de son influence sur Askell afin de lui assurer un traitement spécial. Ce n'était pas son genre.

— Mais, maintenant que vous me décrivez ce programme, il me semble parfait.

— Votre arrivée à l'académie est tardive, fit remarquer Askell. Les cadets de votre âge sont ici depuis déjà trois ans. Suivre le cursus normal serait déjà un défi, alors ce programme si… exigeant…

— Je suis habituée à travailler dur, affirma Raisa en levant le menton. Et je ne suis pas sans instruction. J'ai vécu avec les clans des Esprits pendants trois ans, dans les Fells.

— Vraiment ? fit le maître en laissant paraître le mépris que les gens des plaines ressentaient à l'égard des clans. Je ne vois pas en quoi cela concerne votre admission dans une école militaire.

Edon Byrne trouve que je monte à cheval comme un guerrier demonai, fut-elle tentée de répondre.

— Si je puis me permettre, c'est la raison pour laquelle j'ai proposé un parcours un peu différent pour Morley, intervint Amon. Comme vous le savez, les trois premières années sont surtout consacrées à l'entraînement physique, dans cette école. Équitation, orientation, pistage, apprentissage des méthodes de survie. Ces compétences coïncident en partie avec celles que Morley a acquises dans les camps des hauts plateaux. Et ce mois-ci, elle a également suivi un entraînement intensif aux techniques de combat des plaines. Je crois que vous constaterez que…

— S'il était possible de maîtriser ces techniques en un mois, nous serions tellement plus efficaces, n'est-ce pas, commandant Byrne ?

Askell vida un sachet de thé dans la théière, puis, utilisant un chiffon pour protéger sa main de la chaleur, l'apporta à son bureau et la posa sur un dessous-de-plat cabossé.

Enfin, il s'assit dans son fauteuil à haut dossier et adressa à Raisa le genre de regard que l'on destine à un enfant qui s'est fixé des objectifs trop ambitieux. Elle avait souvent croisé ce regard, qui ne manquait jamais de l'agacer.

— Avez-vous réellement l'intention de devenir un soldat, Morley ? demanda Askell. Ne serait-il pas plus sensé d'étudier des sciences moins dures ? La guérison, l'art, la philosophie sont des sujets d'importance. Ce sont des études plus courantes pour les personnes de votre rang.

— De mon *rang* ou de mon *sexe*, monsieur ? Vous m'avez dit que la Maison Wien comptait de nombreux ducs et jeunes nobles. Je ne vois qu'une différence entre eux et moi.

— Il y a des femmes à la Maison Wien, se défendit Askell avec raideur. Le commandant Byrne vous en a sûrement parlé.

— Certes, il y a des femmes, dit Raisa d'une voix tremblante de colère. Et elles sont toutes du Nord, et filles de soldat, j'imagine ? Il ne s'agit pas de femmes élevées comme des dames ?

Askell la considéra un moment, avant de secouer la tête.

— Il ne s'agit pas de femmes élevées comme des dames, non, admit-il.

Au moins, il était honnête.

Raisa se leva, bras le long du corps et poings serrés.

— Pour répondre à votre question, monsieur, non, je ne me destine pas à la carrière militaire. Mais les rois, les ducs et les seigneurs vous envoient leurs héritiers depuis plus de mille ans. Non pas afin d'en faire des soldats, mais pour qu'ils deviennent de meilleurs dirigeants.

» J'ai été abreuvée de philosophie, d'art et de sciences « moins dures », comme vous les appelez. Si je pouvais me sortir d'une situation critique en brodant, en chantant ou en déclamant, je serais parée. Je suis ici parce qu'on dit que c'est le meilleur endroit des Sept Royaumes pour s'instruire. Je viens pour combler les lacunes de mon éducation, pour me préparer au moment où je devrai prendre moi-même des décisions, où mes capacités à mener des hommes, mes connaissances en matière de sciences militaires et techniques feront la différence entre le succès et l'échec.

Raisa jeta un coup d'œil à Amon. Il était immobile, excepté ses yeux gris qui allaient et venaient entre le maître et elle.

— Le programme suggéré par le commandant Byrne semble être exactement ce dont j'ai besoin. Mais si je dois suivre la formation d'un simple soldat pour être admise, alors ce n'est pas un problème. Je dormirai là où vous m'enverrez. Je ne vous demande aucun traitement de faveur. Si j'échoue, tant pis pour moi. Mais j'en retirerai peut-être un enseignement entre-temps, monsieur.

Raisa s'inclina et salua le maître comme elle avait vu Amon le faire.

— Merci de m'avoir accordé un peu de votre temps, monsieur. Je vous laisse discuter de tout cela avec le commandant Byrne.

Elle sortit à reculons, persuadée d'avoir gâché la maigre chance qu'elle avait de rester à la Maison Wien.

Des larmes de colère lui piquaient les yeux tandis qu'elle faisait claquer ses bottes dans l'escalier. Elle fit halte sur le palier du premier étage pour reprendre contenance avant d'arriver en bas. À quel moment son entrée à la Maison Wien était-elle devenue si importante ? Deux mois plus tôt, elle n'envisageait même pas de venir au Gué-d'Oden. Réagissait-elle comme une gamine capricieuse à qui on refusait quelque chose ? Désirait-elle vraiment cela avant qu'Askell lui oppose de la résistance ?

D'un autre côté, deux mois plus tôt, elle ignorait les plans perfides de Gavan Bayar pour violer le Naéming et s'emparer du pouvoir en mariant son fils à la future reine des Fells. Elle avait besoin de rentrer chez elle bien armée pour mener les batailles qui s'annonçaient.

Cet Amon Byrne était devenu aussi sournois qu'une fouine ! Quand avait-il manigancé ce programme pour son éducation, et quand comptait-il lui en parler ? C'était d'une arrogance folle de sa part, mais elle ne pouvait s'empêcher d'être touchée par l'intérêt qu'il lui portait.

Que ferait-elle si Askell refusait son admission ? Peu de choix s'offraient à elle. Elle devait rester dans le sanctuaire du Gué-d'Oden. Mais si elle traversait la rivière pour rejoindre l'école du temple, elle risquerait encore plus d'être repérée par Micah Bayar ou ses amis. Et elle perdrait la protection des Loups Gris.

Raisa demanda au réceptionniste du rez-de-chaussée comment se rendre à la Résidence Grindell. Ils la laisseraient sûrement y passer une nuit, même s'ils la chassaient le lendemain.

Le temps qu'elle arrive au dortoir, les autres Loups Gris avaient terminé leur repas. Ils avaient rapporté des assiettes pour Raisa et Amon, mais elle avait perdu l'appétit.

Elle se pelotonna dans un fauteuil rembourré près du foyer éteint de la salle commune. Les autres étaient au lit depuis longtemps. Elle sirotait une tasse de thé en attendant le retour d'Amon.

Enfin, elle reconnut un pas familier. Il s'arrêta sur le seuil, haute silhouette qui l'observait en silence.

— Je pensais que vous seriez couchée.

— Qu'a dit Askell ? demanda-t-elle aussitôt.

Amon s'avança dans la lumière et s'agenouilla au pied de son fauteuil. Il referma ses mains calleuses sur les siennes et ce courant d'énergie étrange et sauvage passa entre eux. Alors le temps sembla se télescoper, et Raisa crut voir cette scène se répéter au-delà de l'instant présent, dans un avenir lointain, un futur où ils vieillissaient ensemble.

Une prophétie ? Raisa sentit sa peau picoter et son cœur s'emballer. *Que pouvait-elle signifier ?*

— Comment faites-vous ? murmura Amon avec une expression médusée. Vous ai-je dit récemment combien vous êtes incroyable, Votre Altesse ?

— Non, pas récemment. Ni même jamais, répondit Raisa, la gorge serrée.

— Je suis désolé de ne pas vous avoir parlé de mon idée. Je m'étais persuadé que Maître Askell refuserait d'emblée, et je ne voulais pas vous donner de faux espoirs. Je pensais que vous seriez plus encline à entrer à l'école du temple si vous ne saviez pas que j'avais imaginé cette solution particulière.

— Qu'a dit Askell ? le pressa Raisa.

— Dimitri avait raison. Vous êtes une langue-de-sorcière, affirma Amon en secouant la tête. Maître Askell a donné son accord. Pour votre programme d'enseignement, et pour votre logement. Vous commencez dans deux jours.

9

En route vers l'ouest

Han n'était pas mécontent de quitter la capitale d'Arden. La route de l'Ouest filait droit comme la corde d'un arc entre les plaines séparant la Cour d'Arden et la rivière Tamron. Ils avançaient vite puisqu'il n'y avait pas de montagnes à contourner. Il leur fallait juste franchir des ruisseaux ou des rivières ici et là. Mais parfois les ponts avaient été détruits et ils devaient remonter très en amont, ou descendre loin en aval pour trouver un endroit où traverser. Souvent, des bacs de fortune prenaient les voyageurs le long de la route qui reliait l'Est et l'Ouest.

Les marques de la guerre qui faisait rage les entouraient : fermes en cendres, salvos de fantassins marchant au pas, forteresses massives retranchées arborant les étendards de bataille, gigantesques campements de soldats. La petite troupe de Han se cachait souvent dans les arbres pour laisser passer les patrouilles à cheval, qui affichaient la myriade de couleurs des nobles en guerre.

Ils tombèrent aussi sur des champs de bataille. Parfois, ils dérangeaient les corbeaux et les vautours qui se repaissaient des corps en décomposition. Les charognards tournoyaient au-dessus de leurs têtes et se plaignaient bruyamment, puis se posaient de nouveau quand ils s'étaient éloignés. À plusieurs reprises, ils passèrent à côté de potences qui portaient encore les fruits nauséabonds de récentes exécutions.

Bonne saison pour les corbeaux, pensa Han.

Ils n'arriveraient jamais à temps pour le début des cours, à cause de leur départ tardif et des nombreux détours qu'ils avaient dû faire.

Cat était fâchée d'être à cheval. La monture prêtée par Jemson était une rosse paresseuse dont le mauvais caractère égalait presque celui de Guenille. Cat se cramponnait à son dos comme une tige de gratteron, très gênante mais impossible à déloger. La situation s'arrangea lorsque Han la convainquit de prendre le poney de bât. Dès lors, ils utilisèrent le cheval de Cat pour porter les bagages.

L'ancienne Chiffonnière avait beau se débrouiller à merveille dans la rue, ses talents ne lui servaient pas beaucoup à la campagne, ce qui la rendait maussade et méchante comme un buisson d'aubépine. D'habitude, elle était la meilleure en tout.

Han et Danseur commencèrent à lui enseigner les connaissances nécessaires à la vie dans les bois : comment pister et chasser à l'arc, par exemple. Ses réflexes étaient rapides et précis, et elle avait toujours été douée avec les lames de toutes sortes. Quand ils étaient chanceux à la chasse, elle apprenait à écorcher et parer le gibier.

Elle se montrait effacée, bien différente de la Cat dont Han se souvenait, celle de la bande des Chiffonniers. Par le passé, c'étaient sa fierté et son entêtement qui lui attiraient des ennuis. Désormais, elle était hargneuse, comme un chien qui a pris trop de coups.

Elle nourrissait des préjugés tenaces envers Danseur, coupable à ses yeux de faire partie des clans. Étant donné qu'elle-même venait des Îles, cela semblait ironique qu'elle ait adopté l'attitude sectaire des Valiens. Parfois, les victimes n'ont de cesse de reproduire les injustices subies.

Ils continuaient à voyager de nuit. À l'approche de l'aube, ils cherchaient un endroit à l'écart pour y passer la journée. Han et Cat posaient des collets pendant que Danseur préparait le feu et installait leur campement. Ils mangeaient, dormaient quelques heures, puis se relevaient et sortaient leurs livres.

Danseur alternait entre son manuel demonai sur l'orfèvrerie des objets magiques et son livre de sorts. Han apprenait des formules par cœur, puis s'efforçait de contrôler son amulette. Parfois il y parvenait, parfois non, mais au moins les brusques débordements de pouvoir ou ses réactions étranges et destructrices avaient cessé. Il préférait encore s'en débarrasser là, au milieu de ces étendues perdues.

Tant qu'ils lisaient, Cat restait dans les parages. De temps en temps, elle sortait sa *basilka* et jouait des airs doux et mélancoliques qui pouvaient tirer des larmes même à ceux qui n'en comprenaient pas les paroles. Dans ces moments-là, Danseur interrompait fréquemment sa lecture pour écouter, les yeux fermés, les genoux ramenés contre sa poitrine, penché vers la musicienne.

Mais lorsqu'ils s'entraînaient à lancer des sortilèges, Cat s'éloignait à grands pas et ne revenait au campement que des heures plus tard. Elle affichait clairement son refus d'être mêlée à la magie.

Danseur n'aimait toujours pas son amulette de remplacement, même s'il continuait à y accumuler son pouvoir.

— Il y a quelque chose qui cloche, dit-il un jour en touchant le pendentif du bout du doigt. C'est comme si un obstacle se dressait entre l'amulette et moi… un truc qui ne devrait pas y être.

Han haussa les épaules.

— Elles sont peut-être toutes comme ça, suggéra-t-il.

Il hésita, puis serra le bijou de Waterlow.

— Parfois, j'ai l'impression que celle-ci recèle déjà ses propres connaissances et son propre pouvoir. Je pensais que c'était à cause de… de qui je suis. Ou à cause de celui à qui elle appartenait avant.

Danseur fronça les sourcils.

— Tu penses qu'elle est maudite ? ou que toi tu es maudit ?

— Peut-être bien les deux, grommela Han.

Et si c'était vrai, ce qu'Elena avait raconté à sa mère ? Et s'il était vraiment maudit parce que le sang du Roi Démon coulait dans ses veines ? Au cours de ce millénaire, la bonne fortune de sa famille avait assurément décliné : le dernier descendant du roi des Sept Royaumes n'était qu'un voleur des rues à moitié mort de faim.

— Pourquoi ? Elle appartenait à qui, avant ?

Surpris, Han regarda Cat assise un peu plus loin, sa *basilka* entre les bras. Il avait oublié sa présence.

Il n'avait pas envie de lui mentir, mais il ne voulait pas non plus l'effrayer encore plus qu'elle ne l'était déjà en lui révélant qu'il se servait de l'ancienne amulette du Roi Démon.

— Eh bien, elle appartenait au seigneur Bayar, le Haut Magicien.

Cat le regarda en battant des cils. Puis elle posa son instrument et se leva.

— J'ai l'impression qu'elle t'a attiré pas mal d'ennuis, dit-elle. Tu devrais peut-être la rendre.

Elle tourna alors les talons et disparut dans les bois.

Han et Danseur restèrent à contempler le chemin qu'elle avait emprunté.

— Enfin, ça vaut ce que ça vaut, dit Danseur, mais je ne pense pas que tu sois maudit. Sinon, je t'éviterais. (Il pencha la tête pour observer l'amulette de Han.) Quant à ton talisman, le plus probable c'est qu'il est simplement très puissant et que tu ne sais pas encore bien t'en servir. Attends d'être un peu plus instruit avant de prendre une décision.

10

La vie de cadet

Quand Raisa ouvrit les yeux, elle était plongée dans l'obscurité, mais entendit que Talia et Hallie étaient déjà debout. La lampe s'alluma dans un flamboiement. Aveuglée, elle ferma les paupières, souhaitant se rendormir. Mais alors elle pouvait dire adieu à son petit déjeuner. Et elle en aurait bien besoin pour survivre à la matinée. Après quatre semaines de cours, elle savait au moins cela.

Avec un profond soupir, elle repoussa ses couvertures, balança ses jambes hors du lit et se leva, en petite tenue, s'étirant et bâillant. Sa veste de rechange séchait sur le dossier d'une chaise.

Les cadets portaient un uniforme couleur chamois qui devait être lavé presque tous les jours en cette pluvieuse saison d'automne. Quand ils défilaient sur le terrain de manœuvre, la boue maculait leurs braies jusqu'aux genoux. Pour cette raison – ou à cause de la couleur terne de leur uniforme –, les étudiants de l'autre côté de la rivière les appelaient les « culs-terreux ».

Raisa tâta sa veste en passant. Encore humide. Rien ne séchait sous cet affreux climat. Elle repoussa les souvenirs d'une vie où les vêtements propres apparaissaient comme par magie chaque fois qu'elle en avait besoin, et où elle avait même le choix entre plusieurs tenues.

Quelqu'un lavait ces vêtements, pensa-t-elle. Et les reprisait, et effectuait toutes ces petites tâches dont elle devait désormais se charger elle-même – et selon les critères de l'armée.

Amon avait fait en sorte qu'il n'y ait pas de surveillant affecté à la Résidence Grindell, et que Raisa, Talia et Hallie puissent se partager la chambre du dernier étage. Ce qui impliquait qu'ils se répartissent entre eux les fonctions d'un surveillant de dortoir : maintenir les parties communes et les salles d'eau propres, s'assurer qu'il y avait suffisamment de linge pour les lits. Comme le temps se rafraîchissait, ils devaient aussi transporter du bois pour les cheminées, depuis le dépôt d'intendance près de la rivière.

Hallie libérait déjà la salle d'eau. Cette fille était d'une efficacité redoutable. Elle tirait ses cheveux en arrière, les attachait avec une ficelle, se lavait la figure, et puis voilà.

Raisa donna un peu de volume à sa chevelure et contempla d'un œil morose son reflet dans le miroir en métal poli. Des cheveux longs auraient-ils été plus commodes ? Elle aurait pu les attacher, mais, épais comme ils étaient, ils auraient mis autant de temps à sécher que sa veste. Elle s'aspergea le visage d'eau froide et revêtit son uniforme humide, grimaçant lorsque le tissu moite lui colla à la peau.

Elle aurait trop chaud bien assez tôt.

Raisa retourna dans le salon, où Talia était installée dans un fauteuil, un bras passé sous les genoux, la lampe posée tout près d'elle pour lire. Elle leva les yeux et sourit, marquant sa ligne d'un doigt.

Talia était de sang mêlé, comme Raisa : sa mère venait des clans et son père, qui appartenait à la Garde de la reine, était natif du Val. Elle se levait toujours plus tôt pour lire le Livre du Temple avant les cours. Ça ou ses romans d'amours filelunes capables de faire rougir une fille de joie.

Talia avait des goûts éclectiques.

— Prêtes, vous deux ? demanda Hallie depuis le pas de la porte. Si on ne se dépêche pas, il n'y aura plus de saucisses, comme l'autre jour.

Au moins, Hallie et Talia avaient cessé de l'appeler « dame Rebecca », depuis la fois où elles l'avaient entendue jurer comme un charretier quand Friponne lui avait marché sur le pied.

Toutes trois dévalèrent l'escalier et manquèrent de renverser Mick qui sautillait dans la salle commune, essayant de repriser les chaussettes qu'il portait aux pieds.

— Mauvaise idée, lui lança Raisa tout en ouvrant la porte d'un coup d'épaule.

— Cet imbécile s'imagine juste que quelqu'un va lui proposer de le faire à sa place s'il a l'air suffisamment pathétique, commenta Hallie. Ses chaussettes resteront trouées pendant un bon bout de temps !

Elles traversèrent en ricanant la cour encore plongée dans l'ombre et détrempée qui menait au réfectoire, où des cadets mal réveillés faisaient déjà la queue pour prendre leur petit déjeuner.

Encore heureux que je n'aie pas à cuisiner moi-même, se dit Raisa en laissant tomber une louchée de porridge dans son bol. Elle y ajouta de la mélasse, du lait, et – ouf ! – deux saucisses. L'avantage de commencer l'entraînement à l'aube, c'était qu'il restait encore de la viande.

Elle porta son plateau jusqu'à la longue table, s'assit et entreprit d'engloutir sa bouillie. Ce n'était pas une façon très saine d'entamer la journée, mais il était hors de question d'en laisser une seule bouchée quand la cloche sonnerait pour annoncer la première heure de cours.

Ce trimestre, elle participait à un cours sur l'histoire des guerres dans les Sept Royaumes. Elle était aussi inscrite à une classe de finance où elle était entourée de comptables aux doigts tachés d'encre, à des leçons de stratégie militaire et d'armement, et à un cours de rattrapage en langue ardenine. De surcroît, elle avait été affectée à l'entraînement quotidien avec les cadets de première année. Qui avait lieu juste après le petit déjeuner.

—Alors, Rebecca, dit Talia en se glissant à côté de Raisa. Il y en a un qui te plaît ?

Elle pointa sa cuillère sur les cadets assis à la table voisine.

—Pourquoi pas celui qui est au bout ? poursuivit-elle. Avec les cheveux roux. Bartett. J'ai entendu dire qu'il était plein d'entrain.

Bartett était avec elle en cours d'histoire des guerres. Raisa le jaugea du regard, mâcha, puis avala sa bouchée.

—Pas mon genre, dit-elle en secouant la tête.

—Bon, et Sanborn, alors ? persista Talia en montrant un garçon charpenté dont la peau couleur de bronze rappelait celle de Raisa. Il est des royaumes d'en bas, du We'enhaven je crois. On dit qu'ils sont calmes et constants.

Raisa bâilla à s'en décrocher la mâchoire.

—Je ne sais pas où tu trouves de l'énergie pour les amourettes.

—Tu es fichtrement difficile, l'accusa Talia. Ce n'est pas comme si tu devais les épouser.

—Laisse-la, Talia, gronda Hallie. Elle en pince peut-être pour un gars au pays. Un jeune seigneur ou un riche marchand. Elle vient de la haute, tu sais. Elle vise sans doute un cran au-dessus de Bartett ou Sanborn.

—Ça n'empêche pas d'avoir un petit ami à l'école, insista Talia.

Elle était décidée à jouer les marieuses. Elle et Pearlie Greenholt, le maître d'armes de la Maison Wien, filaient le parfait amour, et elle voulait partager les joies du couple avec tout le monde.

—Attention, Rebecca, l'avertit Hallie. Talia et Pearlie, ce sont des filelunes, elles n'ont pas à s'inquiéter de tomber enceintes, elles.

Le terme « filelune » désignait les membres du temple de la Lune dans les Fells. Il s'agissait de femmes qui préféraient les femmes aux hommes. Talia en faisait partie, depuis l'âge de douze ans. Pour Pearlie, ce n'était pas officiel. Elle venait d'Arden.

Hallie se leva.

— Si tu écoutes Talia, tu finiras avec un polichinelle dans le tiroir.

Elle se tapota le ventre pour illustrer son propos, puis repartit faire la queue, le dos bien droit.

Hallie était la mère célibataire d'une petite Asha de deux ans qu'elle avait dû laisser à ses parents à la Marche-des-Fells. Elle était mûre pour son âge et avait les pieds sur terre – les amourettes ne l'attiraient pas.

Hallie n'avait aucune raison de s'inquiéter. Raisa détournait habilement toutes les allusions et suggestions de Talia. Elle ne pouvait tout de même pas lui avouer qu'elle était amoureuse de leur commandant.

Et dire qu'elle prévoyait de s'en donner à cœur joie avant le mariage…

Raisa appréciait réellement Hallie et Talia. Elle aimait leur compagnie, admirait leur cran et leur détermination. Talia assumait ses choix sentimentaux et se moquait bien que les filelunes soient mal vues dans les royaumes d'en bas. Hallie était décidée à poursuivre ses études, même si sa fille lui manquait terriblement.

Toutes trois étaient devenues amies malgré les secrets qui les séparaient.

Avoir des filles comme amies était nouveau pour Raisa. À la cour, les relations étaient entièrement fondées sur la compétition, chargées d'enjeux politiques. Chacun intriguait pour gagner une place à côté de ceux qui détenaient le pouvoir. On ne pouvait faire confiance à personne, toutes les motivations étaient suspectes. Amon avait été son seul véritable ami et, à présent, cette relation aussi était compliquée.

Pas étonnant qu'Hanalea ait pris pour habitude de se promener anonymement parmi son peuple. C'était la seule façon de découvrir comment étaient réellement les gens.

Les cloches résonnèrent dans le réfectoire. Raisa porta son bol et sa cuillère aux racleurs, puis marcha en direction de la porte.

— Embrasse Pearlie pour moi ! lui cria Talia alors qu'elle sortait dans l'obscurité automnale.

Les cadets couraient déjà autour du terrain lorsque Raisa arriva. Elle retira sa veste et la mit de côté, car elle savait qu'elle serait en sueur dans peu de temps.

Après une demi-heure de course à pied, elle se trouva en effet trempée. Ensuite, ils s'entraînèrent au maniement des armes en groupe. Munis de lances, ils chargeaient dans un sens puis dans l'autre à travers tout le terrain, à dix de front, criant comme des furies. Raisa en avait la voix rauque et ses bras pesaient si lourd qu'elle peinait à maintenir son arme au-dessus du sol.

C'était une technique de combat des plaines, étrangère à Raisa. Dans un col de montagne, il n'y avait pas assez de place pour que des lignes de soldats manœuvrent ensemble. Les guerriers des clans se battaient seuls, ou en petits groupes, alternant attaques et mouvements de repli. Mais pour mener ce genre de combat, il fallait pouvoir se mettre à couvert, et il n'y avait pas d'abris dans les plaines.

Le sergent instructeur leur accorda enfin une pause, et Raisa donna sa lance à Pearlie qui les rangeait sur les râteliers.

— Talia vous embrasse, lui dit Raisa.

Le maître d'armes rougit et sourit, le visage illuminé de plaisir. Talia était la première véritable petite amie de Pearlie.

— Aaarrg, grogna Raisa en attrapant sa veste avant de se rendre aux bains.

L'amour est partout, mais pas pour moi.

Le soleil se levait lorsqu'elle traversa la cour pour rejoindre la Maison Wien et assister à son premier cours d'histoire des guerres, prodigué par Taim Askell.

Elle avait été surprise que le maître donne un cours pour les novices. Askell était un professeur remarquable, passionné et très cultivé, mais possédant aussi une expérience pratique qui faisait défaut à bien des érudits. Il agrémentait ses leçons d'exemples concrets, dont beaucoup issus de son propre passé. Il avait pris part à des combats lointains, à Carthis par exemple, et utilisé toutes sortes d'armes et de tactiques.

Raisa avait étudié l'histoire des Sept Royaumes avec ses précepteurs au château de la Marche-des-Fells, mais il s'agissait désormais d'un autre point de vue sur le sujet, centré sur la guerre, et enrichi par la diversité des étudiants présents. Ils venaient des quatre coins des Sept Royaumes, et Raisa comprit rapidement qu'il existait plusieurs versions de la vérité sur le passé.

En l'absence de barrières naturelles, il y avait toujours eu plus d'échanges entre l'Arden, le Tamron, le We'enhaven et le Bruinswallow, et même avec les Îles. Les royaumes du Sud partageaient traditions, langues et croyances – ils avaient une même vision du monde.

Le royaume des Fells s'était progressivement isolé, rongé par ses propres problèmes. En conséquence, les gens des montagnes fascinaient. Ils faisaient l'objet de nombreuses rumeurs et conjectures.

Le peu que savaient les gens des plaines à propos des Fells venait des marchands qui franchissaient les montagnes pour vendre des objets en métal, des bijoux et d'autres produits des hauts plateaux, et pour acheter de la nourriture qui poussait dans le sol riche et le climat clément des plaines. Les marchands des clans étaient des personnages exotiques, romanesques, et de bons conteurs.

Raisa était la seule Fellsienne dans la plupart de ses cours, même à la Maison Wien.

Comme d'habitude, Raisa était arrivée en classe directement au sortir des bains, au dernier moment, ce qui l'obligea à s'asseoir au premier rang alors qu'Askell montait déjà sur son estrade. Elle se dépêcha de sortir son encre et son papier. Dans ce cours, elle prenait toujours des notes abondantes.

Le maître étala ses feuilles et balaya la classe des yeux, comme chaque jour. Il s'arrêta sur Raisa un peu trop longtemps. Elle se redressa et soutint son regard.

— Ce matin, nous allons parler de l'utilisation de la magie dans les combats, annonça-t-il. Ce cours s'applique donc surtout aux ensorceleurs fellsiens et aux clans des Esprits, mais aussi à certaines personnes à Carthis.

La classe fut parcourue d'un murmure qui la traversa comme une bourrasque dans les trembles.

Raisa tapota sa plume contre la table, surprise d'entendre le maître utiliser la terminologie du Nord. La plupart des Ardenins appelaient les magiciens « blasphémateurs », « idolâtres » et « mages », et les gens des clans, « païens » et « sauvages ».

Comme si elle avait pensé tout haut, un novice originaire de Tamron leva la main. C'était Bartett, celui que Talia lui avait montré au petit déjeuner.

— Avons-nous vraiment besoin de passer du temps là-dessus ? Personne ici n'utilisera de telles techniques.

L'attitude du cadet donnait l'impression qu'Askell avait proposé un cours sur l'invocation du diable ou sur les méthodes de torture.

Réflexion faite, de tels sujets auraient reçu un meilleur accueil.

— Novice Bartett, devons-nous comprendre que vous avez le don de prédire l'avenir ? demanda Askell. Pouvez-vous promettre à tous ceux ici présents qu'ils n'utiliseront jamais de tactiques impliquant la magie, et qu'ils ne seront jamais en guerre contre des adversaires qui s'en servent ?

— Bien sûr que non, bredouilla Bartett. Mais il semble peu probable…

— Ce sont les tactiques peu probables qui vous perdront, déclara Askell. Pas celles auxquelles vous vous attendez. Si seulement l'ennemi se montrait si coopératif…

Il promena de nouveau son regard sur le groupe.

— D'autres objections ? Non ? Alors parlons de l'étrange symbiose qui existe entre les clans des Esprits et les ensorceleurs venus les envahir depuis les Îles du Nord. Une relation qui a été chargée de conflits au cours de ce dernier millénaire.

Pour une fois, Raisa bénéficiait d'une longueur d'avance sur ses camarades. Mais elle comprit vite qu'Askell en savait bien plus qu'elle sur l'utilisation de la magie durant la Guerre de Conquête des Magiciens, et par le Roi Démon au moment de la Rupture. Après mille ans de paix dans le Nord, cet aspect des choses n'avait pas été une priorité dans son instruction.

Mais, à l'avenir, qu'en serait-il ? Que se passerait-il si l'Arden et les Fells entraient en guerre ? Raisa parcourut l'amphithéâtre des yeux. Un bon tiers des étudiants étaient ardenins. Comment pourrait-elle utiliser les atouts de son royaume pour contrer une invasion par ceux du Sud ?

Un silence soudain la tira de sa rêverie. Quand elle releva la tête, tout le monde la regardait, y compris Maître Askell.

— Je... Je suis désolée, monsieur. Je crois que j'ai été... distraite, s'excusa Raisa en se donnant mentalement des claques.

Il fallait qu'elle réponde plus promptement à son nom d'emprunt.

— Maintenant que la novice... euh... Morley est de nouveau parmi nous, je répète la question : quelqu'un a demandé si une amulette chargée de magie par un ensorceleur pouvait être utilisée par une autre personne, qu'elle ait le don ou non. Pour être franc, je n'en sais rien et je pensais que vous pourriez peut-être nous éclairer sur ce point, puisque vous venez du Nord.

— Je... Je n'en suis pas certaine, mais je ne crois pas, répondit Raisa. J'ai entendu dire que le pouvoir accumulé dans une amulette ne pouvait être utilisé que par le magicien qui l'y avait mis.

— Merci, Morley, dit Askell. Nous avons donc vu que les tactiques d'Alger Waterlow, autrement connu sous le nom de Roi Démon, étaient à la fois innovantes et d'une efficacité dévastatrice.

Certains firent le signe de Malthus pour chasser la magie démoniaque.

Askell eut l'air agacé.

— Je ne compterais pas sur saint Malthus pour vous protéger contre des attaques magiques, dit-il. Bon. Certains érudits ont émis l'hypothèse que Waterlow s'était rendu à Carthis où des sorciers l'avaient formé. Je n'ai pas trouvé de sources primaires allant dans ce sens. Mais nous savons que, juste avant la Rupture, il s'était barricadé sur la Dame Grise avec la reine Hanalea et tout un arsenal. Il aurait pu tenir en respect les armées des Sept Royaumes indéfiniment s'il n'avait pas été trahi de l'intérieur.

Askell leva les yeux de son cours.

— Entourez-vous de personnes de confiance. Sinon, toutes les armes et tactiques du monde ne pourront vous sauver.

Lorsque la leçon fut finie, Raisa rassembla ses notes et les fourra dans sa besace. Puis elle remonta l'allée jusqu'au bureau où Askell était en train de ranger ses affaires.

— C'était remarquable, Maître Askell, dit Raisa en souriant. Merci, j'ai beaucoup appris. Vous avez une connaissance étonnante d'un sujet dont nous ne parlons pas chez moi.

Askell cessa de farfouiller dans ses papiers et l'observa pendant un bon moment.

— Merci, novice Morley, dit-il sèchement. Cette leçon me paraît soudain utile.

Raisa le regarda sans comprendre.

— Monsieur, ai-je fait quelque chose de mal ? quelque chose pour vous déplaire ?

Askell soupira.

— Novice Morley, le mot « déplaire » suppose un certain degré d'intérêt, d'implication ou d'attention, comme avec un adversaire. (Il secoua la tête.) Non, vous n'avez rien fait pour me déplaire. Mais cela ne veut pas dire non plus que je vous apprécie.

Raisa soutint le regard du maître un moment.

— Merci, monsieur, me voilà rassurée, dit-elle enfin.

Elle le salua, le poing serré sur la poitrine, puis sortit de la salle.

Au moins, si la guerre éclatait entre l'Arden et les Fells, l'arrogance ardenine jouerait en sa faveur.

11

La Maison Mystwerk

Par un après-midi de fin septembre, Han et sa petite troupe arrivèrent enfin au Gué-d'Oden, quatre semaines après le début des cours. Ils entrèrent par la porte est de l'académie sous une pluie battante, du côté de la Maison Wien. Les gardes de faction leur indiquèrent le chemin pour se rendre jusqu'à la cour de la Maison Mystwerk, de l'autre côté du pont.

La route principale serpentait au milieu des différentes écoles. Han étudia ce nouvel environnement avec intérêt. Lorsque les cloches du temple sonnèrent 16 heures, les étudiants vêtus de capes de pluie sortirent comme des boulets de canon, se hâtèrent le long des galeries couvertes et s'éclaboussèrent dans les flaques entre les bâtiments. Tous semblaient très pressés.

Des piliers en pierre indiquaient le nom des édifices : Maison Factor, Maison des Marchands, Maison Isenwerk. Tous étaient conçus et construits pour les études. Chaque école s'organisait autour d'une grande cour herbue, et se composait de salles de classe, de bibliothèques et de dortoirs. L'académie rappelait à Han le temple du Pont-Sud, en beaucoup plus vaste.

Les dortoirs aussi étaient impressionnants : hauts de deux ou trois étages, bâtis en brique et en pierre avec d'immenses cheminées et des porches voûtés.

Le Gué-d'Oden ressemblait à une ville miniature, sans les quartiers hideux et crapuleux. Même sous la pluie, l'endroit paraissait illuminé. Les bâtisses en pierre brillaient dans leur écrin de verdure, et les bordures fleuries étaient pareilles aux broderies sur les robes des dames. Alors que l'automne était déjà bien entamé dans les montagnes, tout ici était encore vert et luxuriant.

— Le pont devrait être un peu plus loin, dans cette direction, indiqua Danseur alors qu'ils dépassaient le bâtiment portant l'inscription « Maison Wien ». Les écuries sont juste là, de ce côté du pont, mais l'école du temple et Mystwerk sont sur l'autre rive. J'ai entendu dire qu'il ne faisait pas bon traîner de ce côté, pour ceux qui ont le don.

— Pourquoi cela ? demanda Han tandis que Danseur pressait Vicieux d'avancer entre les longues et basses constructions qui sentaient le foin et l'équidé.

Quand ils passèrent entre les écuries, des chevaux à l'intérieur lancèrent un salut auquel Guenille répondit par un hennissement de défi.

— Les cadets de la Maison Wien et les étudiants de Mystwerk ne se mélangent pas, expliqua Danseur. (Il se tourna vers Cat.) Une fois les chevaux installés, ça te va si on se rend d'abord à Mystwerk, et ensuite au temple ?

Elle haussa les épaules et leva les yeux au ciel, comme si elle était prête à attendre des siècles.

— Je pourrai peut-être loger dans ta piaule, dit-elle à Han. Même si je suis à l'école du temple.

— On demandera, répondit-il.

Il n'avait aucune idée des règles en vigueur, ni du nombre d'étudiants partageant la même chambre. Une pensée horrible le frappa soudain : peut-être tous les nouveaux partageaient-ils la même pièce ? Il serait alors avec les Bayar. Il ne pourrait pas fermer l'œil une seule seconde.

— Chasse-Seul !

L'avertissement de Danseur interrompit la rêverie de Han. Il leva la tête et vit devant lui une fille qui avait relevé le capuchon de son vêtement de pluie. Elle venait de tourner dans la cour et, le visage baissé pour se protéger de l'averse, elle ne les avait pas vus. Il tira vivement sur les rênes, l'éclaboussant de la tête aux pieds.

Elle secoua sa cape pour en faire tomber l'eau et lui jeta un regard noir.

— Regardez donc où vous allez ! Vous avez failli me renverser.

Il eut un bref aperçu de son visage dans l'ombre de son capuchon avant qu'elle tourne les talons afin de poursuivre son chemin, courant presque, courbée contre la pluie battante et le vent.

Han resta à la regarder, muet de surprise.

— Rebecca ?

Elle disparaissait déjà entre les bâtiments.

Les souvenirs défilèrent dans son esprit comme les scènes d'une pièce inachevée : le bureau de Jemson au temple du Pont-Sud, Rebecca qui touchait son visage tuméfié de ses doigts frais et demandait : « Qui vous a fait ça ? », comme si elle était prête à se battre pour lui ; Rebecca recroquevillée dans un coin de sa planque du Marché-des-Chiffonniers, le foudroyant du regard pour le défier de faire un seul mouvement. Et, enfin, Rebecca sortant du poste de garde du Pont-Sud, fière comme une reine, à la tête d'une dizaine de Chiffonniers libérés.

— Quoi ? C'est qui ? demanda Danseur en regardant la fille détaler.

Han haussa les épaules.

— Une erreur. Elle ressemblait à quelqu'un que je connaissais, au pays.

— C'est du Gourmettes tout craché, ça ! À peine arrivé, il fait déjà les yeux doux aux poulettes, le railla Cat avant de mettre pied à terre pour conduire son poney à l'écurie.

Han hésita, le regard toujours rivé sur l'endroit où la fille avait disparu. Même si ce n'était pas Rebecca, les femmes ne s'enfuyaient pas à son approche, d'habitude.

L'éclabousser n'avait sans doute pas aidé.

Et tant mieux. Sa vie était bien assez compliquée comme ça. Il sauta à terre et suivit Cat.

Après avoir laissé les chevaux dans leur stalle, ils franchirent un pont arqué en pierre, bordé d'échoppes et de tavernes qui commençaient à ouvrir leurs portes. Han respirait des odeurs de rôti de bœuf, de lard et de saucisse.

Ils n'avaient pas pris le temps de déjeuner ce jour-là, dans leur hâte d'arriver au Gué avant la nuit. Comme son ventre grognait, Han se demanda s'ils devraient s'arrêter quelque part ou espérer trouver de quoi manger au dortoir. Mais Danseur et Cat poursuivirent leur route, et il leur emboîta le pas, non sans jeter quelques regards désappointés derrière lui.

Aussi grande que la cathédrale du temple à la Marche-des-Fells, la Maison Mystwerk était une construction tentaculaire qui semblait avoir été agrandie petit à petit, sans plan préétabli. Les ailes du bâtiment se gênaient entre elles : disposées à l'avant autour du temple d'origine, elles se disputaient l'espace à l'arrière. Le tout était surmonté d'un imposant beffroi percé de hautes fenêtres qui ressemblaient à des yeux plissés.

Chaque partie aurait été belle en elle-même, mais l'ensemble créait un équilibre fragile qui plaisait à Han.

Un étudiant plus âgé qu'eux occupait un bureau dans le hall d'entrée, la tête penchée sur un manuscrit couvert de pattes de mouche. D'une main, il entortillait une boucle de ses cheveux frisés. Il avait la peau sombre – un natif du Bruinswallow peut-être – et une toge rouge bordée de fil d'or.

Han et ses amis hésitèrent sur le pas de la porte, attendant qu'on les remarque. Mais le jeune homme, qui semblait absorbé par sa lecture, ne leva pas les yeux.

— D'après les broderies, c'est un compétent, chuchota Danseur en tripotant sa manche toute simple.

— C'est quoi, un « compétent » ? demanda Han qui regrettait de ne pas en savoir davantage sur ce qui l'attendait.

— Il a passé deux séries d'examens. D'abord, on est novice. Ensuite néophyte, puis compétent. S'il réussit la troisième session, il obtiendra son diplôme de maître et aura le droit d'intégrer le corps professoral. Après trois ans de lectures, de dissertations et d'enseignement, il pourra postuler pour devenir doyen.

Depuis des mois, Danseur s'instruisait sur le Gué-d'Oden.

Il se racla bruyamment la gorge.

— Excusez-moi, dit-il dans la langue commune.

Le compétent leva le nez d'un air distrait, comme si son esprit cheminait encore sur quelque route lointaine.

— Oh ! pardonnez-moi. Je suis Timis Hadron, compétent de garde, se présenta-t-il avec un fort accent.

Il les examina de bas en haut, remarquant leur allure de voyageurs éprouvés.

— Vous venez d'arriver ?

— Je suis Hayden Danseur de Feu, et voici Hanson Alister. Nous sommes de nouveaux étudiants, inscrits à la Maison Mystwerk pour le trimestre d'automne. Je suis désolé pour le retard, nous avons eu des problèmes pour traverser l'Arden.

Hadron hocha la tête.

— Vous n'êtes pas les seuls. Trois autres novices de Mystwerk sont arrivés hier, et nous en attendons encore deux. C'est dommage que la Paix ne s'étende pas à l'Arden, non ?

Il tira à lui un registre et parcourut les noms. Il pointa le bas de la page.

— Ah ! oui, la doyenne Abelard a demandé après vous plusieurs fois. Elle sera soulagée de vous savoir arrivés. (Il posa son regard sur Cat, qui se balançait d'un pied sur l'autre.) Et qui est… ?

—Cat Tyburn, répondit Danseur. Elle ne fait pas partie de Mystwerk, mais nous espérions qu'elle pourrait rester avec nous.

—Les serviteurs ne sont pas admis, dit Hadron en notant quelque chose dans son registre, sans les regarder. Ils auraient dû vous le dire quand vous vous êtes inscrits.

—Je suis pas leur bonniche ! se rebiffa Cat en abattant son poing sur le registre.

—Pas de petites amies non plus, précisa Hadron.

Cette fois, il leva les yeux de surprise lorsque Cat le saisit par le devant de sa toge et le tira vers elle. Elle le dévisageait d'un air mauvais.

Elle était nerveuse, Han le sentait bien.

—Cat. Laisse-le, dit-il en lui posant la main sur le bras. Il n'est pas ton ennemi.

À regret, elle lâcha prise et recula.

—Ni de gardes du corps, reprit Hadron en tapotant sa plume contre le manuscrit.

—Cat est une novice de l'école du temple, expliqua Han.

— *Vraiment ?* (Hadron s'appuya contre le dossier de sa chaise et regarda Cat avec intérêt.) Je vous présente mes excuses, novice Tyburn. Les nouveaux élèves de Mystwerk arrivent souvent avec toute une escouade de serviteurs et s'attendent à ce que nous les hébergions. Ils sont stupéfaits quand nous leur disons « non ». Si vous êtes une novice du temple, vous y serez logée directement.

—Je ne veux pas vivre dans le temple, marmonna Cat. Je peux pas rester ici ?

Hadron secoua la tête.

—Les novices doivent aller dans le dortoir qui leur est attribué. (Il fit une pause.) Félicitations pour votre entrée à l'école du temple. La concurrence est rude.

Cat se contenta de tripoter son foulard, qu'elle réarrangea dans ses cheveux.

— Vous y serez bien, croyez-moi, poursuivit Hadron. Ce sont les meilleurs dortoirs de tout le campus. Bien mieux que là où ils seront, ajouta-t-il en désignant Han et Danseur du menton.

— Alors ils pourraient peut-être venir avec moi, grommela Cat.

— Ne t'en fais pas, dit Danseur. Tout ira bien. Ce n'est sûrement pas très loin. Nous nous verrons souvent.

— Comme si j'avais envie de venir te faire des câlins ! le railla-t-elle en croisant les bras.

Tandis qu'ils parlaient, des étudiants avaient fait leur entrée, par groupes de deux ou trois, leur toge rouge balayant les dalles de pierre. Ils jetaient des regards curieux aux nouveaux venus, les pointaient du doigt en chuchotant, l'amulette à la main.

Han examina ses vêtements de voyage des clans, salis par la route. Il se sentit déplacé. Redressant les épaules, il se tint bien droit et arbora son visage des rues.

— Prenons des dispositions pour vous deux, vous voulez bien ? dit Hadron à Han et à Danseur. Vous avez laissé vos chevaux aux écuries ?

Han hocha la tête et Hadron poussa vers eux un plan dessiné à l'encre.

— Vous serez logés dans la Résidence Hampton, ici. (Il désigna un endroit puis leur adressa un regard d'excuses.) Ce n'est pas le meilleur logis, car vous êtes parmi les derniers arrivés, mais vous serez à l'abri de la pluie. Le surveillant de dortoir aura des draps propres pour vous, et il vous montrera votre chambre. Les réfectoires sont ici, dit-il, le doigt sur la carte. Le couvre-feu est à 22 heures les jours de cours, plus tard les jours du temple. Tous les novices doivent être dans leur dortoir à cette heure-là, sauf s'ils ont rendez-vous avec un enseignant, participent à un groupe de discussion autorisé ou assistent à un événement officiel.

Cat fit la moue, ne cherchant pas à dissimuler sa stupéfaction à l'énoncé de cette longue liste de règles. Mais Han garda une expression impassible. Il traînait déjà dans les rues quand il était *lytling*. Mam avait fini par renoncer à régenter ses allées et venues.

Il saurait contourner les règles.

— Le surveillant aura affiché votre emploi du temps. Vous serez attendus en classe demain matin. Je ferai savoir à la doyenne Abelard que vous êtes ici. Les autres enseignants et elle vous informeront sur les devoirs que vous devrez rendre pour rattraper les autres étudiants.

Hadron reprit son manuscrit.

— Avez-vous besoin d'autre chose ? demanda-t-il, de manière à les congédier poliment.

— Non, ça ira, merci, dit Han avant de prendre la tête du groupe pour sortir de la Maison Mystwerk.

— J'irai pas habiter dans un temple, grogna Cat avant même d'être en bas des larges marches de l'entrée.

— T'as pas le choix si tu veux rester ici, lui rappela Han. La route est longue jusqu'à la Marche-des-Fells.

— Pourquoi ne pas essayer, au moins ? suggéra Danseur. Tu pourras toujours laisser tomber. En attendant, tu seras nourrie et logée, loin de la Marche-des-Fells et hors d'atteinte de la guerre.

Cat ne lui fit pas l'honneur d'une réponse.

Han savait qu'il ne fallait pas la brusquer.

— Ça doit être l'école du temple, dit-il en montrant un édifice de pierre aux tours élancées, de l'autre côté de la cour. C'est vraiment tout près. Passons à notre dortoir avant d'aller jeter un coup d'œil à ta piaule. Ensuite nous chercherons de quoi manger.

La Résidence Hampton avait l'air d'être la plus ancienne construction du campus. C'était un bâtiment de trois étages entouré de chênes massifs, et le chemin pavé qui y menait portait la marque du passage de millions de pieds au cours des siècles.

La salle commune sentait la laine humide et le feu de bois. Deux étudiants, penchés au-dessus d'une table près de la cheminée, jouaient à « souverains et roturiers ». Ils levèrent la tête à l'entrée des trois compagnons et les jaugèrent du regard, avant de retourner à leur jeu en plissant leur nez de sang-bleu.

Le surveillant de dortoir, Dilbert Blevins, était un homme d'âge moyen à l'air tendu et aux yeux injectés de sang. Il avait la goutte au nez, et se comportait comme s'ils arrivaient en retard à dessein.

— Je vous préviens, jeunes gens, il ne reste pas grand-chose, alors je ne veux pas vous entendre vous plaindre, attaqua-t-il dès qu'ils se furent présentés. J'ai eu assez de doléances comme ça.

Son regard soupçonneux passa sur Cat, qui portait son barda sur une épaule, et sa *basilka* sur l'autre.

— Vous ne pouvez pas faire monter de filles dans vos chambres, ajouta-t-il.

— Nous sommes au courant, répondit Han, se disant qu'à ce compte-là leur vie ne serait pas très différente de celle qu'on devait mener au temple. Elle a promis de… nous aider à nous installer.

— Hmmph ! fit Blevins. Si elle monte, je viens avec vous.

Il remarqua qu'ils voyageaient léger.

— C'est tout ce que vous avez ? Eh bien, au moins, vous n'avez pas apporté tout ce que vous possédez, contrairement à d'autres.

Là vous vous trompez, pensa Han. *C'est bel et bien tout ce que je possède.*

Blevins tendit à chacun des garçons une pile de livres et leur fourra un ballot de linge dans les bras. Puis il leur montra le chemin, par un escalier en colimaçon très raide. Sur chaque palier, l'épaisse muraille était percée d'une mince fenêtre qui laissait entrer le peu de lumière lugubre que distillait ce temps pluvieux. Rendu maladroit par le poids de son chargement, Han manqua de trébucher sur les marches inégales.

Tout le long du chemin, Blevins les abreuva d'une litanie de plaintes, qui concernaient surtout les exigences extravagantes de certains étudiants.

Han se préparait au pire. *Peu importe l'état de la chambre,* se disait-il, *je m'en accommoderai. Je n'y passerai pas beaucoup de temps, de toute façon.*

Au troisième et dernier étage, la cage d'escalier devint plus étriquée encore, comme si on avait transformé le grenier en logis. Le palier était plus spacieux, mais les plafonds de part et d'autre du couloir s'inclinaient sous le toit pointu.

Blevins les conduisit le long d'un couloir sombre sur la droite. Il semblait trouver son chemin de manière instinctive. Au bout, il y avait deux portes, une de chaque côté. Il sortit une grande clef de sa poche et ouvrit les deux chambres.

— Les portes ne doivent jamais être verrouillées, pour que les surveillants puissent venir faire leur inspection, prévint-il en foudroyant Cat du regard, au cas où ils n'auraient pas bien compris le règlement.

La main de Han se referma sur son amulette.

— Pas verrouillées ? Mais, et… ?

— Les étudiants devraient laisser leurs objets de valeur chez leurs parents, dit Blevins. Les première-année sont deux par chambre mais, comme vous faites partie des derniers arrivés et que ces chambres sont plus petites que la plupart, vous aurez chacun la vôtre. La salle d'eau est au deuxième.

— Chacun sa chambre ?

Han tombait des nues.

— Ne vous emballez pas trop, les prévint Blevins en s'essuyant le nez sur sa manche.

Han jeta un coup d'œil dans chaque pièce. Elles étaient toutes deux minuscules et mansardées, agencées et meublées de la même façon, avec une fenêtre de verre au plomb face à la porte.

Han choisit celle de gauche et posa son barda et ses draps sur le matelas de paille qui garnissait le lit. Cat fit mine de le suivre, mais Blevins aboya :

— Les filles restent dans le couloir !

L'atmosphère était lourde et confinée, même en cette saison, et Han devina qu'en été il y ferait une chaleur étouffante.

Un petit foyer était percé dans le mur de façade et un tas de bois sec empilé à côté, mais Han n'imaginait pas avoir un jour besoin de s'en servir pour se chauffer.

Le lit occupait la plus grande partie de la surface restreinte. Il pouvait s'allonger en travers, la tête contre un mur et les orteils touchant l'autre cloison. Le coffre au pied du lit serait suffisant pour accueillir toutes ses affaires. Le bureau et la chaise à dossier droit, calés sous la fenêtre, permettraient de profiter au maximum de la lumière du jour pour étudier. Il y avait un broc et une bassine pour la toilette, et un tapis tressé sur le sol de pierre.

Han n'aimait pas le fait qu'il n'y ait qu'une seule issue, par l'escalier, mais la fenêtre semblait assez large pour lui permettre de s'y glisser. Il le vérifierait dès le départ de Blevins. Il entrouvrit la vitre, laissant entrer un peu d'air frais, lavé par la pluie, ainsi que quelques gouttes. Il passa le bout des doigts sur le verre. Une ardoise en surplomb empêchait l'eau d'entrer, mais risquait de rendre l'accès au toit plus difficile.

Han secoua la tête avec un sourire. Tout bien compté, c'était l'endroit le plus cossu qu'il avait jamais habité. Il était émerveillé que de simples étudiants soient autorisés à vivre dans un tel endroit – avec un lit à soi, sans parler de sa propre chambre !

Il ouvrit le sac fourni par Blevins. Il contenait des draps de coton et des couvertures, un oreiller de plumes rebondi, un gros morceau de savon au suif pour la lessive et deux toges de Mystwerk en laine cramoisie (taille unique, apparemment). Il en caressa le riche tissu et les mit de côté pour les essayer plus tard.

Il retourna dans le couloir où Danseur l'attendait en compagnie de Cat et de Maître Blevins, qui ne les quitterait visiblement pas tant qu'il y aurait une fille à l'étage.

— Où pouvons-nous dîner ? demanda Han à Blevins.

Ce dernier gardait un air méfiant, comme s'il s'attendait encore à des récriminations concernant les chambres.

— Le réfectoire est de l'autre côté de la cour, près des cuisines. On y sert aussi bien les étudiants de Mystwerk que ceux du temple. Ils auront vos noms. Les horaires sont affichés dans la salle commune. Si vous êtes en retard, tant pis pour vous.

Han se tourna vers ses amis.

— Retournons sur le pont après être allés à l'école du temple, proposa-t-il, conscient du poids de l'argent des clans dans sa poche. J'ai envie de fêter ça.

— Beaucoup d'étudiants de Mystwerk apprécient *La Couronne et le Château*, leur indiqua Blevins. Ils proposent un dîner chaud et une bonne rasade de bière pour un prix honnête.

Ils redescendirent l'escalier, puis quittèrent les galeries couvertes pour couper en direction des tours du temple.

Les cours étaient terminés pour la journée et les étudiants envahissaient à présent le campus malgré les averses. La plupart avaient passé une cape en laine bouillie par-dessus leur toge pour se protéger de la pluie, et abritaient leurs livres et papiers dessous. Han remarqua que certains brillaient de pouvoir. Beaucoup se dirigeaient vers le réfectoire, mais quelques-uns, plus richement vêtus, allaient vers le pont.

Le temple semblait également de construction très ancienne. Situé à côté de la rivière, il était entouré de jardins géométriques et de pavillons qui descendaient jusqu'aux berges. La façade du bâtiment donnait sur la grande cour, tandis que la voûte de l'entrée menait au sanctuaire et aux salles de classe. Si c'était comme au Pont-Sud, l'aile attenante devait accueillir les dortoirs.

Des étudiants et des Consacrés étaient assis sous les porches, protégés de la pluie par le toit. Certains lisaient, pelotonnés dans des fauteuils en rotin, d'autres actionnaient des rouets à pédale ou se penchaient sur leur broderie. Un cercle d'étudiants installés sur des coussins était rassemblé autour d'un maître qui appliquait de la peinture sur une toile.

La salle commune du dortoir se trouvait juste de l'autre côté d'une porte latérale, après l'entrée. Une étudiante du temple travaillait à un bureau devant un mur entier de boîtes à lettres. Sur un tissu étalé devant elle reposait un assortiment de petits outils et de morceaux de bois prédécoupés. Elle faisait de la marqueterie – des tableaux incrustés de bois exotiques.

Elle leva la tête et sourit à Han et ses compagnons lorsque la porte claqua derrière eux. Son sourire était aussi solaire que l'expression de Cat était ombrageuse. Elle portait une toge blanche, mais sa chevelure abondante était retenue par un foulard aux couleurs vives et familières.

Han se sentit rassuré. Elle venait des Îles du Sud, comme Cat – c'était bon signe, non ?

— Soyez les bienvenus à l'école du temple, dit-elle avec une pointe d'accent. Que la Créatrice vous bénisse.

— Vous de même, répondit automatiquement Cat.

Elle avait au moins appris ces formules à l'école de Jemson.

— Je me nomme Annamaya Dubai, leur dit la Consacrée. Comment puis-je vous aider ?

— Je suis Cat… euh… Tyburn, se présenta Cat en poussant le tapis de son orteil. L'orateur Jemson, il m'a recommandée.

Elle détourna la tête, distraite par des notes jouées à la flûte du côté du porche.

Annamaya se leva dans un bruissement d'étoffe. Elle était presque aussi grande que Han, robuste et bien charpentée. Elle se précipita vers Cat et lui sauta au cou comme si elle venait de retrouver une riche cousine disparue, alors que l'ancienne Chiffonnière était trempée et crottée par le voyage.

Cat resta immobile, trop abasourdie pour bouger.

— Caterina ! Que la Créatrice soit remerciée ! Nous étions si inquiets.

Caterina ? Han regarda Danseur en haussant un sourcil. Qui s'en serait douté ?

— La doyenne Torchiere va être tellement soulagée, poursuivit Annamaya, aussi intarissable qu'un robinet ouvert. Ta chambre est prête, mais tu pourras en changer si tu veux. Elle est juste à côté de la mienne, avec vue sur le jardin. Nous sommes si heureux de t'accueillir ici, et impatients de t'entendre jouer. Peut-être pourrions-nous organiser un récital une fois que tu seras installée ? Je vois que tu as apporté ta propre *basilka*. Tu joues aussi d'autres instruments ?

Cat était toujours figée, comme un daim qui hésite entre fuir face au chasseur et tenter de passer inaperçu.

Annamaya poursuivit son babillage sans attendre de réponse :

— Je vais te montrer ta chambre. Ici, nous sommes dans l'aile des femmes, donc c'est juste au-dessus.

Elle débarrassa Cat de son sac et le passa sur son épaule, puis la prit par le bras. Han voyait bien que son amie mourait d'envie de la repousser.

Annamaya s'engagea dans l'escalier, entraînant derrière elle une Cat sidérée. Han et Danseur hésitaient à les suivre, mais la Consacrée leur jeta un coup d'œil et leur fit signe.

— Venez donc voir où va loger Caterina.

Han et Danseur emboîtèrent le pas aux deux jeunes filles dans le large escalier aux marches basses qui menait à une galerie faisant le tour du bâtiment.

— On dirait un palais, chuchota Han à l'oreille de Danseur.

En fait, il n'avait jamais vu de palais, mais il devinait que ça devait ressembler à ça : des sols en marbre, des rampes d'escalier sculptées, de hauts plafonds et des appliques en cristal scintillant qui brûlaient en permanence. C'était comme au Pont-Sud, mais en plus grand et plus luxueux. Bien plus, même. Et pourtant, le lieu n'était pas intimidant mais apaisant, avec ses surfaces claires et ses grands espaces dégagés.

Ils tournèrent dans un couloir adjacent et avancèrent entre des rangées de portes. Annamaya en ouvrit une sur la droite.

La pièce était plus vaste que celles assignées à Han et Danseur, tout en restant agréablement intime. Elle était peinte d'un bleu profond. Il y avait un baldaquin au-dessus du grand lit, tendu d'étoffes rayées chatoyantes. Des pupitres à musique, un bureau et une table à dessin occupaient une alcôve éclairée par une fenêtre. Une large bibliothèque couvrait le mur gauche. Au fond, deux grandes portes entrouvertes menaient à un balcon surplombant les jardins et la rivière qui coulait un peu plus bas. Une brise légère entrait, distillant un parfum de pluie et de fleurs. Par beau temps, le soleil entrerait à flots.

Han avait trouvé sa chambre d'un luxe royal. Comparée à celle-ci, ce n'était rien.

Cat, pétrifiée sur le seuil, écarquillait les yeux. Puis elle fit volte-face.

— C'est une blague ? demanda-t-elle à Annamaya d'un ton agressif. C'est comme ça que vous vous moquez de la racaille ? Parce que moi je trouve pas ça drôle. C'est méchant.

La consternation se peignit sur le visage d'Annamaya.

— Elle ne te plaît pas ? Je sais que c'est petit, et la salle d'eau est en bas, mais… Enfin, je trouve que la vue sur les jardins vaut le coup.

Han s'avança vers les portes et regarda dehors. Puis il se tourna vers Annamaya.

— Vous êtes sérieuse, n'est-ce pas ? C'est vraiment sa chambre. Sans rire ?

Annamaya hocha la tête. Un peu plus et elle se tordait les mains.

— Tu pourrais rester ici pour l'instant, le temps de te rafraîchir. Je vais aller voir la surveillante de dortoir et lui demander ce qu'il y a de libre.

— Je dois faire quoi en échange de cette chambre ? demanda Cat, les sourcils froncés d'un air méfiant. C'est quoi, cet endroit ? Qui d'autre vit ici ?

— C'est une chambre individuelle, répondit Annamaya sans comprendre.

Elle jeta un coup d'œil à Han et à Danseur à la recherche de quelque indice.

— Nous... Nous n'avons pas le droit de recevoir dans nos chambres. Je préfère te prévenir.

Elle s'activa dans la pièce, faisant l'étalage de ses qualités comme une vendeuse au marché, tandis que Cat ne disait rien et restait immobile à se mordiller la lèvre inférieure.

— Si tu as besoin d'autres draps, il y a un placard au bout du couloir. Et dès que tu seras prête pour ton bain, adresse-toi à la surveillante et elle...

Cat leva une main pour stopper le flot de paroles.

— C'est bon, coassa-t-elle. La chambre est bien. Tout va bien. Ça me plaît. Merci.

La tête penchée sur le côté, Annamaya ne semblait pas convaincue. Elle craignait que Cat ne dise cela uniquement par politesse.

— D'accord. Si tu es sûre... Les emplois du temps des première-année sont affichés dans la salle commune. Je viendrai te chercher demain matin pour te présenter à Maîtresse Johanna. Voulez-vous que je vous indique le chemin du réfectoire ou... ?

— Ce soir, nous allons manger dans la rue du Pont, répondit Han.

En traversant la cour pour se rendre rue du Pont, Cat traînait les pieds, l'air pitoyable.

— Ça va ? lui demanda Han. Annamaya a l'air... sympathique.

— Pourquoi on m'a mise dans un palais ? J'arriverai jamais à dormir dans cet endroit. J'aurai peur de salir les draps.

— Ils doivent accueillir des étudiants de partout, la rassura Danseur. Tu t'y habitueras.

Cat gémit.

—Qu'est-ce que Jemson a bien pu leur raconter sur moi ? Je veux pas avoir à faire semblant de correspondre à l'histoire qu'il leur a débitée.

—Connaissant Jemson, je suis certain qu'il a dit la vérité, l'assura Han. Il t'aurait pas mise en difficulté.

—C'est un rêveur, marmonna-t-elle. Il croit toujours les gens meilleurs qu'ils le sont en réalité.

Han haussa les épaules.

—Oui, c'est un rêveur. Mais il te dirait que c'est important d'avoir des rêves.

La Couronne et le Château, la taverne recommandée par Blevins, était presque tout au bout du pont. Apparemment, c'était bel et bien un endroit en vogue : la salle commune fourmillait de monde et des fumets délicieux s'échappaient des cuisines. Les clients venaient surtout de la Maison Mystwerk. Han remarqua bon nombre de toges rouges posées sur les chaises.

Han s'installa à une table dans un coin.

—C'est moi qui régale, annonça-t-il en se souvenant qu'il avait une occasion particulière à célébrer.

—Toi ? Et pourquoi donc ? demanda Danseur, surpris.

—C'est mon jour de naissance, dit Han. J'ai dix-sept ans aujourd'hui.

La compréhension éclaira le visage de Danseur.

—C'est vrai, nous sommes en septembre. J'avais oublié. Joyeux jour de naissance, Chasse-Seul.

Il lui serra la main avec un grand sourire.

Cette année, Han ne voulait pas que son jour de naissance passe inaperçu. Ses seize ans n'avaient pas été fêtés. Son dernier jour de naissance en compagnie de Mam et Mari… Ils n'avaient pas eu l'argent nécessaire pour s'adonner aux célébrations traditionnelles. Depuis lors, il avait côtoyé la mort plus de fois qu'il n'aurait su le dire.

Han regarda Cat et repensa à tous les Sudistes et Chiffonniers morts. Il se faisait vieux, selon les critères de la rue. La plupart des chefs de bande n'atteignaient pas les dix-sept ans.

—À partir de maintenant, nous allons tous fêter notre jour de naissance, décida-t-il. (Il se tourna vers Cat.) C'est quand, le tien ?

Elle haussa les épaules.

—J'en sais rien. Et je sais pas non plus quel âge j'ai, pas la peine de demander.

—Choisis une date, alors. Après le solstice, peut-être. Nous aurons besoin d'une fête à ce moment-là.

Ils commandèrent des bols de soupe aux haricots et au lard, du pain noir et de grandes chopes de cidre. La soupe était succulente, avec des morceaux de viande et un bouillon gras au bon goût d'oignon. Cat et Danseur trinquèrent à la santé de Han plusieurs fois, heurtant la table de leur chope pour marquer le coup. À chaque tournée, les toasts étaient plus stupides et plus extravagants.

—À Han Mange-Mort Alister, Fléau des Sept Royaumes ! lança Danseur.

Han leva sa chope, non sans regarder autour de lui pour voir qui aurait pu les entendre. Personne ne semblait prêter attention à leur petite célébration.

Même si la plupart des clients n'étaient pas plus âgés que Han, ils avaient l'allure de sang-bleu : capes bien coupées, bottes en cuir souple, et trop de fourrure pour la saison.

Les riches n'utilisaient pas l'argent comme les pauvres. Ils le dépensaient sans y penser, faisant claquer les pièces sur la table comme si elles sortaient d'une bourse intarissable. La serveuse n'arrêtait pas, sans cesse sollicitée pour apporter des pichets de bière.

Han coula un regard vers Cat, qui observait la scène par-dessus le bord de sa chope de cidre. Cet endroit représentait une aubaine pour un vide-gousset talentueux.

Mais c'était l'occasion pour Cat de devenir quelqu'un de différent. Han savait par expérience combien il était difficile de décrocher pour de bon. Quand il s'était retiré du métier, il avait été menacé par ses ennemis, qui ne croyaient pas en sa reconversion ou espéraient en tirer profit. Ses amis, quant à eux, étaient à cran face à ce rejet de la rue et au vide qu'il laissait derrière lui, et n'avaient cessé de le tenter.

Les gros buveurs arrivèrent après avoir dîné dans les réfectoires, poussés à l'intérieur par la pluie. Ils traversaient la foule amassée près de la porte et se frayaient un passage jusqu'au comptoir. Bientôt, il n'y eut plus une seule place de libre. Les derniers arrivés s'appuyaient aux murs en jonglant avec leur chope de bière et leur assiette de ragoût et de rôti.

Han commanda une autre tournée de cidre et un gâteau à la cannelle pour eux trois.

Il se sentait à son aise dans les tavernes, qu'il considérait comme un second foyer depuis son enfance – un havre pour s'échapper des endroits sordides où il habitait. Il s'y passait toujours quelque chose entre les pigeons à berner, les types bien sapés, les seigneurs des rues et les filles de joie.

Han allait devoir développer de nouvelles habitudes s'il voulait s'en sortir au Gué-d'Oden. Il lui faudrait apprendre à rester assis à la bibliothèque dès que la noirceur pointerait le bout du nez. Il avait l'impression que son dix-septième anniversaire marquait la fin d'une époque et le début d'une nouvelle.

Il regarda Cat, qui s'était copieusement resservie. Alors que son bol était encore à moitié plein, elle avait cessé de manger, les yeux rivés sur la porte. Elle tripotait ses boucles, comme toujours quand elle était nerveuse.

Han suivit son regard. Trois magiciens étaient entrés ensemble et leur aura éclairait la salle sombre. Ils tournaient le dos à Han et faisaient tomber la pluie de leur cape luxueuse en examinant les lieux.

— C'est *ça*, la meilleure taverne de la ville ? dit le plus grand en libérant une crinière de cheveux noirs de son capuchon. L'année va être longue.

La voix glaciale du sang-bleu frappa Han. Son sentiment de bien-être s'évapora.

Les deux autres ricanèrent.

— Si ça se trouve, la nourriture est bonne, dit le plus corpulent d'une voix pleine d'espoir.

Il enleva son capuchon, révélant des cheveux brun-roux.

Han sentit sa peau le picoter. Il examina les nouveaux venus en plissant les yeux, tout en tripotant son amulette. Il aurait aimé qu'ils se retournent pour qu'il puisse voir leur visage.

— Au moins, le personnel est plus appétissant qu'aux *Quatre Canassons*, fit remarquer le grand en lorgnant une serveuse qui s'efforçait de traverser la salle surpeuplée.

Il parlait avec l'application de celui qui sait qu'il a trop bu, et a l'habitude de le gérer.

— Je crois qu'on l'appelle comme ça à cause des serveuses.

— Nan, dit le plus mince. C'est à cause de ce qu'ils mettent dans les marmites.

Sa voix empâtée suggérait qu'il était lui aussi bien aviné.

La jolie serveuse passa à côté d'eux avec un plateau. Le grand magicien lui attrapa le bras, manquant de renverser la bière qu'elle transportait.

— Hep ! toi. Il nous faut une table pour trois.

Elle se retourna avec humeur pour lui faire face.

— Et vous en voyez une de libre ? lança-t-elle sèchement.

— Alors fais dégager quelqu'un. Nous n'avons pas l'intention de manger debout.

— Il va falloir attendre votre tour, comme tout le monde. Maintenant, lâchez mon bras et gardez vos mains enflammées de magicien dans vos poches.

Elle essaya en vain de se libérer.

Le magicien se tourna et Han vit son profil éclairé par une lanterne. Des traits fins et anguleux, gravés dans sa mémoire. Les souvenirs lui revinrent avec un frisson.

C'était Micah Bayar et ses cousins, les frères Mander, Miphis et Arkeda. Ceux qui avaient mis le feu à la montagne sacrée d'Hanalea et déclenché une série d'événements qui avait abouti à la mort de Mam et de Mari, et à la destruction de sa vie d'avant.

Micah était le fils de Gavan Bayar, le Haut Magicien des Fells qui devait être encore à sa poursuite. Micah, le frère de Fiona Bayar qui les avait pourchassés à la frontière de Delphi, Danseur et lui. Han saisit son amulette, agrippant la pierre à la gravure complexe. Elle sifflait dans sa paume humide.

— Je te laisse partir si tu nous trouves une table, dit Micah en tirant la serveuse à lui d'un coup sec.

Le plateau tomba, la bière éclaboussant les clients alentour jusqu'à la taille, et les chopes roulèrent par terre.

La magie afflua dans le corps de Han à tel point qu'il en eut le vertige. Il secoua la tête pour essayer de reprendre ses esprits, puis se dressa d'un coup, renversant sa chaise avec fracas.

— Chasse-Seul ! l'interpella Danseur d'une voix basse mais pressante. Attends !

Han ne lui prêta pas attention et s'avança. La foule s'écarta devant lui jusqu'à ce qu'il arrive devant Micah et la serveuse.

— Laissez partir la fille, Bayar, ordonna-t-il.

Les yeux noirs et troubles de Micah se posèrent sur lui avec un désintérêt total. Puis ils s'agrandirent à mesure que le jeune magicien se concentrait. La stupeur se peignit sur son visage. Il baissa le regard sur le couteau que Han tenait dans sa main droite, puis il revint à son visage.

— Alister, chuchota-t-il. Mais… ce n'est pas possible. Vous ne pouvez… Vous n'êtes pas…

— Bayar, dit Han, sans sourire.

La colère lui embrasait les entrailles comme de l'eau-de-vie. Il pouvait réduire Bayar au silence, ici et maintenant. Ce serait facile. Personne ne l'arrêterait dans cette taverne. Il serait loin avant que quiconque réagisse. Il suffisait de regarder droit dans les yeux les éventuels candidats à l'héroïsme, puis de s'en aller lentement jusqu'à être dehors, et…

— Par le sang du démon ! vous me brûlez ! Lâchez-moi ! cria la serveuse en se dégageant vivement.

Refoulant ses larmes, elle examina l'empreinte boursouflée sur son bras.

Micah semblait aussi surpris qu'elle.

— Je… Je suis désolé, balbutia-t-il. C'est un accident. Je ne voulais pas…

— Fermez-la, l'interrompit Han. Elle n'a pas envie de vous écouter. Vous autres les Bayar vous aimez vous en prendre à ceux qui ne peuvent pas se défendre. Comme les serveuses, les récupérateurs de chiffons et les *lytlings*.

Ses paroles résonnèrent dans le silence soudain. Toute marque de contrition déserta le visage de Micah. Ses cousins vinrent se placer de chaque côté, mais un peu en retrait.

Ils ne se battront pas pour lui, pensa Han. *Micah Bayar ne ferait pas long feu comme seigneur des rues.*

La foule frémit lorsque la serveuse tourna les talons et s'enfuit, forçant le passage vers la porte.

— Je ne sais pas de quoi vous parlez, dit Micah en suivant la serveuse du regard un instant, avant de revenir brusquement sur Han. Je ne voulais pas lui faire de mal.

— Pourquoi ne pas essayer avec moi, plutôt ? lui demanda Han en agitant lentement son couteau sous le nez du magicien – une astuce de surineur.

De son autre main, il tenait son talisman. Les clients autour de lui disparurent de son champ de vision.

— Chasse-Seul, appela Danseur derrière lui, d'une voix douce et égale pour ne pas le faire sursauter. Rappelle-toi pourquoi nous sommes ici. Il n'en vaut pas la peine.

Han relâcha son amulette, mais pas son couteau.

— Vous m'avez suivi ici ? demanda Micah. Si c'est le cas, je vous préviens…

— Je vais en cours ici, comme vous, répondit Han.

Micah le regarda sans comprendre, ralenti par l'alcool.

— Vous ? Vous savez lire et écrire ? Ils n'auraient quand même pas baissé le niveau à ce point.

— Faut voir… Ils vous ont admis, *vous*.

Le sourire méprisant de Micah fit place à la colère.

— Vous n'êtes qu'un voleur, grogna-t-il, ses yeux noirs lançant des éclairs. Un voleur et un meurtrier. Recherché dans tous les Sept Royaumes. (Son regard tomba sur le talisman de Han.) Cette amulette appartient à ma famille, vous me l'avez volée. Rendez-la-moi.

Micah tendit le bras, et Han ne fit pas un geste pour l'arrêter. Lorsque Micah referma la main dessus, des flammèches s'échappèrent du porte-poisse et il recula en jurant pour porter ses doigts brûlés à sa bouche. Il réessaya à deux reprises. Par deux fois, le serpent aux yeux rouges l'empêcha de s'en emparer.

La foule s'agitait, nerveuse.

— Mais… comment avez-vous… ?

Micah avait le regard rivé sur le médaillon. Il avait l'air de se sentir trahi.

— Qui est le voleur, Bayar ? demanda Han en reprenant l'amulette au creux de sa main. À qui appartient-elle vraiment ? Jusqu'où devrions-nous remonter dans le temps ? Je suis presque noble, comparé à vous. Vous descendez d'une famille entière de voleurs et de meurtriers.

Des langues de feu couraient sur la main qui tenait le couteau. Han serra les lèvres pour retenir le sort qui menaçait de s'en échapper spontanément. Il ne savait pas ce que ça pouvait être.

— Vous n'êtes pas magicien, l'accusa Micah, qui ne quittait pas l'amulette des yeux. Vous ne devriez même pas pouvoir la toucher. Que lui avez-vous fait ?

—Vous êtes *sûr*? chuchota Han. Vous êtes *sûr* que je ne suis pas magicien ?

Il lâcha le médaillon et tendit les deux mains vers Micah. Le pouvoir s'accumula sous la peau de Han, luisant sous ses doigts et éclairant le visage abasourdi de Bayar.

—Depuis quand vous êtes magicien, vous? gémit Arkeda Mander, comme si l'ancien Chiffonnier avait soudain gagné sa place dans leur club de sang-bleu.

Micah tituba en arrière, fourra une main dans son col pour prendre son talisman et tendit l'autre vers Han.

Ce dernier n'était pas prêt à risquer l'amulette de Waterlow ; il saisit Micah par le revers de sa cape et le tira à lui, lui pressant sa lame sous le menton.

—Lâchez ça, ou je vous tranche la gorge, murmura Han.

Micah baissa les mains, louchant presque sur le couteau.

—Chasse-Seul ! appela encore Danseur. Non.

—Il va falloir travailler dur, Bayar, dit Han, le visage à quelques centimètres de celui de son adversaire. Je suis à la Maison Mystwerk, moi aussi. Il va falloir travailler dur, et vite, si vous voulez vous maintenir à mon niveau.

Il savait que lancer un défi à Micah Bayar dans le domaine de la magie était sans doute l'une de ses idées les plus idiotes de toute cette année maudite.

Mais c'était ça ou lui couper la gorge sur-le-champ, devant des dizaines de témoins. Sa fureur s'apaisait. Ce n'était pas en se conduisant de façon stupide qu'il avait survécu dix-sept ans dans les rues.

La porte d'entrée claqua lorsque la serveuse revint, suivie de quatre prévôts en uniforme gris.

—Les voilà, Max, dit-elle en désignant Han et Micah. C'est eux.

Han s'écarta de son ennemi, et fit disparaître son couteau dans sa manche. Les deux magiciens, mains dans les poches, affichaient le visage même de l'innocence.

Max sortit un petit calepin relié de cuir.

— Quelqu'un d'autre a été blessé ? demanda-t-il en léchant le bout de son crayon, tout en promenant un regard menaçant autour de lui.

Les gens détournèrent les yeux sans proférer un mot.

Ça change des Vestes Bleues, pensa Han. *Armés d'un carnet à la place d'une matraque.*

Max repéra un étudiant avachi sur une table au milieu de la salle.

— Hurd ! Qu'est-ce que tu as vu ?

L'interpellé haussa les épaules.

— Je n'ai rien vu. Pas de bagarre. (Il jeta un regard nerveux à la serveuse, puis détourna les yeux.) Je ne dis pas que Rutha ment, mais moi je n'ai rien vu. Je devais dormir.

Il bâilla ostensiblement avant de reposer la tête sur la table.

Max examina Han et Micah.

— Vos noms ? demanda-t-il.

— Il vous faut vraiment nos noms, monsieur ? dit Han d'un ton désinvolte. Il ne s'est rien passé de grave. Des paroles un peu fortes et de grands gestes, voilà tout.

— C'est vous qui le dites. Rutha, lequel t'a brûlée ?

— Celui-là, l'ensorceleur aux cheveux noirs. Le blond est venu à mon aide.

Le regard de Han se posa sur Rutha. Il n'en croyait pas ses oreilles. Pour une fois, il ne se faisait pas accuser.

Max considéra Micah d'un air sévère.

— Votre nom ?

Devant le silence du magicien, le garde ajouta :

— Si vous ne répondez pas, nous vous enfermons dans la geôle du poste pour la nuit.

— Micah Bayar, lâcha l'interpellé en parlant entre ses dents.

— Où logez-vous ? poursuivit Max.

Micah leva les yeux au plafond – soit parce qu'il ne voulait pas révéler le lieu où il habitait, soit pour commenter la qualité du logement.

— À la Résidence Hampton.

Han et Danseur échangèrent un regard. Bayar logeait dans le même dortoir qu'eux, le pire de l'établissement. Ce qui était logique, puisque lui aussi était en retard. Qu'avait-il bien pu faire pour manquer toutes ces semaines de cours ?

— Vous êtes un première-année ?

— Oui. Je suis à la Maison Mystwerk, arrivé des Fells ce matin. Et si vous voulez des noms, vous devriez savoir que mon père…

— Non, *vous* devriez savoir que nous ne tolérons aucune bagarre, au Gué, l'interrompit Max. Peu importe le nom de votre père. Les novices ne sont pas habitués, mais ils apprennent vite – ou débarrassent le plancher. Vous allez devoir contrôler vos sautes d'humeur et garder vos mains dans vos poches.

Tel un comédien des rues, Max fit une pause oratoire et balaya du regard le public suspendu à ses lèvres, puis revint à Micah.

— Je vous mets en garde. Encore un problème de votre fait et c'est tout droit chez le recteur. Il n'aura pas peur de vous renvoyer si vous êtes trop stupide pour apprendre les bonnes manières.

Max se pencha vers les deux jeunes hommes.

— Les attaques magiques, c'est une autre affaire. Si vous utilisez votre amulette contre quelqu'un, il n'y aura pas d'audience. Renvoi immédiat. Compris ?

Han déglutit avec difficulté, et se félicita d'avoir résisté à la tentation de laisser libre cours à son amulette. Max avait sûrement débité ce petit discours maintes et maintes fois, pour remettre à leur place les sang-bleu habitués à ce que leur mauvais comportement ne porte pas à conséquence.

— Ce n'est pas à moi de rendre des comptes. C'est lui, le voleur ! accusa Bayar en montrant Han du doigt. Il a volé mon amulette.

— Déjà ? s'étonna Max en tournant la page de son calepin. De quand datent les faits ? J'ai cru vous entendre dire que vous veniez d'arriver.

— Ça s'est produit au pays. Mes cousins ont tout vu.

Les frères Mander hochèrent la tête en chœur, comme deux marionnettes actionnées par les mêmes ficelles.

— J'étais présent aussi, intervint Danseur en sortant de l'ombre pour se placer à côté de son ami. Et j'en garde un souvenir différent.

Bayar sembla encore plus surpris de voir Danseur.

— Vous ? Mais que faites-vous ici ?

— Comme tout le monde. Je vais à l'école.

Il avait lâché son amulette, et désormais lui aussi brillait de puissance magique.

— Mais vous venez des *clans* !

Bayar s'humecta les lèvres, encore plus troublé par la présence de Danseur que par celle de Han.

— Vous n'avez pas…

Il s'interrompit. Il s'apprêtait sans doute à dire : « Vous n'avez pas le don », alors que la preuve du contraire brillait de tous ses feux devant lui.

— C'est impossible, reprit-il, le visage tordu de dégoût. Les unions entre les rouquins et les magiciens sont interdites.

— Pour quelqu'un qui vient tout juste d'arriver, vous avez des idées bien arrêtées, Micah Bayar, fit remarquer Max en rangeant son carnet. Notre juridiction se limite au Gué. Ce qui est arrivé chez vous ne me regarde pas. Il va falloir mettre votre mouchoir dessus.

Micah avait à présent réussi à se maîtriser. Quoi qu'on puisse lui reprocher, il apprenait vite. Il se tourna vers Rutha, qui observait la scène.

— Je vous demande pardon pour votre blessure et pour mon impolitesse, dit-il en inclinant la tête. C'était inexcusable. Allez voir un guérisseur, je vous prie, et faites-moi parvenir la facture à la Résidence Hampton.

Rutha hocha la tête et renifla.

— Contentez-vous de faire attention à l'avenir, répondit-elle.

— Vous pouvez compter sur moi. Monsieur, ajouta-t-il en se tournant vers Max, je vous présente mes excuses pour cet incident. Vous n'aurez plus à vous plaindre de moi.

— Très bien, dit Max, plus conciliant. N'y manquez pas. Maintenant, serrez-vous la main et je pourrai repartir à mes affaires.

Avec un sourire, Han regarda Micah Bayar droit dans les yeux – un défi de seigneur des rues. Il tendit la main. Après une brève hésitation, Micah la saisit. La magie flamba entre eux – un duel qui s'acheva sur une impasse.

Micah se pencha vers Han et lui glissa à l'oreille :

— Surveillez vos arrières, Alister. Désormais, je sais où vous trouver, et j'ai tout mon temps.

Il lui lâcha la main et recula d'un pas, puis ajusta sa cape et la ferma avec une agrafe ouvragée. Il regarda rapidement Danseur puis, au-delà, Cat qui était toujours blottie à la table dans le coin. Un grand sourire se dessina lentement sur le visage du magicien, qui fit une révérence moqueuse. Cat tressaillit et courba les épaules d'un air renfrogné.

Maintenant que Han y pensait, elle était restée étrangement silencieuse pendant son affrontement avec Bayar. Après tout ce qui était arrivé aux Chiffonniers, avait-elle peur des magiciens ?

Souriant toujours comme s'il appréciait une plaisanterie connue de lui seul, Micah adressa un signe de tête à Han.

— Bonne chance, Alister.

Puis, d'un geste de la main, il somma ses cousins de le suivre, et tous trois sortirent de la taverne.

12

De retour d'entre les morts

Quand Amon revint au dortoir après ses cours du soir, Raisa l'attendait dans la salle commune. En face d'elle, des cartes des Sept Royaumes étaient étalées sur la table. Elle était censée rédiger une dissertation sur la manière dont la géographie avait influé sur le cours des grandes batailles du passé. Mais elle n'arrivait pas à se concentrer. En fait, elle n'était pas allée plus loin que le titre : *Comment la géographie a influé sur les grandes batailles du passé.*

Il pleuvait toujours à verse, et Amon semblait exténué quand il retira sa cape trempée. Cinq jours par semaine, il était de patrouille dès six heures et demie du matin, et le soir, les cours sur les armes modernes se poursuivaient jusqu'à 22 heures.

— Par le sang d'Hanalea ! grommela-t-il en accrochant sa cape. Il faut un sacré talent pour rendre l'armement ennuyeux.

Il bâilla à s'en décrocher la mâchoire.

— Vous croyez qu'on peut retenir ce que l'on entend en dormant ? demanda-t-il.

Il fit clapoter l'eau dans la bouilloire pour estimer la quantité d'eau qui restait à l'intérieur avant de la mettre à chauffer.

— Il est vivant, lâcha Raisa, qui n'en pouvait plus de garder la nouvelle pour elle. Je l'ai vu. Gourmettes Alister.

— Quoi ?

Amon se laissa tomber dans un fauteuil et enleva ses bottes. Il examina ses pieds, plissa le nez et commença à retirer ses chaussettes.

— Gourmettes Alister, répéta Raisa. Il est ici.

Amon suspendit son geste et leva la tête en fronçant les sourcils.

— De quoi parlez-vous ?

— Je traversais la cour près des écuries quand sa monture a manqué de me piétiner.

Les chaussettes tombèrent par terre.

— Mais que ferait Alister au Gué-d'Oden ? Cela n'a aucun sens. (Amon se pencha, les mains sur les genoux, le visage dur et attentif.) Lui avez-vous parlé ? Vous a-t-il reconnue ?

Raisa secoua la tête.

— Eh bien, non. Je me suis enfuie dès que je l'ai reconnu.

— Vous vous êtes enfuie ? répéta Amon, un sourcil levé. Vous n'avez pas pensé que cela risquait d'éveiller ses soupçons ?

— Mais si, dit Raisa, agacée. Je ne savais pas quoi faire. Je ne m'attendais pas à le voir ici. Vous m'aviez dit qu'il était mort.

— Il est *censé* être mort, dit Amon, comme si Gourmettes lui avait joué un sale tour en restant en vie.

Il se mordilla la lèvre inférieure.

— Vous êtes sûre que c'était bien lui ?

— Je *sais* que c'était lui, répondit Raisa en lui lançant un regard noir.

La bouilloire siffla. Amon s'extirpa de son fauteuil et alla pieds nus jusqu'à l'âtre.

— Voulez-vous du thé ? demanda-t-il.

Il mit des feuilles dans une tasse et la remplit d'eau.

— C'était *Gourmettes Alister*, répéta Raisa d'un air buté, sans répondre à son offre.

Il lui servit une tasse quand même et la posa sur la table.

Il semblait moins troublé, et Raisa devina qu'il était en train de se persuader qu'elle avait fait erreur sur la personne.

— Il a plu toute la journée, dit-il en se renversant dans son fauteuil. J'imagine donc qu'il portait une cape et qu'il avait la tête couverte ?

C'est vrai, pensa Raisa, qui se refusait à le dire tout haut. *Mais je sais ce que j'ai vu.* Ses cheveux blonds qui avaient besoin d'une bonne coupe et ses yeux bleus aussi brillants que dans son souvenir, son visage d'une beauté effarante...

La dernière fois qu'elle l'avait vu, il était couvert d'écorchures et d'ecchymoses, et portait une attelle au bras – avec les compliments de la Garde royale. À présent son visage était marqué d'un autre genre de blessures : la douleur, le deuil et la trahison, ainsi qu'une lassitude nouvelle.

— Il est parfois malaisé de différencier les gens quand ils sont emmitouflés comme ça, insista Amon.

Raisa se frotta les tempes, essayant de se rappeler tous les détails. En y repensant, le garçon croisé dans la cour de l'écurie montait un poney des clans. Il était habillé comme un riche marchand : cape en laine bouillie et belles bottes en cuir.

C'était absurde. Alister vivait dans les bas-fonds. Où aurait-il appris à monter à cheval ? Où en aurait-il trouvé un ? Et pourquoi aurait-il été habillé en marchand ?

La belle assurance de Raisa se fissura. Souhaitait-elle qu'Alister soit toujours en vie au point de faire apparaître son fantôme ? La ressemblance entre un inconnu et lui avait-elle ravivé son souvenir du jeune garçon ?

— Même s'il était vivant, que ferait-il ici ? demanda Amon, dont les remarques étaient comme une pluie persistante diluant ses espoirs.

— Je ne sais pas, dit Raisa, trop têtue pour s'avouer vaincue. Peut-être qu'il va à l'académie lui aussi. Ou qu'il se cache en attendant qu'on l'oublie dans les Fells. Comme moi.

— Il n'a rien de commun avec vous, Rai, dit Amon. C'est un voleur, un tueur, et vous...

— Bien sûr, vous avez raison. *Personne* n'est comme moi.

Raisa entoura ses genoux de ses bras, s'apitoyant sur son sort.

Amon se passa les doigts dans ses cheveux mouillés, qui se dressèrent ensuite dans toutes les directions.

— Pourquoi ai-je l'impression que vous *souhaitez* qu'il s'agisse de lui ?

— Eh bien, j'espère qu'il n'est pas mort, reconnut Raisa.

Depuis qu'elle avait appris la nouvelle de son assassinat, elle s'était sentie coupable et comme vidée. Elle lui avait fait défaut, tout comme la reine avait cessé de se soucier des désespérés du Marché-des-Chiffonniers et du Pont-Sud.

— Si vous avez besoin d'entretenir cet espoir, souhaitez qu'il soit vivant et heureux très loin d'ici, dit Amon. Vous finirez bien par être reconnue, mais j'aimerais repousser ce moment le plus possible.

Il sortit une liasse de feuilles de sa besace et leur trouva une petite place sur un coin de la table encombrée.

— Alister ne connaît pas ma véritable identité, rappela Raisa. (Elle souffla sur son thé et en but prudemment une gorgée.) Il ne peut donc pas me compromettre.

Amon fit rouler sa plume entre ses doigts.

— Je vais me renseigner, offrit-il. Je chercherai si quelqu'un s'est inscrit sous ce nom à la Maison Wien ou à la Maison Isenwerk. S'il est venu ici pour étudier, le plus probable est qu'il se destine à une carrière de soldat ou d'ingénieur. (Il se pencha sur ses devoirs et commença à gratter le papier de sa plume.) À moins que vous ne pensiez qu'il prévoit d'entrer dans les ordres. L'orateur Jemson semblait le tenir en haute estime.

Amon Byrne blaguait.

Raisa le regarda un bon moment avant de s'affaler dans son fauteuil.

— Vous avez raison. Je me suis sûrement trompée.

Constatant qu'Amon continuait à travailler, Raisa se remit à la tâche. Sans enthousiasme, elle se força à écrire des phrases comme on extrait de la peinture d'une fiole presque vide.

Elle essaya de ne pas prêter attention à la douleur sourde dans sa poitrine – peut-être causée par la déception, en effet.

13

Sortilèges pour débutants

Han se frotta les yeux à deux mains et mit de côté le livre de sortilèges élémentaires. Il n'était pas mauvais lecteur – à l'école du temple du Pont-Sud, il était le meilleur –, mais ce vocabulaire lui était totalement étranger. Il s'était levé avant l'aube, après une nuit d'insomnie passée à s'inquiéter, ce qui ne devait pas aider non plus. C'était le matin de son premier jour de classe, et il était déjà ivre de fatigue.

Son talisman à la main, il fit deux fois le tour de sa chambre, butant sur les mots en essayant de reproduire le sort. Ensuite, il s'arrêta au milieu de la pièce et regarda autour de lui.

Il ne s'était rien passé. Pas de langues de feu carbonisant les murs (et tant mieux). Pas d'enveloppe protectrice scintillante sur les portes et fenêtres (ça, ce n'était peut-être pas bon signe). Le livre promettait un sort de protection contre ceux qui lui voulaient du mal. Comment savoir si le sortilège fonctionnait sans un ennemi sous la main pour l'essayer ?

Or, un ennemi habitait justement deux étages plus bas. Et Han n'avait toujours pas décidé de ce qu'il allait faire.

Il avait déjà subi un sermon de Danseur à ce sujet, la nuit précédente, quand Micah avait quitté la taverne et que Han avait voulu le suivre.

— Laisse-le, avait ordonné Danseur en se mettant en travers de son chemin. Tu n'as aucune idée des armes et des connaissances dont il dispose. N'engage pas la bataille à moins d'être sûr de pouvoir la gagner.

— La bataille a déjà commencé, avait répondu Han. Ça a commencé sur Hanalea.

Mais la guerre a été déclarée à la mort de Mam et de Mari, ajouta-t-il en silence.

— Il a une amulette et sait sans doute s'en servir. Contrairement à nous.

— Tu l'as entendu comme moi ! Il va me pourchasser. Je ferais mieux de m'occuper de lui le premier.

C'était tout ce qu'il connaissait, la loi de la rue : tuer ou être tué.

— Il sera raide avant d'avoir pu couiner un début de sort.

Danseur lui avait posé la main sur le bras.

— Et si tu fais ça, qui crois-tu que les prévôts soupçonneront ? Si tu voulais le tuer, tu n'aurais pas dû l'affronter en public.

Han avait froncé les sourcils, mais sans rien ajouter. Son ami avait raison.

— Si tu t'en prends à lui, je devrai assurer tes arrières. Et nous serons tous les deux renvoyés, avait poursuivi Danseur.

Han avait secoué la tête.

— Non, je ne t'ai jamais demandé de…

— Pour l'instant, il en sait moins sur toi que toi sur lui, l'avait interrompu Danseur, devinant qu'il marquait des points. Tu l'as pris par surprise. Il est dérouté, il va attendre d'avoir plus d'informations avant d'agir. Tu pourras faire bon usage de ce temps-là, Chasse-Seul.

Mais Micah n'attendra pas les bras croisés, s'était dit Han. Supporterait-il de circuler dans l'école avec cette pointe d'anxiété fichée en permanence entre les omoplates ?

Il préférait de loin une petite explication avec Micah dans une ruelle sombre, histoire d'avoir l'esprit tranquille une fois pour toutes.

La voix de Danseur mit un terme à ses réflexions :

— Je reviens du petit déjeuner, annonça-t-il depuis la porte. Je t'ai rapporté quelque chose.

Han leva la tête à temps pour attraper le paquet enveloppé dans une serviette que son ami lui lançait. Il en souleva un coin et vit un sandwich au fromage et au jambon.

— Merci, dit-il en arrachant une bouchée.

— J'ai croisé Cat dans le réfectoire.

— Comment allait-elle ? demanda Han, qui espérait qu'après une nuit de sommeil elle serait de meilleure humeur.

— Eh bien, elle semblait toujours aussi pétrifiée. La fille qu'on a rencontrée hier – Annamaya – était là aussi. Elle va l'accompagner à ses cours et l'aider à rassembler les livres dont elle a besoin.

Après avoir quitté la taverne le soir précédent, ils avaient raccompagné Cat à l'école du temple. Elle était à court d'arguments. Ce qui inquiétait Han, car, à sa connaissance, ce n'était encore jamais arrivé. Ils l'avaient laissée à la porte, les bras croisés comme si elle espérait se plier en quatre et disparaître.

Han n'aimait pas du tout la voir ainsi, mais il avait déjà assez repéré les lieux pour comprendre qu'il n'y avait pas moyen de gagner sa vie sous le manteau à l'académie. La garde des prévôts était omniprésente, les espaces publics étaient brillamment éclairés, et elle ne trouverait pas de chambre bon marché où passer la nuit. Autant essayer de monter une guilde de voleurs dans l'enceinte du château.

Elle allait devoir prendre sur elle.

Les cloches de la Tour Mystwerk sonnèrent un coup. L'heure de se rendre en cours.

Han glissa son livre dans sa besace, puis en vérifia le contenu une dernière fois. Il y avait le livre de sortilèges qu'Elena lui avait donné, un gros manuel de sorts écrit par un certain Kinley et fourni par Blevins, une liasse de papier vierge et son plumier. Au temple du Pont-Sud, il n'apportait jamais de livres en classe, parce qu'il n'en possédait pas. Il n'avait pas non plus de papier, de crayons ou d'encre, mis à part ce que Jemson lui procurait sur place.

Au Pont-Sud, seul l'orateur se souciait de savoir s'il était présent ou absent, et Han suivait le rythme sans problème. Les autres élèves venaient de la rue, eux aussi, et parlaient comme lui l'argot coloré avec lequel ils avaient tous grandi.

Ici, c'était autre chose. Ses camarades de classe avaient été élevés dans des familles d'ensorceleurs sang-bleu. L'utilisation des sorts leur était familière depuis l'enfance. Ils avaient commencé à s'entraîner bien avant de recevoir leur amulette, et des bibliothèques entières de livres de magie étaient à leur disposition.

— Nous allons être en retard !

Danseur dissipa brutalement le nuage d'inquiétude dans lequel était plongé Han. Il avait revêtu sa toge et passé sa besace sur son épaule.

— J'arrive.

Han passa la tête par l'encolure de l'habit rouge, glissa ses bras dans les manches et tira sur le tissu, dissimulant entièrement ses vêtements. Il appréciait de porter cette toge, qui lui donnait un sentiment d'appartenance.

Pour descendre l'escalier, il dut soulever l'ourlet afin de ne pas s'y prendre les pieds. Il lui faudrait un certain temps pour s'y habituer.

C'était un matin clair et frais. La température était encore clémente et il faisait moins humide que les jours précédents. Les rayons du soleil glissaient sur les pelouses et faisaient scintiller l'herbe étoilée de rosée. Les galeries étaient encombrées d'étudiants encore mal réveillés qui formaient un tableau multicolore. Han finit son sandwich en chemin.

La salle de cours était au premier étage de la Maison Mystwerk, et donnait sur la rivière Tamron. Des gradins en pierre étaient disposés en demi-cercle autour d'une estrade centrale. Lorsque Han et Danseur arrivèrent, les étudiants prenaient place et sortaient leurs affaires. Ils étaient quinze en tout, disposés comme des chocolats dans une boîte, tous enveloppés dans le même emballage rouge.

Han s'arrêta sur le seuil et fouilla la classe du regard. Il repéra Bayar et les frères Mander au dernier rang à gauche, collés comme les grains d'une grappe de raisin pas mûr.

Micah se prélassait sur sa chaise, les mains appuyées sur son pupitre, la tête rejetée en arrière, ses yeux noirs rivés sur Han. Son amulette au faucon bien en évidence par-dessus sa toge.

Bon, au moins ils sont tous là, et pas en train de retourner ma chambre à la recherche du porte-poisse volé, pensa Han.

Ils pouvaient toujours essayer, il n'y aurait rien à trouver. En bon voleur, Han était très réticent à l'idée de laisser de l'argent dans sa chambre ; il gardait sa bourse sur lui. Il avait son talisman autour du cou, et ses livres dans sa besace.

Han adressa à Micah un sourire, un signe de tête et un salut de la main, se retenant tout juste de lui envoyer un baiser.

Il se trouva une place sur la droite, au deuxième rang. De là, il pouvait garder Micah à l'œil. Danseur s'assit à côté de lui.

D'une façon générale, dans l'académie, la majorité des étudiants venait des plaines. D'après ce que Han pouvait deviner sans l'aide des tenues vestimentaires, la plupart des gens de sa classe étaient du Nord. Il y avait aussi trois élèves au teint olivâtre – sans doute des sang-mêlé du Bruinswallow ou des Îles du Sud –, et deux au teint très clair et aux cheveux presque blancs, venant peut-être des Îles du Nord, le berceau des ensorceleurs. Certains avaient les cheveux striés du rouge des magiciens.

Personne d'Arden, bien sûr. Et à part Danseur, aucun n'avait de sang des clans dans les veines.

Han toucha ses cheveux clairs – peut-être les tenait-il d'Alger Waterlow ?

Comme Micah, les autres portaient leur amulette par-dessus leur toge, comme pour afficher leur appartenance à une bande. C'était le seul moyen d'en mettre plein la vue. Les porte-poisse étaient variés. Certains si encombrants et si richement ornés qu'ils ressemblaient aux encensoirs sertis de pierreries du temple – les matériaux à eux seuls devaient valoir une petite fortune. D'autres étaient discrets et sobres, des formes simples en or ou en argent, souvent inspirées de la nature. Il y en avait qui représentaient des animaux ou des plantes et paraissaient presque vivants, beaux exemples du travail d'orfèvrerie des clans. Beaucoup devaient être des bijoux de famille, transmis de magicien en magicien et rechargés par les artistes des clans pour cette nouvelle génération.

Du temps où il écumait les rues, Han avait fait commerce d'« attrape-brasillant », comme on appelait ce genre d'objets magiques dans la rue. Il les chapardait dans les boutiques de marchands imprudents ou dans des maisons. Heureusement pour lui, il n'avait jamais essayé d'en voler sur les magiciens eux-mêmes. Il se rendait compte à présent qu'il aurait été plus facile de leur arracher une dent et de partir avec sans se faire remarquer.

La partie magique du porte-poisse était appelée « brasillant ». Au début, Han croyait que plus une amulette était richement décorée, plus le brasillant était puissant. En marchandant avec les receleurs, il avait appris que ce n'était pas toujours le cas. Les matériaux utilisés dépendaient de la fortune du magicien, et non du pouvoir de l'objet.

Han sortit son amulette au serpent de sous sa toge. Elle était vieille de mille ans, et pas tellement ostentatoire, mais son brasillant était sans doute le plus puissant de la salle.

Danseur aussi mit son talisman en évidence. C'était le Chasseur Solitaire qu'il avait emprunté à Han. Ce dernier se demanda si la magie de l'amulette fabriquée pour lui par Elena était temporaire ou permanente. Ce devait être inquiétant de savoir que son brasillant risquait de perdre son pouvoir. Il commençait à comprendre l'inimitié des magiciens à l'égard des clans qui détenaient un tel pouvoir sur eux.

Han regarda du côté de Micah, qui parlait à voix basse avec ses cousins. Cela le rendait nerveux. Il n'avait pas l'habitude de partager un territoire avec un ennemi. Soit vous le chassiez, soit l'ennemi vous chassait. Vous le refroidissiez ou il vous refroidissait. Et la vie continuait. Pour l'un des deux, en tout cas.

La porte sur le côté s'ouvrit, et un magicien en fauteuil roulant entra dans la pièce. Les manches de sa toge étaient décorées du galon des maîtres ; pourtant, il ne paraissait avoir que trois ou quatre ans de plus que les novices. Il avait les cheveux couleur cannelle, la peau claire et une expression amère, comme s'il s'attendait à être déçu.

Lorsqu'il atteignit le bas de l'estrade, il brandit deux béquilles et se hissa hors du fauteuil.

Le bourdonnement des voix s'éteignit progressivement et un silence embarrassé s'installa tandis que le maître gravissait avec difficulté les marches menant au pupitre, sur lequel il posa une liasse de feuilles et un livre usé. La lumière qui entrait à flots par les fenêtres faisait briller son amulette, un imposant cristal de quartz taillé en forme de donjon.

Il ne fit pas l'appel, mais il survola la classe du regard et s'arrêta longuement sur Han et Danseur.

— Vous devez être, euh… *Danseur* et Alister, dit-il. (Il baissa la tête et mit de l'ordre dans ses papiers.) Je suis Maître Gryphon. On m'a confié la périlleuse et ingrate tâche d'apprendre l'art des sorts aux novices. Quelle chance que les première-année de cette classe soient… d'une diversité si exceptionnelle. Je me sens presque… normal.

Han regardait le maître, ne sachant pas s'il pratiquait l'autodérision ou s'il venait de les insulter.

Gryphon leva les yeux de ses papiers. Ils étaient d'un bleu-vert surprenant, et lorsque Han croisa son regard, il eut froid dans le dos. En dépit de son teint maladif, le maître avait des traits séduisants, qui ne s'accordaient pas à son corps infirme.

— Le compétent Hadron m'a rapporté que vous étiez passés par l'Arden pour venir ici. Par les temps qui courent, c'est un royaume dangereux pour n'importe qui, mais surtout pour les ensorceleurs. Je m'interroge donc : êtes-vous stupides, ignares ou simplement inconscients ?

Bon, ça, c'était une insulte claire et nette. Han ne put s'empêcher de couler un regard vers Micah. Le magicien avait les yeux au plafond et un petit sourire aux lèvres.

Han garda son visage des rues.

— J'ai déjà eu de meilleures idées, admit-il avec un haussement d'épaules.

La surprise se peignit brièvement sur le visage du maître, tandis que quelques étudiants ricanaient. Puis le regard de Gryphon se posa sur l'amulette de Han, et ses yeux s'agrandirent. Il examina alors le visage de son nouvel élève avec une intensité extrême.

— Que vous ayez choisi une route si dangereuse est très intéressant, Alister, finit-il par dire. On dirait que vous n'avez pas peur de l'obscurité.

Han devina qu'il ne parlait pas du tout du trajet par l'Arden.

— Eh bien, parfois, on n'a pas le choix, répondit-il en plongeant son regard dans les yeux bleu-vert.

— On a toujours le choix, dit Gryphon avant d'ouvrir un gros livre. En parlant de voyage, je vous avais demandé de lire le chapitre XII de Kinley, où il parle du défi que représente la traversée de l'Aediion. L'auteur nous apprend…

La porte de la classe s'ouvrit et deux étudiants entrèrent. Han, comme tous les autres, les dévisagea. C'étaient Fiona Bayar et Wil l'énamouré, les ensorceleurs qui les avaient pourchassés à la frontière de Delphi.

Ils semblaient épuisés par le voyage et de mauvaise humeur. Han en déduisit donc qu'ils étaient venus en cours directement après avoir laissé leurs bagages dans le dortoir. Le visage de Wil était bronzé, mais Fiona restait aussi pâle qu'avant, comme si le soleil n'osait altérer sa peau de neige. Elle avait défait sa tresse, et sa chevelure libérée ondulait en longues mèches qui lui descendaient dans le dos.

Elle portait des vêtements de route : un chandail aux mailles grossières, un manteau côtelé et des braies en toile qui mettaient en valeur ses longues jambes. Pas de toge d'étudiant.

Fiona promena son regard glacial sur la pièce. Quand elle vit Maître Gryphon, ses yeux s'agrandirent de surprise.

— Adam ! s'écria-t-elle comme si elle n'avait pas la classe entière pour auditoire. Regardez, Wil, poursuivit-elle en se tournant vers son compagnon. C'est Adam Gryphon. Si je m'attendais !

Par le sang du démon ! pensa Han. *Mon professeur de sorts est copain avec les Bayar. Pas étonnant qu'il me mette sur des charbons ardents.*

En quelques enjambées, elle gagna l'estrade et tendit le bras comme si elle s'attendait à un baisemain.

— Père m'a dit que vous étiez entré dans les ordres, mais je n'imaginais pas...

Maître Gryphon avait viré au rouge framboise – une transformation frappante. Il ne fit pas un geste pour prendre la main tendue, mais agrippa le pupitre si fort que ses jointures blanchirent.

— C'est *Maître* Gryphon, novice Bayar, la corrigea-t-il. Et j'ai beau être enseignant à la Maison Mystwerk, veuillez noter que je ne suis pas pour autant entré dans les ordres, et que je n'en ai pas l'intention.

Se rendant compte qu'il n'y avait pas de baiser en vue, Fiona laissa retomber sa main.

— Vraiment ? J'ai dû mal comprendre. Cela m'avait pourtant semblé être une bonne idée pour quelqu'un dans votre... situation.

— Une bonne solution pour un infirme, voulez-vous dire ? fit Maître Gryphon d'une voix douce. Peut-être bien. Quelle chance que le novice Mathis et vous soyez arrivés sains et saufs. Au prochain cours, veillez à porter une tenue appropriée. Prenez place pour que nous puissions poursuivre. Ces nouvelles arrivées successives nous ont mis en retard.

Langue-de-fiel s'est radouci, remarqua Han.

Fiona rejeta ses cheveux derrière ses épaules et se tourna pour chercher une place libre. Quand elle repéra Han et Danseur au deuxième rang, elle s'immobilisa, plus pâle que jamais.

—Alister, souffla-t-elle. C'est impossible.

Wil la prit par le bras.

—Venez, Fiona.

Elle ne bougea pas.

—Que faites-vous ici ?

Elle se pencha et tendit vers Han ses mains tremblantes, qui semblaient la démanger de se refermer autour de son cou.

Han posa les avant-bras sur le bureau, s'obligeant à ne faire aucun geste défensif.

—Votre frère vous racontera, dit-il en faisant un signe de tête en direction de Micah. Maintenant, s'il vous plaît… la moindre des choses quand on arrive en retard en cours, c'est de s'asseoir et de la fermer. Je suis là pour apprendre.

Il tapota la couverture de son livre et leva les sourcils.

Fiona continuait à le dévisager comme si elle n'en croyait pas ses yeux.

Wil la tira par le bras.

—Asseyons-nous, conseilla-t-il d'une voix calme.

Fiona laissa finalement Wil la conduire jusqu'au fond de la classe. Elle venait à peine de s'installer que Gryphon aboya :

—Alister ! Que nous apprend Kinley sur les risques et les bénéfices inhérents aux voyages en Aediion ?

Et Langue-de-fiel est de retour…

Han déglutit, soudain en sueur.

—Je ne sais pas, admit-il.

—Non ? soupira Gryphon. Voilà qui est décevant. Alors définissez l'Aediion pour nous.

— Je suis désolé, je… euh… je n'ai pas lu le passage, avoua-t-il.

À la place, il avait été bien trop occupé à installer des sorts de protection dans sa chambre.

Quelqu'un ricana. Du coin de l'œil, Han voyait le sourire suffisant de Micah. Et il sentait les yeux de Fiona lui trouer le dos comme des tisons ardents.

— Ah non ? fit le maître. Vous êtes ici « pour apprendre », mais vous n'êtes apparemment pas *disposé* à apprendre. Vous espériez que je ferais tout le travail ?

— Non, dit Han en secouant la tête.

— Vous voudriez que j'enfourne des pelletées de savoir dans le gouffre béant de votre esprit ignare ?

— Non.

— Non qui ?

— Non, monsieur.

Gryphon se pencha et poursuivit d'une voix douce, mais assez forte pour que toute la classe entende :

— Êtes-vous sûr d'avoir votre place ici, Alister ?

— Oui, monsieur, répondit Han en regardant le maître d'un air de défi.

Gryphon attendit un moment, puis, sans le quitter des yeux, il demanda :

— Darnleigh ? Risques et bénéfices ?

Ce fut un garçon aux cheveux bruns et à l'air sérieux qui répondit. Il portait une étole finement brodée ornée de têtes de sanglier.

— L'Aediion est le monde des rêves, dit-il. Pour quelqu'un de bien entraîné disposant d'une amulette puissante, il est en théorie possible de communiquer à distance avec une autre personne à condition que des liens privilégiés les unissent. Voilà pour les avantages.

— En théorie, vous dites ? Vous n'y croyez pas ? demanda Gryphon en inclinant la tête.

— C'est tellement singulier que certains spécialistes disent qu'il s'agit d'un mythe. D'autres affirment que c'était chose commune avant la Rupture, mais que, depuis, peu de cas ont été rapportés.

— Quels sont les risques décrits par Kinley ? l'encouragea Gryphon.

— Eh bien, l'Aediion peut sembler attirant, car un ensorceleur doué peut le façonner selon ses espoirs et ses désirs. Il est possible de s'y perdre et de ne jamais revenir dans le monde réel. On peut aussi être piégé, si l'amulette n'est pas suffisamment chargée de pouvoir. Enfin, Kinley dit que si l'on se fait tuer dans le monde des rêves, on meurt réellement.

— Qu'est-ce qui pourrait te tuer dans un rêve, Stefan ? intervint une fille des Îles du Nord aux cheveux pâles. Je fais souvent des cauchemars, mais je me réveille toujours bien vivante, dit-elle en levant les yeux au ciel.

— La magie, répondit Darnleigh en tapotant la page de son livre. Seule la magie peut tuer en Aediion.

— Quelles preuves Kinley apporte-t-il ? les interrogea Gryphon. Qu'est-ce qui pourrait nous pousser à croire qu'il dit la vérité ? Silverhair ?

— Rien, lâcha la jeune fille des Îles. Kinley répète des légendes vieilles de plusieurs siècles sans se poser de questions. Ses livres sont remplis de monstres mythologiques, comme les crocodeaux et les dragons, que personne n'a jamais vus.

— Est-il possible qu'ils aient existé à une autre époque ? demanda le maître. Peut-être ont-ils été détruits lors de la Rupture. Dans ce cas, des reliquats de la haute magie utilisée avant cet événement pourraient-ils perdurer dans des lieux inaccessibles ?

— Il n'y a plus de lieux inaccessibles de nos jours, répondit Silverhair. Plus de secrets.

— Kinley s'appuie sur des sources primaires, la contrecarra Darnleigh. Ses esquisses sont dessinées à partir de témoignages. Il a lui-même procédé à ses propres expériences pour vérifier ces dires.

— Des expériences que personne n'a été capable de reproduire à notre époque, rétorqua Silverhair.

— Le problème vient peut-être des moyens à notre disposition, dit Darnleigh en touchant son amulette. Ces objets magiques ont une portée beaucoup plus limitée que ceux d'autrefois. Les rouquins refusent de nous fournir les outils dont nous avons besoin. Il faudrait acheter du brasillant ancien au marché noir, ou utiliser des pièces d'époque.

L'échange devint passionné. Il résonnait aux oreilles de Han qui se sentait ignorant et inculte. Ses camarades de classe avaient dû assister à de pareils débats depuis l'enfance. Ils partageaient une même colère mêlée de frustration : être nés après l'âge d'or des magiciens.

Han se prit la tête entre les mains. Il se sentait dépassé. Il n'avait jamais entendu parler de Kinley dans les rues du Marché-des-Chiffonniers.

Gryphon soutenait chacun des camps à tour de rôle, ranimant la discussion quand elle perdait de la vigueur. Il ne s'en prit plus à Han. Il pensait peut-être s'être bien fait comprendre. Le maître laissa aussi les Bayar tranquilles. Apparemment, ces derniers allaient pouvoir prendre leur temps pour rattraper le programme.

Gryphon n'interrogea pas non plus Danseur et ne prêta pas attention à sa main tendue.

Han essayait de ravaler sa colère. Ce n'était rien de plus qu'un nouveau genre de combat, qu'il lui faudrait apprendre à remporter. Depuis quand la vie se montrait-elle clémente à son égard ?

Maître Gryphon connaissait visiblement bien son sujet. Mais Han ne pouvait s'empêcher de le comparer à l'orateur Jemson, dont l'amour de l'histoire vous inondait jusqu'à ce que vous soyez immergé jusqu'au cou, ivre de savoir. Pourtant, Jemson s'assurait que tous ses élèves gardaient la tête hors de l'eau.

Tu n'as aucune prise sur le comportement de Gryphon, réfléchit Han. *Qu'est-ce que tu peux contrôler ?*

Tu peux venir en classe bien préparé. Quoi qu'il arrive.

Gryphon laissa la discussion se poursuivre un moment, puis leva les paumes pour réclamer le calme.

— Très bien, essayons maintenant de faire notre propre expérience, les invita-t-il. Prenez la page 393.

Ce passage s'intitulait « Portail de l'Aediion » et consistait en quelques lignes de formules magiques, disposées comme des vers libres se succédant sur la page.

— Choisissez un partenaire. De préférence quelqu'un que vous connaissez déjà. Si vous n'avez pas de partenaire, levez la main.

Han se tourna vers Danseur, qui accepta d'un signe.

Arkeda se mit avec Miphis, Fiona avec Wil. Micah se retrouva tout seul, puisqu'ils étaient en nombre impair.

— Novice Hayden, appela Gryphon, qui sembla subitement remarquer Danseur. Vous devriez peut-être vous associer à quelqu'un de plus expérimenté, comme Bayar. Je ferai l'exercice avec Alister.

Danseur secoua la tête.

— Non merci, monsieur. Je connais Alister, je reste avec lui.

— Si vous insistez, fit Gryphon d'un ton aigre. Venez avec moi, Bayar.

Micah eut un mouvement d'indifférence, mais Han crut lire le soulagement sur son visage.

Gryphon s'en prendrait-il encore à moi ? se demanda Han. *Avait-il une raison particulière de vouloir faire l'expérience avec moi ? Ou désirait-il mettre Micah et Danseur ensemble ?*

Ou est-ce que je me fais juste des idées ?

— Ce devrait être plus facile que de communiquer à distance. Mettez-vous face à face, amulette à la main, expliqua Gryphon. Au risque d'être déçu, je vais considérer que vous avez tous alimenté votre talisman en prévision de ce cours.

Voilà au moins une chose que Han avait faite, accumulant de la magie tout au long du périple jusqu'au Gué-d'Oden.

— Choisissez maintenant une destination, un endroit que vous connaissez tous les deux. Et n'allez pas tous à *La Couronne et le Château*. Je veux entendre parler de lieux variés.

Danseur se pencha vers Han.

— Le coin pour la pêche sur le ruisseau de la Vieille, proposa-t-il.

C'était un endroit qui leur était familier, situé sur les pentes au pied de la montagne Hanalea. L'ancien employeur de Han, Lucius Frowsley, y passait le plus clair de son temps à pêcher.

À présent qu'ils étaient magiciens, ils n'avaient plus le droit de s'y rendre.

— Lisez la formule dans son intégralité, leur ordonna Gryphon. Et mémorisez-la, car rien ne dit que vous aurez accès à Kinley en Aediion. Les trois premières lignes ouvrent le portail, les trois dernières vous permettent de le fermer et de revenir à la réalité.

Le maître leur laissa quelques minutes, attendant que tous les étudiants redressent la tête.

— Tout le monde est prêt ?

Ils acquiescèrent. Certains étaient pâles, l'air inquiets, d'autres piaffaient d'impatience. Enfin, quelques-uns levaient les yeux au ciel, comme si cet exercice n'était qu'une perte de temps.

— Récitez les trois premières lignes pour ouvrir le portail, demanda Gryphon. À voix basse, pour ne pas distraire vos camarades. Si les deux partenaires y arrivent, vous vous rencontrerez dans le monde des rêves. Regardez bien autour de vous, car ce que vous verrez sera le fruit de vos projections. Rappelez-vous que vous pouvez modifier votre apparence à loisir. Échangez un message avec votre partenaire et revenez immédiatement en classe. Je vous le répète : ne restez pas en Aediion plus de quelques minutes. Une fois que vous aurez tous procédé à l'exercice, vous comparerez vos expériences.

Il s'arrêta un instant.

— Je sais que certains sont sceptiques au sujet des travaux de Kinley, mais j'attends un effort honnête de la part de chacun, ajouta-t-il.

Son amulette à la main, Han lut le début de la formule. Autour de lui s'élevèrent les mêmes mots murmurés avec des accents variés.

L'espace d'un instant, il fut englouti dans un néant obscur et tourbillonnant. Puis le soleil fit irruption dans ses pensées, filtré par des trembles aux feuilles jaunes éclatantes, ses rayons scintillant sur l'eau du ruisseau de la Vieille. Des feuilles dansaient dans les remous du courant. Han frissonna : il faisait froid, plus qu'au Gué-d'Oden. Quelques secondes plus tard, il se retrouva vêtu d'une veste en daim des clans avec des franges, décorée de perles, et il avait des mocassins fourrés aux pieds. Incrédule, il caressa le cuir souple.

Était-ce réel ? Il en avait l'impression. Le vent qui soufflait sur Hanalea sentait la neige. Il souleva les cheveux de son front et fit bruire les feuilles de tremble au-dessus de sa tête du bout des doigts.

Han suivit le ruisseau du regard. Danseur venait vers lui, vêtu de jambières et de la tunique ample et douce en peau de biche qu'il adorait. Il avait sa canne à pêche et sa bourriche à poissons avec lui.

— Qu'est-ce que tu en penses ? demanda Han. On a réussi ?

Danseur haussa les épaules.

— Encore faut-il qu'on se souvienne de la même chose après.

Ils restèrent à se regarder, gênés.

— On doit échanger un message, rappela Han. Je vais te dire quelque chose, et on verra si tu t'en souviens. Prépare aussi une phrase de ton côté. (Il réfléchit un instant.) Cat Tyburn a le béguin pour toi, dit-il sans rien laisser paraître sur son visage.

Son ami inclina la tête.

— Vraiment ? Qu'est-ce qui te fait croire ça ?

Han ne savait pas trop d'où ça sortait, mais il savait que Danseur n'oublierait pas une chose pareille.

— Elle est timide, expliqua-t-il. Elle a du mal à exprimer ses sentiments.

C'était vrai.

— Toi, c'est Fiona Bayar qui en pince pour toi, répliqua Danseur. Elle te dévore des yeux.

Ils éclatèrent de rire. Han se sentait mieux. C'était bon d'être de nouveau dans les Fells, en terrain familier, ne serait-ce qu'en rêve.

— Nous ferions mieux de rentrer, dit Danseur.

Han saisit son amulette, s'apprêtant à prononcer le sortilège de fermeture. C'est alors que l'air ondula devant lui comme la surface d'un lac quand la brise souffle. Dans le vide se dessina une forme, qui se matérialisa peu à peu, déviant la lumière. Finalement, un jeune homme apparut face à Han.

Plus âgé que lui de cinq ou six ans, il portait des vêtements luxueux de sang-bleu. Ses cheveux étaient noirs comme la suie, ses yeux d'un bleu brillant. Les rayons du soleil s'accrochaient aux multiples bagues qu'il avait aux doigts.

L'inconnu cligna des yeux et regarda autour de lui. Un sourire de triomphe éclaira son visage, comme s'il venait d'accomplir une prouesse.

Han jeta un coup d'œil à Danseur, mais ce dernier scintilla puis disparut comme une braise qui s'éteint dans le noir.

— Danseur ! cria-t-il en faisant un pas vers l'endroit où se tenait son ami un instant plus tôt.

— Hé ! vous ! attendez ! Ne partez pas tout de suite, dit l'inconnu en langue des Fells.

— Qui êtes-vous ? demanda Han en reculant. Comment êtes-vous arrivé ici ?

D'après le peu qu'il savait du monde des rêves, il n'était pas censé rencontrer des gens qu'il n'avait pas invités.

Était-ce un garçon de leur classe qui les avait suivis ? Han ne le reconnaissait pas, mais cela ne voulait rien dire. Gryphon avait précisé qu'on pouvait changer son apparence. Ce pouvait être n'importe qui, même un des Bayar. Micah et Fiona devaient avoir les amulettes les plus puissantes du groupe, après la sienne.

Micah pouvait-il venir dans un endroit où il n'était jamais allé ? Après tout, leur première rencontre avait eu lieu sur Hanalea…

— Appelez-moi Corbeau, se présenta l'inconnu en se passant une main sur la tête comme s'il lissait ses plumes. Et vous êtes ?…

— Dites-moi comment vous êtes arrivé ici, ou fichez le camp, menaça Han, tandis qu'un couteau apparaissait par magie dans son poing.

Amulette ou pas, rien ne valait un bon vieux couteau en cas de pépin.

Il se balança légèrement sur ses jambes, prêt à sauter d'un côté ou de l'autre. Il avait en mémoire les paroles prononcées par Darnleigh quelques instants plus tôt dans la salle de classe : *« Kinley dit que si l'on se fait tuer dans le monde des rêves, on meurt réellement. »*

— Je vous en prie, répondit Corbeau. Écoutez-moi. Je vous promets que ça en vaut la peine.

Il avança d'un pas.

Han recula.

— Je vous préviens, je me défends bien au couteau.

— Vous avez raison d'être prudent, dans votre situation.

Corbeau changeait sans cesse de tenue : habits de cérémonie, vêtements de tous les jours, robe de doyen. Soit il n'arrivait pas à se décider, soit il aimait bien se déguiser.

— Je vous ai donné un nom, au moins, poursuivit-il. Vous ne pouvez pas en dire autant. Appartenez-vous à la Maison du Nid d'Aigle ?

Quelque chose dans l'intonation de sa voix rendit Han soupçonneux.

Il hésita.

— « La Maison du Nid d'Aigle » ?

— La famille Bayar. Êtes-vous l'un d'eux ? Tout bien considéré, je ne crois pas.

Il scruta le visage de Han.

— Ah ! fit-il avec un sourire. Je vois bien que vous n'êtes pas un Bayar. En fait, ce ne sont *pas* vos amis.

Han s'efforça de reprendre son visage des rues.

— Alors, expliquez-moi. Comment êtes-vous entré en possession de cette amulette ?

Il ne détachait plus son regard du porte-poisse.

— Vous allez me dire ce que vous fichez ici ? exigea Han. Et on ne bouge pas, compris ?

Corbeau se décida enfin pour son costume de sang-bleu. Son manteau aux manches amples semblait fait sur mesure, et il était surpiqué de fil brillant. Han se dit qu'aux yeux de certains cet homme devait être séduisant.

Corbeau tendit la main vers Han, paume en avant, comme s'il voulait sentir sa chaleur.

— Vous êtes vraiment puissant, vous savez.

Il pencha la tête sur le côté pour examiner Han.

— Et bien fait. Plutôt beau, même, malgré votre langage.

Pour qui se prenait-il ? Han n'en avait rien à faire, de ce qu'il pensait de son apparence et de ses manières.

— Je ne suis pas un giton, si c'est ce que vous croyez. Soit dit sans vous offenser.

Corbeau rit comme si c'était une bonne blague.

— J'espère bien que non ! Leur avez-vous volé l'amulette ? (Il tourna de nouveau son attention vers le médaillon.) Si c'est le cas, je suis impressionné. Que comptez-vous en faire ? Savent-ils que vous l'avez ? Quel est votre plan ?

Han ne répondit pas à cette avalanche de questions.

Corbeau secoua la tête.

— Pas de plan ? Ce n'est pas bon. Les Bayar, eux, doivent en avoir un. Il vaudrait mieux anticiper, sinon vous ne garderez pas longtemps cette amulette.

— Je ne répondrai pas tant que je ne saurai pas qui vous êtes vraiment.

— Je comprends.

Corbeau se mordillait la lèvre inférieure en réfléchissant.

— Très bien. Je peux vous dire ceci : je suis enseignant ici, à l'académie. Je cherche à devenir le mentor d'un étudiant, quelqu'un qui soit capable de maîtriser un haut niveau de magie. Il faut aussi que cette personne n'ait pas peur d'enfreindre un peu les règles. Votre présence ici, en possession de cette amulette, m'incite à croire que vous pourriez faire l'affaire.

Il leva la main lorsque Han ouvrit la bouche pour parler.

— Je ne vous en dirai pas plus avant de savoir si je peux vous faire confiance. Vous pourriez malgré tout être de mèche avec mes ennemis.

— Comment connaissez-vous les Bayar ? demanda Han en tripotant son amulette.

Il n'arrivait pas à décider s'il devait rester ou partir.

— Disons que nous sommes des adversaires politiques. J'ai besoin d'alliés de poids. En échange, je vous aiderai à vous protéger d'eux.

— Comment ?

Corbeau avança encore d'un pas, et le regarda droit dans les yeux.

— Je peux vous apprendre à utiliser cette amulette. Je peux vous apprendre des choses merveilleuses.

Ses yeux brillaient, il parlait d'une voix basse et enjôleuse, et le suppliait presque.

— Remballez votre baratin de porte-poisse, grogna Han. Si vous voulez me parler, venez me voir dans le monde réel. J'y retourne, ajouta-t-il en prononçant la formule de retour.

— Nous *devons* nous rencontrer en Aediion. Il ne faut pas que nous soyons vus ensemble, c'est trop dangereux.

Han le regarda sans comprendre.

— Que voulez-vous dire ?

— Vous ne savez pas à quel point nous sommes vulnérables.

Corbeau prit une brève inspiration, comme s'il s'apprêtait à ajouter quelque chose, puis tourna la tête, soudain distrait.

— Nous n'avons plus le temps. Ne parlez à personne de notre rencontre. À personne, c'est entendu ? Si les Bayar ont vent de cela, ils vous tueront et récupéreront l'amulette pour nous empêcher de nous revoir. (Il s'interrompit pour laisser ses paroles se graver dans l'esprit de Han.) Je vous retrouverai dans une semaine, à minuit, en Aediion. Le beffroi de Mystwerk est un endroit discret. Savez-vous où il se trouve ?

Han le regarda en clignant des yeux. Mille questions se frayaient un chemin dans son esprit.

— Je sais où c'est. Mais qu'est-ce qui vous fait croire… ?

— Il ne faut pas que nous soyons vus ensemble, répéta Corbeau. L'Aediion est le seul endroit sûr. Rechargez votre amulette entre-temps. Si vous ne pouvez pas venir la semaine prochaine, venez la suivante. Ou celle d'après. Je vous attendrai chaque semaine jusqu'à ce que vous veniez. Ouvrez le portail à minuit. Et venez seul.

Sa silhouette tremblota puis disparut.

Soudain conscient d'une terrible douleur au crâne, Han gémit et ouvrit les yeux. Il se retrouva face à la mine sinistre de Gryphon.

Il faillit vomir, mais le malaise s'estompa. Il baissa les yeux sur son amulette et y découvrit la main de Gryphon, juste sous la sienne. Le maître la serrait si fort que ses articulations étaient blanches, et son visage luisait de transpiration.

— Lâchez ça, dit faiblement Han en écartant les doigts du maître avec son autre main.

— Après vous. Je ne tiens pas à vous laisser filer de nouveau.

À contrecœur, Han relâcha son talisman et essuya sa main en sueur sur ses braies. Il était allongé sur les dalles de la salle de classe, la tête posée sur un manteau plié. Les autres étudiants faisaient cercle derrière Gryphon.

Micah avait l'air mécontent que Han soit de retour parmi les vivants. Fiona n'était pas en vue.

Gryphon toucha le front de Han de ses doigts brûlants avant de lâcher l'amulette.

— Vous êtes hors de danger. Il faut croire que la Créatrice protège ceux qui n'ont pas toutes leurs facultés.

Le maître était assis par terre, ses béquilles posées à côté de lui. Sa toge, retroussée jusqu'aux genoux, laissait voir des mollets atrophiés et cousus de cicatrices ; la peau sombre avait l'aspect du cuir, comme si elle avait été brûlée. Un appareil orthopédique enserrait ses jambes de la cheville au genou.

Gryphon suivit son regard. Mécontent, il tira aussitôt sur son vêtement pour couvrir son infirmité.

— Que s'est-il passé ? demanda Han qui s'en voulait d'avoir été surpris à l'observer. En Aediion, je veux dire, s'empressa-t-il d'ajouter.

— Nous avons établi de manière irréfutable que vous êtes un imbécile, Alister, répondit le maître. Vous avez réussi à vider entièrement votre amulette ainsi que vous-même. C'est pourquoi vous avez eu besoin de mon aide pour le retour. J'espère que le voyage en valait la peine.

Les portes de la classe s'ouvrirent avec un claquement, et une grande femme anguleuse entra, suivie de Fiona. Les cheveux raides de l'inconnue lui arrivaient au menton et étaient d'un gris acier entremêlé du rouge des magiciens. De riches broderies ornaient les ourlets de sa toge, et les nombreux galons en velours sur ses manches indiquaient qu'elle était haut placée dans la hiérarchie universitaire.

— Que se passe-t-il, Maître Gryphon ? demanda-t-elle. La novice Bayar me rapporte qu'un étudiant a un problème.

— Doyenne Abelard !

Gryphon attrapa ses cannes et essaya de se relever. Il semblait gêné d'être surpris dans cette position.

— Puis-je vous aider ? proposa Danseur en s'accroupissant près de lui.

Gryphon accepta d'un signe de tête et Danseur passa les mains sous les bras du maître pour le soulever. Dès qu'il fut debout, il le repoussa. Danseur lui tendit ses béquilles.

— Il n'y a pas de problème, dit Gryphon. Le novice Alister a trop tardé à revenir d'Aediion.

— D'Aediion ? (La doyenne regardait Han d'un œil critique en se mordillant la lèvre inférieure.) Vraiment ?

Le maître hocha la tête.

— Il est en train de se remettre.

Relevant sa toge, la doyenne Abelard se mit à genoux près de lui. Elle lui toucha la joue du dos de la main, qui semblait brûlante contre la peau froide de Han.

— Donnez-lui de l'eau, ordonna Abelard.

Un étudiant s'empressa d'aller en chercher, et, un instant plus tard, une tasse apparut devant ses lèvres. Han la vida d'un trait.

Quelqu'un s'agenouilla près d'eux, tout contre la hanche de Han. Il tourna la tête. C'était Fiona, lèvres entrouvertes, qui braquait ses yeux pâles sur lui.

— Qu'est-ce qu'il a ? demanda-t-elle en se penchant jusqu'à ce que la pointe de ses cheveux frôle la joue de Han. Va-t-il survivre ?

— Puisqu'il est toujours en vie, je suppose que oui, répondit Abelard. Vous avez bien fait de venir me chercher.

La doyenne tendit la main vers l'amulette de Han, puis eut un mouvement de recul dès qu'elle remarqua la sculpture.

— Un choix intéressant, Alister, murmura-t-elle en rajustant ses étoles de magicienne. Il faudra que nous en discutions. Entre autres choses.

Puis, sans quitter Han des yeux, elle ajouta d'une voix plus forte :

— Maître Gryphon, congédiez vos étudiants.

Le maître fit face à la classe qui observait la scène, bouche bée.

— Le novice Alister a illustré le prix de l'insouciance alliée à l'arrogance et à l'ignorance. Prenez-en note. (Il fit une pause oratoire.) Pour demain, je veux que vous me rédigiez deux pages chacun pour partager avec toute la classe votre expérience en Aediion. Le cours est terminé.

Les étudiants rassemblèrent leurs affaires. Han sentait les regards posés sur lui et le sol vibrer sous leurs pas tandis qu'ils s'activaient. Fiona ne bougea pas, comme si elle espérait passer inaperçue.

— Vous aussi, Fiona, dit Gryphon. Et vous, Hayden. Dehors.

Fiona se leva, rompant le contact entre ses genoux et le flanc de Han. Il l'entendit s'éloigner, puis la porte s'ouvrir et se refermer.

— Je vais attendre et raccompagner Alister à sa chambre, dit Danseur. Ou l'emmener dans la Salle de Guérison. Là où il aura besoin d'aller.

Abelard l'examina, remarquant son expression butée. Elle soupira.

— Très bien. Mais sortez un instant, je vous prie. Nous devons parler à Alister en privé.

Il secoua la tête, ses yeux bleus rivés sur la doyenne.

— Non, je…

— C'est bon, intervint Han en lui faisant signe de partir. Ça ira.

Il commençait réellement à se sentir un peu mieux. Un minuscule flot de chaleur au milieu de son corps lui indiquait que la magie se reconstituait.

Abelard attendit que la porte se referme sur Danseur pour parler.

— Alors, Alister, dit-elle d'une voix douce en lui saisissant le poignet. Racontez-moi tout.

Le pouvoir de la doyenne le submergea. Il était difficile de résister, faible comme il l'était.

— Vous raconter quoi ?

Comme elle continuait à le dévisager, il ajouta :

— Tout ce dont je me souviens, c'est que la tête m'a tourné. Ensuite, j'ai dû m'évanouir. Je crois qu'il ne s'est rien passé. Rien de magique, j'entends.

—Alister a fait équipe avec le rouquin qui était là, précisa Gryphon. Ce dernier est revenu après quelques minutes, mais Alister est resté jusqu'à ce que je le ramène de force. Il utilisait la magie en quantité. Il a presque entièrement vidé son amulette.

—Pendant combien de temps est-il parti ? demanda Abelard en fronçant les sourcils.

Le maître hésita.

—Environ un quart d'heure.

—Un quart d'heure ! (La doyenne se redressa et regarda Gryphon fixement.) C'est un *novice*, Maître Gryphon. Un enfant, en ce qui concerne la magie. Pourquoi n'êtes-vous pas intervenu plus tôt ?

Manifestement, Gryphon aurait payé cher pour se soustraire à ce regard accusateur.

—J'étais en binôme avec un autre étudiant, puisqu'ils étaient en nombre impair.

—Vous devriez savoir que ce n'est pas le genre de chose à faire ! explosa Abelard. Comment espériez-vous superviser les étudiants si vous tentiez de gagner l'Aediion vous-même ?

Gryphon ne détourna pas les yeux.

—C'était un acte irresponsable. Une erreur de ma part. (Il s'arrêta.) Cela ne se reproduira pas, je vous le promets.

La doyenne reporta son attention sur Han.

—Maître Gryphon vous a-t-il averti des conséquences d'un séjour trop long en Aediion ?

D'après le ton de sa voix, Han se demanda qui de Gryphon ou de lui était sur la sellette.

Il changea de position sur le sol dur.

—Il nous a dit de revenir sans tarder.

—Vous a-t-il expliqué pourquoi il était important de revenir rapidement ? poursuivit Abelard.

Han regarda Gryphon, qui contemplait le plafond.

—Nous en avons parlé. Si on vide son amulette, il est difficile de revenir.

— Si vous videz votre amulette, vous ne pouvez *pas* revenir, le corrigea Abelard. Vous restez à jamais dans le monde des rêves, tandis que votre corps gît, abandonné. Vous êtes *mort*.

Ça, c'était nouveau. Han se sentit un peu mal à l'aise.

— Alors, vous croyez ce que dit Kinley à propos du monde des rêves ? lui demanda-t-il. Parce qu'il me semble que la plupart des gens pensent qu'il n'existe pas.

Abelard hocha la tête.

— Je crois que ce genre de voyage est rare, mais possible. Ce serait un outil utile si nous savions le maîtriser. (La doyenne tira sur une mèche de ses cheveux gris.) Chaque année, nous faisons cet exercice avec les première-année. Lorsque les étudiants liront leur compte-rendu demain, vous pourrez constater que la plupart ont essayé, et échoué. Certains auront inventé des histoires pour simuler leur succès. D'autres, les incrédules, n'auront même pas tenté l'expérience.

» Mais de temps en temps, nous rencontrons des étudiants, comme vous et… Hayden, qui y parviennent. La plupart sont assez intelligents pour suivre les instructions. Votre ami a refermé le portail lui-même et est revenu. Vous êtes resté trop longtemps en Aediion. C'est un jeu dangereux, Alister.

— Qu'est-ce qui vous laisse croire que j'ai réussi ? demanda Han, qui avait l'impression d'être transpercé par le regard des deux enseignants.

— Vous utilisiez des quantités très importantes de magie, répondit Abelard.

Son visage pointu avait une expression avide qui éveillait la méfiance de Han.

— Les réserves de votre amulette sont épuisées, ajouta-t-elle.

— C'est peut-être parce que je ne savais pas ce que je faisais, dit-il. (Lorsqu'il ne savait pas sur quel pied danser, l'expérience lui avait appris à nier, encore et encore.) Je n'avais pas lu les pages sur l'Aediion. Quand le sort n'a pas fonctionné, j'ai continué à essayer. J'ai dû perdre la notion du temps.

— Vous prétendez n'être allé nulle part ? demanda Abelard.

— Pas que je m'en souvienne, non.

Abelard leva les yeux au ciel d'un air excédé.

D'habitude, Han était un fameux menteur, mais apparemment il n'amusait pas ces deux-là.

— Quoi qu'il se soit passé, dit Gryphon d'un ton agressif, vous devez suivre mes consignes. Sinon, c'est le renvoi.

— Maître Gryphon a raison. Si vous vous entêtez à prendre des risques et à vous mettre en danger, ainsi que ceux qui vous entourent, je vous ferai renvoyer et votre amulette sera confisquée. Est-ce bien clair ?

Han serra le talisman dans son poing. *Vous pouvez toujours essayer*, pensa-t-il en la regardant bien en face.

À son plus grand étonnement, Abelard sourit.

— Alister. Je ne connais pas ce nom, dit-elle en l'examinant de la tête aux pieds. Et votre parler est… inhabituel. D'où venez-vous ? Quelle est votre Maison ? Je connais peut-être votre famille.

— Je viens du Marché-des-Chiffonniers, répondit Han. (À présent qu'il avait commencé, les mots sortaient tout seuls.) Avant, j'habitais rue des Pavés, au-dessus de l'écurie. Mais depuis, tout a brûlé. Je n'ai plus vraiment de domicile attitré, maintenant que toute ma famille est morte. Ma mère s'appelait Sali Alister, et ma sœur Mari. Mam faisait surtout des lessives mais, à côté, elle ramassait des chiffons. Vous avez entendu parler d'elles ?

Sans un mot, Abelard secoua la tête.

— Ça ne saurait tarder, promit Han en la regardant droit dans les yeux.

La doyenne s'éclaircit la voix.

— Il est possible que votre amulette soit responsable de votre succès.

Elle tendit la main et toucha le Serpent du bout des doigts, comme s'il risquait de la mordre. Le brasillant devait être totalement vidé, car ce geste ne provoqua aucune réaction. Han frissonna, se retenant de lui arracher le médaillon. Il avait l'impression qu'elle avait enfoncé la main jusque dans sa poitrine pour saisir son cœur.

— Où avez-vous trouvé cela ? demanda Abelard en se penchant plus près.

— J'ai acheté cette amulette sur les marchés des clans. D'occasion.

— Je pensais que c'était peut-être une pièce faite sur mesure, avec des aptitudes spéciales, dit la doyenne, comme vous entretenez de si bons rapports avec les rouquins. Cela expliquerait beaucoup de choses.

— Parce que vous croyez que j'aurais pu me payer une pièce sur mesure ? Un ami reste un ami jusqu'à ce qu'on se mette à causer affaires. Ça se passe comme ça, sur les marchés.

— Peu d'ensorceleurs choisiraient un tel motif, fit remarquer Abelard avant de se taire un instant. Savez-vous qui d'autre a porté une amulette semblable ?

— Pas la moindre idée, mentit Han.

Il se sentait fatigué et acculé, dépourvu de son charisme habituel.

— Il s'agit d'une reproduction de l'amulette du Roi Démon.

Il simula la surprise.

— Ah ! c'est peut-être pour ça qu'elle était si bon marché.

— Vous ressentez un attrait particulier pour la magie noire, Alister ? C'est ça ?

La doyenne parlait d'une voix de velours.

— Je veux apprendre toutes sortes de magies, répondit Han. C'est la raison de ma présence ici.

— En remarquant cette amulette, certains feront des suppositions à votre sujet, Alister, le prévint-elle. Des gens qui pensent que tous les chemins devraient être ouverts à ceux qui cherchent la connaissance. Et qui estiment que la fin justifie les moyens.

Elle se leva d'un mouvement brusque, dominant Han de toute sa hauteur, silhouette noire à contre-jour de la fenêtre lumineuse. Elle se pencha et lui tendit les mains pour l'aider à se relever et à s'asseoir dans un fauteuil. Elle était d'une force surprenante.

— Faites venir son partenaire, murmura-t-elle à Gryphon.

Il appela :

— Novice Hayden !

Lorsque Danseur entra, Abelard prit la parole :

— Hayden, Alister et moi avons discuté de son expérience en Aediion. De quoi vous souvenez-vous ?

Les yeux de Danseur allèrent de Han à Abelard, comme s'il devinait qu'il risquait de tomber dans un piège. Han essaya de lui faire passer un message par le regard.

— Eh bien, commença Danseur. Je ne me souviens pas de grand-chose.

— Par le sang et les os du Roi Démon ! s'écria la doyenne. Contentez-vous de me raconter ce dont vous vous souvenez !

Il jeta un nouveau coup d'œil vers son ami, mais Abelard lui attrapa le menton et l'obligea à tourner la tête.

— Regardez-moi, novice.

Danseur tripotait son amulette, comme pour se rassurer.

— Avant, nous avions convenu de nous retrouver au pays, à un endroit que nous connaissons sur Hanalea. Alors nous…

— Que pouvez-vous savoir d'Hanalea ? l'interrompit Abelard. Ces lieux sont interdits aux magiciens.

— Je suis né sur Hanalea, expliqua Danseur avec calme.

— Vous venez des clans des Esprits, n'est-ce pas ? demanda Abelard comme si elle n'avait pas parlé de lui dans son dos. Je n'ai jamais rencontré quelqu'un des camps qui ait le don.

— Je suis de sang mêlé, dit Danseur sans entrer dans les détails. Donc, j'ai prononcé la formule et ensuite j'ai vu Han qui marchait vers moi. Sa silhouette vacillait, comme quelqu'un qu'on voit à la lueur d'un feu. Et ses vêtements changeaient sans cesse. (Il s'arrêta.) J'imagine que j'ai dû rêver.

— Et ? l'encouragea Abelard. Que s'est-il passé ensuite ?

— Nous avons un peu parlé. Ensuite je… euh… je me suis réveillé.

Les yeux de la doyenne s'étrécirent.

— Mais Alister est resté là-bas ?

Danseur hocha la tête.

— Quand j'ai ouvert les yeux, Han était affalé sur le bureau. J'ai attendu qu'il revienne à lui. Tous les autres étaient réveillés, sauf Micah Bayar et Maître Gryphon. Fiona est partie vous chercher, puis Maître Gryphon a repris ses esprits et il est venu à la rescousse.

Abelard tendit la main vers l'amulette de Danseur, qui s'éclaira aussitôt. Elle recula.

— Contrairement à Alister, vous n'avez pas totalement vidé votre amulette. Soit vous êtes assez intelligent pour suivre les instructions, soit vous n'êtes jamais allé en Aediion.

Elle sourit froidement.

— Alister, il m'arrive souvent de travailler avec des étudiants exceptionnels, même parmi les novices. Vous viendrez à mon bureau dans quatre semaines. Je verrai ce que je trouve à votre sujet d'ici là.

Elle se dirigea vers l'estrade et prit le Kinley, qu'elle se mit à feuilleter. Elle leur signifiait ainsi qu'il était temps de partir, pour qu'elle puisse parler à Gryphon en privé.

Par les os ! que peut-elle découvrir en un mois ? se demanda Alister. *Et que fera-t-elle de ces informations ?*

— Hayden, raccompagnez Alister dans sa chambre et veillez à ce qu'il se repose un peu, ordonna Gryphon. Il faudra qu'il recharge son amulette pour le cours de demain. N'oubliez pas de rédiger votre compte-rendu. Et je vous suggère à tous les deux de faire vos devoirs de lecture pour la prochaine fois, ajouta-t-il alors qu'ils franchissaient la porte.

Tandis qu'ils traversaient la cour couverte de gazon, Danseur tenait Han par le coude pour l'aider à garder l'équilibre. Ce dernier se dégagea.

— Je survivrai, dit-il.

— Tu es froid comme la Dyrnneflot, tu es au courant ? lui lança Danseur. Tu as toujours une température plus élevée que moi, d'habitude, et là, ce n'est pas le cas.

Il secoua la tête, comme s'il n'en revenait pas.

— C'est arrivé en vrai ? demanda Han en traînant les pieds dans un tas de feuilles mortes. On s'est vraiment retrouvés au ruisseau de la Vieille ?

Danseur hocha la tête et le regarda en coin.

— Tu as dit que Cat en pinçait pour moi.

— Et tu as dit que Fiona Bayar me désirait.

Han leva un sourcil.

— C'est vrai, Chasse-Seul, dit Danseur en souriant. Elle a envie de toi.

— Alors comme ça, Abelard veut travailler avec moi, et pas avec toi, dit Han. Je me demande à quoi ça rime.

— Je suis un rouquin, voilà tout. (Il leva les yeux au ciel.) Ça va, ce n'est pas comme si ça me brisait le cœur.

— Si elle m'apprend quelque chose d'utile, je t'en ferai profiter, promit Han.

Ils firent quelques pas en silence.

— Tu n'as rien vu d'autre ? demanda Han. Avant de refermer le portail ?

Danseur fit « non » de la tête.

— Comme quoi ?

— Quelqu'un est arrivé juste au moment où tu partais. Un magicien sang-bleu, plus âgé que nous. Il a dit s'appeler Corbeau. Tu ne l'as pas aperçu ?

Danseur haussa les épaules.

— Non. C'était quelqu'un de la classe ?

— Je ne l'ai pas reconnu, mais il devait forcément venir de Mystwerk. Il a dit qu'il était prof ici.

— Comment aurait-il pu nous trouver sur Hanalea ? Il faut être capable de visualiser l'endroit avant de s'y rendre en Aediion, non ?

— Aucune idée. Je ne sais pas comment ça marche. Quelqu'un a pu nous entendre dire qu'on allait là-bas.

Je devrais peut-être réciter de nouveau la formule pour y retourner, se dit-il.

— Mais que s'est-il passé ? demanda Danseur. Il a dit quelque chose ?

Han se souvenait bien des recommandations de Corbeau : *« Ne parlez à personne de notre rencontre. »*

Il n'avait aucune raison de lui obéir.

— Il a prétendu qu'il voulait s'associer à moi contre les Bayar. Il a proposé de m'apprendre la magie. Et à ce moment-là, Gryphon m'a obligé à revenir.

Danseur considéra son ami un long moment, sourcils froncés. Il finit par dire :

— Eh bien, tu as eu de la chance, Chasse-Seul. Fiona est allée chercher la doyenne Abelard parce que Gryphon et Micah sont restés en Aediion presque aussi longtemps que toi. On commençait à croire qu'aucun de vous trois n'allait revenir. J'étais sur le point de rouvrir le portail pour partir à ta recherche quand ils se sont réveillés. Gryphon s'est précipité pour te ranimer.

— Hum ! s'il est bien allé en Aediion, il doit déborder de pouvoir. Il en avait encore beaucoup à sa disposition alors que moi, j'avais presque tout épuisé.

— Comment ça s'est fini avec ce Corbeau, alors ? demanda Danseur.

— Je n'ai dit ni « oui » ni « non », mais je ne suis pas idiot. Ça semble plutôt risqué de prendre des leçons avec quelqu'un dont je ne sais rien, dans un endroit dont je ne connais pas les règles.

Tout comme au Gué-d'Oden, pensa-t-il.

Les cloches de la Tour Mystwerk retentirent, marquant la fin de la première heure de cours. Il leur restait donc un quart d'heure pour rejoindre la Salle de Guérison au bord de la rivière, où avait lieu le cours suivant. Au sujet des amulettes et des talismans, quelque chose dans ce goût-là.

— Je te raccompagne à Hampton, ensuite j'irai en cours, dit Danseur.

— Je retourne pas dans ma chambre, dit Han en empruntant la galerie longeant la rivière. Je ne veux pas manquer de cours. Nous sommes déjà assez en retard.

— Mais Maître Gryphon a dit…

— Eh bien, on ne lui racontera pas, d'accord ?

Malgré tout, les paroles de Corbeau résonnaient toujours dans son esprit, comme un air de musique entêtant : *« Je peux vous apprendre à utiliser cette amulette. Je peux vous apprendre des choses merveilleuses. »*

14

Le Dîner de la Doyenne

Lorsque Han retourna dans la classe de Gryphon le lendemain, il prit soin de ne surtout pas attirer l'attention. Son amulette contenait peu de magie, même s'il l'avait rechargée toute la nuit. Il la garda dans sa main toute la matinée, et elle buvait son pouvoir avec avidité.

Son compte-rendu sur son voyage en Aediion était aussi sommaire que celui de n'importe qui dans la classe. Gryphon serra les lèvres, mais ne fit aucun commentaire, à part :

— Merci, Alister. C'est en effet une histoire remarquable.

Les comptes-rendus de Micah et de Fiona étaient tout aussi vagues.

Han lisait et étudiait Kinley comme un fou, en quête de réponses. Il ne pouvait pas interroger Gryphon à ce sujet sans éveiller ses soupçons. Après cet incident avec Abelard, il ne fut plus question de l'Aediion. Le maître continuait à s'en prendre à Han. Il lui fondait régulièrement dessus comme un oiseau de proie aux ailes brisées et aux coups de bec assassins. Comme s'il tenait Han pour responsable de la situation délicate dans laquelle il s'était retrouvé avec la doyenne.

Tous les soirs, Han veillait tard et se préparait longuement pour les cours, afin de donner le moins de prise possible aux attaques. La menace de l'humiliation était une motivation puissante.

Le reste des étudiants était mis à rude épreuve également, mais moins souvent que Han. Gryphon avait fait pleurer Darnleigh, ridiculisé les frères Mander, et traité Danseur comme un idiot. Les Bayar, eux aussi, se faisaient interroger sans ménagement, même si Han avait toujours l'impression que ces agressions verbales étaient quelque peu émoussées quand le maître s'adressait à eux. Surtout à Fiona.

À deux reprises pendant la semaine qui suivit, la doyenne Abelard vint assister au cours, assise au dernier rang. Elle tapotait le bureau du bout des doigts, son visage fermé et sévère souligné par la faible lueur de son amulette. Lors de ces visites, Gryphon s'embrouillait, perdant souvent le fil de son discours.

Micah et ses cousins passaient peu de temps à la Résidence Hampton, et Han ne les voyait que rarement en dehors des cours. Ils préféraient *La Couronne et le Château*, où ils tenaient salon tous les soirs en compagnie de Fiona, de Wil et d'une foule de novices de Mystwerk que Micah fréquentait. Rien de plus normal : la majorité de leur classe venait des Fells. Ils se connaissaient sûrement tous depuis l'enfance.

Han se forçait à aller à la taverne de temps en temps, pour se montrer, même si le silence se faisait dans la salle quand il entrait, et que les amis de Micah serraient ostensiblement bourses et amulettes quand il approchait.

Au cours de la septième semaine de cours, on annonça aux novices que la doyenne Abelard donnerait le premier Dîner de la Doyenne à la Maison Mystwerk, le jour du temple. Tous les étudiants, compétents et membres du corps enseignant étaient attendus.

Han n'était pas pressé de se retrouver de nouveau sous le regard perçant de la doyenne. Son entretien en tête à tête avec elle aurait lieu seulement une semaine plus tard. Il s'accrochait toujours au faible espoir de réussir à y échapper.

Alors que Han s'habillait pour le dîner, il se sentit soulagé d'avoir sa toge rouge anonyme à passer sur ses vêtements. Il avait pris un bain, rasé la barbe naissante sur ses joues, peigné ses cheveux et fait reluire son amulette avec une peau de chamois. Il ne voyait pas à quels autres préparatifs se livrer.

La Maison Mystwerk brillait de tous ses feux quand Danseur et lui traversèrent la cour. L'entrée était déjà étoilée de toges rouges. Pour une fois, il ne pleuvait pas, même si un vent vif soufflant du nord indiquait que le temps était en train de changer.

Des serviteurs portant la livrée de Mystwerk les introduisirent dans la Grande Salle.

À l'entrée de la pièce, de longues tables chargées d'assiettes, de verres et d'argenterie étincelaient – il semblait y avoir bien trop de vaisselle, d'autant plus qu'aucun plat n'était encore en vue.

De grands étendards se balançaient dans les hauteurs insondables du plafond. C'étaient les emblèmes des Maisons de magiciens, parmi lesquels figurait le Faucon Plongeant des Bayar.

Han se demanda à quoi ressemblerait sa propre bannière, s'il en avait une.

Même si tout le monde portait la toge rouge de mise, la plupart des invités l'avaient agrémentée avec une étole aux armes de leur famille, ou des broches et broderies indiquant leur rang universitaire. Beaucoup arboraient des bijoux en plus de leur amulette : bagues voyantes aux doigts, lourdes chaînes en or autour du cou et gourmettes aux poignets. Han avait beau avoir revêtu son plumage rouge, il ne se sentait pas assez bien habillé, tel le plus banal des moineaux.

Il repéra les Bayar parmi un attroupement d'étudiants à l'autre bout de la pièce. Micah posa alors les yeux sur lui, et il chuchota quelques mots à ses compagnons, qui se mirent à ricaner. Fiona aussi faisait face à Han. Quand elle leva la tête, elle croisa son regard et le soutint pendant un long moment, le visage dur et froid comme le marbre, avant de se tourner vers Wil.

Han sentit l'habituel frisson de danger entre ses omoplates. S'aventurer sur le terrain des sang-bleu, c'était comme arpenter le

Pont-Sud sans réputation ni marque d'appartenance à une bande pour vous protéger.

Pour se rassurer, il saisit son amulette, tout en adoptant son visage des rues.

Des boissons étaient distribuées à un bar, dans un angle de la pièce. Danseur et lui se dirigèrent donc dans cette direction, croisant de petits groupes d'étudiants et d'enseignants.

Des bribes de conversation leur parvenaient. Han saisit quelques mots au passage : « Marché-des-Chiffonniers », « seigneur des bas-fonds » et « rouquin ». Ils lui écorchèrent les oreilles comme des notes dissonantes.

Il passa en revue l'étalage scintillant de bouteilles, carafes et tonnelets. Il n'y avait pas que de la bière et du cidre. De l'eau-de-vie, du vin et du whisky étaient aussi proposés. Il repensa à Lucius Frowsley, là-bas sur Hanalea, se demandant si sa distillerie fonctionnait toujours, et qui se chargeait désormais de ses livraisons.

Les deux amis commandèrent du cidre. Il valait mieux garder les idées claires. Ce serait déjà assez difficile comme ça de se tirer d'affaire pendant ce dîner.

Adam Gryphon entra, dans son fauteuil roulant, et traversa la foule avec habileté pour atteindre le bar.

Dommage qu'il ne puisse pas se servir de ce fauteuil tout le temps, se dit Han. L'académie était truffée de marches, de trottoirs, de pavés et autres obstacles.

Quelqu'un tira Han par la manche. Il fit volte-face, manquant de renverser son cidre.

Devant lui se tenait une fille à la peau très pâle et aux cheveux noirs courts et hérissés, striés du rouge des magiciens. Elle portait une toge rouge ornée des broderies des compétents. Elle avait les doigts chargés de bagues, et le peu que l'on voyait de sa peau était presque entièrement couvert de tatouages brillants, métallisés, pareils à des bijoux peints. Les motifs semblaient onduler et bouger tout seuls.

— Ce sont des talismans et des charmes, expliqua la fille en effleurant un symbole sur le dos de sa main. Pour me protéger des envoûtements.

— Ah ! fit Han, essayant de trouver quelque chose d'approprié à dire. Quelqu'un cherche à vous envoûter ?

Elle hocha la tête, puis se mit sur la pointe des pieds pour lui chuchoter à l'oreille, d'un ton théâtral :

— Je suis Mordra deVilliers.

Comme si cela expliquait tout.

— Je suis Han Alister, se présenta-t-il avant de désigner son compagnon du menton. Et voici Hayden Danseur de Feu.

— Je sais, dit-elle en les regardant l'un après l'autre de ses grands yeux solennels. Est-ce vrai que vous êtes un voleur et un meurtrier ?

Han l'examina.

Il n'y avait aucune trace de jugement sur son visage, rien qu'une avide curiosité. Comme il ne répondait pas immédiatement, elle s'empressa de reprendre :

— Ils disent que vous êtes un criminel célèbre, et que vous avez tenté d'assassiner le seigneur Bayar. (Elle se tourna ensuite vers Danseur.) Et ils racontent que vous êtes un espion à la solde des rouquins.

Danseur jeta un coup d'œil à son ami.

— Qui vous a dit ça ? demanda Han.

Mordra désigna le coin où se tenaient les Bayar.

— Et alors, vous en pensez quoi, vous ? demanda Han en se frottant la nuque.

— Eh bien, vous êtes effectivement un rouquin, dit-elle en s'adressant à Danseur. Et vous, poursuivit-elle en se tournant vers Han, vous parlez à la manière d'un voyou des rues, même si vous n'êtes pas habillé comme tel.

Elle scruta son visage.

— Et vous avez l'air assez impitoyable avec toutes ces cicatrices.

Comment ça, je parle à la manière d'un voyou des rues? se demanda Han. Il n'avait presque rien dit.

— Vous devriez peut-être pas nous adresser la parole, alors ? Ça pourrait être risqué, lui fit remarquer Han.

Mordra haussa les épaules.

— Ils n'ont pas une haute opinion de moi non plus, parce que je viens des royaumes d'en bas. Même si je suis issue d'une lignée restée pure et que mon père fait partie du Conseil. Mais la doyenne m'estime, car j'ai des talents hors du commun. (Elle tendit le bras pour faire admirer les ornements de sa toge.) Je suis la plus jeune compétente de tous les temps.

— Vous devez être sacrément finaude.

— Si vous êtes vif d'esprit, elle vous remarquera aussi, lui assura Mordra. Peu importe qui vous êtes. (Elle jeta un coup d'œil vers Danseur, puis haussa les épaules.) Sauf si vous êtes un rouquin, bien sûr.

Cette Mordra est peut-être intelligente, mais elle dit tout ce qui lui passe par la tête, pensa Han.

— Et si je ne tenais pas à me faire remarquer ? dit-il.

— Oh ! mais si. La doyenne Abelard offre des cours supplémentaires pour les étudiants de Mystwerk à fort potentiel.

— Quel genre de cours ?

De nouveau, elle se hissa sur la pointe des pieds, lui agrippant le bras pour garder l'équilibre.

— Des cours de magie interdite, susurra-t-elle, et son souffle chaud lui chatouilla l'oreille. De sortilèges puissants.

Une voix glaciale coupa court à ses confidences :

— Fermez-la, Mordra.

Mordra sursauta et manqua de tomber à la renverse. En relevant la tête, Han découvrit Fiona, qui avait traversé toute la salle sans qu'il s'en aperçoive.

— Vous, fermez-la ! répliqua Mordra en recouvrant son aplomb, poings serrés.

— Vous ne savez que babiller des absurdités comme un novice aviné, poursuivit Fiona en levant les yeux au ciel. Alister est un voyou des rues. Il n'a rien à faire de votre pathétique vie imaginaire.

— En vérité, c'était fascinant, la contredit Han. Mordra me disait justement que...

— Peu importe, l'interrompit la compétente. Où êtes-vous assis ?

— Là où il restera de la place, j'imagine, répondit Han.

Le plus loin possible des Bayar et de la doyenne, ajouta-t-il en lui-même. *Et peut-être de Mordra aussi*. Elle était sans doute la seule qui veuille bien lui parler, mais son bavardage l'épuisait.

— Une place vous est assignée. Vous l'ignoriez ? Je suis à la table de la doyenne, indiqua Mordra.

— Comment savoir où se trouve ma place ? demanda-t-il.

Il avait toujours l'impression qu'il lui manquait des informations que tout le monde possédait.

— Il y a un petit carton près de chaque assiette, lui expliqua Mordra. Vous devriez faire un tour pour trouver la vôtre. Il sera bientôt temps de s'asseoir.

Il s'avéra que Han était lui aussi à la table de la doyenne. En compagnie des deux Bayar, d'Adam Gryphon, d'un autre compétent et d'un autre maître. Et lui qui voulait éviter d'attirer l'attention...

Danseur était à une table voisine, avec plusieurs étudiants du cercle des Bayar. Ces derniers se tortillaient sur leur chaise et s'écartaient de lui comme s'il sentait mauvais. Avec un soupir, Danseur arbora son visage de marchand.

On aurait pu croire que la doyenne essayait de rendre tout le monde malheureux.

Han était assis entre Mordra et Fiona. Micah était en face, à côté de Maître Gryphon.

Fiona se tenait très droite et regardait devant elle, comme si elle pouvait faire abstraction de son voisin de table.

Heureusement, les serveurs arrivèrent avec empressement pour verser une soupe dans le bol de chaque invité.

C'était un bouillon clair avec un peu de verdure flottant dessus. *C'est plutôt léger, comme dîner*, pensa Han, surpris. Il s'attendait à un festin plus copieux. Il prit une cuillerée de bouillon et souffla dessus. Il avait un goût fumé et salé, comme un mélange de champignons et d'oignons.

Pourvu qu'on nous resserve, espérait Han. *Ou au moins qu'on nous donne un morceau de pain avec.* Il avala encore quelques cuillerées, avant de remarquer que personne d'autre ne mangeait.

De l'autre côté de la table, Micah l'observait, les mains jointes, un sourcil levé. Mordra se pencha vers Han.

— Vous êtes censé attendre que tout le monde soit servi et que la doyenne fasse son discours d'accueil, lui chuchota-t-elle, assez fort pour être entendue des tables voisines.

Un gloussement parcourut la salle.

Han posa sa cuillère tandis que le rouge lui montait aux joues.

Il s'avéra que la soupe ne constituait pas le repas. C'était ce qui venait *avant* le dîner, qui, lui, se composait de cailles rôties accompagnées de pommes de terre et de carottes, suivies de petits gâteaux, de fruits flambés à l'eau-de-vie, le tout arrosé de trois sortes de vins, et de liqueurs servies dans de petits verres.

Personne d'autre n'avait apporté son cidre à table.

Il avait beau essayer de copier les manières de ceux qui l'entouraient, Han finissait toujours, à un moment ou à un autre, par se servir de la mauvaise fourchette, ou par manger les aliments dans le désordre, ou avec la mauvaise sauce. Mordra le corrigeait avec ses apartés emphatiques, et, chaque fois, dans toute la salle, les autres invités se tordaient silencieusement de rire.

Seuls quelques-uns ne riaient pas : la doyenne, Danseur, Mordra, et Fiona.

Fiona ?

Pendant tout le dîner, elle but du vin mais mangea très peu. Elle poussait la nourriture dans son assiette d'un air contrarié jusqu'à ce que les serveurs la débarrassent. Elle tambourinait sur la table du bout des doigts et remuait sur sa chaise.

Être assise à côté de moi lui coupe l'appétit ? se demanda Han.

Plusieurs fois, Maître Gryphon essaya d'engager la conversation avec elle, mais elle ne semblait presque pas l'entendre, comme si elle avait la tête ailleurs.

Elle finit par se pencher devant Han pour s'adresser à Mordra :

— Arrêtez, voulez-vous ? siffla-t-elle, au moment où la compétente ouvrait la bouche pour dire quelque chose à Han qui s'apprêtait à beurrer son petit pain – avec le mauvais couteau sûrement.

— Quoi ? fit Mordra en papillonnant des yeux.

— Vous êtes vraiment très mal placée pour reprendre quelqu'un sur ses manières, poursuivit Fiona d'une voix aussi cassante que l'acier gelé au moment du solstice. Vous êtes vous-même un désastre.

Mordra leva le menton.

— J'essayais juste de...

— N'approchez pas Alister, ou vous deviendrez encore plus un paria que vous ne l'êtes déjà, la prévint Fiona.

— Fermez-la toutes les deux ! explosa alors Han en tapant des deux mains sur la table, ce qui fit trembler la porcelaine et déborder les verres de vin. Ce serait plus facile de manger au beau milieu d'une bagarre de taverne qu'assis entre vous deux !

Un silence de mort s'abattit sur la salle.

Fiona se leva, sa chaise raclant bruyamment le sol.

— Doyenne Abelard, veuillez m'excuser. Je ne me sens pas bien.

Et elle quitta les lieux sans se retourner.

Han jeta un coup d'œil vers Micah de l'autre côté de la table : il l'observait attentivement, comme pour le jauger. Gryphon suivit Fiona du regard jusqu'à ce qu'elle disparaisse par la grande porte, puis il reporta ses étranges yeux bleus sur Han. Son visage était blême de fureur. La doyenne Abelard posa les coudes sur la nappe et appuya son menton sur ses mains, un léger sourire aux lèvres.

Dès lors, Han s'arrêta lui aussi de manger. Il ne voulait pas risquer de nouvelles remarques de la part de Mordra. Elle continuait à jacasser et il lui répondait du bout des lèvres.

Enfin, cet interminable dîner toucha à sa fin. Étudiants et professeurs se rassemblèrent en petits groupes pour discuter. Han et Danseur s'en allèrent par la porte de derrière pour éviter tout le monde.

— Et il va falloir faire ça tous les mois ? marmonna Han. Par les ossements sanglants !

Dans son estomac, le copieux repas pesait aussi lourd qu'une enclume.

— Fiona Bayar et Mordra deVilliers se sont *battues* pour toi ?

Le vent agita les branches au-dessus de leurs têtes et Danseur releva son col. Comme Han le regardait d'un œil mauvais, il ajouta :

— C'est l'impression que j'ai eue.

— Je ne sais pas ce qui leur a pris, dit Han. Fiona voudrait que personne ne nous parle. Elle essaie sans doute de nous isoler encore plus.

— Ou bien elle te veut pour elle toute seule.

— Très drôle.

Ils marchèrent un moment en silence.

— Je me demande qui assiste aux cours d'Abelard, dit Han, songeur. Qu'est-ce qu'elle peut bien avoir en tête ?

Comme ils tournaient au coin de la Maison Mystwerk, une brève lueur sous une galerie attira son attention. En plissant les yeux, il distingua quelqu'un vêtu d'une toge parmi les ombres, un visage anguleux éclairé par en dessous.

Au-dessus d'eux, la pierre craqua avec un bruit assourdissant. Sans prendre le temps de lever le nez, Han se jeta contre Danseur, et tous deux valdinguèrent dans la cour tapissée d'herbe.

Han se releva d'une roulade. Un amas de tuiles et de pierres cassées jonchait le sol, là où ils se tenaient un instant plus tôt. Le couteau à la main, il fonça vers le passage couvert, se déplaçant en zigzag pour constituer une cible plus difficile à toucher. Mais il n'y avait personne.

— Qu'est-ce qui se passe ? s'écria Danseur derrière lui. Tu as vu quelque chose ?

Han secoua la tête et posa un doigt sur ses lèvres. Il regarda derrière lui, vers le chemin qu'ils avaient emprunté.

Une large galerie du premier étage s'était détachée et écrasée sur les pavés. Certains morceaux étaient plus gros que la tête de Han. N'importe lequel aurait pu les tuer s'il les avait atteints.

Pendant qu'ils contemplaient ce spectacle, une foule d'étudiants et de professeurs tourna au coin du bâtiment et s'amassa autour des blocs de pierre. Personne ne remarqua Han et Danseur dans l'ombre du passage.

Ni Micah, ni Fiona Bayar n'étaient dans l'attroupement.

Han toucha l'épaule de son ami et désigna le dortoir d'un geste de la tête.

Tout en marchant, il tenait son amulette d'une main et son couteau de l'autre, tous les sens en alerte pour repérer une embuscade sur leur route.

Blevins leva le nez lorsqu'ils traversèrent la salle commune.

— Le dîner est déjà fini ?

— Il y en a d'autres qui sont revenus ? s'enquit Han.

Blevins secoua la tête.

— Vous êtes les premiers.

Ils montèrent jusqu'au troisième étage. Han ferma la porte donnant sur l'escalier et vérifia que ses barrières magiques étaient intactes. À pas de loup, il se dirigea vers sa chambre et entra doucement. Personne. Il alla à la fenêtre et regarda dehors. Des éclats de voix excitées lui parvinrent depuis la foule attroupée autour du tas de gravats près de la Maison Mystwerk.

Il se retourna. Danseur était sur le seuil.

— Il y avait quelqu'un sous le passage, de l'autre côté de la cour, dit Han. Il a jeté un sort juste avant que la galerie nous tombe dessus.

— Tu en es certain ? Le vent aura peut-être fragilisé une corniche. Il a soufflé toute la journée.

— Celui qui a fait ça voulait donner l'impression que c'était le vent, rétorqua Han.

— Tu n'as pas vu qui c'était ?

— Quelqu'un de grand, en toge de magicien.

La lueur de l'amulette avait éclairé le visage de l'attaquant un instant, mais si brièvement que Han n'était sûr de rien.

Toutefois, il pouvait émettre une hypothèse. Fiona n'aurait eu aucun mal à se mettre en position. Ou Micah, s'il s'était dépêché de franchir la grande porte, pour arriver avant qu'ils passent le coin du bâtiment.

Cette fois, ils avaient eu de la chance. Mais combien de temps leur bonne fortune allait-elle durer ?

15

Amis et ennemis

Amon éplucha bel et bien les listes d'étudiants des Maisons Wien et Isenwerk – cadets novices et néophytes –, mais n'y trouva aucun Alister. Gourmettes pouvait très bien s'être inscrit sous un faux nom, mais, s'il venait d'arriver à la Maison Wien, Raisa ou Amon l'auraient sûrement repéré dans les réfectoires ou les bibliothèques. Comme cela ne se produisit pas, Raisa finit par admettre, avec réticence, qu'elle avait fait erreur.

— Contentez-vous d'éviter la rue du Pont, lui rappela Amon.

Au fil des semaines, elle commença à se sentir à l'aise dans son rôle de cadette novice. Elle n'aurait jamais pu tromper quelqu'un la connaissant bien mais, aux yeux de tous les autres, une tunique de cadet et des cheveux courts semblaient constituer un déguisement parfait pour une princesse. Elle rencontra des compatriotes au réfectoire ou dans la cour de l'école, mais personne ne la reconnut.

Taim Askell n'avait pas menti. Le programme qu'Amon et lui avaient concocté pour Raisa l'obligeait à courir depuis l'aube jusqu'au moment où elle s'écroulait sur son lit, au dernier étage de la Résidence Grindell. Même les ronflements de Hallie ne l'empêchaient pas de dormir.

Elle ne pouvait pas se plaindre. C'était ce qu'elle avait demandé – non, réclamé, même. À présent, elle en payait le prix.

Plus de rêvasseries pendant les cours de broderie, de musique de chambre ou de peinture de paysage d'après nature. Plus d'après-midi à paresser à l'heure du thé en échangeant des potins sur la terrasse.

Il n'y avait pas de terrasse.

En l'absence de surveillant à la Résidence Grindell, la Meute de Loups aurait pu être tentée d'enfreindre les règles. Mais ils étaient tous bien trop épuisés pour cela. En tant que commandant en quatrième année, Amon faisait appliquer le couvre-feu à ses cadets de la manière la plus stricte, mais lui-même était rarement présent. De toute manière, Raisa était presque toujours à demi assoupie à cette heure-là, essayant de lire quelques paragraphes supplémentaires avant de moucher sa chandelle. Parfois, elle s'endormait complètement, affalée sur le bureau, le visage écrasé contre les pages de son livre d'histoire. Peut-être quelques phrases parviendraient-elles à s'imprégner ainsi dans sa mémoire.

Elle ne s'approchait pas de la rue du Pont, même si la tentation était forte lorsque Talia et Hallie l'invitaient à se joindre à elles. Elle n'avait pas le temps d'aller dans les tavernes, de toute façon, se raisonnait-elle. Et au moins, ainsi, elle évitait les sempiternelles tentatives de Talia pour lui trouver un petit ami.

Rapidement, elle redouta les séances d'exposés sur l'histoire des guerres. Les cours donnés par les maîtres et les doyens avaient lieu trois fois par semaine, avec des sessions d'exposés tous les jours. Ces derniers étaient supervisés par des compétents, qui dirigeaient les discussions et faisaient passer des examens écrits et oraux. Ils avaient donc un pouvoir important, surtout sur les novices.

Ses sessions d'exposés d'histoire étaient présidées par un compétent ardenin du nom d'Henri Tourant.

Fils cadet d'un haut dignitaire, Tourant estimait apparemment qu'un poste à la faculté lui offrait des possibilités dont il ne disposait pas chez lui : malmener et humilier les étudiants le jour, courir d'autres plaisirs la nuit.

Tourant avait tout d'un tyran. Et son attitude envers les femmes était typique du comportement ardenin, mélange d'arrogance et de condescendance. Il annonça très vite son opinion : les filles auraient dû s'inscrire ailleurs, pour ne pas gaspiller le temps des enseignants de la Maison Wien et des académies les plus viriles.

Mille ans après la Rupture, l'Arden ne se remettait toujours pas d'avoir été dominé par une femme à une autre époque.

Tourant était petit – dans tous les sens du terme. Il avait de fines lèvres cruelles et des cheveux bruns frisés, qu'il portait longs. À peine plus âgé que Raisa, il commençait déjà à se dégarnir. Il avait un visage reptilien au menton fuyant et au nez pointu.

Il était coquet, et retirait souvent sa toge pour faire admirer ses beaux atours.

Il se pavanait dans la classe, monopolisant la parole pendant ce qui aurait dû être une discussion. Il s'en tenait rarement au sujet et connaissait les faits de façon très superficielle. Un véritable débat aurait été bienvenu, mais les exposés de Tourant étaient une perte de temps.

Raisa se contentait la plupart du temps de faire ses devoirs au fond de la classe. Mais ce jour-là, il était question de la magie en situation de guerre, et elle avait du mal à se concentrer sur autre chose et à garder le silence alors que Tourant pérorait, les abreuvant de contrevérités comme un tuyau percé.

J'apprends la retenue, se dit Raisa en cachant ses poings serrés sur ses genoux. *Une qualité précieuse.*

Mais la situation empira. Une Consacrée d'Arden au regard halluciné affirma que les guerriers demonai se battaient nus.

— Même s'ils sont incroyablement riches, les sauvages du Nord portent leurs trésors uniquement sous forme de bijoux. Ils se battent tout nus, hormis de massifs colliers en or et des bracelets qui indiquent leur statut. Et des carquois pour leurs flèches.

— Voilà un spectacle que j'aimerais voir, dit Tourant avec un sourire.

Son regard glissa sur Raisa, froid et mauvais comme le baiser d'un démon.

— Vous êtes de sang mêlé, Morley, non ? Vous arrive-t-il d'aller vous battre toute nue ? L'idée c'est de… distraire l'ennemi ?

Raisa chassa de son esprit l'image d'un Reid MarcheNuit traversant la forêt au galop dans le plus simple appareil.

— Si vous y réfléchissez un peu, monsieur, vous comprendrez que ce n'est pas possible, répondit-elle en choisissant chaque mot avant de le lui cracher au visage. Quiconque irait nu dans les montagnes aurait très froid, et ce serait extrêmement inconfortable, même en été. Pendant l'hiver du Nord, ce serait la mort assurée.

— Ils sont habitués au froid, insista la Consacrée. Ils ne le sentent même plus.

— Nous sommes habitués au froid, certes, dit Raisa. Bien plus que les gens des plaines. Mais il y a des limites. Les clans sont connus pour leur travail du métal, et ils portent donc bien des bijoux, mais aussi du cuir, des fourrures et des étoffes diverses, expliqua-t-elle en repensant aux immenses métiers à tisser en constante activité dans les pavillons des camps.

— Certains disent que les sauvages, à l'instar des loups, ont un pelage d'hiver, dit Tourant, comme si la question faisait véritablement l'objet d'un débat au sein des érudits. C'est pourquoi on parle des « reines des loups ».

Cette affirmation fut accueillie par quelques rires épars, mais la plupart des étudiants se tortillaient sur leur siège, mal à l'aise.

— Est-ce exact, novice Morley ?

— Ce n'est pas vrai !

Une fille sculpturale à la peau cuivrée et à l'accent de Tamron avait pris la parole sans y être invitée. Elle portait la toge d'Isenwerk et des bijoux raffinés.

— Ma famille fait régulièrement commerce avec les marchands des clans, dit-elle. Celui qui vient chez nous est bien élevé et vêtu de pied en cap. Ce n'est assurément pas un sauvage, même s'il est dur en affaires.

— Eh bien, novice Haddam, fit Tourant en lui adressant un clin d'œil. On dirait que vous avez un faible pour lui. Quand vous dites qu'il est « dur » en affaires, qu'avez-vous en tête, exactement ?

Haddam s'empourpra de colère et ouvrit la bouche pour répliquer, mais Tourant désigna un autre étudiant, qui agitait frénétiquement la main.

— Gutmark. Qu'en pensez-vous ?

— Les reines des Fells sont des sorcières, affirma avec sérieux le garçon du Bruinswallow. Elles séduisent les hommes par la magie pour qu'ils les laissent régner.

— Les reines des Fells occupent le trône pour les mêmes raisons que les rois de Tamron et du Bruinswallow, intervint Raisa. Lignée, histoire, éducation et aptitudes.

— Les montagnes du Nord sont infestées par la magie du démon, dit un étudiant des Îles du Sud. Le Roi Démon venait de là-bas, et c'est là-bas qu'il est mort. Depuis, ses os corrompent la terre. Le sol donne des pustules aux pieds et les plantes dépérissent.

— Les plantes y poussent sans problème, le contredit Raisa. Mais on ne trouve pas les mêmes espèces qu'ici. D'où croyez-vous que viennent toutes les plantes médicinales et tous les parfums que vous utilisez ?

— De la sorcellerie, lança la Consacrée ardenine avec un frisson de ferveur religieuse. Pour rien au monde je ne mettrais de ces parfums maudits. Ils embrument l'esprit et conduisent aux péchés de la chair. Une fois mon diplôme obtenu, je serai missionnaire. J'irai vivre avec les sauvages des montagnes pour les civiliser et leur apporter la vraie foi.

Raisa essaya d'imaginer cette fille naïve confrontée à son père, Averill PiedLéger, seigneur Demonai, et entreprenant de le civiliser. Quant à sa grand-mère, la Matriarche Elena *Cennestre*, elle n'en ferait qu'une bouchée.

— Eh bien, je te souhaite bonne chance, lui dit Raisa en levant les yeux au ciel.

Elle sursauta quand une voix forte résonna depuis l'arrière de la salle.

— Compétent Tourant, êtes-vous déjà allé dans les Fells ?

Tous se retournèrent et découvrirent Maître Askell, debout au fond de l'amphithéâtre.

Tourant rougit.

— Non, monsieur, ce n'est pas vraiment le genre d'endroit où…

— Qui s'est déjà rendu dans les Fells ? demanda Askell en parcourant les rangées du regard. Levez-vous.

Raisa se mit debout. C'était la seule.

— Personne d'autre ? Pas même pour un court séjour ?

Les étudiants gardaient la tête baissée.

— Qui a des amis, de la famille ou des associés dans le Nord ?

Cette fois, Haddam se leva dans un bruissement de tissu, jetant un regard noir à Tourant.

Askell soupira.

— Morley et Haddam, vous pouvez vous rasseoir. En tant que maître de la Maison Wien et professeur au Gué-d'Oden, je me plais à croire que je joue le rôle le plus important dans votre éducation. Mais ce n'est pas vrai. Ce qui fait la force du Gué-d'Oden, c'est la diversité de ses étudiants, venus de tous les coins des Sept Royaumes.

» Les cadets intelligents saisissent cette chance. Ils savent se taire et écouter ceux parmi eux qui s'y connaissent, ceux qui parlent d'expérience. À l'avenir, lorsque vous les rencontrerez de nouveau, en situation de guerre ou de paix, vous serez mieux préparés à remplir votre tâche. Ceux qui se fient aux preuves iront loin. Ceux qui s'en remettent aux mythes, aux insinuations et aux rumeurs échoueront. Vous comprenez ?

— Oui, monsieur ! répondit toute la classe.

Avec l'ombre d'un sourire, Askell conclut :

— Vous pouvez poursuivre, compétent Tourant.

Puis il s'éclipsa.

Raisa se retourna à temps pour surprendre le regard venimeux que Tourant dardait sur elle. *Eh bien, voilà que je me suis fait un ennemi*, constata-t-elle.

En raison de cet incident, Maître Askell fit des apparitions fréquentes pendant ses cours. Surtout durant les exposés. Raisa remarquait un changement dans l'attitude ou le comportement de Tourant, et quand elle levait les yeux de ses notes, le maître était appuyé contre le mur du fond de la classe. Elle se détournait du tableau en cours de finance et trouvait Askell en pleine discussion avec son professeur. À la fin des exposés de langues, elle le repérait, assis parmi les étudiants, et se demandait depuis combien de temps il les écoutait. Souvent, il se glissait sans se faire remarquer au cours d'un débat animé ou en plein milieu d'un examen oral. Puis il repartait, quand il avait vu ce qu'il voulait voir.

Pour la part physique de la formation de soldat, les capacités de Raisa continuaient à se développer, mais elle comprit bientôt qu'elle ne serait jamais douée pour cela. Elle était trop petite et trop légère pour la plupart des armes des plaines, même si elle était désormais plus musclée. Elle était bonne cavalière, s'en sortait plutôt bien au tir à l'arc, et se distinguait en géographie, en orientation et en techniques de survie, grâce à son entraînement dans les camps.

En finance, elle tirait aussi son épingle du jeu, un atout acquis sur les marchés des clans.

Elle appréciait de partager une chambre avec Hallie et Talia. À force de passer du temps en sa compagnie, elles en venaient à la traiter comme leur semblable, et non plus comme un petit objet fragile.

Hallie paraissait plus adulte que les autres Loups de la Meute. Elle était grande, forte, sociable et bruyante, mais lorsque la conversation s'orientait vers sa fille, elle devenait silencieuse et triste. Elle gardait un petit portrait d'Asha qu'elle contemplait plusieurs fois par jour, comme si elle craignait d'oublier à quoi ressemblait sa petite. Toutes les semaines, elle envoyait des lettres et de menus présents, jamais sûre qu'ils atteindraient leur destination.

Raisa demanda à voir le portrait d'Asha, un soir qu'elles étudiaient tard toutes les deux.

— Elle est belle, dit Raisa en examinant la petite fille à l'air sérieux et aux immenses yeux bleus, le visage encadré d'un halo de fins cheveux clairs. Qui l'a dessinée ?

— La sœur du caporal Byrne, Lydia. Il lui a demandé de faire ce portrait lorsque je me suis inscrite à l'école et que j'ai rejoint la Meute.

— Cette décision a dû être difficile à prendre. Venir ici, je veux dire.

Hallie haussa les épaules.

— J'étais dans l'armée régulière, les Montagnards, quand j'ai découvert que j'étais enceinte. (Elle leva les yeux vers Raisa.) Je ne suis pas stupide, je prenais de l'herbe à pucelle, mais c'est difficile de tenir un calendrier quand on est soldat et qu'on bouge tout le temps.

» Je suis rentrée chez moi pour donner naissance à mon bébé, mais il fallait bien que je travaille pour la nourrir. La carrière militaire, je ne connais que ça ; cependant, je ne voulais pas retourner dans l'armée, parce que je n'aurais jamais été près d'elle. J'ai pensé à devenir Veste Bleue, mais de nos jours il faut étudier pour ça.

Elle s'arrêta, comme si elle hésitait à se confier davantage, puis reprit :

— J'ai cru que je serais réduite à trouver un bon seigneur des rues et à entrer dans une bande. Mais s'il m'était arrivé quelque chose, Asha n'aurait plus rien eu. Je subviens à ses besoins, et aussi à ceux de mam et pa.

Ces gens doivent prendre des décisions déchirantes tous les jours, songea Raisa. *Et dire que je croyais que la vie des roturiers était simple.*

— Et puis l'orateur Jemson du temple du Pont-Sud m'a parlé de quelque chose appelé le Ministère d'Églantine, poursuivit Hallie.

Il m'a dit qu'il pouvait m'obtenir l'argent pour payer les frais de scolarité à la Maison Wien si j'étais acceptée.

Le Ministère d'Églantine! Raisa releva brusquement la tête.

— C'est vrai? (D'un geste impulsif, elle agrippa les mains de Hallie.) C'est une merveilleuse nouvelle!

Hallie regarda son amie d'un drôle d'air.

— Euh... oui. Donc, tu devines la suite. J'ai été acceptée, et me voilà ici. Chaque jour du temple, j'achète une rose à la marchande de fleurs du pont, et je la dépose sur l'autel de la princesse Raisa. Quand je rentrerai à la maison, j'espère être assignée à son service personnel. Ainsi, je serais près d'Asha tout en protégeant la dame.

— C'est peut-être ce qui arrivera, dit Raisa, la gorge serrée.

— Sait-on jamais?

Hallie rangea le portrait d'Asha.

En cours, Raisa étudiait des stratégies de bataille mises au point par Gideon Byrne des siècles plus tôt. Lila Byrne avait dessiné les plans d'un prototype de rapière à double tranchant encore utilisée à ce jour. Dwite Byrne avait lancé l'idée novatrice de recourir à des soldats montés, à une époque où la cavalerie était tombée en désuétude.

Raisa et Amon avaient ceci en commun: ils étaient tous deux les héritiers d'une dynastie bien établie et accomplie, qui pesait lourdement sur leurs épaules.

Amon était doué pour le maniement des armes et avait un bon bulletin de notes, mais il n'était ni le plus grand, ni le plus fort ou le plus riche des cadets de sa classe au Gué-d'Oden. Il ne s'attirait pas la sympathie de ses camarades en leur payant des bières et des chopes de cidre dans la rue du Pont avant de tituber jusqu'au dortoir bras dessus bras dessous, aux petites heures du matin.

Il émanait de lui une concentration posée, comme s'il savait exactement qui il était et où il allait. Il était une amarre fixe dans une mer de changements. Honnête, il tenait toujours parole et son intégrité était sans faille. Les gens avaient envie de le suivre.

J'ai beaucoup à apprendre de lui, pensa Raisa. *J'ai tendance à provoquer les gens, pas à les apaiser.*

Amon continua à l'entraîner à la bastonnade, avec le bâton offert par Dimitri. Certains jours, elle ne le voyait qu'à ce moment-là. Il quittait le dortoir avant qu'elle se traîne hors du lit, et elle dormait profondément quand il rentrait. En tant que commandant de classe, il participait à d'interminables réunions, et prenait part à l'administration de l'école. C'était ce qu'il lui racontait, du moins. Raisa avait toujours l'impression qu'il évitait de se retrouver seul avec elle.

Parfois pourtant, quand elle levait la tête, même pendant le dîner, elle découvrait ses yeux gris posés sur elle.

— Je croyais qu'on appelait cet endroit le « grand égaliseur », rappela-t-elle à Amon en refermant un livre à la fin d'une longue journée de plus.

Huit semaines s'étaient écoulées depuis la rentrée – les plus exaltantes et les plus épuisantes de sa vie.

Amon leva le nez de ses dessins techniques.

— C'est le cas.

— Alors pourquoi Maître Askell a-t-il accepté de nous mettre tous dans le même dortoir ? Et pourquoi a-t-il approuvé un programme spécial pour moi, si tous les étudiants sont vraiment traités avec équité ?

— Tout le monde est logé à la même enseigne. Sauf exception.

Il reprit son travail jusqu'à ce que le poids du regard de Raisa lui fasse relever la tête. Il se renversa sur sa chaise et fit tourner sa plume entre ses doigts. C'était devenu un tic.

— Maître Askell sait qui vous êtes, avoua-t-il. Je le lui ai dit.

Raisa faillit recracher son thé.

— Quoi ? N'est-ce pas vous qui me répétez à quel point il est important que personne ne connaisse mon identité ?

Amon hocha la tête.

— C'est vrai. Mais je devais le convaincre d'accepter de nous assigner tous à la Résidence Grindell, ce qui est contraire à la politique de l'établissement. Même si vous êtes en première année, je tenais à ce que vous restiez avec les quatrième-année. (Il se baissa pour ramasser sa plume qu'il avait laissée tomber.) Je ne pouvais pas passer mes nuits à me demander si vous étiez en sécurité, dans un dortoir à l'autre bout du campus. Je voulais qu'un responsable soit au courant, au cas où ça se passerait mal.

— Vous lui faites confiance ?

— Oui, totalement.

Raisa se remémora son entretien avec Maître Askell.

— Voilà pourquoi il a été si exigeant avec moi. Il s'attendait à une petite princesse caractérielle et capricieuse.

Amon hocha la tête.

— Exact. Il a accepté parce qu'il pensait que vous ne tiendriez pas le coup. (Il sourit, fier de lui.) Il ne vous connaît pas aussi bien que moi.

— Il est venu assister à certains de mes cours, lui apprit Raisa.

— C'est quelque chose qu'il fait régulièrement de toute façon, surtout s'il se pose des questions sur un étudiant en particulier.

Amon hésita un instant avant de poursuivre :

— Taim Askell est l'héritier d'une famille noble d'Arden. Souvenez-vous quand il vous a demandé si vous vous étiez enfuie pour entrer dans l'armée. C'est ce qu'il a fait, lui. Il a traversé l'Indio jusqu'à Carthis et combattu dans les guerres là-bas. Il n'était au départ qu'un simple fantassin, puis il est monté dans la hiérarchie.

» Quand il est revenu aux Sept Royaumes, il a décidé de suivre une formation pour devenir officier. Et il est venu ici. Pa était son commandant de classe. Askell trouvait qu'il n'était qu'un prétentieux arriviste qui ne méritait pas son grade. Mon père pensait qu'Askell était un M. Je-sais-tout arrogant qui aurait mieux fait de se taire et d'apprendre.

— Que s'est-il passé ?

— Pa ne m'en a jamais parlé, mais la légende raconte qu'ils se sont retrouvés à l'extérieur du campus pour régler leurs comptes, et qu'ils se sont mutuellement flanqué une bonne raclée. Puis Askell a commencé à se taire et à apprendre, et, plus tard, pa et lui ont écrit un livre sur les guerres de Carthis qui a contribué à ce qu'Askell obtienne un poste ici. Cet ouvrage est à la bibliothèque, si vous voulez y jeter un coup d'œil.

— C'était comment d'entrer à l'académie avec Askell pour maître ? demanda Raisa.

— Il m'en a fait voir de toutes les couleurs, les deux premières années, dit Amon avec un sourire. Je l'ai souvent vu dans mes cours, moi aussi. Mais à la fin, il m'a nommé commandant de classe.

16

Rendez-vous avec la doyenne

Dans les jours qui suivirent le Dîner de la Doyenne, Han était tellement obnubilé par les sortilèges qu'il prit du retard dans les autres matières. Avec tant de choses à étudier, il devait choisir ses priorités. Il désirait surtout apprendre des sorts pour empêcher les bâtiments de lui tomber sur le coin de la figure.

Il assistait aux mêmes cours que les Bayar et les Mander, puisqu'ils étaient tous novices. C'était une distraction permanente.

Les cours de guérison lui semblaient inutiles. Les clans l'avaient engagé pour tuer, pas pour sauver, et les personnes que Han aurait aimé guérir étaient déjà mortes.

Maître Leontus était un homme d'un certain âge, qui avait le don de guérir, un zèle de missionnaire et le crâne chauve, et qui faisait de son mieux pour intéresser les élèves à sa vocation.

Ce n'était pas une tâche facile. La plupart des ensorceleurs avaient été abreuvés de pouvoir et de privilèges : ils n'étaient pas naturellement portés à l'altruisme. Et le pauvre Leontus était affligé d'une incorrigible honnêteté.

— Les guérisseurs qui ont le don prennent les maux et blessures de leurs patients. Cela implique des douleurs considérables, de la souffrance, et consomme beaucoup de pouvoir.

Leontus s'interrompit et les regarda par-dessus ses lunettes.

—Mais il existe des stratégies pour minimiser les dégâts physiques et pour regagner des forces après une séance de guérison. À condition de prendre soin de soi et d'être bien formé, il n'y a aucune raison qu'un guérisseur ne puisse prétendre à une espérance de vie normale.

Tandis que Leontus décrivait à n'en plus finir les sacrifices et récompenses inhérents au métier de guérisseur, ses étudiants rêvassaient à des sujets plus plaisants ou faisaient leurs devoirs. Pendant le cours et les exposés, Han laissait souvent son esprit vagabonder.

L'enseignement sur les amulettes, les talismans et autres objets magiques était dispensé par un vieux sage des clans nommé Fulgrim Forgefeu. En le voyant, Han ne pouvait s'empêcher de penser aux carcasses d'insectes qu'il trouvait parfois au bord des sentiers en été : il était brun, ratatiné et sec.

La création d'objets magiques était la chasse gardée des clans, et ce domaine était donc hors de portée des magiciens. Il s'agissait davantage d'un cours d'histoire, d'un panorama des dispositifs magiques ayant existé par le passé, comparés à ceux qui étaient en usage à leur époque. Cela ne faisait qu'attiser la frustration des étudiants, qui enrageaient devant les restrictions imposées aux outils modernes.

Même si les cours de Forgefeu étaient ennuyeux au plus haut point, il était malgré tout difficile de décrocher complètement : le maître, sourd comme un pot, hurlait ses leçons à plein volume.

Il s'appuyait sur un texte ancien si fragile qu'il faisait défiler les étudiants devant l'ouvrage pour regarder les dessins à l'encre jaunis plutôt que de prendre le risque de le soulever du lutrin.

Han se sentait en permanence dans l'urgence, impatient de se consacrer entièrement à des matières qu'il pouvait mettre en application directe. Il possédait déjà une amulette puissante. Il désirait en savoir plus sur les sorts et enchantements qui lui permettraient de l'utiliser. Il aurait préféré avoir le double d'heures de sortilèges et laisser tomber le reste.

Et pourtant, la perspective de passer plus de temps avec Gryphon n'avait rien de motivant.

Son esprit revenait sans cesse à Corbeau et à sa proposition de lui servir de mentor. Apprendre les formules magiques avec lui paraissait bien plus attrayant que de souffrir des brimades de Gryphon. À condition de pouvoir lui faire confiance.

Danseur, quant à lui, semblait fasciné par Forgefeu et ses vieux livres poussiéreux. Il noircissait ses feuilles de notes et posait des questions pointues sur la théorie et la technique, à tel point que Fiona se mettait à lever les yeux au ciel et à étouffer des bâillements.

— Tu t'intéresses vraiment à tout ça ? demanda Han à Danseur alors qu'ils traversaient la cour à midi.

Il pleuvait de nouveau – une douche froide monotone qui se déversait d'un ciel couleur ventre de poisson. Un vent cinglant leur jetait la pluie au visage comme autant d'aiguilles de glace.

— J'ai eu du mal à rester éveillé, poursuivit-il. Il y a plein de choses à retenir et aucune application pratique.

— Moi ça m'intéresse, répondit Danseur en pataugeant dans les feuilles détrempées. Tu te rappelles qu'avant tout ça j'espérais entrer en apprentissage auprès d'Elena *Cennestre* pour devenir orfèvre brasillant ?

— Oui, je sais.

Han se retourna pour suivre des yeux une jolie fille qui traversait la pelouse en riant et relevait ses jupes, révélant une belle paire de gambettes. Elle rejoignit l'abri d'une galerie et disparut. Han reporta alors son attention sur Danseur.

— Tu as déjà fabriqué un objet magique ?

Danseur hocha la tête.

— Quand j'étais plus jeune, oui. Des pièces toutes simples. Mais ça semblait fonctionner.

— Le problème c'est que maintenant… tu es ensorceleur, lui rappela Han. Et les magiciens ne peuvent pas…

— J'appartiens toujours aux clans, affirma Danseur en levant le menton. Je me fiche de ce que peuvent dire les Demonai. Je n'ai pas abandonné ma vocation initiale.

— Mais… comment comptes-tu apprendre à travailler les matériaux magiques ? Elena refusera de te l'enseigner, même si tu as le don pour l'orfèvrerie brasillante.

— Forgefeu dit que la bibliothèque contient la collection la plus complète de textes sur le sujet de tous les Sept Royaumes.

Ils gravirent l'escalier menant au réfectoire et s'abritèrent sous le porche. Danseur secoua la tête, ce qui envoya des gouttelettes d'eau dans toutes les directions, puis il fit quelques pas sur le côté pour qu'ils ne soient pas entendus des autres étudiants qui affluaient.

— Les artistes des clans sont formés au cours de leur apprentissage, lui dit Han. Forgefeu non plus ne t'apprendra rien s'il découvre ce que tu as en tête.

— Il ne tient pas à le savoir. Il est enchanté d'avoir enfin un étudiant intéressé. Je me suis inscrit à un projet optionnel avec lui le trimestre prochain. (Il fourra les mains dans ses poches et fit un pas en avant.) S'il le faut, j'apprendrai seul.

Danseur possède une volonté de fer qui ne se remarque pas forcément de prime abord, pensa Han. *Il choisit ses batailles et joue pour gagner.*

À ce moment-là, une fille à la peau sombre vêtue d'une tenue du temple les repéra. Elle quitta un groupe d'étudiantes pour venir vers eux.

C'était Cat Tyburn, mais Han aurait très bien pu ne pas la reconnaître si elle n'avait pas ouvert la bouche. Sa tignasse de boucles serrées avait été domptée et rassemblée en une grande tresse qui reposait sur son épaule gauche. Elle portait un pantalon blanc et une longue tunique blanche fendue sur chaque côté pour ne pas gêner ses mouvements. À la connaissance de Han, elle n'avait jamais été si propre. Seule détonnait la ceinture en cuir tachée qu'elle portait à la taille, où était glissé son couteau. Elle arborait toujours ses bijoux d'argent aux oreilles, dans le nez et aux doigts. Avec en plus ses cicatrices et les marques des voleurs sur ses mains, elle offrait un curieux mariage du sacré et du profane.

Cela faisait deux semaines qu'ils ne l'avaient pas vue, et ce n'était pas faute d'avoir essayé. Ils étaient allés à plusieurs reprises au dortoir du temple, mais chaque fois on leur avait répondu qu'elle n'était pas disponible. Et elle ne leur avait pas rendu visite non plus.

Han était à court de mots.

— Cat, tu... euh... tu es... Je crois bien que je ne t'ai jamais... Qu'est-ce qui t'est arrivé ?

— Ils m'ont fichue dans un bain et pendant que je me frottais, ils m'ont piqué mes vêtements et laissé ceux-là. (Elle tira sur le bas de sa tunique.) Ils m'ont dit que je devais rester enferm... cloîtrée à l'école du temple pendant quinze jours, pour réfléchir à ma vocation. (Elle fit la grimace.) Pas besoin de tant de temps. C'est pas comme si j'avais le choix.

Tandis qu'ils prenaient place dans la queue pour le réfectoire, Cat poursuivit sa litanie de récriminations :

— Le soleil est même pas levé quand cette cloche se met à sonner pour nous tirer du lit. D'abord, on doit aller faire la méditation du matin. Après ça, c'est cloche, cloche, cloche et cours, cours, cours, toute la journée. Ça dure des heures. Écriture, lecture, mathématiques.

Elle faucha deux pommes et une orange qu'elle fourra dans sa besace.

— Après le déjeuner, c'est mieux. Il y a musique, danse et dessin.

Ils se servirent du potage et portèrent leur bol jusqu'à une longue table.

Cat sortit son couteau pour couper de grosses tranches dans la miche de pain bis au milieu de la table.

—L'école du Pont-Sud, j'aimais bien. On y allait seulement quand on avait envie.

—Et combien de fois en as-tu eu envie ? demanda Danseur en trempant son pain dans sa soupe.

—Presque tous les mois, répondit-elle en se préparant une généreuse tartine de beurre.

—Elle veut dire *une fois* par mois, le jour où ils donnaient du pain à la cannelle, précisa Han, ce qui lui valut un regard noir de la part de Cat.

— *Toi*, t'y as pas mis les pieds depuis des années. La dernière fois, ça devait être quand t'étais seigneur des rues.

Pourtant, il y était bien retourné une fois. Il avait presque été battu à mort par Mac Gillen et ses Vestes Bleues, et avait trouvé asile auprès de l'orateur Jemson, dans le temple. Le caporal Byrne avait essayé de le faire prisonnier, et Han avait pris Rebecca Morley en otage. Il lui semblait que c'était arrivé dans une autre vie.

—Je n'ai pas l'habitude de rester assis dans une salle de classe non plus, dit Danseur. Dans les camps, nous sommes formés par contrat d'apprentissage : un maître pour un élève.

—Pourquoi venir ici, alors ? demanda Cat, les yeux baissés sur son bol. J'ai pas vu d'autres rouquins dans le coin.

—Ici on n'enseigne pas les vocations des clans, expliqua Danseur. L'école n'aurait aucun intérêt pour eux.

Cat haussa les épaules.

—D'après ce que j'ai entendu, vous passez votre temps à voler des bébés, à changer les animaux en monstres, à créer des poisons et des bijoux de sorcière. (Elle lécha le beurre sur son pain.) Pas étonnant que les gens râlent quand vous descendez dans la plaine.

—Tais-toi, Cat, grogna Han. Ne raconte pas n'importe quoi sur des sujets que tu ne connais pas.

—Les clans ont des dons pour la guérison, la magie verte et la fabrication d'objets magiques, expliqua Danseur. La haute magie – celle dont se servent les magiciens – n'est pas une vocation des clans. C'est pourquoi j'ai dû venir ici.

Son visage demeurait impassible, comme si les insultes et les piques de Cat glissaient sur lui sans le toucher.

— Certains disent que les gens des Îles du Sud devraient rester chez eux, dit Han qui ressentait le besoin de venir à la rescousse de son ami, puisque ce dernier ne se défendait pas. Nous devons tous en retirer le maximum. Il doit bien y avoir certaines choses que tu aimes, à l'école du temple.

Cat se rongea un ongle.

— J'aime bien la musique, admit-elle avec réticence. Il y a tout ce que tu veux : des *basilkas*, des flûtes, des harpes, des orgues et des clavecins. Des chorales. Des concerts tous les jours. Maîtresse Johanna m'a donné une autre *basilka*, rien que pour moi. Elle a dit que je pouvais la garder tant que je restais à l'école. Et que des professeurs étaient là pour m'apprendre à jouer de n'importe quel instrument, aussi. À moi de choisir. (Elle fourra une poignée de raisins dans sa bouche.) Elle me tanne pour que je donne des récitals. Devant des gens. Je suis pas sûre de vouloir.

Cette Maîtresse Johanna est futée, se dit Han, *si elle a déjà compris qu'il fallait passer par la musique pour atteindre Cat.*

— Tu as été acceptée, tu as parcouru tout ce chemin… tu devrais en profiter, plaida Danseur. J'adorerais t'entendre jouer.

Cat eut un sursaut d'irritation et se mit à tripoter une boucle de ses cheveux entre son pouce et son index.

— Je sais pas combien de temps je vais rester. Pas la peine de se laisser embarquer dans un truc qui ne va pas durer, de toute façon. Après, les gens s'imaginent qu'ils sont propriétaires d'une partie de toi.

Han jeta sa serviette sur la table.

— Il n'y a rien qui te presse de rentrer, si ? C'est pour ça que nous sommes tous ici. Rien ni personne ne nous attend à la maison.

— Tu sais même pas qui je suis, ni pourquoi je suis là, répliqua Cat.

Elle se leva et quitta le réfectoire à grands pas.

— Ça, c'est bien vrai, dit Han d'un air pensif en la regardant partir.

Il se tourna vers Danseur.

— Tu n'es pas obligé de supporter les horreurs qu'elle débite sur les clans, tu sais.

— Elle ne me dérange pas. Rien de pire que ce que j'ai déjà entendu dans le Val. (Il repoussa son bol.) Tu veux aller à la bibliothèque, maintenant ?

Han secoua la tête.

— Plus tard. Après dîner, peut-être. Je vais passer dans ma chambre déposer mes livres, et ensuite, je dois aller voir Abelard. (Il leva les yeux au plafond.) J'ai tellement hâte.

Han traversa la cour en direction de la Résidence Hampton. Le dortoir semblait désert. Tous les étudiants déjeunaient ou étaient en cours. Il gravit d'une traite les escaliers jusqu'au dernier étage. En arrivant sur le palier, il sentit une odeur épouvantable. Des excréments. Il plaqua sa manche contre son nez et jeta un coup d'œil des deux côtés du couloir. La porte de sa chambre était ouverte. Il sortit sa lame et avança à pas feutrés, l'autre main serrée sur son amulette. Le dos collé au mur, il passa la tête par l'embrasure pour regarder dans la pièce.

Elle avait été mise à sac. Ses vêtements, sortis de son coffre et mis en pièces, jonchaient le sol ; ses livres, arrachés aux étagères, étaient déchirés ; sa lampe brisée gisait par terre et l'huile imbibait le plancher. Son lit avait été défait ; les draps, lacérés, étaient éparpillés. Visiblement, plusieurs pots de chambre bien remplis avaient été déversés sur le tout.

Une vague de colère monta en lui.

Ses sorts de protection n'avaient servi à rien. Et il devinait qui était le coupable. Quelqu'un qui savait qu'il serait au réfectoire. Quelqu'un qu'il n'avait pas vu là-bas.

Les paroles de Micah lui revinrent en mémoire : « *Désormais, je sais où vous trouver, et j'ai tout mon temps.* »

Il tourna les talons et fonça dans le couloir, avec l'idée de descendre dans la chambre de Micah Bayar au premier étage. Mais dès la deuxième marche, il trébucha et dévala dans l'escalier tête la première. Il percuta le mur au pied de la première volée de marches, et fut projeté dans la deuxième.

S'il n'avait pas su comment tomber, Han se serait tué. Il rebondit une ou deux fois, ce qui le ralentit un peu, et réussit à protéger sa tête de ses bras avant d'atterrir douloureusement sur l'épaule droite, au niveau du palier, la tête suspendue au-dessus de la volée de marches suivante. Un peu plus et il faisait une chute jusqu'au rez-de-chaussée. Son couteau glissa de sa main et atterrit plus bas avec un son métallique.

Il perdit connaissance un instant. Quand il revint à lui, il avait le souffle coupé et des points noirs devant les yeux. Il ne sentait plus son bras droit, mais son épaule l'élançait affreusement. Du sang lui coulait dans les yeux depuis une plaie au front.

Il entendit des pas approcher, mais il était encore incapable de bouger.

— Il est mort ? demanda une voix qui tremblait de peur et d'excitation. Il n'a pas pu en réchapper. Jamais je n'aurais cru… Il a vraiment mal atterri.

Han reconnaissait cette voix. Le plus mince des frères Mander… Arkeda.

— Dépêchons-nous, avant que quelqu'un arrive.

Quelqu'un se pencha sur Han pour fouiller son col. Le plus enveloppé des Mander… Miphis.

— N'y touche pas, grommela une troisième voix en langue des Fells. Fais-le rouler et soulève-la par la chaîne.

Micah Bayar.

Les taches noires s'estompèrent et Han distingua une belle paire de bottes de sang-bleu à côté de sa tête. Il attrapa le mollet de son attaquant de sa main valide et tira d'un coup sec. Avec un cri, Miphis chuta, dévala la dernière volée de marches et atterrit violemment sur le sol en pierre tout en bas.

Han hurla comme un chat enragé, se recroquevillant sur lui-même pour protéger son amulette. Il entendit des jurons, des bruits de course, des portes claquées, et Blevins braillant des questions de plus en plus fort, jusqu'à ce qu'il s'agenouille auprès de Han et lui crie dans l'oreille :

— Par les redoutables chiens du démon ! que vous est-il arrivé mon garçon ?

Han cracha du sang – il s'était mordu la langue –, ainsi qu'un morceau de dent. Il roula sur le flanc et s'assit, le bras droit serré contre lui, soutenant son coude de son autre main.

Quand le poids de son bras tira sur sa clavicule, les taches noires revinrent danser devant ses yeux. Il s'appuya contre la rampe et ouvrit ses lèvres sanglantes pour dire :

— Tombé dans l'escalier.

— Je vous ai déjà dit de ne pas courir dans les escaliers, gronda Blevins. Il y a des planches mal ajustées, toutes les lattes sont de longueurs différentes. Vous avez bien de la chance de ne pas vous être brisé le cou, petit imbécile.

Mouais, pensa Han, *quel chanceux je suis.* Il regarda vers le deuxième étage, puis en direction du rez-de-chaussée, même si bouger la tête lui était douloureux. Il n'y avait que Blevins et lui dans la cage d'escalier. Miphis était donc parvenu à se relever tout seul et à décamper.

— Vous avez vu quelqu'un d'autre dans l'escalier ?

Blevins secoua la tête.

— Non, pourquoi ?

Le surveillant épongea le front de Han à l'aide d'un mouchoir sale.

— Quelqu'un a vandalisé ma chambre. Je… Je venais vous en informer.

Le visage de Blevins vira au rose pourpre.

— Vous autres allez devoir apprendre que ces mauvaises blagues n'apportent rien de bon, vous m'entendez ? Il faut régler ces histoires entre vous.

Le message était clair : « Hors de question que j'intervienne. » Ce n'était pas comme si Han avait compté là-dessus. Il avait l'habitude de mener seul ses batailles.

Il s'agit d'un peu plus que d'une mauvaise blague, se dit Han. *Et je trouverai le moyen d'y mettre fin moi-même. Bien obligé, si je veux survivre.*

— Pourriez-vous regarder où se trouve mon couteau ? demanda Han. Je crois qu'il est plus bas. Je l'ai perdu en tombant.

Le surveillant descendit et le lui rapporta quelques minutes plus tard. Han le glissa dans son fourreau et se leva, s'appuyant toujours contre la rampe.

— Quelque chose de cassé ? demanda Blevins.

— Ma clavicule. Peut-être, dit Han d'une voix indistincte, l'esprit embrumé par la douleur.

Blevins lui attrapa le coude gauche comme s'il craignait qu'il ne tombe.

— Il va falloir aller à la Salle de Guérison, alors. Espérons que Maître Leontus n'est pas de sortie ce soir.

— Un instant. Je veux vérifier s'il y a effectivement une planche mal ajustée, ou quelque chose de ce genre.

Malgré les protestations du surveillant, Han se traîna vers l'étage supérieur, en serrant les dents contre la douleur de son bras et de son épaule.

Voilà. Quelqu'un avait tendu une grosse corde à hauteur de genou, juste en dessous du palier du troisième étage – une personne pressée avait peu de chances de la voir. Han sortit son couteau et la coupa avant de la glisser dans sa poche. Puis il rejoignit Blevins.

— C'est bien ce que je pensais, une latte branlante, prétendit Han.

Heureusement, Maître Leontus était présent. Cette salle de guérison ne ressemblait en rien au Pavillon de la Matriarche. Pas de fagots d'herbes ni de pots d'onguents comme ceux que Saule gardait toujours à portée de main. Pas de matériel pour extraire les essences de plantes. Pas de malades en convalescence dans des chambres attenantes. Tout était bien astiqué et en ordre, dépouillé et vide, en dehors d'une étagère chargée de livres sur les sortilèges de guérison. Curieux.

Le guérisseur-magicien diagnostiqua une clavicule cassée, une fracture de la pommette, une coupure au cuir chevelu et quelques contusions.

Blevins partit prévenir la doyenne Abelard que Han était avec Leontus et ne pourrait donc pas honorer son rendez-vous.

À quelque chose malheur est bon, pensa Han. Comme on dit à propos de la fièvre d'été : elle peut tuer votre famille et vos amis, mais elle tuera forcément aussi quelques-uns de vos ennemis.

Mais Abelard fit savoir qu'elle souhaitait le voir quand même, dès qu'il aurait fini.

Han s'allongea sur la table pour que le compétent qui travaillait avec Leontus puisse enlever le sang de ses cheveux et nettoyer la plaie sur son front. Il pissait le sang, mais il avait déjà connu pire. Une cicatrice de plus à ajouter à sa collection.

À la Marche-des-Fells, les sang-bleu faisaient appel aux services des guérisseurs-magiciens, mais ces derniers ne mettaient jamais les pieds au Marché-des-Chiffonniers. Être soigné par la magie était assez bizarre. Leontus apposa les mains sur la clavicule de Han, et une onde fraîche sembla emporter la douleur. Han se sentait de mieux en mieux, tandis que Leontus avait l'air de plus en plus mal. Le magicien s'arrêta lorsque, d'après l'estimation de Han, ils se partageaient à peu près également la douleur.

— Comment vous sentez-vous, mon garçon ? demanda Leontus en essayant de se montrer chaleureux. (Il était blême, les yeux embués, et sa peau luisait de sueur.) Peut-être pas en parfait état, mais... ?

— Vous avez fait du sacré bon boulot, merci, dit Han. (Il s'en serait voulu de lui en demander davantage.) Je suis sûr que je vais finir de me rétablir tout seul, maintenant.

— Mettons ce bras dans une attelle pendant quelques jours. Pour soulager l'os qui se ressoude, expliqua Leontus.

Comme le guérisseur installait l'éclisse, Han lui demanda :

— Vous utilisez parfois des herbes ou des remèdes aux plantes ? Apparemment, ça aide un peu le...

En voyant le rictus de mépris du maître, Han ne termina pas sa phrase.

— Si vous parlez des remèdes des rouquins, ils sont dangereux et sans efficacité prouvée, affirma-t-il. Ils n'ont pas leur place au sein des méthodes de guérison légitimes.

Bon, très bien. Han avait un peu d'écorce de saule dans sa chambre – il en prendrait pour calmer la douleur. Enfin, il en avait eu en réserve. Désormais, allez savoir où elle se trouvait, et si elle était toujours bonne à consommer.

— Un magicien peut-il se soigner lui-même ?

Cela pourrait se révéler utile, vu le cours que prenaient les choses. Ce serait une bonne raison d'être attentif pendant les leçons de Leontus.

Le maître secoua la tête.

— Non, répondit-il d'un ton brusque. Si c'était le cas, il n'y aurait pas besoin de guérisseurs. Bon, regardez-vous dans ce miroir et dites-moi ce que vous en pensez.

Il tendit à Han une petite glace. Sa lèvre était enflée, son œil droit tout noir et presque fermé. Il avait la joue couverte de bleus, mais plus d'entaille. Toutes ces marques allaient complètement disparaître. Han tâta l'intérieur de sa bouche avec sa langue et trouva sa dent cassée. Au moins, ce n'était pas devant, au cas où il sourirait de nouveau un jour.

— Demain matin, vous serez endolori et ankylosé, le prévint Leontus. Vous aurez besoin de vous reposer et d'accumuler de la magie. (Il passa le dos de sa main sur la joue indemne de Han.) Vous êtes vidé, ce qui n'a rien d'inhabituel. Les réserves de pouvoir du patient contribuent au processus de guérison.

Le soleil hivernal s'était déjà couché lorsque Han traversa la cour en boitant. Il allait à Mystwerk pour son rendez-vous avec Abelard. De petits groupes d'étudiants, frissonnant sous les bourrasques, se massaient entre les bâtiments.

Sans écouter ses muscles, ses articulations et sa tête qui hurlaient de douleur, Han redressa les épaules, leva le menton et tenta de faire bonne figure, au cas où quelqu'un aurait été en train de l'observer. Mais il se sentait comme une enveloppe vide – fragile, vulnérable. Proprement terrifié.

S'il était mort dans sa chute, son décès aurait été attribué à un accident. Il avait été négligent, alors qu'il ne pouvait pas se le permettre. Les causes de mort accidentelle étaient légion. Il suffisait à Bayar et à ses cousins d'avoir de la chance une seule fois. S'il ne trouvait pas un bon moyen de se défendre, l'année serait longue.

Ou très courte.

Le cabinet de travail d'Abelard était luxueux ; c'était une enfilade de pièces au dernier étage de la Maison Mystwerk, donnant sur la rivière. Le compétent à l'entrée alla annoncer l'arrivée de Han, puis le fit entrer dans le bureau principal.

La doyenne était assise à une table massive et parcourait des dossiers. Derrière elle, une bannière accrochée au mur était ornée d'un livre ouvert d'où s'échappaient des flammes. D'épais tapis du We'enhaven recouvraient le plancher ciré et étouffaient les sons.

Elle le laissa attendre debout un moment avant de lever la tête. En découvrant son visage, elle écarquilla les yeux.

— Par le sang du démon ! que vous est-il arrivé Alister ?

— Je suis tombé dans l'escalier. Maître Blevins ne vous l'a pas dit ?

— Vraiment ? (Elle se pencha vers lui, et ses larges manches s'étalèrent sur son bureau.) Et si vous me racontiez ça ?

— Les escaliers sont dangereux à Hampton, répondit Han en s'asseyant dans le fauteuil libre sans attendre d'y être invité. Il suffit d'un seul faux pas.

Abelard l'observa un moment sans rien dire.

— Vous n'êtes pas du genre à vous plaindre, n'est-ce pas, Alister ? Et vous savez garder un secret. C'est bien.

Elle prit le temps de ranger ses documents.

— J'ai fait des recherches sur votre passé, comme promis. Apparemment, ce que vous m'avez raconté est vrai – mais ce n'est pas tout. Vous venez bien du Marché-des-Chiffonniers. En fait, vous êtes un criminel : un voleur et un meurtrier. La reine des Fells a mis votre tête à prix à la suite d'une tentative d'assassinat à l'encontre du Haut Magicien.

Han ne baissa pas les yeux. *Je ne dois pas être le premier meurtrier à la Maison Mystwerk*, se raisonna-t-il. *On doit même leur donner des bons points.*

Elle se pencha de nouveau en avant et baissa la voix :

— Avez-vous vraiment essayé de tuer Gavan Bayar ?

— Il l'avait cherché, répondit Han, conscient que la doyenne avait déjà arrêté sa décision à son sujet.

Abelard se renversa dans son fauteuil et posa ses paumes contre le bord de son bureau.

— Je vois bien que vous n'êtes pas stupide. Je me demande donc ce qui a pu vous pousser à prendre un tel risque.

— C'était lui ou moi. La prochaine fois, je viserai mieux.

De manière inattendue, la doyenne éclata de rire.

— Vous n'éprouvez aucun remords. Ça me plaît.

Ce n'est pas à moi d'avoir des remords, pensa Han.

Abelard l'observa encore un bon moment sans rien dire.

— Bon, fit Han en s'avançant au bord de son siège. Vous avez trouvé les infos qu'il vous fallait sur moi. C'est tout ? La séance de guérison m'a fatigué, j'aimerais aller m'allonger un peu.

Abelard leva les deux mains comme si elle voulait le repousser dans son fauteuil.

— Pas si vite. Je dois discuter de quelque chose avec vous. Une occasion unique…

— Une occasion ? répéta Han en se renfonçant dans son siège. Que voulez-vous dire ?

— La situation politique des Fells devient intenable. L'entente entre la lignée du Loup Gris, les sauvages et le Conseil des Magiciens est en train de se dissoudre. Nous, les magiciens, sommes prisonniers de restrictions d'un autre âge, justifiées par une tragédie qui n'a sans doute jamais eu lieu.

— Vous parlez de la Rupture.

Abelard hocha la tête.

— Les limitations sur l'utilisation de la magie et des armes brasillantes, les entraves à l'implication politique des magiciens, tout cela nous rend faibles, trop faibles pour nous défendre. Nous sommes nombreux à penser que les guerres ardenines vont s'étendre au reste des Sept Royaumes. Ici, au Gué, nous sommes dans une position particulièrement vulnérable, sans aucune barrière rocheuse pour nous protéger.

— C'est ce qu'on dit.

Han se demandait pourquoi la puissante doyenne de Mystwerk tenait ce discours à quelqu'un comme lui.

— Il devient indispensable de faire entendre raison aux Valiens et aux rouquins. Dans un futur proche, nous aurons besoin de magiciens disposant de vos talents particuliers, dit Abelard.

— Mes « talents particuliers » ?

Abelard joignit le bout des doigts.

— Je parle de ceux qui n'hésitent pas à faire couler le sang si nécessaire. Ceux qui… ont une expérience dans ce domaine.

Han se racla la gorge. Il avait sûrement mal compris.

—Vous cherchez un *assassin* ?

—J'ai besoin de quelqu'un d'assez souple pour accomplir ce qui devra être fait.

Abelard se leva pour gagner la baie vitrée donnant sur la cour de Mystwerk.

—Vous semblez posséder une combinaison de qualités unique et tout à fait adaptée. Intelligence, puissance et absence de scrupules.

Nous voilà dans une époque sinistre, si tout le monde est à la recherche d'un homme de main pour s'occuper de la sale besogne, pensa Han.

Abelard se tourna vers lui, et lut sans doute la résistance dans son regard.

—Ne vous inquiétez pas, vous serez équitablement dédommagé, et personne n'osera s'attaquer à vous ouvertement tant que vous serez sous ma protection. Je compte me rendre dans les Fells au cours de l'année. Si vous prouvez votre mérite, vous m'accompagnerez.

Elle fit une pause avant d'ajouter avec tact :

—J'espère que votre attachement à ce bâtard rouquin ne sera pas un problème.

Non, ce ne sera pas un problème pour moi, se dit Han. *Pas question de m'acoquiner avec vous.*

—J'ai quitté le milieu. Comme vous voyez, je trouve tout juste le temps d'aller en classe, de lire et d'étudier. La politique, ça m'intéresse pas.

—C'est une bonne chose. Ainsi, vous ferez ce qu'on vous demande.

Elle s'interrompit, puis, voyant qu'il ne répondait pas, poursuivit :

—Allons, je ne vais pas vous donner une liste de gens à tuer. Nous commencerons par un entraînement spécial. Je travaille avec un groupe d'étudiants talentueux triés sur le volet. J'aimerais que vous vous joigniez à nous.

Han s'assit bien droit, les mains sur les genoux. Ce devait être le groupe dont Mordra deVilliers avait parlé.

—Comment ça, vous *travaillez* avec eux ?

—Je leur délivre une formation qui va plus loin que le programme officiel, et je les initie à l'utilisation de puissants instruments de magie. Ils constitueront le cœur de notre armée de magiciens, et ils joueront un rôle majeur dans la lutte à venir.

—Qui est dans ce groupe ?

—Surtout des quatrième-année, des compétents et des maîtres, répondit Abelard en évitant son regard. Une vraie chance pour un première-année.

—Y a-t-il d'autres étudiants de première année ? insista Han.

La doyenne poussa un soupir excédé.

—Les jumeaux Bayar.

—Ça change tout ! s'exclama Han en levant les deux mains. Mais merci quand même.

Abelard secoua la tête.

—Écoutez-moi jusqu'au bout. Les jeux politiques entre magiciens sont complexes. Nous avons certains buts communs : vaincre les clans et nous protéger contre les fanatiques du Sud. Pour cela, nous avons besoin d'une armée bien entraînée de gens possédant le don. Mais sur d'autres sujets, nous ne sommes pas tous d'accord. C'est le cas en ce qui concerne le choix du Haut Magicien, qui préside au Conseil et contrôle la reine.

—Comme je disais, je m'intéresse pas beaucoup à la politique.

—Il faut que vous sachiez que le Haut Magicien et moi n'appartenons pas au même camp. Il est mon rival, en vérité. Les Bayar ont trop de pouvoir, et depuis trop longtemps. Mon but est de les faire tomber.

Han releva la tête pour la regarder. Une guerre de territoire dans l'aristocratie des magiciens ?

La doyenne sourit légèrement.

— N'ayez pas l'air si surpris. C'est à moi que vous rendrez des comptes directement. Je ne suis pas sans influence. Si nos arrangements fonctionnent, je pourrai vous offrir ma protection lors de notre retour dans les Fells. Vous aimeriez retourner au pays, n'est-ce pas ?

— Pourquoi donner des leçons privées à Micah et Fiona si vous êtes en désaccord avec leur père ?

— La réponse la plus simple est que le Haut Magicien l'a instamment demandé. Ils sont sans doute là pour me surveiller. (La doyenne grimaça.) Mais la question est un peu plus compliquée que ça : nous avons besoin de beaucoup de magiciens bien entraînés pour contrer les menaces extérieures que représentent les clans et l'Arden. Je peux donc être amenée à prendre une décision contraire à mes intérêts personnels, à court terme, pour le bien commun.

— Pour le bien des magiciens, vous voulez dire.

— Dont vous faites partie, à ce qu'il me semble, le reprit Abelard d'un ton sec. Sur le long terme, j'ai besoin de quelqu'un qui ne sert pas ses propres intérêts, afin de me débarrasser d'adversaires puissants si nécessaire.

Han se leva de son fauteuil, légèrement nauséeux.

— Non, merci.

Abelard rejeta la tête en arrière et le regarda de haut.

— Vous pensiez que je vous laissais le choix ? demanda-t-elle d'une voix douce.

Han, qui se dirigeait déjà vers la porte, se retourna pour lui faire face.

— On a toujours le choix.

— Vous pouvez coopérer avec moi, en apprendre le plus possible et suivre mes ordres. Ou vous pouvez être renvoyé de la Maison Mystwerk et regagner les Fells pour y être pendu.

— Renvoyé ? se récria Han, la bouche toute sèche. Pour quelle raison ?

— Si nous avions su que nous allions abriter un criminel recherché, nous ne vous aurions pas accepté, pour commencer.

C'était bel et bien un choix – entre deux options pour le moins déplaisantes.

— Pourquoi vous intéressez-vous tellement à moi ? demanda Han. Pourquoi forcer quelqu'un qui freine des quatre fers à entrer dans votre bande ?

— Parce qu'il est peu probable que vous travailliez pour Gavan Bayar. Ou que cela arrive dans le futur. Il ne vous pardonnera jamais d'avoir essayé de le tuer. Jamais. Vous avez intérêt à ce que je gagne.

Être l'ennemie de mon ennemi ne suffit pas à faire de vous mon amie, pensa Han. Mais il garda ses réflexions pour lui.

— Malgré les lacunes de votre éducation, votre façon de parler et votre passé, il y a en vous quelque chose de presque aristocratique, fit remarquer la doyenne. Il s'agit peut-être simplement d'arrogance, mais je crois que vous pourriez apprendre à évoluer à la cour, en étant un peu formé. Je n'ai que faire d'un voyou des rues. Je veux quelqu'un qui puisse naviguer dans les hautes sphères.

Elle veut aussi quelqu'un qu'elle puisse manipuler, se dit Han. *Quelqu'un qui ne sera jamais accepté par ses amis sang-bleu, et qui dépendra de sa générosité pour survivre.*

Il observa Abelard en réfléchissant à toute allure. Il n'avait jamais été du genre à faire des projets à longue échéance et, dernièrement, sa vie avait surtout consisté à gagner du temps. Il avait besoin de se protéger de ses nombreux ennemis, et de rester au Gué-d'Oden le plus longtemps possible pour améliorer ses compétences de magicien.

Des cours supplémentaires ne pourraient pas lui faire de mal. Abelard lui offrait cela, du moins jusqu'à ce qu'elle découvre qu'il la dupait. Et quand ce moment-là arriverait, toutes les armes seraient bonnes à prendre.

Combien de fois est-il possible de vendre ses services avant que les chefs de bande comprennent la supercherie ?

— Bon, d'accord, fit-il en haussant les épaules.

La doyenne Abelard sourit.

— Je savais bien que vous étiez un garçon futé.

— À une condition.

Abelard leva ses sourcils soigneusement épilés en signe d'étonnement.

— Qui est ?

Han voulait se venger des Bayar. Et il avait besoin de couper court aux représailles.

— Les jumeaux Bayar et leurs cousins me collent au train, à cause de ce que j'ai fait à leur père, dit-il en touchant sa pommette enflée. Cet après-midi, ils ont essayé de me tuer. Pour la deuxième fois. Je suis pas un gars très patient. Il faut que vous arrêtiez ça. Sauf si vous voulez que je les refroidisse tout de suite, ce que je ferai si nécessaire.

Abelard leva les deux mains.

— Non, surtout pas. Jamais je ne pourrai vous faire entrer à la cour si vous êtes impliqué dans leur assassinat.

Elle ne fait pas dans les sentiments, pensa Han.

— Je leur ferai comprendre de façon très claire que vous êtes placé sous ma protection, promit-elle. Ils ne s'en prendront plus à vous.

— Bien, dit Han en se frottant la nuque. Mais attendez qu'ils viennent vous parler de moi, d'accord ?

Elle fronça les sourcils.

— Et pour quelle raison viendraient-ils… ?

— Je veux d'abord leur donner une leçon.

Lorsque Abelard ouvrit la bouche pour protester, il s'empressa d'ajouter :

— Ne vous inquiétez pas, ils survivront. Et je ne ferai rien qui permette de remonter jusqu'à moi.

Les doigts entrelacés à hauteur de son buste, elle le regarda attentivement des pieds à la tête.

— Tâchez de ne pas vous faire prendre. Sinon, je ne pourrai rien faire pour vous.

Han sourit.

— Pas de souci. (Il se leva.) Autre chose ?

— Je reçois mon petit groupe le mercredi soir, ici, dans ce bureau. Soyez là à 19 heures.

17

Dans le beffroi de Mystwerk

Lorsque Han fut de retour à Hampton, Danseur l'accueillit en haut de l'escalier.

—Mauvaise nouvelle. Pendant que nous étions sortis, quelqu'un a mis ta chambre en… Mais qu'est-ce qui t'est arrivé ? s'exclama-t-il dès qu'il vit mieux le visage de Han. Elle t'a frappé ou quoi ?

Han cligna d'un seul œil, sans comprendre.

—Qui ça, « elle » ?

—La doyenne Abelard. C'est là-bas que tu étais, non ?

Han hocha la tête.

—J'en reviens tout juste. Elle ne m'a pas frappé, cela dit. J'ai fait une chute dans l'escalier. J'ai dû rendre visite à Leontus.

—Quoi ? Mais comment tu… ?

Han montra à son ami la corde qu'il avait trouvée.

—Ceux qui ont saccagé ma chambre ont tendu ça en travers d'une marche.

Le visage de Danseur se fit comme l'ambre.

—Et Maître Blevins, il est au courant ?

—Il sait que je suis tombé dans l'escalier. Ils essayaient de me prendre mon amulette quand il est arrivé. Sans quoi je serais sans doute mort.

— C'était qui ?

— Micah et ses cousins. Ils sont partis en vitesse quand Blevins s'est pointé.

Han vacilla, et s'accrocha au pilier de l'escalier pour garder l'équilibre. La marche jusqu'au dortoir l'avait éreinté.

Danseur tendit la main pour l'aider.

— Viens donc t'asseoir avant de faire une nouvelle chute.

Ils remontèrent le couloir jusqu'à la chambre de Han. Le lit était défait, les draps étaient empilés devant la porte et les débris balayés.

— Je me suis dit que je pouvais commencer le travail. Assieds-toi, ordonna Danseur en lui désignant une chaise.

Han se sentait coupable de laisser son ami se charger de la besogne, mais il était trop épuisé pour protester.

— Ça ne se reproduira pas, promit-il. Juste pour que tu sois au courant.

— Hum ! fit Danseur, sceptique, tout en portant une brassée de vêtements souillés jusque dans le couloir. Tu crois que Blevins va… ?

— Blevins ne fera rien du tout. De toute façon, il ne surveille pas tout le campus.

Cette ville universitaire qui lui avait semblé si sûre paraissait à présent pleine de dangers.

— C'est moi qui dois m'en occuper, conclut Han.

— Nous, tu veux dire.

Comme Han n'ajoutait rien, Danseur demanda :

— Tu comptes faire quoi ? Tes sortilèges de protection n'ont pas marché, et nous ne pouvons pas rester ici jour et nuit.

— Je vais aller retrouver Corbeau en Aediion. Demain soir. Pour voir ce qu'il propose.

— J'ai l'impression que cette chute t'a endommagé la cervelle, commenta Danseur en dépliant des draps propres sur un nouveau matelas de paille.

— Je n'ai pas le choix. Je ne m'avouerai pas vaincu face à Bayar. Il a besoin de se prendre une bonne raclée. Et je vais m'en charger.

— Tu n'es plus au Marché-des-Chiffonniers. Ici, ce n'est pas une guerre de bandes.

— C'est ce que tu crois.

Han fit bouger les doigts au bout de son bras immobilisé.

— Rappelle-toi ce qui s'est passé la dernière fois que tu es allé en Aediion, lui dit Danseur. Au moins, si tu tombes dans l'escalier, il y aura quelqu'un pour t'aider.

— Si je crève la prochaine fois, ça me fera une belle jambe qu'il y ait du public, répondit Han en tâtant son œil enflé.

— Si tu t'attaques à eux en utilisant la magie, tu seras renvoyé.

— Il faut que ce soit moi qui m'en charge, et il faut que je me serve de la magie, parce que c'est dans ce domaine qu'il croit avoir l'avantage.

— Mais c'est vrai qu'il a l'avantage.

Danseur plongea une brosse à récurer dans un seau d'eau savonneuse et entreprit de frotter les murs.

— J'ai l'intention de changer la donne. (Han observa son ami un moment.) Je nettoierai ta chambre pendant un mois, proposa-t-il. Dès que je serai débarrassé de cette attelle.

Danseur fronça le nez.

— Tu me dois bien un an de ménage après ça ! Et si tu persistes à vouloir retourner en Aediion, j'irai avec toi.

Han fit « non » de la tête.

— Il m'a dit qu'il voulait me voir seul à seul.

— Tu as besoin de quelqu'un pour surveiller tes arrières, insista Danseur.

— Peut-être qu'il ne sera même pas là. Ça fait un mois.

— J'espère bien qu'il n'y sera pas.

Han garda la chambre le lendemain, pour se reposer et recharger son amulette, accumulant du pouvoir en vue de sa rencontre avec

Corbeau. Après cette brève convalescence et un peu d'écorce de saule donnée par Danseur, il se sentit assez d'aplomb pour aller en ville avec son ami une fois les cours terminés. Il devait acheter de nouveaux habits, histoire de remplacer les siens qui étaient devenus inutilisables. Cela leur prit un certain temps. Pour commencer, Han n'avait pas l'habitude d'acheter du neuf. Il y avait trop de décisions à prendre : le tissu, la coupe, la couleur, le style.

Et puis la tailleuse ne se pressa pas. C'était une fille gironde de Tamron, aux yeux bordés de khôl et aux lèvres couleur fraise écrasée. Tout d'abord, elle regarda Han avec des yeux ronds, tant il semblait avoir été roué de coups. Mais très vite, elle s'empressa de mesurer toutes les parties de son corps, promettant qu'il serait un vrai monsieur quand elle en aurait fini avec lui.

Ses mains s'attardaient sur ses épaules, ses hanches et ses cuisses. Elle comparait le bleu des velours au bleu de ses yeux. Comme elle drapait l'étoffe sur son torse, elle se pencha pour lui susurrer à l'oreille :

— Reviens seul pour l'essayage.

Elle était mignonne, et, par le passé, il aurait accueilli cette proposition avec plaisir. À présent, les attentions de la demoiselle l'ennuyaient et il se sentait assailli.

Tu es vraiment abattu, Alister, se dit-il. *Tu as besoin d'un bon remontant.*

Après cela, il était trop tard pour manger au réfectoire, alors ils se rendirent rue du Pont. Et pendant le dîner, ils poursuivirent leur dispute concernant l'Aediion. Danseur avait la tête dure comme un roc, et leur débat continua sur le chemin de la bibliothèque Bayar.

— Très bien ! céda Han, exaspéré. Le rendez-vous en Aediion est fixé dans le beffroi de Mystwerk. Je n'y ai jamais mis les pieds, donc nous devons d'abord y aller pour de vrai pour ensuite le trouver dans le monde des rêves. On partira vers 23 h 15, ce qui nous laissera le temps d'entrer et de nous installer. Tu feras le guet : si je ne reviens pas, tu partiras à ma recherche.

Danseur accepta à contrecœur.

Han chassa la crainte de ne pas réussir à retourner en Aediion. Et de ne pas y trouver Corbeau s'il y parvenait.

La bibliothèque Bayar était une bâtisse ouvragée construite au bord de la rivière, et reliée à la Maison Mystwerk par des galeries cintrées en pierre qui abritaient les étudiants en cas de mauvais temps. Han trouvait qu'elle ressemblait à la famille dont elle portait le nom : intimidante à dessein.

Cet endroit était comme un palais de la connaissance, avec des fenêtres aux larges rebords en granit, des mains courantes finement sculptées, et des cheminées immenses qui restaient allumées tard le soir. Il y avait cinq niveaux principaux, dédiés aux étudiants de première, deuxième et troisième année, et deux supplémentaires occupés par des salles de lecture et de conférence pour les maîtres et les doyens. Plus haut, c'étaient les rayons de la réserve, accessibles uniquement par des escaliers escamotables et réservés aux érudits qui menaient des recherches particulièrement approfondies.

Intimidé, Han se voûta en passant sous le Faucon Plongeant gravé au-dessus de la porte, comme s'il risquait à tout moment de sentir ces serres tendues lui crever la nuque et ce bec coupant comme un rasoir lui déchirer la peau.

Dans la salle de lecture des première-année, les novices avaient accès à des textes si rares que même les riches héritiers des Maisons de magiciens ne pouvaient avoir leur propre exemplaire. Lorsque Han et Danseur entrèrent, ils constatèrent que Micah Bayar, Wil Mathis et les frères Mander s'étaient approprié la meilleure place près du feu. Leurs livres et papiers étaient étalés sur une grande table ronde.

Un compétent, assis près de la porte, était là pour répondre aux questions. Il fournissait aussi les laissez-passer et veillait à ce que les étudiants ne se dérangent pas les uns les autres.

Micah était penché sur ses livres. Il avait l'air de travailler dur. Lentement, il tournait les pages, et prenait parfois des notes dans un élégant carnet en cuir.

Miphis Mander regardait dans le vide en mâchonnant l'extrémité de sa plume. Quand il vit Han, il ouvrit grand la bouche et sa plume tomba par terre. Il ressemblait à un poisson échoué.

C'est alors que Fiona arriva de la salle adjacente, un gros livre dans les mains, un doigt glissé entre les pages pour marquer un passage. Son expression d'ennui céda la place à la perplexité quand elle remarqua Han, son visage tuméfié et son bras dans l'attelle. Elle regarda Micah, puis de nouveau Han, et fronça les sourcils.

Elle n'était pas dans le secret, comprit-il. *Je croyais qu'ils partageaient tout, mais elle n'était pas au courant de ce plan-là. Je me demande pourquoi.*

Miphis donna un coup de coude à Micah. Contrarié, ce dernier leva le nez, prêt à aboyer après son cousin. La tête qu'il fit en voyant Han rachetait presque – presque – les humiliations et blessures de la veille. Cela ne dura qu'un instant, car il reprit vite contenance.

Les deux garçons se jaugèrent.

— Par le sang et les os ! Alister, que vous est-il arrivé ? demanda Micah en touchant sa propre joue. Encore une bagarre…

Miphis ricana. Il regarda alternativement Micah et Han.

— Tombé dans l'escalier, répondit Han. J'ai même failli me rompre le cou.

— Vous devriez faire plus attention, à l'avenir, lui conseilla Micah en s'étirant paresseusement.

La perplexité de Fiona se mua en fureur. Elle leva le bras et balança son livre en visant la tête de son frère, qui eut tout juste le temps de s'écarter. Le pavé le frôla en sifflant et percuta le mur avec une force phénoménale.

Le compétent leva la tête d'un air furieux, mais choisit de ne pas intervenir en voyant de qui il s'agissait. Wil Mathis alla chercher le livre pour le redonner à Fiona. Elle s'assit à côté de lui et reprit sa lecture. Deux taches roses coloraient ses joues pâles.

Fiona avait un sacré coup de poignet. Han en prit bonne note. Il se demanda aussi ce qui se passait entre les jumeaux.

Han et Danseur s'installèrent à une table dans un coin. Ils choisirent chacun un livre et prirent des notes sur les chapitres qu'ils devaient lire avant d'en faire une copie pour l'autre.

À plusieurs reprises, Han leva la tête et surprit Fiona en train de le regarder fixement, de ses yeux bleus rendus presque mauves par la lueur vacillante des bougies, les mains crispées sur le livre devant elle.

Eh bien, vas-y, profite du spectacle, fillette, l'encouragea mentalement Han en massant son crâne douloureux. *Pas ma faute si j'ai une sale tronche. C'est la faute à ton frère.*

Voilà comment ça marchait : dans le monde des sang-bleu, votre ennemi dînait et dansait avec vous. Il vous faisait la conversation tout en vous passant le bras derrière le dos pour vous poignarder.

À 22 heures, Han mit ses devoirs de côté et sortit le Kinley pour relire le chapitre sur l'Aediion. Il n'avait jamais prévu d'y retourner auparavant, et il devait donc se dépêcher d'étudier.

À 23 heures, Micah rangea ses livres et ses papiers dans sa besace. Il endossa sa cape, mit son sac en bandoulière et s'arrêta au bureau du compétent pour obtenir un laissez-passer, puisque le couvre-feu était révolu.

Apparemment, il avait fini sa journée.

Han s'efforça de rester concentré, mais il ne pouvait s'empêcher de se demander où Micah était allé. Il continua à lire et à griffonner jusqu'à ce que les cloches de Mystwerk sonnent le quart. Il échangea alors un regard avec Danseur puis rangea ses notes dans son sac, et posa le Kinley par-dessus. Son ami fit de même.

Han se leva, s'étira douloureusement et enfila sa cape de laine d'une main, prenant soin de couvrir sa besace.

Il fit signe au compétent qui avait levé les yeux vers eux en les entendant bouger.

— Je crois qu'on va rentrer au dortoir, dit Han.

Danseur alla chercher leurs laissez-passer. Miphis Mander toisa Han d'un air méchant et chuchota :

— Attention en sortant. La première marche est traîtresse.

— Pardon ? Vous avez dit quelque chose ?

Han s'approcha de Miphis et se pencha comme pour mieux entendre.

Miphis ricana. Manifestement, voir Han sévèrement amoché lui donnait du courage.

— Je disais de faire attention en sortant. Que… Eh ! eh !

Il retint son souffle quand le couteau de Han fendit ses braies de la taille aux chevilles – rapide et sans accroc pour que personne ne le remarque avant que la lame soit hors de vue. Miphis agrippa son pantalon, essayant de rester décent.

— Heureusement pour vous, je suis un sacré surineur, aussi bien de la main gauche que de la droite, commenta Han à voix basse.

C'était en partie de la vantardise, mais pas tant que ça. D'une voix plus forte, il ajouta :

— Faites attention à *vous*. L'air nocturne est un peu frais pour se promener cul nu.

Les étudiants assis aux tables voisines, curieux, se retournèrent. Fiona se leva à demi de son siège, puis se rassit.

Han comptait sur le fait que Miphis avait les deux mains prises pour qu'il ne tente pas d'attraper son amulette.

Danseur avait les laissez-passer. Han souleva leur lanterne et l'emporta dans le couloir. Au lieu de quitter la bibliothèque, ils empruntèrent le large escalier menant au deuxième étage et se glissèrent dans une salle. Han couvrit la lanterne tandis que Danseur faisait passer une cordelette par l'anse. Quand Han ouvrit les volets de sa main valide, il sentit l'air froid de la nuit sur son visage.

Entrer et sortir ni vu ni connu était une compétence qu'il avait acquise dès son plus jeune âge. Depuis toujours, les gens essayaient de le faire rester dans des endroits où il ne voulait pas être, ou l'empêchaient d'aller là où bon lui semblait.

Malgré son habileté, ce n'était pas évident d'être un crocheteur manchot, et il était content que Danseur l'accompagne.

Il se hissa sur le large rebord de la fenêtre, passa les jambes à l'extérieur et sauta pour atterrir un peu plus bas, sur le toit d'un passage couvert. Sous son poids, une tuile se détacha et s'écrasa en mille morceaux sur les dalles du chemin, avec un bruit aussi fort qu'un cri dans la nuit. Il s'immobilisa, mais personne n'accourut.

T'es rouillé, pensa-t-il. En plus, son bras immobilisé le déséquilibrait.

Danseur le suivit, portant la lanterne sourde. Ils avancèrent sur le toit d'un pied léger, un étage au-dessus d'éventuels prévôts et compétents fouineurs qui pouvaient patrouiller dans le coin. Ces passages couverts offraient un réseau de chemins secrets qui le mèneraient pratiquement partout.

Personne ne semblait être dehors après le couvre-feu, si ce n'était un couple d'amoureux caché dans un coin, à l'endroit où le passage rejoignait la Maison Mystwerk. Pressés l'un contre l'autre, ils chuchotaient, les doigts entrelacés.

Avec un pincement de regret, Han pensa à Oiseau. Il se demanda s'il lui manquait. Non. Elle lui avait bien fait comprendre qu'elle souhaitait ne plus jamais le revoir.

Ils passèrent au-dessus des amoureux sans se faire remarquer, aussi discrets que deux esprits.

Ils durent avancer en crabe le long du mur pour atteindre une fenêtre de la Maison Mystwerk. Han récupéra son couteau sous les replis de sa cape et le glissa entre les volets pour soulever le loquet de l'autre côté. Il tira les battants vers lui et découvrit une classe vide. Il posa ses fesses sur le rebord de la fenêtre puis pivota pour se faufiler à l'intérieur. Danseur lui passa la lanterne avant de le rejoindre.

Ce n'est sans doute pas ce que Leontus avait en tête quand il m'a dit de ne pas forcer, pensa Han, qui essayait de ne pas prêter attention à la douleur sourde dans son bras et son épaule.

Danseur retira avec précaution un des panneaux qui obscurcissaient la lanterne et jeta un coup d'œil hors de la salle. Il resta un moment à écouter, tête inclinée, puis fit signe à Han de le suivre dans le couloir.

Ils avancèrent jusqu'à trouver un escalier qui montait. Han appréciait ces marches en pierre, car elles ne grinçaient jamais. Ils dépassèrent les étages des compétents et des maîtres, faisant de larges détours quand ils repéraient un bureau ou un laboratoire éclairé.

La porte du beffroi était fermée à clef, mais elle ne résista pas au fin rossignol en acier que Han avait emporté avec lui. Cette porte menait à un escalier plus étroit, en bois cette fois, qui s'élevait en tournant vers les toits. Les coudes de Han frottaient contre les murs des deux côtés.

Des rats détalèrent devant eux, se glissant dans des fissures invisibles. En haut des marches, une porte – qui n'était pas verrouillée – donnait sur la pièce des cloches.

Après avoir découvert entièrement la lanterne, Danseur la posa dans un coin, et ils examinèrent les lieux. Quatre cordes pareilles à des queues fantômes pendaient aux quatre grosses cloches qui rythmaient les journées de Han depuis quelque temps. Une échelle, appuyée contre un mur, devait permettre d'accéder au mécanisme du beffroi.

Han fit le tour de la pièce, gravant chaque détail dans sa mémoire afin de pouvoir se rendre en Aediion. Puis il s'installa dans un coin et prit son exemplaire du Kinley dans sa besace.

Danseur s'assit à proximité, adossé au mur. Il sortit un carnet à dessin qu'il posa sur ses genoux.

—À quel moment je dois commencer à m'inquiéter? demanda-t-il.

—Donne-moi une demi-heure.

—C'est trop long, lui objecta Danseur. Tu ne sais pas quelle quantité de pouvoir tu as accumulée. Essaie d'abord un laps de temps plus court.

—Je peux mourir en cinq minutes. Soit je le fais, soit j'abandonne. J'ai beaucoup à apprendre en peu de temps.

Pourtant, il était nerveux, et transpirait en dépit du vent froid qui s'infiltrait par les murs du beffroi. Il inspira profondément pour tâcher de recouvrer son calme.

Cette fois, Gryphon ne serait pas là pour le tirer de l'Aediion s'il y restait trop longtemps. Il espérait que Danseur pourrait l'y rejoindre si besoin.

« Surveillez vos arrières, Alister, avait menacé Bayar. Désormais, je sais où vous trouver, et j'ai tout mon temps. »

Ce souvenir renforça la détermination de Han. Il posa le Kinley sur ses genoux pour consulter le chapitre sur l'Aediion. Il parcourut la pièce du regard et emmagasina des images dans son esprit pour s'y ancrer. Puis il prit son amulette en main et récita la formule qui ouvrait le portail.

Il éprouva de nouveau une sensation de chute dans l'obscurité. Quand la lumière réapparut, il se trouvait à l'étage principal du beffroi. La lune brillait à travers les fenêtres en ogive, projetant des motifs lumineux sur le plancher et éclairant la poussière en suspension dans l'air. La poussière s'aggloméra, prit forme, et enfin Corbeau se matérialisa. Comme s'il l'avait attendu avec impatience.

— Que la Créatrice soit remerciée, fit-il avec un soulagement visible. Je commençais à croire qu'il vous était arrivé quelque chose. J'ignorais si je devais persister à…

— Je suis venu vous écouter jusqu'au bout, l'interrompit Han. Mais je promets rien.

Corbeau chassa les paroles de Han d'un geste de la main.

— Je ne doute pas qu'une fois que vous aurez conscience du potentiel…

Il s'arrêta soudain, en plissant les yeux.

— Que portez-vous là ?

Han s'examina. Il portait des jambières et une chemise des clans, et ses blessures avaient disparu. Était-ce l'image qu'il se faisait de lui-même ?

— Essayez ceci, dit le sang-bleu.

Les vêtements de Han se modifièrent d'eux-mêmes, changèrent de couleur et se parèrent de fioritures jusqu'à ce qu'il soit vêtu d'un manteau de velours bleu marine, d'une chemise en lin blanc comme neige aux manchettes en dentelle qui lui couvraient les mains, d'un pantalon noir étroit avec une ceinture à boucle d'argent et de belles bottes en cuir noir. Ces vêtements étaient plus beaux que tous ceux que Han avait jamais possédés.

Corbeau sourit.

— Beaucoup mieux. Et pour finir...

Il tendit le bras. Quand Han regarda ses doigts, il constata qu'ils étaient lestés de bagues, dont les pierres fluctuaient, tantôt rubis, tantôt émeraudes, ou encore diamants. Si elles avaient été réelles, elles auraient valu une fortune.

— Eh ! s'exclama Han en secouant les doigts comme s'il pouvait faire tomber les babioles. Enlevez-moi ça ou je pars sur-le-champ.

Aussitôt, les bijoux s'évaporèrent et ses vêtements se transformèrent en un manteau gris tout simple sur des braies noires. Malgré tout, ces vêtements étaient différents de ceux dont il avait l'habitude ; l'étoffe était plus belle, plus souple, et la coupe plus proche de son corps.

— Bon, voilà, fit Corbeau avec un soupir, en levant les yeux au ciel. Vous ressemblez à un prêtre des plaines. C'est ce que vous voulez ?

— Ce que je veux, c'est que vous laissiez mes vêtements tranquilles, dit Han, les dents serrées. Je suis pas là pour me déguiser.

— Vous devriez vous habiller à l'image de la personne que vous aspirez à devenir, lui conseilla Corbeau. Cela fait partie du jeu.

Il tendit les bras devant lui, admirant ses manches en dentelle et les nombreuses bagues à ses doigts, comme un chiffonnier qui essaie les beaux habits jetés aux ordures par les sang-bleu. Un seul détail de sa tenue était sobre : son amulette, un corbeau noir en onyx et aux yeux en diamant.

— Je vous l'ai déjà dit, je suis pas un prostitué, et c'est pas une carrière que j'envisage, maugréa Han, qui regrettait déjà d'être venu.

Il n'appréciait pas le fait que Corbeau puisse changer leur environnement à volonté. Se plaçant dos au mur, Han fit apparaître un couteau dans sa main et s'assura que son amulette était dégagée, prête à servir.

Il surprit Corbeau qui se retenait de rire devant ses efforts.

— Pourquoi pas une épée, plutôt ?

À présent, Han en tenait une imposante, dont la pointe touchait presque le plafond, la lame parcourue de flammes bleues.

Corbeau arborait un grand sourire.

— Aimeriez-vous… une armure, aussi ?

Aussitôt, Han flancha sous le poids d'un lourd plastron en or, les bras prisonniers de gantelets de mailles métalliques.

— C'est peut-être un peu exagéré, admit Corbeau.

L'épée et l'armure s'évanouirent aussi vite qu'elles étaient apparues. Han regarda Corbeau d'un air menaçant. Il n'était pas venu pour faire le pantin.

Je devrais peut-être partir et fermer le portail tout de suite, pensa-t-il. Il saisit son amulette qui brillait entre ses doigts comme une étoile tombée du ciel.

— Pardonnez-moi, je vous prie, dit Corbeau en reculant d'un pas, les mains levées. Ce que je voulais vous montrer, c'est que votre arme ne sert à rien ici. C'est une illusion. Je ne dis pas que les illusions ne peuvent pas être d'une puissance incroyable. Mais le seul moyen de blesser quelqu'un en Aediion consiste à utiliser directement la magie.

Ça, c'est vous qui le dites, pensa Han. *Ces illusions me paraissent sacrément convaincantes.*

— Êtes-vous au moins disposé à me donner votre nom, maintenant ? demanda Corbeau.

— Je m'appelle Alister.

Il attendit que Corbeau lui révèle en échange son véritable nom, mais il n'en fit rien. Il semblait avoir l'esprit ailleurs. Son attention était attirée par le moindre son, le moindre détail : le fracas des sabots sur les pavés dehors, les flammes dans la cheminée, le motif de ses manches en velours. Il avait l'air d'un enfant explorant le monde comme si tout était frais, nouveau et fascinant.

Un type bizarre, en tous points. Et c'est avec lui qu'il voulait s'associer ?

— D'où venez-vous ? demanda Han. Vous parlez comme quelqu'un du Nord, mais je ne vous ai pas vu sur le campus.

— N'est-ce pas logique que j'adopte une apparence différente en Aediion si je ne souhaite pas être reconnu dans le monde réel ? Le doute subsiste encore ; je pourrais vous avoir mal jugé. Peut-être me trahiriez-vous si vous saviez qui je suis véritablement.

Donc, il pouvait s'agir de n'importe qui.

Han serra plus fort son amulette. *Et si c'était ça qu'il convoitait vraiment ?* pensa-t-il. *Mon amulette.* Corbeau pouvait très bien le mener par le bout du nez jusqu'au moment où il saisirait l'occasion de la lui voler. Eh bien, Han ne serait pas une proie facile.

Comme s'il lisait dans ses pensées, l'amulette de Corbeau se modifia pour devenir identique à celle de Han.

— Vous voyez ? Je n'envie pas votre amulette. J'ai la mienne.

Dans le monde des rêves, on se retrouvait vite embrouillé entre ce qui était vrai et ce qui ne l'était pas.

— Écoutez, vous prétendez pouvoir m'apprendre la magie, rappela Han.

— C'est vrai. Ce que je peux vous apprendre fera de vous l'ensorceleur le plus puissant des Sept Royaumes.

Il alla regarder par la fenêtre en ogive puis se retourna et posa les paumes sur le rebord.

— Mais cela a un prix.

Ah! voilà le moment où le Destructeur réclame mon âme en échange de ses services. Mais il avait déjà eu affaire à des intrigants, et il savait comment se sortir d'un mauvais marché.

— Quel prix exigez-vous ? demanda-t-il, feignant l'indifférence.

— Je ne vais pas consacrer du temps à quelqu'un qui ne fera jamais qu'un usage partiel des trésors de connaissances que j'ai à lui offrir, répondit Corbeau. Si nous nous associons, j'attends des améliorations à tous les niveaux de votre part. Votre façon de vous exprimer, vos manières, votre... tenue.

Il agita la main en direction de Han pour désigner ses vêtements.

Pris par surprise, Han le dévisagea.

— Vous voulez que je me transforme en foutu sang-bleu, *moi* ? C'est ça votre prix ?

Corbeau examina ses mains, et fit tourner la bague ouvragée qu'il portait à l'index droit.

— Les moments que nous pouvons passer ensemble en Aediion sont limités. Je ne veux pas les gaspiller à vous apprendre comment évoluer en société. Vous trouverez sûrement quelqu'un capable de vous enseigner ces qualités.

— Écoutez, j'ai même pas le temps d'étudier tout ce que j'ai besoin de savoir, alors les belles phrases et les bonnes manières...

Corbeau se rapprocha de Han, et se pencha jusqu'à se trouver presque nez à nez avec lui.

— Ne sous-estimez pas les Bayar. Jusqu'à présent, vous avez eu de la chance parce que *eux* vous ont sous-estimé. Si vous n'apprenez pas à les affronter sur leur terrain, ils vous écraseront. Il vous faudra davantage que des formules magiques et une amulette puissante. Il s'agit de loi, et de politique. Il s'agit de gagner des gens influents à votre cause. Cela implique au minimum que vous vous exprimiez intelligiblement.

— Qu'est-ce que ça peut vous faire qu'ils m'écrasent ? Vous n'avez rien à y perdre.

— Disons simplement que j'ai une dent contre eux. (Corbeau se tourna pour regarder dehors.) Je hais la Maison du Nid d'Aigle, ajouta-t-il doucement. Ils ont détruit tout ce qui comptait à mes yeux.

Alors, nous avons un point commun, constata Han. *S'il dit la vérité.*

Et en y repensant, ce sang-bleu n'avait pas tort : Han devait apprendre à se battre sur leur territoire. Sinon, il se ferait descendre en un rien de temps. Il se remémora l'expérience humiliante du Dîner de la Doyenne. Il avait peut-être intérêt à se préparer pour que ça ne se reproduise pas.

— Très bien, je vais chercher un professeur. Mais je ne peux pas attendre de savoir parler en vers pour recevoir votre aide. Les Bayar m'ont attaqué deux fois. La troisième sera la bonne.

Corbeau se raidit. Son teint pâle faisait ressortir ses yeux bleus étincelants.

— Ils vous ont attaqué ? Que voulez-vous dire ?

— Ils essaient de me tuer et de prendre mon amulette. Je dois y mettre un terme.

Corbeau secoua rapidement la tête, comme s'il refusait d'entendre ça.

— Non, je ne le tolérerai pas, dit-il en se frappant la paume du poing. J'ai enfin trouvé quelqu'un avec qui je pense pouvoir travailler. Je ne les laisserai pas…

Il ne termina pas sa phrase, comme s'il venait de se rappeler la présence de Han.

— Nous ferons en sorte qu'ils cessent, dit Corbeau, le visage dur et résolu. Je vais vous montrer un sort qui les détruira et qui ne laissera aucune trace permettant de remonter jusqu'à vous.

— Non, répondit Han, surpris que ce sang-bleu réagisse si vivement à l'éventualité de son assassinat. C'est pas ce que je veux. Si je fais ça, j'irai faire un tour à l'abbaye de Monte-à-regret en moins de deux.

— Pardon ?

Corbeau le dévisageait sans comprendre.

— On me renverra chez moi pour y être pendu. Et puis tuer n'est pas aussi impressionnant qu'on l'imagine. Le premier venu qui passe peut vous descendre s'il est prêt à tout pour se faire une réputation. Voilà pourquoi même les plus futés des seigneurs des rues se font avoir, tôt ou tard.

Han remonta ses manches, et découvrit qu'il appréciait la douce sensation du lainage sur sa peau. Puis il reprit :

— Tuer est une manière de se débarrasser d'un rival, mais c'est aussi une marque de respect. Ça prouve qu'il est assez important pour qu'on lui consacre un peu de temps. Il vaut mieux l'humilier. Le faire passer pour un imbécile. Lui montrer que s'il vous cherche des noises, il le paiera de sa réputation.

Corbeau regarda Han en clignant des yeux. Il n'aurait pas été plus étonné si une brique s'était déchaussée du mur pour lui faire un beau discours.

— Je pourrais refroidir toute la bande si je voulais, poursuivit Han. Sans votre aide. Je suis doué pour ce genre de boulot. Mais je ne veux pas. J'ai juste besoin qu'ils se mordent les doigts de s'être attaqués à moi et qu'ils hésitent à recommencer. Pour que je puisse continuer mes affaires.

Corbeau fronça les sourcils, comme s'il était surpris que Han ait ses propres projets.

— Vos affaires ? De quoi s'agit-il ?

— *Mes* affaires, répéta Han. (Corbeau avait des secrets, il pouvait bien en avoir lui aussi.) Je veux utiliser la magie afin d'effrayer les Bayar. Du jamais vu. Pour n'être ni soupçonné, ni renvoyé.

— Hum ! fit Corbeau en se frottant le menton.

Il regardait Han comme s'il n'avait désormais d'autre choix que de le respecter.

— Réfléchissez pas trop longtemps, hein ? Je dois agir avant qu'ils récidivent. En attendant, il faut que je trouve le moyen de les tenir éloignés de ma chambre. Je veux quelque chose qui tue personne, mais qui les empêche d'entrer. Vous avez un truc dans ce goût-là ?

— Bien entendu, répondit Corbeau en levant les yeux au ciel. Soyons précis : vous voulez exclure certains individus seulement ? ou tout le monde, vous excepté ?

— Certains. Et je veux aussi savoir comment contourner tous les sortilèges de protection qu'ils ont pu installer.

Corbeau tendit la main et une formule en lettres de feu apparut sur le mur en pierre de la tour.

— Voilà l'incantation. Vous devrez la réciter devant chaque accès à votre chambre – portes et fenêtres. Vous lierez ce sort à vos ennemis grâce à cette formule et à un cheveu, du sang ou de la chair. (D'autres mots apparurent.) Non seulement cela les empêchera d'entrer s'ils essaient, mais ils seront de plus marqués, de telle manière que vous saurez qu'ils ont franchi votre seuil.

— Marqués ? Comment ça ? demanda Han, soupçonneux.

Corbeau lui adressa un sourire en coin.

— Furoncles et pustules. En quantité. Et maintenant, voici comment annihiler les dispositifs de protection qu'ils ont peut-être installés. Il s'agit d'une formule polyvalente ; pas besoin de connaître le sort utilisé.

Corbeau projeta d'autres mots sur les murs. Han les répéta jusqu'à être sûr de les avoir mémorisés. Mais la méfiance lui nouait toujours l'estomac.

— Je prends beaucoup de risques. Si je vais fouiner dans leur chambre et que vos sortilèges ne marchent pas, je serai dans un fichu pétrin. (Han agita la main.) Montrez-moi quelque chose. Je veux vous voir faire de la magie dans le monde réel.

Corbeau réfléchit un moment, puis dit :

— Bon, d'accord. Mais pour cela, nous allons devoir quitter l'Aediion.

Il marcha droit vers Han, qui recula jusqu'à heurter le mur. Le magicien continua à avancer jusqu'à se *glisser* en lui. Han sentit ses os se glacer comme sous le souffle froid du vent dans les montagnes des Esprits.

— Maintenant, prononcez la formule pour refermer le portail, dit Corbeau depuis l'intérieur de sa tête.

Han saisit son amulette et récita les quelques mots. De nouveau, il traversa les ténèbres.

Tout surpris, Danseur leva la tête au moment où Han ouvrait les yeux. Han devina d'après l'angle de la lumière qu'il était de retour dans le beffroi de Mystwerk – le vrai. Il portait ses vêtements habituels et son attelle enserrait son bras droit. La douleur au niveau de sa clavicule se réveilla soudain.

Son ami se leva avec précipitation.

— Chasse-Seul ! Que s'est-il passé ? Pourquoi es-tu de retour si tôt ?

— Cela nécessite très peu de pouvoir, et c'est d'ailleurs tout ce qu'il vous reste, chuchota Corbeau à l'oreille de Han. Utilisez le sort d'arrimage avec celui-ci aussi.

Les doigts de Han lancèrent l'enchantement et les mots de la formule s'échappèrent de sa bouche tandis que Corbeau parlait à travers lui.

Pendant un instant, rien ne sembla se produire. Puis Han entendit un jaillissement de sons, et il perçut des milliers de minuscules mouvements qui l'encerclaient. Les murs du beffroi prirent vie, animés de petits yeux brillants, de museaux moustachus et de dents de rongeurs.

Rats et souris se déversèrent alors de la moindre fissure, inondant le plancher, déferlant vers lui comme une vague de fourrure grise ourlée de queues cinglantes pareilles à des vers.

Au-dessus de sa tête, Han entendit des battements d'ailes, et des nuages de chauves-souris s'abattirent depuis les hauteurs du beffroi. Elles s'élançaient vers lui, leur gueule triangulaire exhibant des dents pointues comme des aiguilles.

— Aaah !

Han eut le réflexe de lever le bras gauche pour se protéger la tête et le visage. Des peaux membraneuses comme du cuir le frôlèrent. Des chauves-souris le percutèrent puis tombèrent au sol, ailes étendues, l'air désorientées.

Danseur, qui était resté dans un coin de la pièce, saisit la lanterne et lui fit décrire un grand arc de cercle pour repousser les rongeurs. Han le rejoignit et ils se placèrent dos au mur.

Les rats et les souris se faufilèrent jusqu'à eux malgré la lampe et recouvrirent les pieds de Han, qui sentit leurs dents acérées comme des rasoirs se planter dans ses chevilles. La magie était bien réelle. Elle était passée de ce côté du monde. Et elle le prenait pour cible.

Sautillant d'un pied sur l'autre, il essayait de faire tomber les masses de rongeurs qui escaladaient ses braies. Il tendit la main avec l'idée d'envoyer une décharge de pouvoir au milieu des hordes grouillantes. Puis il se souvint qu'il était dans le beffroi de Mystwerk, construit en bois et en pierre, et qu'il risquait donc d'y mettre le feu par la même occasion.

Han reprit son amulette en main et lança le sort de la haie d'épines en tournant sur lui-même. Un taillis hérissé de piquants se dressa autour d'eux, si dense et si impénétrable que les rats s'empalèrent dessus en essayant de le traverser. Danseur écrasa à coups de pied les quelques rongeurs qui étaient parvenus à franchir l'obstacle, tandis que Han frappait les chauves-souris qui continuaient à fondre sur eux en tournoyant.

— Bien joué, le félicita Corbeau, d'une voix basse et amusée. Très inspiré. Maintenant, faites-les partir.

Il mit ses paroles à exécution, récitant la formule adéquate par l'intermédiaire de Han.

Comme si quelqu'un avait ôté la bonde sous cette mer de rongeurs démontée, les animaux se retirèrent en s'infiltrant dans les murs et, quelques instants plus tard, Han et Danseur se retrouvèrent seuls dans le clocher, entourés de trois côtés par une haie d'épines hérissée de cadavres de rats.

Han avait le cœur qui battait la chamade et la chemise trempée de sueur. Il se laissa glisser contre le mur jusqu'au sol de pierre.

Corbeau lui chuchota à l'oreille :

— Demain soir. Minuit. Même endroit. Et accumulez un peu plus de pouvoir dans votre amulette, je vous prie. Nous avons beaucoup à faire et nous devons aller vite.

Sur ce, il disparut.

— Chasse-Seul ? (Danseur s'accroupit près de lui.) Par le sang et les os d'Hanalea ! qu'est-ce que c'était, tout ce bazar ?

Han repoussa les mèches humides de son front. Toujours assis, il prit le temps de réfléchir jusqu'à ce que sa respiration redevienne normale et que son pouls se calme. Il leva la tête vers Danseur et sourit.

— Je crois que j'ai trouvé comment résoudre notre problème de cambrioleur.

18

La clique d'Abelard

La petite clique d'Abelard, constituée d'étudiants particulièrement doués, se réunissait dans le cabinet de travail de la doyenne, que Han connaissait grâce à sa précédente visite. Des fauteuils étaient disposés autour d'une table en bois poli, dans une salle de réunion cossue avec vue sur la rivière. Des rafraîchissements avaient été arrangés sous la fenêtre.

Han prit soin d'être en avance. Maître Gryphon arriva tôt lui aussi, de manière à s'installer dans la pièce avant tout le monde. Han était surpris de le voir là puisque la doyenne et le maître ne semblaient pas bien s'entendre. Peut-être sa famille était-elle influente également.

Timis Hadron, le compétent qui l'avait accueilli à son arrivée, faisait le tour de la table, distribuant des livres et de quoi écrire devant chaque place.

Mordra ne tarda pas à faire son entrée. Han éprouva un grand soulagement lorsqu'elle choisit de s'asseoir à côté de Maître Gryphon, et pas à côté de lui. Il n'avait pas très envie de se payer un autre sermon sur les bonnes manières devant l'ensemble du groupe.

Les Bayar arrivèrent avec Abelard. La doyenne avait dû leur donner des instructions concernant leur nouveau camarade de classe. Micah fit mine de ne pas le voir quand il s'installa en face de lui, près de la porte. Fiona effleura Han du regard comme une main de glace. Il sentit sa peau se couvrir de chair de poule.

Il se demanda ce qu'Abelard avait bien pu leur dire : « Ne vous inquiétez pas, c'est mon homme de main » ?

Fiona et Mordra échangèrent un regard assassin, puis se détournèrent l'une de l'autre.

— Bonsoir, les salua Abelard. J'ai invité Hanson Alister à se joindre à nous. Je suis sûre que vous vous rendrez compte qu'Alister, bien que novice, a toute une gamme de compétences spéciales à nous apporter.

Elle posa la main sur son épaule comme s'il était sa propriété, et désigna les membres tour à tour.

— Timis Hadron est un compétent, mais il passera bientôt les examens pour devenir maître. Vous connaissez Maître Gryphon, évidemment. Vous avez rencontré la compétente deVilliers lors du dîner, et je ne vous présente pas Micah et Fiona Bayar.

Abelard alla prendre place en tête de table.

— Chaque semaine, l'un de nous fait un exposé sur un sujet de magie avancée, Alister, et, si possible, guide les autres au cours d'une démonstration pratique. Bien entendu, certains sortilèges sont impossibles à expérimenter sans danger. Il y en a d'autres que nous ne pouvons maîtriser, car nous ne disposons plus des instruments utilisés au moment où ces techniques furent développées.

Han hocha la tête.

— Une partie de ces méthodes est en fait interdite par le Naéming. Pour cette raison, il est impératif que rien de ce que nous faisons ici ne sorte de notre petit cercle. Est-ce bien clair ?

Han hocha de nouveau la tête, conscient que sa vie ne vaudrait pas cher une fois qu'Abelard aurait découvert qu'il était à la solde des clans.

— Vous serez tenu de contribuer à cette série d'exposés à un moment donné, poursuivit Abelard. La spécialité d'Alister est le voyage en Aediion, apprit-elle aux autres. Et il a accepté de nous en faire profiter.

Je ne me souviens pas d'avoir accepté ça, pensa Han. Mais il garda le silence.

— Maintenant, reprenons notre discussion de la semaine dernière, dit Abelard en faisant signe à Timis Hadron. Compétent Hadron, je vous prie.

Hadron étala ses notes devant lui.

— Comme le savent la plupart d'entre vous, j'ai fait des recherches pour trouver des preuves de l'existence de l'Arsenal des Rois Magiciens.

— Excusez-moi, l'interrompit Han en se demandant s'il devait lever le doigt. L'Arsenal des Rois Magiciens ?

Fiona se redressa, enroulant une mèche de ses cheveux entre son pouce et son index. Micah regarda le plafond d'un air excédé.

— Les Rois Magiciens des Fells amassèrent une vaste collection d'objets et armes magiques, expliqua Hadron. Elle disparut au moment de la Rupture. Peut-être a-t-elle été détruite par les clans des Esprits pour qu'elle ne tombe pas aux mains des magiciens. Certains prétendent que le Roi Démon a caché ces armes, pensant revenir les chercher ensuite. D'après une troisième théorie, elles auraient été volées par une des Maisons de magiciens qui assiégèrent la forteresse du Roi Démon sur la Dame Grise.

Était-ce l'imagination de Han qui lui jouait des tours, ou Hadron avait-il jeté un coup d'œil en direction de Micah et Fiona en prononçant ces mots ?

— Nous cherchons cet arsenal depuis le Naéming et le rétablissement de la lignée du Loup Gris, précisa Abelard.

Hum ! pensa Han. *Si quelqu'un a la clef de cet entrepôt magique, c'est la famille Bayar*. Ils avaient été en possession d'au moins une amulette interdite. Celle que Han portait à présent.

Hadron poursuivit en énumérant les vagues preuves qu'il avait rassemblées.

— Je crois que nous pouvons donc affirmer avec certitude que l'arsenal a existé à un moment donné, conclut-il. La question est de savoir s'il existe toujours. Et dans ce cas : où est-il ? Il nous reste encore à approfondir ce point.

Tandis que Hadron poursuivait son exposé, Han leva la tête de ses notes et remarqua que Fiona écrivait à toute allure, penchée sur sa feuille. Micah aussi semblait fasciné, ses yeux noirs dardés sur le compétent, le visage pâle et attentif.

S'inquiétaient-ils à l'idée que Hadron révèle l'endroit où se trouvait l'arsenal ? Voulaient-ils tout rapporter à papa ? Ou alors, était-il possible qu'ils ignorent eux aussi quel était son emplacement ? Peut-être étaient-ils aussi désireux que les autres de le découvrir.

Et si Han réussissait à les coiffer au poteau ? Il se mit à prendre ses notes encore plus vite, éclaboussant sa page de taches d'encre.

— Jusqu'à présent, la plupart des recherches se sont concentrées sur les archives conservées dans les bibliothèques et temples de la Marche-des-Fells, dit Hadron. Mais certaines sources semblent indiquer que de nombreux documents datant d'avant la Rupture furent transférés ici, au Gué-d'Oden, pour être sauvegardés. La bibliothèque Bayar pourrait donc recéler des informations susceptibles de nous aider à localiser l'arsenal.

— Autant chercher une aiguille dans une botte de foin, grommela Gryphon. Avez-vous vu à quoi ça ressemble, là-haut ?

— Quelle solution suggérez-vous ? demanda Abelard à Hadron sans prêter attention au commentaire acide de Gryphon.

— Mordra et moi-même passons l'été ici, répondit Hadron. Nous pouvons commencer une fouille méthodique des rayonnages dans la réserve de la bibliothèque Bayar.

Cette suggestion fit froncer le nez à Mordra, mais Hadron ne le remarqua pas et ajouta :

— Si certains d'entre vous restent aussi à l'académie, leur aide sera la bienvenue.

Personne ne se manifesta. Il se racla la gorge.

— Pensez-y, et tenez-moi au courant.

— Merci, Hadron, fit Abelard. Étant donné la constante litanie de récriminations à propos du manque d'armes puissantes à notre disposition, j'ose espérer que ceux d'entre vous qui resteront cet été se joindront aux recherches des compétents Hadron et deVilliers.

Elle promena son regard sur sa clique. Nulle objection ne fut formulée.

— Maintenant, deVilliers va nous faire un exposé au sujet de la possession.

Mordra tapota la pile de feuilles devant elle.

— La possession est une technique magique qui connut son heure de gloire lors de la Guerre de Conquête, lorsque le continent fut envahi par les magiciens des Îles du Nord. Elle fut également mise en pratique au cours du règne des Rois Magiciens, à la fois pour maintenir la paix et dans des activités de contre-espionnage.

Mordra fit le tour de la table du regard, comme pour s'assurer qu'elle avait l'entière attention de son auditoire. Les yeux de Han furent attirés par les tatouages sur ses bras. Ils se tortillaient et ondulaient sur sa peau. Il détourna la tête.

— Les clans des Esprits finirent par mettre au point des talismans pour se protéger contre la possession, ce qui limita son efficacité. Cette technique continua tout de même d'être régulièrement utilisée jusqu'à l'époque de la Rupture, où elle fut interdite par le Naéming. On raconte que le Roi Démon s'en servait pour se débarrasser de ses rivaux, deux par deux. Il en possédait un, le poussant à tuer l'autre. Ensuite, le premier était exécuté pour assassinat.

Hum ! cet arrière-grand-père Alger était sacrément malin, se dit Han. *Je me demande comment arrière-grand-mère Hanalea a réussi à le rouler.*

— Vous avez devant vous trois variantes courantes de la formule qui permet d'activer un tel sortilège, poursuivit Mordra.

Elles correspondent à divers degrés de possession. Dans certains cas, il s'agit simplement de précipiter des actions que le possédé n'oserait pas accomplir de son propre chef. Dans d'autres, le processus est complet et le magicien obtient un contrôle total de son… euh… sujet. Lorsqu'une personne a été possédée, il est plus aisé de réitérer l'expérience par la suite. Le possesseur doit être à proximité du sujet. Cette technique rencontre plus de succès quand elle est pratiquée sur des cibles qui ne sont pas conscientes de ce qui leur arrive, et qui n'opposent donc que peu de résistance. Nous avons une relative confiance quant à l'authenticité des formules dénichées dans les archives.

Mordra entreprit de les familiariser avec les mots à prononcer et de leur montrer les gestes à reproduire.

— Il faut savoir que personne n'a réussi à faire fonctionner ces incantations depuis la Rupture. Les amulettes modernes ne semblent pas assez puissantes pour permettre ce genre de magie.

Ses épaules s'affaissèrent, et Han remarqua que tous autour de la table arboraient la même expression morose.

— Sans vouloir vous vexer, intervint Gryphon, à quoi bon passer tant de temps sur des formules que nous ne serons sans doute jamais en mesure d'utiliser ?

— Pourquoi ne pas essayer ? demanda Han. Qu'avons-nous à perdre ?

Tous les regards convergèrent vers lui.

— Maître Gryphon a raison, poursuivit Han. C'est comme si on nous mettait des brioches toutes chaudes sous le nez, tout en nous interdisant de croquer dedans.

— Que proposez-vous, Alister ? demanda sèchement Abelard.

— Travaillons par deux. Nous verrons bien si quelqu'un parvient à mettre la théorie en pratique.

Il marqua un temps d'arrêt avant d'ajouter :

— Je me mets avec Micah.

Les deux mains sur la poitrine, il tenait entre ses doigts l'amulette au serpent. Avec un sourire, il jeta un coup d'œil à Bayar, assis face à lui.

Pendant un long moment, personne ne souffla mot. Le regard de la doyenne allait de Han à Micah, comme si elle essayait de deviner les intentions de son protégé.

— Très bien, dit-elle avec un haussement d'épaules. Pourquoi pas ?

— Je choisis Hadron, dit Mordra.

Han ne savait pas trop si elle voulait éviter Fiona ou se rapprocher de Timis, qui serait bientôt maître.

— Non ! explosa Micah en pressant les deux mains à plat sur la table. Je refuse de faire équipe avec Alister. Il n'a qu'à travailler avec quelqu'un d'autre.

Abelard pinça les lèvres.

— Novice Bayar, nous avons déjà discuté de cela et…

— Vous avez peut-être vos raisons pour inviter un voyou des rues à nos réunions, lança Micah, le visage blême de rage, mais vous devriez garder en mémoire que ce voleur né dans un caniveau a attaqué mon père et a failli le tuer.

Les autres écarquillèrent les yeux. Certains s'éloignèrent de Han.

— Que vous arrive-t-il, Micah ? demanda Han en toisant le fils du Haut Magicien. Vous avez peur ?

Tout en parlant, il tripotait l'amulette du Roi Démon.

Micah se leva.

— Je crois simplement que si l'on s'allie à la fange, la pestilence finit par déteindre. (Il inclina la tête en direction de la doyenne.) Doyenne Abelard, si vous voulez bien m'excuser.

Il tourna les talons et sortit. Fiona suivit son frère des yeux, puis jaugea Han intensément. Elle semblait presque… impressionnée.

Les autres, figés, jetaient à Han des regards méfiants. Il devina que personne ne se porterait volontaire pour faire équipe avec lui.

Abelard consulta la pendule accrochée au mur.

— Il est l'heure de se quitter, dit-elle, l'air soulagée. Dommage, vraiment. La semaine prochaine, Maître Gryphon nous parlera des moyens de séduction par hypnose et de leur utilisation comme tactique militaire.

Les fauteuils raclèrent le sol tandis que la clique de la doyenne battait précipitamment en retraite.

19

Pris sur le fait

Le schéma tentaculaire semblait flotter sur la page, et Raisa louchait presque tant elle s'efforçait de rester concentrée. « Fortifications en terre battue utilisées contre les pirates sur les côtes de l'Indio après la Rupture. » Encore un devoir sur l'histoire des guerres.

Au moins, la fin du trimestre approche, pensa-t-elle.

Elle poussa ses livres sur le côté et regarda autour d'elle. Il était presque l'heure du dîner, mais il n'y avait qu'elle dans la salle commune. C'était le seul soir où Amon n'avait pas d'obligations. Raisa voulait l'intercepter à son retour pour avoir une vraie conversation avec lui. Ces dernières semaines, il était plus insaisissable que jamais. Comme s'il lui cachait quelque chose.

En parlant de secret… Raisa tira de sous son buvard quelques pages griffonnées et en relut le contenu.

« Mère,
Sachez que je me porte bien et que je suis en sécurité. J'espère que cette missive vous trouvera également en bonne santé.
Je suis consciente de la pression considérable qui pesait sur vos épaules à l'approche de la cérémonie de mon jour de naissance.
Je sais aussi que vous pensiez sincèrement qu'un mariage avec Micah Bayar était le meilleur moyen de me protéger. »

Après avoir relu ces premières phrases, Raisa biffa « un mariage avec Micah Bayar », qu'elle remplaça par « le mariage que vous aviez arrangé pour moi ».

De cette manière, si la lettre tombait entre de mauvaises mains, elle aurait l'air de provenir d'un rejeton quelconque fuyant un mariage non désiré.

« Je vous supplie de considérer le fait que ce qui semble être le plus sûr se révèle parfois le plus dangereux. Il est possible que la menace que vous pressentiez ait été ce mariage lui-même. Un péril pour moi, mais aussi pour vous.
Il me tarde de rentrer à la maison pour plaider moi-même ma cause si nous trouvons le moyen d'y arriver sans risque.
Je vais m'arranger pour faire parvenir cette lettre à mon père, en espérant qu'il pourra vous la remettre. Si tout se passe comme prévu, gardez tout cela entre nous trois, je vous en conjure. On a déjà attenté à sa vie.
Si nous parvenons à établir un dialogue, peut-être pourrons-nous arranger mon retour, qui est ce que je souhaite le plus au monde. Bien que cette pensée soit égoïste, j'espère que je vous manque comme vous me manquez. Soyez assurée de mon amour, et même si ce sentiment n'est pas suffisant pour combler la brèche entre nous, c'est par là que passera notre réconciliation. »

Hallie et Talia dévalèrent alors l'escalier à grand bruit. Raisa cacha sa lettre dans sa besace.

— Tu viens dîner ? demanda Hallie. D'après ce que j'ai entendu, il y a du chou et du jambon.

— J'attends le caporal Byrne, répondit Raisa. J'irai avec lui.

Les deux cadettes se regardèrent.

— Je ne suis pas sûre qu'il vienne dîner, dit Hallie en se frottant le nez. Je crois qu'il a d'autres projets.

D'autres projets?

—Viens avec nous, insista Talia. Nous sortirons ensuite. Allons, ne fais pas ton ermite…

Raisa avait l'impression que ses amies lui cachaient quelque chose, ce qui lui mit les nerfs à fleur de peau.

—J'arrive dans quelques minutes, répondit-elle d'un ton léger. Gardez-moi du jambon.

Elles partirent, non sans lui jeter des coups d'œil répétés par-dessus leur épaule. L'anxiété se lisait sur leur visage.

Quelques instants plus tard, Amon descendit l'escalier. Il portait son uniforme de cérémonie avec un pli impeccable à son pantalon, et ses cheveux étaient soigneusement peignés en arrière, laissant son front dégagé. Il faillit trébucher en voyant Raisa, mais il se reprit et continua calmement jusqu'en bas.

—Bonsoir, Amon. Vous êtes très en beauté.

Il se regarda, puis tira sur l'ourlet de sa veste pour l'ajuster.

—Oui. Euh… merci.

Raisa repoussa sa chaise et alla au-devant de lui.

—J'espérais dîner avec vous, et peut-être même discuter. Nous ne nous voyons jamais.

Immobile, il ressemblait à un écolier surpris en train de faire une bêtise. Il ne détachait pas ses yeux gris de son visage.

—Nous avons tous deux beaucoup à faire, Raisa. Il est logique que…

—Allons dîner, alors, dit-elle en lui prenant les mains.

Il déglutit péniblement et elle remarqua sa pomme d'Adam qui tressautait.

—Je ne peux pas. Je… J'ai quelque chose à faire.

Tous les instincts de Raisa lui criaient que, si elle s'entêtait, elle aurait le cœur brisé. Mais c'était plus fort qu'elle.

—Alors je viendrai avec vous. Et ensuite, nous pourrons peut-être…

—Non. Pas ce soir. Je… Nous ne pouvons pas…

Il semblait malheureux comme jamais.

— Mais c'est votre seule soirée de libre.

Raisa se rendait bien compte qu'elle paraissait désespérée. Tant pis.

Il hocha la tête.

— Je sais. Je suis désolé, souffla-t-il.

Il était pâle et tendu.

Elle chercha désespérément quelque chose – n'importe quoi – qui le ferait changer d'avis. Quelque chose qui le déciderait à rester.

— Bon, dit-elle en ravalant le désir lancinant qui la tenaillait. Dans ce cas, emportez ceci avec vous et pensez à moi.

Elle embrassa deux de ses propres doigts, puis se hissa sur la pointe des pieds pour les poser sur ses lèvres.

Il lui saisit le poignet et plaqua sa main contre la douceur de sa joue rasée de près. Il ferma les yeux et inspira par saccades avant de la relâcher.

— Au revoir, Raisa, dit-il d'une voix méconnaissable, voilée. Allez dîner. Je rentrerai tard.

Sur ce, il s'en alla.

Raisa resta figée quelques secondes. Puis elle saisit sa cape et se glissa dehors à sa suite.

Heureusement, les rues étaient bondées, grouillant de cadets qui allaient manger au réfectoire ou qui se rendaient dans les tavernes de la rue du Pont. Amon avançait d'un pas vif, ce qui obligeait Raisa à trottiner pour ne pas se laisser distancer. À un moment, il regarda derrière lui, mais elle réussit à se dissimuler sous un porche.

Rapidement, elle comprit qu'il se dirigeait vers la rue du Pont. Quand il s'y engagea, elle hésita, le temps de rabattre son capuchon sur sa tête avant de continuer sa filature. Elle n'était pas revenue là depuis son arrivée.

Amon ne s'arrêta qu'une seule fois, chez la marchande de fleurs du pont, où il acheta un petit bouquet aux couleurs variées.

Raisa réprima le désespoir qui montait en elle. Une voix murmura dans sa tête : *Fais demi-tour.*

Mais elle lui désobéit.

Amon pressait le pas, comme s'il était sûr de son itinéraire, et obliqua vers la cour qui séparait la Maison Mystwerk de l'école du temple. Les toges rouges des magiciens et les ensembles blancs des Consacrés égayaient la pelouse roussie par le gel. Raisa rentra la tête dans son capuchon comme une tortue dans sa carapace.

Et s'il va à Mystwerk ? se demanda Raisa. *Traverser le pont est déjà bien assez risqué, je ne peux pas le suivre là-bas.*

Mais Amon emprunta la voie pavée menant au temple, puis l'entrée la plus à droite. Devant la lourde porte en bois, il s'arrêta le temps de se lisser les cheveux. Puis il souleva le heurtoir et le laissa retomber avec un bruit sec.

Raisa, toujours sur le chemin principal, observait la scène de côté, et ne vit pas qui vint ouvrir. Amon s'inclina profondément et tendit son bouquet. Puis il entra et referma la porte derrière lui.

Raisa resta un long moment immobile, indécise. L'entrée fourmillait de Consacrés et d'étudiants. Elle pouvait donc difficilement aller écouter à la porte. Mais peut-être qu'en faisant le tour...

Heureusement, le rez-de-chaussée était ponctué de hautes fenêtres et de portes vitrées donnant sur chaque pièce. Raisa avança prudemment le long de l'édifice, entre les parterres et le mur, espionnant à chaque ouverture. Certains étudiants et Consacrés devaient être en train de dîner, mais elle en vit qui lisaient, se reposaient, brodaient, peignaient, jouaient de la musique, etc.

Voilà la vie à laquelle j'étais destinée, pensa-t-elle en tripotant sa tunique brune.

À l'arrière, il y avait un salon de réception où brûlait un bon feu, avec des plateaux de biscuits et de sandwichs sur les tables. Amon était là, dans un fauteuil près de la cheminée, le dos bien droit, les mains sur les genoux. En face de lui était installée une fille en robe du temple. Jolie, elle avait la peau sombre et d'épais cheveux longs et bouclés. Une fille des Îles du Sud. Elle tenait le petit bouquet d'une main et le portait parfois à son visage pour le humer.

Ils partageaient la pièce avec deux autres couples, et une Consacrée aux joues roses, assise en retrait, gardait un œil sur les tourtereaux.

Amon était de profil, mais Raisa voyait le sourire timide de sa compagne, ses grands yeux noirs. Elle percevait même le murmure de leur conversation.

N'importe quel imbécile aurait remarqué que la jeune fille était amoureuse d'Amon Byrne.

Les larmes brûlaient les yeux de Raisa. Était-ce possible ? Amon Byrne, si honnête et si franc… la *trompait* ? Elle essaya de faire taire la voix qui lui murmurait qu'il ne pouvait pas y avoir de tromperie entre deux personnes qui n'étaient pas ensemble.

On ne ment pas à ses amis, se défendit-elle. Il s'était donné beaucoup de mal pour lui cacher cette relation.

C'est alors qu'Amon se raidit, redressant ses épaules revêtues de laine bleue. Comme dans un mauvais rêve qui vire au cauchemar, il tourna lentement la tête et regarda droit vers elle. Pendant quelques longues secondes, elle resta pétrifiée, incapable de faire le moindre geste, et ils se dévisagèrent. Puis, les joues en feu, elle se baissa sous le rebord de la fenêtre et recula en crabe jusqu'à se retrouver de l'autre côté des parterres.

Elle se releva et s'enfuit vers l'avant du bâtiment. Elle n'avait fait que quelques mètres lorsqu'une main se referma sur son bras, la faisant dévier dans sa course.

Raisa se retrouva face à une autre fille des Îles du Sud en tenue du temple. Mais celle-ci était la Consacrée la plus improbable qui soit. Son nez et ses oreilles étaient percés de bijoux en argent et, de sa main libre, elle brandissait un redoutable couteau.

Pis encore, elle sembla étrangement familière à Raisa.

— Qui t'es en train d'espionner, saleté de cul-terreux ? demanda la fille en lui donnant une secousse.

— Pe… Personne, dit Raisa en essayant de se dégager. Lâchez-moi, vous me faites mal !

— Je veux savoir qui t'es et ce que tu…

La Consacrée au couteau plissa soudain les yeux.

— Je te connais. Je t'ai déjà vue quelque part.

— Pas étonnant, moi aussi je vais à l'école ici, répondit Raisa qui s'accrochait des deux mains à sa dignité. Je me demandais juste comment c'était dans le temple.

— T'es des Fells, affirma la Consacrée, examinant Raisa avec attention.

Puis la surprise se peignit sur son visage.

— C'est toi la fille qui était avec Gourmettes Alister. T'es celle qui est allée récupérer les Chiffonniers au poste de garde du Pont-Sud.

C'était Cat. Cat Tyburn, le seigneur des rues qui avait succédé à Gourmettes à la tête des Chiffonniers. L'ex-petite amie d'Alister.

Pas étonnant que Raisa ait tardé à la reconnaître. Elle avait bien changé. Elle semblait presque soignée, comme un jardin plein de broussailles qui aurait été pris en main par un jardinier talentueux. Ses yeux étaient désormais clairs et brillants, non plus voilés comme auparavant, et elle avait pris du poids.

Que faisait-elle au Gué-d'Oden ?

— Je ne vois pas de quoi vous parlez, dit Raisa.

D'un coup, elle se rappela le jour où elle avait cru apercevoir Gourmettes Alister près des écuries. Fallait-il y voir un lien ? Peu importait, elle devait se libérer.

En désespoir de cause, elle enfonça son poing dans le ventre de Cat, espérant qu'elle ne se ferait pas trancher la gorge en retour.

Heureusement, Cat n'avait pas été assez vigilante et n'avait pas vu le coup venir. Elle s'effondra et lâcha le couteau. Raisa détala, et réussit cette fois à dépasser l'enceinte du temple et la cour. Elle tourna dans la rue du Pont. Elle courait comme si des démons étaient à ses trousses.

20

Amants maudits

Raisa courut d'une traite jusqu'à la Résidence Grindell. Elle traversa en coup de vent la salle commune sous les regards médusés de Mick et Garret qui jouaient aux cartes, et de Talia et Hallie, qui n'étaient finalement pas sorties. Elle monta les marches quatre à quatre, entra dans sa chambre, claqua la porte et se jeta à plat ventre sur son lit.

Quelques minutes plus tard, elle entendit la poignée tourner doucement.

— Rebecca ?

C'était Talia.

— Va-t'en, dit Raisa, la voix étouffée par son oreiller, regrettant de ne pas avoir une chambre à elle.

Elle aurait aimé être de nouveau princesse, pour pouvoir donner des ordres aux autres.

Bien sûr, Talia ne s'en alla pas, mais vint s'asseoir sur le bord du lit.

— Je croyais que vous aviez prévu de sortir, grommela Raisa.

— Nous avons changé d'avis, répondit son amie en lui caressant les cheveux. Tu l'as suivi ?

Raisa acquiesça, le visage toujours enfoui dans l'oreiller.

— Depuis quand étiez-vous au courant qu'il fréquentait quelqu'un ?

— Un moment. Il n'en a pas fait un secret…

— Sauf pour moi.

Elle aurait voulu disparaître. Était-ce si évident qu'elle aimait Amon ? Comment oserait-elle regarder les autres cadets en face, désormais ?

Talia se mit à masser les épaules de Raisa, malaxant les muscles en profondeur pour relâcher les tensions.

— Il ne voulait pas te faire souffrir.

— Je vois. Alors il en a discuté avec tout le triple et vous avez pris ensemble la décision de…

— Non, non, non. (Talia interrompit son massage.) Cela ne s'est pas du tout passé comme ça. Il ne sait pas mentir, et il est bien trop à cheval sur le sens de l'honneur. Il est malheureux comme les pierres, au cas où tu n'aurais pas remarqué.

Raisa discerna dans ces paroles l'amour que Talia portait à Amon. Tous les Loups Gris aimaient Amon Byrne. C'était leur point commun.

La porte s'ouvrit et se referma. Raisa se crispa, irritée.

— Allons, allons, l'apaisa Talia. C'est seulement Hallie qui t'apporte une tasse de thé.

— Je peux te trouver quelque chose de plus fort, si tu préfères, proposa Hallie. J'ai une eau-de-vie qui t'endormira comme on mouche une chandelle.

Raisa déclina l'offre. Elle voulait garder l'esprit clair.

— Nous ne savions pas ce qui s'était passé entre vous, reprit Talia, ou s'il y avait eu des promesses de faites, mais…

— Non, dit Raisa avec amertume. Il n'y a rien eu. Nous étions juste amis.

Je croyais que j'étais douée pour lire dans le cœur des autres, pensa-t-elle. *J'aimais Amon et j'étais persuadée que c'était réciproque, ou que je pourrais l'amener à m'aimer en brisant les barrières du devoir et du rang.*

Pourraient-ils un jour être de nouveau amis ?

Elle n'avait même plus assez d'énergie pour s'inquiéter de sa rencontre avec Cat Tyburn. À cet instant, se faire couper la gorge semblait encore la solution la plus simple.

Pendant l'heure qui suivit, Hallie et Talia s'employèrent à la consoler. Elles l'abreuvèrent de thé et essayèrent de lui faire avaler quelque chose. La plupart du temps, elles se contentaient de lui tenir compagnie en silence, lui étreignant la main. Malgré son cœur brisé et les reproches qu'elle s'adressait à elle-même, Raisa se sentait soutenue par leur présence. C'était peut-être ça, avoir de vrais amis.

Enfin, elle entendit l'escalier grincer et reconnut le pas d'Amon.

— Nous pouvons rester avec toi si tu le souhaites, s'empressa de dire Hallie. Quoi qu'en dise le caporal.

Raisa secoua la tête.

— Il faut que nous parlions. Nous aurions dû le faire il y a longtemps déjà.

Il frappa.

— Entrez! répondit Talia.

Amon ouvrit la porte et les regarda d'un air hagard et sinistre. Talia et Hallie embrassèrent Raisa chacune sur une joue.

— On est en bas si tu as besoin de nous, lui dit Talia.

Elles passèrent à côté d'Amon en le foudroyant du regard. La porte se referma et le silence les enveloppa, presque tangible.

Raisa s'assit sur son lit, dos au mur, entourant ses genoux de ses bras. Amon finit par prendre la chaise du bureau et s'installa près du lit.

— Je suis rassuré de savoir que vous êtes bien rentrée, dit-il. J'aurais dû vous rattraper tout de suite, dès que j'ai vu que vous aviez traversé le pont.

— Eh bien, voilà qui aurait été plutôt gênant, fit remarquer Raisa en posant le menton sur ses genoux. Mais la question n'est pas là, si?

— Non, en effet.

Il joua distraitement avec le lourd anneau d'or qu'il portait à la main gauche. La bague avec la ronde des loups.

Raisa aurait pourtant préféré que là soit la question. Il aurait été moins difficile de se disputer avec lui qu'avoir cette conversation.

— Qui est-ce ?

Amon leva la tête.

— Elle s'appelle Annamaya Dubai. Sa famille est originaire des Îles du Sud, comme vous l'avez probablement deviné. Son père est militaire. Mercenaire dans les Fells. C'est l'un des rares Rayés de l'armée régulière auxquels mon père fait confiance.

— Comment l'avez-vous rencontrée ?

— Mon père a tout arrangé avec le sien. Ils ont pensé que nous irions bien ensemble.

À l'entendre, on aurait pu croire qu'il parlait de deux chevaux dans un attelage.

— Hum ! fit Raisa en hochant la tête. Elle est grande, c'est vrai.

— Arrêtez cela, Rai. Je n'ai pas l'intention de m'excuser parce que je vois Annamaya. Je vous demande pardon de ne pas vous en avoir parlé. Vous pouvez vous en prendre à moi tant que vous voulez, mais laissez-la en dehors de ça. Elle est gentille, travailleuse, instruite. C'est une harpiste de talent. Elle sait y faire avec les chevaux. Elle a grandi dans une famille de militaires, et elle comprendra donc ce que cela implique… que la Garde passe avant tout.

C'est alors que la vérité lui éclata au visage. Son cœur se mit à tambouriner si fort qu'elle fut persuadée qu'Amon devait l'entendre.

— Vous comptez l'épouser, murmura-t-elle.

Il hocha la tête, les yeux baissés.

— Seulement une fois que je serai diplômé de l'académie. Mais il est prévu que nous annoncions nos fiançailles lors de notre retour aux Fells, cet été.

— Quoi ? s'exclama Raisa d'une voix plus forte. Vous allez vous marier et vous ne m'en avez même pas *parlé* ?

Il releva la tête, ses yeux gris noyés de culpabilité.

—Je n'ai rien à dire pour ma défense. Je n'aurais jamais dû agir ainsi, je le sais. Je n'ai tout simplement pas eu le courage de vous l'avouer.

Elle recevait coup sur coup. Elle voulait lui faire mal à son tour. *Eh bien, qui pourrait rêver mieux: une harpiste chevaline*, s'apprêta-t-elle à rétorquer. Mais quand elle vit l'expression désespérée d'Amon, les mots moururent sur ses lèvres.

—Vous ne l'aimez pas, souffla-t-elle.

—Je n'ai pas dit cela.

—Mais c'est la vérité. Je le sens bien. N'essayez pas de mentir, ce n'est pas votre fort.

Il la regarda, et elle devina qu'il envisageait quand même de tenter le coup. Puis il haussa les épaules.

—Je ferai un bon époux.

C'était certain, à un détail près: il ne l'aimait pas.

S'il doit épouser une femme qu'il n'aime pas, ce sera moi, décida Raisa.

—Avant de vous engager là-dedans, il faut que vous sachiez quelque chose, annonça-t-elle brusquement. Il est important que vous preniez votre décision en connaissance de cause.

À voir l'expression d'Amon, il aurait très bien pu se trouver face au peloton d'exécution.

—Rai, je vous en prie. Avant de dire quoi que ce soit, il faut que je vous avoue quelque chose que j'aurais dû vous confier depuis longtemps déjà. Je voulais vous en parler, mais... Mon père disait que c'était contraire à...

—Non, écoutez-moi jusqu'au bout. Ensuite, ce sera votre tour.

Raisa prit une grande inspiration.

—Amon, vous êtes mon meilleur ami. Depuis toujours. Vous êtes la personne la plus honorable que je connaisse. Et apparemment, vous n'êtes pas du genre à vous engager avec une fille si vous savez que votre relation n'a pas d'avenir.

Il ne la quittait pas des yeux.

— Non, dit-il doucement. Ce n'est pas mon genre.

Elle prit ses mains entre les siennes, lui massant les paumes avec ses pouces. Elle avait besoin de ce contact physique pour garder courage.

— Moi, reprit-elle, j'étais résignée à ne jamais pouvoir vous épouser, mais j'étais prête à accepter une relation selon les termes que vous auriez fixés. Il en est ainsi, pour les reines du Loup Gris. En matière d'amour, nous prenons les choses comme elles viennent. Voilà pourquoi dans le Sud on nous traite de sorcières et de putains.

Amon ferma les yeux, ses cils noirs ressortant sur sa peau tannée par le soleil. Ses mains se refermèrent sur celles de Raisa.

— Votre Altesse, je vous en prie, ne dites rien que vous regretterez plus tard. Je ne veux pas que notre relation soit entravée par la gêne.

— Non. Je crois, au contraire, que c'est si je ne parle pas maintenant que j'aurai des regrets. Et la situation est déjà on ne peut plus gênante.

Elle s'interrompit, mais il ne dit rien, et elle reprit :

— Je sais que je devrais faire un mariage politique, pour le bien des Fells et de la lignée. Mais… les choses changent. Les Fells n'avaient encore jamais envoyé de princesse héritière au Gué-d'Oden. Ici, j'apprends à laisser de côté les idées anciennes pour mieux accueillir les nouvelles. Il doit bien y avoir un moyen de faire en sorte que ça marche.

— De faire en sorte que ça marche ? chuchota-t-il comme un mourant qui tend la gorge dans l'attente du coup fatal.

— Je vous aime, dit-elle simplement. Je vous demande de m'épouser.

Raisa n'aurait pas su dire à quelle réponse elle s'attendait – mais certainement pas à cette expression où se mêlaient désir, tristesse et désespoir.

— Vous ne comprenez pas, souffla-t-il en secouant la tête. Je ne peux… Nous ne pouvons pas…

— Nous sommes jeunes, c'est vrai, s'empressa-t-elle d'ajouter. Je ne voulais pas me marier si tôt non plus. Mais si vous m'épousez, une union avec Micah Bayar sera exclue. Nous pourrons retourner dans les Fells ensemble, et il ne sera plus question de mettre Mellony sur le trône. Je crois que le peuple approuverait davantage un mariage avec un enfant du pays qu'avec un étranger.

Les clans, surtout, qui accueilleraient un Byrne à bras ouverts. Ils respectaient le père d'Amon, Edon Byrne. Et cette famille n'était liée ni à la magie, ni à aucune puissance étrangère.

Voilà qui était parfaitement judicieux. Il fallait qu'elle réussisse à le convaincre. C'était ce qu'elle souhaitait, mais c'était aussi une solution rationnelle.

Amon se contentait de garder les yeux rivés sur ses bottes.

— Je suis consciente des obstacles à surmonter, dit-elle. Ma mère ne sera pas d'accord. Peut-être que votre père non plus. Mais... nous saurons les faire changer d'avis.

Vous apprendrez à m'aimer, pensa-t-elle. *Je vous apprendrai.*

— Ce n'est pas si simple, dit Amon en retirant doucement ses mains de son étreinte. Je ne suis pas libre de vous épouser.

Le cœur de Raisa tressaillit.

— Que voulez-vous dire ? (Une pensée affreuse la submergea.) Cela signifierait-il que... que vous êtes déjà fiancé ?

Elle regarda l'anneau doré qu'il portait à la main gauche, similaire au sien.

— Non, je ne suis pas fiancé.

Il tripota la bague, la faisant glisser le long de son doigt.

— C'est mon tour ? Puis-je parler, maintenant ?

Elle acquiesça, même si un mauvais pressentiment l'étreignait : elle n'allait pas aimer ce qu'il avait à lui dire.

— Vous savez que le poste de capitaine de la Garde de la reine est un titre héréditaire dans ma famille, commença-t-il. Depuis le décret d'Hanalea, il y a mille ans.

Raisa hocha la tête. Les titres héréditaires n'avaient rien d'inhabituel, même s'ils étaient plus répandus chez les nobles que chez les militaires.

— Il échoit généralement à l'aîné de la famille. Le successeur est choisi par le capitaine en titre pour servir la nouvelle reine quand elle accède au trône.

Il marqua un temps d'arrêt, comme s'il attendait un commentaire de la part de Raisa. Mais elle ne dit rien.

— J'ai été choisi pour être votre capitaine, lui apprit-il. Mon père et moi en avons discuté avant notre départ pour le Sud.

— Oh ! fit Raisa. Très bien.

En y réfléchissant, elle ne voyait pas qui d'autre elle aurait voulu avoir à ses côtés.

— C'est une très bonne nouvelle. Pourquoi ne m'avoir rien dit ?

— Eh bien, il est inhabituel de choisir le capitaine avant que la princesse héritière soit couronnée. Cela peut être perçu comme une menace par la reine en place. Elle pourrait s'inquiéter de ce que la princesse, de connivence avec sa garde personnelle, tente de s'emparer du pouvoir.

— Oh ! mais je suis sûre que…

— Une fois le choix arrêté, il est irrévocable. Seule la mort d'un des deux peut défaire le lien. C'est une autre raison pour attendre que la princesse monte sur le trône.

D'où venaient toutes ces règles qu'elle ignorait ? Encore un exemple des connaissances que la reine Marianna aurait dû lui transmettre.

Mais il lui semblait quand même qu'Amon s'éloignait du sujet.

— Pourquoi choisir de m'en parler maintenant ? Le rôle de capitaine de la Garde n'est pas incompatible avec celui de consort. Au contraire, c'est parfait, il suffit d'en convaincre…

— Ce n'est pas seulement un titre héréditaire. Il y a une part de magie.

— De magie ? répéta Raisa avec un frisson.

Sa peau se couvrit de chair de poule comme si un courant d'air s'était soudain engouffré par la fenêtre.

— Que voulez-vous dire ? demanda-t-elle.

— Eh bien, vous savez que le Haut Magicien est lié à la reine des Fells, pour qu'il ou elle ne puisse rien faire qui soit contraire aux intérêts de la lignée du Loup Gris ?

— Bien sûr. Même si le système semble ne pas très bien fonctionner avec notre Haut Magicien actuel, ajouta-t-elle d'un air lugubre.

— Les capitaines sont liés eux aussi. Il y a une cérémonie, présidée par un orateur. Une fois le lien établi, il devient permanent. C'est une façon d'empêcher les trahisons et de s'assurer du dévouement du capitaine à la survie de la lignée.

Raisa, littéralement bouche bée, essaya de reprendre contenance. Les Byrne étaient les gens les moins magiques qu'elle connaissait. Ils lui étaient toujours apparus comme la voix franche de la raison, comparée à la sorcellerie inhérente aux clans, aux séduisants discours des orateurs, et à toute la mise en scène dramatique qui entourait la magie.

Mais être liée à Amon ne pouvait être qu'une bonne chose, non ? Comment imaginer relation plus solide que celle qui les unissait déjà ?

— Donc cette cérémonie aura lieu quand je deviendrai reine ?

Amon fit « non » de la tête.

— Elle a déjà eu lieu. Avant mon départ des Fells. Mon père pensait que c'était nécessaire dans la mesure où vous quittiez le pays, d'autant plus que nous allions traverser une zone en guerre. Et aussi parce que, comme vous l'avez fait remarquer, il se pourrait qu'une menace magique pèse déjà sur la reine en titre.

Il leva la main gauche pour lui montrer la bague à son majeur. Elle examina les loups qui couraient sur le lourd anneau d'or.

— Je suis déjà lié à vous, Raisa. Pour de bon. Pour toujours.

À son expression, elle comprit qu'il y avait un revers à la médaille.

Elle essaya de cacher sa surprise.

— Était-ce vraiment nécessaire d'avancer la cérémonie ? Je ne voudrais pas que le peuple croie que je complote contre ma propre mère. Et je ne vois pas pourquoi votre père a souhaité s'assurer que vous ne vous retourneriez pas contre moi.

— Eh bien, il y a certains avantages. Parfois… je peux prédire ce que vous allez faire, anticiper le danger qui vous guette à temps pour l'éviter. Je sens où vous êtes, de manière imparfaite.

Un souvenir remonta à l'esprit de Raisa : le jour où ils avaient été attaqués par Sloat et ses soldats renégats, dans l'ouest des Esprits. Cachée parmi les arbres, elle avait admiré Amon qui s'entraînait avec son bâton. Il s'était retourné comme s'il avait perçu sa présence, et l'avait appelée : « Rai ? »

Et quand elle l'espionnait à la fenêtre de l'école du temple un peu plus tôt, il avait braqué les yeux droit sur elle.

Soudain, il faisait trop chaud dans la chambre du dernier étage. Raisa sortit du lit pour ouvrir les volets. Puis elle alla s'asseoir sur le rebord du foyer.

— Bon. Merci de me l'avoir dit. Mais, en fait, je ne vois toujours pas en quoi c'est lié…

— Une union entre nous mettrait la lignée en danger, dit Amon. Voilà le lien.

— Ce… Ce n'est pas vrai, balbutia Raisa. C'est impossible.

Puis, devant son silence, elle demanda :

— Qu'est-ce qui vous fait croire cela ?

— Depuis la cérémonie, si nous… nous embrassons, ou si je suis tenté de… (Il leva les mains dans un geste d'impuissance.) Je suis repoussé. Empêché.

— Repoussé ? Vous voulez dire… par la magie ?

— Oui.

— Comment cela se manifeste-t-il ? demanda Raisa d'un ton sarcastique. Vous êtes frappé par la foudre, ou quoi ?

— Je me sens mal, j'ai la tête qui tourne. Ensuite, je suis pris d'une douleur intolérable. Je commence à défaillir. Et… je suis forcé d'arrêter.

Il haussa les épaules.

— Quand est-ce arrivé ?

— Pendant le voyage, quand nous partagions la même tente et que vous… euh… m'avez roulé dessus. Et quand nous nous sommes embrassés, juste avant que Sloat et sa bande débarquent.

En y repensant, elle se souvint de la réaction d'Amon à ces deux occasions. Effectivement, il avait semblé malade : pâle, couvert de transpiration et sur le point d'étouffer.

— Comment êtes-vous sûr que ce ne sont pas simplement vos scrupules ? demanda Raisa. Il ne s'agit peut-être pas d'un danger pour la lignée, mais du fameux sens de l'honneur des Byrne. Vous savez que nous ne devons pas nous aimer, alors…

— Vous croyez que je mens ? (Amon fronça les sourcils.) Vous pensez que c'est un stratagème pour vous repousser ?

— Si c'est le cas, il y a plus simple. Dites-moi simplement que vous ne m'aimez pas, et je n'en parlerai plus.

— Pardon ?

— Vous m'avez parfaitement comprise. Dites-moi : « Rai, je ne vous aime pas, je ne vous aimerai jamais. » C'est aussi simple que ça.

— Raisa, cela ne nous mènera à rien.

— Dites-le !

Amon se passa la main sur le visage, et ses mèches noires retombèrent sur son front. Il se leva et se mit à faire les cent pas.

— Alors ?

Amon continua à arpenter la chambre, comme un ours en cage.

— Vous voulez bien rester tranquille ? Vous me rendez nerveuse.

Amon s'approcha et s'assit près d'elle. Le regard rivé au sol, il grommela :

— Je ne peux pas le dire.

— Pourquoi donc ?

— Parce que ce n'est pas vrai.

Il leva sur elle des yeux noyés de larmes. Il parlait d'une voix étranglée, presque inaudible.

— Je vous aime, Rai. Je préférerais que ce ne soit pas le cas, mais c'est ainsi. Êtes-vous satisfaite ? Est-ce que cela rend les choses plus faciles ? ou plus difficiles ?

Raisa en resta muette quelques instants.

— Oh ! fit-elle enfin, d'une toute petite voix.

Ils restèrent assis côte à côte, sans se toucher, perdus dans leurs pensées. De l'autre côté de la rivière, la cloche du temple sonna un coup.

— Pourquoi ne m'avez-vous rien dit avant ? demanda Raisa, les lèvres engourdies.

Amon essuya ses larmes avec ses doigts.

— Au sujet de la barrière magique ou de mon amour pour vous ?

— Les deux.

— Le capitaine ne parle jamais de ce lien magique à la reine. Seule Hanalea savait, puisque c'est elle qui a mis ce système en place. Nous sommes attachés à une personne mais, au-delà, c'est la lignée que nous servons. (Amon la regarda.) Il peut nous arriver parfois d'agir contre les intérêts d'une reine pour protéger la lignée.

Ce qui ferait de lui une sorte de traître aux yeux de la reine en question, se dit Raisa.

— Alors pourquoi me mettre au courant, après toutes ces générations ?

— Eh bien, comme vous l'avez dit, les choses changent. Nous enfreignons les règles, tous les deux. Mais c'est surtout parce que vous êtes têtue comme une mule. J'ai cru que si je vous évitais, si je ne vous prêtais pas attention, vous abandonneriez et trouveriez quelqu'un d'autre.

— Je refuse d'accepter cette situation. Il doit y avoir un moyen de passer outre. Vous n'avez pas le droit d'épouser quelqu'un que vous n'aimez pas. Je vous l'interdis.

— Je dois me marier, Votre Altesse. Et vous aussi.

Pour perpétuer cette fichue lignée, songea Raisa.

— Et Lydia, elle est mariée, non ?

— Elle n'a pas d'enfants, dit Amon. Il n'y a encore personne de la génération suivante pour prendre la relève quand je...

Raisa sentit sa respiration se bloquer lorsqu'elle comprit soudain. Elle se tourna vers Amon pour le foudroyer du regard.

— Votre père savait très bien ce qu'il faisait : il voulait nous séparer. Il savait que nous allions voyager jusqu'au Gué-d'Oden ensemble, et que la tentation serait trop forte.

Elle lut dans ses yeux qu'elle avait visé juste, même s'il ne le dit pas tout haut.

— Quoi qu'il ait fait, c'était pour la lignée, affirma Amon. Il y consacre sa vie. La lignée passe avant sa famille, avant tout le reste.

— Je déteste votre père, dit Raisa entre ses dents serrées. Jamais, au grand jamais je ne lui pardonnerai. Il n'avait pas le droit de prendre cette décision pour nous.

Ils restèrent un moment assis, abattus, le regard baissé.

— Écoutez, dit Raisa. Essayons de nous embrasser. Ce sera une expérience.

— C'est déjà assez difficile comme ça, protesta Amon. Comment croyez-vous que je vive la situation ? Je suis fait de chair et de sang, vous savez.

— Rien qu'un essai. S'il vous plaît. Je ne vais pas abandonner la partie sans me battre. Les autres fois, c'était peut-être une coïncidence. Ou les circonstances. Le danger menaçant la lignée était sans doute Sloat, et n'avait rien à voir avec nous.

Amon soupira. Il resta un moment sans rien dire, puis hocha la tête.

— Vous avez raison. Nous ne serons jamais certains si nous n'essayons pas. Peut-être les choses ont-elles changé.

Raisa se tourna vers lui. Sur le visage d'Amon se lisaient lassitude et espoir mêlés. Elle tendit la main et lui prit le menton, rendu rugueux par sa barbe qui commençait à repousser. Elle l'entendit déglutir.

Elle se pencha et posa ses lèvres sur les siennes, délicatement d'abord, puis avec plus d'assurance. Elle passa son autre main derrière sa tête et l'attira à elle. Ses doigts jouaient avec les cheveux coupés court sur sa nuque, suivaient le tracé de ses os et de ses muscles. Elle se plaqua contre lui et sentit le cœur d'Amon accélérer contre sa poitrine.

Il l'enlaça, la serrant contre lui dans une étreinte désespérée.

Quelque chose sembla onduler entre eux, et Amon se mit à trembler. Il fut parcouru d'un grand frisson, puis d'un autre. Il s'arracha à ses bras et se plia en deux en se tenant le ventre. Il glissa par terre et resta allongé là, à se tordre et à haleter.

—Qu'est-ce qui se passe ? demanda Raisa, qui le savait déjà.

—Par le sang du démon ! hoqueta-t-il.

Il leva les bras et couvrit son cou, comme pour écarter une menace invisible.

—Amon !

Raisa s'agenouilla près de lui et posa ses doigts sur son front, moite et froid, où perlaient des gouttelettes de sueur.

—N... Non, dit Amon en agitant la tête de droite à gauche, pour échapper à ce contact. Je suis désolé. Ne me... touchez pas. Je vous en prie.

Raisa retira sa main. Amon se recroquevilla de douleur en gémissant.

—Douce Hanalea, pardonnez-moi, supplia-t-il, le visage déformé par la souffrance.

Des larmes coulaient au coin de ses yeux, et les convulsions le traversaient comme des vagues se brisant sur une côte abrupte.

—Désolé, murmura-t-il. Je suis désolé.

Raisa courut chercher son oreiller, qu'elle glissa sous lui pour qu'il ne se fracasse pas la tête contre la cheminée en brique. Et elle le couvrit de sa cape, car il semblait à présent trembler de froid.

Peu à peu, la crise passa. Le corps d'Amon se détendit, ses yeux papillonnèrent un peu avant de se fermer tout à fait. Il s'était endormi.

Raisa remit une bûche dans l'âtre et s'assit dos au feu, près d'Amon, mais en prenant garde à ne pas le toucher. Elle le regarda dormir. Elle était frigorifiée et ne sentait plus rien à part une douleur sourde dans la poitrine. Enfin, ses yeux étaient secs.

L'aube trouva la princesse héritière éveillée, épuisée et vidée de tout rêve.

21

Un problème de nuisibles

Quelques semaines après sa première réunion avec la clique d'Abelard, Han revenait au dortoir avec Danseur, après dîner.

Danseur s'assit à sa table de travail et ouvrit un des livres de Forgefeu. Il était entouré de bobines de fil d'or, de lingots d'argent et de pierres semi-précieuses. Il avait dépensé une fortune en matériaux brasillants. Heureusement qu'ils avaient réussi à vendre leurs marchandises sur les marchés.

Han sortit son calepin et passa en revue ce qu'il avait écrit après ses entrevues avec Corbeau. Il voulait se tenir prêt. Il regrettait de ne pas pouvoir prendre de notes dans le monde des rêves et les rapporter avec lui. Peut-être interrogerait-il Corbeau à ce sujet.

— Tu comptes le revoir ? demanda Danseur tout en déroulant du fil qu'il tressait ensuite.

Il ne faisait aucun effort pour cacher sa désapprobation.

— Je n'ai pas le choix. J'apprends énormément. Tu le sais bien.

Han partageait avec son ami toutes ses nouvelles connaissances.

— Reste à prouver que ça marche. Ces sorts que tu as jetés sur les Bayar… ça a donné quelque chose ?

Han haussa les épaules.

— Je n'ai rien entendu. Mais au moins, je suis entré et sorti de leurs chambres sans problèmes.

Il avait attendu que le crépuscule tombe avant de s'aventurer à pas de loup au premier étage. Une fois leurs sortilèges de protection désactivés grâce à la formule fournie par Corbeau, il s'était glissé dans les chambres pour subtiliser quelques cheveux, afin de les lier au sort qu'il comptait lancer.

— Je crois qu'entre les cours normaux et tes leçons privées avec Abelard tu as bien assez à faire, lui reprocha Danseur. Tu dois déborder de connaissances, maintenant.

— Tu peux parler, dit Han en désignant le projet sur lequel travaillait son ami. Tu passes tout ton temps libre sur le brasillant ou terré avec Forgefeu.

— Moi au moins, je *sais* qui est Forgefeu, rétorqua Danseur. Et je n'ai pas besoin d'aller en Aediion pour le voir. (Il secoua la tête.) J'espère que tu sais ce que tu fais.

C'est alors qu'ils entendirent quelqu'un monter l'escalier.

— Blevins, murmura Han.

Danseur jeta une couverture sur son matériel d'orfèvrerie.

La tête et les épaules du surveillant apparurent en haut de l'escalier. Le souffle court, il promena sur eux des regards soupçonneux. L'avantage d'être au dernier étage était que Blevins n'y venait que si c'était absolument nécessaire.

— Que font tous ces meubles sur le palier ? demanda-t-il en désignant la petite partie commune qu'ils avaient arrangée.

— Nous les aérons.

— Humpf, grogna Blevins. Ils ne sont pas infestés de nuisibles, j'espère ?

— « De nuisibles » ? fit Danseur en haussant les sourcils. Pourquoi cette question ?

— On dirait qu'on a un problème de nuisibles au premier, répondit Blevins. Trois chambres sont envahies par les rats et les souris. Chaque fois que je pense en être débarrassé, il nous en arrive une nouvelle cargaison. Ils doivent bien venir de quelque part.

— Ça ne peut pas concerner seulement trois chambres, dit Han, prenant soin de ne pas croiser le regard de son ami. Quand il y a une souris, c'est tout le bâtiment qui est envahi.

— Ces garçons doivent faire quelque chose pour les attirer, voilà ce que j'en dis, grommela Blevins. Je les ai mis dans d'autres chambres pendant que j'essayais d'enfumer les rongeurs, mais les bestioles les ont suivis comme des abeilles !

— Qui donc ? demanda Danseur d'un air étonné. Quels garçons ?

— Les novices Bayar et Mander. Depuis leur arrivée, ils ne causent que des ennuis. Sans arrêt à réclamer ceci ou cela. Jamais contents. Et maintenant, ça.

— On va être infestés en un rien de temps, nous aussi, dit Han avec une grimace. Si le problème vient d'eux, vous ne pourriez pas les faire déménager dans un autre dortoir ?

Blevins se frotta le menton.

— Eh bien, il y a des chambres de libres ailleurs, puisque certains novices ont abandonné. J'aimerais bien être débarrassé d'eux, pour sûr ! Mais qui les acceptera ?

— Vous n'êtes peut-être pas obligé de mentionner leur… euh… problème, suggéra Han.

Danseur arborait toujours son visage de marchand, mais les coins de sa bouche frémissaient.

— Je dormirais mieux si je savais qu'ils n'étaient plus là, dit-il. Je ne supporte pas les souris et les rats.

Le lendemain, quand Han rentra à la Résidence Hampton, il trouva Micah et ses cousins en train de déménager. Il s'arrêta aux abords de la cour pour admirer le spectacle. Même de loin, il remarqua qu'Arkeda et Miphis étaient couverts de grosses pustules rouges, comme s'ils avaient attrapé une maladie virulente. Le teint de Micah était cependant clair et propre.

Ils sont tellement prévisibles, se dit Han en souriant.

Lorsque Micah le repéra, il posa ses affaires et vint vers lui à grandes enjambées, sa cape voletant dans son dos. Han carra les épaules et l'attendit, bras croisés.

—Je déménage, annonça Bayar. Nous avons trouvé de meilleures chambres ailleurs.

—Je vois. (Han fit un signe de tête en direction des frères Mander.) Emmenez les nuisibles avec vous, je vous prie.

Micah rougit de colère.

—Leontus a réussi à annuler l'espèce de maléfice que vous avez utilisé. Il a dit qu'il n'avait jamais rien rencontré de tel. Je suis allé voir la doyenne en lui assurant que vous y étiez pour quelque chose, et elle m'a demandé des preuves.

—Elle ne vous a pas cru sur parole ? (Han secoua la tête, incrédule.) Je suis estomaqué.

—Au lieu de vous renvoyer, Abelard m'a averti de ne pas toucher à votre précieuse personne, poursuivit Micah. Elle a promis que s'il vous arrivait quoi que ce soit, c'est *moi* qui serais renvoyé. Qu'est-ce que vous lui avez raconté ? Pourquoi prend-elle votre défense ?

Han haussa les épaules.

—Peut-être ne me croit-elle pas capable de vous jeter un sort. Comme je suis né dans un caniveau, et tout ça.

—Moi au moins, je ne fuis pas le combat, se vanta Micah.

—Ah oui ? En allant rapporter à la doyenne ?

Han désigna les Mander pustuleux, qui les observaient en prenant bien soin de rester à distance.

—Vous n'auriez pas envoyé vos cousins faire une course hier soir, pendant que Danseur et moi étions absents ? Ils m'ont l'air, je ne sais pas… coupables. Peut-être que, la prochaine fois, ils ne seront pas très pressés de suivre vos ordres.

—Vous croyez que c'est une plaisanterie ? Peu importe ce que vous essayez de faire, vous ne pouvez pas gagner.

— Je ne plaisante pas, dit Han. Je suis on ne peut plus sérieux. Et je vais gagner.

Bayar sembla sur le point d'ajouter quelque chose, mais il leva la tête et vit Cat qui traversait la cour dans leur direction. Tournant les talons, il repartit vers le dortoir, attrapa ses affaires et suivit ses cousins.

Cat agrippa Han par le bras.

— Que s'est-il passé ? demanda-t-elle, enfonçant ses ongles dans sa peau. Il voulait quoi, le Bayar ? Qu'est-ce qu'il a dit ?

— Il déménage, c'est tout, dit Han, qui ne voyait pas de raison d'entrer dans les détails. (Il sourit à Cat.) Comment s'est passé ton récital ? Désolé de l'avoir manqué.

— Ça n'a pas d'importance, dit-elle en suivant Micah des yeux. Rien n'a d'importance.

Et elle repartit, les épaules affaissées comme si elles portaient toute la misère du monde.

22

Rêve éveillé

Han tripotait son amulette tandis qu'il réfléchissait aux mots à utiliser pour le sort.

— Eh bien ? fit Corbeau, bras croisés, en tapant du pied avec impatience. Allez-vous recommencer, oui ou non ?

— Mes réserves diminuent, dit Han. Il vaudrait mieux que j'essaie de l'autre côté.

— Si je ne vous vois pas faire, comment être sûr que vous l'avez exécuté correctement ? Il n'est pas prudent de s'entraîner sans supervision. Mais si vous n'avez pas l'endurance nécessaire, eh bien…

Il haussa les épaules sans terminer sa phrase.

— C'est tout ce que vous connaissez ? demanda Han. Des sorts d'attaque ? Coups par-derrière et méchancetés ? J'en ai assez bouffé.

Certains jours, Han regrettait de ne pouvoir se récurer les tripes.

Corbeau leva les yeux au ciel.

— Et quel autre genre de sortilèges voulez-vous apprendre ?

Han essaya de trouver une réponse.

— Je ne sais pas… Des charmes d'amour ?

Corbeau l'observa, tête penchée sur le côté.

—Vous n'avez sûrement aucun mal à satisfaire vos besoins physiques, Alister. Tout le reste n'est qu'illusion. Une fable que l'on sert aux romantiques et aux idiots.

Han leva les sourcils.

—Vous êtes un type cynique, vous savez ?

—Écoutez, dit Corbeau, ses yeux d'un bleu glacé dardés sur Han. Vous devez établir des priorités. La Maison du Nid d'Aigle ne vous laissera pas en paix. Ils continueront à attaquer jusqu'à ce que vous y mettiez un terme une bonne fois pour toutes.

—Le sort d'infestation a fonctionné. Micah Bayar et ses cousins sont partis dans un autre dortoir.

—Bien sûr qu'il a fonctionné, Alister. Je conteste simplement vos choix tactiques. On ne réplique pas à une tentative de meurtre par une tape sur la main. Ni par une blague. (Il ferma les yeux le temps de se reprendre.) Je crois que vous ne comprenez pas bien le danger qui vous menace. J'ai déjà misé beaucoup sur vous. Je ne tiens pas à tout recommencer avec quelqu'un d'autre.

—Je sais ce que je fais. Je veux simplement qu'ils me fichent la paix.

Corbeau croisa les bras.

—Vous ne pouvez pas vous permettre de vous montrer pointilleux.

Ce n'est pas le problème, voulait expliquer Han. *J'ai déjà tué. C'était personnel, au corps à corps, sale et nécessaire. Je n'avais pas posé un piège magique pour refroidir mon ennemi proprement, à un moment où j'étais bien loin.*

Comme il ne répondait pas, Corbeau reprit :

—Ils *vous laisseront* jamais en paix, vous savez, tant que vous aurez l'amulette. Et quand ils vous tueront, *ce sera* pas ma faute.

—Je cherche un professeur, d'accord ? répliqua Han, piqué par les allusions de Corbeau à sa grammaire déficiente. Mais c'est… Ce n'est pas facile à trouver.

Il ne voulait pas que tout le monde à Mystwerk sache qu'il prenait des leçons de noblesse. À part Danseur et Cat, il n'avait pas de vrais amis.

Pour changer de sujet, il demanda :

— Que savez-vous de l'Arsenal des Rois Magiciens ?

Impassible, Corbeau observa Han.

— Pourquoi cette question ? dit-il enfin.

— Nous en avons parlé en cours. Vous pensez qu'il existe vraiment ?

Corbeau haussa les épaules et tripota ses manchettes à double bouton.

— Je suis convaincu qu'il a existé à une époque. Maintenant est-ce toujours le cas ? Voilà qui est sujet à caution.

— Certains prétendent que les Bayar le détiennent, dit Han.

— Certains sont des idiots. Si les Bayar avaient l'arsenal, il n'y aurait pas moyen de s'opposer à eux.

— Je crois qu'ils le cherchent, poursuivit Han, qui guettait les réactions de son interlocuteur.

Le regard de Corbeau s'arrêta un instant sur l'amulette de Han avant de revenir à son visage.

— Si c'est le cas, il faut souhaiter qu'ils ne le trouvent pas.

— Vous êtes Abelard, lança Han, espérant le prendre par surprise. Je me trompe ?

C'était sa dernière théorie en date. Tout se tenait : Abelard faisait partie des enseignants, elle était sacrément calée, et elle combattait les Bayar. Et elle ne voulait pas non plus être surprise à accorder plus d'attention à Han Alister. C'était déjà assez suspect qu'elle le fasse intégrer ses cours privés. De cette manière, elle pouvait se débarrasser de lui à n'importe quel moment sans qu'il risque de la dénoncer.

Corbeau se montrait tour à tour irascible, déraisonnable, intimidant, pompeux, impatient. Comme Abelard.

Ou Gryphon, se dit Han, toujours hésitant. Corbeau était amer et sarcastique, comme le maître de sortilèges.

L'expression neutre de Corbeau ne changea pas.

— Je ne vois pas pourquoi vous tenez tant à savoir qui je suis. (Il leva les yeux au ciel.) Les formules sont bien réelles, non ? Elles fonctionnent, n'est-ce pas ?

— Oui, fit Han en hochant la tête. Elles fonctionnent.

C'était vrai. Les sorts qu'il lui apprenait étaient très efficaces, en Aediion et en dehors. À tel point que les maîtres s'émerveillaient des progrès fulgurants du novice.

— Si je tombe juste, vous me le direz ? demanda Han.

Corbeau sourit. Quand il voulait, il pouvait être charmeur.

— Vous êtes opiniâtre, Alister. Ça me plaît.

De nouveau, Han pencha en faveur de l'hypothèse Abelard.

— Corbeau, c'est pas un nom de sang-bleu, ça.

— Vous savez comment sont les corbeaux. Ils dépècent les os des morts.

Son sourire avait soudain disparu. Tête baissée, il semblait perdu dans ses souvenirs. La lumière qui entrait par la vitre paraissait absorbée par ses cheveux.

Qu'est-ce qu'ils vous ont fait, Corbeau ? se demandait Han. *Est-il possible que ce soit pire que ce qu'ils m'ont infligé ?*

Corbeau avait beau être amer, il savait aussi se concentrer et se montrer déterminé, persévérant, brillant, travailleur, méthodique et incroyablement cultivé.

Il s'emparait encore parfois de l'esprit de Han sans permission, pour lui montrer une séquence de sortilège particulièrement difficile. C'était peut-être pratique pour Corbeau, mais lui se sentait envahi. Il y avait fréquemment recours lorsque Han n'avait presque plus de pouvoir.

De temps en temps, après ces séances, Han avait l'impression d'avoir bu du cidre à l'algue chevelue. Sa mémoire était défaillante : il ne savait pas comment s'étaient écoulées certaines heures de sa journée. Il avait l'impression d'avoir eu le cerveau piétiné puis reconstitué.

Je dois trouver le moyen de lui interdire l'accès à ma tête, décida Han. Mais il doutait que Corbeau accepte de lui montrer ce tour-là.

Ils se retrouvaient toujours au même endroit : le beffroi de la Maison Mystwerk. Danseur avait monté la garde les premières fois, mais ensuite, Han l'avait chassé. Son ami aussi avait du travail à faire. Il ne pouvait pas passer ses soirées à lui tenir la main.

Han trouva une nouvelle planque au milieu des rayonnages poussiéreux, tout en haut de la bibliothèque, où étaient stockés des textes et documents si vieux et si étranges que personne ne les consultait jamais. Il s'installa une chambre secrète, avec un grabat, et une table qu'il monta péniblement trois étages plus haut. Il était plus facile de s'y rendre que d'accéder au beffroi, et il n'avait pas à se soucier des sonneurs risquant de tomber sur son corps déserté. Et puis, cela l'amusait de s'approprier une partie de la bibliothèque Bayar.

Trois ou quatre soirs par semaine, Han filait à sa cachette, traversait le portail vers l'Aediion et travaillait comme un forcené jusqu'à vider son amulette.

C'était un problème, car les cours qu'il suivait dans la journée nécessitaient aussi du pouvoir. Il faisait de son mieux pour alimenter son brasillant entre ses leçons nocturnes. Gryphon ne manquait jamais une occasion de lui envoyer une pique lorsque son amulette vidée ne répondait pas.

Corbeau semblait disposer d'une réserve de pouvoir illimitée. Forcément, puisque Han faisait tout le travail.

Le matin, il se réveillait fourbu. Il se souvenait à demi de rêves qui flottaient encore dans son esprit. Il avait l'impression d'avoir étudié toute la nuit. Parfois, il ne se réveillait pas à temps. Il se rendait alors directement en cours depuis la bibliothèque, dans les mêmes vêtements que la veille. À plusieurs reprises, il était arrivé en retard pour le cours de Gryphon, qui, malheureusement, avait lieu en première heure.

Quand Han ne rentrait pas de la nuit, Danseur partait du principe qu'il voyait une fille et ne voulait pas de sa compagnie. *Tout faux,* pensait Han, *je vis comme un Consacré.*

Corbeau et lui se mettaient d'accord pour une séance de quatre heures… et le professeur le retenait six heures. Ils continuaient jusqu'à ce que son amulette soit totalement vide et que Han, affaibli, ait le tournis. Ensuite, Corbeau se plaignait et demandait à son élève d'accumuler davantage de pouvoir pour la fois suivante.

Les critiques de Corbeau lui restaient en travers de la gorge, car Han était réellement avide de savoir. Jamais de sa vie il n'avait travaillé si dur. *On pourrait avancer beaucoup plus vite si on se faisait confiance*, réfléchissait-il. *Si on passait pas autant de temps à se critiquer mutuellement. C'est comme si on se disputait la tête de la bande.*

—Alister! (La voix du mentor interrompit ses réflexions.) Sortez de cette torpeur.

—Désolé. À demain soir, alors. Merci pour ce cours.

Han prit l'amulette dans sa main et referma le portail.

Quand il ouvrit les yeux, la lumière entrait à flots par les fenêtres de la bibliothèque.

Il se redressa en jurant. Mais quelle heure pouvait-il bien être? La dernière chose dont il avait besoin était d'arriver encore en retard pour le cours de Gryphon.

Comme pour répondre à ses interrogations, les cloches de Mystwerk se mirent à sonner. «Dong-dong-dong». Il compta jusqu'à huit.

Par les os! Il allait s'attirer des ennuis.

Pas le temps d'emprunter le chemin des toits. Il dévala l'étroit escalier en colimaçon jusqu'au rez-de-chaussée. Heureusement, le compétent n'était pas encore à son poste. Han franchit la porte d'entrée comme une flèche et… percuta Fiona Bayar, manquant de la faire tomber.

Il lui saisit le bras pour la rattraper.

— Désolé. Je… euh… ne vous avais pas vue.

Mam avait raison, se dit-il. *Tu es vraiment maudit, Alister.*

Fiona était presque aussi grande que lui, ce qui lui permit de la regarder droit dans les yeux.

— Être en retard pour les cours ne vous autorise pas à renverser les gens, Alister.

Elle regarda la main posée sur son bras. Il la retira aussitôt.

Han fit un mouvement de tête en direction de la Maison Mystwerk.

— Allons-y. Nous sommes déjà assez en retard comme ça.

— Que faisiez-vous dans la bibliothèque ? demanda-t-elle.

— Je prenais de l'avance sur mes lectures.

— Elle n'est pas encore ouverte.

— C'est à ce moment-là que c'est le plus calme et le plus agréable.

Han poursuivit son chemin, sans vérifier qu'elle le suivait.

— Vous avez recouvré figure humaine, lui dit Fiona en le rattrapant.

Comme il ne répondait pas, elle insista :

— Vous ne portez plus votre attelle, donc j'en conclus que votre bras est remis ?

— C'était ma clavicule, en fait.

La douleur l'élançait encore de temps à autre.

— Que s'est-il passé, exactement ? demanda-t-elle comme ils franchissaient les portes de l'école.

— J'ai trébuché dans l'escalier.

Fiona étouffa une exclamation énervée.

— Pas exactement, admit Han. Demandez à votre frère.

Ils prirent l'escalier qui menait à l'amphithéâtre.

— Cela n'aurait jamais dû se produire, dit Fiona. Mon frère ne réfléchit pas assez.

Han dut se retenir à la rampe pour ne pas tomber à la renverse. Fiona Bayar lui présentait des excuses ?

— Notre père sera fâché de l'apprendre, poursuivit-elle comme si elle lisait dans ses pensées. Il vous veut vivant, pour pouvoir vous interroger avant que l'on vous pende pour meurtre.

— Eh ! oh ! soyons justes, dit-il en ouvrant la porte de la classe. Si je me balançais au bout d'une corde pour meurtre, le seigneur Bayar devrait avoir droit au même traitement.

Sa voix résonna à travers l'amphithéâtre paisible, et les élèves se tournèrent vers lui. Micah Bayar, avachi sur son bureau, se redressa soudain et les dévisagea, les mains appuyées sur les genoux.

Gryphon s'interrompit en pleine phrase. Un lourd silence s'installa tandis que Han et Fiona gagnaient leurs places.

— Novice Alister, dame Bayar, vous êtes en retard.

Saisi d'une inspiration démoniaque, Han répondit :

— Désolé, monsieur. Dame Bayar avait besoin d'aide pour faire ses devoirs.

Depuis l'autre extrémité de la classe, Fiona lui jeta un regard incrédule.

Gryphon observa Han un bon moment, de ses incroyables yeux bleus, que son teint pâle faisait ressortir.

— Alister, vous êtes arrivé en retard à quatre reprises ces deux dernières semaines. Apparemment, vous préférez faire la grasse matinée plutôt qu'assister à mes cours. Vous pensez peut-être qu'il s'agit d'une perte de temps. Vous croyez avoir largement dépassé nos laborieux efforts.

— Non, monsieur, répondit Han. C'est que je travaille tard le soir et…

— Dans ce cas, résumez-nous le chapitre IX, ordonna Gryphon en tendant le cou comme un oiseau de proie.

— Le chapitre IX, répéta Han en s'humectant les lèvres.

Il n'avait même pas ouvert le Kinley. Il avait passé toute la nuit avec Corbeau.

— Je suis désolé, monsieur. Je ne l'ai pas lu.

— Non ?

Gryphon leva un sourcil et griffonna quelque chose sur un papier qu'il plia et poussa sur le pupitre.

—Vous êtes exclu de ce cours pour le restant du trimestre. Portez ce mot au bureau de la doyenne Abelard, je vous prie. Cinquième étage.

Le bureau de la doyenne était situé trois étages plus haut. Han s'y rendit en traînant les pieds, comme un petit enfant qui va se faire fouetter. Il la voyait toutes les semaines dans le cadre du groupe de travail, mais il avait jusqu'à présent évité les tête-à-tête.

De tous ses cours, celui de Gryphon était le seul qu'il tenait absolument à suivre. Sorts, formules magiques, utilisation des amulettes : c'était tout à fait en accord avec ses desseins, et complémentaire aux cours d'Abelard. Corbeau lui enseignait beaucoup de sortilèges, mais il ne voulait pas dépendre de lui seul pour son apprentissage de la magie. Il refusait de se cantonner aux sorts de défense et de meurtre.

Lorsque le compétent l'introduisit chez la doyenne, elle finissait d'écrire une lettre.

—Asseyez-vous, Alister, dit-elle en lui indiquant un siège.

Il s'assit.

Elle se carra dans son fauteuil, les mains posées sur le bord du bureau.

—Eh bien ? De quoi s'agit-il, cette fois ? Vous ne devriez pas être en cours ?

Il lui tendit le mot.

—Maître Gryphon m'a mis dehors à cause de mes retards.

Abelard survola le billet.

—Je vois. Quelque chose à dire pour votre défense ?

—J'étais en retard, c'est vrai. Je ne me suis pas réveillé à temps.

—Hum ! (Elle laissa tomber le mot sur son bureau.) Je crois comprendre que votre présence en classe est devenue fluctuante.

Vous arrivez constamment en retard. Malgré tout, vos résultats lors des examens et exercices pratiques sont bien supérieurs à ceux de vos pairs. Comment l'expliquez-vous ?

Han haussa les épaules.

— Je travaille dur. C'est pour ça que je me suis pas réveillé. J'ai étudié tard dans la nuit.

— Et quand vous arrivez en cours, vous êtes épuisé, et votre amulette est à moitié vide.

— J'essaie de la recharger. Je ne suis peut-être pas très puissant, après tout.

Il baissa les yeux.

— Vous ne trouvez peut-être pas vos cours suffisamment stimulants, c'est cela ? demanda Abelard en tapotant le mot de Gryphon.

— Non, c'est pas ça. J'apprends beaucoup dans le cours de Gryphon. Je voulais arriver à l'heure. Mais je me suis mal organisé.

— Avec qui travaillez-vous, Alister ? demanda-t-elle d'une voix douce. Avez-vous un mentor ?

Han parvint à prendre un air surpris.

— J'ai les mêmes professeurs que tout le monde. Gryphon, Leontus, Forgefeu…

— Ne mentez pas, commanda la doyenne. J'ai le pouvoir de vous rendre la vie très, très difficile.

— Je lis beaucoup, reprit Han. Demandez aux autres. Je suis toujours fourré à la bibliothèque. (Il leva la tête.) Pour être votre homme de main, je dois apprendre vite si je veux rester en vie.

Ils se défièrent du regard un moment, et ce fut la doyenne qui détourna les yeux la première.

— Souhaitez-vous que j'annule la décision de Maître Gryphon ? proposa-t-elle en saisissant un encrier et une plume.

— Non, merci.

Surprise, Abelard inclina la tête.

— Pourquoi donc ?

— Il a raison. Je ne dois pas arriver en retard. C'est une punition juste, même si ça ne me plaît pas.

Abelard se pencha vers lui.

— Si vous craignez que mon intervention énerve Maître Gryphon, je peux vous assurer que…

— Mais j'aimerais réintégrer le cours au trimestre prochain, l'interrompit Han. Vous pourriez peut-être appuyer cette demande.

— Bien entendu, dit-elle en écrivant quelques mots.

— Bien, dit Han. C'est tout ?

Il s'apprêtait à se lever.

— J'aimerais que vous animiez le groupe de travail le trimestre prochain, annonça brusquement Abelard. Au sujet du voyage en Aediion.

Par les os !

— Doyenne Abelard, je ne crois pas que…

Abelard l'arrêta en levant une main.

— Je sais que vous devez sans doute votre succès à votre amulette. Malgré tout, je voudrais que vous initiiez les autres membres du groupe. Même si seulement quelques-uns d'entre nous parvenaient à maîtriser cette technique, ce serait un moyen inestimable de communiquer à travers les Sept Royaumes. Et il se pourrait qu'un jour prochain nous ayons des outils plus puissants à notre disposition.

— C'est une perte de temps, protesta Han. Maître Gryphon a déjà traité du sujet, et tous ceux du groupe de travail ont déjà dû essayer.

— Je ne vous laisse pas le choix. Vous avez largement le temps de vous y préparer. Mais soyez fin prêt au printemps.

Il ravala ses arguments et hocha la tête.

— Très bien.

Abelard le jaugeait en tapotant son sous-main de ses ongles longs.

— Alister, vous n'êtes pas facile à déchiffrer. Vous avez du sang de magicien, assurément. Vous ressemblez même à un sang-pur, je dirais. Vous ne m'avez pas parlé de votre père. Serait-il possible que votre mère se soit unie à... ?

—Non, l'interrompit Han qui souhaitait soudain désespérément fuir la doyenne. C'est pas possible. Mon père était soldat. Il est mort en Arden. (Il se leva.) S'il n'y a rien d'autre...

—Ce sera tout.

Abelard le congédia d'un geste.

—Qu'est-ce qui s'est passé, avec la doyenne ? demanda Danseur alors qu'ils se dirigeaient vers le réfectoire après le cours de Fulgrim.

—Je suis exclu du cours de Gryphon jusqu'à la fin du trimestre, dit Han. Il reste une semaine. Elle me fera réintégrer au printemps.

Danseur hocha la tête.

—Ça pourrait être pire.

C'est pire, pensa Han. Il avait mal au crâne tant il se faisait du souci.

—Si tu dormais à Hampton, je pourrais veiller à ce que tu te lèves à temps, proposa Danseur.

—C'est pas ton boulot de faire la nounou, grommela Han.

Il se sentait aussi fragile qu'une vitre cassée en mille morceaux qui ne s'ajusteraient plus.

—Je suis ton ami, insista Danseur en allongeant le pas pour rester à la hauteur de Han. C'est mon boulot de t'aider si je peux. Tu ferais la même chose pour moi.

Han soupira.

—Désolé, tu as raison. Merci. On pourra essayer après les congés d'hiver.

Cat les attendait devant le réfectoire. Au moins deux ou trois fois par semaine, Han mangeait avec ses deux amis. Au début, il jouait le rôle d'arbitre, pour repousser les insolences et les piques de Cat. Mais cela s'était tassé quand elle avait compris que couvrir Danseur d'insultes n'avait rien de gratifiant. Les méchancetés ne paraissaient jamais l'atteindre.

Cat semblait en pleine santé. Elle ne portait plus ses couteaux par-dessus sa tunique – même si Han savait qu'elle en gardait quelques-uns sur elle, dissimulés. Ses yeux n'étaient plus embrumés par l'algue chevelue et l'herbe-dague, ni par la boisson.

Je suis heureux de l'avoir convaincue de venir ici, songea Han. *Quoi qu'il arrive, j'aurai au moins accompli une bonne chose.*

Ce jour-là, le visage de Cat pétillait d'un secret qu'elle mourait d'envie de partager, ou d'une question qu'elle voulait poser, mais elle ne se décidait pas à sauter à l'eau. Ils portèrent leur assiette jusqu'à leur table habituelle, près de la fenêtre.

Han n'avait pas la force de lui tirer les vers du nez. Aussi, il prit son repas en silence, se massant le front avec la paume de sa main.

Danseur ne posait pas de questions non plus. Il faisait semblant de ne rien voir d'inhabituel, alors qu'il remarquait le moindre détail concernant Cat. Il se lança dans une description détaillée du talisman qu'il fabriquait avec Maître Forgefeu, et qui devait protéger une habitation contre les incendies.

Cat leva les yeux au ciel et regarda Han, comme si elle espérait changer de sujet.

— Qu'est-ce qui ne va pas ? lui demanda-t-elle.

— J'ai été exclu du cours de Gryphon pour le reste du trimestre, lui apprit Han.

— C'est tout ? fit-elle en l'observant, les yeux plissés, comme si elle ne le croyait pas.

Il haussa les épaules.

— Je suis là pour ça, pour apprendre la magie.

— Je croyais que ta petite amie sang-bleu t'avait brisé le cœur, lança Cat avec un léger sourire.

Han réagit :

— Quelle petite amie sang-bleu ?

— Eh bien, j'avais deviné que tu sortais avec quelqu'un, parce que tu me laisses presque tous les soirs avec ce rouquin. (Elle désigna Danseur du menton.) Et hier, j'ai enfin trouvé qui c'était.

— Et c'est qui ? demanda Han, perplexe.

Il jeta un coup d'œil à Danseur, qui avait l'air tout aussi perdu que lui.

— Rebecca, annonça Cat avec un sourire triomphal.

— Rebecca qui ?

Elle le gratifia d'un regard qui signifiait qu'on ne la lui faisait pas, à elle, Cat Tyburn.

— Rebecca Morley, petit cachottier. Je l'ai vue près de l'école du temple, hier soir.

Han dévisageait son amie. Son cœur tambourinait dans sa poitrine, si fort qu'il était persuadé que les deux autres devaient l'entendre.

— Elle est ici ? Au Gué-d'Oden ?

— Au Gué, oui, c'est là que se trouve l'école du temple ! C'est pas elle que tu vois ? demanda Cat, sourcils froncés.

Han secoua la tête.

— Non, je savais même pas qu'elle était ici.

— Oh ! fit Cat avec une grimace, avant de retourner à ses pommes de terre, comme si le débat était clos.

Han réfléchissait à toute allure. Il avait cru voir Rebecca devant les écuries, le jour de leur arrivée au Gué-d'Oden. Il avait aussitôt chassé cette idée insensée de sa tête.

— Tu es sûre que c'était elle ?

La bouche pleine, Cat opina du chef.

— Pourquoi elle était là ? Elle va à l'école du temple ?

C'était possible, mais il se serait plutôt attendu à ce qu'elle étudie au Pont-Sud ou à l'école de la cathédrale, à la Marche-des-Fells.

Cat secoua la tête.

— Elle portait un uniforme de cul-terreux.

— La Maison Wien ? Quelle idée !

Rebecca avait du tempérament, mais elle était petite et c'était un vrai poids plume. Pas de quoi faire un soldat.

— J'y peux rien, moi, protesta Cat d'un air boudeur. C'est ça qu'elle portait.

— Qu'est-ce qu'elle faisait à l'école du temple ? demanda Han.

Cat remua sur sa chaise.

— Eh bien, je suis contente de t'avoir remonté le moral en tout cas. T'as un peu moins l'air d'un chien battu, maintenant.

— Cat…

— Elle… Elle espionnait ce caporal Byrne.

Le caporal Byrne était là, lui aussi !

— Elle l'espionnait ? Il faisait quoi ?

Cat lâcha le morceau :

— Le caporal Byrne sort avec Annamaya. Vous vous souvenez d'elle ? de l'école du temple ? Il lui rend régulièrement visite, deux fois par semaine. Ils se tiennent juste la main, très sagement.

Elle leva les yeux au ciel, comme pour dire : « À quoi bon ? »

— J'étais sur le chemin qui va au dortoir quand je remarque quelqu'un qui rampe derrière le parterre pour regarder dans le salon de réception. Derrière la fenêtre, je vois le caporal Byrne installé avec Annamaya. Et la fille qui les espionnait, c'était Rebecca.

— Le caporal Byrne du Pont-Sud, c'est bien ça ?

— Le seul que je connaisse.

Han n'arrivait pas à imaginer ce caporal-là tromper Rebecca. Ni même fréquenter deux filles en même temps.

— Tu lui as parlé ?

— À Annamaya ?

— À Rebecca.

— Juste demandé ce qu'elle faisait là, ce genre de chose.

Cat fuyait le regard de Han.

— Et alors ? la pressa-t-il. Qu'est-ce qu'elle a répondu ?

— Qu'elle était à l'école ici.

— Tu lui as parlé de moi ?

Elle le regarda, mécontente.

— Et pourquoi je lui parlerais de toi ? Tu crois que le monde entier s'intéresse à ta petite personne ?

Han jeta un regard noir à Danseur qui souriait en coin.

— Je me disais qu'elle te trompait avec le caporal Byrne et qu'elle l'espionnait en train de la tromper, elle, poursuivit Cat. Elle s'est enfuie avant que j'aie le temps de lui poser la question.

— Pourquoi elle s'est enfuie ?

Cat pouvait raconter des tas de choses sans jamais vous dire ce que vous vouliez savoir.

— Comment je saurais ?

Elle se tut avant d'ajouter à contrecœur :

— Bon, c'est vrai que j'avais sorti mon couteau.

Han et Danseur échangèrent un regard.

— Ton couteau ? répéta Danseur, l'air soucieux.

— Eh ben, je l'ai vue fureter, et au début je l'avais pas reconnue. Je savais pas ce qu'elle avait en tête. Et après j'ai un peu oublié que je l'avais sorti.

— Hum ! j'imagine, oui, commenta Han sèchement.

— J'en ai parlé à Annamaya. Elle m'a dit que le caporal Byrne et elle allaient se marier. Mais c'est pas pour tout de suite. Moi, je trouve que si on doit se marier, autant en finir le plus vite possible.

Han s'éclaircit la voix.

— Tu sais où elle loge ? Rebecca, je veux dire.

— Aucune idée. Tu peux essayer la Maison Grindell. De l'autre côté de la rivière. C'est là que crèche le caporal Byrne.

23

Retrouvailles entre exilés

Raisa découvrit qu'avoir des amies présentait quelques inconvénients. Elles essayaient par tous les moyens de vous remonter le moral quand vous n'aviez qu'une envie : vous apitoyer sur votre sort.

Après le soir où Raisa avait suivi Amon à son rendez-vous galant, les semaines passèrent dans un brouillard de douleur. Puis les examens de fin de trimestre commencèrent. Raisa était trop occupée pour se morfondre et, Hallie et Talia étaient trop affairées pour compatir. Mais lorsque les Loups Gris eurent rendu leurs dernières copies, elles eurent de nouveau du temps pour ça. Les fêtes de fin de trimestre débutèrent. Elles atteindraient leur apogée avec la célébration du solstice.

Raisa ne savait pas exactement ce que Hallie et Talia avaient raconté aux autres Loups, mais les conversations s'arrêtaient souvent quand elle entrait dans une pièce. Chacun essayait de l'aider à sa manière. Garret lui offrit de partager la flasque de whisky qu'il cachait sous une latte de plancher. Mick voulut lui donner une sacoche fabriquée par les clans qu'elle admirait depuis longtemps.

Désormais, c'était Raisa qui gardait le plus possible ses distances avec la Résidence Grindell. Quand Amon était présent, elle restait dans sa chambre. Quand ils étaient obligés de se côtoyer, elle se montrait polie, coopérative et calme.

Elle n'était pas en colère contre lui, mais elle ne supportait pas son expression lugubre et coupable. Il donnait toujours l'impression de vouloir dire quelque chose, sans trouver les mots appropriés. Et elle était profondément irritée par les regards lourds de sens que les autres échangeaient.

Elle s'appesantissait peut-être sur son sort, mais elle ne voulait pas qu'on la prenne en pitié.

Un jour, alors que les autres étaient sortis, Amon frappa à la porte de sa chambre.

— Rai. Je n'en peux plus. Venez me parler.

— Pas maintenant, dit-elle en s'obligeant à garder une voix égale et légère. Je travaille.

— Rai, répéta-t-il. (Elle devina qu'il avait le front appuyé contre la porte.) Je vous en prie. Vous êtes ma meilleure amie.

— Vous êtes mon meilleur ami aussi. Mais là, je ne peux pas, c'est tout. D'accord ?

Elle ravala un sanglot, incapable de dire un mot de plus. Poings serrés, elle resta assise à respirer profondément jusqu'à ce qu'il s'en aille.

Le jour du solstice, en fin d'après-midi, la salle commune bourdonnait de projets. De nombreuses réjouissances étaient organisées un peu plus tard, dont le clou serait un feu d'artifice. Apparemment, Amon profiterait du spectacle depuis l'enceinte du temple – en compagnie d'Annamaya. Il s'activait dans la pièce voisine, feignant de ne pas entendre les autres qui essayaient de convaincre Raisa de les accompagner.

— Viens donc avec nous, la pressait Talia. Pearlie nous retrouve dans la rue du Pont. On ira dîner puis trouver une bonne place pour regarder le feu d'artifice.

— Tu t'es assommée de travail tout le trimestre, ajouta Hallie. Demain, je pars pour les Fells. Ce soir, c'est notre dernière occasion de faire une sortie ensemble.

Hallie était la seule des Loups Gris à retourner au pays pendant les congés du solstice. Le trajet durerait plus longtemps que son séjour là-bas mais, pour elle, passer les vacances avec sa fille Asha n'avait pas de prix.

Raisa attendit que Talia aille dans la salle d'eau pour prendre Hallie à part.

— Hallie, est-ce que je pourrais te confier une lettre pour ma mère ? demanda-t-elle à voix basse. Elle habite dans les Fells. J'ai presque fini de l'écrire. Je peux la terminer et la déposer sur ton lit pour que tu l'emportes.

— Oh ! bien sûr, répondit Hallie. Mais comment est-ce que je vais la trouver, ta mère ? Où vit-elle ?

— Le seigneur Averill est un ami à elle. Si tu lui donnes ma lettre, il se chargera de la lui faire parvenir. Et s'il y a une réponse, tu pourras me la rapporter. (Raisa marqua un temps d'arrêt.) Mais veille à la lui remettre en main propre. À lui et à personne d'autre, d'accord ?

— Compris, dit Hallie en hochant la tête.

— Et n'en parle à personne, s'il te plaît, demanda Raisa.

Surtout pas à Amon Byrne, ajouta-t-elle *in petto*.

Hallie haussa les épaules.

— Si c'est ce que tu veux. Bon, et ce dîner ? Je sais que tu n'es pas du genre à fréquenter les tavernes, mais c'est les vacances, après tout.

Raisa fit « non » de la tête.

— Merci de me le proposer, mais je vais manger au réfectoire, lire un peu et me coucher de bonne heure. (Elle bâilla exagérément.) Si je suis encore debout à minuit, j'irai regarder le spectacle depuis la cour.

— Alors on restera dîner avec toi, proposa Hallie. On te tiendra compagnie. Tu changeras peut-être d'avis pour le feu d'artifice.

— Non, dit sèchement Raisa. Je vais bien. Ne bouleversez pas vos plans pour moi.

Elle leva la tête. Amon se tenait sur le seuil de la porte, ses yeux gris assombris par le chagrin.

Ils ne tentèrent plus de lui faire changer d'avis et partirent donc, non sans maints regards en arrière.

Raisa se rendit dans le réfectoire presque vide. Pour une fois, il y avait de la viande en abondance, et aussi des dômes de cheveux d'ange et des biscuits du solstice recouverts d'un glaçage qui les faisait ressembler à de petits soleils. Puis elle rentra à Grindell et recopia sa lettre à la reine Marianna. Elle la laissa sur le lit de Hallie puis étala ses livres sur la table de la salle commune. Elle ouvrit *Brève histoire des guerres dans les Sept Royaumes*. Quoi qu'en dise le titre, l'ouvrage faisait huit cents pages. Heureusement qu'elle n'avait pas à lire la version longue.

Elle retrouverait sûrement Tourant au trimestre prochain pour les exposés du cours d'histoire des guerres II. À condition de réussir l'examen du premier trimestre. Il lui semblait impossible d'échouer dans une matière qui la captivait tant. Elle aurait préféré que ce soit Maître Askell qui fasse passer les examens, et non Tourant.

Raisa ouvrit son livre et, bientôt, elle fut plongée dans sa lecture. Plusieurs chapitres traitant de l'usage de la magie en temps de guerre faisaient référence à Hanalea, qui avait mis en place une stratégie sur trois fronts à la suite de la Rupture pour combattre les pirates, les bandits et les envahisseurs du Sud. La reine guerrière s'était montrée innovatrice, et avait su prendre des risques. Son héritage perdurait encore.

Quelle sorte d'héritage vais-je laisser? se demanda Raisa. *Du chagrin et des déceptions?*

Raisa s'appuya au dossier de sa chaise et se frotta les yeux. Le dortoir était silencieux comme une tombe. Dehors, les cloches du temple sonnèrent neuf coups. Vingt et une heures.

Soudain, elle ne supporta plus l'idée de rester seule pendant la soirée la plus festive de l'année. Une soirée sans couvre-feu. *Nous accueillons une nouvelle année*, songea-t-elle. *De nouvelles occasions. C'est peut-être le moment de prendre des risques, qui sait?*

Cela ne lui ferait pas de mal de prendre l'air, décida-t-elle en arrachant sa cape de la patère.

Une fois sortie, Raisa se dirigea vers la rivière. Elle entendait de la musique s'échapper de la rue du Pont, où commencerait le feu d'artifice quelques heures plus tard. Était-ce si dangereux de s'y risquer, rien que cette fois-ci ? Elle pouvait au moins rejoindre Talia et Hallie, histoire de trinquer. Il y avait si longtemps qu'elle n'avait pas vu de feu d'artifice. Et quel dommage de manquer la dernière soirée avec Hallie…

Tout en marchant en direction du cours d'eau, elle n'arrivait pas à se défaire de l'impression que quelqu'un la surveillait. Mais quand elle se retournait, il n'y avait personne en vue. La foule se faisait de plus en plus dense à mesure qu'elle se rapprochait de la rivière.

Dans toute l'académie, des rameaux de résineux avaient été attachés aux réverbères et des lanternes se balançaient le long des rues pour appeler la lumière à revenir dans les Sept Royaumes. Les temples étaient illuminés, décorés de guirlandes scintillantes et de bougies pour chasser la noirceur. À l'intérieur, les orateurs et les chœurs entonnaient des hymnes à la gloire de la Créatrice et buvaient de la bière épicée – exactement comme au pays. Ce spectacle lui réchauffa un peu le cœur.

Tandis qu'elle se frayait un chemin dans les ruelles étroites et pavées de la vieille ville, des loups gris apparurent à ses côtés, jappant et gémissant pour attirer son attention.

Elle s'arrêta pour inspecter les alentours, et ne vit rien d'anormal. Elle essaya de calmer les battements de son cœur.

Parfois, les loups indiquaient un moment décisif. Peut-être cette nuit du solstice lui ouvrirait-elle de nouvelles perspectives.

Le temps des jeux est fini, se dit-elle en essayant de chasser son ami d'enfance de ses pensées. Elle ne pouvait pas épouser Amon Byrne – ni même *être* avec lui. Cette voie lui avait été fermée. Dans quelle autre direction pouvait-elle se tourner ?

Elle pouvait se marier hors des Fells. Liam Tomlin de Tamron lui avait clairement fait comprendre qu'il était intéressé – mais dans quelle intention ? Cela restait à voir. D'un point de vue politique, Liam était sans doute le meilleur parti. Cependant, elle devait disposer de plus d'informations pour en être sûre.

Sans compter que Liam était plus jeune, plus beau et plus attirant que tous les autres princes susceptibles de l'épouser. Elle ne l'aimait pas, mais c'était un choix préférable à Gerard Montaigne, qui lui donnait des frissons dans le dos.

Elle pouvait obéir à sa mère et accepter Micah Bayar comme mari, ce qui déclencherait une avalanche de conséquences, et sans doute une guerre contre les clans. Toutefois, elle était plus forte que sa mère, plus têtue. Les entraves magiques établies par les orateurs réussiraient peut-être à la protéger. Une union entre la lignée du Loup Gris et le Conseil des Magiciens serait puissante. La Garde et l'armée resteraient loyales à la reine. Probablement.

Elle pouvait se marier avec un noble des clans, comme sa mère. Ce choix apaiserait les clans et provoquerait le courroux du Conseil des Magiciens. Le troisième pouvoir de la lignée du Loup Gris s'en trouverait renforcé. Reid Demonai était un candidat possible, et il y en avait sûrement d'autres dans les différents camps.

Hanalea ne s'était pas mariée par amour. On n'entendait jamais parler du prince consort qu'elle avait épousé après la Rupture. Elle s'était attelée à sauver le royaume. Son destin était exemplaire.

Raisa, perdue dans le brouillard de ses stratégies matrimoniales, faillit percuter un mur. Regardant autour d'elle, elle prit soudain conscience que l'écho de la musique s'était atténué. Elle s'était aventurée dans un labyrinthe de ruelles tapissées de briques. Quand elle fit demi-tour pour revenir sur ses pas, quelqu'un lui bloqua le passage.

— Eh bien, eh bien, mais qui voilà, se promenant toute seule le soir du solstice ? Pas de galant pour vous accompagner à la fête ?

C'était Henri Tourant, ivre, titubant, empestant la bière et habillé d'une de ses tenues criardes.

Raisa, figée, réfléchissait au comportement à adopter. Enfin, elle lui adressa un signe de tête.

— Bonne année, compétent Tourant. Que le soleil reparaisse.

Elle essaya de se glisser derrière lui pour regagner la rue.

Mais il l'attrapa par le coude, l'attira vers lui et la plaqua contre le mur, un bras appuyé sur sa gorge.

— Laissez-moi ! tenta de crier Raisa, mais le poids contre son cou l'empêchait de hurler à plein volume.

La ruelle était envahie de loups gris, les poils de l'échine hérissés. Leurs hurlements se répercutaient d'un mur à l'autre.

— Vous aimeriez peut-être sortir avec moi, proposa Tourant d'une voix pâteuse. Je suis… disponible.

Raisa lui saisit le bras à deux mains.

— Je vous ai dit de me laisser.

— Vous devez apprendre à garder vos pensées pour vous. Vous m'avez attiré des ennuis avec Maître Askell et, par votre faute, je n'enseignerai pas au prochain trimestre.

— Dans ce cas, peut-être devriez-vous profiter de votre temps libre pour réfléchir à votre stupidité, lança Raisa, que la fureur rendait hardie.

Ce n'était pas une brillante idée. Tourant appuya encore plus fort sur sa gorge, comme s'il voulait couper le souffle qui véhiculait ces opinions déplaisantes. Elle commença à avoir le tournis.

Quel était le conseil que lui prodiguait toujours Amon ? *« Si quelqu'un vous attaque dans la rue, cognez vite et fort, car vous n'aurez sans doute pas de seconde chance. »*

Prenant appui sur les briques, elle assena de toutes ses forces le talon de sa botte sur la ridicule pantoufle en velours de Tourant. Elle entendit des os craquer.

Il hurla de douleur et la relâcha suffisamment pour qu'elle puisse reprendre son souffle. Puis il lui cogna la tête contre le mur. Elle vit trente-six chandelles.

—Je méprise les femmes du Nord, lui avoua-t-il en la secouant. Vous n'êtes que des catins, des prostituées, toutes autant que vous êtes. Vous allez voir comment on traite les putains dans le Sud.

Il écrasa ses lèvres d'ivrogne contre celles de Raisa, utilisant le poids de son corps pour la maintenir plaquée au mur.

Il l'empêchait de se détourner en lui tenant le visage à deux mains. Raisa lui agrippa le petit doigt de la main droite et tira jusqu'à le briser. Avec un cri perçant, il tituba en arrière, protégeant sa main blessée. Elle lui envoya un coup de pied dans la rotule et il s'effondra sur les pavés en se tordant de douleur.

Raisa savait qu'elle avait de la chance que l'alcool ralentisse les réflexes de Tourant, et qu'elle avait intérêt à décamper en vitesse. Mais elle ne put résister… Toute la colère et toute la frustration qu'elle avait refoulées ces dernières semaines explosèrent en elle.

Elle sortit son couteau et l'appuya contre la gorge de Tourant.

—Quand on vous a parlé des femmes du Nord, vous a-t-on précisé qu'elles avaient toujours un ou deux couteaux sur elles ? lui demanda-t-elle.

Tourant secoua la tête avec précaution.

—Non, souffla-t-il.

—Touchez-moi encore une fois, espèce de porc arrogant d'Arden, et je jure sur le sang d'Hanalea la Guerrière que je vous *émascule*. Est-ce bien clair ?

Tourant acquiesça frénétiquement. La sueur perlait sur son front. Raisa recula puis s'enfuit en direction de la rue.

Quelqu'un se tenait à l'entrée de la ruelle, une haute silhouette se détachant contre la lumière des réverbères. Le cœur de Raisa se serra. Était-ce un acolyte ardenin de Tourant venu lui donner un coup de main ?

— Écartez-vous de mon chemin, ordonna-t-elle en s'avançant d'un pas assuré. Ou vous aurez droit au même traitement.

— Y compris l'émasculation ? demanda l'inconnu en langue des Fells. J'ai entendu parler de voleurs à qui on fauche le gant, mais ça, c'est violent.

La peur de Raisa se mua en perplexité. C'était un Fellsien. Pas un Ardenin.

— Faucher le gant ?

Il fit le geste de se trancher le poignet.

— L'étrange justice de la reine. Il devient alors difficile pour un voleur de gagner sa vie d'une autre façon.

Pouvait-il s'agir de… ? Elle frissonna à cette idée et plissa les yeux pour mieux voir dans l'obscurité.

— Qui êtes-vous ?

— Moi, je ne fâcherais jamais une fille du Nord. Je suis au courant, pour les couteaux.

Sa voix était familière, mais ses traits restaient dans l'ombre.

— Je comptais vous débarrasser de cette face de porc de cul-terreux, Rebecca, mais visiblement vous n'avez pas eu besoin de mon aide.

Elle ralentit puis s'arrêta tandis que son cœur accélérait.

— Alister ? chuchota-t-elle.

Puis, plus fort :

— Alister, est-ce bien vous ?

— Venez donc voir par vous-même.

Il fit deux pas en arrière, de sorte que la lumière des réverbères éclaira son visage.

Elle avança et sortit de la ruelle. Quand elle leva la tête, son regard plongea dans ces yeux bleus qu'elle avait cru ne jamais revoir. Son cœur se gonfla, prêt à éclater, et elle eut soudain du mal à respirer, car elle avait la gorge nouée.

— Par la sainte Hanalea ! c'est bien vous, murmura-t-elle tandis que des larmes la prenaient en traître.

— Bonjour Rebecca, dit Gourmettes Alister, avant de s'empresser d'ajouter : Allons, allons, soyez pas si chamboulée. Je suis pas un fantôme, si c'est ce que vous pensez.

— Mais j'ai entendu dire que vous étiez mort, dit Raisa d'un ton presque accusateur. On a trouvé vos habits ensanglantés sur la berge.

Gourmettes haussa les épaules.

— J'avais besoin de me débarrasser des Vestes Bleues. Alors j'ai simulé ma propre mort. (Il sourit d'un air étrangement triste.) On dirait que ça a marché.

La résurrection lui allait à ravir. Il était mieux vêtu que dans les souvenirs de Raisa. Rien d'extravagant, mais ses vêtements paraissaient neufs et de bonne qualité. La coupe lui convenait bien, mettant en valeur sa haute stature mince et ses épaules larges sous sa cape en lainage.

La dernière fois que Raisa l'avait vu, ses cheveux étaient hirsutes, teints d'un brun sale, et il portait un costume des clans. Désormais, ses boucles fraîchement coupées brillaient comme des fils d'or dans la lumière des réverbères. On se serait cru dans une de ces anciennes histoires d'amour où le pauvre hère tombe ses haillons et se transforme en prince.

Son visage aussi avait changé. Lors de leur précédente rencontre, il était couvert de bleus et de blessures à cause de la raclée administrée par la Garde de la reine. À présent, elle pouvait voir qu'il avait les pommettes hautes et un grand nez droit avec une légère bosse, comme s'il avait été cassé. Des ombres qui n'étaient pas là auparavant soulignaient ses traits, évoquant un passé cousu de douleur et un avenir placé sous les mêmes auspices.

— Que faites-vous ici ? demanda Raisa, laissant enfin libre cours aux questions qui bouillonnaient dans sa tête.

— Je vais à l'école, comme vous. (Gourmettes regarda dans la ruelle par-dessus son épaule.) On ferait bien de s'éclipser maintenant, avant que votre ami retrouve son courage. (Il s'interrompit et pencha la tête.) Sauf si vous souhaitez prévenir les prévôts ?

Il n'avait sans doute pas l'habitude de faire appel au bras de la loi.

Raisa s'imagina la scène, le tumulte, la foule qui s'amasserait. Elle fit signe que non.

— Allons-y, alors.

Une main posée dans son dos, il la guida vers la rivière sur la gauche. Ce contact lui procurait une sensation de bourdonnement, un mélange de chaleur et de picotement, presque comme…

— Voulez-vous aller dans la rue du Pont ? lui proposa-t-il. On pourrait causer devant une chope de cidre.

Raisa s'arrêta net, manquant de trébucher. Gourmettes baissa les yeux vers elle, sans doute inquiet d'avoir été trop entreprenant.

— Enfin, sauf si vous avez d'autres projets. C'est juste que… je voudrais vous parler.

— Je préfère ne pas aller dans la rue du Pont, expliqua Raisa. Après ce qui s'est passé, j'aimerais mieux éviter la foule.

— Ah ! d'accord, dit-il en se grattant la tête. Je peux vous raccompagner à Grindell.

Une sonnette d'alarme résonna aux oreilles de Raisa.

— Comment savez-vous où je vis ? demanda-t-elle.

— Eh bien, euh, je… vous ai suivie jusqu'ici.

— Vous m'avez *suivie* ?

Il leva les mains tout en jetant des coups d'œil dans les rues bondées, comme s'il craignait d'être entendu.

— Je vais tout vous expliquer. Quand nous pourrons avoir une conversation.

Raisa s'imagina rentrer au dortoir sous les regards inquisiteurs des Loups Gris. Sans compter qu'elle risquait de croiser Amon Byrne.

Selon toute probabilité, personne n'y serait avant plusieurs heures. Mais elle ne pouvait en être certaine.

— Moi aussi je veux vous parler, mais pas à Grindell.

À sa plus grande surprise, Gourmettes ne posa pas de questions.

—Nous pourrions aller à mon dortoir, dans la salle commune, suggéra-t-il. Je suis à la Maison Hampton, de l'autre côté du pont.

—Hampton ? Je ne connais pas ce dortoir. Il est dans quelle cour ?

Il s'éclaircit la voix, mais garda les yeux rivés sur son visage, comme s'il ne voulait rien manquer de sa réaction.

—Celle de la Maison Mystwerk.

—Mystwerk ! Mais c'est… l'école des magiciens.

Sa tête la faisait encore souffrir à cause du choc contre le mur. Elle avait peut-être mal compris.

—Il s'est produit beaucoup de choses, répondit Gourmettes.

Il attrapa sous sa cape un bijou brillant passé sur une chaînette, un serpent sculpté dans une pierre d'un vert translucide. Quand il referma la main dessus, le médaillon rayonna entre ses doigts, absorbant son pouvoir.

Instinctivement, Raisa fit un pas en arrière.

—Vous êtes magicien ?

Il hocha la tête, s'excusant presque, et rangea aussitôt l'amulette.

—Mais… Mais comment est-ce possible ?

Elle avait élevé la voix, et Gourmettes lui fit signe de parler moins fort.

—Qui vous envoie ? l'interrogea Raisa. Êtes-vous ici pour me retrouver ?

—Non. Comme je l'ai déjà dit, je suis inscrit en classe ici. C'est… compliqué. Je vais vous expliquer mais… (Il regarda de nouveau autour de lui.) Pas au beau milieu de la rue, d'accord ?

—Je ne peux pas aller à Hampton, laissa échapper Raisa, troublée par sa révélation. Personne à Mystwerk ne doit me voir en votre compagnie.

Il tressaillit et son visage se ferma. Elle devina alors qu'il l'avait mal comprise : il pensait qu'elle avait honte de lui.

— Ce n'est pas ce que je voulais dire, ajouta-t-elle en lui touchant le bras. Je… Y a-t-il un endroit où nous pourrions parler en privé ? Juste tous les deux.

Il haussa les sourcils et scruta son visage comme pour essayer de comprendre ce qu'elle avait en tête.

— Eh bien, j'ai une planque dans la bibliothèque de Mystwerk. C'est plutôt difficile d'accès mais c'est tranquille, au moins.

— Dans la *bibliothèque* ? Mais elle n'est pas fermée ?

Le lieu semblait sûr, en tout cas.

— Pas pour moi. (Il lui adressa ce sourire malicieux qui l'avait séduite dès le début.) Mais il va falloir qu'on se fasse confiance. Je dois compter sur vous pour ne révéler cette cachette à personne. Et vous… Enfin, vous verrez.

Pour s'y rendre, ils devraient traverser la zone interdite de la rue du Pont.

Il est peut-être temps de prendre quelques risques, se répéta Raisa. Autour d'elle, les loups avaient disparu.

— Très bien. Allons-y, décida-t-elle.

Gourmettes la regarda en silence mettre son capuchon et s'attacher un foulard devant le visage, alors que la pluie avait diminué.

La rue du Pont fourmillait de fêtards. Beaucoup buvaient dans la rue, trinquant au retour du soleil. De la musique s'échappait par les portes ouvertes, des marionnettes décorées de plumes faisaient des cabrioles aux balcons transformés pour l'occasion en scènes improvisées. Les yeux écarquillés, Raisa observait le spectacle. Elle repéra Hanalea la Guerrière tout de blanc vêtue, qui tuait le Roi Démon en habit écarlate.

Gourmettes saisit la main de Raisa et fendit la foule, lui ménageant un passage. Elle sentait la brûlure du pouvoir magique qui passait par ses doigts.

C'est un rêve, pensa-t-elle. *Un rêve du solstice. On raconte que ceux que l'on fait cette nuit-là se réalisent toujours.*

— Hé ! Alister ! appela quelqu'un depuis la terrasse d'une taverne. C'est qui la d'moiselle ? Vous nous la présentez ?

Gourmettes secoua la tête sans s'arrêter. Ils eurent bientôt franchi le pont et se retrouvèrent du côté Mystwerk. C'était la deuxième fois depuis le jour de son arrivée. Entre-temps, elle avait eu le cœur brisé. Ce soir… mystère.

Devant elle, Raisa voyait la silhouette imposante du beffroi de Mystwerk dont l'horloge éclairée indiquait 22 heures. Plus que deux heures avant le feu d'artifice. Des passages couverts reliaient les bâtiments et quadrillaient la cour, protégeant les étudiants des pluies torrentielles du Sud.

Gourmettes tourna dans une rue secondaire, puis dans une ruelle. L'appréhension étreignit Raisa. Il avait dit qu'ils devaient se faire confiance. Et si elle s'était tirée du pétrin uniquement pour se jeter dans la gueule du loup ?

D'un côté, la ruelle était bordée par un mur de pierres brutes. Gourmettes s'arrêta le temps de nouer sa cape autour de ses hanches pour ne pas se prendre les jambes dedans, et il invita Raisa à faire de même. Puis il escalada la paroi du bâtiment comme un chat et disparut sur le toit.

— Eh ! chuchota-t-elle en levant la tête et en clignant des paupières dans la brume. Qu'est-ce que vous… ?

Il se pencha par-dessus le rebord.

— Par ici, tendez-moi vos mains.

Se hissant le plus haut possible sur la pointe des pieds, elle leva les bras. Il la saisit par les poignets et la souleva dans les airs pour la poser sur le toit à côté de lui. Il la tenait toujours, et son pouvoir se communiquait à elle comme un alcool fort.

— Vous pouvez me lâcher, maintenant, murmura-t-elle en poussant sur ses talons pour essayer de se dégager.

— Attention, chuchota-t-il. C'est glissant à cause de la pluie.

Il l'entraîna plus loin du bord avant de la lâcher.

— Promettez-moi que vous n'irez pas vous briser le cou ?

Elle hocha la tête en silence et se frotta les coudes.

Il regarda vers le sud, où s'étendait une mer de toits reliés les uns aux autres.

— Nous pouvons aller jusqu'à la bibliothèque en marchant sur les galeries, mais il faut avoir le pied léger, d'accord ?

Elle le suivit tandis qu'il trottinait avec assurance vers le toit d'un passage qui permettait de rejoindre le bâtiment voisin. Une fois sur la galerie, il se baissa pour ne pas être vu d'en bas. Elle l'imita.

Ils enjambèrent le faîte du bâtiment suivant. Les ardoises s'entrechoquèrent sous leurs pas, donnant des sueurs froides à Raisa. Mais le vent soufflait fort, et ne manquerait pas de couvrir les bruits légers.

De l'autre côté du toit, Gourmettes sauta souplement sur le passage d'en dessous. Il atterrit en silence, au grand étonnement de Raisa. Puis il se tourna et ouvrit les bras.

— Sautez.

Elle sauta. Quand il la rattrapa, il fit un pas en arrière et la pressa contre son torse. Elle se retrouva le visage écrasé contre son épaule trempée, et sentit de nouveau la chaleur de la magie – sa cape fumait presque, dégageant une odeur de laine chaude et mouillée. Il glissa la main entre eux deux, sous sa cape, et la chaleur diminua un peu.

— Désolé, ça déborde encore un peu, des fois, si je ne draine pas le pouvoir.

Ils gravirent à quatre pattes un pignon abrupt à l'autre bout de la galerie. Elle commença à déraper sur les ardoises humides et il lui prit le bras pour l'aider à recouvrer l'équilibre. Raisa regarda autour d'elle quand ils arrivèrent au sommet, pour essayer de se repérer. Ils étaient sur une aile de ce qui devait être la bibliothèque.

— Par là, indiqua-t-il en sautant dans l'espace entre deux faîtes inclinés.

À cet endroit, ils étaient dissimulés aux regards venant de la rue. Raisa descendit la pente sur les fesses et atterrit dans une gerbe d'eau. Elle était désormais trempée jusqu'aux os.

— Par le sang du démon ! grommela-t-elle en se remettant péniblement debout.

Une petite fenêtre à carreaux était ménagée dans le toit. Gourmettes la fractura.

— J'y vais d'abord.

Il se glissa par l'ouverture les pieds devant, et elle entendit le léger bruit qu'il fit en atterrissant. Jetant un coup d'œil par la fenêtre, elle le vit debout juste en dessous, qui la regardait, éclaboussé de lumière et de pluie.

— Venez.

Elle se laissa choir du rebord et il la rattrapa dans ses bras, l'empêchant de tomber lorsqu'elle toucha le sol.

Gourmettes fouilla dans sa poche et en sortit une bougie qu'il alluma avec les doigts. Il laissa la flamme brûler un moment avant de faire tomber quelques gouttes de cire dans un plat en étain pour y planter la bougie. Puis il posa le tout sur une table.

La pièce était tapissée d'étagères recouvertes d'une couche de poussière argentée. La table avait toutefois été nettoyée. Des feuilles de papier, un encrier, une plume et des livres truffés de marque-pages s'y accumulaient. Contre un des murs s'ouvrait une petite cheminée à grille. Il y avait une pile de bûches à côté. Des couvertures enchevêtrées s'entassaient dans un coin, un oreiller en plume sur le dessus.

Il a le sommeil agité, songea-t-elle en se rappelant la nuit qu'ils avaient passée au Marché-des-Chiffonniers. Elle se sentit gênée de connaître un détail si intime à son sujet.

Tant de choses s'étaient produites depuis. Une vie entière semblait s'être écoulée.

— Vous aviez raison, cet endroit est difficile d'accès.

— C'est pas si dur quand il ne pleut pas, dit-il. Et quand la bibliothèque est ouverte, j'utilise l'escalier.

— Vous ne devez pas recevoir très souvent.

— Vous êtes ma première invitée.

Gourmettes retira sa cape et la suspendit à un crochet près de l'âtre. Il effleura le lainage, qui sécha sous ses mains avec un crépitement. Puis il disposa du bois sur la grille et l'alluma d'un geste accompagné d'un mot.

Il veut m'en mettre plein la vue, avec ses tours de magicien, se dit Raisa.

Il glissait sans cesse la main dans sa chemise et susurrait des formules magiques. Où avait-il donc appris tout cela ?

À Mystwerk, bien sûr.

Gourmettes se leva et se tourna vers elle. Il avait l'air de ne pas savoir que faire ensuite.

— Nous avons déjà été dans la même situation, non ? commenta Raisa en retirant sa cape alourdie par la pluie. Vous vous souvenez ? Au Marché-des-Chiffonniers. Vous m'avez enlevée au temple du Pont-Sud et traînée sous un vrai déluge.

— On dirait qu'il pleut beaucoup, là où vous êtes.

— Je croyais que c'était vous, dit-elle d'un ton hautain en lui tendant son vêtement.

Il l'essora pour enlever le gros de l'eau, puis le sécha par magie, ses mains au-dessus, avant de le suspendre à côté du sien.

Bizarrement, il était plus facile de lui lancer des piques que de laisser s'installer entre eux ce silence qui devenait assourdissant. Elle s'était rendu compte que, si jamais Gourmettes Alister n'était *pas* digne de confiance, le suivre dans cet endroit avait été une décision d'une idiotie abyssale.

Gourmettes Alister, magicien. Chef de bande, voleur, sans doute assassin, et, désormais, magicien. Avait-il fait quoi que ce soit qui aurait dû lui mettre la puce à l'oreille au cours de leur précédente rencontre ?

Elle se sentit rougir en se remémorant toutes les fois où il l'avait touchée. Il avait passé un bras autour d'elle et l'avait serrée contre lui, un couteau posé contre sa gorge. Il l'avait soulevée et portée, fouillée pour voir si elle était armée, prise par la main pour lui faire traverser le quartier du Pont-Sud. Ces souvenirs lui donnaient la chair de poule, mais elle ne se rappelait pas avoir senti le picotement caractéristique d'un contact avec un magicien. Rien de tel.

Et ces gens des rues qui avaient été assassinés ? Ils avaient été brûlés, torturés – par des démons, prétendaient certains. Et si le responsable était plutôt un magicien à la tête d'une bande rivale ?

Non. Elle refusait d'y croire.

Une vague de mélancolie la submergea, comme si Gourmettes Alister lui avait été dérobé une seconde fois. D'abord, il avait été mort. Et à présent, il était magicien – et donc interdit. La donne avait encore changé, et une voie de possibilités s'était refermée entre eux.

Quelles possibilités ? Tu préférerais le voir mort plutôt que magicien ?

— Rebecca.

Elle sursauta et regarda Gourmettes. Il lui lança quelque chose, qu'elle attrapa par réflexe. C'était une pièce de 5 sous.

— Pour connaître vos pensées, expliqua-t-il sans l'ombre d'un sourire.

— Et où sommes-nous, au juste ? demanda-t-elle en frissonnant.

Elle tendit les mains vers le feu. Au moins, il y avait du mieux par rapport au repaire de Gourmettes au Marché-des-Chiffonniers.

— Dans la réserve, au cinquième étage de la bibliothèque Bayar.

— La bibliothèque *Bayar* ? répéta Raisa avec un tressaillement. Elle serra ses bras autour d'elle.

Tête penchée, Gourmettes l'observa avec attention.

— Ne vous inquiétez pas. Personne ne vient jamais ici, sauf si quelqu'un a très envie de lire des inventaires de récoltes agricoles datant de mille ans avant la Rupture.

— Alors, c'est votre nouvelle cachette ?

— Il faut toujours avoir une planque.

Il avait l'air mal à l'aise, presque intimidé. Il fourra ses mains dans ses poches et se balança légèrement sur ses talons, sans croiser son regard.

— Il m'a semblé vous voir, dit Raisa. Au début du trimestre d'automne. À cheval, près des écuries, du côté de la Maison Wien.

— C'était bien moi, reconnut-il. J'ai pensé que c'était vous aussi. (Il la détailla, les yeux plissés.) Vos cheveux sont différents, remarqua-t-il en passant les doigts dans les siens.

Raisa choisit un livre au hasard et le tira de son étagère.

— Je ne me doutais pas le moins du monde que vous étiez magicien, dit-elle en feuilletant... quelque chose qui traitait d'orge et d'avoine.

— Je ne l'étais pas, avant.

— On naît magicien, protesta Raisa. Je n'ai jamais entendu parler de quelqu'un qui le soit devenu sur le tard.

Elle replaça le livre sur l'étagère.

Devant ce mystère, il se contenta de hausser les épaules.

— Étrange, pas vrai ? Asseyez-vous, je vous en prie. (Il désigna l'unique chaise.) Vous voulez du thé ? Ça vous réchauffera.

Il faisait de gros efforts pour se comporter en hôte parfait, malgré ses bonnes manières approximatives.

— Excellente idée.

Elle ne put s'empêcher de lui demander :

— Comment êtes-vous arrivé ici ?

Il rougit légèrement.

— Je vous l'ai dit, je suis étudiant dans cette école, répondit-il, sur la défensive.

— Comment pouvez-vous payer les frais ? poursuivit-elle sans réfléchir.

Elle regretta aussitôt sa question en se rendant compte à quel point elle devait paraître arrogante et indiscrète.

Il la regarda un moment, comme s'il ne savait pas quelle réponse lui donner.

— J'ai vendu mes gourmettes, expliqua-t-il enfin. Elles sont parties pour un bon prix.

Il lui montra ses poignets et elle put constater que les bracelets d'argent avaient disparu. Mais la peau était encore pâle et fragile à l'endroit qu'ils avaient occupé.

Cette révélation la surprit. Les gourmettes étaient son signe distinctif. Elle aurait cru qu'il s'y accrocherait coûte que coûte.

Il doit vraiment être avide de connaissances, se dit-elle.

Il farfouilla à l'intérieur d'une caissette posée dans un coin et en sortit une tasse. Il y versa une cuillerée de thé prélevée dans une petite boîte en fer, puis il chauffa un pichet d'eau entre ses mains avant de remplir la tasse et de la tendre à Raisa.

— Vous maîtrisez déjà bien la magie, dit-elle en prenant une gorgée de thé.

C'était un mélange fumé des hauts plateaux, qui la rendit un peu nostalgique.

— Je suis impressionnée, avoua-t-elle. Vous devez apprendre vite.

Gourmettes se déroba au compliment d'un haussement d'épaules.

— Je me suis donné du mal. C'est tout ce que j'ai à faire, ici. Et j'ai un… précepteur. Qui m'aide.

Il s'arrêta brusquement et s'humecta les lèvres.

Raisa chercha une remarque à faire pour l'encourager à parler davantage de lui.

— Écoutez, Gourmettes, je me demandais si…

— On ne m'appelle pas comme ça, ici, l'interrompit-il. Puisque… je n'ai plus mes gourmettes, vous voyez ? Mon nom est Hanson Alister. Han.

Le souvenir de la scène dans le bureau de l'orateur Jemson lui revint à l'esprit. Gourmettes Alister lui enserrant la taille, son couteau appuyé contre sa gorge et son cœur qui battait la chamade dans son dos. Jemson l'avait interpellé : *« Hanson ! Vous valez mieux que ça. Libérez la jeune fille. »*

Jemson avait cru en Hanson Alister. S'était-il trompé ?

Raisa leva les yeux et vit que Gourmettes/Han attendait qu'elle finisse sa phrase. Seulement, entre la conversation en cours et ses propres réflexions, elle avait oublié la question qu'elle voulait lui poser.

Il doit me prendre pour une imbécile.

— Euh… L'école fournit-elle les amulettes, ou avez-vous dû trouver la vôtre par vous-même ?

— Chacun apporte la sienne. J'ai acheté la mienne d'occasion à un marchand, avant de prendre la route pour le Sud.

On aurait dit une histoire apprise par cœur. Il n'avait pas l'air tenté de lui montrer de nouveau l'objet.

Raisa avait quelques connaissances en objets magiques, grâce au temps passé à travailler avec son père. Elle était émerveillée par ce mariage de la magie, du métal et de la pierre, que l'artisan transformait en un tout fascinant. La plupart étaient des œuvres d'art à part entière.

— Je peux la revoir ? demanda-t-elle.

— Si vous voulez, dit-il comme s'il n'en avait pas vraiment envie, mais ne trouvait pas de raison de lui refuser.

Il glissa la main dans son col et sortit le bijou qu'il fit balancer devant elle. Le pendentif tournoyait, envoyant des reflets verts et orange comme une opale de feu au soleil.

C'était un serpent finement sculpté dans la pierre précieuse, avec des yeux en rubis. Ses anneaux reposaient sur une monture en or. Il avait la gueule ouverte et était réalisé avec une précision telle que Raisa remarqua les gouttes de venin perlant au bout de ses crochets.

— Oh !

Sur une impulsion, elle tendit la main, et Han mit vivement l'amulette hors de sa portée.

— Vaut mieux pas y toucher. Ça mord, dit-il en protégeant son médaillon de son autre main.

— Comment ? Que voulez-vous dire ?... Le serpent ?

Il secoua la tête.

— C'est imprévisible. Quelques doigts trop curieux ont été brûlés.

Raisa observa le porte-poisse, qui faisait resurgir un fragment de souvenir dans sa mémoire.

— Je crois que je l'ai déjà vu. Est-ce une reproduction d'un objet ancien ? d'avant la Rupture ?

Han hocha la tête.

— C'est ce qu'on m'a dit.

Il remit l'amulette dans sa chemise. Puis, comme pour changer de sujet, il lança :

— Et *vous*, que faites-vous ici, si *je* peux me permettre ?

Ce genre de question ressemblait davantage au Gourmettes qu'elle avait connu.

Raisa éternua en se pinçant le nez. La poussière accumulée dans la pièce lui chatouillait les narines.

— Comme vous, j'étudie ici. Je suis à la Maison Wien.

— La Maison Wien !

Han la regarda de haut en bas, le visage adouci par une expression amusée et sceptique qui le faisait paraître plus jeune. Il ressemblait soudain davantage à l'arriviste tout-fou qui l'avait enlevée au temple du Pont-Sud.

— Vous allez devenir Veste Bleue ou Montagnard, c'est ça ?

— Non, pas vraiment.

Raisa cherchait désespérément à se souvenir de ce qu'elle lui avait raconté. Elle aurait dû garder un registre plus précis de ses propres mensonges.

— Mon employeur a proposé de financer mes études ici à condition que j'aille à la Maison Wien, expliqua-t-elle.

Le visage de Han se durcit, ses yeux semblables à des éclats de saphir.

— Le seigneur Bayar, vous voulez dire ?

Raisa faillit s'étouffer avec son thé.

— Quoi ?

— Pourquoi voudraient-ils envoyer leur gouvernante à la Maison Wien ? L'école du temple, je comprendrais…

L'espace d'un instant, Raisa fut perdue. Puis tout lui revint. Pendant la nuit qu'ils avaient passée au Marché-des-Chiffonniers, elle lui avait dit qu'elle était au service des Bayar. Mince alors, pourquoi fallait-il que ce Han Gourmettes Alister ait si bonne mémoire ?

Elle le regarda en coin. Il l'observait, lèvres pincées, et sa main droite s'était rapprochée de la lame glissée à sa ceinture. *Un geste inconscient*, pensa-t-elle.

— Travaillez-vous toujours pour les Bayar, Rebecca ? demanda-t-il d'une voix égale et douce.

Quelque chose dans sa manière de parler la fit frissonner.

— Eh bien, non, pas vraiment. Je… euh… j'essaie de m'améliorer, balbutia Raisa. Le commandant de la garde personnelle du seigneur Bayar pense que j'ai un bon potentiel. C'est lui qui a payé mes frais de scolarité. Il m'a dit que si je réussissais, j'aurais une chance de…

Elle ne termina pas sa phrase. Han semblait distrait, perdu dans ses pensées.

— Pourquoi ? demanda-t-elle. Vous connaissez les Bayar ?

Han hésita une seconde, puis répondit :

— Je vais en cours avec deux Bayar. À Mystwerk. Micah et Fiona. Micah était dans mon dortoir, au début.

Douce Hanalea enchaînée ! ils sont donc bien ici. Il ne manquerait plus que Han raconte aux Bayar qu'il avait croisé leur ancienne gouvernante Rebecca. Ou propose qu'ils aillent tous ensemble partager une bouteille de cidre dans la rue du Pont.

C'était peu probable, cependant. Connaissant Micah et Fiona, ils devaient traiter un magicien issu du Marché-des-Chiffonniers comme un chien galeux.

— Écoutez, dit-elle en se penchant vers lui, les mains jointes.

S'il vous plaît, ne leur dites pas que je suis ici. Je vous en prie. Ce serait… gênant, vous comprenez ? Ils ne me considèrent pas tout à fait comme une des leurs.

Il la regarda en clignant des yeux, perplexe.

— Mais vous êtes une sang-bleu. Vous parlez comme eux, vous…

— Je suis de sang mêlé, l'interrompit-elle. Mon père est né dans le clan, et ma mère vient du Val. Vous avez peut-être remarqué que les Bayar n'apprécient guère les membres des clans.

— Ah ! oui, j'ai remarqué, fit-il en hochant la tête, sa confusion un peu dissipée.

Hum ! la clef d'un bon mensonge est peut-être de dire la vérité de manière équivoque, constata Raisa.

— C'est à votre tour de vous expliquer. Vous m'avez suivie, disiez-vous ?

— Euh… oui. En fait, Cat m'a raconté qu'elle vous avait vue. Près du temple. (Il se racla la gorge.) Elle m'a dit que vous habitiez sûrement à Grindell parce que… euh… c'est là que vit le caporal Byrne.

— Ah ! vraiment ?

Raisa pinça les lèvres et sentit le rouge lui monter aux joues. Qu'est-ce que Cat avait bien pu lui raconter après l'avoir surprise à espionner Amon ?

— Alors je… voulais m'assurer que c'était vous. J'ai guetté à l'entrée du dortoir et j'ai vu tous les autres sortir.

Et vous n'aviez rien de mieux à faire le soir du solstice ? pensa Raisa.

— Puis je vous ai vue sortir seule. Et je vous ai collé au train.

— Vous m'avez traquée, oui ! C'était tout à fait déplacé, Alister. Vous avez de la chance que je ne vous aie pas cassé le doigt à vous aussi.

Il haussa les sourcils, l'air de dire : « Ça, c'est pas près d'arriver. »

— Je voulais entrer en contact avec vous, expliqua-t-il. Mais je ne savais pas si… je serais le bienvenu. Ni ce qu'il y avait entre le caporal et vous.

— En quoi mon amitié avec le caporal Byrne vous regarde-t-elle ? demanda Raisa d'un ton glacial.

— Encore un peu de thé ? proposa Han en tendant la main pour prendre sa tasse, désireux de dissiper la tension qui crépitait entre eux.

Leurs doigts se touchèrent et Raisa ramena brusquement la tasse vers elle, renversant ce qui restait dedans.

— Désolée. Je suis maladroite, ce soir.

Elle avait une conscience aiguë de se trouver seule avec lui, et qu'ils veillaient soigneusement à garder une certaine distance entre eux. Son regard était irrésistiblement attiré par l'amas de couvertures dans l'angle. Mais qu'avait-il donc, cet Alister, pour lui donner ce genre d'idées chaque fois qu'ils se rencontraient ?

Les cloches de Mystwerk résonnèrent. Raisa compta onze coups. Encore une heure avant le feu d'artifice.

Han parut le prendre comme un signal pour entrer dans le vif du sujet.

— Écoutez, Rebecca, si je vous ai suivie, c'est que j'ai une faveur à vous demander.

Elle releva la tête, surprise. Han avait les yeux baissés sur ses mains. Il n'avait visiblement pas l'habitude de demander des faveurs. Ni de les obtenir.

— Eh bien, répondit-elle, perplexe. Certainement, je… Que puis-je faire pour vous ?

— Je me demandais si… vous voudriez être… Est-ce que vous pourriez me donner des leçons particulières ?

— À *vous* ?

Elle scruta son visage pour voir s'il plaisantait, mais il semblait parfaitement sérieux, même s'il évitait de croiser son regard.

— Je croyais que vous aviez déjà un précepteur ?

— Oui, c'est vrai. Mais il y a certaines choses que je dois apprendre et qu'il n'enseigne pas.

— Cependant… vous savez que je ne m'y connais pas du tout en formules magiques ? Je ne peux pas vous aider dans ce domaine.

— Ce n'est pas ce que je cherche, dit-il en tripotant ses poignets à l'endroit où ses gourmettes s'étaient trouvées.

Raisa ne savait pas quoi ajouter sans paraître insultante. Un seigneur des rues avait-il reçu la moindre instruction ? Dans le cas contraire, il devait peiner à tenir le rythme, au Gué-d'Oden.

— Alors, dans quel domaine avez-vous besoin d'aide ? Histoire, grammaire, rhétorique ? Langues, arithmétique ?

Raisa énumérait les matières où elle excellait. Elle espérait que ce serait l'arithmétique. Après tout le temps passé sur les marchés des clans, elle maniait les chiffres à merveille.

— J'ai des livres pour…, poursuivit Raisa.

Han arrêta son inventaire d'un geste impatient.

— Non, tout ça, je maîtrise. Le père Jemson m'a donné de bonnes bases. Et chaque jour, j'engrange de nouvelles connaissances en cours.

— Mais alors, qu'est-ce qui… ?

Il se pencha vers elle. Ses yeux étaient bleus et translucides comme la glace.

— Rebecca. Je veux que vous m'appreniez à passer pour un sang-bleu.

— Pardon ?

Raisa le dévisagea.

— Je peux vous payer, s'empressa-t-il d'ajouter. J'ai de l'argent. Donnez-moi votre prix. Et cela ne vous prendrait pas beaucoup de temps. Une ou deux fois par semaine, et vous pourriez me donner, vous savez, des devoirs à faire chez moi.

— Pourquoi voudriez-vous passer pour un sang-bleu ? demanda-t-elle. Je veux dire : au point de vous payer des cours ?

Le seigneur des rues se leva et se mit à faire les cent pas, trop agité pour rester en place.

— Écoutez, je n'ai que deux amis, ici, à l'académie. L'un est né dans les clans, l'autre a grandi dans la rue. Danseur et moi, nous sommes les brebis galeuses de la Maison Mystwerk. Tous les autres novices… ce sont des galetteux. Ils sont nés sang-bleu et ils ont reçu l'éducation qui va avec. Mais il va bien falloir qu'on se fasse accepter si on veut accomplir quelque chose. C'est eux qui dirigeront le Conseil des Magiciens une fois rentrés au pays. Eux qui mèneront la danse.

Il interrompit ses allées et venues pour s'adosser à la cheminée.

—Au Marché-des-Chiffonniers, je savais comment ça marchait. J'entretenais ma famille, et aussi une dizaine de Chiffonniers. J'étais plus futé que tous les autres chefs de bande de la ville. Ici, c'est une autre affaire. Je dois être capable de tenir tête aux magiciens. Il faut que je parle comme eux, que je connaisse leurs danses et sache quelle fourchette utiliser, quels vêtements porter. Sinon, ils me prendront jamais au sérieux.

Raisa n'avait pas vraiment pensé à l'ancien Gourmettes Alister évoluant au milieu des magiciens. Au Marché-des-Chiffonniers, sa réputation d'homme violent l'avait protégé. Comment était-ce, pour lui, de côtoyer en classe les magiciens issus de la noblesse ? Ils devaient le mépriser, se moquer de lui, et lui rappeler jour après jour qu'il venait des bas quartiers. Les professeurs devaient se montrer condescendants. Et chaque fois qu'il ouvrait la bouche, il devait creuser plus profondément sa tombe.

—Pourquoi souhaitez-vous qu'ils vous prennent au sérieux ? lui demanda-t-elle, persuadée que, de toute façon, il ne serait jamais vraiment accepté. Quelles sont ces choses que vous voulez accomplir ?

Han contempla le feu.

—Ceux qui sont au pouvoir s'en prennent aux plus faibles, et ça me débecte. J'en peux plus de voir des gens mourir parce qu'ils sont nés dans le Marché-des-Chiffonniers ou au Pont-Sud. Je vais les aider.

Il passa la paume de sa main sur ses yeux et s'éclaircit la voix.

Il *pleurait* ? Raisa fit un pas vers lui, les mains tendues, mais il se détourna pour tisonner le feu avec un bâton.

— Ces choses-là ne s'apprennent pas vraiment avec un professeur, lui dit Raisa en lui touchant l'épaule. Les manières et la façon de parler. Ici, à l'académie, vous allez rencontrer toutes sortes de personnes. Vous êtes intelligent. Ça vous viendra naturellement au fil du temps.

Han fit signe que non.

— C'est trop lent. Et en vérité, les sang-bleu ne se bousculent pas pour me fréquenter en dehors des cours.

Il tourna la tête pour la regarder.

— Je dois en profiter tant que je suis là, parce que je sais pas combien de temps je vais pouvoir rester.

Pourquoi ? C'est un problème d'argent ? faillit-elle demander. Mais heureusement, elle se retint. Une chose au moins n'avait pas changé : Han Alister la déstabilisait toujours autant, lui faisait perdre son assurance habituelle.

Est-ce à cause de son côté mauvais garçon ? s'interrogea-t-elle. *Comme Micah Bayar ? Comme Liam Tomlin et Reid MarcheNuit ?* Comme presque tous les hommes qui l'attiraient ?

Ou parce qu'il m'est interdit ? Comme Micah ? Es-tu comme ton ancêtre Hanalea, dont le désir répréhensible a mis à mal les Sept Royaumes ?

Non. Elle ne passerait pas sa vie à marcher sur des œufs, de peur de répéter des erreurs vieilles d'un millénaire. Il y avait tant de nouvelles sottises à faire.

— Très bien. Si vous pensez avoir besoin d'aide, je serai votre préceptrice.

Il fit volte-face et la dévisagea.

— Vraiment, vous êtes sérieuse ?

Il croyait que j'allais refuser, devina Raisa. Elle acquiesça.

Il la gratifia alors d'un sourire éclatant et enjôleur qui illumina toute la pièce – un sourire bien plus dangereux que n'importe quelle lame.

Il aurait suffi d'un sourire comme celui-là, pensa-t-elle. *J'aurais capitulé aussitôt.*

Il traversa la pièce pour la rejoindre, fourragea joyeusement dans la poche de ses braies et sortit une bourse.

— Combien voulez-vous… ?

Raisa leva la main.

— Je ne vous demanderai rien pour les leçons, annonça-t-elle en se rappelant Dimitri et le concept de *gylden*. Mais vous aurez une dette envers moi. Et un jour, vous me revaudrez ça.

Il la regarda un long moment.

— Je préférerais vous payer, dit-il enfin. Je sais pas si je pourrais un jour vous rendre cette faveur.

— Je vais courir le risque. En revanche, vous me donnerez une pièce de 5 sous chaque fois que vous direz « je sais pas », « j'ai pas », etc. Comme ça, je devrais être riche d'ici à la fin du trimestre.

— Eh ! eh ! protesta Han en levant les bras. Je vais pas…

Elle tendit la main en agitant les doigts.

— Cinq sous, s'il vous plaît. Ça fait partie du marché. À prendre ou à laisser.

Grommelant pour la forme, il attrapa une autre pièce des Fells et la lui lança. Elle la rangea dans sa bourse.

La nouvelle pièce de 5 sous était à l'effigie de Mellony. Raisa n'aurait pas osé demander une couronne – une fillette, comme on disait dans les rues. C'était son propre profil qui ornait ces pièces-là.

— Il nous faut un endroit pour nos rendez-vous, dit-elle. Je voudrais éviter que Micah ou Fiona me voient de ce côté de la rivière.

— Nous pouvons nous retrouver de votre côté de la rue du Pont, proposa Han. Il y a une chambre à l'étage de *La Tortue et le Poisson* que l'on peut louer à l'heure, ajouta-t-il après une hésitation.

Et comment savez-vous cela ? eut-elle envie de demander.

— Peut-être pas la rue du Pont. Les Bayar doivent y manger tous les soirs.

Han rit.

— Pas à *La Tortue*. C'est presque une annexe de la Maison Wien. Je risque ma peau en y allant.

Il s'arrêta, les sourcils froncés.

— Vous devriez le savoir. Vous ne sortez donc jamais ?

— Non, admit Raisa.

— On dit le mardi et le jeudi ? suggéra Han.

— C'est d'accord, pour l'instant, accepta Raisa en se demandant comment elle réussirait à caser ces rendez-vous dans son emploi du temps déjà chargé. En attendant, je voudrais que vous trouviez un livre à la bibliothèque. Il s'agit de *Héraldique et Traditions des Fells*, de Hauldron Faulk. Lisez autant de pages que possible d'ici à mardi. Et ne faites pas cette tête. J'ai dû l'étudier en entier et le réciter alors que j'étais bien plus jeune que vous.

— Ça a l'air captivant, commenta Han en notant malgré tout le titre sur un coin de page.

Une explosion fit trembler les carreaux et une vive lumière inonda la pièce, l'éclairant comme en plein jour.

— Le feu d'artifice, se rappela Raisa. Nous ferions bien de redescendre. Devons-nous emprunter le même chemin ? demanda-t-elle en désignant la fenêtre, hors de portée.

— Retournons là-haut. Je sais où aller pour profiter du spectacle.

Il décrocha la cape de Raisa et la tint le temps qu'elle l'enfile, dans une maladroite tentative de galanterie.

Il se plaça derrière elle, puis l'attrapa par la taille et la souleva afin qu'elle puisse atteindre la fenêtre. Elle se hissa et se faufila par l'ouverture. Lui-même sauta, agrippa le rebord de pierre et se glissa sur le toit sans effort.

— Par ici, indiqua-t-il.

Il lui fit faire le tour du beffroi jusqu'à l'endroit où le toit incliné rejoignait celui d'une des ailes. Il étendit sa cape sur les tuiles rugueuses. Appuyant les pieds contre la gouttière, Han s'allongea sur la pente douce et leva les yeux vers le ciel, avant de tapoter la place à côté de lui.

— Installez-vous.

Raisa s'allongea près de lui.

« Boum ! » La fusée explosa presque au-dessus de leurs têtes, déversant une pluie d'étincelles colorées sur les pelouses.

— C'est impressionnant ! s'exclama Raisa en tournant la tête pour sourire à Han.

— Je me disais que ça ferait une bonne place, dit Han, content de lui.

Les projectiles fendaient l'air en ondulant, serpentins de paillettes rouges, mauves, vertes, argentées ou dorées. Des chars s'élançaient dans le ciel, tirant le soleil derrière eux. Des dragons rugissaient, crachant des flammes, sous les acclamations enthousiastes de la foule en contrebas. La pyrotechnie était une spécialité des clans, et on racontait que le procédé de fabrication comportait une part de magie.

Le public lançait des chœurs de « oooh ! » et de « aaaaah ! ».

Raisa se noyait dans un océan de nostalgie. Dans les Fells, la reine Marianna présidait au feu d'artifice du solstice, où les fusées explosaient au-dessus d'Hanalea, de Lissa et de toutes les autres montagnes. On se rendait au temple à la lumière des cierges, pour remercier la Dame du retour de l'astre solaire.

Que le soleil reparaisse, mère, pria-t-elle avec sincérité.

— Que préfériez-vous dans la fête du solstice, au pays ? demanda-t-elle en se tournant vers Han.

— La nourriture, répondit-il sans hésiter.

— De quelle sorte ? s'enquit-elle en se souvenant des tables du palais qui croulaient sous les plats.

— Assez pour se remplir la panse, dit-il simplement.

Il appuya sa tête sur son bras replié puis lui prit la main.

Voilà qui est hardi, pensa-t-elle, sans bouger.

— Avant que la guerre tourne vraiment mal, il y avait toujours beaucoup à manger au moment du solstice, poursuivit Han. Les temples offraient plus de nourriture et certaines maisons de riches donnaient leurs restes après les festins. Depuis la guerre, il n'y en a plus autant, mais toujours plus qu'un jour normal.

» Sur les marchés, on trouvait des jouets et des sucreries, des gâteaux frits au miel et des étoiles en cheveux d'ange qu'on ne voyait à aucun autre moment de l'année. Ma sœur Mari adorait ces gâteaux au miel et les soleils en sucre. J'aurais pu en piquer toute une caisse qu'elle en aurait encore voulu. Elle se mettait du sucre glace plein la figure.

Il soupira et se tut, perdu dans ses pensées.

— La neige me manque, dit Raisa en essuyant avec sa manche la brume froide qui s'était condensée sur son visage. La ville ressemblait à un paysage féerique.

Avec sa famille, elle parcourait les rues en traîneau, bien emmitouflée dans des fourrures, au son des grelots et des sabots.

— Et la rivière puait moins, une fois gelée, ajouta Han.

Elle rit.

— C'est bien vrai.

Malgré leurs vies très différentes, ils partageaient ce même cours d'eau nauséabond.

— La nuit, on dévalait la côte de la rue de la Mine sur des couvercles de poubelle, jusqu'à ce que les Vestes Bleues nous chassent, raconta-t-il. Des fois, les sang-bleu passaient dans de gros traîneaux. On profitait de la promenade en montant sur les patins à l'arrière. On descendait seulement quand les valets commençaient à nous matraquer.

— Matraquer ? répéta Raisa en retenant sa respiration.

— Ben, si on se débrouillait bien, ils nous manquaient, ajouta-t-il en lui jetant un regard en coin.

Une rapide succession d'explosions attira leur attention vers le ciel. C'était le bouquet final, une symphonie de sons et de lumières. Puis tout s'arrêta. Les images éclatantes persistaient sous les paupières de Raisa, et ses oreilles tintaient.

Elle sentit Han changer de position à côté d'elle. Il se rapprochait. Elle ne bougea pas. Elle aurait aimé rester allongée là-haut, pour échapper au tumulte de sa vie qui l'attendait en bas.

Elle finit par ouvrir les yeux. Il était au-dessus d'elle, appuyé sur son coude, et il l'observait, indécis. Il regardait ses lèvres, plus précisément.

Il veut m'embrasser, comprit-elle. *Mais il pense à ce qui s'est passé avec Tourant, et il a peur de me brusquer.*

— Merci, dit-elle en se redressant, coupant court à toute possibilité. Ma soirée du solstice a dépassé mes espérances. Mais il vaudrait mieux que je rentre.

Il se leva et l'aida à se mettre debout, la retenant de glisser sur les tuiles mouillées.

— Je vais vous raccompagner et m'assurer que vous arrivez chez vous sans mal.

Avant cette soirée, elle aurait refusé. Malgré la présence de Micah, le Gué-d'Oden lui avait paru sûr, protégé du monde réel. Elle s'était trompée.

Ils retraversèrent le pont encore bien peuplé, chacun perdu dans ses pensées. Pendant tout le trajet, elle essaya de comprendre pourquoi elle avait accepté de donner des cours à Han Alister. Était-ce à cause de la frustration qu'elle ressentait à l'égard d'Amon ? Désirait-elle faire quelque chose qu'il désapprouverait à coup sûr ? D'abord, elle avait écrit à la reine Marianna. Et à présent, cette nouvelle bravade.

Ne serait-il pas plus prudent de garder ses distances avec toute personne liée aux Fells ? avec quelqu'un qui faisait battre son cœur plus vite et fourcher sa langue ? qui lui donnait envie d'oublier les règles ?

Existait-il dans les Sept Royaumes un homme ayant plus d'attributs en sa défaveur ? un homme plus susceptible que Han Alister d'être rejeté par toutes les forces qui s'opposaient dans les Fells ?

Enfin, ce n'était pas comme si elle le demandait en mariage, tout de même.

Arrivée en vue de la Maison Wien, elle s'arrêta.

— Je ne crains rien, maintenant, dit-elle en désignant un bâtiment. Mon dortoir est juste là.

— Peur d'être aperçue avec moi par le caporal Byrne ? fit-il en inclinant la tête vers la Résidence Grindell.

C'était exactement ce qui la tracassait.

— Qu'est-ce qui vous fait croire ça ? rétorqua-t-elle sèchement.

— Une intuition.

— Vous semblez croire qu'il y a… quelque chose entre nous deux. J'ignore ce que Cat vous a dit, mais ce n'est pas vrai.

— Eh bien, commenta-t-il en se frottant le menton, il y a *quelque chose*, ça ne fait pas de doute. Mais je ne sais pas *quel genre* de chose.

Elle souffla bruyamment pour lui faire comprendre ce qu'elle en pensait.

— Merci, novice Alister, pour le thé et le feu d'artifice. J'ai passé un très bon moment. Si vous voulez bien m'excuser.

Et elle se dirigea à grands pas vers Grindell, la tête haute. Alors qu'elle était presque à la porte, Han lui lança d'une voix forte :

— À demain soir, novice Morley !

Elle fit volte-face.

— Quoi ?

— Demain, c'est mardi, lui rappela-t-il en s'inclinant bien bas.

Sur ce, il tourna les talons et s'évanouit dans la nuit.

Raisa resta immobile un moment, regardant dans la direction où il était parti, une dizaine de répliques sarcastiques sur le bout de la langue, inutiles.

24

Des nouvelles du pays

Lorsque Raisa gravit le perron de la Résidence Grindell en projetant des gerbes d'éclaboussures et ouvrit la lourde porte d'entrée, il n'y avait qu'une seule lampe d'allumée dans la salle commune, laissant les coins de la pièce dans l'ombre. Amon Byrne était assis à la table de lecture, droit comme un I, un livre fermé posé devant lui. Quand il vit que c'était Raisa, il s'affaissa un peu, l'air soulagé.

— Enfin. Où étiez-vous ? J'ai envoyé Mick et Talia à votre recherche. Je craignais qu'il ne vous soit arrivé quelque chose.

— Je regardais le feu d'artifice. Et je suis revenue directement.

— Le feu d'artifice ? Je croyais que vous aviez décidé de ne pas sortir.

Amon se massait le front avec la paume de sa main.

— J'ai changé d'avis.

Elle retira sa cape et la suspendit près des flammes.

Amon leva les yeux vers la pendule sur le manteau de la cheminée.

— Le feu d'artifice est fini depuis une heure. Il vous a fallu si longtemps pour rentrer ?

— Et *vous*, pourquoi êtes-vous de retour si tôt ? rétorqua Raisa, irritée.

C'était le jour le plus court de l'année, et elle venait de passer l'une des plus longues soirées de sa vie – et ce n'était pas encore fini.

— Vous vous êtes disputé avec Annamaya, ou quoi ?

— Rai. Ne commencez pas.

— Vous me soumettez bien à un interrogatoire, moi.

La culpabilité la mettait toujours de mauvaise humeur. Des visions d'Amon et de Han tournoyaient dans son esprit. Elle avait mal à la tête.

Il soupira.

— Nous avons dîné ensemble, mais j'ai décidé de ne pas rester pour le feu d'artifice. Nous étions tous les deux fatigués.

Il avait réellement l'air épuisé. Et triste. Aussitôt, Raisa fut prise de remords.

— Il n'y a pas de couvre-feu, ce soir, vous savez ? lui rappela-t-elle d'un ton plus doux. Il y avait encore beaucoup de monde dans la rue du Pont quand j'ai retraversé.

— La rue du Pont ? répéta Amon en plissant les yeux. C'est là que vous étiez ?

Elle était trop fatiguée pour inventer un mensonge, ou même pour entrer dans les détails.

— J'ai décidé de chercher Hallie et Talia. Henri Tourant m'a attaquée en chemin, dans une ruelle. Il trouvait que je méritais une leçon.

— Quoi ?

Amon bondit de sa chaise et la saisit par les coudes, scrutant son visage. Il était blanc comme un linge et ses yeux paraissaient presque noirs.

— Je savais bien qu'il vous était arrivé quelque chose. C'est pour cette raison que je suis parti après le dîner, pour vous chercher. Mais à ce moment-là, on aurait dit que… Est-ce que vous allez bien ? Qu'est-ce qu'il… ? Êtes-vous… ?

— Tout va bien, s'empressa de le rassurer Raisa pour stopper cette avalanche de mots. Quelques bleus et une bosse à la tête, c'est tout. C'est grâce à vous, d'ailleurs. Merci de m'avoir enseigné le combat des rues. À mon avis, il ne s'attendait pas à cela venant de moi.

Amon la tenait à bout de bras, l'examinant de haut en bas, vérifiant qu'elle n'avait rien.

— Avez-vous alerté les prévôts ? Est-il en prison ? Pourquoi ne pas m'avoir fait *appeler*, Rai ?

Sa voix se brisa sur cette dernière phrase.

— C'est vrai que c'est un peu compliqué entre nous en ce moment, poursuivit-il, mais vous devez savoir que…

Raisa secoua la tête.

— Je n'ai pas voulu attirer l'attention sur moi. Et puis je crois qu'il retiendra la leçon.

Amon semblait frappé par la foudre, comme si ses pires craintes venaient de se réaliser.

— C'en est assez. Vous ne pouvez plus vous promener sans escorte. Ce n'est plus possible.

— Écoutez-moi, dit Raisa en relevant le menton. Cela aurait pu arriver à n'importe quelle femme ayant eu le malheur d'égratigner la fierté d'Henri Tourant. Ça n'a rien à voir avec mon identité. Une escorte n'est pas la solution. Comment l'expliquerions-nous aux Loups Gris, et surtout aux autres étudiants ?

Ils se défièrent du regard un bon moment.

— Je vais aller voir Maître Askell, finit par dire Amon. Il s'occupera de Tourant. Askell ne laissera pas passer ça.

Il lui tâta doucement l'arrière du crâne pour trouver le renflement à l'endroit où elle avait heurté le mur de brique.

— Comment vous sentez-vous ?

— Ça va. Heureusement, j'ai la tête dure.

— Et après cette agression, vous êtes simplement allée voir le feu d'artifice ? demanda-t-il, un sourcil levé.

— Non. Gourmettes Alister est arrivé à ce moment-là.

Amon appuya de nouveau ses doigts contre ses tempes.

— Je rêve, c'est ça ? Je me suis endormi et je suis en plein cauchemar.

Il retourna s'asseoir à la table.

— Alister a simulé son assassinat pour échapper à la Garde de la reine, expliqua Raisa en se laissant tomber sur une chaise en face de la sienne. Vous vous souvenez que je croyais l'avoir aperçu près des écuries ? C'était bien lui.

Elle éprouva une certaine satisfaction à lui dire cela, alors qu'Amon avait réussi à la convaincre qu'elle s'était trompée.

— Il est étudiant à la Maison Mystwerk.

Amon posa les mains à plat sur la table.

— Mystwerk ? Mais… qu'est-ce qu'il… ?

— Gourmettes Alister est magicien. Et il ne faut plus l'appeler « Gourmettes ». Il a vendu ses bracelets d'argent pour payer ses études. Maintenant, il se fait appeler Han.

Sourcils froncés, Amon réfléchissait.

— Ce n'est pas possible. Les gens ne deviennent pas magiciens du jour au lendemain. Il devait l'être depuis le début. (Il la regarda.) Pourquoi un magicien vivrait-il au Marché-des-Chiffonniers ?

Raisa haussa les épaules.

— Je n'ai jamais vu aucun signe de magie chez lui. Et je n'avais jamais senti le pouvoir s'échapper de ses mains avant ce soir.

En entendant cela, Amon releva brusquement la tête.

— Il vous a… touchée ?

Si vous espérez que je m'explique à ce sujet, vous allez être déçu, pensa Raisa.

— Nous avons regardé le feu d'artifice ensemble, puis il m'a raccompagnée.

— Votre Altesse, pardonnez-moi, mais… avez-vous perdu la tête ?

La fatigue d'Amon s'évanouit, remplacée par l'agitation. Il se leva et se mit à faire les cent pas.

— C'est l'idée la plus stupide que vous…

— Qu'auriez-vous souhaité que je fasse ? L'assommer et le jeter dans la rivière ? Il me connaît en tant que Rebecca Morley, le nom que j'utilise ici. À votre avis, qu'est-ce qui aurait paru le plus suspect ? Que je m'enfuie en courant, ou que je continue à jouer mon rôle ?

— Mais vous n'étiez pas obligée d'aller voir le feu d'artifice avec lui. Ni de le laisser vous… *caresser*.

— Me « caresser » ? À quel moment ai-je parlé de caresses ? demanda Raisa en haussant les sourcils.

Amon s'arrêta et fit volte-face.

— Est-ce que vous faites cela pour vous venger, à cause d'Annamaya ? Parce que, si c'est le cas…

— Vous croyez que tout tourne autour de vous ? Au contraire, j'espère qu'Annamaya et vous serez très… heureux !

Ce qui aurait été plus convaincant si sa voix n'avait pas tremblé.

Ils sursautèrent lorsque quelqu'un se racla la gorge dans l'escalier. Raisa leva la tête. Hallie se tenait en haut des marches, en habit de nuit.

— Désolée de vous déranger, dit-elle, mais vous faites un sacré vacarme, et j'essaie de dormir parce que je dois partir dans quelques heures.

— Désolée, lâcha Raisa, les joues en feu. Je viens me coucher dans un instant.

Ils regardèrent Hallie repartir.

— Vous savez bien qu'Alister prépare un mauvais coup, marmonna Amon en tisonnant le feu avec animosité. C'est obligé. Il nous a peut-être suivis depuis les Fells.

— Et il se serait ensuite caché pendant quatre mois ? rétorqua Raisa avec humeur. Ça vous paraît logique ? Et puis pourquoi nous aurait-il suivis jusqu'ici ?

Il t'a suivie ce soir, lui rappela une voix agaçante dans son esprit. *Il te cherchait.*

— Je l'ignore, avoua Amon. Je trouve seulement que la situation se complique à vue d'œil, et que quelqu'un finira par tirer sur un fil et que tout va s'effondrer.

Il s'assit sur le rebord du foyer et se prit la tête entre les mains.

Toute colère quitta Raisa, comme si on avait percé sa bulle d'indignation. Derrière, il ne restait que de la peine.

Elle s'assit à côté de lui, posa une main sur son genou et appuya sa tête contre son épaule.

— Amon, je suis désolée. Terriblement désolée. J'essaie de bien le prendre, je fais vraiment des efforts. Mais je ne suis pas très douée pour ça. Ce serait plus simple si nous ne devions pas nous voir tout le temps. Et s'il n'y avait pas tous ces ennuis qui menacent de nous tomber dessus.

Elle frissonna. Le feu était mort et la pièce s'était refroidie. Elle aurait aimé se glisser dans un lit douillet et dormir, juste dormir.

— Vous devriez retirer ces vêtements mouillés, lui conseilla tout à coup Amon, comme si ses pensées avaient suivi leur propre cheminement. Mais… je voulais vous mettre au courant… Nous avons reçu des nouvelles des Fells.

— Oh ! s'exclama Raisa, soudain bien réveillée.

Voilà qui expliquait pourquoi Amon semblait avoir l'esprit ailleurs. C'était la première fois qu'ils avaient des nouvelles depuis leur arrivée quatre mois plus tôt.

— On m'a remis une lettre de mon père, dit Amon. Elle a été écrite il y a deux mois, envoyée par bateau depuis les Falaises-de-Craie – il a dû juger que c'était plus sûr que la voie terrestre.

L'impatience sur le visage de Raisa lui tira un faible sourire. Il glissa la main dans sa tunique d'uniforme et produisit une missive froissée portant un cachet de cire ordinaire, sans le loup et l'épée qui formaient l'emblème du capitaine de la Garde de la reine. Le sceau était brisé.

— Il avait peur qu'elle tombe entre de mauvaises mains, précisa Amon.

Comme celles de sa suzeraine, pensa Raisa avec un pincement de culpabilité.

Amon lui tendit la lettre.

— Lisez-la et vous comprendrez la raison de mon inquiétude. Ensuite il sera grand temps de nous mettre au lit.

Elle la prit et reconnut l'écriture serrée et soignée du capitaine Edon Byrne en dépliant la feuille.

« Mon fils,

Puisse cette missive vous trouver en bonne santé, tes cadets et toi. J'espère que tu ne passes pas trop de temps dans la rue du Pont et que tu te consacres à tes études, pour faire honneur à notre famille.

J'ai reçu ton message au sujet des Marcheurs d'Eau et je fais tout ce qui est en mon pouvoir pour résoudre cette situation dramatique. Le lieutenant Gillen a été réaffecté à la Marche-des-Fells. Le caporal Sloat a été tué lors d'un conflit qui a mal tourné, non loin du mur de l'Ouest. J'ai moi-même choisi le remplaçant de Gillen. Le Ministère d'Églantine a alloué des fonds pour fournir de la nourriture aux populations des Marécages en plus de celles du Marché-des-Chiffonniers et du Pont-Sud. Les relations avec les Marécages se sont donc améliorées, bien qu'elles restent tendues, comme tu peux l'imaginer.

Nous connaissons dans la capitale une période difficile. Sa Majesté est soumise à une très forte pression de la part du Conseil des Magiciens et d'autres nobles, en raison de l'absence prolongée de la princesse Raisa, qui fait l'objet de toutes les conjectures.

Les relations entre Sa Majesté et le Haut Magicien en ont souffert. Ce dernier affirme qu'en quittant les Fells contre la volonté expresse de la reine la princesse héritière a renoncé à ses droits sur le trône du Loup Gris. Il suppose d'ailleurs que la princesse Raisa est morte ou sous le contrôle d'un pouvoir étranger. Le seigneur Bayar est d'avis que ce manque de clarté au sujet de la succession affaiblit les Fells. Il conseille de nommer Mellony princesse héritière, jusqu'au retour de la princesse Raisa au pays – si elle revient jamais réclamer son dû. »

Atterrée, Raisa regarda Amon.

— Mellony, princesse héritière ? Pourquoi feraient-ils… ?

Amon tapota la lettre, lui enjoignant de poursuivre sa lecture. Ce faisant, il appuya sa hanche contre celle de Raisa.

« Il se peut qu'il s'agisse simplement d'une menace destinée à parvenir aux oreilles de la véritable héritière, afin de la rappeler à la cour. Assurément, le Haut Magicien et d'autres membres du Conseil gagnés à sa cause ne se cachent pas pour exprimer ces opinions. Les clans se sont opposés tout aussi clairement à un changement regardant la succession. Averill Demonai, consort de la reine et père des deux princesses, s'est fait leur porte-parole. La noblesse est divisée sur la question et l'atmosphère à la cour s'en ressent.

Le débat public a eu un effet inattendu. Lorsque la nouvelle s'est répandue que la princesse Raisa pourrait être mise à l'écart, des émeutes ont éclaté dans les quartiers du Marché-des-Chiffonniers et du Pont-Sud. Grâce au Ministère d'Églantine, la princesse jouit d'un grand soutien auprès des petites gens de la capitale, qui voient en elle leur bienfaitrice. En ce moment, le Haut Magicien fait l'objet d'une méfiance et d'un dédain largement partagés. Il ne peut sortir dans la rue sans escorte armée. »

Ah! bien fait pour lui! songea Raisa. Cependant, elle ne se faisait pas d'illusions : confrontés à Gavan Bayar, les habitants des bas quartiers n'auraient jamais le dessus.

« Les fonds continuent d'affluer au Ministère d'Églantine malgré l'absence de la princesse. »

Raisa leva de nouveau les yeux.

— Qui envoie de l'argent au temple du Pont-Sud, à votre avis ?

Amon haussa les épaules.

— Je l'ignore. Peut-être des citoyens ordinaires, des gens de la noblesse, votre père…

Rien de plus logique. Averill était l'un des rares, avec l'orateur Jemson, à savoir d'où provenaient les fonds à l'origine de son ministère.

Elle reprit sa lecture.

« Les clans ont menacé de cesser toute activité marchande avec les six autres royaumes si la princesse est écartée du trône. Ils ne seraient sans doute pas en mesure de prendre le contrôle des échanges maritimes, mais la perte des voies de commerce terrestres vers l'Arden, le Tamron et les autres royaumes réduirait de façon importante les taxes qui alimentent le Trésor royal. Ils ont également restreint la circulation d'amulettes et autres objets magiques destinés aux magiciens du royaume. Le Conseil des Magiciens s'en plaint amèrement et clame que ces mesures constituent une menace pour la sécurité du royaume. Les relations entre le Conseil des Magiciens et les clans sont en berne.

Jusqu'à présent, Sa Majesté la reine s'est refusée à tout changement concernant la succession. Elle passe davantage de temps avec les orateurs du temple, ce qui semble la consolider. On peut estimer que la situation est dans l'impasse, et donc relativement stable. Cependant, il paraît évident que certaines personnes dans le royaume tireraient profit de la mort de la princesse Raisa, ou de sa disparition définitive. La princesse Mellony doit leur apparaître comme une héritière plus influençable. »

Raisa regarda Amon, qui tisonnait le feu. Un muscle de sa mâchoire inférieure tressautait. Cette lettre expliquait les recherches, son soulagement en la voyant rentrer, et ses soupçons à propos de Han Alister.

Elle continua à lire.

« Je suis désolé de te faire part de nouvelles si bouleversantes dans une lettre. Je sais que tu jugeras à bon escient jusqu'à quel point partager ces informations avec tes cadets. Je te mets en garde contre toute action impulsive. Si, après cette lecture, tu envisageais de rentrer sans tarder aux Fells, je te le déconseille vivement. Reste où tu es, travaille dur, ouvre l'œil et prépare-toi pour le devoir difficile qui t'attend. Je te ferai savoir si nous avons besoin de toi au pays.

Prions pour que la princesse héritière, où qu'elle se trouve, soit protégée par la Créatrice jusqu'à ce qu'elle rejoigne saine et sauve la reine sa mère.

Bien à toi,

Ton père. »

Il n'y avait pas d'autre signature.

Raisa regardait fixement la lettre tandis que ses yeux s'emplissaient de larmes, brouillant les mots sur la page. Tout cela découlait de sa décision de fuir les Fells. Rétrospectivement, elle trouvait que c'était irréfléchi et lâche. À présent, Marianna était seule. Elle ne pouvait compter que sur l'aide du capitaine

Byrne et le soutien d'Averill. Mais la reine ne voulait peut-être pas de ce soutien.

Raisa s'était lamentée sur sa vie sentimentale, avait appris l'histoire et joué à la guerre, goûtant à la délicieuse indépendance procurée par son identité d'emprunt, Rebecca Morley. Pendant ce temps, sa mère, son père et Edon Byrne luttaient pour empêcher le royaume de voler en éclats.

Et à présent, elle risquait de perdre le trône.

— Tout est ma faute, lâcha-t-elle en prenant une longue inspiration saccadée.

— Allons, Raisa. Ce n'est pas vrai, protesta Amon en lui tapotant maladroitement le dos.

— Bien sûr que si, insista-t-elle comme un petit enfant qui refuse d'être consolé. J'ai tout gâché. J'aurais dû rester.

Elle se dégagea d'un mouvement brusque et se leva, le regard baissé sur lui.

— Nous devrions rentrer, dit-elle. Je n'aurais jamais dû laisser ma mère toute seule.

— C'est elle la reine, Rai, lui rappela doucement Amon. Pas vous. Et nous étions tous d'accord pour ne pas prendre le risque de vous voir mariée à Micah.

— J'aurais pu m'arranger de Micah. Peut-être que ça n'aurait pas été si mal.

— Il a beau être jeune, il est puissant. Et en supposant que vous y soyez arrivée, qu'auriez-vous fait du seigneur Bayar et du reste du Conseil des Magiciens ?

— Tôt ou tard, j'aurai à les gérer. Autant commencer tout de suite.

— Alors que vous n'avez que seize ans ? protesta Amon, le sourcil levé.

— Certaines reines du Loup Gris étaient encore plus jeunes le jour où elles sont montées sur le trône.

— Mais vous n'êtes pas reine. La reine, c'est votre mère, et elle a pris de mauvaises décisions.

— Vous parlez de la reine ! répliqua-t-elle, agressive.

Puis elle ajouta avec un soupir :

— Désolée. Je ne peux pas m'empêcher de la défendre. Elle n'a pas baissé les bras, vous ne remarquez pas ? Nous sommes partis depuis cinq mois, et elle reste ferme sur ses positions. Je devrais la rejoindre pour la soulager.

— Cette lettre date d'il y a deux mois, rappela Amon. Qui sait comment la situation a pu évoluer ? Mon père conseille de rester à l'écart, parce qu'il serait trop dangereux de rentrer. Je lui fais confiance.

— Oui, la lettre date d'il y a deux mois. Peut-être les choses ont-elles changé, justement.

Hum ! à tort ou à raison, nous ne pouvons nous empêcher de prendre le parti de nos propres parents, remarqua Raisa.

— Que faites-vous des clans ? insista Amon. Jamais ils n'accepteraient votre union avec un magicien. Ils déclencheraient une guerre. Les Demonai tueraient Micah plutôt que de le laisser vous épouser.

Sur ce point, il avait sans doute raison. Raisa massa sa nuque douloureuse. Comment rentrer chez elle et défendre ses droits à la succession, tout en évitant un mariage forcé ?

Avec un peu de chance, Hallie lui rapporterait une réponse de Marianna.

Elle regarda Amon, qui l'observait comme s'il cherchait à deviner ce qu'elle avait l'intention de faire.

— Si vous insistez pour partir, nous viendrons tous avec vous.

— Je vais y réfléchir, conclut-elle en lui rendant sa lettre.

Il la laissa tomber dans les flammes où le papier se tordit en partant en fumée.

25

Mœurs des sang-bleu

— De quoi j'ai l'air ? demanda Han en tournant sur lui-même pour montrer ses nouveaux vêtements.

La couturière avait pris ses mesures à la perfection : sa veste et ses braies lui allaient comme une seconde peau. Le plus dur avait été d'échapper à la tailleuse.

Danseur leva le nez de son livre. Dès qu'ils étaient rentrés, après le dîner, il s'était calé dans un fauteuil confortable et plongé dans un des vieux livres barbants de Forgefeu.

— Superbe. C'est en quel honneur ?

— Je vais voir une fille.

— Je ne t'ai jamais vu t'habiller comme ça pour sortir avec une fille, remarqua Danseur, un sourcil levé. Tu ne vas pas te marier, dis-moi ?

Han secoua la tête.

— Je prends des leçons de manières sang-bleu avec cette fille dont je t'ai parlé. Rebecca Morley.

— Hum ! En tout cas, tu as l'allure qui convient. Il ne te reste qu'à lever la tête et regarder les gens de haut.

Han s'exécuta.

— Voilà, parfait. On dirait que tu as fait ça toute ta vie.

— Ça doit être mon ascendance Waterlow.

Les yeux bleus de Danseur pétillèrent d'amusement.

— Maintenant, répète : « Les rouquins ne sont rien de plus que des sangsues collées sur le corps de la société – un mal nécessaire. »

Han s'esclaffa.

— Ça, je ne crois pas que j'y arriverai. Je ne dois pas avoir l'étoffe d'un vrai sang-bleu.

Danseur haussa les épaules.

— Combien de temps dure ton cours ? Cat participe de nouveau à un récital ce soir, à l'école du temple. Moi j'y vais, tu veux venir ?

Han secoua la tête.

— Je ne peux pas. Trop de travail.

Il brandit son *Héraldique* de Faulk – assez épais pour servir de butoir de porte. Combien de professeurs particuliers cumulait-il ? Corbeau, Abelard, et à présent Rebecca. Et le nouveau trimestre n'avait pas encore commencé.

Danseur glissa un doigt dans son livre pour marquer sa page et soupira. Il observa son ami quelques instants, puis lui avoua :

— Je m'inquiète pour Cat.

— Hein ? Pourquoi ?

Han essaya de se souvenir de la dernière fois qu'il l'avait vue. Cela faisait un bon moment. On aurait pu croire qu'elle l'évitait. Ou peut-être que lui n'était simplement jamais là.

— J'avais l'impression qu'elle se plaisait ici, qu'elle réussissait bien à l'école du temple et tout, expliqua Danseur. Mais d'un coup, elle semble malheureuse de nouveau. Je me demandais si elle t'avait dit quelque chose.

— Non. Tu crois qu'elle a eu de mauvaises notes ?

On venait de leur remettre leur bulletin du trimestre d'automne. Même Gryphon leur avait octroyé la moyenne ; mais le maître avait griffonné sur le bulletin de Han : « Le novice Alister devrait faire l'effort d'arriver en classe à l'heure et bien préparé, et de rester éveillé par la suite. »

Danseur secoua la tête.

— Je ne crois pas qu'il s'agisse de ça. Je n'ai entendu que du bien sur ses résultats en classe, et c'est une musicienne accomplie. C'est pour ça que j'aurais aimé que tu viennes. Peut-être qu'elle te confierait plus facilement ce qui la tracasse.

— Je regrette vraiment. Mais j'essaierai de lui parler bientôt, c'est promis.

Les cloches de Mystwerk sonnèrent une fois pour le quart.

— Par le sang et les os ! je dois y aller, fit Han, soudain pris de panique. Je suis en retard. Dis à Cat que je suis désolé de rater son récital.

Comme il dévalait l'escalier, il entendit Blevins beugler :

— Si vous continuez comme ça, vous allez encore vous casser la figure !

Il n'y avait pas grand monde dans la salle commune de *La Tortue et le Poisson*. Le patron était avachi sur le comptoir – il avait l'air d'avoir un peu abusé de sa marchandise. Quand Han entra, il leva la tête, détaillant son bel habit de ses yeux jaunâtres.

— La demoiselle vous attend à l'étage, elle voulait pas rester en bas, lui dit-il en essayant de lui faire un clin d'œil – à la place, il battit des deux paupières.

Les têtes se tournèrent sur son passage. Il monta les marches quatre à quatre, son livre sous le bras.

Rebecca leva le nez quand il entra et jeta un regard sur ses vêtements sans faire de commentaire. Elle portait une grande jupe de laine sombre et un chemisier blanc à manches longues, comme les sévères institutrices qui travaillaient avec Jemson.

— Vous êtes en retard, Alister, attaqua-t-elle sans préambule.

Elle avait l'air mal lunée.

— Désolé. J'ai été retenu par…

— Certaines règles de l'étiquette parmi les plus importantes concernent la ponctualité, assena Rebecca en balayant ses excuses. Pour un rendez-vous professionnel, vous devez être à l'heure ou en avance de quelques minutes. Pour un événement social, il ne faut jamais être en avance, mais plutôt en retard de quelques minutes. Plus vous êtes important, plus vous arrivez en retard. (Elle marqua un temps d'arrêt.) Ceci est un rendez-vous professionnel.

Han la regarda d'un air ahuri. En toute honnêteté, être à l'heure n'avait jamais été une priorité pour lui. Au Marché-des-Chiffonniers, c'était lui qui établissait son emploi du temps. Comme il était chef de bande, les gens et les événements l'attendaient. Une approximation grossière à partir de la position du soleil et de la longueur des ombres suffisait bien. Même Jemson n'était pas très strict sur les horaires de classe. Il se réjouissait déjà de la simple présence de ses élèves.

—Je comprends, dit-il, en marchant sur des œufs. Je vous présente mes excuses. Je ferai de mon mieux pour être à l'heure, à l'avenir.

—Vous *serez* à l'heure, le corrigea Rebecca en rejetant ses cheveux en arrière d'un air hautain. Sinon, ceci sera notre dernière leçon.

Où est passée la fille du toit? Celle qui s'était allongée à côté de lui pour admirer le feu d'artifice. Celle qu'il avait failli embrasser.

Pressé de changer de sujet, il regarda autour de lui. Une petite table avait été dressée pour deux : assiettes, bols, tasses, serviettes et une poignée de couverts pour chacun.

—Vous avez commandé à dîner? demanda-t-il. Je croyais qu'on avait convenu de manger avant.

—Nous n'allons pas véritablement manger. J'ai réfléchi à la meilleure façon de vous instruire, et j'ai décidé d'essayer de jouer des saynètes. Aujourd'hui, nous allons parler de l'arrivée et du départ, ainsi que des manières de table.

L'arrivée et le départ? Ça ne doit pas être bien compliqué, pensa Han.

En fait, le sujet se révéla très complexe. Les sang-bleu semblaient accorder plus d'importance à ces deux moments qu'à tout ce qui se passait entre. Il y avait une foule de règles sur l'ordre d'arrivée des personnes, sur qui devait faire la révérence à qui, et à quelle occasion, sur la conversation à tenir aux différents invités, sur qui devait partir le premier, et de quelle façon. Par exemple, si vous prenez congé avant quelqu'un de plus important que vous, il faut reculer tout en s'inclinant, jusqu'à heurter la porte.

Le seul cas où Han sortait d'une pièce à reculons, c'était quand la personne qu'il quittait risquait de le frapper dans le dos.

Il y avait également des règles pour savoir qui était plus important que vous – c'est-à-dire à peu près tout le monde.

Rebecca endossait différents rôles. Elle jouait la domestique, puis l'hôtesse, un seigneur, une dame… Elle alternait entre des personnes moins importantes que lui et d'autres plus haut placées.

— Vous êtes bonne actrice, la complimenta Han. Aussi bonne que toutes celles que j'ai pu voir à la Palissade.

Il s'agissait du théâtre en plein air du Pont-Sud, où l'on pouvait acheter une place debout pour une pièce de 5 sous. Ou s'y glisser à l'œil.

— Oui, c'est un des talents des sang-bleu : jouer la comédie, admit-elle.

Ensuite, ils passèrent aux bonnes manières de table. Il y avait beaucoup à retenir : la façon de se lever et de s'asseoir, la taille de la portion qu'il convenait de se servir, quelle quantité laisser dans l'assiette, dans quel ordre manger la nourriture, et avec quels couverts ; où mettre sa serviette, comment se tamponner la bouche – et ne surtout pas l'essuyer… Et pendant tout ce temps, vous étiez supposé faire la conversation. Chaque fois que Han oubliait une négation, Rebecca tendait la main.

À la fin de la séance, il s'était bien appauvri et la tête lui tournait.

— Est-ce qu'il vous arrive de rester pétrifiée parce que vous ne savez plus quoi faire ? demanda-t-il. D'avoir tellement faim que vous attrapez la nourriture à pleines mains ? ou d'être dans une situation où vous ne trouvez plus un seul fichu sujet de conversation autorisé ?

— Eh bien, dit Rebecca d'un ton grave, certaines femmes ont recours aux évanouissements. Pas d'échappatoire pour les hommes.

Han éclata de rire.

— Et moi qui croyais qu'on avait la vie dure, dans la rue. Je ne me rendais pas compte.

Dehors, les cloches sonnèrent dix fois. Deux heures s'étaient déjà écoulées.

— Alors, nous nous revoyons jeudi, et soyez à l'heure. Vous lirez les chapitres IV à VI. Nous parlerons des règles de succession et des corps de noblesse. Je vous interrogerai aussi sur les manières de table.

— Je peux vous poser une question ? demanda Han, même s'il savait qu'il était grand temps de rejoindre Corbeau dans la bibliothèque Bayar.

— Eh bien, nous arrivons à la fin de la leçon… De quoi s'agit-il ?

— Quelles sont les règles pour se fréquenter ? Il y a un chapitre là-dessus ?

Il feuilletait son manuel.

— Que voulez-vous dire ? demanda-t-elle – mais il la soupçonna d'avoir déjà compris.

— Se fréquenter, sortir. Vous savez, faire la cour. Le mariage. Ce genre de choses. Il doit y avoir des règles. Qui sort avec qui. Qui peut se marier avec qui. Qui on peut embrasser, à quelle fréquence, et qui fait le premier pas.

Il la regarda droit dans les yeux et les joues de Rebecca s'empourprèrent.

— Bien sûr, qu'il y a des règles. Il y en a toujours.

Elle se leva soudain et s'inclina profondément, lui signifiant clairement qu'elle n'était pas près de l'instruire à ce sujet.

Il se leva aussi et réussit une révérence convenable.

— Merci Rebecca, pour avoir pris le temps de me donner ce cours. J'ai déjà beaucoup appris.

Elle le précéda dans l'escalier, la tête haute et le dos bien droit. Ils étaient presque en bas lorsque quelqu'un la héla.

— Hé ! Rebecca !

Elle s'arrêta si brusquement que Han lui rentra dedans. Il dut l'attraper par le bras pour éviter qu'elle ne dévale l'escalier.

Deux cadettes de la Maison Wien occupaient une table proche. Les deux jeunes femmes étaient tout sourires. L'une d'elles portait des galons d'enseignant sur son uniforme.

— Bonsoir Talia, salua Rebecca en manquant de s'étouffer. Bonsoir Pearlie.

Elles levèrent leur chope.

— Qui est ton ami ? demanda Talia avec un clin d'œil.

— Mon « ami » ? (Elle faisait semblant de ne pas comprendre.) Oh ! (Elle jeta un coup d'œil à Han par-dessus son épaule, comme surprise de le trouver là.) C'est... euh... voici Han Alister. Il vient des Fells. Nous nous sommes rencontrés là-bas.

— Ravi de faire votre connaissance, dit Han avec un signe de tête.

— Vous ne vous faisiez pas appeler Gourmettes, avant ? demanda Talia.

— Si, répondit-il.

— Ouah ! Rebecca, dit Talia avec un sourire de plus en plus large, tu te lâches, on dirait !

Rebecca devait trouver que la situation nécessitait quelques explications, car elle ajouta :

— Il... Euh... je lui donne des leçons particulières.

— C'est vrai, assura Han. C'est un très bon professeur. J'apprends beaucoup.

Pearlie eut un petit sourire.

— Et que vous enseigne-t-elle ?

— Eh bien, répondit le jeune homme, nous sautons... d'un sujet à un autre.

Les deux cadettes hurlèrent de rire, mais Rebecca n'apprécia pas la plaisanterie. Elle marcha droit vers la porte et sortit sans accorder un regard à ses deux amies.

Corbeau montra un certain intérêt plein d'arrogance pour les cours que Han prenait avec Rebecca.

— Qui est cette jeune femme ? Où l'avez-vous trouvée ?

— Elle s'appelle Rebecca Morley. Elle a travaillé comme gouvernante dans une maison de nobles. Je l'ai rencontrée à la Marche, avant de venir ici.

— Une gouvernante… (Corbeau fronça le nez.) Que savez-vous de sa famille ?

— Elle n'a pas autant de relations que j'aurais souhaité, dit-il d'un ton sarcastique. Mais la reine Marianna était trop occupée.

— La reine Marianna ? fit Corbeau, l'air perdu.

Puis il recouvra son sourire.

— Ah oui. Bien sûr…

Il avait beau être brillant, Corbeau paraissait parfois un peu lent, surtout quand il s'agissait de comprendre les blagues de Han. L'humour des sang-bleu devait fonctionner différemment. Corbeau était pourtant drôle, à sa manière caustique.

Il insista :

— Êtes-vous certain que cette Rebecca est… ?

— Elle était gouvernante chez les Bayar. Apparemment, elle était assez bien pour *eux*.

— Les Bayar, répéta Corbeau, soudain tendu. Elle travaille pour la Maison du Nid d'Aigle ?

— Oui, par le passé. Maintenant, elle étudie ici.

— Comment savez-vous qu'elle n'est pas une espionne ? ou un assassin ?

— Impossible d'être sûr. Mais les gens ne font pas exactement la queue pour m'instruire. J'ai presque dû me mettre à genoux pour qu'elle accepte. Cela fait un mois qu'elle me donne des cours, et je ne suis pas encore mort.

— Eh bien, nous verrons. J'espère que vous êtes prudent, au moins.

Il examina Han d'un œil critique.

— Votre goût vestimentaire s'améliore. Votre langage également.

Han se contenta de lever les yeux au ciel. Au départ, il avait pris tout cela à la légère. Il avait accepté de se transformer en sang-bleu uniquement parce que Corbeau l'exigeait en échange de ses leçons de magie. À présent, il prenait conscience de tout ce qu'il avait à apprendre, et voyait bien que cela pourrait lui ouvrir des portes.

Il s'entendait mieux avec Corbeau, sans savoir pourquoi. Les piques de son professeur lui semblaient moins acerbes ces temps-ci. Ce dernier avait aussi élargi le programme pour traiter d'autres sujets, des aspects plus complexes de la magie, en dehors des sorts d'attaque. Il était manifeste que Corbeau adorait faire partager à quelqu'un cette matière qui lui tenait tant à cœur. Lorsque Han venait à bout d'une formule difficile, le sang-bleu renversait la tête en arrière et s'écriait : « Ce garçon est brillant, assurément ! »

C'était un brin sarcastique, mais flatteur malgré tout.

Han s'amusait à comparer ses deux professeurs particuliers, Corbeau et Rebecca. Il admirait la force de caractère de la jeune fille, même quand elle s'opposait à lui. Il essayait de ne pas trop penser à ses yeux verts et brillants qui contrastaient avec son visage cuivré, ni à ses chevilles entraperçues sous ses longues jupes. Il notait les moindres détails de sa personne : sa manière de froncer les sourcils et de se mordiller la lèvre inférieure quand elle réfléchissait, ses mains qu'elle agitait en parlant, ses formes qu'on devinait sous l'uniforme de cul-terreux.

Il avait laissé entendre qu'il était intéressé. D'habitude, il n'avait pas besoin d'en faire davantage. Mais cela faisait déjà plusieurs semaines, et elle ne prêtait aucune attention à ses signaux. Les sang-bleu s'y prenaient peut-être différemment.

Ou alors, elle n'avait aucune envie de sortir avec un rat des rues changé en magicien.

— Parlons de la gestion des ressources magiques, annonça Corbeau en tirant Han de ses pensées.

Il était temps de se mettre au travail.

— Il est possible de créer des effets de levier avec le pouvoir dont vous disposez, afin de ne pas tout gaspiller en actions somme toute mineures.

— Effets de levier, répéta docilement Han.

— Par exemple, persuader quelqu'un d'accomplir une tâche pour vous nécessite moins de puissance magique que de le faire vous-même. Vous pouvez faire exploser un rocher, ou influencer quelqu'un qui le fera sauter à coups de pic. La deuxième solution demande moins de pouvoir, surtout si cette personne n'a pas beaucoup de volonté.

— Moins de pouvoir pour moi, fit remarquer Han. Pas pour celui qui manie le pic.

— Bien entendu, dit Corbeau en écartant cette objection comme si c'était une évidence. Voici un autre exemple : vous pouvez enflammer le jeune Bayar, en dépensant énormément de pouvoir, surtout s'il oppose de la résistance – ce qui est probable. Il serait moins fatigant, quoique plus hasardeux, de faire brûler son dortoir pendant qu'il dort.

Corbeau n'avait pas renoncé. Il l'incitait constamment à attaquer les Bayar avant qu'ils s'en prennent de nouveau à Han. Ce dernier essayait de retirer ce qu'il pouvait de ses cours avec son professeur, sans toutefois se laisser manipuler. Il barrerait le chemin aux Bayar bien assez tôt, et sa cible principale se trouvait dans les Fells. Maintenant qu'ils avaient changé de dortoir, il était plus facile de les oublier.

De toute manière, Han avait ses propres problèmes à résoudre.

— Parfois, lorsque je rentre d'Aediion, je n'arrive pas à me réveiller, avoua-t-il. Et quand j'émerge enfin, je suis encore épuisé. C'est normal, que ça me pompe autant d'énergie ?

Corbeau l'observa, les yeux plissés.

— Cela se produit souvent ?

Han haussa les épaules.

— Presque chaque fois.

Corbeau se frotta le menton.

— Il est possible que les Bayar aient jeté un sort à l'amulette avant que vous mettiez la main dessus.

— Mais ça arrive seulement après mes voyages en Aediion, insista Han.

— Une autre explication est que la magie que nous pratiquons ensemble se révèle bien plus difficile que ce que vous faites en classe. Dans un cas comme dans l'autre, la solution est la même : il vous faut accumuler le plus de magie possible avant de venir. Cela permettra non seulement de neutraliser ce que les Bayar ont pu faire, mais aussi de travailler sans vous vider complètement.

C'était sa réponse habituelle : accumuler davantage de pouvoir. Facile à dire.

— Il existe des moyens de capter la magie des autres, expliqua Corbeau, sans qu'ils s'en aperçoivent. Je peux vous montrer comment procéder.

Il regarda Han droit dans les yeux, comme pour y lire sa réaction.

— Je n'ai pas besoin de dérober le pouvoir des autres. Je ne suis plus un voleur.

Corbeau eut un geste d'agacement.

— Nous sommes tous des voleurs, chacun à sa manière.

Le prochain cours avec la petite armée d'Abelard préoccupait aussi Han.

— Je vous ai dit que la doyenne Abelard entraînait un groupe restreint d'étudiants, vous vous rappelez ?

Le professeur opina.

— Je m'en souviens, oui. Les jumeaux Bayar en font partie.

Han hocha la tête.

— Maintenant, elle veut que je leur apprenne comment se rendre en Aediion. Elle pense que ce serait utile s'ils déclarent la guerre aux clans des Esprits.

— Elle n'a pas tort, bien sûr. Mais il est peu probable que l'un d'eux y parvienne avec les amulettes dont ils disposent. Et heureusement ! Il ne manquerait plus qu'ils tombent sur nous en plein cours.

— Je n'ai pas très envie de me lancer là-dedans. Surtout avec les Bayar. Ils ont peut-être du brasillant plus puissant que ce que nous croyons. Mais j'y suis obligé. Abelard a menacé de me renvoyer si je ne le faisais pas.

— Hmmm, dit Corbeau, les sourcils froncés. Il est possible de les amener avec vous, plutôt que de les laisser venir par eux-mêmes. Nous verrons cela la prochaine fois.

Quand Han ouvrit les yeux, il perçut une lumière grise poussiéreuse. Il cilla, surpris et perdu. Est-ce qu'il avait encore dormi toute la nuit dans la bibliothèque ? Il s'assit, vacillant, et dut appuyer ses mains au sol pour garder son équilibre. Il n'eut pas besoin de vérifier pour savoir que son amulette était vidée. Le pouvoir revenait petit à petit en lui.

Il se frotta les yeux, et regarda autour de lui avec étonnement. Il était bien dans la bibliothèque, entouré de murs tapissés d'étagères remplies de livres, mais la pièce lui était inconnue. Elle sentait le renfermé, comme si personne n'avait respiré cet air depuis très, très longtemps.

Il se leva précipitamment et gagna la fenêtre, dont il essuya la vitre couverte de poussière. Dehors, il faisait grand jour. Il se trouvait très haut dans la bibliothèque Bayar, plus haut qu'il avait jamais été. La fenêtre donnait sur la cour de Mystwerk, vers le nord. Comment était-il arrivé là ?

Il balaya la poussière sur ses braies et regarda plus attentivement les livres sur les rayonnages. C'étaient de vieux ouvrages.

Très vieux. À côté, ceux de Forgefeu paraissaient flambant neufs. Il en sortit un et tourna prudemment les pages friables. Elles étaient calligraphiées à la main, dans une langue archaïque que Han ne savait pas déchiffrer. Les illustrations émettaient un léger sifflement. C'était un ouvrage de magie : des formules et les gestes associés.

Ses derniers souvenirs remontaient à sa discussion avec Corbeau en Aediion. Il avait passé le portail du monde des rêves depuis le lieu habituel, quelques étages plus bas.

Il parcourut du regard les autres étagères. La plupart des livres concernaient les sorts et les sortilèges. Un rayonnage accueillait toute une collection d'annales : les entrées dataient de la période de la Rupture. Beaucoup de livres avaient été époussetés, et le sol au pied des étagères portait des traces de pas. Quelqu'un avait fouillé cette réserve récemment. Tous les ouvrages portaient le même emblème, que Han suivit d'un doigt. Un serpent entortillé autour d'un sceptre planté dans une couronne ouvragée. *Une Maison de magiciens, sûrement*, déduisit Han. *Ils ont peut-être fait don de tous ces livres à la bibliothèque.*

La personne qui s'était trouvée là avait maintenant disparu, en tout cas.

Han effleura son amulette, y transférant le peu de pouvoir qu'il avait recouvré. Il essayait de comprendre ce qui lui arrivait. Est-ce qu'il était atteint de somnambulisme ? de folie ? Plusieurs fois déjà il avait dormi dans la bibliothèque Bayar, mais il s'était toujours réveillé à la même place.

Au sol, une trappe en bois délabrée était ouverte. Il jeta un coup d'œil en bas et vit une échelle métallique qui rejoignait l'étage inférieur. Prudemment, il entreprit de descendre, la main sur son amulette. Cet étage-là était identique : des rangées d'étagères croulant sous les vieux livres. Puis une autre trappe, une autre échelle en métal, et il arriva en territoire connu : le cinquième étage de la bibliothèque Bayar, où il avait sa planque.

Mais comment diable s'était-il retrouvé au septième étage, alors que jusque-là il ne savait même pas s'y rendre ?

Au même moment, il entendit des pas monter du quatrième.

Han s'enfonça dans les rayonnages, se plaçant de manière à apercevoir les marches entre les étagères. Quelques instants plus tard, quelqu'un apparut.

C'était Fiona Bayar, un sac en bandoulière. Elle fit le tour de la pièce du regard, sans s'arrêter sur la cachette de Han, puis se dirigea vers l'escalier escamotable menant au sixième.

Il jura en silence : il ne l'avait pas encore remis en place.

Fiona fit une pause au pied de l'échelle et jeta un coup d'œil en arrière, la tête penchée, aux aguets.

Han resta parfaitement immobile et silencieux.

Elle haussa les épaules et saisit le montant de l'échelle pour grimper.

Il savait qu'il aurait dû profiter de cette occasion pour filer ni vu ni connu. Mais sa curiosité était piquée. Que faisait Fiona Bayar si haut dans la bibliothèque ? Elle furetait comme si elle craignait d'être surprise. Il attendit un peu, puis monta sans bruit à sa suite.

Lorsqu'il passa prudemment la tête par la trappe, Fiona n'était pas en vue. Il se hissa par l'ouverture et se glissa entre deux rayonnages, se dirigeant vers le fond de la bibliothèque.

— Que faites-vous ici ?

Il se retourna, la main sur son amulette inutile.

Elle se tenait entre l'issue et lui. Ses vêtements, d'habitude immaculés, portaient des traces de poussière, et une tache sombre lui salissait la joue droite, comme un signe d'appartenance à une bande.

— Je travaille, répondit-il. Je lis. Qu'est-ce qu'il y a d'autre à faire, dans une bibliothèque ?

— Sans notes, sans papier ?

Il examina ses mains vides comme s'il venait de les découvrir.

— J'ai tout laissé en bas. Trop lourd.

Question mensonges, il n'était pas au meilleur de sa forme.

Elle mit les mains sur les hanches.

— Vous me suiviez ?

— Ce n'était pas dans mes intentions. J'ai entendu un bruit, alors je suis venu voir ce que c'était. (Voilà qui était mieux.) Et vous, qu'est-ce que vous faites ici ?

Il montra d'un geste les étagères remplies de livres à moitié moisis.

— « Je travaille », se moqua-t-elle. « Je lis. » Qu'est-ce qu'il y a d'autre à faire ?

Pas question qu'il regagne sa planque avec elle dans les parages. Alors il se tourna vers le rayonnage derrière lui et fit mine de lire les titres. Il la surveillait du coin de l'œil au cas où elle tenterait de l'attaquer.

Même si, dépourvu de pouvoir comme il l'était, il aurait été bien en peine de se défendre, il espérait que cela ne se voyait pas.

Elle s'approcha.

— *Registre de perception de la dîme au bénéfice de la cathédrale* ?

Elle lisait par-dessus son épaule. Il sentait son souffle sur sa nuque.

— Je vous en prie, vous me gênez, se plaignit-il.

— Alister, dit Fiona d'une voix douce. Pourquoi la doyenne Abelard vous protège-t-elle ?

Han se retourna et se retrouva presque littéralement nez à nez avec elle, le dos plaqué contre les rayons.

— Qu'est-ce qui vous fait croire ça ?

— Micah prétend qu'elle lui a donné l'ordre de vous laisser en paix.

— Elle se contente peut-être de faire son boulot. Empêcher les étudiants de s'entre-tuer, tout ça.

— Micah et moi ne sommes pas d'accord sur tout, vous savez, reprit Fiona en tripotant son amulette. Nos intérêts ne coïncident pas toujours. (Elle s'interrompit, hésitant à poursuivre.) Avez-vous songé combien il pourrait être judicieux que *nous* travaillions ensemble ?

— Nous ? répéta Han. Vous et moi, vous voulez dire ?

Elle hocha la tête.

— Non, lâcha-t-il, trop surpris pour mentir. Ça ne m'est jamais venu à l'esprit.

— Vous avez changé, depuis notre première rencontre, dit Fiona en fronçant ses sourcils blonds. Votre langage, votre tenue… Votre rudesse s'est émoussée.

Elle tendit la main et effleura la mâchoire de Han du bout des doigts. Ce contact brûla sa peau glacée.

— Nous sommes issus de milieux très différents, mais nous avons peut-être plus de points communs que vous ne pensez. Vous vous moquez des règles. Moi aussi.

Han ne bougea pas, refusant de montrer le moindre signe de faiblesse.

— Selon ce raisonnement, les Chiffonniers et les Sudistes devraient bien s'entendre, puisqu'ils ne respectent pas les lois de la reine.

— Écoutez-moi jusqu'au bout, insista Fiona. Certains au Conseil des Magiciens prétendent vouloir faire changer les choses. Mais peut-être ne vont-ils pas assez loin.

Han était dérouté, mais il savait pertinemment qu'il ne devait rien laisser paraître.

— Que préconisez-vous ?

— Mon père veut marier Micah à la lignée du Loup Gris.

— J'en ai entendu parler, dit Han en haussant les épaules pour montrer que la question le laissait indifférent. Et alors ?

— Il veut mettre en place une nouvelle filiation de rois magiciens mariés aux reines du Loup Gris.

— Les clans n'accepteront jamais une telle chose. Ils ne resteront pas les bras croisés.

— Tout à fait, acquiesça-t-elle. Tant qu'à évoluer dans ce sens, pourquoi ne pas aller jusqu'au bout ? Pourquoi s'encombrer de la lignée du Loup Gris ? Quel avantage pour nous ? Les clans prendront les armes de toute façon.

— Quel est votre plan ? demanda Han, curieux malgré lui.

— Pourquoi pas une reine magicienne ?

Tout s'éclairait enfin. Le complot actuel du seigneur Bayar laissait la pauvre Fiona sur la touche. Apparemment, la vie de magicienne sang-bleu, ce n'était pas assez bien pour elle.

— J'ai comme l'impression que vous avez quelqu'un en tête, la taquina Han, un sourcil dressé.

Fiona lui saisit les avant-bras, le regardant avec une extrême intensité.

— Pourquoi pas moi, à la place de Micah ? J'ai toujours été meilleure élève. Plus appliquée. Micah est sans cesse distrait par ses conquêtes. Moi je pense avec ma tête, pas avec ma…

— Pourquoi me racontez-vous tout ça ? l'interrompit Han. J'aurais plutôt cru que vous resteriez discrète sur le sujet. Nous ne sommes pas tout à fait amis.

— Nous pourrions l'être, susurra-t-elle. Nous pourrions être très amis.

Fiona l'attira à elle et l'embrassa. Ses lèvres crépitèrent contre les siennes et elle enroula ses doigts dans les cheveux de Han.

— Nous pourrions nous aider mutuellement, vous et moi, murmura-t-elle en se pressant contre lui.

Il l'agrippa par les épaules et la repoussa.

— Vous n'avez toujours pas répondu à ma question. Pourquoi moi ? Pourquoi pas l'énamouré… ? Pourquoi pas Wil ?

— Je ne sais pas.

Elle s'éclaircit la voix, le regard toujours dirigé un peu au sud du nez de Han.

— Il y a un je-ne-sais-quoi chez vous. Quelque chose de si… irrésistiblement dangereux…

Elle tenta de se rapprocher de nouveau, mais Han posa résolument les mains sur ses épaules, la maintenant à distance.

— Un « je-ne-sais-quoi » chez moi ? Quelque chose d'« irrésistiblement dangereux » ? (Lâchant une de ses épaules, il prit son amulette et la fit se balancer devant ses yeux.) Ceci, peut-être ?

Elle riva son regard sur l'objet un long moment.

— Oui, admit-elle à contrecœur, en partie. Mais pas uniquement.

— Vous me prenez pour qui ? demanda Han en rangeant le pendentif au serpent dans sa chemise. Un nigaud de bouseux en goguette à la ville ? Il va falloir faire mieux.

— J'ai des informations sur l'amulette, s'empressa-t-elle de dire. Dont vous avez besoin. L'amulette est la clef. Elle est plus importante que vous ne pensez – mais vous ne pouvez l'utiliser sans péril. C'est la raison pour laquelle mon père tient tant à la récupérer. Je peux vous aider à profiter de tout son potentiel.

— Je n'ai pas besoin de votre aide.

— Vraiment ? fit Fiona d'un ton sceptique. Vous prétendez que cette amulette ne vous a jamais causé le moindre souci ? Que vous n'avez jamais eu d'expériences… insolites ?

Elle inclina la tête.

— Ma vie est pleine d'expériences insolites, répondit-il. Mais je me débrouille très bien tout seul.

— L'amulette n'est pas le seul risque. Si jamais vous retournez dans les Fells, mon père vous écrasera comme un vulgaire cafard.

— Et vous croyez pouvoir l'en empêcher ?

— Vous seriez surpris par ce que je sais faire, murmura Fiona en le regardant droit dans les yeux.

— Et à la fin de l'histoire, je deviens quoi ? Un cadavre enterré aux côtés des reines du Loup Gris ?

— Bien sûr que non, se récria-t-elle en s'écartant un peu, vexée. Vous auriez toujours un rôle à jouer. Une place à la cour. Vous seriez bien récompensé.

— Garçon de courses ? Milicien-magicien ? Un espion de boudoir, au mieux ? (Il secoua la tête.) J'ai mes propres projets. Je serai pas… Je ne serai pas votre serviteur, ni votre homme de main.

Il l'écarta pour passer, la laissant plantée au milieu des étagères de livres séculaires.

Il quitta la bibliothèque Bayar par le chemin habituel, évitant de croiser le compétent qui remettait des ouvrages en rayon au premier étage.

Sur tout le trajet du retour, il rumina ce qui lui était arrivé. Il ne s'agissait pas seulement de la proposition de Fiona. Savait-elle vraiment quelque chose d'utile sur l'amulette ? Était-il possible que les Bayar lui aient bel et bien jeté un sort ? La présence de Fiona avait-elle un lien avec le fait qu'il se soit retrouvé au septième ? Ou perdait-il l'esprit ?

26

Danse avec le feu

Le trimestre de printemps était bien entamé, mais Hallie n'était toujours pas rentrée des Fells. *La route est longue depuis la Marche*, se rassurait Raisa. Et le voyage prenait encore plus de temps en cette période de troubles.

Peut-être Hallie avait-elle décidé de ne pas revenir à l'école, après avoir vu sa fille. La quitter de nouveau aurait été trop dur.

— Pourquoi n'existe-t-il pas d'endroit pour les enfants, ici? demanda Raisa à Amon, un jour qu'ils pratiquaient la bastonnade.

— Quoi?

Il para le coup qu'elle lui portait vers le ventre et bascula son bâton en direction de sa tête. Elle se baissa, et l'arme passa en sifflant près de son oreille. Profitant du déséquilibre d'Amon, elle trompa sa défense et lui assena un bon coup sur les fesses.

Raisa appréciait ces moments qu'ils partageaient encore. C'était un moyen relativement inoffensif de relâcher la tension entre eux. Elle devait simplement prendre garde à ne pas frapper trop fort.

— Des classes, vous voulez dire? haleta-t-il en tournant sur lui-même avant de bloquer une nouvelle attaque.

Lorsque le bâton de Raisa percuta celui d'Amon, elle sentit la vibration se répercuter dans son bras.

— Oui, et un endroit où les étudiants pourraient vivre avec leurs enfants.

— Vous ne pensez pas que cela risquerait de les distraire de leur travail ?

Il décrivit avec son bâton un arc de cercle au ras du sol, ce qui faillit la faire tomber.

— Est-ce qu'il n'est pas encore plus difficile de se concentrer quand on se languit de son enfant ?

— Les cadets sont censés créer des liens entre eux, lui objecta Amon. Que se passerait-il s'ils s'occupaient de leur famille à la place ?

— Nous ne pouvons pas faire abstraction de la réalité : certains ont des enfants. Si sa fille avait été ici, Hallie ne serait pas partie seule pour les Fells.

Essuyant la sueur de son front, elle leva la main pour signifier la fin de l'affrontement.

— L'école du temple pourrait leur faire la classe, comme au Pont-Sud. Mais il n'y a pas d'habitations appropriées en ville.

— Hmmm, fit Amon. Si vous voulez aller au bout de cette idée, commencez par en parler à Maître Askell. Il siège au conseil d'administration de l'académie.

D'un point de vue scolaire, le trimestre de printemps était plus aisé que le précédent. Raisa n'avait pas à subir le compétent Tourant, pour commencer. Il avait déserté les lieux, et ne manquait à personne.

Les exercices d'infanterie avaient été remplacés par de l'équitation, domaine dans lequel Raisa excellait. Elle appréciait de monter Friponne, qui était devenue grasse et paresseuse pendant le trimestre d'automne. Se promener dans la campagne lui plaisait – même dans ces contrées sans relief.

À présent, les visites d'Askell dans ses cours se faisaient rares. Elle prit donc rendez-vous pour lui parler de son idée de logements familiaux.

— Asseyez-vous, novice Morley, lui dit Askell quand son ordonnance eut introduit Raisa dans son bureau. Mettez-vous à l'aise. Une tasse de thé ?

Il désigna la bouilloire sur son réchaud.

— Non merci, monsieur. Ce ne sera pas long.

Les choses avaient changé depuis leur premier entretien. Elle se sentait plus assurée. Comme l'autre fois, elle venait formuler une requête. Mais à présent, elle pensait bénéficier d'une certaine légitimité, et ne pas avoir besoin de s'excuser d'être là. Dans tous ses cours, elle avait obtenu de bonnes notes. Excepté avec Tourant. Elle n'avait pas validé cette matière-là.

Comme s'il lisait dans ses pensées, Askell lui dit :

— Si vous venez à propos de vos résultats en cours d'histoire des guerres, sachez qu'ils ont été rectifiés.

— Oh ! fit-elle, surprise. Non, je ne suis pas ici à ce sujet. Mais merci, monsieur.

— Que me vaut le plaisir de votre visite, alors ?

Raisa lui exposa son projet et les raisons qui le motivaient.

Askell fronça les sourcils.

— Ce genre de chose n'a jamais été mis en place, et pourtant nous parvenons à nous en sortir depuis mille ans.

— Les effectifs de la Maison Wien diminuent de manière dramatique.

Askell eut l'air surpris.

— Qui vous a dit cela ?

— Arden a toujours fourni davantage de cadets au Gué-d'Oden que le reste des Sept Royaumes, développa Raisa. Mais depuis dix ans, le pays est en guerre, et les jeunes qui auraient pu s'inscrire sont déjà au combat. Pour trouver suffisamment de candidats de qualité, vous avez dû accepter des étudiants plus âgés, ayant un parcours différent. Et beaucoup d'entre eux ont une famille.

Askell se carra dans son fauteuil.

— Je ne pense pas que cela concerne une majorité de nos cadets.

— Un sur cinq, répondit Raisa. Chez les compétents et les maîtres, ce ratio monte à un sur trois.

— Comment pouvez-vous affirmer cela ? Vous semblez bien renseignée.

— J'ai conduit une enquête dans les six classes de cadets, annonça-t-elle. Bien sûr, c'est sans compter ceux qui ne sont pas venus étudier ici du tout, pour ne pas abandonner leur famille. (Elle se pencha vers lui.) Les dortoirs de la Maison Wien sont à moitié vides. Il y aurait de quoi loger plusieurs familles, au moins. Nous pourrions tester le principe dans l'académie militaire avant de l'étendre à d'autres écoles si le résultat est probant.

— Vous n'êtes pas restée à vous tourner les pouces, Morley. Je crois que votre emploi du temps n'est pas assez complet, ce trimestre.

Il trempa sa plume dans un encrier et écrivit quelques mots.

— Je ne peux rien vous promettre, dit-il. L'armée est une institution des plus conservatrices, et mes compatriotes sont particulièrement hermétiques au changement. Mais vous présentez des arguments solides qui incitent à étudier votre requête.

— C'est tout ce que je peux demander.

Mais elle ne put s'empêcher d'ajouter :

— J'espère que cette étude ne prendra pas trop de temps.

— J'ai une question à vous poser, dit Askell en la regardant par-dessus le rebord de sa tasse. Le comportement du compétent Tourant à votre égard fut exécrable tout au long du trimestre passé. Pourtant, vous ne vous en êtes jamais plainte. Pourquoi ?

Elle haussa les épaules.

— Si je ne peux pas m'occuper moi-même des gens comme Tourant, je n'ai aucune chance de devenir une reine convenable. Et parfois, j'ai l'impression d'être entourée de gens comme Tourant.

— Je pensais que vous seriez repartie dans les Fells au moment du solstice.

— J'attends des nouvelles de chez moi. Je partirai probablement dès que je recevrai la confirmation que je peux rentrer sans danger.

Si cela arrive un jour.

— Pouvons-nous espérer vous revoir l'année prochaine ? demanda Askell en tapotant sa plume contre son sous-main.

Raisa secoua la tête.

— Je ne pense pas que ce sera possible. J'ai beaucoup appris ici, mais mon absence n'a déjà que trop duré.

— Je vois.

Askell s'éclaircit la voix.

— Je voulais que vous sachiez que, si vous reveniez l'an prochain, je vous proposerais certainement le commandement d'un triple de novices. Vos performances de cette année forcent le respect. (Il sourit brièvement.) Et pas seulement parce que mes attentes étaient si modestes.

— Merci, monsieur, dit Raisa, légèrement troublée. Je suis flattée. Et ce serait un honneur de servir ici, si je devais revenir.

— Je n'ignore pas que le poste de caporal se situe un cran en dessous de celui de princesse. Mais je voulais vous faire part de mon opinion.

— Merci. En retour, j'aimerais que vous sachiez que je n'oublierai jamais mon passage au Gué-d'Oden. Cela aura été un privilège que de sortir de mon rôle de princesse pour endosser celui d'étudiante.

Askell se leva, lui indiquant que l'entretien tirait à sa fin.

— Si vous êtes encore présente à ce moment-là, j'espère vous revoir au Bal des Cadets, lui assura-t-il.

— Ah ! oui. Eh bien, je n'ai pas fait de projets jusque-là.

Ces dernières semaines, toutes les conversations tournaient autour de cet événement : la fête de fin d'année de la Maison Wien. C'était un but, et une excuse pour ne pas penser à tout le travail qui restait à abattre.

— Ce n'est pas dans si longtemps, fit remarquer Askell avec un sourire. Si vous partez avant, venez donc me dire au revoir.

— Merci, monsieur, je n'y manquerai pas.

Elle posa son poing sur son cœur pour saluer le maître, puis sortit.

Ce satané Bal des Cadets! ruminait-elle en descendant l'escalier. *Je n'irai pas.*

Amon continuait à faire la cour à Annamaya dans les règles de l'art. Tous les week-ends où il n'était pas d'astreinte, il enfilait son uniforme de cérémonie et traversait la rivière pour aller la voir à l'école du temple. Raisa se les imaginait très bien, assis droits comme des piquets dans le jardin. Au moins, elle n'était pas obligée d'assister à la scène. Mais au bal, elle ne pourrait y échapper.

Talia et Pearlie s'y rendraient en couple. Comme Hallie n'était pas de retour, Raisa se retrouverait à tenir la chandelle. Une princesse sans carnet de bal. Chez elle, ce serait impensable.

Mais au pays, elle n'avait pas d'amis non plus – pas de vraies amies pour la harceler à n'en plus finir.

— Je ne vois pas pourquoi tu ne demandes pas à Han, lui dit un jour Talia, comme si Han et elle étaient de vieux amis.

Ces derniers temps, Pearlie et Talia fréquentaient régulièrement *La Tortue et le Poisson*, le mardi et le jeudi soir. Parfois, Mick et Garret étaient aussi de la partie. Lorsque le cours de Han se terminait, il payait sa tournée, et Raisa finissait par rentrer bien tard.

— Il est beau garçon, charmant, et quand il te regarde… ça me donne des frissons, soupira Talia. Au Marché-des-Chiffonniers, les filles se disputaient Gourmettes Alister à coups de couteau, tu sais. Ce n'est pas mon genre de gars, mais si c'était le cas…

— Pas mon genre non plus, prétendit Raisa.

Elle s'empressa d'ajouter :

— Enfin, je l'aime bien et tout, mais… ça ne marcherait pas sur le long terme.

Talia levait un sourcil montrant qu'elle n'était pas dupe.

— Je sais bien que tu es une sang-bleu, mais c'est pas comme si tu devais l'épouser.

À ce sujet… Il était presque 18 heures, le moment de retrouver l'incroyable Han Alister pour sa leçon privée.

— Je dois y aller.

— Dis-lui bonjour de ma part, lança Talia avec un clin d'œil.

Il l'attendait à l'étage de l'auberge. Il était toujours en avance depuis cette première fois où elle lui avait passé un savon pour son retard. (Il y avait vraiment moyen de lui apprendre quelque chose.) Il avait pris l'habitude de commander à dîner (en guise de dédommagement, selon lui), et ils mangeaient donc ensemble avant ou après la leçon. Il prétendait avoir besoin de mettre en pratique ses manières de table, avec de la vraie nourriture.

— Et si je me servais de la bonne fourchette, mais pour me fourrer une saucisse dans la bouche, ou que je sifflais toute ma bière comme un pochard ? argumentait-il. Tous vos efforts seraient anéantis.

Han aussi travaillait dur. Il lisait les chapitres qu'elle lui indiquait et participait sans rechigner aux saynètes de son invention. Son langage s'était amélioré de façon fulgurante au cours des deux derniers mois, même s'il utilisait encore ici et là des mots d'argot, puisqu'il ne devait pas payer d'amende pour cela. Ses manières de table étaient presque irréprochables quand il s'appliquait.

Certains jours, il paraissait pourtant tomber de sommeil. Il bâillait après le dîner et, par deux fois, il somnola franchement.

— Vous êtes sûr que vous voulez passer du temps là-dessus maintenant ? lui demanda Raisa un soir où elle voyait bien qu'il était épuisé. Comme je l'ai déjà dit, vous pouvez apprendre les bonnes manières par vous-même.

— Toutes mes excuses. Ce n'est pas à cause de votre compagnie. S'il y a une personne pour qui je veux rester éveillé, c'est bien vous. Je me suis couché tard la nuit passée, c'est tout.

Mais il semblait se coucher tard tous les soirs. *Est-ce qu'il voit quelqu'un ?* se demandait-elle.

Si c'est le cas, ce ne sont pas mes oignons.

Il était clair qu'il avait l'habitude d'arriver à ses fins avec les filles, et il avait laissé entendre d'une dizaine de façons différentes qu'elle l'intéressait. Elle sentait le poids de son regard. Il lui arrivait de se retourner pour le trouver occupé à l'observer, comme on contemple un tableau complexe aux strates multiples. L'intensité de son attention la séduisait.

Parfois, il déplaçait sa chaise pour qu'ils lisent ensemble. Assis à quelques centimètres d'elle, il maintenait toujours cette distance minimale, comme si à chaque instant il savait exactement où elle se tenait.

Quand il penchait la tête sur son exemplaire de Faulk, Raisa se surprenait à regarder la courbe de sa mâchoire hérissée de poils clairs, la cicatrice irrégulière laissée par un coup qui avait manqué de peu son œil droit, ses avant-bras musclés aux veines saillantes.

Elle remarquait tout de lui : la manière dont il bâillait et s'étirait le dos, comme un chat, mettant la main devant sa bouche avec un temps de retard. Ses cheveux aux couleurs multiples : beurre frais, crème, roux doré et platine. Sa manie de répéter les questions, comme pour gagner quelques instants avant de devoir répondre. Cette habitude de s'asseoir toujours face à la porte, et de chercher son couteau dès qu'un bruit le surprenait – peut-être des vestiges de sa vie au Marché-des-Chiffonniers. Sa main qu'il glissait sans arrêt dans sa chemise pour déverser son pouvoir dans son amulette.

Il n'était ni fier ni arrogant, mais une certaine assurance chez lui montrait qu'il savait ce qu'il voulait, qu'il l'obtiendrait, et qu'il valait mieux ne pas se mettre en travers de son chemin. Ces qualités avaient dû lui être précieuses du temps où il était seigneur des Chiffonniers.

Comment parvenait-elle à s'intéresser à Han Alister alors qu'elle avait encore le cœur brisé par Amon Byrne ? La destruction d'un rêve laissait-elle un vide qu'elle s'empressait de remplir par un autre ?

Un cœur blessé est-il plus vulnérable ? s'interrogeait-elle. *Ai-je un cœur d'artichaut, ou est-ce que j'aime me faire du mal ?*

Quoi qu'il en soit, on ne m'y reprendra plus.

Malgré tout, elle attendait leurs rendez-vous avec plus d'impatience qu'elle ne voulait bien l'admettre.

Ils poursuivaient souvent la discussion au-delà des deux heures prévues. Au début, Raisa essayait de faire respecter l'horaire, puis elle abandonna. Han Alister savait user de son charme pour la décider à rester plus longtemps.

Ce soir-là, lorsqu'elle arriva, du cidre et des sandwichs étaient disposés sur la table. Accompagnés d'une belle boîte à musique émaillée ornée de pierreries.

— C'est charmant, dit-elle en ouvrant le couvercle pour examiner le mécanisme complexe d'un œil expert.

C'était de l'artisanat des clans, sans doute une antiquité.

Elle le regarda, surprise.

— Pourquoi avez-vous apporté cela ?

— C'est pour vous, expliqua-t-il avec un geste gauche. Un cadeau.

— Je ne peux pas accepter ! se récria-t-elle, toute rougissante.

Elle essaya de la lui rendre, mais il cacha ses mains dans son dos, alors elle posa l'objet sur la table.

— Je l'ai achetée pour des raisons égoïstes : je veux que vous m'appreniez à danser.

Décontenancée, Raisa le dévisagea.

— Pardon ? Pourquoi ?

— On ne sait jamais, je pourrais être invité à une fête. Je veux être prêt, au cas où, expliqua-t-il en ouvrant de grands yeux bleus innocents.

— Il nous reste tant de sujets à aborder, protesta Raisa. Les officiers de la cour, l'habillement pour les événements mondains, le cérémonial de la chasse, les règles de correspondance…

— À ce qu'il paraît, beaucoup d'affaires se traitent lors de fêtes, argumenta Han en avançant le menton. Je connais quelques pas des clans, mais il faudrait que j'apprenne les danses de la ville.

— Lesquelles voulez-vous connaître ? demanda Raisa en levant les yeux au ciel.

— Celles où l'on tient sa partenaire, dit-il en remontant la boîte à musique. Comment s'appelle celle-ci ?

Elle s'appelle « Bonjour les ennuis », pensa Raisa alors que la mélodie s'élevait.

C'était une chanson du Nord, *Fleur des montagnes*. Une vague de nostalgie la submergea.

— Oh ! j'adore cette chanson, s'exclama-t-elle. Où avez-vous trouvé cela ?

— Il y a un magasin de musique sur la rive côté Mystwerk, près de l'école du temple.

Debout devant elle, il l'attendait en tendant les mains à hauteur de sa taille.

Elle recula.

— Laissez-moi d'abord vous montrer les pas. Il s'agit de la danse des hautes terres.

Elle lui fit une démonstration.

— À vous d'essayer.

Elle observa sa tentative.

— C'est presque ça. En avant, un, deux, en arrière, quatre, pas chassé. (Il s'exécuta.) Et glissé en avant.

Après quelques minutes d'entraînement, Raisa tendit les mains.

— Essayons ensemble, maintenant. Suivez-moi.

Elle plaça la main droite de Han sur sa hanche gauche, gardant son autre main dans la sienne. La magie filtrant de ses doigts était sous contrôle, légère, et pourtant puissante. Elle lui monta à la tête comme un vin du Bruinswallow.

— Maintenant : en avant, un, deux, en arrière, bien, bien. Et glissé.

Ils recommencèrent encore et encore. Ils remontaient la boîte à musique quand c'était nécessaire, avalant au vol quelques gorgées de cidre et bouchées de sandwich.

Heureusement que j'aime cette mélodie, se dit Raisa.

Une fois que Han eut maîtrisé la danse des hauts plateaux, ils passèrent au quadrille, puis à *Si mon pur amour n'était que pureté* et *Rose entre les épines*. La dernière était compliquée, et même si Han se révélait être un danseur-né, ils se marchèrent sur les pieds à maintes reprises.

—Attendez, non ! s'écria-t-elle lorsqu'ils furent sur le point de trébucher. Arrêtez ! Mais arrêtez !

Ils finirent agrippés l'un à l'autre pour ne pas tomber, le rouge aux joues, riant et haletant après tant d'exercice.

—Je crois qu'il va me falloir davantage de pratique, dit Han en secouant la tête.

—Personne n'y arrive, avec cette danse-là. Peu importe, je trouve que vous êtes paré dans ce domaine.

—Tant mieux, se réjouit-il avec un grand sourire. Maintenant, demandez-moi de vous accompagner au Bal des Cadets.

—Le Bal des Cadets ! Qui vous a parlé de… ?

L'étonnement de Raisa fut de courte durée, car elle comprit soudain :

—C'est Talia ! Je suis sûre que c'est elle. (Elle secoua la tête.) Je n'y vais pas.

—S'il vous plaît, Rebecca, la cajola-t-il. Il n'y a pas que la danse dans un bal. Ce serait l'occasion pour moi de tout mettre en pratique : manières de table, conversation de sang-bleu, tout le tralala. Et ce n'est pas que ça. Je veux y aller avec vous. (Il posa les mains sur ses épaules.) Sauf si vous sortez déjà avec quelqu'un.

Raisa songea à lui mentir, mais se douta que Talia avait déjà dévoilé la vérité.

—Non, je ne sors avec personne, dit-elle en évitant de croiser son regard.

Surtout, ne vous permettez pas de dire que vous me ferez oublier Amon Byrne, pensa-t-elle. *Surtout pas.*

Mais il n'en fit rien. Il se contenta de poser ses doigts sous son menton et de lui relever doucement la tête pour qu'elle le regarde.

— Quelle chance…, murmura-t-il avant de l'embrasser.

Il l'embrassa lentement, profondément, comme quelqu'un qui sait ce qu'il fait.

Raisa adorait embrasser Amon Byrne, mais elle avait l'impression qu'ils n'avaient jamais échangé un baiser qui n'ait pas été interrompu.

Avec Micah, chaque baiser avait été une escarmouche dans leur affrontement perpétuel. Excitant, mais brutal.

Reid Demonai était doué, et il avait de l'expérience à revendre…

Mais personne ne l'avait jamais embrassée comme Han Alister.

Et, comme une idiote, elle l'embrassa en retour. D'une manière qui ne laissait aucun doute sur ses sentiments à son égard. Elle l'embrassa, car elle savait qu'elle aurait peu d'occasions dans sa vie de savourer de nouveau un tel baiser.

Ce qui était assez triste, pour une jeune fille de seize ans seulement.

Il recula jusqu'à buter contre une chaise, sur laquelle il se laissa tomber avant d'asseoir Raisa sur ses genoux. Ils continuèrent à s'embrasser. Leurs bouches étaient affamées, comme si les baisers s'y étaient accumulés pendant toutes ces semaines de rendez-vous. Elle s'abandonna entièrement, enroulant ses boucles claires autour de ses doigts, attirant son visage à elle pour l'embrasser encore.

Elle sentait la magie dans ses baisers, mais comme une touche discrète, un effluve émanant d'une substance riche et enivrante.

Elle se retrouva à l'enlacer, frissonnante, la joue collée à sa poitrine, le souffle rauque. Elle ne voulait plus le lâcher. Et pourtant, elle savait que c'était nécessaire.

— Ce n'est pas possible, murmura-t-elle presque pour elle-même. Ça ne ferait qu'empirer les choses.

Han lui caressa la tête, et changea de position sous elle.

— Pourquoi ? Que craignez-vous ? Les voleurs ou les magiciens ?

— Les deux.

— C'est parce que je ne suis pas un sang-bleu ? demanda-t-il d'un ton neutre, comme s'il voulait vraiment savoir.

— Pas du tout, répondit Raisa avec un soupir saccadé. Tout cela ne mènera qu'à un chagrin d'amour, et je refuse d'avoir de nouveau le cœur brisé. (Elle leva les yeux vers lui.) J'ai cru que je pouvais jouer à l'amour. J'ai cru que j'en avais le droit, comme n'importe quel… courtisan ou… seigneur des rues.

Il secoua la tête.

— Écoutez, Rebecca, je…

— Mais j'ai découvert que je n'étais pas faite pour ce jeu, l'interrompit-elle. Je ne peux pas y jouer sans engager mon cœur. Je suis comme ça, c'est tout. Je ne juge personne.

— Je vois, dit-il en resserrant son étreinte.

Il caressa son cou du bout des doigts, électrisant sa peau.

— Et que vous dit votre cœur, maintenant ? demanda-t-il.

Elle voulut se montrer honnête avec lui, même si elle devrait sûrement en payer le prix plus tard.

— Que je vais au-devant des ennuis, chuchota-t-elle.

Il resta silencieux un bon moment.

— Je ne peux pas promettre de ne pas vous blesser, dit-il enfin, parce qu'il y a beaucoup d'éléments qui échappent à ma volonté. Mais je peux vous assurer que vous faire du mal est la dernière chose que je souhaite.

— Vous n'y pourrez rien, soupira Raisa en s'essuyant les yeux. Et ce n'est pas seulement ça. Je vous ferai du mal aussi, malgré moi. Je ne suis pas celle que vous croyez. Vous vous souviendrez de cette conversation, et vous regretterez de ne pas m'avoir écoutée.

(Elle glissa ses mains dans les siennes.) Comment pouvez-vous souhaiter tout cela en sachant que cette histoire finira mal ?

Dis-lui la vérité, conseilla une voix dans son esprit. Mais elle en était incapable. Elle n'osait pas.

Il scruta son visage, comme pour discerner l'histoire que laissaient transparaître ses paroles. Puis il embrassa ses paupières, le bout de son nez et, de nouveau, ses lèvres. À chaque baiser, la résistance de Raisa s'effritait.

—Je vis dans le moment présent, affirma Han, parce que l'avenir est incertain. Quand il s'agit d'être avec vous, je suis prêt à prendre des risques. Et vous ?

—Je me sentirai lâche si je n'en prends pas.

Elle se laissa aller contre lui. Levant la tête, elle suivit du doigt la cicatrice au-dessus de son œil.

—Comment est-ce arrivé ?

—J'ai pris un risque, répondit-il, ses yeux bleus rivés sur son visage.

—Ça en valait la peine ?

Il réfléchit.

—Oui.

—Très bien, capitula-t-elle. Prenons le risque. Mais n'allons pas trop vite.

Il la serra dans ses bras. Elle sentait les battements de son cœur dans son dos.

—Mais je ne veux pas aller lentement, lui souffla-t-il à l'oreille. Je vous l'ai dit, je vis dans l'instant présent. Chaque fois que je garde une chose pour plus tard, elle m'échappe.

—Je sais, mais ça ne change rien. Nous n'irons pas trop vite.

27

Quand le rêve tourne au cauchemar

Quand Han se réveilla, il ouvrit les yeux sur le plafond de sa cachette dans la bibliothèque.

Il était à même le plancher, et comprit tout de suite, à ses membres douloureux, qu'il y était resté étendu pendant des heures. Il se palpa le visage et sentit sa barbe naissante. Depuis combien de temps était-il là ? Comme souvent, il ne savait pas ce qui s'était passé pendant une partie de la journée.

Tout en se massant les tempes, il essaya de se souvenir de sa dernière séance avec Corbeau. Son professeur lui avait montré comment emmener avec lui d'autres magiciens jusqu'en Aediion. Il lui avait exposé la technique et s'était assuré qu'il connaissait la formule par cœur.

Han se mit sur son séant et attendit que sa tête cesse de tourner. Puis il se leva. Il entendit un froissement de papier sous sa cape. Il glissa la main dessous et y trouva quelques pages rabattues ensemble. Il les déplia avec précaution. Jaunies, fragiles, on aurait dit qu'elles avaient été arrachées dans un des vieux livres des étages supérieurs.

L'une d'elles présentait une carte maculée de taches d'eau, et dont l'encre avait pâli. Au-dessus s'étalait un titre écrit d'un trait tremblé : « Dame Grise ». Il s'assit sur ses talons. La Dame Grise était la montagne bordant le Val. C'était là que se trouvaient la demeure abritant le Conseil des Magiciens, ainsi que la résidence des plus éminentes familles de magiciens. Il parcourut le dessin : la montagne était représentée comme criblée de tunnels, dont plusieurs entrées figuraient clairement sur le schéma.

Au dos, il trouva une note griffonnée de sa propre main : « À garder caché, en sûreté. H. Alister. »

Ce document ne lui rappelait rien. D'où sortait-il ? Qu'est-ce que cela signifiait ?

Est-ce que l'Aediion débordait dans sa vraie vie ?

Il passa en revue les autres feuilles : des formules, rédigées dans une langue si archaïque qu'il peinait à les lire. En bas, il trouva de larges initiales alambiquées : « SMRAW ». Et un emblème : le serpent, le sceptre et la couronne qu'il avait déjà vus.

SMRAW ?

Han alla regarder par la fenêtre. Les allumeurs de réverbères enflammaient les lanternes accrochées aux murs des bâtiments. Il avait donc manqué le dîner. Il se sentait faible, affamé, vidé de tout pouvoir magique.

Mais ce n'était pas logique. Il avait retrouvé Corbeau après le repas du soir. Les lampes auraient dû brûler depuis longtemps déjà. Son amulette contenait-elle tant de puissance maléfique qu'il en devenait malade ?

Avec un juron, il attrapa ses livres et ses papiers, qu'il fourra dans sa besace, avec les documents anciens sur le dessus. Il décida d'éviter le long itinéraire par les toits et de tenter sa chance en passant par l'escalier de derrière qui menait à l'étage principal de la bibliothèque. Le compétent assis à l'accueil leva le nez de son manuel en clignant des yeux.

— La bibliothèque est fermée, Alister. Je pensais que tout le monde était parti.

— Désolé, dit Han. Je me suis assoupi. (Il s'arrêta devant le bureau.) Quel jour sommes-nous ?

Le compétent lui répondit avec un sourire :

— Vous devriez travailler moins. Nous sommes dimanche.

Dimanche. Il avait vu Corbeau le samedi soir. Une journée entière s'était évaporée dans la nature. Mais il avait gagné une carte de la Dame Grise. Et quelques formules magiques.

Soudain, il eut une révélation, et comprit ce qui se passait. Il s'était bien fait avoir.

Il quitta le compétent avec précipitation et poussa d'un coup d'épaule la grande porte à double battant.

Après avoir traversé la cour Mystwerk au pas de course, il monta quatre à quatre les marches du dortoir Hampton, espérant y trouver Danseur. Mais le bâtiment tout entier semblait désert. Étaient-ils tous en train de dîner ?

Devant la porte de sa chambre, Han se pencha pour ramasser l'allumette qui était tombée du loquet. Quelqu'un avait pénétré chez lui en son absence.

Glissant une main sous sa cape, Han trouva le manche de son couteau qu'il portait encore sur lui en permanence. Son amulette vide ne lui serait d'aucune utilité. Il ouvrit la porte sans bruit et parcourut la pièce du regard. Personne. Tout était en ordre.

Il se faufila dans sa chambre, referma la porte, tira le loquet et examina plus attentivement les lieux. À première vue, rien n'avait été dérangé. Puis il remarqua que certains objets avaient été légèrement déplacés. Les papiers étalés sur son bureau n'étaient plus tout à fait à la même place. Il ouvrit le tiroir de son armoire : les lentilles qu'il avait soigneusement disposées sur le bord se trouvaient à présent à l'intérieur. La poudre dont il avait recouvert la fermeture de son coffre portait des marques.

Au cours des dernières semaines, Han avait cessé d'installer ses protections magiques contre les intrus, afin de garder le maximum de pouvoir pour ses leçons avec Corbeau. Deux jours plus tôt, il avait mis son dispositif de fortune en place, après avoir trouvé une fenêtre ouverte alors qu'elle aurait dû être fermée.

Il se frotta le menton. Est-ce que Micah se serait risqué dans sa chambre, après ce qui était arrivé à ses cousins ? Pas sans talisman ni contresort.

Peut-être Danseur était-il venu chercher quelque chose.

Quelqu'un frappa alors à sa porte, manquant de lui provoquer une crise cardiaque.

— Chasse-Seul ! appela Danseur.

Han ouvrit et trouva son ami sur le seuil, vêtu de sa toge de cérémonie.

— Où étais-tu passé ? C'était le Dîner de la Doyenne, ce soir. Ton absence a déplu à Abelard. Elle m'a demandé de te rappeler votre rendez-vous de mercredi prochain, à 19 heures, sinon gare. Elle a dit que tu saurais de quoi il s'agissait.

Sûrement du « cours » sur l'Aediion.

Avec un juron, Han se laissa tomber sur son lit, la tête entre les mains. Il se sentait acculé.

Danseur posa la main sur son épaule.

— Est-ce que tout va bien ? Tu es malade ?

Han fit signe que « non ».

— Mon problème, c'est que je n'ai pas la moindre idée de ce que j'ai fait aujourd'hui.

Il lui expliqua ce qui lui arrivait.

Danseur secoua la tête, l'air de dire : « Je t'avais prévenu. »

— Je crois que tu aurais tort d'y retourner. Même si Corbeau t'apprend à changer la merde en or, ça ne vaut pas la peine de perdre la boule pour ça. Je ne lui fais pas confiance. Il a une idée derrière la tête.

— Je dois retourner en Aediion mercredi, souviens-toi. Abelard tient à ce que je montre à ses protégés comment y aller. Sinon, je serai renvoyé.

Danseur se passa la main dans les cheveux.

— Je suis bien content de n'être qu'un rouquin que personne ne remarque.

—Corbeau pense qu'ils ne peuvent pas y arriver avec les amulettes dont ils disposent. Il m'a enseigné une formule pour les transporter avec moi.

Han resta assis, muré dans un silence morose.

—Tu veux que je t'expose mon hypothèse ? ajouta-t-il au bout d'un moment.

Danseur s'installa dans le fauteuil du bureau et posa ses mains sur les accoudoirs.

—Je t'en prie.

—De temps en temps, Corbeau se glisse dans ma tête pour me montrer un sort ou une technique. Je ne vois pas comment décrire ce phénomène autrement.

—Il se glisse dans ta tête ? répéta Danseur, les yeux écarquillés. Comme dans un cas de possession ?

À présent que le mot était lancé, la situation semblait bien pire encore.

Han hocha la tête, les yeux baissés sur ses mains.

—Je crois qu'il le fait aussi juste au moment où je ferme le portail pour revenir dans le monde réel. Et il passe avec moi. Puis il prend le contrôle. (Il regarda son ami.) Une fois, je me suis retrouvé au septième étage de la bibliothèque Bayar, sans savoir comment j'étais arrivé là. Ce soir, j'avais sur moi des documents que je n'avais jamais vus.

—Quel genre de documents ?

—De vieux papiers, des cartes. Venant de la bibliothèque, apparemment.

Il sortit les pages mystérieuses de sa besace et les étala sur son lit.

Danseur les examina d'un air atterré.

—N'y retourne pas. Voilà la solution.

—Il le faut. Je ne vais pas laisser Corbeau m'interdire l'accès à l'Aediion. C'est pas… Ce n'est pas sa chasse gardée. Mais je dois trouver le moyen de l'empêcher d'entrer dans ma tête.

— Tu as besoin d'un talisman, décréta Danseur en étendant les jambes.

Sous sa toge de magicien, il portait ses jambières et ses bottes des clans.

— Pour te protéger contre la magie s'attaquant à l'esprit, ajouta-t-il.

Han se souvint de ce que Mordra avait expliqué : que les clans avaient mis au point des talismans contre la possession, rendant cette tactique inefficace.

— Tu sais où je peux m'en procurer un ? demanda-t-il avec un soupçon d'espoir.

— Au pays, peut-être. Ici… il va falloir que je fasse des recherches pour t'en fabriquer un. Je vais en parler à Forgefeu.

Han perdit un peu de son optimisme naissant.

— Tu pourrais vraiment faire ça ?

Danseur haussa les épaules.

— Jamais essayé. Pas moyen de savoir à l'avance si ça marchera. Voilà pourquoi tu ne devrais plus y aller.

— Je n'ai pas le choix, je te l'ai déjà dit.

— Tu y retournes dans deux jours ?

Han opina du chef.

Danseur se mit debout.

— Je vais commencer tout de suite, alors.

Han leva la main.

— Danseur. Encore une chose. Es-tu venu dans ma chambre, aujourd'hui ?

Il secoua la tête.

— Non, pas avant maintenant. Pourquoi ?

— Quelqu'un est entré. J'ai pensé que tu étais peut-être venu chercher quelque chose.

— Tu as pu passer ici sans le savoir, suggéra Danseur d'un ton taquin.

— Tu n'as vu personne dans les parages ? Les Bayar ?

— Non, ils étaient au Dîner de la Doyenne. C'est la seule fois de la journée où je les ai vus. Avant j'étais avec Cat, jusqu'au moment de me préparer.

— Tu étais avec Cat ? s'étonna Han.

Depuis quand passaient-ils du temps ensemble sans y être forcés ?

Danseur hocha la tête.

— Elle parle de quitter l'académie.

Il jeta un regard en coin à son ami – pas tout à fait accusateur, mais presque.

Han le dévisagea.

— Pourquoi ?

— Et pourquoi ne pas le lui demander toi-même ? répliqua Danseur d'un ton plein de sous-entendus.

— Allons la voir tout de suite, proposa Han, pris de remords.

— Vas-y, toi. Je dois faire des recherches pour ton talisman.

Mais lorsque Han se rendit au temple, Cat n'était pas là.

28

Des nouvelles de la maison

Après une brève visite de trois mois au Gué-d'Oden, l'hiver repartit vers le nord, abandonnant derrière lui des bulbes prêts à jaillir du sol, comme un feu d'artifice d'adieu.

Le temps était déjà assez doux pour que trois heures d'équitation intensive laissent Raisa en nage et empourprée, et Friponne écumante et essoufflée. Raisa bouchonna sa jument tout en lui susurrant des mots tendres un peu bébêtes entrecoupés de passages de *Fleur des montagnes.*

D'habitude, tu ne te comportes pas comme une écervelée, se dit Raisa. *Voici donc l'effet que l'amour a sur toi ?*

Il était prévu qu'elle voie Han Alister le soir même. Son cœur battait un peu plus vite à cette pensée.

Alors qu'elle menait Friponne à l'écurie, Raisa remarqua que dans la stalle voisine se reposait un poney des montagnes aux longs poils gris, avec une tache blanche sur la tête.

Le hongre de Hallie.

Elle se força à finir ce qu'elle avait commencé. Les mains tremblantes, elle donna du grain à Friponne et remplaça son eau.

Hallie peut apporter toutes sortes de nouvelles. Bonnes ou mauvaises. Ou pas de nouvelles du tout.

Raisa traversa la cour des écuries en courant, coupa entre les bâtiments pour rejoindre la Résidence Grindell, et monta le perron. Mick était assis près d'une fenêtre ouverte dans la salle commune, en train de faire ses devoirs de mathématiques d'un air renfrogné. Quand elle fit irruption dans la pièce, il leva le nez.

— Elle est en haut. Elle range ses affaires dans votre chambre.

Il attendit un instant avant d'ajouter :

— Elle a apporté des gâteaux au miel.

Raisa gravit les marches quatre à quatre, tournant dans l'escalier en colimaçon jusqu'au deuxième étage. Hallie, accroupie devant son coffre, pliait ses vêtements. Elle se leva et tendit les bras vers Raisa dès qu'elle franchit la porte.

Étreindre Hallie était un peu comme étreindre un chêne robuste.

— Je suis si contente que tu sois rentrée ! Tu nous as manqué, et je commençais à m'inquiéter. Comme va Asha ?

— Vous m'avez manqué aussi, dit Hallie, le rose aux joues. Asha va bien. Elle est très grande, plus que tous les autres enfants de deux ans. (Elle lâcha Raisa pour fouiller dans le sac de voyage posé sur son lit.) Regarde. Lydia, la sœur du caporal Byrne, m'a dessiné un nouveau portrait.

Elle tendit une esquisse au crayon encadrée, représentant une petite fille à l'air sérieux et au menton volontaire avec un ruban dans les cheveux.

— Elle est belle, la complimenta Raisa en rendant le portrait à son amie. Elle te ressemble.

— Hum ! elle ne serait pas belle si elle me ressemblait, dit Hallie en souriant. Mais elle est sacrément intelligente. Elle a appris à dire « mama » pendant mon séjour. (Elle marqua une pause.) J'ai déjà parlé au commandant Byrne de mon retard. J'ai manqué presque tout un trimestre. Mais c'était si dur de la laisser, finalement. Je n'ai pas prévu suffisamment de temps pour mon retour, et puis j'ai été ralentie par des intempéries.

Maître Askell a intérêt à m'avoir entendue et à prendre des dispositions concernant les enfants, pensa Raisa.

—J't'ai apporté des gâteaux au miel, dit Hallie en désignant un ballot en tissu sur le lit de Raisa. (Elle leva les yeux au plafond.) Attends voir… Il y avait bien autre chose…

—Hallie ! Ne te moque pas de moi !

—J'ai une lettre pour toi. De ta maman.

Elle fouilla dans son paquetage et en sortit une pochette militaire, qu'elle tendit à son amie.

—Le seigneur Averill m'a dit de te la remettre en main propre.

Figée, Raisa serrait la pochette sur sa poitrine.

—Je vais discuter avec Mick en bas, prévint Hallie. Lis-la, et rejoins-nous quand tu seras prête.

Raisa se laissa tomber sur son lit, étreignant toujours le sac. Elle en défit les attaches de ses doigts tremblants, puis souleva le rabat.

Dedans, elle trouva une large enveloppe sur laquelle était griffonné « PiedLéger, seigneur Demonai ». Elle était scellée. Raisa l'ouvrit.

À l'intérieur, il y avait une autre enveloppe portant son nom d'emprunt, « dame Rebecca Morley », et qui renfermait elle-même une dernière enveloppe arborant le sceau du Loup Gris.

À l'aide de sa dague, Raisa rompit le cachet et fit tomber le contenu : une lettre couverte de l'écriture élégante de sa mère.

« Ma chère fille,

Les excuses ne viennent pas facilement à ceux de sang royal. L'alignement des astres change et le monde se recompose, si bien que nos erreurs paraissent visionnaires avec le recul.

Jamais je n'ai souhaité te faire fuir. Je voulais te sauver la vie, et j'y suis peut-être parvenue pour l'instant. Beaucoup des membres du Conseil des Magiciens ne veulent pas te voir monter sur le trône du Loup Gris. Malgré ton jeune

âge, tu es déjà perçue comme difficile de caractère, têtue et trop proche des clans.
Le gouvernement des Fells a toujours été un exercice d'équilibriste, où chaque décision stratégique déclenche des conséquences non désirées. Mon mariage avec Averill a apaisé les clans, mais poussé le Conseil des Magiciens à s'allier avec l'armée. Le général Klemath est de leur côté, et il a engagé dans son armée des mercenaires dont l'entière loyauté lui est acquise.
Ton père t'a envoyée au camp Demonai pour que tu deviennes une guerrière. Les clans et lui te voient comme une des leurs, à cause de ton sang Demonai. En particulier Elena *Cennestre*, qui pense que cette influence est forte dans tes veines. Une faction de guerriers aimerait me mettre à l'écart et te couronner, car tu leur conviens davantage.
Lorsque les magiciens ont eu vent de cela, ils ont fomenté un complot pour t'assassiner, ce qui devait se produire à ton retour du camp Demonai.
Je craignais qu'ils parviennent à leurs fins. Pour contrecarrer leurs plans, j'ai proposé un mariage avec Micah Bayar, sachant que le seigneur Bayar y verrait l'occasion d'étendre son pouvoir et de mettre un jour son fils sur le trône. Comme par hasard, la conspiration s'est aussitôt évanouie. Ainsi, je gagnai du temps, au moins jusqu'à ton jour de naissance. Le capitaine Byrne œuvre à grossir les rangs de la Garde et à rattraper les dommages causés à l'armée par le général Klemath. Mais c'est un labeur long et délicat à mener sans attirer l'attention. J'espérais repousser tes noces jusqu'à ce que ce travail soit achevé mais, à l'approche de ton jour de naissance, le seigneur Bayar m'a pressée de tenir ma promesse.
J'ai donc pris la décision de laisser le mariage avoir lieu. Je croyais, à tort, que tu accepterais Micah, car tu le

fréquentais déjà en cachette. Je me suis trompée. Nous sommes si différentes l'une de l'autre. Il est malaisé pour moi de prévoir tes actions.

Ton absence a rendu l'affrontement moins virulent. Les Demonai n'ont pas d'autre candidate à soutenir et le seigneur Bayar ne veut rien précipiter tant qu'il ignore où tu te trouves. Tant que tu vis, je vis aussi, car une Marianna est préférable à une Raisa.

Ne m'écris pas de nouveau : le risque est trop grand que notre correspondance permette de remonter jusqu'à toi. Comme tu l'auras compris à la lecture de cette lettre, le danger rôde dans les Fells. Je te contacterai lorsque tu pourras rentrer en toute sûreté. En attendant, ne te fie à personne. Nous sommes encerclées d'ennemis.

Tendrement,

Ta mère. »

Les feuilles s'échappèrent des doigts engourdis de Raisa. Elle se laissa aller contre le mur, les larmes lui piquant les yeux.

Pourquoi ne m'avoir rien dit, mère ? Vous ne me faisiez donc pas suffisamment confiance ? Nous aurions pu œuvrer de concert au lieu de nous affronter.

C'était aussi simple que cela. Il y avait l'influence du seigneur Bayar, mais, surtout, Marianna ne faisait pas confiance à sa fille. Peut-être la soupçonnait-elle de comploter avec les Demonai pour lui ravir le trône. Heureusement qu'elle ne savait pas qu'Amon Byrne était déjà lié à Raisa.

Peut-être fallait-il y voir la véritable raison du projet de mariage avec Micah : mettre un terme aux manigances demonai. La reine Marianna était bien préférable à une Raisa unie à Micah.

Qu'en était-il des Demonai ? Existait-il vraiment une conspiration visant à mettre sa mère à l'écart et Raisa sur le trône ?

S'imaginaient-ils qu'elle-même accepterait ? Son père et sa grand-mère étaient-ils d'accord avec ce projet ?

Un souvenir lui revint en mémoire, celui de Reid MarcheNuit l'incitant à venir au camp des guerriers avec lui au lieu de fuir : *« Personne ne vous touchera à Demonai. Nul ne devrait vous forcer à renoncer aux droits que votre naissance vous confère. »*

Sa vie n'était-elle donc qu'une succession de mensonges ? Devait-elle s'attendre à une existence consacrée à manipuler les autres pour arriver à ses fins ?

Il n'y a pas que la réalité qui compte, mère, mais aussi la perception qu'en ont les gens. S'ils vous perçoivent comme faible, alors vous le devenez, même s'il s'agit d'une stratégie de survie.

Elle remarqua avec intérêt que sa mère ne mentionnait pas Mellony, ni la pression exercée par le Conseil des Magiciens pour la nommer princesse héritière. Était-ce pour ne pas l'inquiéter ? pour qu'elle ne se jette pas dans la gueule du loup ?

Ou Marianna désirait-elle que Raisa reste dans le Sud en attendant que le changement de succession soit effectif ?

« Ne te fie à personne. » Sa mère ne lui avait jamais donné conseil plus avisé.

Elle se sentait plus en confiance avec ses amies Talia et Hallie qu'avec n'importe qui à la cour, excepté Amon.

Avait-elle de quelque manière encouragé les intrigues qui se tramaient autour d'elle ? Pourquoi le Conseil était-il à ce point persuadé qu'elle serait source d'ennuis ?

Que faire à présent ? Le trimestre était presque écoulé. Devait-elle attendre docilement que sa mère la rappelle à la maison ? Si elle rentrait, le château de cartes chancelant qu'était son royaume s'écroulerait-il ?

Pouvait-on être plus seule qu'elle ?

Raisa se laissa glisser sur le dos. Les larmes coulaient de ses yeux et allaient se perdre dans ses cheveux.

29

Une oie blanche

Han prit un raccourci à travers les pelouses verdoyantes pour rejoindre la rue du Pont. C'était mardi, la veille de la séance avec la doyenne Abelard. Il était resté éveillé la moitié de la nuit, deux soirs d'affilée. Danseur et lui avaient passé l'après-midi à tester un talisman que son ami avait fabriqué à partir de mascou volant. Créer un objet qui protégerait Han d'un autre magicien sans interférer avec son propre pouvoir était un vrai défi.

Il avait fini par se mettre en retard pour son rendez-vous avec Rebecca.

La rue menant au pont était bordée de marchands de fleurs, qui étaient la seule chose plus abondante au Gué-d'Oden qu'à la Marche-des-Fells. Tout au long de l'hiver s'épanouissaient des pensées, des calices d'un rouge soutenu appelés Sang d'Hanalea, des étoiles de solstice blanches, de nombreuses variétés de cactus fleuris en provenance du We'enhaven, des magnolias aux fleurs si grandes qu'elles pouvaient servir d'assiettes, des orchidées multicolores de toutes tailles. À présent, c'était la saison des bulbes : tulipes, jonquilles et iris.

Rebecca adorait les fleurs. Son jardin des Fells lui manquait, lui avait-elle confié.

Sur un coup de tête, Han s'arrêta en chemin, le temps de lui acheter un petit bouquet à un étal.

Lorsqu'il entra à *La Tortue et le Poisson*, la salle commune était à moitié pleine de cadets, mais Talia et Pearlie n'en faisaient pas partie. Adressant un signe à Linc, le barman, Han monta droit à l'étage.

Au moment même où il posait la main sur la poignée de leur lieu de rendez-vous, la porte s'ouvrit brusquement et il se trouva nez à nez avec Rebecca, sa besace en bandoulière, le visage empourpré de colère, qui s'apprêtait visiblement à partir.

— Ah ! ça par exemple ! s'écria-t-elle en le regardant de haut en bas. On dirait bien Hanson Alister. (Elle marqua un temps d'arrêt lourd de menaces.) En retard, bien sûr !

Sa voix vibrait dangereusement, à demi étouffée par une émotion qu'il n'avait encore jamais perçue chez elle. Elle avait beau être une sang-bleu, elle savait lui voler dans les plumes mieux que toutes les filles qu'il avait connues.

Il chercha désespérément les mots appropriés.

— Écoutez, Rebecca. Je suis en retard, c'est vrai. Je… travaillais à un projet… et je n'ai pas vu le temps passer.

— Je vous avais prévenu, répliqua-t-elle d'un ton cassant. Croyez-vous que les règles ne soient plus valables sous prétexte que nous avons échangé quelques baisers ?

— Demain, je dois voir la doyenne, expliqua-t-il. Je m'y préparais. (Il s'interrompit, mais elle ne dit rien.) Pardonnez-moi, je vous en prie. Cela ne se reproduira plus.

— C'est ce que vous avez promis la fois précédente.

Elle lui lança un regard furieux.

— C'est vous qui avez souhaité ces cours particuliers. Vous pensez que je n'ai rien de mieux à faire ? Vous pouvez gaspiller votre temps comme il vous chante, mais pour ce qui est du mien…

— Il est précieux. Je comprends.

D'habitude il parvenait toujours à user de son charme pour la tirer de sa mauvaise humeur, mais, ce jour-là, tout n'était que grisaille. Tendue, irritable, Rebecca semblait profondément abattue.

Se souvenant enfin de son bouquet, Han le sortit de sous son manteau et le lui tendit. Des iris et des Sang d'Hanalea, réunis par un ruban.

— Tenez. Vous aimez les fleurs, m'avez-vous dit.

Elle regarda le bouquet d'un air éberlué, puis revint à son visage, comme si elle doutait qu'il s'agisse bien de lui.

— *Encore* un cadeau ?

Eh bien, il fallait admettre qu'il n'était pas du genre à acheter des babioles et à offrir des fleurs. Il n'avait jamais eu besoin d'y avoir recours. Ni l'argent pour le faire.

— Pour me faire pardonner le temps perdu. Et, pour être honnête, cette boîte à musique était autant un cadeau pour vous que pour moi.

Elle accepta les fleurs à contrecœur et les huma.

— Merci.

— Quelque chose ne va pas ? demanda-t-il, tout en profitant de cette trêve pour ouvrir plus largement la porte d'un coup d'épaule.

Elle se laissa ramener à l'intérieur.

— Oui, votre retard.

— Je vous offre à dîner une fois la leçon finie, proposa-t-il. Dans le lieu de votre choix.

Elle fit tomber sa besace sur une chaise et s'assit à leur table de travail habituelle.

— Nous verrons. Je veux d'abord la preuve que vous avez lu le chapitre XII.

Heureusement pour Han, il avait bel et bien lu ce passage concernant l'étiquette en vigueur à la cour des Fells – à peu près aussi passionnant que la lecture de registres agricoles. Par un phénomène des plus étranges, lorsque c'était Rebecca qui les exposait, ces principes arides prenaient vie. Il s'émerveillait de constater à quel point elle connaissait bien l'histoire et les rouages de la cour à la Marche-des-Fells. Elle l'interrogea sur les rôles respectifs du Conseil des Nobles, du Conseil des Magiciens, et du Bureau du Régisseur royal.

Elle dut compléter certains aspects que le manuel de Han n'abordait pas. Faulk avait un faible pour la famille royale, sur laquelle il tendait à trop s'appesantir.

— Quelle est la différence entre l'Assemblée des Magiciens et le Conseil des Magiciens ? demanda Han. Par exemple, comment choisissent-ils les membres du Conseil ?

Rebecca s'appuya contre le dossier de sa chaise en plissant les yeux, comme si elle essayait de deviner ce qu'il comptait faire de cette information.

— L'Assemblée est formée de tous les citoyens possédant le don et inscrits dans le registre de la Dame Grise. C'est le Conseil qui détient le vrai pouvoir. Les principales Maisons de magiciens y disposent de sièges permanents, datant d'avant la Rupture. Le moment venu, l'aîné de la famille peut remplacer son parent membre du Conseil ou choisir de céder sa place. À ces dignités héréditaires s'ajoutent un siège voté par l'Assemblée et un autre choisi par la reine. Le Haut Magicien est élu par vote au sein du Conseil.

— Quand une reine meurt, le Haut Magicien reste-t-il en place ?

— Non, chaque Haut Magicien est lié à une reine unique. Lorsque l'on couronne la princesse héritière, un nouveau Haut Magicien est nommé.

— Donc il ne s'agit pas d'un poste héréditaire ? insista Han. N'importe quel magicien peut remplir cette fonction, n'est-ce pas ?

— En théorie, oui. Mais la plupart – pour ne pas dire tous – sont issus des Maisons dignitaires.

— À savoir ?...

Chaque jour Han percevait davantage l'étendue de son ignorance, et l'ampleur des connaissances qu'il avait encore à acquérir.

— Les Bayar, les Mathis, les Abelard, les Gryphon, énuméra Rebecca d'un ton vague. Et quelques autres.

— Qu'est-ce qui empêche le Haut Magicien de prendre l'ascendant sur la reine ? Par le biais de la magie, j'entends…

Elle redressa brusquement la tête pour le regarder.

— Pourquoi cette question ?

Han haussa les épaules.

— Eh bien, il semble évident que cela pourrait poser un problème. N'est-ce pas ce qui s'est produit après l'invasion ?

Elle s'humecta les lèvres.

— La Ligature est supposée empêcher ce genre d'abus.

— Comment ça, « supposée » ? répéta-t-il, percevant une inflexion particulière dans sa voix.

Rebecca détourna les yeux.

— La Ligature contrôle le Haut Magicien, affirma-t-elle avec un hochement de tête, comme pour s'en persuader elle-même. Les orateurs procèdent à une cérémonie qui lie le Haut Magicien à la volonté de la reine et au bien du royaume.

Han tapota la couverture de son manuel.

— Il est écrit ici que le Haut Magicien conseille la reine dans le domaine de la magie, la représente au Conseil et utilise son pouvoir pour protéger l'armée, le royaume et le trône.

Rebecca acquiesça, mais ses épaules s'affaissèrent un peu. Son visage était caché par le rideau de ses cheveux.

— C'est vrai, dit-elle.

— Mais il ne dirige pas ? C'est la reine qui est aux commandes, n'est-ce pas ?

Elle opina encore du chef.

— La reine gouverne seule. Les reines des Fells n'ont pas le droit d'épouser un magicien, et même leur époux ne prend que le titre de consort.

— Mais avant, il y avait des rois magiciens, insista Han. Pas vrai ?

— En effet. Mais plus depuis la Rupture. Lorsque les rois ont failli détruire le monde, cela est apparu comme une mauvaise idée. (Elle attrapa le livre de Han, manifestement soucieuse de changer de sujet.) Je n'imaginais pas que la politique vous intéressait tant. Maintenant, passons en revue les règles régissant la succession royale, et les hauts faits de certaines reines.

— Comment réussissez-vous à retenir tous ces noms ?

— Ma famille est à la cour depuis des générations, vous savez. J'ai baigné là-dedans. Vous avez déjà entendu ces chansons qui énumèrent les reines du Loup Gris dans l'ordre ?

En fait, il connaissait des chansons paillardes qui dressaient de telles listes, mais ce n'était pas le genre de choses qu'on répète à une sang-bleu.

— Je ne suis pas obligé de les mémoriser, si ? J'aimerais autant laisser ça de côté. À vrai dire, les reines, je m'en cogne pas mal.

Elle frémit comme s'il l'avait giflée.

— Ah ! très bien, mais je croyais que…

— Les reines, la noblesse, tout ce ramassis de sang-bleu… Rien que des suceurs de sang qui se nourrissent du peuple. Ce qui se passe dans la rue, ils s'en fichent bien.

— Vous n'en savez rien, protesta Rebecca, dont les joues pâles rougissaient. Vous ne savez rien de la reine Marianna ni de ce qu'elle…

— C'est vous qui n'êtes au courant de rien. Pardonnez mon cynisme, mais je sais comment on traite les gens hors de l'enceinte du château.

— Qu'est-ce qui vous autorise à penser que je l'ignore ? rétorqua Rebecca en haussant le ton. J'étais au poste de garde du Pont-Sud, vous souvenez-vous ? J'ai constaté que vous aviez été roué de coups. J'ai vu ce qu'avaient subi vos amis. Mais vous n'avez pas le droit d'insinuer que la reine est…

Han l'interrompit et termina sa phrase :

— La reine est responsable de tout ce qui m'est tombé dessus au cours de l'année écoulée.

Rebecca, immobile, le regardait fixement de ses yeux verts. Pour une fois, elle était sans voix.

Pourquoi tu lui racontes ça, Alister ? s'interrogea Han. *Ferme-la. Faut pas enchaîner comme ça après les fleurs.*

Mais il ouvrit la bouche, et soudain les paroles se bousculèrent d'elles-mêmes pour raconter toute l'histoire.

— Ma mère, ma petite sœur et moi, on vivait au-dessus d'une écurie dans le Marché-des-Chiffonniers. Mam était lavandière pour le compte de la reine, jusqu'à ce qu'on la renvoie pour avoir abîmé une robe. Comme j'avais laissé tomber le vol, on n'avait pas de sous du tout. Ce n'était que le début.

Rebecca se pencha vers lui, les mains jointes sur la table.

— J'ignorais que votre mère travaillait pour la reine. Peut-être… y a-t-il un moyen de lui faire réintégrer ses fonctions. Je connais des gens…

Han secoua la tête.

— N'essayez pas de tout arranger, ce n'est pas possible. Écoutez. C'est la reine qui est responsable des travaux publics, pas vrai ? L'alimentation en eau, ce genre de choses. Eh bien, les puits du Marché-des-Chiffonniers se sont trouvés pollués, et ma sœur Mari a attrapé la fièvre. Pendant que j'étais sorti pour récolter l'argent qui nous aurait permis de lui acheter des remèdes, les Vestes Bleues sont venus à ma recherche, parce qu'ils croyaient que c'était moi qui avais refroidi les Sudistes. Comme ils ne m'ont pas trouvé, ils ont mis le feu à l'écurie. Avec Mam et Mari à l'intérieur.

— Comment ? souffla Rebecca, dont le visage avait soudain blêmi.

— Elles sont mortes brûlées vives, Rebecca, précisa Han d'une voix sourde et sauvage. Et ce sont les Vestes Bleues qui ont fait ça. Sur les ordres de la reine. Mari n'avait que sept ans.

Elle le dévisageait en secouant la tête.

— Oh ! non, gémit-elle. Non, ce n'est pas possible.

Sa bouche continuait à former le mot « non » alors que plus aucun son n'en sortait.

— Vous m'avez dit que la reine était aux commandes.

Il savait qu'il aurait dû s'arrêter, mais il avait tout gardé sur le cœur pendant trop longtemps. C'était comme si une digue s'était rompue.

— Après, quelqu'un est revenu assassiner les Chiffonniers et les Sudistes. Certains étaient des *lytlings* aussi. Ceux que vous avez sauvés du poste de garde du Pont-Sud… ils sont tous morts.

Les yeux de Rebecca s'emplirent de larmes.

— Alors… Sarie, Velours et Flinn…

— Tous morts, pour autant que je sache. Cat est la seule survivante.

— Tout ça en vain ? dit-elle d'une voix altérée. Pourquoi ne m'avoir rien dit ? à propos de votre famille… et du reste ?

— Vous n'avez pas demandé. Des gens meurent tous les jours au Marché-des-Chiffonniers et au Pont-Sud. Dans le monde des sang-bleu, ils ne comptent pas. C'est rien qu'une histoire triste de plus.

— Mais… non, nous ne sommes pas comme ça, protesta-t-elle, les lèvres tremblantes.

— C'est ça, lâcha Han avec un grognement de mépris. Sa foutue Altesse la princesse héritière nous jette son argent de poche et on devrait se prosterner bien bas pour la remercier.

— Ce n'est pas ce qu'elle recherche, murmura Rebecca, blessée. Elle ne veut pas de gratitude, elle essaie juste…

— Forcément, vous prenez sa défense. Les sang-bleu se serrent toujours les coudes.

Cette fois, elle ne tenta pas de répondre. Assise sur sa chaise, elle faisait tourner une bague dorée sur son index, le regard perdu dans le vide, le visage aussi blanc que le linge des Consacrés.

Le silence s'installa entre eux, et un sentiment de culpabilité envahit Han. Bien sûr qu'elle les défendait. Elle avait grandi à la cour, ses amis étaient des sang-bleu. Ce n'était pas elle, l'ennemi.

—Écoutez, je suis désolé. Je ne voulais pas vous sauter à la gorge comme ça. Vous avez beau être une sang-bleu, vous n'êtes pas responsable de ce qui est arrivé.

Il referma la main sur les siennes.

Rien de ce qu'il disait ne semblait la consoler.

Ce n'était pas sa faute à elle si la vie de Han était un désastre. Il cherchait comment exprimer cela lorsqu'elle recula brusquement sa chaise, manquant de la renverser, et se leva.

—Je dois partir. (Elle attrapa son sac.) Veuillez accepter mes… sincères… condoléances pour la perte de votre famille, lâcha-t-elle d'une voix saccadée. Je suis… vraiment désolée.

Elle franchit la porte comme si elle avait des démons à ses trousses. Et laissa ses fleurs derrière elle. Il entendit le bruit de ses pas précipités dans l'escalier, puis le silence.

Il en resta muet de surprise un instant, puis :

—Rebecca ! Attendez !

Il fourra ses livres et ses papiers dans sa besace avant de se lancer à sa poursuite dans l'escalier.

Le temps d'arriver dans la salle commune, elle avait disparu. Les clients l'observaient avec un intérêt avide. Il gagna la rue du Pont, et jeta des coups d'œil dans toutes les directions. Enfin, il la repéra, tête baissée, qui se dirigeait à grands pas vers la Maison Wien et son dortoir. Il se précipita, évitant les étudiants et professeurs qui flânaient par là, profitant de la douceur printanière.

Ses longues jambes lui donnèrent l'avantage – ainsi que les pleurs de Rebecca, qui l'empêchaient sûrement de voir où elle allait. Il la rattrapa et lui prit le bras.

—Rebecca, je vous en prie, je vous en supplie, ne fuyez pas. Je suis désolé. Je n'aurais pas dû vous dire tout cela.

Elle secoua la tête, les yeux fermés comme si elle pouvait le faire disparaître ainsi. Les larmes jaillissaient au coin de ses paupières et ruisselaient sur ses joues.

— Laissez-moi. Je retourne à mon dortoir.

Mais elle ne bougea pas. Elle resta au milieu de la rue, poings serrés, tandis que les passants s'écartaient et se donnaient des coups de coude en la regardant.

— Allez, lui dit-il en passant un bras par-dessus ses épaules pour la ramener vers le pont.

Il leva les yeux vers la pancarte de l'établissement le plus proche : « *Le Savant et le Chien* ».

— Entrons ici.

Elle ne répondit ni « oui » ni « non », aussi l'entraîna-t-il à l'intérieur de l'auberge éclairée d'une lumière douce. Il y avait beaucoup de monde, mais il repéra deux étudiants au regard vitreux qui quittaient une table dans l'angle. À coups d'épaule, il se fraya un chemin à travers la foule des clients debout, pour s'approprier la place. Voyant un imposant cadet à la tunique tachée de bière tituber vers la table, Han le toisa et lui dit :

— La demoiselle a besoin de s'asseoir. Écartez-vous.

L'intrus s'éloigna en lui lançant un regard torve. Han installa Rebecca sur une chaise tournée vers le coin, pour que l'on remarque moins son visage baigné de larmes. Lui-même s'assit face à la salle, comme à son habitude. Il fit signe à la serveuse, levant deux doigts en se tapotant l'estomac. Cette dernière hocha la tête pour signifier qu'elle avait compris, et se dirigea vers la cuisine.

Puis il reporta son attention sur Rebecca. La transformation était saisissante : larmes essuyées, respiration sifflante apaisée, même sa coiffure était mieux ordonnée. Ses joues et le bout de son nez étaient encore rosés mais, à part cela, Han ne se serait jamais douté qu'elle avait pleuré. Elle avait puisé en son for intérieur d'acier trempé pour se reprendre et arborer un visage des rues qui masquait son désarroi profond.

Pour une sang-bleu, cette fille est solide, se dit Han. *Peut-être même assez solide pour être avec moi. Mais quelque chose la ronge. Et elle sait garder des secrets. Est-ce que je devrais m'en inquiéter ?*

— Je suis désolée, dit-elle. Je m'en veux d'avoir perdu contenance. Seulement… j'ai beaucoup de soucis en ce moment, et… quand vous m'avez raconté ce qui est arrivé à votre famille, aux Chiffonniers… j'ai eu l'impression que tout ce que j'avais fait, ou essayé de faire, n'était qu'une perte de temps.

— J'ai été pris par surprise, moi aussi. C'est comme se faire renverser par un char à bœufs.

— Comment réussissez-vous à tenir le coup ?

Elle le regardait intensément, comme si elle voulait vraiment savoir.

— Je n'ai pas trop le choix, vous ne croyez pas ? répondit-il avec un haussement d'épaules.

Il se dit que cela faisait tout de même du bien de partager le secret qui le rongeait – de la même manière que crever un abcès soulage la douleur.

— Mais je ne me laisserai pas faire, poursuivit-il. C'est pour cette raison que je suis ici. En prévision de la prochaine fois.

Elle fronça les sourcils et se mordilla la lèvre inférieure.

— Que voulez-vous… ?

Elle sursauta et leva la tête lorsque la serveuse posa des chopes de cidre sur leur table, ainsi que des bols de ragoût fumant.

— Ça vous va, du ragoût ? s'enquit Han. Je n'ai rien avalé de la journée.

— C'est parfait. Je n'ai pas mangé non plus.

Elle baissa les yeux sur son repas, mais n'y toucha pas.

Pour montrer l'exemple, Han prit une bouchée.

— C'est bon, l'encouragea-t-il, la bouche pleine. Désolé, se reprit-il en s'essuyant avec une serviette.

Parfois, la fatigue aidant, il n'arrivait plus à tenir son rôle de sang-bleu.

— Je ne peux pas vous y forcer, Rebecca, mais vous vous sentirez mieux avec quelque chose dans le ventre.

Elle acquiesça machinalement et prit une cuillerée, puis une autre. Une fois sur sa lancée, elle vida tout son bol, et accompagna son dîner de gorgées de cidre, jusqu'à ce qu'il n'en reste plus une goutte non plus.

— Vous disiez avoir des soucis, rappela Han quand elle posa sa cuillère. Que se passe-t-il ?

Elle se massa les tempes du bout des doigts.

— Je ne sais pas quoi faire. Je crois que je devrais rentrer chez moi. Je… Ma mère a besoin de moi.

— Pourquoi ? Elle est malade ? demanda-t-il tout en réclamant d'un geste un autre pichet de cidre.

— Non, pas exactement. Mais elle n'est plus elle-même. Et dans le cas contraire, elle…

Rebecca ne termina pas sa phrase, comme si elle prenait soudain conscience d'en avoir trop dit.

— Est-ce qu'elle vous a demandé de rentrer ?

— Non, elle veut que je reste à l'écart. Mais il se peut que son jugement soit altéré. Et ce n'est sans doute pas dans mon intérêt de demeurer loin des Fells.

— Bon, je ne connais rien à votre famille, vous savez. Mais le fait d'être ici, au Gué-d'Oden, c'est une aubaine pour vous, non ?

Elle hocha la tête en écartant sa chope, qu'elle remplaça par celle de Han, encore pleine.

Ouh là ! doucement, pensa-t-il. *Le cidre n'est pas un alcool fort, mais vous êtes menue.*

— Il n'y a personne à qui vous confier pour savoir ce qu'il en est ? Votre père ?

— Ma mère et lui ne s'entendent pas toujours très bien, répondit-elle. Et il est souvent absent, pour affaires.

— Des frères et sœurs ?

— J'ai une sœur. Mais je crois qu'elle fait partie du problème. (Elle marqua un temps d'arrêt.) J'ai peur de tout perdre si je ne rentre pas.

Han fronça les sourcils, perdu. Puis il comprit : dans les familles comme celle de Rebecca, il y avait toujours des questions de succession.

— Vous avez peur d'être reniée ? déshéritée ?

Elle hocha la tête.

— Peut-être. C'est une possibilité.

L'intuition de Han lui soufflait qu'elle ne lui confiait pas tout. Il avait l'impression de regarder par le trou de la serrure à l'intérieur d'une pièce qu'il comptait cambrioler. Il voyait une partie de la scène, mais il pouvait y avoir une mauvaise surprise dans un angle mort.

— Je ne sais pas si je suis le mieux placé pour vous conseiller, dit-il. Et je ne sais pas ce que vous avez à perdre. (Il tendit la main pour enrouler sur son doigt une mèche des cheveux noirs de Rebecca.) Si vous ne savez pas ce que votre mère souhaite, vous devriez réfléchir à ce que vous voulez, vous, et au meilleur moyen de l'obtenir : en restant ici, ou en rentrant mettre les choses au clair avec elle.

De nouveau, des nuages de soucis assombrirent le visage de Rebecca.

— Il ne s'agit pas de ce que je veux. Beaucoup de gens dépendent de moi.

— Et pourquoi ne pas prendre en compte vos désirs, au moins de temps à autre ? (Il lui attrapa la main.) Il suffit de réclamer. J'ai appris que personne vous… personne ne vous fait de cadeaux. On n'obtient pas ce qu'on ne va pas chercher.

Elle posa les yeux sur leurs mains entrelacées.

— Je ne sais pas à qui faire confiance, murmura-t-elle.

— Faites-moi confiance, souffla-t-il avant de se pencher pour l'embrasser.

En fait, il voulait qu'elle reste au Gué-d'Oden, et pas seulement parce qu'elle lui apprenait des choses qui n'étaient enseignées nulle part ailleurs.

Elle était irritable et fière, habituée à commander et à être obéie. Intelligente et têtue, elle aurait pu convaincre un chien de se séparer de sa queue. Mais elle avait un cœur en or: elle n'hésitait pas à traverser la rue pour donner une pièce à un mendiant et, en cas d'affrontement, elle soutenait toujours celui qui risquait de perdre. Elle avait pleuré la mort de Mam et de Mari, même si elle ne les avait jamais rencontrées.

Elle était exigeante envers les autres, mais plus encore envers elle-même.

Il ne l'avait pas lâchée, et il lui massait la paume. Ses mains étaient toutes petites, mais calleuses: le labeur ne lui faisait pas peur. Elle portait un gros anneau à l'index, gravé d'une ronde de loups.

Han voulait faire naître un de ces sourires qui lui illuminaient les yeux. Qu'elle soit de nouveau heureuse. Et il voulait être celui qui la rendait heureuse.

Il désirait Rebecca Morley de toutes les manières. Depuis des mois, il vivait comme un Consacré.

Finalement, il la raccompagna jusqu'à la Résidence Grindell. Somnolente et chancelante comme elle l'était, il tenait à s'assurer qu'elle rentrait au dortoir sans encombre.

Ce n'était pas encore tout à fait l'heure du couvre-feu quand ils arrivèrent. Il pensait la laisser à la porte et prendre congé, mais la salle commune était déserte.

— Où se trouve votre surveillant de dortoir ? demanda-t-il.

S'il lui avait pris l'envie de se pointer à Hampton avec une fille au bras, Blevins lui serait tombé sur le poil dès le seuil.

— Il n'y en a pas, marmonna Rebecca en bâillant. Juste Amon. Le commandant Byrne, je veux dire.

— Et où est-il ?

Elle se massa les tempes du plat de la main.

— Sans doute déjà couché. Ou à l'école du temple, avec Annamaya.

Elle avait dit cela sans trace d'émotion.

Il se dégageait des lieux une ambiance militaire. Tout était plus ordonné qu'à la Résidence Hampton, pour commencer.

— Qui d'autre vit ici ?

— Le reste de mon triple, répondit-elle avant de lui prendre la main et de l'entraîner vers l'escalier. Vous m'accompagnez en haut ?

Il hésita, tandis que son cœur martelait un « oui » retentissant.

— Vous êtes sûre ? Je ne veux pas vous attirer d'ennuis.

— C'est bon, dit-elle, rougissante. Je loge avec Hallie et Talia, qui sera contente de vous voir. Elle joue les marieuses, vous savez. Et Hallie vient de rentrer des Fells. Si elle est encore debout, elle pourra vous donner des nouvelles du pays.

Eh bien, se raisonna Han, *c'est vrai que j'aimerais bien savoir ce qui se passe à la Marche.*

Main dans la main, ils gravirent l'escalier étroit, toujours plus haut, au-delà des ronflements qui s'échappaient du premier étage endormi, jusqu'au palier du second.

Il y avait là un petit salon avec des chaises rassemblées devant la cheminée. Une embrasure voûtée donnait sur une pièce voisine. C'était le genre d'appartements convenant à un commandant. Ou à un surveillant.

— Hampton, c'est minable à côté, commenta Han en regardant autour de lui.

Rebecca rit.

— Normalement, c'est pour le surveillant. Nous sommes les seules cadettes à Grindell, alors nous nous partageons cet étage.

Elle ouvrit la porte de la chambre et appela :

— Hallie ? Talia ?

Han espérait qu'elles ne dormaient pas déjà. Il espérait qu'elles n'étaient pas là du tout.

Rebecca lui fit signe d'entrer.

— Il n'y a personne.

Il s'arrêta une seconde sur le seuil en jetant des coups d'œil à l'intérieur : alignés contre le mur se trouvaient trois lits simples faits au carré, avec un coffre au pied de chacun. Trois bureaux étaient coincés sous la fenêtre pour profiter de la lumière.

La besace que Rebecca avait toujours avec elle reposait sur l'un d'eux, à côté de son nécessaire à écriture et de la boîte à musique, qui occupait la place d'honneur au centre du sous-main.

— C'est chic ici, dit-il.

Et dire que les militaires avaient la réputation de vivre à la dure.

Le foulard mauve de Rebecca pendait à un crochet près de la porte. Elle accrocha son sac à côté et tendit la main pour débarrasser Han de ses affaires.

— Vous êtes sûre ? Je ferais peut-être mieux d'y aller ? dit-il en les lui confiant. C'est bientôt l'heure du couvre-feu.

Qu'est-ce qui lui prenait ? Jamais il ne se comportait de façon si raisonnable.

Rebecca s'assit sur sa couche, rebondissant presque sur le couvre-lit tendu. Elle tapota le tissu à côté d'elle. Il s'assit, passa les bras autour de sa taille et l'embrassa. Surprise, elle recula et se toucha les lèvres, les yeux écarquillés.

— Vos lèvres semblent… puissantes, ce soir.

— Désolé, s'excusa Han. (Il saisit son amulette pour drainer son pouvoir.) Voilà, essayons de nouveau.

Il posa délicatement sa bouche sur la sienne, guettant ses réactions.

— C'est mieux, dit-elle en enroulant ses bras autour de son cou.

Elle se laissa aller en arrière et s'allongea, tout en l'attirant contre elle. Il l'embrassa encore et s'attaqua aux boutons de sa veste d'uniforme. Finalement, il se félicitait de n'avoir pas intégré l'armée. Les militaires aimaient beaucoup trop les boutons.

— Vous savez, aucune fille ne m'avait jamais dit ça, murmura-t-il en faisant glisser la veste de ses épaules avant de la jeter sur le côté. Que mes lèvres sont puissantes.

— Je le dis à tous les magiciens que j'embrasse, confessa-t-elle. Je préfère être honnête.

— Je vois, dit-il en faisant son possible pour ne pas chercher à deviner quels magiciens elle avait embrassés.

Pas Micah Bayar, pria-t-il. *Pourvu que ce ne soit pas lui.*

— Ça ressemble à quoi ? demanda-t-il.

— Que voulez-vous dire ?

Elle le dévisageait d'un air méfiant.

— De se faire embrasser par quelqu'un qui a le don, reprit Han.

— Pourquoi ? Ça ne vous est jamais arrivé ? s'étonna-t-elle.

Il y avait bien eu Fiona. Il chassa ce souvenir.

— Se faire embrasser par un magicien sans l'être soi-même, je voulais dire.

— Hmmm. (Elle réfléchit, sourcils froncés.) C'est un peu comme une piqûre qui pétille jusque dans la gorge, comme quand on boit de l'eau-de-vie.

Il se toucha les lèvres.

— Comme de l'eau-de-vie ? Vraiment ?

— Et parfois ça monte à la tête et… (Elle ne finit pas sa phrase et le dévisagea, les yeux étrécis.) Par le sang du démon ! grogna-t-elle en réajustant sa chemise. Ne vous moquez pas !

— Non, non ! se défendit Han en étouffant un éclat de rire. J'ai envie de savoir. C'est fascinant.

Elle attrapa son oreiller pour lui assener un coup. Une lutte acharnée s'ensuivit, qui défit le lit impeccable et au cours de laquelle Han n'eut pas toujours le dessus. Ils finirent rouges, hilares et entrelacés.

Il passa un bras sous sa nuque et l'autre autour de sa taille, pour l'embrasser encore, longuement et tendrement. Il était resté longtemps sans embrasser personne, et il ne savait pas quand il en aurait de nouveau l'occasion.

Il déposa de rapides baisers sur son visage, puis lui retira sa chemise et embrassa sa peau nue, qui se couvrit de chair de poule. Dessous, elle portait un caraco en soie. Il ne put s'empêcher de remarquer un petit tatouage en forme de rose au-dessus de son sein gauche.

Il s'écarta un instant pour calmer sa respiration et les battements désordonnés de son cœur.

Tout doux, Alister. Ce n'est pas parce que tu es impatient qu'elle l'est aussi.

— Rebecca, fit-il en posant son front contre le sien, pouvons-nous fermer la porte à clef ? Je l'ai déjà dit, ce que je garde pour plus tard finit toujours par m'échapper.

— Je sais. Mais c'est juste que… la situation est déjà bien assez compliquée. Je ne prends pas d'herbe à pucelle, je ne sais pas où en trouver par ici. Et puis, Talia et Hallie pourraient rentrer d'un instant à l'autre.

Comme pour démentir ses paroles, elle défit le col de Han, tâtonna pour déboutonner sa chemise et y glissa ses mains pour lui caresser le torse. Avant qu'il ait eu le temps de réagir, elle avait saisi son amulette.

— C'est magnifique, s'extasia-t-elle comme le bijou s'illuminait entre ses doigts, répandant une lumière verdâtre qui rendait sa peau diaphane. Je ne m'étais jamais rendu compte…

— Rebecca ! cria Han en repoussant sa main. Non, ne…

Une décharge de lumière et de pouvoir magique explosa entre eux dans un fracas assourdissant. La déflagration fit tinter les oreilles de Han, et Raisa porta les doigts à sa bouche.

— Ça va ? s'inquiéta Han en lui prenant la main. Êtes-vous brûlée, ou… ?

Rebecca secoua la tête.

— Je n'ai même pas eu mal, je…

Des pas retentirent dans l'escalier. La porte s'ouvrit en claquant et le caporal Byrne surgit sur le seuil, torse nu, le souffle court et l'épée au clair.

— Par le sang du démon ! jura Han en bondissant sur ses pieds.

— Écartez-vous d'elle ! ordonna Byrne qui approchait en brandissant son épée.

Han recula. Le caporal se trouvait entre la porte et lui, mais la fenêtre était derrière.

— Rai… Rebecca, êtes-vous blessée ? demanda Amon.

Il continua à avancer jusqu'à se placer entre Rebecca et Han.

— Je vais bien, Amon, répondit-elle, son regard allant de l'un à l'autre. Écoutez, tout cela n'est qu'une…

— Que se passe-t-il, monsieur ?

Trois cadets ébouriffés passèrent la tête par l'embrasure de la porte. En voyant leur commandant qui tenait Han en respect de la pointe de son épée, ils se bousculèrent pour entrer comme des porcs franchissant une barrière.

— Escortez Morley en bas, et mettez-la en sécurité, intima Byrne sans quitter Han des yeux. Et trouvez-lui une chemise.

— Commandant Byrne ! s'écria Rebecca, debout en caraco, comme si elle était le général des armées. Arrêtez immédiatement ! Han Alister est mon invité.

Il avait beau ne pas connaître grand-chose des us et coutumes militaires, Han se doutait que les cadets n'étaient pas censés hurler sur leur commandant. Et encore moins leur donner des ordres.

Byrne les observa de nouveau l'un et l'autre. Pendant quelques secondes, il eut l'air un peu perdu, puis une détermination farouche durcit ses traits.

— Cadette Morley, vous savez que les invités ne sont pas autorisés à la Résidence Grindell après le couvre-feu. Je vous ordonne d'aller dans la salle commune attendre une mesure disciplinaire, pendant que je m'occupe de votre « invité ».

Han sentait qu'il n'aurait pas l'avantage contre le caporal Byrne.

— C'est bon, caporal commandant, pas besoin de vous occuper de moi. C'est toujours un plaisir de vous rencontrer. Je m'en allais.

— Han ! Attendez ! l'appela Rebecca. Vous n'êtes pas obligé de partir.

— Quand un type tient une épée, je m'incline.

Il avait le dos contre la fenêtre à présent. Il se tourna pour ouvrir les volets, puis attrapa le haut du cadre et balança les jambes par l'ouverture en priant pour trouver un toit de l'autre côté. Il regarda et vit un faîte un étage plus bas. Il se laissa tomber.

Il se réceptionna de manière peu gracieuse : il se tordit la cheville et s'écorcha les paumes. Au moins, il n'était pas passé à travers la charpente !

— À jeudi ! lui lança Rebecca à la fenêtre.

Sa cape atterrit sur les tuiles à côté de lui.

Le temps de l'enfiler et il détalait en boitillant pour rejoindre le passage couvert attenant. Il entendit les volets claquer au-dessus de sa tête.

Son esprit marchait plus vite que lui.

Il avait décelé chez le commandant une intensité particulière : Byrne ne se souciait pas seulement de faire respecter le couvre-feu et de protéger la vertu d'une de ses cadettes. Est-ce qu'il voulait à la fois la chaîne et la montre – Annamaya et aussi Rebecca ?

Il n'avait pourtant pas l'air d'un type gourmand. Enfin, Han ne le connaissait pas très bien.

Et si Rebecca s'était servie de lui pour rendre Byrne jaloux ? Dans ce cas, elle était prête à mouiller sa chemise pour arriver à ses fins. Même un gars des rues cynique comme lui ne parvenait pas à y croire.

Il rit en secouant la tête. *Pauvre Alister. T'es un voleur, un seigneur des rues, une fripouille ; au Marché-des-Chiffonniers t'es une légende vivante, mais parmi les sang-bleu, t'es qu'une oie blanche.*

Au fond, même s'il s'était fait duper, il n'avait pas de raison de se plaindre. Ce n'était pas comme si Rebecca lui avait fait des promesses. Elle ne lui avait pas mis le grappin dessus non plus. Il y avait eu des baisers, quelques danses. Et une bataille de polochons.

Mais bon sang! ces baisers étaient délicieux. En fait, il en voulait d'autres. Il gardait le souvenir de sa peau contre la sienne. Elle l'émouvait plus que n'importe quelle autre fille.

Le caporal avait gâché sa soirée. Mais Han avait comme l'impression qu'il lui avait retourné la politesse. Cette pensée le ragaillardit.

Elle lui avait dit : « À jeudi ! »

« On n'obtient pas ce qu'on ne va pas chercher », avait-il affirmé.

À proximité, les cloches du temple égrenèrent les douze coups de minuit.

Il espérait que sa cheville s'assouplirait tandis qu'il avançait clopin-clopant, mais elle semblait au contraire se raidir. Il aurait du mal à prendre de vitesse les prévôts s'il se faisait repérer. Aussi, il privilégia les rues secondaires et les coins sombres.

Il réussit à traverser le pont en évitant les gardes qui cherchaient les retardataires. Alors qu'il se rapprochait de Hampton, sa nuque le picota, comme si on l'épiait. Il fit volte-face, croyant entendre des pas derrière lui. Il ne vit personne.

Byrne n'enverrait quand même pas quelqu'un pour se venger, réfléchit Han. *Nan*. Byrne était un type régulier, bourré de scrupules. Et puis peut-être qu'à cette heure-ci Rebecca et lui s'embrassaient pour se rabibocher. Un accès de jalousie le saisit.

Lorsqu'il atteignit la Maison Mystwerk, il décida de ne pas traverser la pelouse, où il serait à découvert, et rasa les murs pour rejoindre prudemment la résidence. Peut-être ferait-il mieux de rentrer par les toits. Il avait eu assez d'émotions pour la journée. Il ne pourrait pas en supporter davantage.

Il emprunta le passage pavé qui menait aux jardins à l'arrière. Il y avait un angle dissimulé aux regards entre deux bâtiments qui offrait de bonnes prises pour escalader.

Han glissa le bout de sa botte dans une fissure et alla chercher en hauteur, agrippant les pierres brutes de part et d'autre. Il espérait que sa cheville ne lui jouerait pas des tours une fois dans les airs.

À cet instant, quelqu'un dans son dos lança :

— Gardez vos mains où elles sont. J'ai une lame, et j'hésiterai pas à m'en servir.

La voix était basse et rauque. Cette personne n'avait pas commis l'erreur de le toucher, ce qui aurait révélé sa position exacte.

— Que voulez-vous ?

Aussitôt, il se fit la réflexion que si l'idiotie était un crime capital, il en paierait vite le prix.

— Vous avez une bourse ?

Il en avait une, mais il n'était pas prêt à l'abandonner.

— Non, non, répondit-il. C'est la fin du trimestre, je suis fauché.

— Menteur.

Il entendit l'air siffler, ressentit comme une piqûre au niveau de l'oreille, et le sang se mit à goutter dans son cou. Le voleur venait de lui trancher le lobe, avec une lame si affûtée qu'il l'avait à peine sentie.

— Votre bourse, ordonna l'inconnu. La prochaine fois, c'est la main qui y passe.

Sa voix tremblait, il était tendu. Il avait l'air jeune, aussi. Ce n'était pas pour rassurer Han. Un vide-gousset nerveux avec un couteau tranchant, voilà qui était redoutable. En plus, Han n'était pas agile, avec sa cheville foulée.

— Bon, j'ai bien une bourse, admit-il. Vous voulez que je la sorte ?

Il n'avait pas l'intention de faire des gestes brusques.

— Dites-moi où elle est.

— Dans un sac accroché à ma ceinture et glissé dans mes braies, devant.

C'était une cachette de voleur, où les détrousseurs et pick-pockets avaient le moins de chances de plonger la main sans se faire remarquer. Si le vide-gousset s'approchait pour le fouiller, Han aurait une occasion de se défendre.

Mais le voyou n'approcha pas. Han sentit le frôlement de l'acier, et sa cape tomba à terre, tranchée de haut en bas et d'une épaule à l'autre.

C'était futé de se débarrasser de tout ce tas de tissu d'abord. Il espéra que le brigand n'avait pas prévu de lui découper aussi les braies.

— C'est quoi, autour de votre cou ?

L'amulette de Han luisait faiblement, éclairant le coin de mur devant lui.

— Oh ! rien, prétendit-il en penchant la tête pour dissimuler son médaillon. Juste une babiole achetée dans la rue, pour la fête. Ça s'allume.

— M'a l'air plutôt coûteux, estima le voleur. Ça pourrait valoir un paquet.

— Je vous la vends. Je l'ai eue pour 5 sous. Une fillette, et elle est à vous.

Alister, tu as des penchants suicidaires, pensa-t-il, regrettant de ne pouvoir ravaler ses paroles. Et voilà comment le fameux mercenaire magicien des clans allait mourir, taillé en pièces par un voyou des rues. L'homme de main d'Abelard tombant sous les coups d'un bête détrousseur...

— Retirez-la et jetez-la vers moi, ordonna le voleur. Pas de gestes brusques.

— Écoutez, et si je vous jetais plutôt ma bourse, hein ? C'est ma bonne amie qui m'a donné ce colifichet ; si je le perds, elle va m'écorcher vif.

S'il parvenait à atteindre ses braies, il mettrait la main sur son propre couteau.

— C'est moi qui me chargerai de vous écorcher vif si vous me le filez pas en vitesse.

— Bon, bon. Je défais l'attache. Voilà.

Tout doucement, Han baissa les bras et s'efforça d'ouvrir le fermoir de la chaînette.

Il se demandait quelle quantité de pouvoir renfermait encore le porte-brasillant, et si cela déconcentrerait son assaillant assez longtemps pour qu'il tente une attaque. L'amulette avait réagi au contact de Rebecca, en tout cas.

— Passez la chaîne par-dessus votre tête, le pressa le voleur. Pas besoin de la défaire.

Comment savait-il cela ? À moins que le but de la manœuvre ne soit précisément de lui prendre cet objet. La peur se lova entre ses omoplates comme un serpent.

Il retira le pendentif, l'amulette vibrant faiblement dans sa main. Il n'allait pas pouvoir en faire grand-chose. Il commença à se retourner.

— Ne bougez pas ! commanda le détrousseur. Balancez-le par-dessus votre épaule.

Oui, cette voix avait bien des intonations familières.

Han lança le médaillon de la main droite par-dessus son épaule gauche. L'amulette s'envola et Han continua à pivoter dans le même mouvement, sortant son couteau de sa ceinture. Comme il l'avait prévu, le voleur fut distrait un instant, suivant du regard le bijou qui tombait comme une étoile filante.

Han se jeta sur le vide-gousset pour le percuter d'un coup d'épaule, pesant de tout son poids. Le voleur perdit l'équilibre et sa tête heurta le mur dans sa chute. Il s'affala face contre les pavés, les bras étendus devant lui, totalement hors de combat.

Han baissa les yeux sur lui. Tout de noir vêtu, étroit pantalon noir, bottes noires, et veste à capuche qui épousait son corps mince : l'assaillant était en tenue d'assassin. Alors pourquoi ne l'avait-il pas simplement égorgé pour dépouiller son cadavre à son aise ?

Toute l'action s'était déroulée presque en silence. Han récupéra son amulette qu'il se passa autour du cou et garda le serpent dans la main. Il s'accroupit à demi, le couteau levé, guettant l'arrivée des complices du voleur.

Mais une seule silhouette se détacha de l'ombre du bâtiment et avança vers lui.

—Arrière! lança Han en agitant son couteau. Ou je vous plante, toi et ton copain!

—Ne la tue pas, dit Danseur, qui venait d'atteindre la portion du sentier éclairée par la lumière de la rue. On doit découvrir pourquoi elle a fait ça, et pour qui elle travaille.

« Elle » ? Han se laissa aller contre le mur, relâchant sa prise sur son couteau. La tête lui tournait. *Ce doit être un cauchemar*, se dit-il.

Danseur s'agenouilla près du voleur allongé et lui retira son arme. Puis il retourna le corps avec précaution.

C'était Cat Tyburn.

30

Cette âpre magie

Mick et Garret attrapèrent Raisa par les bras pour essayer de la tirer hors de la chambre, tandis que Han reculait vers la fenêtre. Amon avançait vers lui, épée tendue.

— C'est bon, caporal commandant, dit Han, pas besoin de vous occuper de moi. C'est toujours un plaisir de vous rencontrer. Je m'en allais.

Son regard accrocha longuement celui de Raisa, ses yeux bleus brillants et durs comme le saphir. Puis il se retourna, ouvrit les volets d'un coup sec et glissa par la fenêtre les pieds devant, agile comme une anguille. Amon lâcha son épée pour se précipiter, mais il ne réussit pas à l'attraper.

Raisa se libéra et courut à la fenêtre en bousculant Amon, qui lui saisit le bras comme s'il craignait qu'elle ne saute à son tour.

Elle se pencha à temps pour voir Han s'éloigner sur le toit de la galerie en boitant.

— À jeudi !

Elle arracha sa cape au crochet et la lui jeta. Il la ramassa et continua à marcher sans se retourner tandis qu'Amon refermait les volets.

— Bon, dit le commandant. Il est parti. Vous autres, sortez. Je veux parler à Morley en privé. Si Abbott et Talbot arrivent, retenez-les en bas.

Mick et Garret regardèrent Raisa d'un air compatissant, puis sortirent en bon ordre. Elle entendit le bruit de leurs bottes décroître dans l'escalier. Puis ce fut le silence.

Raisa, la hanche appuyée contre le rebord de la fenêtre, foudroyait Amon Byrne du regard. Lui-même avait les yeux qui lançaient des éclairs. Chacun attendait que l'autre commence.

Enfin, Amon céda :

— Avez-vous réellement invité Gourmettes Alister à monter dans votre chambre ?

— Han.

— Quoi ?

— Il se fait appeler Han Alister, maintenant.

Amon leva les yeux au plafond.

— Très bien : Han Alister.

— Et alors ? lâcha Raisa, à la fois furieuse, gênée et frustrée.

— Vous connaissez le règlement. L'absence de surveillant ne signifie pas qu'on doive oublier les règles. Pas d'invités aux premier et second étages. Après le couvre-feu, aucune personne extérieure. J'ai promis à Taim Askell que…

— Taim Askell n'a rien à voir là-dedans, et vous le savez pertinemment ! Si vous aviez trouvé une fille dans la chambre de Mick, vous ne l'auriez pas chassée à la pointe de l'épée.

— S'il faisait des câlins à un voleur et un chef de bande notoire, peut-être bien que si. Surtout si ce voleur l'avait déjà enlevé sous la menace d'un couteau et retenu prisonnier toute une nuit. Et encore plus si ce voleur s'était soudain changé en magicien. (Il tendit le cou comme une tortue sortant de sa carapace.) En fait, je me demanderais sérieusement si Mick n'aurait pas perdu la tête.

— Je sais ce que je fais, affirma Raisa en remettant sa chemise. Ce n'est pas comme si j'avais gardé ça secret. Je vous ai dit qu'il était ici, au Gué.

Ne sois pas sur la défensive, s'enjoignit Raisa. *Tu n'as aucune raison de te sentir coupable.*

— Vous m'avez dit que vous ne vous enfuiriez pas si vous le croisiez, rappela Amon. Pas que vous alliez… que vous alliez… (Il agita la main vers le lit défait.) Rai, le peu que vous savez sur lui n'incite pas à la confiance.

— Je le connais mieux que vous ne croyez. Je lui donne des leçons depuis des mois.

— « Des leçons » ? répéta Amon en levant les sourcils. C'est ça que vous faisiez ?

Il attrapa son épée et la rangea dans son fourreau d'un geste violent, comme s'il embrochait un ennemi, tout en marmonnant quelque chose à propos des « leçons ».

— Comment ? Qu'avez-vous grommelé dans votre barbe ?

— J'ai dit : si vous lui donnez vraiment des leçons, quel en est le foutu sujet ?

— Pas vos oignons. Et puis, un soir sur deux, vous êtes fourré chez Annamaya de l'autre côté de la rivière.

— C'est différent. Nous ne…

Il montra de nouveau le lit de Raisa.

Elle mit les mains sur les hanches.

— Et en avez-vous seulement envie ? Vous ne devriez pas épouser quelqu'un dont vous n'êtes pas amoureux.

— Eh bien, je n'ai pas vraiment le choix, si ?

Il s'assit sur le rebord de la cheminée et se prit la tête entre les mains.

Raisa l'observa un long moment, puis alla s'asseoir près de lui et lui étreignit le genou.

— Je sais. Désolée.

— Nous ne pouvons ni l'un ni l'autre abandonner notre véritable personnalité, dit Amon à travers ses doigts. Nous sommes censés prétendre que je suis votre commandant mais, dès que je vous donne un ordre, vous redevenez la princesse héritière. Et les autres Loups assistent au spectacle. Comment leur en vouloir s'ils commencent à considérer qu'obéir à mes ordres est facultatif ?

— Je suis désolée, répéta Raisa. Mais vous ne m'aidez pas en chassant mes invités à la pointe de l'épée.

Amon laissa tomber ses mains sur ses genoux et tripota sa bague aux loups. Il jeta un regard à Raisa, de ses yeux gris assombris par le chagrin.

— Je n'ai pas le droit de vous poser cette question, mais... qu'y a-t-il entre vous et Alister ? Est-ce un simple coup de tête ou... ?

— Je ne fais pas ça pour vous punir, si c'est là ce que vous voulez savoir, répondit sèchement Raisa.

Amon rougit.

— Ce n'est pas ce que je sous-entendais...

— C'était tentant, mais non. (Elle réfléchit longuement.) Je ne sais que dire. Il est intelligent, et il ne me laisse rien passer. Il m'apprend beaucoup... Je crois qu'il fait de moi une meilleure personne.

Amon leva les yeux au ciel.

— À vous entendre, on dirait qu'il s'agit de votre confesseur, pas de votre amant.

— Han n'est pas mon amant ! rétorqua Raisa. Enfin, pas tout à fait.

— Pas tout à fait ? Ou pas encore ?

— Amon...

D'un geste las, il se frotta les paupières.

— Par la dame ! Raisa. Je fais de mon mieux.

— Je sais bien.

Elle se mordilla la lèvre inférieure. Que pouvait-elle lui répondre ? *« Je remarque tout chez lui, de son nez fracturé à ses cicatrices de guerre en passant par ses yeux plus bleus que les lacs des hautes terres en été. Parfois, j'aperçois le garçon qu'il aurait pu être s'il avait vécu ailleurs qu'au Marché-des-Chiffonniers. Quand il croit que personne ne l'observe, la souffrance apparaît sur son visage. Il arrive que je me rende compte à quel point il est dangereux, aussi. »*

Non, elle ne pouvait rien lui dire de tout cela.

— Je vais au Bal des Cadets avec lui, lâcha-t-elle. Comme ça vous êtes au courant.

— Rai, dit-il en lui prenant les mains. Quoi que vous fassiez, ne tombez pas amoureuse de lui.

Raisa hocha la tête, sachant qu'il était déjà trop tard.

31

Trahison

Assis sur ses talons, Han contemplait Cat allongée sur les pavés. Une ecchymose violette fleurissait au-dessus de son œil droit, là où elle avait heurté le mur. Son arcade sourcilière enflée rendait son visage asymétrique. Si elle était tombée selon un angle légèrement différent, elle aurait pu perdre son œil.

Han leva la tête vers Danseur.

— Tu savais qu'elle me filait ?

— Chut, lui intima-t-il en posant un doigt sur ses lèvres tandis qu'il surveillait le passage. J'ai compris qu'elle mijotait quelque chose, alors je l'ai suivie. Je ne l'aurais pas laissée te couper la gorge ni rien.

— Me voilà rassuré, dit Han en se relevant et en ramassant les lambeaux de sa cape. Et tu comptais entrer en scène quand ?

— Mettons-la à l'abri avant que les prévôts se pointent, suggéra Danseur.

— Et pourquoi on ferait ça ? Qu'ils la mettent aux fers. Je veux plus entendre parler d'elle.

Celle qu'il considérait comme une amie venait de l'attaquer en traître. Il ne l'aurait jamais crue capable d'essayer de le planter pour le voler. Après tout ce qui s'était produit, il avait atteint ses limites.

Danseur ne daigna pas répondre.

— Allez. On ne peut pas la traîner sur les toits pour entrer par la fenêtre. Je vais la porter et tu détourneras l'attention de Blevins s'il est encore réveillé.

Il rangea la lame de Cat et glissa les bras sous elle pour la soulever. Elle gémit sans ouvrir les yeux.

Han pénétra le premier dans le dortoir et inspecta la salle commune à la recherche du surveillant. Il le trouva profondément endormi dans son fauteuil, au coin du feu. Il guettait leur retour. Et il serait furieux de ne pas avoir réussi à les pincer.

Han fit signe à Danseur, et ils passèrent à côté de Blevins à pas de loup, puis empruntèrent l'escalier, collés au mur pour ne pas faire grincer les marches.

Heureusement, ils atteignirent le troisième étage sans rencontrer âme qui vive. Han ouvrit la porte de sa chambre, et son ami déposa Cat sur le lit.

— Je vais chercher de l'eau fraîche pour sa tête, dit Danseur.

Il ramassa la cuvette et partit pour la salle d'eau du deuxième étage.

Il se montre bien prévenant envers quelqu'un qui vient de ruiner ma plus belle cape et de me menacer avec son couteau, pensa Han.

Il alluma deux chandelles pour chasser les ombres. L'aube ne se lèverait pas avant des heures.

Cat gémit en pressant les mains sur son front. Il la fouilla consciencieusement et lui confisqua trois autres lames. Danseur réapparut avec la cuvette et un linge humide qu'il posa sur la bosse de Cat. Elle arracha le tissu, qu'il replaça aussitôt. Elle le repoussa, puis ouvrit les yeux.

— Bas les pattes, sale mange-merde de rouq…

Elle s'arrêta brusquement, comme si la mémoire lui revenait.

— Par le sang et les os ! murmura-t-elle.

Elle remarqua alors Han et tressaillit en refermant les paupières.

— Pourquoi tu m'as pas tuée ? chuchota-t-elle en se passant la langue sur les lèvres.

— C'est pas encore trop tard. Mais Danseur pensait que tu aurais des confessions à faire d'abord.

— J'ai rien à dire. Tranche-moi la gorge, qu'on en finisse.

Elle bascula la tête en arrière, le cou exposé, tel un loup qui se soumet au mâle alpha de la meute.

Danseur s'assit à côté d'elle sur le lit.

— Non. Tu nous as sauvé la vie en Arden. Tu mérites qu'on te laisse t'expliquer, au moins. Je veux savoir ce qui ne va pas. Tu es différente, depuis quelques semaines. Comme désespérée.

— De quoi tu parles ? fit Han, énervé. Tu la connais à peine, je ne vois pas comment...

— Tu n'es jamais là, rétorqua Danseur. Tu n'as aucune idée de ce qui arrive à tes amis.

Han agita la main en direction de Cat.

— Ça, une amie ? (Il secoua la tête, incrédule.) Les amis n'essaient pas de te refroidir dans un coin sombre.

— Gourmettes a pas tort, intervint Cat en ouvrant les yeux et en regardant Danseur. Tu me connais pas bien. Je suis une voleuse. Je trahis mes amis. Je mérite la mort.

Les larmes perlèrent au coin de ses paupières et glissèrent dans ses cheveux.

— J'aurais dû me contenter de partir, mais j'avais besoin d'argent pour retourner au pays. Il n'y a rien pour moi, ici. Je ne suis pas faite pour les études.

— Qu'est-ce que tu voulais faire avec l'amulette ? l'interrogea Han, soudain pris d'un terrible soupçon. Si tu avais besoin d'argent, il te suffisait de voler ma bourse.

— J'allais pas fouiller dans tes braies pour la trouver. C'est là que tu planques tes armes, que je sache.

— C'est après l'amulette que t'en avais, affirma Han. Pas vrai ?

Après un long silence, elle hocha la tête.

— Je… Je pensais en tirer un bon prix. À voir comme tu la couves, elle doit valoir un paquet. Mais tu la gardes tout le temps sur toi, donc j'avais pas le choix.

Han cligna des yeux tandis que les pièces du puzzle s'assemblaient.

— C'est toi qui as fouiné dans ma chambre ! Tu la cherchais.

— Moi ? J'ai rien fait à ta chambre ! se récria Cat.

Mais Han haussa un sourcil, et elle finit par marmonner :

— Comment t'as deviné ? J'ai tout bien remis en place.

— C'était le soir du Dîner de la Doyenne, et tu savais qu'aucun de nous ne serait là, dit Danseur.

Il regardait Cat, qui ne le quittait plus des yeux. Han eut soudain l'impression de n'être qu'un étranger, un simple spectateur de la scène.

— Je… Je suis venue au Gué parce que je pensais pouvoir aider, dit-elle, comme hypnotisée par Danseur. Je m'en voulais. Je pensais que je pourrais… me racheter, pour ce qui est arrivé à la Marche.

Elle déglutit avec difficulté.

— J'aurais dû me tenir à l'écart.

— Comment ça ? Qu'est-ce qui s'est passé, à la Marche ? demanda Danseur d'une voix basse et caressante, comme une langue-de-sorcière.

— Gourmettes… Sa mère et sa sœur. Et les Chiffonniers, dit Cat dans un souffle.

Danseur mouilla de nouveau le linge, l'essora et le replaça sur le front de la blessée.

— Qu'est-ce qui te fait penser que tu dois te racheter pour ça ?

Cat arracha la compresse et la lança à travers la pièce.

— Parce que tout est ma faute !

Han la dévisagea. Cat avait bien des torts, mais il ne pouvait pas la laisser endosser cette culpabilité-là.

— Non, ça, c'est ma faute.

Il se souvenait combien Cat était bouleversée la nuit de l'incendie, comment elle et les autres Chiffonniers l'avaient empêché de se jeter dans l'écurie en flammes pour secourir Mam et Mari. Cette nuit-là aussi, elle lui avait sauvé la vie.

— Tu n'aurais pas pu les sauver, si c'est à ça que tu penses, lui dit-il, un peu radouci. Tu n'as pas à t'en vouloir.

Elle secoua la tête.

— T'en sais fichtre rien.

Elle s'assit, chancelante, comme si elle allait retomber en arrière. Danseur lui passa un bras autour des épaules pour la soutenir. Pour une fois, elle ne le repoussa pas.

— À qui tu croyais pouvoir la vendre ? demanda Han. L'amulette, je veux dire.

Cat leva les yeux au plafond, comme s'il était idiot.

— Ce Bayar, le porte-poisse, il est venu me voir il y a quelques semaines. Il m'a menacée. Il a dit qu'il me balancerait si je ne volais pas le médaillon pour lui. Il prétend qu'il était à lui, pour commencer, et que Han lui a piqué.

C'était sûrement arrivé après le déménagement de Bayar et de ses cousins. Après que la doyenne avait prévenu Micah de le laisser tranquille.

Il manquait une information. Elle tournait autour du pot.

— Et qu'est-ce qu'il pouvait raconter sur toi ? demanda Han. Qu'est-ce que tu ne voulais pas que je sache ?

Cat prit une grande inspiration, puis tout sortit comme une avalanche de mots, tout ce qu'elle attendait de confesser depuis si longtemps.

— C'est moi. C'est moi qui ai indiqué au jeune Bayar où tu créchais, quand ils te cherchaient au Marché-des-Chiffonniers. Ils avaient Velours, ils menaçaient de le tuer si je crachais pas le morceau. Alors je l'ai fait. Je me suis dit que c'était toi ou lui, et c'était lui que j'aimais. Je pensais qu'ils fouilleraient, trouveraient ce que tu leur avais fauché et puis voilà. J'imaginais pas… Je m'attendais pas à…

Sa voix se brisa. Les larmes striaient ses joues.

— Tu ne pensais pas qu'ils feraient brûler Mam et Mari, finit Han.

Il s'écarta d'elle jusqu'à heurter le mur, contre lequel il se colla. Il aurait voulu disparaître, s'éteindre comme une braise, pour ne plus rien entendre.

Les larmes jaillirent de ses yeux.

— Tu ne savais pas à qui tu avais affaire.

— J'ai vite compris, dit-elle d'une voix amère comme la chicorée sauvage. Ils ont tué Velours quand même. Ensuite, ils sont revenus pour faire la peau à tous les autres. Un vrai massacre. Ils te cherchaient, ils ont essayé de faire parler tout le monde. Si j'avais été là, je serais morte aussi. (Elle prit une inspiration saccadée.) J'aurais préféré.

Il aurait dû deviner. Il croyait que c'était Taz Mackney. Mais non, c'était bien plus logique qu'il ait été trahi par quelqu'un de proche, quelqu'un qui pouvait conduire la Garde de la reine à travers le dédale de ruelles du Marché-des-Chiffonniers, et montrer l'écurie, qui ne portait ni nom ni numéro.

— Après, je voulais les tuer, poursuivit Cat. Je voulais tuer tout le monde. (Elle sourit tristement.) J'ai toujours su que j'étais bonne au couteau. Mais je suis pas bête : comme assassin, je vaux rien, à côté d'eux. Ç'aurait été me jeter droit dans les flammes. Je l'aurais quand même fait si j'avais pensé pouvoir en emmener quelques-uns avec moi.

» Alors j'ai accepté l'offre de Jemson d'aller au Gué-d'Oden. Je voulais quitter le Marché et jamais y remettre les pieds. Je suis allée jusqu'à Delphi, et puis je suis restée bloquée. J'avais trop peur pour continuer, mais je pouvais plus rentrer au pays. Quand je suis tombée sur toi, en voyant que t'étais vivant, je me suis dit que ce serait peut-être pas si mal, dans le Sud, si t'étais là. Je savais que tu t'en sortirais, n'importe où. J'ai jamais eu un meilleur seigneur que toi. Mais je savais qu'il fallait pas que tu apprennes que je t'avais donné, sinon tu m'arracherais le cœur.

Elle leva les yeux vers lui avec une lueur d'espoir.

—Alors tue-moi. C'est honnête. Comme ça j'arrêterai de penser aux choses que j'aurais dû faire autrement.

Han se laissa glisser le long du mur jusqu'au sol. Il remonta les genoux et passa ses bras autour. Il se sentait engourdi. Il se complaisait dans sa culpabilité depuis tellement longtemps qu'il n'était pas prêt à en abandonner une part à Cat.

—Je ne vais pas te tuer, Cat. Je suis désolé, mais je ne peux pas. Tu t'es juste trouvée sur le chemin des Bayar qui me poursuivaient. C'est tout. Toi, et tous les autres. Je porterai ce fardeau pour le reste de mes jours.

Ils restèrent silencieux un moment.

—Bon, et maintenant? demanda Danseur, sans s'adresser à l'un d'eux en particulier.

Il prit la main de Cat dans la sienne. Encore une fois, elle se laissa faire.

—Je peux disparaître, si c'est ça que tu veux, proposa-t-elle. Ce serait stupide de m'accorder de nouveau ta confiance. Et t'es pas stupide. (Elle leva alors les yeux pour le regarder.) Mais j'aimerais rester, et t'aider. Je sais contre qui tu te bats, et je te promets… je ferai tout ce que tu voudras.

—Non, s'interposa Danseur. C'est notre combat, à Han et à moi. On ne peut pas y échapper. Toi tu n'es pas impliquée.

—Bien sûr que si, gronda Cat. À la mémoire de Velours, de Jonas, de Sweets, de Sarie et… de tous les autres. Mari était encore petite. Et ils ont brûlé…

—Stop, l'interrompit Han, une main levée. Je… Arrête.

Il attendit de regagner le contrôle de sa voix.

—J'entrerai en guerre dans pas longtemps. Contre les Bayar, et sûrement beaucoup d'autres ensorceleurs. Ce sera une lutte différente de ce que tu connais. Ça ne s'arrêtera pas aux combats de rue, même s'il y en aura sans doute. Ce sera de la politique, de l'espionnage. Il s'agira de dire ce qu'il faut, juste au bon moment.

Et ça se passera d'un bout à l'autre du royaume : dans les montagnes, au Marché-des-Chiffonniers, au Pont-Sud, et jusque dans l'enceinte du château.

— T'auras besoin d'un coup de main, affirma Cat. Tu peux pas tout faire tout seul.

— Tu devrais rester ici, dit Han. Tu as accompli des progrès étonnants en peu de temps. Jemson avait raison. Tu pourrais devenir femme de chambre ou gouvernante. Tu pourrais enseigner la musique. C'est ta chance de sortir du Marché-des-Chiffonniers pour de bon.

— Tu t'imagines que je vais rester à me prélasser dans les draps d'une belle maison tout en sachant que tu es en guerre ? Je veux faire serment d'allégeance. Je veux t'aider. Toute seule, je ne pourrais pas affronter les Bayar, mais avec toi, j'ai peut-être une chance.

Han observa Cat, hésitant. Une lueur d'espoir se ralluma dans les yeux de la jeune fille.

— Ce serait lui faire courir un risque, protesta Danseur. Elle serait amenée à se mesurer à des magiciens. Elle serait sans défense.

— Je suis pas sans défense ! s'indigna-t-elle en sortant une lame de quelque cache secrète pour la brandir en direction de Danseur, qui recula pour conserver son nez intact.

Han se frotta le menton.

— J'ai besoin de gens qui feront ce que je dis, que ce soit d'aller à l'école, de chaparder dans la rue ou de garder certaines personnes à l'œil. Je n'aurai pas le temps de me disputer avec toi. Tu ne pourras pas choisir les tâches que tu as envie d'accomplir.

Elle hocha la tête, les yeux dardés sur lui.

— Je promets de t'obéir.

— Je veux que tu poursuives tes études. La musique, les arts, les langues, tout ça. Il faut que tu sois capable de fréquenter les sang-bleu. Si j'arrive à supporter ça, tu dois pouvoir t'en accommoder aussi.

— Tu parles déjà comme un sang-bleu, marmonna Cat.

— Il n'y aura pas de partage de butin, pas comme du temps de la bande, poursuivit-il. J'ai un peu d'argent, mais ça pourrait s'envoler en fumée, ça va dépendre de la suite des événements. Et si tu bosses pour moi, tu ne peux pas accepter des boulots à côté. Tu peux partir à tout moment, mais si tu décides d'aller avec quelqu'un d'autre, il faut me le dire et rompre franchement notre accord.

— Compris. Pas de petits boulots à côté.

— Au moins, tu connais les risques, dit Han, se parlant aussi à lui-même. Je me sens moins coupable de te demander ça, parce que tu choisis en connaissance de cause.

— Chasse-Seul, dit Danseur, ne la laisse pas gâcher sa vie.

Cat le fit taire d'un regard. Puis elle se glissa hors du lit et se mit à genoux.

— Moi, Cat Tyburn, je jure allégeance à Gourmettes Alister. J'engage ma loyauté, mes lames et mes armes à ton service, et me place sous ta protection. Je ferai ce que tu me diras. Tes ennemis sont mes ennemis. Pas de travail à côté. Je promets de t'apporter tous mes gains, et accepterai ma part de ta main, comme tu jugeras bon.

Et elle conclut sa tirade par un de ses sourires à la fois radieux et dangereux.

32

Nouvelles alliances

Les membres de la clique d'Abelard arrivèrent au compte-gouttes dans la salle de réunion et se tassèrent à un bout de la table, à l'opposé de Han. On le regardait avec méfiance. Micah soupira et leva les yeux au plafond, comme s'il n'espérait rien de cette séance. Mais sous cet ennui feint, Han perçut une peur viscérale. Ce jour-là, personne n'était pressé d'aller où que ce soit avec Alister.

Hormis Abelard et Gryphon. Et peut-être Fiona. À son regard tranquille qui semblait le jauger, il comprit qu'elle n'avait peut-être pas renoncé à le gagner à sa cause.

L'amulette du Roi Démon se balançait au cou de Han, ainsi qu'un talisman demonai sculpté dans le mascou volant et le chêne. Ce porte-brasillant était censé le protéger des sortilèges de possession. Danseur et lui n'avaient pas été en mesure d'en tester l'efficacité, car, malgré le séminaire dispensé par Mordra, ni l'un ni l'autre ne savait comment procéder pour posséder quelqu'un.

L'amulette de Han regorgeait de pouvoir. Corbeau avait parlé de voler à quelqu'un sa magie, mais Danseur avait déniché un sort lui permettant d'en faire don à son ami en reliant leurs amulettes respectives.

— C'est bon, lui avait assuré Danseur en souriant. Je n'avais pas de grands projets magiques, de toute façon.

Dès que Han fut entré dans la pièce, Micah riva les yeux sur l'amulette. Il la contempla, puis croisa le regard de Han. Il se demandait probablement si Cat avait déjà essayé de la subtiliser. Sans doute avait-il espéré que son adversaire serait obligé de se présenter devant la doyenne sans le médaillon.

— Eh bien, maintenant que nous sommes au complet, nous pouvons commencer, dit Abelard. Lorsque Alister nous a rejoints, je vous ai raconté qu'il avait réussi à se rendre en Aediion. Cet après-midi, il va partager ses compétences avec nous. J'espère que chacun dispose d'une amulette bien chargée. (Elle fit un signe de tête à Han.) C'est à vous de jouer.

— Bon, d'accord.

Il n'était pas sûr de l'attitude à adopter : rester assis ou se lever ? Il décida de se mettre debout.

— Vous savez sans doute qu'il n'est pas facile de se rendre en Aediion. Certains magiciens pensent même que le monde des rêves est une pure invention. Pourtant, il existe bel et bien. La première fois que j'y suis allé, c'était pendant le cours de Maître Gryphon. Mais depuis j'ai réitéré l'expérience à plusieurs reprises.

— Et vous êtes revenu chaque fois, on dirait, le railla Micah, comme s'il aurait préféré le contraire.

— Eh oui, c'est un point important, répondit Han en rejetant la tête en arrière afin de toiser son camarade. Vous ne voudriez pas rester coincé là-bas, n'est-ce pas ? Ce serait fâcheux.

Il regarda Micah fixement, et ce dernier finit par se détourner.

— Certaines personnes sont persuadées que le secret réside dans l'amulette utilisée, poursuivit Han. D'autres sont d'avis que, une fois le premier passage fait, il devient plus facile de s'y rendre. Comme si on ouvrait le chemin, et qu'après on pouvait l'emprunter à volonté. (Il fit le tour de la table des yeux.) Qui parmi vous a essayé d'aller en Aediion ?

Tous levèrent la main.

— Qui a réussi ?

— Soyez honnête, précisa Abelard.

Les mains se baissèrent aussitôt.

— Comment être sûr que vous vous y êtes vraiment rendu ? demanda Mordra en tripotant son amulette.

Han regarda la doyenne, qui affirma :

— J'en ai l'intime conviction, et cela devrait vous suffire.

DeVilliers haussa les épaules, et Han poursuivit son exposé :

— Aujourd'hui, je vais vous aider, en me servant de mon amulette et du chemin que j'ai ouvert. Je ne garantis pas que vous puissiez y retourner par vos propres moyens, mais cela vous facilitera peut-être la tâche.

C'était un tas de foutaises, une histoire que Corbeau et lui avaient montée de toutes pièces. Mais Han était un sacré bon menteur, et tous hochèrent la tête, même Gryphon – qui semblait un peu perplexe, cependant.

— Bon, il faut que nous soyons en contact. Allongeons-nous en cercle.

Il avait demandé à Abelard de prévoir sept paillasses, disposées en rond près de la fenêtre. Tous s'allongèrent, leurs têtes se rejoignant presque au centre. Han entendit quelques grommellements de protestation tandis qu'ils s'installaient. Il aida Gryphon à prendre place, puis se coucha sur le dernier matelas.

Il savait bien que tous se sentaient ridicules, mais il ne tenait pas à ce que les enveloppes corporelles désertées tombent les unes sur les autres.

— Vous voyez, c'est juste comme une séance de spiritisme à l'école du temple.

Un rire nerveux parcourut le cercle.

— Bon, tout le monde se touche ?

Han sentait le bourdonnement de pouvoir qui émanait de Gryphon d'un côté, et d'Abelard de l'autre. Il devinait qu'ils avaient voulu se placer près de lui pour s'assurer de ne pas être laissés en arrière.

—Alors, il y a quelques éléments à retenir, prévint Han, le regard tourné vers le plafond. Vous le savez sans doute déjà tous, mais il vaut mieux l'entendre deux fois qu'une. En Aediion, vous pouvez modifier votre apparence : vos vêtements, vos caractéristiques physiques. Essayez donc cela. Vous pouvez aussi créer n'importe quelle illusion. C'est le monde des rêves, comme son nom l'indique. Mais la magie fonctionne, faites attention. Et n'épuisez pas vos réserves en expérimentations. Vous aurez besoin de pouvoir pour revenir.

» Nous nous rendrons tous au même endroit, pour pouvoir nous retrouver. Nous y resterons environ dix minutes. Vous aurez besoin de mon aide pour rentrer, aussi nous nous regrouperons pour le retour. Si votre amulette faiblit, prévenez-moi aussitôt. (Il s'arrêta.) Des questions ?

—Où allons-nous ? demanda Gryphon.

—Dans la rue du Pont. Y a-t-il quelqu'un qui ne connaît pas ?

Sa question fut accueillie par une nouvelle vague de rires nerveux.

—Nous nous retrouverons sous l'horloge devant *La Couronne et le Château*. Ne vous éloignez pas trop. Dix minutes passent vite en Aediion. Prêts ? Ne touchez pas votre amulette. Voici le sort que vous allez utiliser.

Il leur donna la formule magique, qu'il leur fit répéter. C'était la même que celle enseignée par Gryphon à l'automne. Quant à Han, il utiliserait autre chose, un sortilège puissant, qui les transporterait en fait tous de l'autre côté.

—C'est bon, vous êtes prêts ? Ouvrez votre portail.

Lui-même agrippa son amulette et récita la formule de Corbeau. La période de latence entre les deux mondes fut plus longue et plus profonde que d'habitude – si longue qu'il commença à s'inquiéter d'être coincé entre les deux. Lorsque l'obscurité se dissipa enfin, il se tenait sous l'horloge de la rue du Pont, seul.

Gryphon se matérialisa aussitôt devant lui, les yeux fermés, la main serrée sur son amulette.

— Gryphon, appela doucement Han.

Le maître ouvrit les yeux. C'était un Gryphon valide, sans appareil orthopédique ni béquilles. Il se regarda et un sourire de satisfaction se dessina sur ses lèvres. Il fit quelques pas prudents, avant de changer d'apparence : il grandit, et gagna en musculature, ce qui s'accordait mieux à ses traits harmonieux.

Abelard apparut à son tour, puis Hadron, deVilliers et, enfin, les Bayar. Lorsque Micah et Fiona se montrèrent, la mise de Gryphon devint subtilement plus riche et plus seyante.

— Très bien, dit Han, tout le monde est là. Essayons de modifier un peu le décor.

D'un geste, il fit éclore sur le trottoir d'immenses fleurs mauves qui leur arrivaient à la taille.

— Mais allez-y doucement, on ne veut pas finir dans un fouillis.

Les autres créèrent des fleurs et des feux d'artifice, des prairies et des cascades. Mais Micah ne se prit pas vraiment au jeu. En retrait, il gardait la main sur son amulette et les yeux rivés sur Han, comme s'il s'attendait à une attaque.

— Vous pouvez aussi transformer vos vêtements, ou ceux des autres.

Une bataille d'habillement s'engagea alors, chacun manipulant la tenue de ses voisins. Même Abelard y participa. Et bientôt, tout le monde riait aux éclats.

— D'après ce que je sais, les seuls éléments réels en Aediion sont les magiciens, les amulettes et la magie, expliqua Han. Tout le reste n'est qu'illusion. Nous sommes partis depuis la même pièce, mais nous pourrions nous disséminer aux quatre coins des Sept Royaumes, puis nous rejoindre quand même ici, à condition de nous être mis d'accord à l'avance. Sinon, on ne se retrouverait pas.

— Le temps se gâte ? demanda Mordra en frissonnant, le nez levé vers le ciel. L'illusion est parfaite.

Un vent froid s'engouffrait entre les maisons. Han sentit sa peau se couvrir de chair de poule. Des nuages noirs et pommelés s'amoncelèrent, déployant un crépuscule étrange en pleine journée. Han se revêtit d'une veste en daim fourrée. Les autres l'imitèrent, adoptant des vêtements plus chauds pour lutter contre cette chute de température soudaine.

— C'est vous qui avez fait cela ? demanda Gryphon à Han, en observant le ciel. Changer le temps ?

Han secoua la tête, incapable d'expliquer le phénomène. L'un d'entre eux en était-il responsable ? Micah ou Fiona ? Ces derniers serraient toujours leur amulette, cependant ils surveillaient le firmament avec appréhension, ce qui rendait cette hypothèse peu probable. Han ne s'était jamais rendu en Aediion en groupe. Difficile de savoir qui était aux commandes.

Des éclairs zébrèrent le ciel, qui se teinta de nuances criardes de vert et de mauve. Un roulement de tonnerre les força à se boucher les oreilles.

— Assez, Alister, supplia Mordra en rentrant la tête dans les épaules. Vous avez convaincu tout le monde.

Han saisit son amulette et tenta de changer la météo. En vain. Illusion ou pas, la tempête qui s'annonçait venait droit sur eux.

— Qui est-ce ? demanda Abelard en regardant derrière Han, les yeux plissés.

Il se retourna et resta bouche bée de surprise.

C'était Corbeau. Il était mieux habillé que jamais, son costume taillé dans une étoffe d'un or brillant faisait ressortir ses cheveux noir de jais. Il brandissait aussi une épée ornée de pierres précieuses. Le ciel était désormais sombre comme lorsque vient la noirceur, mais peu importait, car le magicien illuminait toute la rue.

Il marcha résolument vers eux, l'épée tendue et un sourire glacial aux lèvres. Des flammes dansaient autour de lui comme l'auréole d'un saint.

Han se plaça entre lui et la clique.

—Que faites-vous ici ? demanda-t-il.

Il n'avait révélé à son mentor ni l'heure de leur voyage, ni leur lieu de rassemblement. Comment les avait-il trouvés ?

—Alister ! s'exclama Abelard. Expliquez-vous immédiatement ! Cette personne est-elle une invention de votre part, ou quelqu'un de votre connaissance ?

Corbeau frémit d'agacement. Il se tourna, agita la main, et un gigantesque mur de flammes surgit du sol, séparant Han et les Bayar des autres. D'un geste, il le mit en mouvement, obligeant le reste du groupe à reculer plus bas dans la rue. Au-delà du brasier, Han entendit des hurlements.

Il fit volte-face pour s'adresser de nouveau à Corbeau :

—Que faites-vous ?

—J'ai à faire avec vous et les Bayar. Nous n'avons pas besoin que les autres interfèrent.

Il se dressa devant les jumeaux, et augmenta sa taille et son rayonnement jusqu'à les faire paraître tout petits.

—Ah ! enfin, exulta-t-il. J'ai attendu ce moment si longtemps.

—De quoi parlez-vous ? demanda Micah en mettant son avant-bras en visière. Je ne vous connais pas.

—Mais moi, si, répliqua Corbeau. Je sais qui vous êtes et ce que vous êtes.

D'un geste désinvolte, il lança une langue de feu du bout de son épée. Le projectile fila droit sur Micah, qui se jeta sur le côté pour l'éviter.

Le regard de Fiona allait de Han à Corbeau.

—Pourquoi faites-vous cela ?

Han secoua la tête.

—Allez, dit-il à Corbeau. Partez d'ici. Vous n'êtes pas invité.

—J'honore une promesse. J'ai fait le serment de détruire la Maison du Nid d'Aigle. Je vais commencer avec ces deux-ci.

—Alister, si c'est votre conception d'une plaisanterie, elle ne m'amuse pas du tout, dit Micah. J'aurais dû me méfier de ce projet.

— Et arrogant, avec ça, constata Corbeau. Vous êtes fidèle à votre engeance.

Une nouvelle boule de feu fusa en direction des jumeaux, qui plongèrent chacun d'un côté et se réceptionnèrent d'une roulade. Fiona riposta par une attaque enflammée, mais Corbeau laissa le feu le traverser avec un grésillement, apparemment sans mal.

Micah dressa un mur scintillant, pareil à de la lumière solide, les séparant de Corbeau et de Han. Mais le magicien envoya des jets de feu qui le transpercèrent sans problème. Les jumeaux durent de nouveau s'écarter. Corbeau semblait s'amuser avec eux, et chacune de ses offensives les manquait de peu.

Han s'interposa. Sa peau le picotait, car il s'attendait à recevoir une vague brûlante – il se ferait sans doute griller des deux côtés à la fois. Il se sentait trahi, dupé comme un pigeon crédule.

— Arrêtez, Alister, commanda Fiona. Ou c'est moi qui m'occuperai de vous.

Elle saisit son amulette et tendit la main.

— Corbeau ! appela Han. Je ne vous laisserai pas les tuer. Ne comptez pas là-dessus.

— Pourquoi donc ?

Il se déplaçait dans un sens puis dans l'autre pour essayer de trouver un angle de tir.

— Ils ont tenté de vous occire plusieurs fois. Ils ne verseront pas une seule larme sur votre dépouille.

— J'ai un plan, déclara Han. Et il ne ressemble pas à ça.

— Vous voulez peut-être savourer le plaisir de les assassiner vous-même ? (Corbeau fit une petite courbette.) C'est tout naturel. Je vous en prie.

Et il disparut.

Han perçut une pression, puis une brusque poussée mentale, comme si son esprit se livrait à un bras de fer. Et cela se répéta, encore et encore. Il avait l'impression que quelqu'un lui tapait sur le crâne. C'était Corbeau, qui essayait d'entrer et se faisait repousser.

Han s'empara du talisman en mascou et remercia silencieusement Danseur.

— Abandonnez, dit Han, qui parvenait tout juste à éviter les boules de feu lancées par Fiona. Cette fois-ci, ça ne marchera pas.

Corbeau donna une nouvelle bourrade à son esprit. Encore, et encore, et encore.

— Allons, ce n'est pas comme ça que je vais vaincre trois assaillants, le raisonna Han. Vous voulez me faire tuer ?

Il hurla lorsqu'une explosion envoyée par Micah le frôla, enflammant ses vêtements. Han donna des coups frénétiques sur le tissu, puis, d'un geste, transforma le coin de rue où se tenaient les jumeaux en flaque de boue. Ils s'embourbèrent jusqu'à la taille.

— Tuez-les, Alister, murmura Corbeau à son oreille. Ou ce sont eux qui vous tueront.

— Tuez-les vous-même, espèce de baise-bique profiteur à la manque, cria Han tout en érigeant un bouclier pour se protéger d'une rafale de minitornades truffées d'éclats de verre. Je ne vais pas me battre à votre place.

Mais pourquoi Corbeau n'en finissait-il pas lui-même ? Il connaissait plus de sortilèges que les trois apprentis réunis. Il pouvait aisément trouver un sort mortel que les Bayar ne pourraient contrer. Ses attaques enflammées semblaient percer les défenses de Micah, mais aucun coup ne portait, tous se retrouvaient déviés, ou n'atteignaient simplement pas leur cible. Han, Micah et Fiona s'infligeaient plus de dégâts les uns les autres.

Le soupçon germa dans l'esprit de Han.

Corbeau changea de tactique. Alors que les jumeaux tentaient de s'extraire du bourbier, Micah tituba soudain en arrière, comme s'il avait été touché. Il écarquillait les yeux de surprise. Il resta immobile un bon moment, puis saisit son amulette et tendit l'autre bras vers sa sœur.

— Micah ? fit Fiona sans comprendre. Qu'est-ce que… ?

— Fiona ! Attention ! la prévint Han en la plaquant à terre, tandis que Micah les bombardait de langues de feu, qui leur passèrent au-dessus de la tête.

— Micah ! hurla Fiona en sautant sur ses pieds. Qu'est-ce qui te prend ?

L'attaque suivante l'atteignit au bras avant qu'elle ait eu le temps de s'écarter.

Alors que le jeune Bayar s'efforçait de réduire sa sœur en cendres, Han le saisit à bras-le-corps. Les deux magiciens roulèrent face contre terre.

— Courez, Fiona ! cria Han en recrachant de la boue. Partez d'ici ou vous êtes morte !

— Je n'abandonnerai pas mon frère ! Vous aller le tuer !

— C'est pas votre frère ! Vous voyez pas la différence ? Il est possédé.

Pour la troisième fois, Han repoussa les mains de Micah, qui cherchait à les refermer sur son amulette.

Fiona hésita un instant, bras tendu, mais incapable de viser Han sans toucher son frère.

— Si vous me tuez, vous ne pourrez jamais repartir, vociféra Han, excédé.

Micah se débattait et cognait, essayant de se débarrasser de son assaillant pour refroidir sa sœur. Mais il ne connaissait pas grand-chose au combat de rue.

Han n'était pas sûr de la marche à suivre pour évincer Corbeau sans tuer Micah. Mais il avait une hypothèse.

Il maintint fermement Bayar et lui arracha son amulette.

Corbeau se matérialisa sous sa forme habituelle, furieux comme un chat sous une averse. Quelques secondes plus tard, il essayait de pénétrer dans l'esprit de Han. Et n'y parvint pas.

Profitant de la distraction de Han, Micah lui enfonça son poing sur le côté de la tête, lui faisant voir trente-six chandelles.

— Rendez-moi mon amulette, petit imposteur des caniveaux !

Han lui jeta un sort d'immobilisation : Micah tomba et resta enfin tranquille, les yeux tournés vers le ciel. Encouragé par l'efficacité du sortilège, il fit subir le même traitement à Fiona.

— Maintenant, tuez-les, Alister, l'incita Corbeau, dressé au-dessus des jumeaux Bayar comme le Destructeur lui-même, avide d'âmes fraîches. Tuez-les tout de suite.

— Non, non, répondit Han en essuyant le sang qui coulait de son visage.

Il désigna Micah et Fiona.

— Si vous voulez les tuer, faites-le vous-même.

— Dépêchez-vous, le pressa son mentor. Vos réserves diminuent. Vous devrez bientôt repartir.

Han carra les épaules et croisa les bras d'un air de défi.

— Vous ne pouvez pas utiliser votre propre magie, n'est-ce pas ? Depuis le début, vous vous servez de la mienne.

L'autre frémit, et Han sut qu'il avait vu juste.

— Pourquoi dites-vous cela ? Comment serais-je ici, sinon ? Comment pourrais-je faire cela ?

Et il envoya un nouveau jet de flammes dans la rue.

— Vous créez des illusions. Vous me l'avez prouvé dès le premier jour. Mais dans le monde réel, vous ne pouvez pas faire de magie. Vous ne pouvez pas les tuer par magie. Pas sans mon aide.

— Je ne vous ferai pas l'honneur d'une réponse, dit Corbeau d'un ton hautain. J'ai oublié plus de formules que vous n'en saurez jamais.

— Vous avez des connaissances, mais vous ne pouvez pas les mettre en pratique.

— Vous perdez l'esprit ! Allez-vous éliminer ces nuisibles de Bayar, oui ou non ?

Micah observait alternativement Corbeau et Han, assistant à leur échange avec intérêt – et frayeur.

— Montrez-moi l'exemple, l'invita Han en désignant ses camarades de classe.

Corbeau tenta une dernière fois d'envahir son esprit, sans grande conviction.

— Comment vous protégez-vous ? demanda-t-il.

— C'est plutôt vous qui me devez des explications. Pas moi. Bon alors, vous les refroidissez, oui ou non ? Parce que sinon, on va filer. Comme vous l'avez fait remarquer, nous sommes déjà restés trop longtemps.

Corbeau considéra son élève un long moment, comme s'il voulait le percer à jour.

— Je vous ai sous-estimé, conclut-il en secouant la tête.

— Ça m'arrive tout le temps. Surtout avec les sang-bleu.

Corbeau s'éteignit comme une braise froide.

Han laissa s'écouler quelques minutes pour s'assurer qu'il ne réapparaissait pas. Puis il s'accroupit près de Micah et Fiona.

— Écoutez-moi bien, vous deux. Je vais vous libérer. Nous irons rejoindre les autres et retraverser le portail. Nous avons un différend à régler, mais attendons d'être de retour. Si vous me balancez à Abelard, je vous laisse moisir ici. Si vous me tuez ou me mettez hors de combat, personne ne peut rentrer, c'est la vérité. Compris ?

Il attendit, mais ils ne pouvaient bien sûr pas répondre, immobilisés comme ils l'étaient. Il savait cependant qu'ils n'étaient pas idiots. Il leur accorda le bénéfice du doute et rompit le charme.

Aussitôt, ils sautèrent sur leurs pieds, agrippèrent leur amulette et le regardèrent comme s'il était une bête enragée.

— Allons-y.

Sans se retourner, Han se dirigea vers l'endroit où se dressait un peu plus tôt le mur de flammes, qui s'était volatilisé en l'absence de Corbeau.

— Alister !

Une haute silhouette anguleuse marchait vers lui, avançant avec précaution à travers la zone brûlée.

— Vous feriez bien d'avoir une explication !

C'était la doyenne Abelard, les doigts refermés sur son amulette. Les autres la suivaient, sauf Gryphon, qui se précipita en tête pour prendre les mains de Fiona, observant son visage d'un air anxieux.

— Vous n'avez rien ? demanda-t-il.

Sans un mot, elle fit signe que non. Elle semblait sur le point de s'évanouir, et il lui glissa un bras autour de la taille.

— Alister ! répéta Abelard d'une voix furieuse. Que s'est-il passé ?

— Pas la moindre idée, répondit-il. Je donnerais cher pour comprendre. Ce n'était jamais arrivé avant. Les autres fois où j'ai fait le voyage, je n'ai vu personne que je n'avais pas prévu de rencontrer ou d'amener avec moi.

— Vous êtes blessés, constata-t-elle en les regardant tour à tour, sourcils froncés.

— Ce type voulait nous tuer, expliqua-t-il. Il s'est jeté sur nous comme un ouragan déchaîné, il envoyait des boules de feu et crachait un sort après l'autre. On l'a tenu en respect, mais tout juste, même à trois contre un. (Il frissonna.) Finalement, il s'est juste… éteint. Il a disparu. Il devait avoir épuisé ses réserves de magie.

Abelard fronça les sourcils.

— Vous ne connaissez pas cet homme ? Vous ne l'avez jamais vu dans le monde réel non plus ?

— Jamais. (Il jeta un regard menaçant aux jumeaux.) Et vous ?

Ils se contentèrent de secouer la tête, les yeux écarquillés, le visage pâle comme un linge.

— Nous ne savions pas où vous étiez, ni si vous… si vous étiez encore en vie, raconta Hadron, levant le nez vers l'horloge de la rue du Pont. Nous sommes restés bien plus que dix minutes… Trente au moins.

— Les compétents deVilliers et Hadron ont tenté de rentrer par leurs propres moyens lorsque nous avons constaté qu'il était plus que temps de partir, expliqua Abelard. Ils n'ont pas réussi.

Ils étaient tous terrorisés, lèvres exsangues. Sauf Gryphon et Abelard.

Le visage de la doyenne reflétait méfiance et incompréhension. Quant à Gryphon, il semblait heureux comme jamais. Le poids de la souffrance, de la frustration et de l'amertume l'avait quitté. Il était tel un Consacré qui a vu la Créatrice.

Étrange.

— J'adorerais continuer à discuter de tout cela, dit Han en s'arrachant au spectacle du maître transformé, mais nous sommes déjà restés trop longtemps, et je ne veux pas risquer une autre attaque.

— Partons, l'approuva Mordra en jetant des regards craintifs autour d'elle.

— Que tout le monde s'approche pour pouvoir me toucher.

Les six voyageurs firent cercle autour de Han, jouant des coudes pour se placer le plus près possible. Finalement, chacun réussit à l'agripper.

— Maintenant, récitez la formule pour refermer le portail pendant que je dis la mienne.

Le monde s'assombrit dans un brouhaha de voix. Lorsque Han ouvrit les yeux, il était dans le bureau de la doyenne, et sentit le poids d'un corps sur le sien. C'était Fiona. Ils avaient atterri en un désordre enchevêtré sur les matelas. Il se dégagea vivement et se mit debout.

Il les compta. Tous étaient revenus. Il poussa un soupir de soulagement.

Abelard procéda à son propre dénombrement.

— Bon, dit-elle d'un ton brusque. Au moins, nous n'avons perdu personne, malgré quelques blessures.

À l'entendre, elle considérait manifestement qu'on ne faisait pas d'omelette sans casser des œufs.

— Félicitations. Vous vous êtes rendus en Aediion, un exploit dont peu de magiciens peuvent se vanter. Je vous tiendrai informés d'une éventuelle suite à ce cours. En attendant, je ne pense pas devoir vous rappeler de n'en parler à personne.

— Excusez-moi, doyenne Abelard, intervint Han. Vous pouvez faire ce que vous voulez, vous tous, mais moi je n'y retourne pas. Le jeu n'en vaut pas la chandelle, c'est trop risqué.

D'autres hochèrent la tête en signe d'assentiment.

Abelard pinça les lèvres mais n'ajouta rien, et ils sortirent les uns après les autres.

Micah et Fiona attendaient Han au pied de l'escalier.

— J'ai deux mots à vous dire, lança Fiona en lui empoignant le bras, si fort que ses ongles lui griffèrent la peau.

— Bas les pattes ! la prévint-il, son couteau contre la gorge de la jeune fille. Je vous donne jusqu'à trois. Un.

Elle leva les deux bras. L'arme se volatilisa.

— Ce n'est pas parce que je ne vous ai pas refroidis en Aediion qu'on va tous faire ami-ami. Je veux mettre une ou deux choses au clair. Allons bavarder dans la cour qui est agréable et pleine de témoins. Pas question de parler dans des recoins sombres avec des comploteurs comme vous.

Han se dirigea vers le centre de la cour et s'assit sur un banc du kiosque qui entourait la fontaine Bayar.

Les jumeaux le suivirent. Il leur désigna un banc voisin, sur lequel ils s'installèrent.

— Vous vous attendiez à quoi, Micah, en envoyant une voleuse des rues contre un magicien ? demanda Han en jonglant distraitement avec son couteau. La lutte est inégale. Elle a du talent, je dois l'admettre. Il y a peu d'étudiants du temple capables de vous découper le cœur à travers vos vêtements. Mais comme détrousseuse, elle n'a jamais eu la main très sûre.

— Je ne sais pas de quoi vous parlez, prétendit Bayar.

— Qui ça ? demanda Fiona en même temps.

— Cat Tyburn ne fait plus partie de votre bande, annonça Han. Désolé.

— Qui est Cat Tyburn ? les interrogea Fiona, qui observait intensément son frère et Han.

Quant à Micah, il semblait tiraillé entre sa curiosité et son désir de persister à nier.

— Que s'est-il passé ? finit-il par demander. Où est-elle ?

— À votre avis ? répondit Han en lançant son couteau, qu'il rattrapa avec adresse.

— Vous l'avez tuée ?

Sur le visage de Micah se lisait une sorte de fascination horrifiée.

Han haussa les épaules.

— Je ne veux pas parler de Cat.

— Eh bien, moi, si, dit sèchement Fiona, qui foudroyait son frère du regard. Qu'est-ce que tu as encore manigancé ?

— Plus tard, l'interrompit Micah. Parlons d'abord de ce qui s'est produit en Aediion aujourd'hui. Qui est ce Corbeau ? Ou alors, était-ce simplement une invention de votre part pour nous impressionner ?

Han testa le tranchant de sa lame sur son pouce.

— En vérité, je n'en sais fichtre rien. Je ne sais pas non plus ce qu'il a en tête. J'étais tout aussi surpris que vous quand il est apparu.

— Mais vous le connaissez, insista Fiona. C'était évident.

— Je l'ai déjà rencontré, admit-il en rangeant son couteau. Je peux pas dire pour autant que je le connais. Disons simplement que ce voyage en Aediion était au-dessus de vos moyens. En termes de magie. (Il referma le poing sur son amulette.) Bon, maintenant, réglons cette affaire. J'en ai par-dessus la tête de surveiller mes arrières, de m'attendre à tout moment à ce qu'on me vide les poches, à me prendre un sort ou à sentir une lame s'enfoncer entre mes côtes. (Il agita son amulette.) Vous la voulez ? Venez la chercher.

Micah secoua la tête.

— Nous ne sommes pas idiots. Vous allez nous attaquer. Ou alors nous serons renvoyés pour vous avoir attaqué.

— Promis, croix de bois, croix de fer. Pas d'attaque. Si vous réussissez à la prendre, elle est à vous. (Han leur adressa son large sourire en biais.) L'un ou l'autre. Allez, qui essaie le premier ?

— Jetez-la-nous, dit Fiona.

— Allons, ce serait stupide, non ? Vous deux avec trois amulettes, et moi sans rien. (Il leva son médaillon par la chaînette.) Nan, c'est à vous de venir la prendre.

Micah secoua encore la tête.

— Non, je ne vous fais pas confiance.

Han soupira.

— Je crois que vous êtes bien trop malins pour moi. Voyez-vous, ce machin fait la fine bouche. Si vous le touchez, vous serez réduits en un petit tas de cendres et une mauvaise odeur dans l'air.

— Vous oubliez que je l'ai utilisée par le passé.

— Alors approchez, le tenta Han avec un sourire, caressant la tête du serpent. C'est maintenant ou jamais.

Fiona fit la moue.

— Vous prétendez pouvoir vous en servir alors que nous en serions incapables ? alors que nous en sommes les véritables propriétaires ?

— Vous persistez à affirmer que ce porte-poisse vous appartient. Ce n'est pas vrai. Vous l'avez volé à Alger Waterlow il y a mille ans. Il aurait dû être détruit, mais la famille Bayar a volé tout un stock d'objets magiques, pas vrai ?

Les jumeaux, parfaitement immobiles, le regard fixe, protégeaient de la main leurs propres amulettes – sans doute volées, elles aussi.

— Vous ne pouvez pas le prouver, dit enfin Fiona.

— Bien sûr que si. Il me suffit d'aller le donner aux clans et de leur raconter comment j'ai mis la main dessus. Ils me croiront. J'ai comme l'impression que ma parole pèsera davantage que la vôtre, à leurs yeux. Et puis Hayden Danseur de Feu était présent ce jour-là, sur Hanalea. Et il a des relations dans les clans des Esprits.

— Vous ne vous en séparerez pas, avança Micah. Les clans le détruiraient.

— Peut-être. Ou peut-être pas. Mais je peux vous promettre une chose : vous ne le récupérerez jamais. Votre père a assassiné ma mère et ma sœur. La Garde de la reine les a enfermées dans une écurie et y a mis le feu. Elles ont été brûlées vives. Ce n'est pas le seigneur Bayar qui a allumé le brasier, mais c'est tout comme. Ma sœur n'avait que sept ans.

Micah détourna les yeux.

— Vous étiez recherché pour meurtre. La reine…

Han leva la main pour l'interrompre.

— Des meurtres que je n'ai pas commis. Oh ! il y a plein de monde à blâmer. La reine est sur la liste. Mais je ne suis pas stupide. Ne commettez pas l'erreur de le croire.

— Non, je ne risque pas, affirma Fiona, les yeux rivés sur son visage.

— Puis quelqu'un, un des vôtres ou un homme de main de la reine, a tué mes amis du Marché-des-Chiffonniers, en les interrogeant pour essayer de savoir où j'étais. Certains étaient des *lytlings*, eux aussi. Ils n'avaient pas choisi la vie des rues, vous savez. C'était ça ou mourir de faim. (Han pencha la tête.) Vous prétendez que la reine me traquait parce que quelques Sudistes avaient trouvé la mort ?

— Vous avez poignardé notre père lorsqu'il a tenté de négocier la restitution de l'amulette, protesta Fiona. Vous avez manqué d'assassiner le Haut Magicien du royaume. Je crois que c'est une raison suffisante pour que la garde vous poursuive.

— Négocier ? fit Han en la regardant fixement. *Négocier ?* Ma parole, vous les sang-bleu vous avez votre propre argot ! Dans la rue, on appelle ça « prendre le thé avec les porcs ». Il m'a prévenu d'emblée qu'il comptait m'emmener chez vous et me torturer à mort.

Impatient, Micah changea de position sur le banc.

— Bon, où voulez-vous en venir ?

— Je voulais que vous sachiez que j'ai payé très cher cette amulette. Aucun de vous deux ne pourra s'en servir. Je préférerais la voir fondue et détruite plutôt qu'entre vos mains. Vous me croyez ?

— Je vous crois, murmura Fiona, dont le visage était encore plus livide que d'habitude. Mais vous êtes insensé si vous continuez à l'utiliser. Vous n'imaginez pas à quel point c'est dangereux.

— Je vais prendre le risque. Vous savez, Micah, le soir où je vous ai rencontré rue du Pont, je voulais vous tuer. Je voulais vous couper la gorge et voir votre sang imbiber le sol. Je voulais vous enrouler une corde autour du cou pour vous étrangler, pour vous regarder vous débattre et vous faire dessus.

— Ouh ! je tremble de peur, répondit Micah sans le quitter des yeux.

Han se leva et fit un pas vers lui.

— Je suis ce qui se cache dans les recoins quand vous rentrez des *Quatre Canassons*. Je suis l'ombre dans la ruelle Greystoke quand vous sortez pisser. Je suis le vide-gousset dans le couloir quand vous allez rendre visite à la mignonne de la Résidence Grievous.

Micah plissa les yeux, perdant un peu de sa belle assurance. Han devina qu'il passait en revue une centaine de détails suspects.

— Vous me suivez ?

— Je peux entrer et sortir de votre chambre comme je veux. Je peux vous répéter ce que vous dites en dormant. Je sais ce que votre compagne inavouable vous chuchote à l'oreille. (Han rit.) Vous ne pouvez m'interdire l'accès d'aucun endroit. J'aurais dû être au courant plus tôt au sujet de Cat, mais vous l'avez vue uniquement quand j'étais en cours.

Micah s'humecta les lèvres.

— Vous éprouvez peut-être un plaisir pervers à m'espionner, mais…

— Ce que je veux dire, c'est que si j'avais voulu vous voir mort, vous auriez déjà pu l'être d'une dizaine de façons. Je vous ai laissé la vie sauve parce que j'ai d'autres projets, maintenant. Vous les

Bayar, vous devez apprendre que vous ne pouvez pas tout avoir. Je vais vous donner une leçon. Ce n'est que le début.

Micah plissa les yeux.

— Est-ce une menace ?

— Tout à fait, répondit Han avec un sourire. Dès que vous vous engagerez dans une bagarre, vous feriez bien de vous demander qui est en face. (Il se leva.) À la revoyure !

33

Le mariage ou la mort

C'était un jeudi lugubre et gris – et pourtant, le temps était plus doux et plus humide qu'il aurait dû l'être en avril. Raisa avait fini ses cours pour la journée, mais elle n'avait pas envie de rentrer à la Résidence Grindell pour être surveillée par Amon. Il était sur les nerfs depuis des jours, même avant l'incident avec Han.

— Qu'est-ce qui ne va pas ? lui avait-elle demandé le soir précédent, sur le terrain d'exercice. Je ne vous ai jamais vu si nerveux.

— J'ai l'impression que vous êtes en danger, dit-il. Je n'arrive pas à m'en défaire.

Elle s'arrêta, son bâton en travers du corps.

— C'est à propos de Han Alister ?

Il secoua la tête.

— Non. Pas entièrement, en tout cas. J'ai ce pressentiment depuis que Hallie est de retour. Comme si quelque chose allait vous arriver. (Il rajusta sa prise sur son bâton, repositionnant soigneusement ses mains.) J'ai appris à écouter ces instincts. Soyez prudente, je vous en prie, Rai.

Elle avait hésité à lui montrer la lettre de la reine Marianna, et finalement avait résolu de ne pas lui en parler. Est-ce que les inquiétudes d'Amon étaient liées à cela ? Sentait-il à quel point elle était perturbée, et tentée de rentrer au pays ?

En plus de tous ces soucis, elle devait étudier pour ses examens, et décider de sa tenue pour le Bal des Cadets. Les cadettes avaient le choix entre leur uniforme de cérémonie ou une robe. L'uniforme serait plus simple, mais elle craignait d'être prise pour un jeune cavalier ayant obtenu la permission de minuit.

Parfois, ses toilettes variées lui manquaient vraiment.

Mais il était sans doute trop tard pour engager une couturière, et elle ne trouverait sûrement pas de tenue à sa taille dans les boutiques d'occasion de la rue du Pont.

Le soir même, elle avait rendez-vous avec Han.

Elle sentit les battements de son cœur s'accélérer. Elle avait envoyé un message à la Résidence Hampton.

> « Han, je vous présente mes excuses pour la fin abrupte de notre soirée. C'était merveilleux jusque-là. AB présente ses excuses également. Enfin, ce n'est pas tout à fait exact, mais je m'en charge en son nom. J'attends jeudi avec impatience, ainsi que le bal. Rebecca. »

Elle n'avait pas reçu de réponse.

Je devrais peut-être attendre de voir s'il vient à son cours ce soir, avant de chercher une tenue, se dit tristement Raisa. Elle brûlait d'aller le rejoindre à son dortoir, de l'autre côté du pont, mais cela risquait de mal se terminer, de bien des manières.

La nervosité d'Amon était contagieuse. Raisa regardait sans cesse par-dessus son épaule. Des picotements sur sa nuque lui suggéraient qu'elle était surveillée. Des loups gris envahissaient la cour, les oreilles rabattues sur le crâne, et elle entendait leurs hurlements plaintifs tard dans la nuit.

Elle finit par se réfugier dans une salle de lecture en haut de la bibliothèque de la Maison Wien, pour essayer de travailler.

Mais Han Alister faisait irruption dans ses pensées. Et Amon Byrne aussi. Et Marianna, sa mère. Parfois, elle décidait de rentrer dans les Fells après les examens. L'instant d'après, elle craignait que son retour ne précipite l'arrivée d'une crise. Elle relut le même paragraphe encore et encore, jusqu'à s'assoupir, la tête posée sur ses bras.

— Novice Morley ?

Raisa leva la tête et découvrit un cadet qui la regardait d'un air nerveux depuis le pas de la porte.

Elle le dévisagea, encore tout endormie.

— Oh ! j'ai dû m'assoupir ! Quelle heure est-il ?

— Il est 21 heures passées. La bibliothèque est fermée.

Il fit le tour de la pièce des yeux comme pour vérifier, et ajouta :

— Tout le monde est parti.

Elle prit alors pleinement conscience de ce qu'il venait de lui dire. Vingt et une heures ! Elle devait retrouver Han à 20 heures. Dans la rue du Pont. Elle rassembla précipitamment ses feuilles et ses livres, et les fourra dans sa besace. L'aurait-il attendue ? Était-il même venu ?

Le bruit sec du loquet lui fit relever la tête. Le cadet était entré et avait fermé la porte.

À mieux y regarder, il n'avait pas vraiment l'air d'un cadet. Peut-être à cause de son uniforme qui ne lui allait pas, ou parce qu'il était plus âgé que la plupart des camarades de classe de Raisa. Peut-être à cause de ses yeux noirs sans expression et de sa nervosité qu'il avait abandonnée comme on se défait d'un manteau de pluie.

Ou encore à cause de la manière dont il s'approchait d'elle, tel un prédateur.

— Merci de m'avoir réveillée, caporal, dit Raisa, le cœur battant la chamade sous sa veste. Quel est votre nom ?

— Rivers. Caporal Rivers.

Il fit le tour de la table pour la rejoindre. Apparemment, il ignorait qu'il portait un foulard de cadet. Et non de caporal.

Les loups rasaient les murs en poussant des gémissements inquiets.

Lorsque Rivers arriva à sa portée, Raisa attrapa son pot de sable buvard et le lui lança en pleine figure.

Il était rapide. Il réussit presque à éviter le projectile, mais une partie du sable l'atteignit au visage. Quand il se frotta les yeux avec les paumes, elle vit le garrot qui pendait à un de ses poignets. Raisa saisit la lampe de bureau et lui assena un coup sur le côté du crâne avant de se précipiter vers la porte.

Avant qu'elle puisse l'ouvrir, il l'avait rattrapée. Il l'agrippa par les cheveux et lui tira la tête en arrière pour lui passer la cordelette autour du cou. Quand il resserra le lacet, Raisa glissa la main entre le garrot et sa trachée – encore une technique enseignée par Amon Byrne –, s'arc-bouta contre la porte et se jeta en arrière, envoyant un coup retentissant dans le menton de son assaillant, qui craqua.

La tête de l'assassin heurta le rebord de la table, et ils tombèrent tous les deux, Raisa sur le dessus. Elle arracha le garrot et se remit debout d'une roulade tout en sortant sa dague.

Mais Rivers ne bougeait pas, la tête inclinée selon un angle peu naturel.

Raisa courut soulever le loquet, les mains tellement tremblantes qu'elle y parvint difficilement. Enfin, elle ouvrit la porte à la volée… et tomba dans les bras de Micah Bayar.

Il l'attrapa et lui immobilisa les bras le long des flancs. Puis il la souleva pour la porter dans la pièce et la retourna afin de la serrer dos à lui.

Elle se débattit de toutes ses forces. Elle hurlait, tapait, gigotait, donnait des coups de coude, mettant en pratique tout ce qu'Amon lui avait appris des combats de rue. Micah la maintenait de telle manière qu'il lui était difficile de trouver des appuis pour causer de vrais dégâts. Elle lui envoya le talon dans un genou, et elle l'entendit émettre un son sifflant sous l'effet de la douleur, mais il ne relâcha pas sa prise. Il cogna contre le mur la main armée de

Raisa, jusqu'à ce qu'elle lâche son couteau. D'un coup de pied, il éloigna la lame, qui tinta en heurtant la muraille. Raisa essaya de mémoriser sa localisation, au cas où elle aurait une occasion de la récupérer.

Le pouvoir magique se communiqua à elle, comme un flux qui lui passait dans le bras jusqu'à la bague-talisman d'Elena. Une fraction de ce que Micah dégageait d'habitude.

— C'est tout ce que vous savez faire ? le nargua-t-elle en essayant de libérer ses bras. Vous êtes impuissant en magie, aujourd'hui, on dirait ?

Contre toute attente, Micah éclata de rire.

— Je suis un peu vidé, là, je dois l'admettre. Vous m'avez manqué, murmura-t-il en resserrant son étreinte, les lèvres dans ses cheveux. C'est la vérité. Et dire que vous étiez ici pendant tout ce temps. Quel gâchis ! Quand je pense à toutes ces occasions de nous retrouver en secret, loin de votre horrible nourrice…

— *Vous* ne m'avez pas manqué, rétorqua-t-elle. Partez, et je vous ferai savoir quand je me languirai de votre compagnie. À moins que je me tranche la gorge à la place.

— Nous devons discuter, dit Micah. Je peux continuer à vous tenir comme cela, ce que j'apprécie grandement, mais il est difficile de parler avec l'arrière de votre tête. J'aimerais mieux vous regarder en face. Si je vous relâche, pourrons-nous avoir une conversation civilisée, sans que j'aie à craindre de partager le sort de cet infortuné qui gît par terre ?

Bon, s'ils discutaient, Raisa voulait être capable de lire les expressions de Micah également, pour essayer de deviner ce qui se cachait derrière ses mots.

— D'accord, dit-elle. Je promets de vous écouter jusqu'au bout.

Micah la relâcha et fit un pas en arrière. Lorsqu'elle se retourna, il la détailla de la tête aux pieds, notant la tunique de soldat qui arborait l'emblème de la Maison Wien et son casque de cheveux ébouriffés.

— Vous voilà transformée, Votre Altesse. Vous êtes vraiment à la Maison Wien ?

— Je suis un programme spécial pour membres de la royauté en exil. Pour les princesses qui refusent de se marier sous la menace de l'épée. Nous apprenons à nous débarrasser des prétendants importuns.

— Il n'y avait aucune épée en vue, si je me souviens bien. (Micah se tut un bref instant.) Mon père a été très fâché que je vous laisse filer le soir de ce qui devait être notre nuit de noces. J'aurais aimé pouvoir partager cela avec vous.

— Le courroux de votre père, ou notre nuit de noces ?

De nouveau, Micah se mit à rire.

— Les deux. Le monde semble bien terne, sans vous.

Lui aussi avait changé depuis la dernière fois qu'elle l'avait vu. Ses cheveux étaient plus courts, coupés à la mode étudiante. Son visage s'était aminci, comme s'il avait perdu du poids, même si elle pouvait difficilement en juger à cause de sa toge. Cependant, il était toujours incroyablement beau, avec ses yeux noirs sous ses sourcils noirs, et son visage aux traits fins soulignés par les ombres.

Il avait aussi des éraflures et semblait contusionné. S'était-il battu récemment ?

Micah jeta un coup d'œil au corps allongé.

— Bravo, Votre Altesse. Il était vraiment très bon.

Il retira ses gants en cuir et les tapota d'un air pensif contre sa paume. Il voulait donner une impression de confiance, mais ses mains tremblaient un peu.

— Oh ! il ne devait pas être si bon que ça, dit Raisa en essayant de paraître désinvolte et de contrôler ses propres tremblements.

— Mais si, je vous l'assure. Simplement, il vous a sous-estimée. Comme nous tous. Nous vous avons cherchée des mois durant. J'aurais dû savoir que vous étiez ici, avec le caporal Byrne. Et que votre rouquin de père était de mèche.

— Je ne sais pas de quoi vous parlez.

Zut! zut! zut! se dit Raisa. Les Bayar seraient ravis de saisir une occasion pareille pour se débarrasser des Byrne et du seigneur Averill, et priver ainsi la reine de leurs conseils.

—Nous avons trouvé étrange qu'une cadette du Gué-d'Oden rende visite au seigneur Demonai, qui lui-même alla ensuite voir la reine, expliqua Micah. Aussi, quand la fille est repartie, nous avons pensé qu'il valait mieux la faire suivre. Et elle s'est rendue directement ici, à la Résidence Grindell. Avec un champ d'investigation si restreint, il n'a pas fallu longtemps pour vous retrouver.

—Et vous avez envoyé un assassin à mes trousses.

—Quatre, en fait, rectifia Micah. Les trois autres attendaient en bas pendant que Rivers vous cherchait. Ils ont été surpris de ne pas vous voir sortir lorsque la bibliothèque a fermé.

—Pourquoi me tuer? demanda Raisa, qui aimait autant savoir avant de mourir. Parce que je vous ai abandonné devant l'autel ou…?

—Eh bien, il est vrai que les Bayar sont un peu sensibles à ce sujet, depuis ce qui s'est passé avec la reine Hanalea. Mais mon père s'inquiète aussi de votre nature rebelle et de vos liens avec les clans. Vous ressemblez même à une sang-mêlé.

—Mais je *suis* une sang-mêlé, lui rappela Raisa en relevant le menton.

—Mellony aussi, mais elle n'a pas l'air d'une rouquine. Elle tient de sa mère. C'est elle qui suscite l'intérêt de mon père. Il aimerait voir une souveraine plus docile sur le trône. Il n'a pas réussi à persuader la reine de vous déshériter, et il veut vous écarter, afin que son projet de m'unir à Mellony puisse se réaliser.

Micah lui exposa tout cela d'un ton détaché, ses yeux noirs rivés sur elle. Elle le dévisageait, l'estomac crispé. Heureusement qu'elle avait manqué le dîner, car il ne serait pas resté à sa place.

Elle se sentait impuissante, terriblement frustrée – et effrayée. Comme les Montaigne l'avaient amplement démontré, nul n'est plus en danger que celui ou celle qui entre en compétition pour le trône – et perd. Les Bayar lui couperaient la gorge, ou l'étrangleraient, et laisseraient son corps dans une ruelle pour faire croire à un vol qui aurait mal tourné. Dommage que l'intrépide Raisa ait quitté la protection de la Marche-des-Fells. Elle avait couru à sa perte.

—Mellony a treize ans, dit Raisa. J'espère que vous vous y connaissez en garde d'enfants, Micah, parce que vous allez en avoir besoin. À condition que les Demonai ne vous assassinent pas avant. Mariée à treize ans, veuve à quatorze. Pauvre Mellony.

Des larmes de rage lui piquaient les yeux.

—Et en admettant que vous surviviez, vous régneriez sur un royaume déchiré par la guerre civile. Les Fells deviendront l'Arden du Nord. Et vous ne vaincrez jamais les clans dans les montagnes, je vous préviens tout de suite.

Elle tendit la main vers Micah et lui jeta une malédiction digne de ses ancêtres des clans :

—Par le sang et les os d'Hanalea ! si vous épousiez Mellony *ana*'Marianna et que vous montiez sur le trône du Loup Gris, puissiez-vous passer le reste de votre courte et misérable vie à vous battre. Et que les bébés de Mellony naissent tous rouquins.

Micah la regarda en clignant des paupières, trop étonné pour parler. Son regard tomba sur sa main levée, et ses yeux s'agrandirent. Il lui saisit les doigts et l'entraîna vers la clarté procurée par le candélabre fixé au mur. Il toucha l'anneau aux loups d'Elena du bout de l'index, et fit tourner la main de Raisa pour qu'il accroche la lumière.

—Où avez-vous trouvé ceci ? demanda-t-il.

Raisa haussa les épaules, feignant l'indifférence, alors que son cœur battait à tout rompre.

—Je crois que c'était un cadeau d'un prétendant. Pour mon jour de naissance.

—On dirait de l'artisanat des clans, dit-il en fronçant les sourcils.

— La plupart de mes bijoux sont l'œuvre des clans, dit Raisa, essayant vainement de se libérer. Pas étonnant, ce sont les meilleurs orfèvres des Sept Royaumes.

Micah tenta de faire coulisser la bague, puis tira plus fort. Elle ne bougeait pas.

— Retirez-la, ordonna-t-il en lui lâchant la main.

— Êtes-vous devenu un assassin doublé d'un voleur ? demanda Raisa. Les Bayar ne sont pas encore assez riches comme ça ?

— Cette bague ressemble à un talisman. Ce qui pourrait expliquer votre résistance à la magie.

— Ce n'est qu'une bague, répondit-elle en tirant dessus à son tour.

Même en y mettant beaucoup de force (ce qui n'était pas le cas), son bijou ne la quitterait pas.

— Elle semble coincée, conclut-elle. Alors, à moins que vous ne teniez à me trancher le doigt, elle va rester où elle est.

— Très bien, dit Micah avec un geste d'apaisement. Oublions ça. Pour l'instant.

— Que faites-vous ici, de toute façon ? Vous vouliez tremper vos mains dans mon sang et me maudire pour avoir refusé de vous épouser ? vérifier que votre tueur faisait bien son travail, ou peut-être lui porter assistance ?

Micah poussa le cadavre du bout du pied.

— Pour être exact, c'est un tueur à la solde de mon père. Et pas un homme à moi.

Raisa le regarda, muette.

— Je suis venu vous offrir un choix, dit Micah en faisant tourner une bague à son propre doigt. Je peux vous conduire en bas et vous livrer à vos assassins qui attendent à l'extérieur. Ou vous pouvez revenir dans les Fells et m'épouser.

Raisa, les jambes coupées, se laissa tomber dans un fauteuil.

— Quoi ?

Micah lui adressa un léger sourire.

— Je pense que vous avez tout à fait raison. Les rouquins ne s'y tromperont pas, ils sauront qui tenir pour responsable de votre meurtre. Même si vous êtes morte, nommer Mellony princesse héritière et nous marier provoquerait une vague de protestations. Les clans se soulèveraient. Cela jetterait l'opprobre sur notre règne et sur les enfants que nous pourrions avoir.

Notre règne, pensa Raisa. *Nos enfants ? Micah et Mellony ?*

Cette idée lui donnait la chair de poule.

— Vous êtes proche des rouquins, poursuivit Micah. Vous avez vécu parmi eux, et leur sang coule dans vos veines. Mon père y voit un point négatif. Moi, un avantage. Vous êtes l'héritière légitime, et vous êtes persuasive. Si vous reveniez, décidée à vous marier avec moi, ce serait un grand pas vers l'acceptation de cette union par les clans.

Non, se dit Raisa, *jamais ils n'accepteront un magicien pour consort, et encore moins pour roi. Jamais, au grand jamais.* Mais vu la situation, elle s'abstint de le dire tout haut.

Micah ne la quittait pas des yeux, comme s'il essayait de lire dans ses pensées.

— Toute cette histoire de mariage a été mal menée. J'ai supplié mon père de me laisser le temps de vous convaincre. Mais il était pressé. Il n'a jamais considéré que votre assentiment était important. Il ne vous connaît pas comme moi je vous connais.

Micah voulait sans doute parler de leur liaison d'alcôve durant les mois précédant le jour de naissance de Raisa. Il avait sûrement compté sur son charme irrésistible pour la rallier à ses vues.

« Je pense que nous pourrions bien nous entendre », avait-il dit.

Vous ne me connaissez pas si bien que vous le croyez, constata Raisa. *Le royaume vient toujours en premier, avant les affaires de cœur.*

Raisa s'humecta les lèvres et choisit soigneusement ses mots. Elle réfléchissait à toute allure.

— Eh bien, je dois admettre que je me suis sentie trahie. La reine ne m'avait jamais parlé d'une union entre nous avant ce soir-là. Je ne prévoyais pas de me marier si jeune. Je ne comprenais pas pourquoi j'étais censée vous épouser en ce jour si particulier.

Pourquoi faites-vous cela, Micah ? Pourquoi ne laissez-vous pas le plan se dérouler comme prévu ? S'opposer à votre père est aussi dangereux que de mettre les clans en colère. Pourquoi prendre un tel risque ?

Cela va au-delà de la politique. Micah veut m'épouser. Moi, et pas Mellony.

C'était incroyable. Mellony était la beauté de la famille : blonde, grande et svelte, tout le portrait de leur mère. La petite sœur de Raisa était encore une enfant, mais elle ne le resterait pas. Entre-temps, Micah poursuivrait ses amourettes d'alcôve.

Si Micah épousait Mellony, il ne pouvait pas laisser Raisa en vie. Même s'il n'avait pas envie de la voir assassinée, il ne pourrait se permettre de laisser respirer une prétendante au trône du Loup Gris – quelqu'un autour de qui pourrait se rallier une opposition.

Mais Raisa savait qu'elle n'avait rien d'une reine Regina se jetant d'une falaise pour ne pas épouser un magicien. Elle rentrerait dans les Fells et se marierait avec un boucher ou un chiffonnier, ou même un nettoyeur de latrines s'il fallait en passer par là pour conserver le trône du Loup Gris.

Du moment qu'elle restait en vie, elle trouverait le moyen de gagner.

— Le mariage ou la mort, dit Raisa en levant les yeux au ciel. Vous les Bayar savez vous y prendre pour charmer une fille.

Micah haussa les épaules.

— Ce n'est pas la demande que j'aurais voulu vous faire, mais cela ne dépend pas de moi.

— Et vous pensez que votre père acceptera cet arrangement ? ou qu'il attendra simplement une autre occasion de m'assassiner ?

Le visage de Micah se durcit et ses lèvres blanchirent.

— Mon père sait aussi bien que moi qu'un mariage entre nous est la solution la plus avisée, politiquement parlant. Il l'acceptera.

C'est moi, ou vous-même, que vous essayez de convaincre? se demanda Raisa.

— D'accord, dit-elle tout haut. Vous l'emportez. J'accepte de vous épouser à condition que la succession demeure inchangée.

Micah resta à la regarder un moment, comme pour deviner ce qu'elle cachait derrière son masque. Puis, avec un sourire en coin, il finit par dire :

— Peut-être devrions-nous conclure notre accord par un baiser.

Il posa les mains sur ses épaules et l'attira à lui, puis passa ses bras autour d'elle et se pencha pour presser ses lèvres contre les siennes.

C'est un test, se dit Raisa. Et elle s'employa à le réussir. Micah y mit du sien aussi. Quand il la lâcha, elle était rouge et sans voix. Et lui avait l'air rassuré.

— Alors nous partons dans quelques heures. Je dois rassembler mes affaires et prévenir le garçon d'écurie. Vous montez toujours cette jument pie ?

Elle hocha la tête, animée d'un vague espoir. Était-il possible que Micah soit si confiant qu'il la laisse faire ses bagages ?

— J'irai chercher votre cheval, précisa-t-il, comme s'il avait lu dans ses pensées. Les vêtements que vous avez sur le dos devront faire l'affaire. Vous pourrez emprunter ce dont vous aurez besoin à Fiona. Nous voyagerons léger, et vite.

Comme si les habits de Fiona allaient être à ma taille…

Micah fouilla sous sa cape et sortit une petite fiole scellée pleine d'un liquide violet. Une minuscule tasse en cuivre y était attachée par une chaînette. Il agita la bouteille pour en mélanger le contenu, puis retira le bouchon.

— Tenez, dit-il à Raisa après avoir rempli la petite tasse qu'il lui tendit. Buvez tout.

Elle renifla avec méfiance le breuvage. L'odeur était forte et sucrée, comme un vin doux.

— Qu'est-ce que c'est ?

— Le moyen de vous tenir tranquille le temps de partir, puisque mes charmes magiques semblent ne plus avoir d'effet sur vous.

Devant son air contrarié, il haussa les épaules.

— Je ne suis pas assez bête pour vous faire confiance, Raisa.

— Et pourquoi devrais-je, moi, vous faire confiance ? Je ne sais pas ce qu'il y a là-dedans. Vous voulez peut-être m'empoisonner vous-même.

Micah leva les yeux au ciel.

— Vous n'êtes pas en position de dicter vos propres termes.

— Et les assassins, en bas ? s'inquiéta-t-elle. Si cette mixture m'assomme, vous aurez les mains prises et je serai sans défense.

— J'en fais mon affaire. Maintenant, buvez avant qu'ils montent nous chercher.

Ne voyant plus d'échappatoire, Raisa but la potion violette, qui n'avait pas seulement l'odeur d'un vin doux, mais aussi le goût. Avec en plus une pointe d'amertume.

— Algue chevelue ? devina-t-elle.

Micah hocha la tête.

— Désolé, ça donne une sale migraine après coup.

— Vous vous promenez toujours avec de l'algue chevelue sur vous ?

Le magicien secoua la tête.

— Je n'en avais pas vraiment eu besoin jusqu'à maintenant.

Cette plante faisait effet rapidement, et Raisa était de petit gabarit. Elle eut bientôt la tête qui tournait. Des loups l'encerclèrent, comme s'ils essayaient de la soutenir. Elle enfonça ses ongles dans leur pelage épais, s'efforçant de rester consciente.

Est-ce que Han l'attendait encore ? Serait-il allé la chercher à son dortoir ?

Personne ne savait où elle était.

Amon serait-il capable de deviner où elle se trouvait, pour venir à son secours ?

— Ne vous imaginez pas que vous allez pouvoir profiter de mon sommeil…, marmonna-t-elle.

Il soupira.

— Je ne contrôle pas mon imagination. Mais ne vous inquiétez pas, nous aurons la vie entière pour réaliser tout ce que je pourrais avoir en tête.

Il passa les bras sous elle pour la soulever, et la couvrit de sa cape. Elle se sentait étourdie, toute molle, les membres ballants, assaillie par des vagues de sommeil. Elle entendait le cœur de Micah cogner tandis qu'ils descendaient l'escalier et franchissaient les portes de l'entrée.

Raisa tenta de redresser la tête pour regarder alentour, mais elle n'en avait plus la force.

— Où sont-ils ? Les assassins ?

— Déjà morts, lui murmura Micah à l'oreille. Je les ai tués en venant. Sinon, je serais arrivé plus tôt.

34

De surprise en surprise

Han attendit à *La Tortue et le Poisson* pendant une heure. *Elle a peut-être du mal à partir*, se dit-il. Et si le caporal Byrne l'avait consignée à la résidence ?

Ou alors, Rebecca et son caporal s'étaient embrassés, réconciliés, et Han se retrouvait sur la touche encore une fois.

Il n'était pas un imbécile, et avait bien eu l'impression que les baisers échangés avec Rebecca étaient sincères. Et elle ne semblait pas du genre à le quitter sans la moindre explication.

Et qu'en était-il du Bal des Cadets ? Devait-il considérer que ça tenait toujours tant qu'elle ne lui signifiait pas le contraire ?

Il finit par laisser un mot sur la table et redescendit d'un pas lourd. Linc lui jeta un regard compatissant.

— Un problème ?

Han haussa les épaules.

— Je ne sais pas.

Il songea à se rendre à la Résidence Grindell, mais il ne voulait pas causer plus d'ennuis à Rebecca. Ni débarquer là où il n'était pas le bienvenu.

Il rentra donc à Hampton, salua Blevins d'un signe de tête et monta l'escalier. Il espérait que Danseur serait là. Son ami n'était pas rentré la nuit passée, ce qui n'était pas inhabituel. Parfois, il dormait dans la forge de Maître Forgefeu, quand il voulait terminer un projet. Han ne lui avait même pas encore raconté ce qui était arrivé en Aediion.

Lorsqu'il atteignit le troisième étage, il constata que la table était jonchée de pierres précieuses et de morceaux de métal. Une tasse de thé posée à côté était encore tiède. Mais Danseur n'était pas en vue. Pourtant, il avait travaillé là peu de temps auparavant.

En fait, il y avait même deux tasses.

La porte de Danseur était fermée.

—Hé! Danseur?

Han essaya d'ouvrir, mais le verrou était poussé de l'intérieur.

—N'entre pas! dit Danseur.

Han perçut du remue-ménage de l'autre côté.

—De toute façon je ne peux pas, puisque c'est fermé. Tu es déjà au lit?

Il entendit des murmures étouffés et lâcha aussitôt la poignée en reculant.

—Désolé! Ah!... désolé.

Han ne savait même pas que Danseur sortait avec quelqu'un. Il était très secret.

Il s'installa à son bureau et feuilleta sans grand enthousiasme son exemplaire de Faulk. Il pouvait sans doute étudier par lui-même, mais ce n'était pas la même chose. Il mit le livre de côté et sortit ses notes prises pendant le cours de Gryphon. Il avait un examen le lendemain, mais ses pensées dérivaient sans cesse vers Rebecca.

Au bout de quelques minutes, la porte de Danseur s'ouvrit, et ce dernier passa la tête dans l'entrebâillement.

—Je croyais que c'était le jour de tes leçons particulières. Tu es de retour de bonne heure.

—Rebecca n'est pas venue, expliqua Han en haussant les épaules. Peut-être à cause de cet incident mardi à son dortoir, avec le commandant Byrne.

Danseur s'appuya contre le chambranle.

— Hmmm.

— Tu vas me la présenter, alors ? demanda Han en faisant un signe de tête vers le seuil.

Danseur regarda dans sa chambre par-dessus son épaule.

— Tu veux être présentée ?

Un instant plus tard, la fille glissa la tête dans l'encadrement de la porte.

C'était Cat.

— Oh ! fit Han. D'accord. Et quand est-ce que vous alliez me mettre au courant ?

— C'est tout récent, dit Danseur. Nous attendions de voir si ça marchait.

Han se retint de sourire.

— Et ?

— Ferme-la, Gourmettes Alister, jeta Cat.

Elle lui passa devant, le nez en l'air, en arrangeant ses boucles.

— Allez, je veux savoir, insista-t-il. Enfin, je veux dire : aux dernières nouvelles tu le détestais. Et comme vous êtes mes amis tous les deux, il me semble...

— Si tu tiens à le savoir, ça va, lâcha Cat en se laissant tomber sur une chaise.

Elle étendit les jambes et recourba les orteils. Penchant la tête en arrière, elle regarda Danseur à travers ses paupières mi-closes.

— Il fera l'affaire.

— Bon, heureux de voir que ça fonctionne, dit Han.

Danseur avait raison : il devrait faire plus attention à ses amis.

— Ça a donné quoi avec Abelard et les Bayar ?

— C'est ce dont je voulais te parler. J'ai eu l'occasion d'essayer le talisman en mascou, hier, dit Han en poussant un oiseau émaillé de son index.

Son ami pencha la tête.

— Et alors ?

Han lui raconta tout ce qui s'était passé en Aediion.

— Donc tu penses que Corbeau ne dispose lui-même d'aucun pouvoir ?

— Il ne fait que me parasiter. Moi ou n'importe quel ensorceleur à proximité. Il m'a même avoué qu'il savait soutirer la magie aux autres. J'aurais dû me méfier.

Danseur fronça les sourcils.

— Mais qu'est-ce qu'il est, alors ? Comment est-il arrivé là ?

— Au moins, ce n'est pas juste un fantôme de mon invention, parce qu'il a fichu une sacrée frousse à tout le monde. (Han se mordilla la lèvre inférieure.) Je me demande s'il y a quelque chose là-dessus dans la bibliothèque Bayar.

— Je te conseille de laisser tomber, dit Danseur, qui s'installa à sa table de travail. Promets-moi de ne plus jamais y retourner.

— Je n'y retournerai plus jamais.

Danseur sélectionna un lingot d'argent et le serra dans son poing jusqu'à ce que le métal liquide coule dans un moule.

— Il vaudrait mieux que Blevins ne te surprenne pas en train de faire ça ici, fit remarquer Han. Si aucune règle ne l'interdit, il en inventera une nouvelle.

— Tu dis ça, mais attends de voir ce que j'ai fabriqué pour toi.

Danseur déplia une peau de chamois, dévoilant une copie habile du Chasseur Solitaire qu'Elena *Cennestre* avait créé pour Han – l'amulette qu'il avait prêtée à son ami.

Il posa les deux pendentifs côte à côte sur le morceau de cuir. Ils étaient presque impossibles à différencier.

— C'est incroyable. Je n'imaginais pas que tu étais capable de réaliser une chose pareille. Ni que tu avais les matériaux nécessaires.

— Ça ne fonctionne pas si bien que ça. (Il minimisa son mérite d'un haussement d'épaules.) Je me débrouille pour ce qui est de tailler les pierres et de travailler le fer, mais je ne maîtrise pas tout à fait l'aspect brasillant. Je voulais te rendre ton amulette, mais je crois que je vais en avoir besoin encore un petit moment.

— Rien ne presse, garde-la.

Han effleura le nouveau porte-poisse. Il s'illumina légèrement, mais cela n'avait rien à voir avec l'original. Cependant, un magicien qui n'y aurait pas touché s'y serait trompé.

— Pourquoi ne pas refaire un Danseur de Feu ? s'étonna Han. Comme l'amulette que tu as perdue.

— Je ne l'avais pas sous les yeux pour la copier. Je pensais que le motif avait peut-être une incidence sur la fonction. J'espère que Maître Forgefeu me donnera des réponses cet été.

Les deux amis pensaient passer l'été à travailler avec leurs mentors de l'académie : Danseur avec Forgefeu, Han avec Abelard. Il avait initialement prévu de voir davantage Corbeau. Mais ce projet n'était plus d'actualité.

— Tu fais du beau travail, Danseur, le complimenta Han.

Il soupesa la sculpture délicate dans sa paume, la faisant tourner pour qu'elle accroche la lumière. Même en mettant la magie de côté, l'artisanat et les matériaux la rendaient précieuse. Il voulut la rendre, mais son ami secoua la tête.

— Garde-la. Je l'ai faite pour toi. Je me suis dit qu'à certains moments tu souhaiterais cacher ton amulette de Waterlow.

Le lendemain matin, Han s'éveilla lorsque retentit un lent « stomp-stomp-stomp » indiquant l'arrivée de Blevins au troisième étage. Il roula hors du lit et sauta dans ses braies. Cat était restée passer la nuit chez Danseur, et il voulait s'assurer qu'il ne subsistait pas de signes révélateurs dans leur salle commune improvisée. Il jeta un drap sur les outils de son ami juste au moment où la tête du surveillant apparaissait au-dessus du seuil.

— Je sais pas pourquoi ils font des bâtiments de trois étages, ah ! ça non, haleta-t-il. Il faudrait construire plus de bâtiments, si vous voulez mon avis. Mais personne ne me le demande.

— Vous avez besoin de quelque chose ? s'enquit Han, tandis que Danseur les rejoignait en fermant sa porte.

— Vous n'utilisez pas de flamme nue ici, n'est-ce pas ? demanda Blevins en regardant la table de travail. Ce n'est pas autorisé.

— Pas de flammes, répondit Danseur.

— Humpf! fit Blevins en l'observant d'un air méfiant. Bon, il y a quelqu'un ici qui veut vous voir, Alister. Quelqu'un des clans, qui n'a pas voulu donner son nom.

Il jeta un coup d'œil accusateur à Danseur comme s'il avait quelque chose à voir là-dedans.

Les deux amis s'entre-regardèrent. Il était rare que les clans prennent le chemin du Gué-d'Oden.

— Eh bien, pourquoi ne l'avez-vous pas fait monter ?

— Parce que c'est une fille, voilà pourquoi. Et effrayante, avec ça, si vous voulez mon avis.

— Mais personne ne vous le demande, rappela Danseur.

— Et elle m'a appelé par mon nom ? s'étonna Han.

— Elle a utilisé un autre nom d'abord. Puis elle a demandé Alister quand je lui ai dit qu'il n'y avait pas de Chasse-Seul à Grindell. Vous devez la voir dans la salle commune en bas. (Blevins se pencha vers lui.) Je ferais attention, si j'étais vous. Si vous l'avez offensée, je sortirais par la porte de derrière et m'enfuirais à toutes jambes. J'ai entendu dire que si on les contrarie, ils vous coupent le…

— Je serai prudent. Merci.

— Je viens avec toi, dit Danseur.

Ils passèrent devant Blevins et dévalèrent les marches de l'escalier, laissant le surveillant se traîner à leur suite.

Han, qui avait un peu d'avance, la vit le premier. Il s'arrêta brusquement au milieu de la dernière volée de marches, s'agrippant à la rampe pour se retenir, le regard braqué sur la visiteuse dans la salle commune.

C'était Oiseau.

35

D'anciennes connaissances

Oiseau arpentait impatiemment la salle commune, les mains derrière le dos. Elle passait en revue les livres sur la table et observait les peintures aux murs – principalement d'anciennes bannières de Maisons de magiciens et de vieux portraits de maîtres de Mystwerk.

Han devina à son maintien qu'elle était nerveuse mais essayait de le cacher.

Danseur arriva derrière Han et regarda par-dessus son épaule.

— Oiseau, souffla-t-il.

Elle se retourna et les vit. Sa peau cuivrée était un peu plus bronzée par le soleil, et ses boucles coupées plus court que dans le souvenir de Han. Elle portait la tenue de voyage des Demonai : tunique et jambières en daim, et bottes en cuir souple bien usagées. Arc et carquois de flèches sur l'épaule, elle était plus mince et plus musclée qu'avant.

Le regard de Han fut attiré par l'amulette demonai qui brillait sur sa poitrine.

— Bonjour, Oiseau Fouisseur. En voilà une surprise.

Han resta où il était. Il appréciait d'occuper la position la plus haute.

Oiseau inclina la tête avec raideur.

— Chasse-Seul. Et Danseur de Feu. Mon nom est Oiseau de Nuit, maintenant.

Son nom demonai. *L'a-t-elle choisi pour faire écho à Reid MarcheNuit?* se demanda Han avec un pincement de jalousie. Ou était-ce Reid qui l'avait choisi pour elle ?

— Cousine, dit Danseur en dépassant Han, ça fait plaisir de te voir. Viens partager notre feu et tout ce que nous possédons.

C'était la salutation rituelle destinée aux visiteurs.

Danseur avançait vers Oiseau en souriant, les bras grands ouverts. Elle semblait partagée entre la réserve et le désir de se précipiter à sa rencontre.

— C'est bon, la rassura-t-il, l'amulette absorbe tout. Tu ne sentiras rien.

Ils s'étreignirent. Oiseau posa sa tête sur l'épaule de Danseur, les yeux clos.

Eh bien, j'ai l'impression que Danseur lui a pardonné la façon dont elle l'a traité, se dit Han. *Et si j'attends des excuses, je peux toujours courir.*

— Le voyage a dû être pénible pour arriver ici, cousine, dit Danseur. Je vais mettre de l'eau à chauffer pour préparer un thé des montagnes. Tu as faim ? Tu as petit-déjeuné ?

Cette cascade de mots, phénomène si rare chez Danseur, montrait que lui aussi était nerveux.

— Du thé, c'est bien, dit Oiseau qui tourna son regard vers Han, toujours perché dans l'escalier.

Danseur pompa de l'eau à la citerne pour remplir la bouilloire, qu'il posa sur le foyer. Puis il mit quelques cuillerées de thé dans le pot en céramique. Il se comportait en hôte parfait, car il se doutait bien que Han n'endosserait pas ce rôle.

— Il y a du fromage dans le garde-manger, et quelques biscuits que j'ai rapportés du réfectoire, si tu as faim après cette longue route.

Il montra des fauteuils disposés près de la cheminée.

— Tiens, assieds-toi près du feu.

Oiseau n'en fit rien. Elle se balançait d'un pied sur l'autre.

— Je dois parler à Chasse-Seul en privé.

Han n'était pas sûr de vouloir un tête-à-tête avec Oiseau.

— Danseur peut entendre ce que tu as à dire. Ça ne me dérange pas.

Il savait que son ton était désagréable, mais il se sentait blessé et désirait faire mal en retour.

Oiseau considéra ses deux anciens amis.

— Non, il ne peut pas.

— Allons, dit Han. Tu viens à peine d'arriver, et Danseur est si content de te voir.

Il insista sur « Danseur ».

— C'est bon. Je profiterai de la présence d'Oiseau plus tard. Je travaillais sur un montage compliqué, de toute façon. J'y retourne.

Danseur remonta l'escalier, sans prêter attention aux regards appuyés de son ami.

— Bon, dit Han. Nous sommes seuls.

Il ne savait que penser, ni ce qu'il pouvait espérer.

Oiseau croisa les bras sur sa poitrine et attrapa ses coudes de chaque côté – une posture qui lui était familière.

— Je ne vais pas crier. Est-ce que tu me rejoins ou il faut que je monte ?

Se sentant un peu bête, Han descendit et gagna la cheminée, où la bouilloire fumait déjà. Il la saisit avec un chiffon et versa l'eau bouillante sur les feuilles.

— Assieds-toi, lui dit-il en désignant un fauteuil.

Elle finit par s'installer, et il fit de même, les mains sur les accoudoirs.

Il ressentait la perte de leur amitié comme un vide douloureux et viscéral. Pendant tous les étés de son enfance, Danseur, Oiseau et lui avaient été inséparables. Lors du dernier été, son amitié avec Oiseau avait laissé place à quelque chose de plus fort. Des souvenirs lui revinrent à l'esprit malgré ses efforts pour les tenir à distance : ses baisers langoureux et la chaleur de sa peau gorgée de soleil, sa voix endormie alors qu'ils paressaient sur les bords de la rivière. Il pensait avoir vu son avenir dans ses yeux.

À présent, des secrets s'étaient dressés entre eux. La méfiance et la trahison avaient creusé un gouffre si profond que Han doutait qu'il puisse jamais être comblé. Elle était une guerrière demonai, engagée dans une lutte millénaire contre les magiciens. Elle avait choisi cette vocation en dépit de la nature de Han. Elle ne l'avait pas choisi, lui.

— Alors tu es une guerrière demonai à part entière, maintenant ? demanda-t-il en tripotant la soie usée de l'accoudoir.

Elle hocha la tête.

— Depuis novembre.

Le silence s'installa entre eux, jusqu'à ce qu'elle dise :

— Tu as l'air en forme. Tu n'aurais pas grandi ?

Il haussa les épaules.

— Peut-être.

Une fois, ils avaient comparé leur taille dos à dos.

— On dirait que ça te convient, d'être une guerrière.

— Oh oui ! répondit Oiseau, les yeux brillant d'enthousiasme. Je croyais m'y connaître pour suivre une piste et me déplacer sans laisser de traces, mais j'ai appris tellement sur les armes et les stratégies de bataille. MarcheNuit est un professeur fabuleux, si patient et…

Elle remarqua alors la tête que faisait Han et ne termina pas sa phrase.

Il essaya de recomposer son expression pour afficher un intérêt poli et dissimuler ses pensées. *On l'appelle MarcheNuit parce qu'il rend visite à toutes ses petites amies quand il est au camp.*

Oiseau passa à un autre sujet.

— Alors, comment te portes-tu ? Tu suis des cours de porte-poi… de magie, donc ?

Il acquiesça.

— Nous venons de terminer nos examens de fin de trimestre. Une année de passée, sur trois ou quatre d'études.

— Tu as déjà beaucoup appris, ou tu n'en es qu'aux… cours d'introduction ?

À voir le visage d'Oiseau, Han se dit qu'elle ne se contentait pas de faire la conversation. Un sentiment d'appréhension lui donna des frissons dans le dos.

— J'ai appris plein de choses, répondit-il, songeant à Corbeau. Et j'ai encore énormément à assimiler.

À nous entendre, on croirait deux ennemis qui se rencontrent au marché, et qui tentent de s'assurer la meilleure position.

Il essaya de trouver autre chose à dire.

— MarcheNuit n'est pas avec toi ?

Elle secoua la tête.

— Je suis venue seule. Il est occupé à élaborer une stratégie pour cet été. Nous étions déjà bien disséminés, à cause des problèmes à la frontière avec l'Arden. Et maintenant, une nouvelle crise s'annonce. C'est la raison de ma visite.

Elle ne va pas s'excuser, alors, pensa Han. *Et encore moins rallumer notre ancienne flamme.*

— Reid a besoin de conseils ? demanda-t-il. Ou il y a des problèmes entre vous deux ?

Oiseau lui lança un regard glacial.

— Tu as changé, dit-elle. Je ne sais pas si je t'apprécie autant comme ça.

— Que veux-tu, Oiseau ? J'ai à faire.

Elle se pencha en avant, les mains sur les genoux, l'air grave.

— Nous avons eu des informations indiquant que la reine Marianna avait cédé aux pressions du Haut Magicien, et qu'elle prévoyait de nommer la princesse Mellony héritière.

Elle se carra dans le fauteuil et examina Han comme si elle s'attendait à ce qu'il saute sur ses pieds en criant : « Pas tant que je vivrai ! »

— C'est qui, la princesse Mellony, déjà ? demanda-t-il, feignant l'ignorance.

Oiseau fronça les sourcils.

— C'est la sœur cadette de la princesse Raisa.

— Ah ! Hmmm. Et qu'en dit la princesse Raisa ?

— Elle se cache. Elle s'est enfuie cet été, juste après son jour de naissance.

Cela lui rappelait quelque chose.

— Ah oui ! j'ai entendu dire qu'elle s'était disputée avec la reine.

— Ils ont essayé de la marier de force à Micah Bayar, le fils du Haut Magicien.

Encore une fois, elle l'observa, comme s'il était censé réagir vivement.

Tiens, tiens, se dit-il. *Le pauvre Micah s'est fait abandonner devant l'autel. J'aurais aimé le savoir hier.*

— Pourquoi les Demonai se préoccupent-ils du choix de la princesse héritière ? Du moment que les deux sœurs ne se disputent pas la place…

— La princesse Raisa est la véritable héritière. Elle est la descendante d'Hanalea. Nous ne pouvons pas laisser le Conseil des Magiciens mettre une usurpatrice sur le trône.

Han haussa les épaules.

— Elles appartiennent toutes les deux à la même lignée, non ? Je ne vois pas quelle différence ça peut faire.

Oiseau leva les yeux au ciel.

— Une fois Mellony nommée héritière, c'est *elle* qu'ils marieront à Micah Bayar. Le Conseil des Magiciens obtiendra ce qu'il n'arrivait pas à mettre en place jusqu'à présent : un magicien marié à une reine des Fells. C'est interdit depuis la Rupture.

Voilà qui était intéressant. Il se remémora avec reconnaissance les leçons de Rebecca.

— Même si cela arrivait, n'y a-t-il pas des entraves magiques utilisées par les orateurs pour contrôler le Haut Magicien ? Ne pourraient-elles pas servir aussi pour Micah ?

Oiseau grogna de mépris.

— Elles ne fonctionnent pas très bien sur le Haut Magicien actuel. Les Bayar ont dû trouver le moyen de les contourner.

Peut-être qu'ils se servent d'un outil magique tiré de leur réserve illégale, réfléchit Han. Il pouvait en parler à Oiseau. Ou pas.

— Nous nous attendons à ce que le jeune Bayar se proclame roi, expliqua-t-elle.

Le roi Micah. Han n'aimait pas beaucoup cette idée.

— Il est ici, tu sais. Micah Bayar.

— Ici ?

Oiseau fit le tour de la pièce du regard, sa main se déplaçant vers sa lame.

— Enfin, il n'est pas dans ce bâtiment, là maintenant, corrigea Han. Mais avant, il logeait dans ce dortoir.

Oiseau se mordilla la lèvre.

— Il ne peut pas épouser Mellony, s'il meurt, dit-elle.

Han la dévisagea.

— Vous voulez le tuer, juste parce que vous soupçonnez les Bayar de préparer un mauvais coup ?

— Pourquoi tu prends son parti ? demanda Oiseau. Vous êtes devenus amis dans les plaines ? Tu as oublié ce que… ?

— Je n'ai *rien* oublié, l'interrompit Han, se disant qu'elle pourrait interpréter ça à sa guise. Mais le monde est rempli de magiciens. S'ils tiennent à ce que la princesse en épouse un, tuer Micah Bayar ne va pas régler votre problème. Si on en vient au meurtre, je crois qu'il faut viser plus haut.

Il lui lança un regard de défi.

Elle serra les lèvres, mais ne répondit pas.

— Vous avez des preuves ? poursuivit Han. Ou il s'agit juste de la théorie de Reid Demonai ?

— MarcheNuit dispose d'un réseau d'informateurs dans le Val. Ils lui ont appris qu'une annonce sera bientôt faite. Le seigneur Demonai et Elena *Cennestre* sont inquiets, eux aussi, avança Oiseau, un peu sur la défensive. Ils pensent qu'il est temps pour la princesse héritière de rentrer au pays, s'ils trouvent le moyen de la ramener sans danger.

Han se sentait à présent étrangement distant. Il était une mouche sur le mur, observant la scène ; un tricheur qui n'avait plus d'argent sur la table.

— Eh bien, bonne chance avec tous ces projets.

Oiseau contemplait ses mains, puis releva sa manche pour gratter une croûte sur son avant-bras. *Elle est nerveuse*, comprit Han. *Elle ne sait pas comment aborder ce qu'elle veut me dire.*

— Alors, tu es venue ici juste pour me mettre au courant ?

— Les Demonai demandent que tu honores ton engagement, lâcha Oiseau en regardant droit devant elle. Ils te rappellent dans les Fells pour protéger la princesse héritière et pour que tu te joignes à eux dans leur lutte contre le Conseil des Magiciens.

Pendant un bon moment, Han ne put prononcer un mot. Son visage lui semblait figé, ses lèvres étaient comme engourdies.

— Quoi ? murmura-t-il. Déjà ? Je viens de commencer.

— On a besoin de toi maintenant. On ne peut pas laisser le Conseil mettre une marionnette sur le trône du Loup Gris. Nous entrerons en guerre pour l'en empêcher. Nous avons besoin de ton aide.

Han secoua la tête.

— Non, non. L'arrangement était que les clans financent mon instruction au Gué-d'Oden, en échange de mes services.

— C'est ce que nous avons fait, affirma Oiseau, toujours sans croiser son regard. Nous avons honoré notre partie du contrat. Nous aurions préféré que tu aies davantage d'entraînement, mais nous ne contrôlons pas le Conseil des Magiciens, ni les décisions qu'il prend.

Je ne peux m'en prendre qu'à moi-même, se dit Han. *Je n'aurais jamais dû faire affaire avec des marchands.*

Il lui fallut un peu de temps pour retrouver sa langue.

— Voyons si j'ai bien compris : vous voulez m'envoyer en guerre contre le seigneur Bayar et le Conseil, c'est-à-dire principalement des magiciens ayant un niveau de maître, alors que je n'ai que deux trimestres de formation ?

— Tu ne seras pas tout seul. Les Demonai travailleront avec toi, pour…

— Un instant. Tu as dit que tu étais venue pour moi. Pas pour Danseur.

Oiseau secoua la tête, en détournant toujours les yeux.

— Pas pour Danseur.

— Loin de moi l'idée de l'impliquer là-dedans, mais pourquoi seulement l'un de nous ?

Elle jouait avec le manche en os de son couteau, sur lequel était gravé l'œil sans paupière des Demonai.

— Parce que les Demonai souhaitent que Danseur de Feu reste étudier ici. Nous savons que ton manque d'entraînement te met en position de faiblesse. Et nous espérons que Danseur de Feu pourra t'épauler, plus tard.

— Si je suis encore en vie, grogna Han.

— C'est normal d'avoir peur, Chasse-Seul, dit Oiseau. MarcheNuit dit que…

— Par le sang du démon ! ne me cite pas Reid Demonai ! J'ai mes propres raisons pour attaquer le Haut Magicien. Mais j'aimerais avoir plus de chances de mon côté. Je ne me lancerai pas dans une guerre de bandes comme ça, contre des ennemis impitoyables, alors que je ne connais pas les règles du jeu, qu'ils sont plus nombreux et que je ne dispose que de très peu d'armes. J'aimerais gagner, et survivre. Je ne crois pas que ce soit trop demander.

— Je suis désolée, Chasse-Seul, dit Oiseau, qui tressait avec nervosité les franges de sa besace. C'est le message qu'on m'a ordonné de te transmettre. Y a-t-il une réponse ?

Han se souvint de la nuit où il avait accepté d'être parrainé par les clans. Il avait demandé ce qui se passerait s'il refusait de s'acquitter de sa partie de l'accord. Averill PiedLéger Demonai lui avait dit que les clans le pourchasseraient pour le tuer.

Il se demanda si Oiseau serait aussi chargée de cette mission. Il lui jeta un regard en coin. C'était peut-être déjà le cas. Son visage était inexpressif comme un masque de pierre, mais sa lèvre inférieure tremblait imperceptiblement. On l'avait envoyée seule pour accomplir cette mission. S'il refusait, l'un d'eux trouverait-il la mort ?

Était-ce toute la valeur que MarcheNuit accordait à Oiseau ? N'était-elle qu'un outil qu'on pouvait sacrifier ?

Tout comme Han, aux yeux des dirigeants des clans.

Les clans cherchaient à couvrir leurs arrières. Si Han ne survivait pas à la lutte contre le Haut Magicien, ils auraient Danseur en réserve, qui serait avec un peu de chance mieux entraîné à ce moment-là.

Les doigts de Han se refermèrent autour de son amulette. Il soupira en sentant la pression magique en lui se relâcher lorsque le pouvoir s'accumula dans le médaillon.

— Danseur est mon ami. Qu'est-ce qui te fait croire qu'il acceptera de rester et de me laisser partir seul ?

— Nous ne lui dirons rien. C'est pour cette raison que je voulais te parler en privé. S'il apprend que tu retournes dans les Fells pour chasser le magicien, il tiendra à venir aussi.

— Il n'est pas stupide. Tu ne penses pas qu'il va comprendre ? Il est au courant du marché que j'ai conclu avec les clans. Tu arrives de nulle part, nous discutons et je repars avec toi ?

Oiseau réfléchit à une solution.

— Eh bien… nous pouvons inventer une histoire. Lui raconter que nous sommes de nouveau ensemble et que tu rentres au camp Demonai avec moi.

— Danseur connaît mon opinion sur les Demonai, rétorqua Han sans chercher à adoucir ses propos. Et aussi la réaction qu'ils auraient face à cela. Il n'avalera jamais une couleuvre pareille.

Son esprit s'activait furieusement. Il ne voulait vraiment pas que Danseur, ou Cat, viennent avec lui, au risque de gâcher leur vie pour une cause perdue. Et puis, il ne tenait pas à être ramené dans les Fells comme un enfant fugueur. Il irait de lui-même, selon ses propres termes.

—J'irai seul. J'inventerai une histoire, je prétendrai qu'un des professeurs veut m'envoyer quelque part. Tu resteras ici au moins une semaine pour donner le change. Ainsi, quand Danseur comprendra que je ne reviens pas, il sera trop tard pour me pister.

Trop tard pour lui comme pour toi, pensa-t-il.

Oiseau secoua la tête.

—Je suis censée t'escorter jusqu'au camp des Pins Marisa. MarcheNuit a dit…

—Et pourquoi donc ? demanda Han d'une voix douce en la regardant droit dans les yeux. Tu as peur que j'aie oublié le chemin ? Ou tu penses que je vais filer ? Qu'est-ce qu'il t'a ordonné de faire, MarcheNuit, si je refuse de venir ? Si j'essaie de me carapater, tu dois me prendre en chasse ?

Oiseau se mordilla les lèvres, muette pour une fois.

—Je tiendrai parole, dit Han. Je te demande de me croire.

Ils restèrent à se dévisager un moment. Puis Oiseau acquiesça.

—Très bien. Nous ferons ça à ta manière, Chasse-Seul. Mais rappelle-toi que les Demonai… ne pardonnent pas. Et je… je risque gros.

—Moi aussi.

Oiseau se mordilla la lèvre inférieure.

—Quelqu'un sait que tu travailles pour nous ?

Han haussa les épaules.

—Moi je n'ai rien dit. (Il attendit, mais comme elle n'ajoutait rien, il se leva.) Bon, je sors. J'ai des choses à régler. Dis à Danseur que je suis allé voir la doyenne Abelard à propos d'un projet. Dans les prochains jours, je vais étudier à la bibliothèque. Après-demain, nous passerons une soirée ensemble, comme autrefois. Ensuite, je partirai.

Oiseau se dandina sur son siège, en se tordant les mains.

—Le temps presse. Le trajet est long…

Han s'efforça de contrôler sa mauvaise humeur.

—J'ai compris! Écoute, j'aimerais avoir une petite chance de m'en sortir. Je veux faire des recherches sur le Conseil des Magiciens et m'entretenir avec quelques maîtres avant mon départ. Tu peux quand même m'accorder ça. Enfin, si je ne suis pas un simple outil bon à jeter.

Oiseau se mit debout à son tour.

—Chasse-Seul, dit-elle, troublée, en le regardant bien en face. Je suis désolée pour… la façon dont les choses ont tourné. Pour nous.

Ce n'était pas terrible comme excuses, mais c'était plus qu'il n'en attendait.

—Je suis désolé aussi, dit-il en posant une main sur son épaule.

Elle frémit à son contact et s'écarta.

—Je reviendrai, promit-il en tournant les talons.

Il prit sa cape à la patère et sortit.

Il descendit la rue à grands pas, en direction de la rivière. Il se dirigeait du côté de la Maison Wien pour parler avec le garçon d'écurie à propos de sa monture. Puis il irait à sa cachette pour rassembler quelques livres et autres affaires qu'il voulait emporter.

Il était préoccupé, énumérant des listes dans sa tête, réfléchissant à tout ce qu'il devait accomplir. Aussi, quand il emprunta la rue du Pont pour se rendre sur le territoire de la Maison Wien, il n'était plus sur ses gardes. Alors qu'il passait devant une rue secondaire, quelqu'un l'attrapa par le bras et le tira dans l'espace entre deux bâtiments. Il se débattit et envoya des coups de pied, essayant d'atteindre son amulette. Mais ses assaillants savaient ce qu'ils faisaient: deux d'entre eux lui immobilisèrent les bras sur les côtés, l'empêchant de bouger.

Toutefois, il ne sentait pas la piqûre de la magie dans les mains qui l'entravaient et, lorsqu'il releva les yeux, il se retrouva face au caporal Byrne. Son visage était dur, attentif et concentré.

En tournant la tête, Han constata qu'il était tenu par Talia et Hallie, qui arboraient la même expression figée et morose.

Par le sang du démon ! j'avais bien besoin de ça, en plus du reste. Me faire passer à tabac par le… euh… commandant jaloux de Rebecca.

Il se souvint de ce qu'il avait dit à cette dernière le soir du solstice, à propos de Byrne : *« Il y a quelque chose, ça ne fait pas de doute. Mais je ne sais pas quel genre de chose. »*

Cependant, qu'avaient à voir là-dedans Hallie et Talia ? Elles l'avaient plutôt encouragé à sortir avec Rebecca.

— Holà ! fit-il en essayant de se libérer. De quoi s'agit-il ?

— Vous l'avez vue ? demanda Byrne. Vous avez vu Rebecca ?

Il avait l'air dépenaillé et hagard, comme s'il avait passé plusieurs jours sans se raser ni dormir.

— Rebecca ? (Han secoua la tête.) Non. Pas depuis la dernière fois que… euh… que je vous ai vu, vous. Là-haut dans… dans sa chambre.

Byrne lui releva brutalement le menton, ramenant sa tête contre le mur et lui coupant presque le souffle.

— Vous en êtes sûr ? Vous êtes sûr de ne pas l'avoir vue ? (Ses yeux s'étrécirent.) Qu'est-il arrivé à votre visage ? Vous vous êtes battu ?

Ce n'était pas le genre de Byrne de malmener un prisonnier.

— Lâchez-moi, dit Han d'un ton posé. Et ensuite nous pourrons parler. Je ne suis coupable de rien, d'accord ?

Byrne le regarda dans les yeux un moment, puis le lâcha, avec un signe de tête à l'intention de Talia et Hallie. Elles le libérèrent à leur tour, mais restèrent tout près, au cas où il essaierait de s'enfuir.

— Nous devions nous retrouver pour une leçon hier soir, mais elle n'est pas venue, expliqua Han. J'ai pensé que vous la gardiez peut-être consignée, ou je ne sais pas comment on dit, chez vous autres, traîneurs d'épée.

— Mais vous n'êtes pas venu la chercher, fit remarquer Byrne.

Han secoua la tête.

— Après la dernière fois, je ne savais pas comment je serais reçu à Grindell. (Il se massa le bras là où les cadettes l'avaient agrippé.) Quant à mon visage, je me suis fait ça lors d'un… entraînement magique. Pourquoi ? Rebecca a disparu ? Depuis quand ?

— Personne ne l'a vue depuis hier après-midi, lui apprit Byrne. Ses affaires sont toujours au dortoir, mais son cheval n'est plus à l'écurie.

— Depuis hier ?

Han se frotta le menton, se demandant si le caporal surveillait de si près tous ses cadets.

— Quand elle a manqué notre rendez-vous, j'ai pensé qu'elle n'avait pas la permission de venir, qu'elle n'en avait pas envie, ou qu'elle était fâchée.

Byrne secoua la tête comme si Han était un indécrottable idiot.

— Elle est en danger ! dit-il, ses yeux gris brillant comme des agates. Il faut que je la retrouve. (Il tripotait la poignée de son épée.) Où étiez-vous, hier soir et aujourd'hui ?

Han se repassa les dernières heures en mémoire. Eh bien, il avait livré une bataille rangée en Aediion, s'était expliqué avec les Bayar, avait découvert que son ex et son meilleur ami sortaient ensemble, et une autre ancienne petite amie lui avait assigné une mission suicide.

— J'étais dans mon dortoir. J'y suis resté presque tout le temps, à part pour cet entraînement avec la doyenne Abelard. Il y a des gens qui peuvent en témoigner.

Byrne l'observa d'un œil sévère un moment, puis secoua la tête.

— Je suis désolé, s'excusa-t-il en se frottant le front d'un air las. Une idée d'où elle aurait pu aller ? Vous l'avez vue avec quelqu'un d'autre ? Avec qui aurait-elle pu partir faire une promenade à cheval ?

Han secoua la tête.

— Nous nous rencontrions deux fois par semaine pour les leçons, mais l'autre soir, c'était la première fois que… je voyais où elle logeait.

— Vous connaissez Micah Bayar ? demanda brusquement Byrne.

Han sentit ses cheveux se dresser sur sa nuque.

— Je le connais. Pourquoi ?

— Il est parti, lui aussi. Sa sœur, ses cousins et lui ont quitté le Gué-d'Oden, alors que l'année n'est pas terminée. Une idée d'où ils pourraient s'être rendus ?

Han fit « non » de la tête.

— Nous ne sommes pas proches, dit-il, un nœud au creux de l'estomac. Mais quelle importance ? Enfin, Rebecca travaillait pour eux, mais ce n'est plus le cas aujourd'hui.

Byrne le dévisagea, comme s'il ne pouvait lui apporter aucune réponse. Ou du moins, comme s'il ne *voulait* lui apporter aucune réponse.

Han saisit les revers de l'uniforme du caporal à deux mains et l'attira à lui.

— J'ai demandé : Quelle importance ? Pourquoi les Bayar ? Que savez-vous ?

— Eh ! dit Hallie en posant la main sur le bras de Han. Ne touche pas au commandant.

Elle n'éleva pas la voix, mais son ton signifiait qu'elle ne plaisantait pas.

Il le relâcha à contrecœur.

— Pourquoi Micah Bayar serait-il lié à la disparition de Rebecca ? insista-t-il, interrogeant tour à tour les trois cadets du regard.

Des souvenirs lui revinrent à l'esprit… Rebecca l'avait supplié de ne pas dire aux Bayar qu'elle se trouvait au Gué-d'Oden. Elle refusait d'aller du côté Mystwerk de peur de les croiser. Il lui avait demandé s'il lui arrivait de sortir, et elle avait répondu que non.

Un horrible soupçon s'insinua dans son esprit.

— Bayar lui a fait du mal quand elle travaillait pour eux ? les interrogea-t-il, le cœur battant. Est-ce pour cette raison qu'elle avait peur de lui ?

Le visage de Byrne devint aussi impénétrable qu'une dalle de pierre.

— Vous pouvez poser toutes les questions que vous voulez, je ne vous dirai rien de plus que ceci : elle a disparu, et il pourrait y être pour quelque chose.

Des flammèches parcoururent les bras et les mains de Han. Il saisit son amulette pour y décharger la magie qui débordait. Il se rappela son avertissement aux Bayar : *« Vous les Bayar, vous devez apprendre que vous ne pouvez pas tout avoir. Je vais vous donner une leçon. »*

Peut-être se trompait-il. Peut-être les Bayar obtenaient-ils toujours ce qu'ils voulaient. Tout ce qui comptait aux yeux de Han. Y compris Rebecca. Et si Micah avait appris qu'ils sortaient ensemble ? Irait-il jusque-là pour se venger de lui ?

Il lui sembla que c'était la fatalité, un mauvais rêve qui se répétait inlassablement.

— Et où l'emmènerait-il ? demanda Han. Bayar, je veux dire.

— C'est ce que j'essaie de découvrir, répondit Byrne, qui scruta Han en plissant les yeux. Vous avez quelque chose de changé, murmura-t-il, presque pour lui-même. Quelque chose qui me rappelle... (Il se reprit.) Si vous voyez Rebecca, si vous entendez quelque chose d'utile, venez me trouver. À n'importe quelle heure.

Il fit signe à Talia et Hallie.

Han regarda les trois cadets s'éloigner. Tout en se rendant aux écuries, il rumina la disparition de Rebecca comme un morceau de viande coriace. La dernière fois qu'il l'avait vue, elle semblait anxieuse et malheureuse. Elle s'inquiétait au sujet de sa mère, parlait de rentrer au pays. Peut-être avait-elle foutu le camp ?

Mais aurait-elle laissé toutes ses affaires derrière elle ? Non.

Byrne pouvait-il être responsable de sa disparition, et essayer de détourner les soupçons ? Après tout, c'était lui qui avait chassé Han de la pointe de son épée.

Non. Han n'avait pas réussi à vivre si longtemps en se trompant sur les gens. Byrne était un menteur calamiteux, et il semblait véritablement bouleversé.

Comment Han pouvait-il quitter le Gué-d'Oden, alors que Rebecca avait disparu ?

Il paya sa note à l'écurie et demanda que Guenille et Simon – son cheval de bât – soient ferrés et prêts à partir dans la semaine.

— Gardez-moi les stalles, je vais revenir, affirma-t-il afin de couvrir ses traces, au cas où quelqu'un poserait des questions. Je vais faire des recherches à la Cour-de-Tamron.

Le garçon d'écurie répondit par un grognement qui montrait tout l'intérêt qu'il portait à cette information, dont il ne se souviendrait sans doute pas si on l'interrogeait.

Alors qu'il retournait vers le pont, Han vit un attroupement de cadets dans leur uniforme de cul-terreux devant la bibliothèque Wien, ainsi que quelques professeurs en toge, appartenant aux Maisons Wien et Mystwerk. Il repéra la doyenne Abelard avec un groupe de maîtres et compétents de Mystwerk. Ils semblaient diriger une fouille dans le périmètre.

La foule frémissait d'excitation, comme des badauds sur le Mont Chatt un jour d'exécution.

Tandis que Han observait la scène, deux guérisseurs sortirent de la bibliothèque en transportant un corps enroulé dans une couverture, puis descendirent les marches, suivis par une poignée de prévôts.

Non ! Son cœur manqua de s'arrêter. *Oh non ! pas ça.*

Han se fraya un chemin parmi les spectateurs, s'attirant moult regards noirs et jurons, jusqu'à arriver au niveau du chemin au moment où les guérisseurs passaient. Il attrapa un des gardes, une femme, par la manche.

— M'dame, qui est-ce ? Qui est mort ?

Le prévôt se libéra d'un geste brusque.

— Bas les pattes mon garçon. Nous ferons un communiqué.

— Mais mon amie… elle a disparu. Depuis hier.

Le garde s'arrêta si brusquement que la personne qui venait derrière faillit le percuter. Elle s'écarta du chemin pour prendre Han par le bras.

— Comment s'appelle ton amie ?

— Rebecca Morley.

— Viens avec moi.

Elle le poussa vers la bibliothèque. Quand ils passèrent devant Abelard, celle-ci lui jeta un regard perçant.

Ils franchirent les doubles portes et gravirent l'escalier. À mesure qu'ils montaient, le moral de Han sombrait de plus en plus.

Enfin, ils atteignirent le sommet et traversèrent un dédale de petites salles de lecture. La porte de l'une d'elles était entrebâillée.

— Ici, indiqua le garde.

Han s'arrêta sur le seuil, malade d'angoisse.

La pièce était petite, avec un bureau sous la fenêtre d'un côté, une cheminée de l'autre. Une table de travail jonchée de livres et de papiers faisait face à la porte. Une lampe en morceaux gisait au sol, des éclats de verre étincelant dans la lumière qui entrait par la fenêtre. Le plancher entre la porte et la table était éclaboussé de sang.

Un homme trapu portant la toge des maîtres de la Maison Wien regardait dehors.

— Maître Askell, appela le prévôt. Ce garçon prétend être ami avec Rebecca Morley.

Le maître se tourna vers Han. Son large visage buriné par le soleil était totalement impassible. Il observa l'habillement du nouveau venu et l'amulette à son cou.

— Qui êtes-vous ? l'interrogea-t-il sans préambule.

— Han Alister, novice à la Maison Mystwerk.

— Comment connaissez-vous Rebecca ?

— Elle me donnait des leçons. Nous nous étions rencontrés au pays.

Askell désigna la table de travail.

— Reconnaissez-vous ces affaires comme lui appartenant ?

Du sable et du verre crissèrent sous les bottes de Han. La table aussi était parsemée de sable buvard, et la bouteille était renversée. Il y avait des feuilles de notes couvertes de cette écriture anguleuse qui lui était si familière. Ainsi que la belle plume de Rebecca et sa bouteille d'encre émaillée.

Han ferma les yeux et déglutit avec difficulté. *Par le sang et les os ! Par le sang et les os !* se répétait-il. Sa vie n'était donc qu'un carnage sans fin ?

— Ce sont les siennes, dit Han d'une voix voilée par le désespoir, en levant les yeux vers Askell.

Le maître lui montra une dague qu'il tenait par la pointe.

— Nous avons trouvé ceci près du mur.

— C'est à elle aussi.

Han traversa la pièce pour l'examiner de plus près. Il n'y avait pas de sang sur la lame. Rebecca n'avait donc pas réussi à porter un coup.

J'aurais dû refroidir Bayar quand j'en avais la possibilité, se dit-il. *J'aurais dû m'en tenir à ce que je connais : la loi de la rue.*

— Vous devriez aller prévenir le commandant Byrne, suggéra Han d'une voix blanche.

— Il arrive, dit Askell en posant l'arme de Rebecca sur la table.

— Comment est-elle morte ? demanda Han en appuyant ses mains sur le rebord de la fenêtre, le regard tourné vers l'extérieur. Qu'est-ce qui l'a tuée ?

Bayar avait-il eu l'outrecuidance d'utiliser la magie ?

Comme Askell ne répondait pas, Han se retourna et s'adossa contre le chambranle.

Le maître semblait perplexe.

— Vous parlez de Rebecca ?

— Eh bien, oui. Je les ai vus transporter le corps.

Askell secoua la tête.

— Nous avons découvert quatre cadavres, en fait. Deux hommes et deux femmes. Pas des étudiants, même s'ils portaient tous un uniforme de cadet. Il y en avait un ici. Visiblement, il s'est fracassé le crâne contre la table au cours d'une lutte. Les trois autres étaient dehors, et ils semblent avoir été tués à l'aide de la magie.

— Quoi ? (Han dévisagea Askell.) Mais ça n'a aucun sens.

Le maître haussa les épaules.

— Il y a bien des choses en ce monde qui n'ont aucun sens. Rebecca est peut-être morte, mais nous n'avons pas trouvé son corps.

36

Détours

Lorsque Raisa ouvrit les yeux, elle perçut qu'elle était en mouvement, et renifla une odeur de laine mouillée. Il faisait noir. Elle était étourdie et désorientée. Son cœur cognait dans sa poitrine et elle avait dans la bouche un goût de mauvais cidre de fond de barrique. Elle tenta de lever les bras, mais ils étaient entravés par un tissu, serrés contre son corps, et une capuche l'empêchait de voir.

Elle était à cheval, avec un autre cavalier. Elle sentait la chaleur d'un corps dans son dos. Elle se débattit pour libérer ses bras et retirer le capuchon, mais Micah Bayar lui entoura la taille, la plaquant contre lui.

— Vous êtes enfin réveillée, lui susurra-t-il à l'oreille. Attention à ne pas tomber. Nous sommes sur Bandit, la chute serait rude.

Tandis que ses sens s'éveillaient, elle devina la présence d'autres chevaux en pleine course : des sabots claquaient sur un chemin de terre battue, le cuir des selles grinçait. Des voix bruissaient.

Raisa agita la tête en tous sens pour tenter de se débarrasser du capuchon. Ce qui eut pour seul effet de réveiller la migraine lancinante typique de la gueule de bois à l'algue chevelue. Pendant un horrible instant, elle crut qu'elle allait vomir sur eux deux.

— Où sommes-nous ? demanda-t-elle une fois le danger écarté.

—Au nord du Gué-d'Oden, sur la route du Gué-de-Fetters, répondit Micah.

Il lui retira la capuche pour qu'elle se rende compte. L'air frais lui fit du bien. Ils chevauchaient au milieu d'une forêt si dense que les cimes des arbres se rejoignaient presque au-dessus de leurs têtes.

Raisa regarda autour d'elle. Friponne les suivait au bout d'une longe, chargée de paquets. Devant eux, elle vit le reste de leur troupe, quatre cavaliers. Sûrement les frères Mander, Fiona et un autre magicien.

—Qui est-ce ? Avec Fiona et les Mander ?

—Wil Mathis. Il a demandé à voyager vers le nord avec nous.

Raisa avait rencontré Wil à la cour. Il était sentimental et d'un naturel agréable, chose rare chez un magicien. Plus âgé que les jumeaux de deux ans, il était amoureux de Fiona d'aussi loin que remontaient les souvenirs de Raisa.

Chacun menait un cheval supplémentaire chargé de bagages et de provisions. Sur la droite, à travers les arbres, Raisa aperçut le scintillement de l'eau. Ce devait être le bras est de la rivière Tamron.

—Quel jour sommes-nous ? demanda-t-elle.

Micah rit doucement.

—Vous n'avez pas dormi si longtemps, Votre Altesse. Nous sommes le lendemain de notre rencontre dans la bibliothèque Wien. Nous sommes partis en pleine nuit. Nous devrions mettre quatre jours pour arriver à Fetters.

—Est-ce que vous… ? Nous allons passer par le Val demonai, alors ?

Cela lui donnerait de nouvelles possibilités, si elle parvenait à s'échapper.

—Non, dit Micah. Nous irons vers l'est en contournant les montagnes, puis en direction de Delphi. Je ne tiens pas à tomber sur des Demonai.

Il fit claquer ses rênes, et son cheval allongea le pas pour rattraper les autres. Même si Raisa était petite, Bandit sentait le poids supplémentaire.

Y avait-il une chance pour qu'Amon se lance à sa poursuite? Cela semblait peu probable. Jusqu'à présent, elle était parvenue à éviter Micah Bayar et les autres magiciens de la Marche-des-Fells. Amon n'aurait aucune raison de les soupçonner. Peut-être penserait-il même qu'elle avait décidé de rentrer de son propre chef. Il la chercherait sûrement, mais il n'aurait pas la moindre idée de la direction à prendre.

Le lien magique qui le rattachait à elle lui indiquerait-il qu'elle était en danger? Le mènerait-il jusqu'à elle? Elle pria en ce sens, tout en s'inquiétant de ce qui se passerait alors.

Ils s'arrêtèrent pour déjeuner dans une petite clairière entre la route et la rivière. Ils ne firent pas de feu. Raisa, Micah et Fiona, debout entre les arbres, mangèrent de la viande froide, du pain et du fromage, le tout accompagné de cidre, tandis que Wil et les frères Mander nourrissaient les chevaux et les abreuvaient à la rivière.

— Maintenant que je suis réveillée, je devrais monter Friponne, pour que Bandit ne se fatigue pas, proposa Raisa.

— Oh non! Votre Altesse, j'apprécie ces moments que nous passons ensemble, et j'espère que vous aussi, dit Micah en lui effleurant la joue des lèvres. Je crois que Bandit comprend.

Micah avait beau être arrogant, il avait oublié d'être bête.

C'était un jour de printemps frais et nuageux. L'air était tellement humide qu'on avait l'impression de respirer sous l'eau. Raisa frissonnait, la peau couverte de chair de poule. Pourtant, il ne faisait pas vraiment froid. Mal à l'aise, elle écarta des mèches de cheveux mouillés de son visage.

Fiona ignorait de son mieux Raisa, mais sa désapprobation était palpable. Visiblement, elle trouvait que son frère aurait dû laisser les assassins finir leur travail.

Raisa examina la forêt qui les entourait, essayant de ne pas prêter attention à Fiona. Le pain rassis et le fromage étaient durs à avaler. Des ombres bougeaient entre les arbres. Elle cligna des yeux, mais elles ne disparurent pas : des formes grises qui glissaient dans le brouillard. Des loups gris.

Elle avait l'impression de les voir de plus en plus souvent. Cela reflétait peut-être le tour que prenait sa vie. Étaient-ils là à cause de sa situation actuelle ? ou pour annoncer une nouvelle menace ?

Les loups l'entouraient, la langue pendante, les oreilles rabattues. Ils lui donnaient des coups de tête dans le ventre, manquant de la faire tomber.

— Vous m'avancez bien, tiens, grommela-t-elle. Si seulement je pouvais vous apprendre à attaquer les magiciens à mon signal…

— Pardon, Raisa? dit Micah en lui touchant le bras, l'air légèrement inquiet. Vous me parliez ?

— Non, rien. Ce n'est rien.

Elle tourna sur elle-même, scrutant les bois. Même au printemps, alors que certains arbres étaient encore dénudés, la forêt de Tamron semblait épaisse et oppressante. La végétation les submergeait de toutes parts. C'était trop obstrué.

— Quelque chose ne va pas, Votre Altesse ? Vous ne mangez pas.

— Vous entendez ? demanda Raisa.

La forêt était silencieuse. Les oiseaux eux-mêmes se montraient étrangement discrets. Elle sentit le duvet se dresser sur sa peau.

— Micah, dit-elle en lui posant la main sur le bras. Partons. Il y a quelque chose d'anormal. Je crois que nous ferions mieux…

Elle ne finit pas sa phrase : des soldats venaient de faire leur apparition, les entourant de tous côtés, arcs bandés.

— Mettez vos mains en l'air. Tout de suite ! ordonna un jeune homme aux cheveux noirs et aux yeux couleur de boue. Il avait un foulard rouge d'officier noué autour du cou et un faucon écarlate sur sa tunique.

Micah et Fiona échangèrent un regard avant d'obtempérer. Les autres, Raisa comprise, les imitèrent.

Les soldats portaient des uniformes en lainage élimés. Certains avaient revêtu des pièces d'armure disparates, d'autres non. Ils n'arboraient pas tous le Faucon Écarlate. D'après leur allure hagarde, ils étaient sur les routes depuis des mois. Pouvait-il s'agir de l'une des bandes de mercenaires errants contre lesquelles Amon l'avait mise en garde ?

— Ne pensez même pas à toucher à vos porte-poisse, les avertit l'officier.

Micah se pencha vers Fiona.

— Il est doué de magie, murmura-t-il sans bouger les lèvres.

— Je vois bien, répliqua-t-elle sèchement. Que signifie cela ? demanda-t-elle en foudroyant l'homme du regard. Qui êtes-vous ?

— Prenez leurs porte-poisse et toutes les autres armes que vous trouverez, ordonna l'officier à ses hommes, sans répondre à Fiona. Ne touchez pas les pendentifs directement. Tenez-les par la chaîne.

Les soldats allèrent d'un magicien à l'autre et rassemblèrent amulettes, dagues et épées. Quand ce fut le tour de Raisa, elle secoua la tête.

— Je n'ai pas d'amulette. Ni d'arme. Désolée.

Le soldat lança un coup d'œil interrogateur à son supérieur.

— Pas étonnant, elle n'a pas le don.

Il la fouilla malgré tout, sans succès puisqu'elle avait perdu sa dague dans la bibliothèque.

Une fois les magiciens désarmés, l'officier fit signe à ses hommes de baisser leur arc. Ils gardèrent toutefois la main à l'épée.

— Laissez-moi me présenter : je suis Marin Karn, commandant de l'armée du roi d'Arden.

Quel roi ? se demanda Raisa, mais elle ne posa pas la question tout haut.

— D'Arden ? fit Micah en inclinant la tête. Mais nous sommes dans le Tamron. L'Arden est de l'autre côté de la rivière.

— Flûte ! s'exclama Karn avec un large sourire. Je crois qu'on s'est encore éloignés, les gars.

Les autres soldats s'esclaffèrent.

— C'est insensé, dit Fiona. Vous êtes magicien, alors qu'ils sont interdits en Arden et qu'on les brûle…

— Eh oui, dit Karn en hochant la tête. C'est vrai. L'Église a des règles strictes contre ça.

Fiona fronça les sourcils.

— Mais alors, que font des soldats possédant le don dans l'armée du roi d'Arden ? insista-t-elle.

Karn secoua la tête.

— Oh non ! c'est quelque chose que nous n'admettrons jamais. La plupart de ceux qui se trouvent sur notre chemin ne survivent pas pour le raconter. Ceux qui s'en sortent oublient tout. Et seuls les magiciens peuvent détecter leurs semblables.

— Alors vous utilisez la magie dans les guerres ardenines, murmura Raisa.

— Nous commençons tout juste, expliqua Karn. Nous avons plus d'une dizaine de porte-poisse. Beaucoup sont jeunes, recrutés alors qu'ils se rendaient au Gué-d'Oden. La plupart n'ont aucun entraînement. Certains ne possèdent pas d'amulette. C'est là que vous entrez en jeu.

— C'est-à-dire ? demanda Micah.

— Je devine que vous êtes étudiants au Gué-d'Oden. Vous avez reçu une formation d'élite à l'académie. Nous voulons que vous appreniez à nos recrues comment jeter des sorts.

— J'ai bien peur que cela ne soit pas possible, répondit Micah en regardant Raisa en coin. Des affaires pressantes nous attendent dans les Fells, et nous ne pouvons pas nous permettre de nous impliquer dans votre guerre civile.

Karn resta imperturbable.

— Réfléchissez bien, avant de refuser. Nous avons des centaines de soldats qui campent de ce côté de la rivière, et une armée de plusieurs milliers de l'autre. (Il regarda vers la rivière et repéra quelque chose.) Voilà le roi.

Un petit groupe marchait dans leur direction depuis la rive. Quatre hommes de forte carrure, en armure, et armés, entouraient un personnage mince dont la tunique était décorée de l'emblème du Faucon Écarlate. Il portait des gantelets en argent et un plastron, ainsi qu'une épée à la ceinture. Un cerceau en or brillait dans ses cheveux brun clair, et ses yeux bleus étaient pâles et froids comme la glace dans la Baie des Envahisseurs.

C'était le prince Gerard Montaigne, le plus jeune des frères Montaigne. Le prétendant que Raisa avait éconduit lors de sa cérémonie de jour de naissance.

— Douce Hanalea enchaînée, marmonna la princesse.

La situation pouvait-elle empirer encore ? Elle tira le capuchon sur sa tête et garda les yeux dardés sur le sol, espérant qu'il ne la reconnaîtrait pas. Sans doute que non, pas dans cet endroit, hors de tout contexte.

Que faisait Gerard Montaigne dans le Tamron ? Et pourquoi avait-il rassemblé son armée juste à la frontière ? Il aurait dû être à la Cour d'Arden, en train d'affronter ses frères.

Karn s'inclina devant son roi.

— Votre Majesté. Nous avons cinq porte-poisse de Mystwerk.

— Bien, dit Montaigne en jetant un coup d'œil à Micah et aux autres. Leur avez-vous expliqué les services que nous attendions d'eux ?

— La réponse est négative, lança Fiona en se redressant de toute sa hauteur. Maintenant, relâchez-nous immédiatement.

Montaigne se déplaça, plus vif que l'éclair, et assena à Fiona une gifle qui l'envoya au sol.

Micah se précipita, mais Wil Mathis était plus près. Avec un cri de rage, il se jeta sur le prince d'Arden, qui dégaina son épée et la lui passa à travers le corps, sans se départir de son calme.

Wil et Montaigne se retrouvèrent face à face, à moins d'un pas de distance. Les yeux du magicien étaient exorbités sous le coup de la surprise. Puis Montaigne le repoussa de son pied botté, pour libérer son arme. Wil tituba avant de tomber en arrière. Il toucha le sol puis resta immobile tandis qu'une flaque de sang se formait sous lui.

— Wil ! s'écria Fiona, essayant de se relever.

Mais Micah s'accroupit près d'elle, et la saisit par les épaules pour la maintenir en place.

— Non, dit-il farouchement. Tu ne peux pas l'aider.

— Quelqu'un d'autre souhaite-t-il avoir une conversation à ce sujet ? demanda Montaigne.

Nul ne bougea ni ne parla. Raisa dut se mordre la lèvre inférieure pour retenir une réflexion acerbe. Magicien ou non, Wil avait toujours été l'un des meilleurs dans leur milieu. Mais il était surtout un citoyen des Fells, et, donc, sous sa responsabilité.

Montaigne faisait les cent pas devant eux, l'épée à la main.

— Maintenant que nous nous comprenons, nous allons peut-être pouvoir passer aux choses sérieuses. Le capitaine Karn m'a convaincu de l'utilité des porte-poisse pour mener cette longue guerre à son terme. S'il a raison, nous n'aurons besoin de vos services que pour un temps limité.

Il ne les laissera jamais repartir, pensa Raisa. *Gerard Montaigne aura toujours besoin d'une armée.*

— Comme je disais… réfléchissez bien avant de refuser, les avertit Karn en promenant son regard sur les prisonniers. Alors, quelle est votre décision ?

— Très bien, dit brusquement Micah en se redressant. Nous apprendrons à vos ensorceleurs ce que nous savons, et nous vous apporterons toute l'aide possible. Plus tôt vous remporterez la victoire, plus tôt nous pourrons poursuivre notre route. Souvenez-vous cependant que nous sommes des première-année, et que nos connaissances sont donc limitées.

Il s'avança pour poser la main sur l'épaule de Raisa.

— J'ose toutefois vous demander de libérer notre servante. Elle n'a pas le don, et ne vous serait d'aucune utilité.

Raisa se figea, osant à peine respirer. Micah tentait-il vraiment d'organiser son évasion ? Elle tourna légèrement la tête pour épier son visage. Son expression ne changea pas, mais il lui serra l'épaule.

— C'est... votre servante ? dit Montaigne en interrogeant Karn du regard.

Ce dernier confirma d'un hochement de tête.

— Elle n'a pas le don, Votre Majesté. Je me demandais ce qu'elle faisait avec eux.

Montaigne rangea son épée dans son fourreau, sans prendre la peine d'essuyer le sang qui la maculait. Raisa maintint la tête baissée, regardant le prince d'Arden entre ses cils. Il jouait avec la poignée de son arme, la lèvre inférieure coincée entre ses dents.

— Bien, dit-il enfin, voyons voir ce que nous avons là.

Il tendit la main vers Raisa et rabattit sa capuche.

Elle releva la tête et croisa son regard. Ils restèrent à se dévisager un moment, puis Gerard Montaigne lui adressa un sourire effrayant. Raisa perdit tout espoir.

— Ah ! Karn, fit-il doucement. Vous étiez passé à côté du gros lot.

Karn observa alternativement Raisa et Montaigne.

— Que voulez-vous dire, Votre Excellence ? Qui est-ce ?

Sans la quitter des yeux, Montaigne prit la main de Raisa et la porta à ses lèvres.

— Princesse Raisa *ana*'Marianna, murmura-t-il. Bienvenue dans le nouveau royaume d'Arden.

Karn continuait à les examiner.

— C'est une princesse ?

Montaigne hocha la tête.

— Nous nous sommes rencontrés lors de sa fête d'entrée dans la vie mondaine il y a un an. Elle est l'héritière du trône des Fells.

(Il la déshabilla du regard.) Elle était vêtue bien différemment la dernière fois, mais il n'y a pas d'erreur possible. (Il resserra sa prise sur son poignet.) Mais pourquoi la princesse héritière des Fells traverse-t-elle le Tamron en compagnie de jeunes magiciens ?

Raisa savait que cela ne servirait plus à rien de nier son identité.

— J'ai suivi les cours de l'académie du Gué-d'Oden. Je rentre au pays pour l'été.

Montaigne secoua la tête, incrédule.

— Et les Fells envoient une dame de la cour au beau milieu du Tamron sans autre escorte que *ça* ?

Il désigna de la main les Bayar et les Mander.

— Le Tamron n'est pas en guerre, Votre Altesse, répondit Raisa en le regardant dans les yeux, avec une assurance qu'elle ne ressentait pas. Je ne m'attendais pas à être attaquée par des brigands en chemin. (Elle fit un signe de tête en direction du corps de Wil.) Vous avez déjà assassiné un membre de ma garde. Maintenant que vous savez qui je suis, je suppose que vous nous laisserez reprendre notre voyage sans plus de mal.

Montaigne sourit, le visage triomphant.

— Ah non ! Votre Altesse. Comme vous avez pu le constater, c'est trop risqué. (Il l'attira à lui, et prit son menton dans sa paume.) Je crois qu'il est temps que nous reprenions notre conversation au sujet d'une alliance entre l'Arden et les Fells. Une alliance cimentée par notre mariage. J'aurai le Tamron, l'Arden, et les Fells ; toutes les richesses minières des montagnes et l'accès à une réserve illimitée de porte-poisse et d'objets magiques. Nous finirons par régner sur les Sept Royaumes.

— Cela n'arrivera jamais, affirma Raisa en levant la tête.

— C'est ce que nous verrons. (Montaigne poussa Raisa vers Karn.) Emmenez ces apprentis magiciens et la princesse de l'autre côté de la rivière, et surveillez-les de près. Prenez leurs montures. Nous parlerons ce soir. (Le prince d'Arden rajusta ses gantelets d'argent.) Ah ! Karn, voilà qui change tout.

L'officier saisit Raisa par le bras et l'entraîna vers la berge. Le reste de la troupe se chargea de conduire Micah et les autres à sa suite.

« Tchak. » Un soldat s'effondra juste derrière elle, les mains agrippant une flèche qui sortait de sa poitrine.

« Tchak. Tchak. Tchak. » Des arcs. D'autres soldats tombèrent.

— Votre Altesse ! Mettez-vous à couvert !

Karn lâcha Raisa pour protéger Montaigne de son corps. Le prince s'empara de son épée. Les Ardenins se précipitèrent à l'abri tandis que des soldats montés faisaient irruption, menaçant de les piétiner. Des chevaux sans cavalier galopaient en tous sens. Raisa courut vers les arbres, en direction de la route, à l'opposé de la rivière. Du coin de l'œil, elle aperçut Micah qui prenait la main de Fiona pour l'attirer derrière un tronc couché.

La cavalerie portait pour emblème un héron violet et gris se posant sur l'eau, les ailes déployées. Les armes du roi de Tamron.

— À moi ! s'écria Montaigne.

Depuis la rivière, d'autres soldats ardenins arrivèrent à la rescousse. Une bataille rangée éclata. Faucon Écarlate d'Arden contre Héron de Tamron.

Raisa se lança dans une course à l'aveuglette à travers les arbres, sautant par-dessus les troncs couchés et autres obstacles. Elle voulait mettre la plus grande distance possible entre la bataille et elle. Montaigne s'apprêtait à envahir le Tamron. Voilà au moins une certitude. Si les milliers de soldats ardenins traversaient la rivière, ils triompheraient sans aucun doute de leurs ennemis dans cette escarmouche. Sans armes, Raisa ne se faisait pas d'illusions sur la contribution qu'elle pouvait apporter.

Jetant un coup d'œil par-dessus son épaule pour vérifier qu'elle n'était pas poursuivie, elle faillit percuter le flanc d'un cheval.

— Douce Hanalea enchaînée ! s'exclama-t-elle en s'arrêtant juste à temps.

C'était celui de Fiona, Fantôme, un grand étalon gris fougueux avec des fanons blancs. Raisa sauta pour saisir ses rênes. Le cheval rabattit ses oreilles et s'écarta, mais elle parvint malgré tout à grimper en selle.

Les étriers étaient bien trop bas pour elle, mais elle se cramponna sur le dos de l'animal comme un chardon, et lui enfonça ses talons dans les flancs. Fantôme tendit son long cou et partit au galop en esquivant les arbres sur sa route.

Il ne doit même pas me sentir, comparée à Fiona, pensa Raisa.

Elle se colla au cheval pour éviter de se faire jeter à terre par des branches, lui lâcha la bride et le laissa courir librement.

Elle devait accroître la distance entre elle et ses poursuivants éventuels. Ce qui voulait dire filer plein ouest jusqu'à la route. Là, la circulation couvrirait la trace de son passage et elle cheminerait vite, quelle que soit la direction.

Par où aller ?

Elle héritait des sacoches de selle de Fiona, mais n'avait pas la moindre idée de ce qu'elles contenaient. Il lui restait un peu d'argent dans la bourse dissimulée sous sa cape.

Si Micah et Fiona s'en sortaient, ils déduiraient qu'elle s'était dirigée vers le sud, retournant au Gué-d'Oden pour rejoindre Amon et les autres. Ils ne s'attendraient pas à ce qu'elle voyage d'elle-même vers le nord. Surtout après ce qui venait de se produire.

D'un autre côté, Montaigne penserait qu'elle irait au nord, vers chez elle, ou à l'ouest, pour trouver refuge au Manoir de Tamron. Heureusement, l'armée tamrienne devrait les occuper un moment. Montaigne ne perdrait sûrement pas son temps à lui courir après alors qu'il menait une invasion. Il avancerait plutôt jusqu'à la capitale.

Au nord, donc. Si elle parvenait à atteindre le Gué-de-Fetters, elle pourrait peut-être faire porter un message au capitaine Byrne pour qu'il lui envoie une escorte. Ils passeraient alors soit par le Val demonai, soit à l'est par les Pins Marisa, en fonction des nouvelles dont ils disposeraient à ce moment-là.

Fantôme n'eut besoin d'aucun encouragement pour fuir le vacarme de la bataille. Raisa lui indiquait la direction à prendre à l'aide des genoux et des mains tandis qu'elle repensait aux derniers événements et réfléchissait aux options qui s'offraient à elle.

La sécurité toute simple de l'enfance lui manquait, ainsi que la possibilité de déléguer ses responsabilités à des gens fiables comme le capitaine Byrne, leur laissant le soin de la protéger.

Mais l'âge adulte vous tombait dessus, et on vous l'enfilait de force, que cela vous plaise ou non. Elle avait changé. Elle n'était plus la fille qui s'était enfuie avec Amon Byrne seulement dix mois auparavant.

Elle était plus habile, mais moins sûre d'elle. Elle était plus à même de juger les autres, mais moins convaincue de sa capacité à le faire. Lorsqu'elle avait quitté les Fells, elle croyait qu'on pouvait classer les gens dans des catégories : les bons, les méchants, les courageux, les lâches. À présent, elle comprenait qu'il y avait un peu de tout chez la plupart d'entre eux – et ce qui dominait dépendait souvent des circonstances.

Micah Bayar, malgré tous ses méfaits, était un mélange de bonté et de méchanceté. Sans lui, elle serait sans doute morte assassinée à l'heure qu'il était. Il avait tenté de la faire libérer alors qu'ils étaient capturés par Gerard Montaigne. Mais il montrait différents visages, selon ses interlocuteurs, et ses efforts pour la maintenir en vie découlaient sûrement d'une motivation égoïste.

Bercée pendant toute son enfance par des histoires romantiques, Raisa aurait dû affirmer qu'il était impossible d'aimer deux hommes à la fois. Qu'il existait un seul véritable amour pour chacun, à condition de le trouver.

Mais ce n'était pas vrai. Elle aimait toujours Amon Byrne. Les sentiments qu'il lui inspirait étaient encore trop à vif pour qu'elle les analyse. Et elle aimait Han Alister, ou alors elle ne comprenait rien à l'amour.

Le reverrait-elle jamais ? Et dans ce cas, réussiraient-ils à établir une relation fondée sur un mensonge ?

Et qu'espérait-elle construire sur des bases si fragiles ?

À propos, Alister, je vous mens depuis plus d'un an. Je fais partie de cette famille royale que vous méprisez. Il n'y a aucun avenir possible pour nous, mais j'aimerais que nous restions amis.

Elle-même pourrait-elle se contenter d'amitié, alors que le souvenir des baisers et des caresses de Han la hantait ?

Amon et Han parviendraient-ils à mettre de côté leur antipathie mutuelle pour résoudre le mystère de sa disparition ?

Sa mère était une reine faible, mais elle s'était retrouvée empêtrée dans les circonstances. Peut-être à son retour Raisa saurait-elle se rapprocher d'elle, pour joindre ses forces aux siennes et l'aider, avant de devenir elle-même une meilleure souveraine, un jour.

Devant elle, Raisa aperçut le rideau d'arbres qui s'éclaircissait, signe qu'ils arrivaient à la route. Elle saisit les rênes et fit ralentir sa monture avec difficulté. S'arrêtant à la lisière des bois, elle inspecta les deux côtés du chemin, qui étaient déserts.

— Allons-y, encouragea-t-elle Fantôme en exerçant une pression des talons sur ses flancs. Nous devons encore chevaucher longtemps avant de pouvoir nous reposer.

Elle prit la direction du nord à une allure un peu moins soutenue.

Après une absence de presque un an, elle rentrait à la maison. La décision lui avait été imposée. Mais elle était de plus en plus convaincue que c'était la bonne.

37

Ici se séparent nos routes

Han prévoyait de consacrer ses derniers jours au Gué-d'Oden à préparer sa mission dans le Nord. À la place, il passa son temps à chercher désespérément des indices sur la disparition de Rebecca.

Les macchabées de la bibliothèque Wien ne venaient pas du Gué-d'Oden. Aucun d'eux n'avait le don. Ils avaient été remarqués sur le campus les jours précédents, en train de poser des questions. Soit ils n'avaient rien dans les poches, soit leur assassin les avait délestés de tout ce qui aurait pu aider à les identifier.

Han se glissa dans le dortoir de Micah, lieu qu'il connaissait bien après ses nombreuses visites. Il fouilla les chambres. Les sang-bleu avaient détalé en hâte, laissant bien des affaires derrière eux.

Impossible qu'il s'agisse d'une coïncidence. S'étaient-ils enfuis parce qu'ils l'avaient assassinée ? Ou l'avaient-ils emmenée avec eux ? Han avait beau disposer les éléments d'une manière puis d'une autre, il ne trouvait rien de sensé. Trois des inconnus avaient été tués par magie. Rebecca avait-elle été témoin de ces meurtres, et assassinée à son tour, ou enlevée, pour cette raison ?

Han se rendit à la Résidence Grindell le matin précédant le jour où il prévoyait de partir. Le dortoir bourdonnait d'activité : des cadets couraient dans l'escalier, préparant leurs bagages.

Byrne le reçut dans la salle commune. Le Veste Bleue s'était un peu départi de son maintien militaire : des cernes sombres s'étalaient sous ses yeux et il ne s'était pas rasé depuis plusieurs jours.

— On dirait que vous êtes sur le départ, remarqua Han.

— Rebecca n'est plus dans les parages, dit Byrne. Je crois qu'elle est partie vers le nord. Nous avons reçu une information du Manoir de Tamron, selon laquelle une personne ressemblant à Rebecca aurait été prise dans un affrontement avec les forces ardenines, à la frontière entre le Tamron et l'Arden. Nous allons enquêter au Manoir de Tamron. Il est possible qu'elle soit là-bas, dans la capitale.

Han hésita un peu avant de demander :

— Vous pensez donc qu'elle est encore en vie ?

— Oui, affirma-t-il, comme si cela ne faisait pas le moindre doute. (Il se passa les mains dans les cheveux.) Mais je dois absolument la retrouver. Si elle est en Tamron, elle court un grave danger. Gerard Montaigne a lancé une invasion par l'est. Il a encerclé la capitale, dont il réclame la reddition.

— Et vous allez vous jeter là-dedans ? dit Han en secouant la tête. Vous êtes un type courageux, caporal. (Il marqua un temps d'arrêt.) Si Bayar a enlevé Rebecca, et qu'elle est toujours en vie, j'imagine qu'il l'emmène vers les Fells, non ? Et si elle est partie seule, elle doit essayer de rentrer chez elle aussi.

Byrne opina du chef.

— Si nous ne la trouvons pas dans le Tamron, je continuerai vers le nord, en cherchant des signes de son passage. Si je tombe sur sa trace, je la suivrai. Sinon, je traverserai les Marécages pour regagner les Fells par la porte de l'Ouest. Dans le cas où vous apprendriez quelque chose, envoyez un message là-bas.

— Je le ferai, promit Han. Mais je suis venu vous prévenir que je rentre dans les Fells également. Je ne voulais pas vous laisser croire que j'avais fui la ville.

— Par où comptez-vous passer ?

— J'irai au nord par le Gué-de-Fetters, puis à l'est jusqu'à Delphi. Je rechercherai Rebecca en chemin, jusqu'au camp des Pins Marisa. Si vous trouvez quelque chose, ou glanez des informations dans la capitale, faites-le-moi savoir là-bas.

Après une brève hésitation, Byrne lui dit :

— Soyez prudent.

Il tendit la main, et Han la serra.

— Vous aussi. On se reverra au pays.

Cet après-midi-là, Abelard le fit appeler. Lorsqu'il entra dans son bureau, elle se tenait à la fenêtre.

— Savez-vous que les Bayar ont quitté l'école ? demanda-t-elle sans préambule.

— C'est ce que j'ai entendu dire, oui. Ils sont partis précipitamment. Avec leurs cousins. Et Wil Mathis.

Il l'informa de ce qu'il avait découvert dans leur dortoir.

Elle se retourna et le regarda d'un air impassible.

— Asseyez-vous, lui dit-elle en désignant un fauteuil.

— Cet incident à la bibliothèque Wien, ces gens qui ont été tués, je crois que les Bayar y sont pour quelque chose, révéla Han.

— Vraiment ?

Abelard jouait avec une petite dague ornée de pierres précieuses. Le soleil se reflétait dessus, projetant des éclats chatoyants sur les murs.

— Et pourquoi donc ? reprit Abelard.

— Ils se sont éclipsés la même nuit. Avec une amie à moi.

— « Une amie » ? répéta Abelard en penchant la tête. Qui ?

— Une cadette de la Maison Wien, Rebecca Morley. Elle avait travaillé pour la famille Bayar. Elle a disparu au même moment.

— Je ne la connais pas, décréta Abelard sans plus s'intéresser à Rebecca. Mais effectivement, il est probable que les Bayar soient liés aux meurtres de la bibliothèque, d'une manière indirecte. (Elle s'interrompit, le jaugeant de ses yeux gris-vert.) Les quatre personnes qui ont trouvé la mort étaient toutes des assassins à la solde de la Maison du Nid d'Aigle.

— Des assassins ?

Han se frotta le crâne comme s'il pouvait battre les cartes de ses pensées pour tirer une meilleure main.

— Pourquoi seraient-ils venus ici ? Et qui les aurait tués ?

— Je pensais que vous pourriez me l'apprendre, dit Abelard en passant le pouce sur le fil tranchant de sa lame.

— Moi ? Je ne vous suis pas.

Abelard lui lança un regard qui signifiait : « N'essayez pas de jouer au plus malin avec moi. »

— Ils travaillaient pour les *Bayar*. Et ils ont été tués par *magie*.

Il comprit enfin où elle voulait en venir.

— Vous pensez que c'est moi ?

— Qui les Bayar voudraient-ils tuer au Gué-d'Oden ? demanda Abelard. Une attaque contre le Haut Magicien ne peut rester qu'un temps impunie. (Elle haussa les épaules.) Et qui est le plus apte à survivre à un tel guet-apens ?

Han se pencha vers elle, les mains sur les genoux, souhaitant qu'elle le croie.

— Écoutez, je ne sais pas pourquoi ils étaient ici, ni qui les a refroidis, mais je n'ai rien à voir là-dedans.

— Vous pouvez considérer que c'est une marque de respect pour votre réputation, que le seigneur Bayar ait envoyé quatre personnes pour votre meurtre. Je pense que lorsque Micah et Fiona ont découvert le sort que vous aviez réservé aux assassins envoyés par leur père, ils ont décidé de fuir avant d'être vos prochaines victimes.

Han secoua la tête.

— Ce n'est pas moi. Comme je vous l'expliquais, mon amie Rebecca a disparu de la bibliothèque où l'un des assassins a été trouvé.

— Peut-être a-t-elle vu quelque chose qu'elle n'aurait pas dû voir ? suggéra Abelard.

Han se leva.

— Je perds mon temps, déclara-t-il en réprimant sa colère. Si vous imaginez que je pourrais avoir le moindre rapport avec…

— Asseyez-vous, Alister ! Il est dans votre intérêt de m'écouter jusqu'au bout.

Il se rassit à contrecœur, les bras croisés, la considérant d'un regard noir.

Elle leva les yeux au plafond.

— Oh ! ne prenez pas cet air bouleversé. Il n'y avait rien sur la scène du crime qui permette de remonter jusqu'à vous. Et je dois dire que je suis plus impressionnée que jamais par vos prouesses.

Han abandonna la partie. Jamais il ne convaincrait la doyenne qu'il n'avait pas commis les quatre meurtres, alors que tout collait si parfaitement et qu'il n'avait pas de meilleure histoire à raconter.

— Je pense que les Bayar ont fui la ville pour une autre raison, affirma-t-il. Et c'est ce que nous devrions nous efforcer de découvrir.

Abelard hocha la tête en tapotant le bureau de sa dague.

— C'est peut-être vrai. J'aurais préféré pouvoir garder un œil sur le jeune Bayar, car il est une pièce centrale dans les intrigues de son père.

— Je repars aussi, annonça Han. Demain. Je ne passerai pas l'été ici, finalement.

Il leva la tête et la regarda bien en face.

Les coudes posés sur le bureau, Abelard croisa les doigts et appuya son menton dessus.

— Si vous songez à vous venger des Bayar, je vous conseille de ne rien entreprendre dans la précipitation.

— Pas de souci. Si je prends ma revanche, ce sera avec beaucoup de préméditation et de délibération.

La doyenne rit.

— Vous êtes incroyable, Alister. Votre habillement, votre façon de vous exprimer… Vous êtes arrivé en rat des rues, et en moins d'un an vous voilà changé en courtisan. (Elle se tut un instant.) Je vous conseille de rester. Si vous rentrez maintenant, vous serez seul. Je ne peux pas vous offrir ma protection depuis le Gué.

— Je pars quand même.

Abelard haussa les épaules.

— J'ai bien des alliés, malgré tout, et je leur demanderai de veiller sur vous. Je prévois de rentrer au pays au cours de l'été ou à l'automne, pour un long séjour. Les choses s'accélèrent à tel point qu'il faudra que je leur accorde mon entière attention.

Elle fouilla dans le tiroir de son bureau et en sortit une bourse bien rebondie, qu'elle poussa en direction de Han.

— Voilà de quoi vous entretenir en attendant.

Puis elle lui donna une liste de tâches à accomplir et de personnes à rencontrer à son arrivée.

— Il est important de couper aux Bayar toute possibilité de renforcer encore leur influence sur la reine, dit-elle. J'ai entendu dire qu'en l'absence de la princesse Raisa ils espèrent que Mellony soit nommée héritière et épouse Micah. Ce qui pourrait expliquer son départ soudain. Vous devez tout faire pour empêcher cela.

— « Tout » ? répéta Han, un sourcil levé.

Abelard sourit.

— Au revoir, Alister. Restez en vie jusqu'à mon arrivée.

En descendant l'escalier, Han avait la tête qui tournait. Micah Bayar rentrait-il se marier au pays ? Et si c'était le cas, que pouvait-il y faire, lui, Han Alister ? Assassiner les futurs époux ? Organiser un massacre au banquet de noces ?

Il avait prêté bien trop d'allégeances différentes.

Cat et Danseur l'aidèrent à porter ses sacoches de selle et ses paniers de bât pour en charger ses montures.

— Je ne comprends toujours pas pourquoi Abelard t'envoie au Manoir de Tamron, protesta Danseur. Même s'ils ont une grande bibliothèque, ils ne doivent pas avoir grand-chose concernant la magie.

— Il s'agit plutôt de politique, prétendit Han. Il ne faut pas que je lui déplaise si je veux revenir à l'automne.

Han gratta Guenille sur le dessus de la tête. Le poney rabattit ses oreilles et montra les dents, mal luné, comme toujours.

— T'aimes ça, paresser dans une écurie bien chaude en mâchonnant du foin, hein ? lui murmura son maître. Bon, il va falloir se remettre au boulot. Tous les deux.

Il n'avait guère eu l'occasion de le monter ces derniers mois. Ils allaient devoir refaire connaissance.

— Tu ne veux pas au moins rester jusqu'au départ d'Oiseau Foui... d'Oiseau de Nuit ? demanda Danseur. Elle sera partie d'ici à ce que tu reviennes.

— Nous n'avons pas grand-chose à nous dire, ces temps-ci, Oiseau de Nuit et moi.

La soirée passée ensemble s'était avérée laborieuse, au mieux. Trop de secrets les séparaient.

— Elle a fait tout ce chemin pour nous rendre visite, plaida Danseur. Je crois qu'elle commence à se faire à l'idée que nous sommes des magiciens. Enfin, j'ai l'impression qu'elle regrette son comportement...

— Les Demonai sont comme les autres : ils mettent un mouchoir sur leurs grands principes quand ça les arrange, dit Han.

Danseur fronça les sourcils, scrutant le visage de son ami.

— Nous parlons d'Oiseau, quand même. Tu devrais lui donner une chance.

Han n'avait pas vraiment envie de se confier au sujet d'Oiseau Fouisseur. Oiseau de Nuit. Quel que soit le nom qu'elle voulait porter désormais.

— Et puis toi aussi tu travailles sur les amulettes depuis la fin des examens, lui fit remarquer Han.

— Je dois me perfectionner sur le brasillant cet été, dit Danseur. Cela ne fait pas partie du programme à Mystwerk.

Cat avait eu du mal à rester tranquille pendant ce long échange. Elle rejetait ses cheveux en arrière, marchait d'un côté puis de l'autre. Elle avait son mot à dire.

— Tu devrais me laisser t'accompagner, proposa-t-elle. Je ne peux pas surveiller tes arrières si tu es dans le Tamron et moi ici.

— Je veux que tu continues à chercher Rebecca, répondit Han en roulant son couchage. Pose des questions, au cas où quelqu'un aurait remarqué un détail. Il y a des chances pour qu'un témoin ait vu quelque chose. Et veille sur Danseur. Voilà ce que tu dois faire en mon absence.

Lorsque tout fut prêt, Han s'appuya sur son poney, étrangement réticent à prendre la route. Il fallait des endroits comme celui-là, où l'on pouvait lire, écrire, étudier, discuter et débattre avec toutes sortes de gens, sans devoir regarder par-dessus son épaule en permanence. Des endroits où le désir de s'instruire surmontait les frontières et les différences.

C'était en partie la raison pour laquelle il s'était retenu de refroidir Micah au cours des premières semaines, lorsque sa colère avait menacé d'exploser en violence à l'état brut.

Sa première mission était d'arriver au camp des Pins Marisa sans se faire tuer ni enrôler dans une armée. Il chercherait Rebecca en route. Le caporal Byrne semblait convaincu qu'elle était en vie. Lui-même ne nourrissait pas tant d'espoir.

Une fois rentré au pays, il trouverait les Bayar et saurait les faire parler.

Han étreignit Danseur, puis Cat, avant de se hisser sur Guenille.

— Sois prudent, lui dit Danseur dans la langue des clans. Et reviens à notre foyer.

Han hocha la tête, tout en se demandant s'il serait un jour de retour au Gué-d'Oden.

CPI
AUBIN IMPRIMEUR

IMPRIM'VERT
Votre imprimeur agit pour l'environnement

Achevé d'imprimer en mai 2011
N° d'impression L 74503
Dépôt légal, mai 2011
Imprimé en France
36231021-1